本书受海南师范大学文学院出版基金资助
本书系2018年海南师范大学教授（博士）科研启动资助项目：《比较文学变异学学科理论创新体系研究》最终成果

谨以此书献给恩师
曹顺庆教授

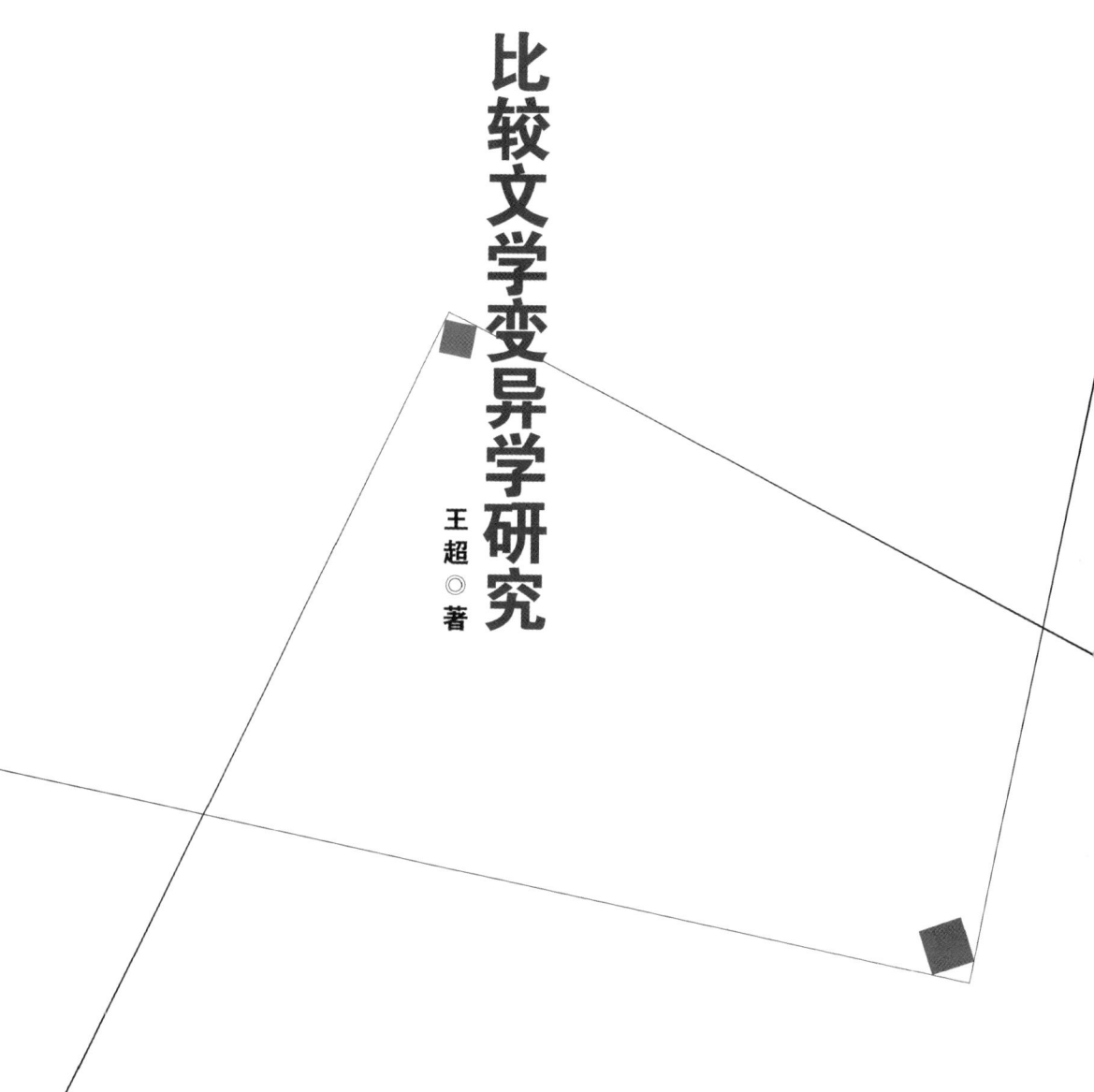

比较文学变异学研究

王超 著

中国社会科学出版社

图书在版编目（CIP）数据

比较文学变异学研究/王超著.—北京：中国社会科学出版社，2019.9
ISBN 978-7-5203-4885-0

Ⅰ.①比… Ⅱ.①王… Ⅲ.①比较文学—文学研究 Ⅳ.①I0-03

中国版本图书馆 CIP 数据核字（2019）第 184011 号

出 版 人	赵剑英
责任编辑	郭晓鸿
特约编辑	邱孝萍
责任校对	沈丁晨
责任印制	戴　宽

出　　版	中国社会科学出版社
社　　址	北京鼓楼西大街甲 158 号
邮　　编	100720
网　　址	http://www.csspw.cn
发 行 部	010-84083685
门 市 部	010-84029450
经　　销	新华书店及其他书店

印　　刷	北京明恒达印务有限公司
装　　订	廊坊市广阳区广增装订厂
版　　次	2019 年 9 月第 1 版
印　　次	2019 年 9 月第 1 次印刷

开　　本	710×1000　1/16
印　　张	29.75
插　　页	2
字　　数	438 千字
定　　价	148.00 元

凡购买中国社会科学出版社图书，如有质量问题请与本社营销中心联系调换
电话：010-84083683
版权所有　侵权必究

序　言

这本学术专著是我所期待看到的一项研究成果。

我和王超相识在 2004 年，他本来是刘文勇教授的硕士，却来听我给 2004 级博士开设的全部课程，并完成各项学习任务，2006 年他硕士提前毕业并获得直接攻读博士学位的机会，顺利成为我 2006 级比较文学专业的博士。比较文学变异学是我于 2005 年正式提出的，这是比较文学学科理论一个话语创新。从 1981 年发表关于比较文学的学术论文算起，我从事比较文学研究工作已近 40 年。从 20 世纪 80 年代的中西比较诗学研究，到 90 年代的失语症研究、异质性研究、重建中国文论话语研究，再到 21 世纪的西方文论中国化研究、比较文学变异学研究，等等。我不断找出学科理论发展存在的一些问题，又不断地提出一些理论对策，这些观点有人赞同，也有人质疑，这都不影响我的探索之路，我所试图做的，是要在文化自信的前提下，推动构建比较文学的中国话语，让世界倾听中国声音。

比较文学变异学的提出，正是为了纠正比较文学法国学派影响研究、美国学派平行研究在学科理论建设方面的不足与缺憾。长期以来，在比较文学领域，我们总是"跟着讲"，别人说什么，我们就说什么，在西方话语中心的潜在制约下，主动放弃我们自身的话语言说规则。所以，在 20 世纪 80 年代，我致力于中西比较诗学研究，将"单向阐发"变为"双向阐发"，将"以西释中"变为"中西互释"，将"跟着讲"变为"对着讲"，最后"领着讲"。

尽管我们取得了一些成果，但是我在参加一些国际学术会议时，还是发现一个很严重的问题，那就是：我们的研究在国际上认同度并不高！我们轰轰烈烈，别人冷冷清清；我们士气高昂，别人不屑一顾。细而查之，最重要的原因，正如美国学者韦斯坦因所说，东西方文明不是同根的文明，因此他对东西方跨文明比较抱有"迟疑不决"的态度，也就是说：西方学者认为比较文学的可比性必须建立在同源性、类同性基础之上，否则就不可比。如果按照这个逻辑，展开东西方异质文明比较就没有合法性基础，中国比较文学学者的中西比较研究就是"自娱自乐""孤芳自赏"。为了解决这个问题，我提出比较文学变异学研究，我想证明的是：这是一个差异化、多元化时代，不是西方话语中心的一元论时代，东方文明不仅可以和西方比较，而且正是因为这种异质性，反而更能够实现中西方文学比较可比性和互补性，能够让我们在差异化比较中互证互释、互相进步。所以变异学的核心理论就是：在法美学派研究同源性、类同性的基础上，进一步研究异质性、变异性，将异质性和变异性作为比较文学可比性。这样就可以回应韦斯坦因所提出的那个问题。当然，这个思路不是无中生有，而是借鉴了许多学者的思想，例如季羡林先生的"资料研究"、乐黛云的"和而不同"、叶维廉的"文学模子"、严绍璗的"文学变异体"、谢天振的"译介学"等，还借鉴了国外学者思想，如海德格尔、伽达默尔的阐释学思想、弗朗索瓦·于连的"间距"、丹穆若什的"世界文学"等。在2014年出版的英文著作《比较文学变异学》和中文著作《南橘北枳》中，我对有关问题作了详细论述。

变异学提出十多年来，运用这个理论进行比较文学研究的著作和论文的确不少，但是真正系统全面地进行梳理、发掘、批评、创新的成果寥寥无几，这样的局面，并不利于学科的发展。变异学作为一种学科理论创新，自然有其可取之处，但是也有其不足的地方，如何进一步推进和完善变异学的理论体系和实践方法，王超这本专著应当说是一个很好的回应。王超见证和参与了变异学的提出和发展，我们合作了多篇学术论文，我主编的关于变异学的多部中（英）文著作，他都参与撰写部分章节，对这个领域比较熟悉。我相信，正是在一定的理论基础和学术兴趣上，才会有这样一部专著诞生。

这本书从背景、渊源、路径、内涵、外延、规则、实践等七个方面对变异学进行系统阐述，既有理论阐释，也有案例解读，观点鲜明、论证清晰、逻辑严密。尤其值得高兴的是，他并没有完全按照我的思路和学界现有的路径走下去，而是眼观四面、耳听八方、厚积薄发、万取一收，大胆提出了一些新观点、新思想，这是为师比较乐于见到的做法。例如他将变异学细化为"流传变异学""阐释变异学""结构变异学"三大板块，应当说，形成了一个比较完整的术语群和方法论体系，让变异学的理论逻辑性更强、术语关联性更高、实践操作性也更强，应当说，这是目前国内外关于变异学研究比较全面深入的一部学术专著。

当然，该书中有些观点和表述也值得推敲，学界专家见仁见智，应当给予批评帮助，为师相信他能虚心接受专家的批评意见，把这个问题想得更深、做得更好，在学术道路上更进一步。

是为序。

欧洲科学与艺术院院士
四川大学文科杰出教授　　　　　曹顺庆
教育部"长江学者"特聘教授

目　　录

第一章　比较文学变异学的学术背景 …………………………… 1
　第一节　变异学视域下的影响研究述评 ……………………… 2
　第二节　变异学视域下的平行研究述评 ……………………… 20
　第三节　变异学视域下的中国话语述评 ……………………… 37
　第四节　变异学视域下的国际现状述评 ……………………… 57

第二章　比较文学变异学的思想资源 …………………………… 71
　第一节　"易之三名"与哲学变异思想 ……………………… 71
　第二节　"理论旅行"与理论变异思想 ……………………… 90
　第三节　"文本间性"与文本变异思想 ……………………… 99

第三章　比较文学变异学的路径启示 …………………………… 111
　第一节　从结构主义到解构主义的转向 ……………………… 111
　第二节　从翻译研究到译介研究的转向 ……………………… 123
　第三节　从解经学到阐释学的转向 …………………………… 135

第四章　比较文学变异学的理论特征 …………………………… 150
　第一节　变异学的基本内涵及研究现状 ……………………… 150

第二节　跨越性、文学性作为基础性特征 …………………… 177
第三节　异质性、变异性作为可比性特征 …………………… 200
第四节　规律性、他国化作为发展性特征 …………………… 227

第五章　比较文学变异学的规则限度 …………………… 245
第一节　价值信仰规则与变异限度制约 ……………………… 246
第二节　文化惯习规则与变异限度制约 ……………………… 264
第三节　知识体系规则与变异限度制约 ……………………… 278
第四节　话语权力规则与变异限度制约 ……………………… 293

第六章　比较文学变异学的实践领域 …………………… 304
第一节　变异学研究领域及实践路径概述 …………………… 304
第二节　实证性：流传变异学 ………………………………… 319
第三节　类同性：阐释变异学 ………………………………… 361
第四节　他国化：结构变异学 ………………………………… 406

参考文献 ………………………………………………………… 453

后　记 …………………………………………………………… 463

第一章　比较文学变异学的学术背景

学术让人敬畏。把一个学术问题想清楚说透彻是一件极其艰辛的事情，且不论观点是否正确，更谈不上什么创新，不胡说八道，都足以庆幸，因此孔夫子"述而不作"的策略显得智慧满满。然而问题终究还是要在实践探索中得以澄明，刘勰《文心雕龙·论说》有云："论也者，弥纶群言，而研精一理者也。"① 欲言己论，先观他人，站在前辈与同人的研究基础上，方可作一点浅薄的学习思考。

比较文学变异学作为比较文学学科的学科理论创新，是在比较文学的总体构架中发生发展的。因此，对比较文学变异学的系统研究，必须从逻辑上构建两个理论坐标：一是国际比较文学发展的历史形态和发展趋势；二是中国比较文学的历史形态和发展趋势。立体化阐释其发生语境、研究现状、理论体系和实践方法，才不至于南辕北辙、自欺欺人。

基于这样的研究脉络，首先对国际比较文学历史形态和发展趋势进行审视。按照2015年"马工程"教材《比较文学概论》的划分，从历时形态观之，比较文学纵向呈现为法国学派、美国学派和中国学派三个时段；从共时形态审视，横向布局为欧洲阶段、美洲阶段及亚洲阶段三个阶段。当然，这种划分并不意味着比较文学学科理论呈直线式发展推进，因为："现代意义上的比较文学学科发展以'跨越'和'沟通'为目标，形成了类似'层叠'

---

① （南朝·梁）刘勰：《文心雕龙》（上），范文澜注，人民文学出版社1958年版，第327页。

式、'涟漪'式的发展模式。"① 所谓涟漪式，即一种传承创新、包容发展的混合立体演变模式。严绍璗教授持同样的观点："所谓'影响研究'和'平行研究'都不是绝对的，而常常是互相包容的。"② 正是因为这种学科发展的包容性、涟漪式特征，所以有必要从宏观的学术史中整体把握比较文学变异学的发生语境。重复的话少说，本章主要以变异学为基本叙述立场，紧紧围绕每一个学派的代表人物、代表作品和代表观点，抓住与变异学有关的理论问题，辩证展开历史述评。

第一节 变异学视域下的影响研究述评

对学派的划分往往有些画地为牢的意思，但是抛开孰优孰劣的价值取向，用学派来描述一种研究方式，也未尝不可。1985 年，季羡林先生指出："提纲挈领地说，世界上可以说是有两大学派，代表两个不同的研究方向：一派着重研究直接影响，以法国学派为代表；一派着重研究平行发展，以美国学派为代表。"③ 在此，先从变异学视域对法国学派影响研究的贡献及缺憾进行简要述评。

一 波斯奈特与《比较文学》

虽然波斯奈特严格意义上并不属于法国学派，但他的《比较文学》却是第一部以"比较文学"为书名的专著，并且为 20 世纪比较文学研究尤其法国学派影响研究奠定了基础，其主要观点如下。

（一）将科学方法运用于比较文学研究

对于比较文学，他在 19 世纪中后期就有一个基本判断："尽管这门学科

---

① 曹顺庆：《比较文学概论》，高等教育出版社 2015 年版，第 35 页。
② 严绍璗：《比较文学与文化"变异体"研究》，复旦大学出版社 2011 年版，第 3 页。
③ 季羡林：《比较文学与民间文学》，北京大学出版社 1991 年版，第 193 页。

的收获的确是硕果累累,然而目前的耕耘者却寥寥无几。"① 为什么会有这样的悖论式判断?1886年,他在《比较文学》的"前言"中如此解释这个问题:"希望与现状相比,文学有一天会'得到更加理性的研究'。本书打算对这种理性研究做出贡献。"② 所谓理性研究,意味着比较文学并不是纯粹想象性的感性学科,它可以用理性的逻辑思维来分析阐述。文学和其他学科一样,有其自身发展的基本规律,只有用理性方法来进行研究,才能确保文学发展的稳定性、科学性。那么,应当采取什么样的科学方法呢?他认为:"如果目前这种将历史科学运用于文学的做法能够得到普遍的认同,那么,在英国、美国和澳洲殖民地的一些主要大学里设立比较文学的教席,就能够极大地确保这一广泛的学科的平稳进步。"③ 可见,他在这里所指的科学方法即历史科学方法。从整体上看,用科学方法研究比较文学,是早期比较文学学科化进程的一个基本特征,正如洛里哀在《比较文学史》中说:"世界文明日进,各种学问均为显著的发展,到了现在,我们对于上古的事情,已能用科学的方法,构成学说去解释他的了。"④ 当然,这里所说的科学方法,除了历史科学之外,还有达尔文进化论的自然科学方法。傅东华在《比较文学史》的译序中说道:"1886年,英国的波斯奈脱教授(Prof. H. M. Posnett)始用这名词名他的著作。他揭橥他这著作的宗旨是在指出'社会进化上某种稍为固定的原则,藉以综合文学上兴衰进退的事实。'"⑤ 从傅东华的表述及波斯奈特这本书的主要内容来看,他援用了斯宾塞社会进化论的基本思想,认为文学并非作家抒发感情或单纯模仿的产物,而是受制于一定历史空间和社会空间,并随着社会形态的发展而逐渐演变,因此应当被视为社会进化的一种表现形态。而且,比较文学对外在制约因素具有"依赖性"特征:"比较文学必须从这些对比中吸取的教训,是某种比人的性格对于社会生活的依赖性更多的东西;

---

① [爱尔兰]波斯奈特:《比较文学》,姚建彬译,中国社会科学出版社2015年版,"前言"第2页。
② 同上。
③ 同上。
④ [法]洛里哀:《比较文学史》,傅东华译,上海书店1989年版,第1页。
⑤ 傅东华:《比较文学史·译序》,上海书店1989年版,第1页。

它也是文学艺术的作品（workmanship）中精确的历史真实的不可能性。我们所使用的短语'文学的依赖性'（'relativity of literature'）打算标明的重大事实之一就存在于这种不可能性之中。"① 波斯奈特所说的这种依赖性，即历史、环境、民族等外在因素对文学的症候式制约。

（二）比较文学分为内部研究和外部研究两个维度

1. 横向比较研究不同国家、不同民族文学之间的相互影响关系，这是民族文学发展的外部研究；2. 纵向比较研究同一国家同一民族的不同社会阶段和文化形态对文学的直接影响，这就是文学内部研究。相比而言，他认为内部研究更加重要："对文学的这种内在发展所作的比较研究，要比对其外部影响所作的比较研究具有更加重要的价值：因为前者较少与模仿有关，而更多地直接依赖于多种社会与自然原因的一种演化。"② 可见，他认为内部研究更具有社会进化的科学性、实证性与关系性。内因是根据，外因是条件，因此研究内部的文学传承比外部的模仿借鉴更加重要，也更具有科学根据。

（三）世界文学即文学的普遍化

1827 年歌德提出"世界文学"的构想，马克思、恩格斯 1848 年在《共产党宣言》中展望了"世界文学"的趋势，然而他们并没有从学理上进一步阐述。波斯奈特认为："人们业已说明了世界文学的主要标志，那就是文学同具有明确界限的诸种社会团体的分离——文学的普遍化。"③ 文学的普遍化，意味着文学必将打破国家、民族、文化的思想樊篱，进入一个普适性流通领域（当今美国比较文学家丹穆若什重申"世界文学"，正是强调其"流通"性特征）。他进一步分析："而且这种普遍主义，尽管就其关于个性的东方和西方观念方面存在着深刻的差异；然而，在东方和西方都是一样地伴随着对

---

① ［爱尔兰］波斯奈特：《比较文学》，姚建彬译，中国社会科学出版社 2015 年版，第 24 页。
② 同上书，第 77 页。
③ 同上书，第 236 页。

过去的文学作品的模仿。那时，社会生活的潮流被分解成许多狭隘的渠道，泛着泡沫，从布满岩石和树木的高地奔流而下。对于诸种早期文学典范的这种模仿，同反思性和批判性精神密切地联系在一起，这是世界文学的另一个显著特征。"① 他认为，随着社会生活的场域扩张，文学通过模仿，也在不断扩张。那么应当如何扩张呢？在他看来，世界文学就是一个从氏族文学到世界文学的扩散过程："社会生活的逐渐扩张，从氏族到城市，从城市到国家，从这二者到世界人性，作为我们在比较文学的研究中的适当顺序。"②

从比较文学变异学的视域来看，其历史贡献在于以下几点。1. 奠定了比较文学学科基石。波斯奈特采用历史和社会进化论的科学方法理性研究比较文学，这主要受到19世纪实证主义、达尔文进化论及斯宾塞社会进化论等思潮的影响。例如斯宾塞就曾指出："进化是物质和伴随着运动的消耗的统一；在进化过程中，物质从不确定的和无条理的同质性转变到明确而凝聚的异质性；同时，所保持的运动经历着相同的改造。"③ 这就是一种普遍进化论思想，社会学和其他科学一样，在进化中保持平衡："这个平衡的一般原理，像前面的一般原理一样，可以在一切形成的进化——天文学的、地质学的、生物学的、心理学的和社会的进化——中找到。"④ 可见，斯宾塞从进化这个角度，将人文研究的科学性同其他学科相提并论。当然，对文学的社会性演变与进化因素阐释得最为详尽的当属法国学者丹纳，他在《艺术哲学》中指出："要了解一件艺术品，一个艺术家，一群艺术家，必须正确的设想他们所属的时代的精神和风俗概况。这是艺术品最后的解释，也是决定一切的基本原因。"⑤ 他认为"种族、时代、环境"是构成文学形态的决定性因素。与波斯奈特同时期的相关论著，还有史达尔夫人《论文学》、卡拉耶夫《西欧的文学进化》、古默里《诗歌起源》、布吕纳介《欧洲文学》和麦肯什《文学的进化》

---

① [爱尔兰] 波斯奈特：《比较文学》，姚建彬译，中国社会科学出版社2015年版，第236页。
② 同上书，第82页。
③ [英] 斯宾塞：《斯宾塞教育论著选》，胡毅、王承绪译，人民教育出版社2004年版，第155页。
④ 同上书，第158页。
⑤ [法] 丹纳：《艺术哲学》，傅雷译，安徽文艺出版社1991年版，第46页。

等。这些著述构成比较文学科学化的共鸣性文本,为比较文学学科理论发展奠定了科学基础。2. 为20世纪比较文学发展预设了基本方向。他之所以将比较文学设定为外部研究和内部研究,就在于用理性精神视之为对象化的客体存在,每一个客体都有其内在变迁与外在制约的双重运作。韦勒克和沃伦在《文学理论》一书中就沿用了外部研究和内部研究的表述:"这些对文学外在因素的研究方法,并不限用于研究过去的文学,同样可用于研究今天的文学。"① 从纵向发展来看,波斯奈特认为比较文学是文学发展的一般理论,即认为文学经历了兴起、高潮、衰落的过程,那么比较文学研究就是要阐释这个进化变异的过程;从横向拓展来看,他又勾勒出"氏族文学—城邦文学—民族文学—世界文学"的总体图示。通过文学内部发展的对比观照和外部模仿借鉴的影响论证,能够阐明比较文学的源远流传和进化模式,这种实证性的思维是值得肯定的。季羡林就曾指出:"我羡慕天马行空;但是我更赞赏在地上脚踏实地走路的人。搜集一点这样实打实的表现相互影响的资料,十分不简单。"② 法国学派的渊源学、流传学、媒介学等等,都是对实证影响研究的传承发展。不同之处在于:法国学派所理解的民族文学,主要聚焦以法国为中心的民族文学,他不是一个散点共时发展或多点同步辐射过程,这正是后来韦勒克批判影响研究为"贸易往来"的根本原因,而雅斯贝尔斯关于"轴心时代"的多元文明论,也是对法国学派"中心起源论"思想的哲学纠正。3. 启示了跨文化、跨文明研究。法国比较文学家布吕奈尔指出:"尽管波斯奈特偏爱希腊—罗马文明,但他经常远远超出欧洲和阿兹特克人的墨西哥中去寻找比较的内容,他承认印度和中国的文学在'世界文学'中的地位。"③ 世界文学并不是一个空洞的乌托邦,每一个国家和民族都占据一席之地。歌德对"世界文学"的构想,也是源于阅读中国文学作品《好逑传》受到的启发,他指出:"我们德国人如果不跳开周围环境的小圈子朝外面看一

---

① [美]韦勒克、沃伦:《文学理论》,刘象愚等译,生活·读书·新知三联书店1984年版,第65页。
② 季羡林:《比较文学与民间文学》,北京大学出版社1991年版,第3页。
③ [法]布吕奈尔:《什么是比较文学》,葛雷、张连奎译,北京大学出版社1989年版,第25页。

看，我们就会陷入上面说的那种学究气的昏头昏脑。所以我喜欢环视四周的外国民族情况，我也劝每个人都这么办。民族文学在现代算不了很大的一回事，世界文学的时代已快来临了。"① 歌德从普遍人性论角度提出了世界文学的构想，马克思、恩格斯在《共产党宣言》中从经济和市场角度强调世界文学的跨越性特征，波斯奈特从社会进化论角度强调了文学的时空拓展，他们在比较文学与世界文学发展初期，就对异域文明与文学进行跨界展望，推进了比较文学的前进之路。

其局限在于以下方面。1. 强化科学性忽视文学性。文学性是变异学的学科支点之一，波斯奈特将文学推向科学化的过程中，掩盖了比较文学的文学属性，规避了没有实证性影响关系的文学现象之间的对比阐释问题，这也为后来美国学派用"文学性"来批判影响研究埋下了伏笔。2. 强化遗传性忽视变异性。用进化论研究比较文学在方法论层面没有问题，关键是不同国家和民族的文学与文学之间，除了遗传之外，还有变异，这些变异状态是否具有比较价值，如何在变异中体现文学的另一种衍化规律，他没有在理论上展开充分阐释，这也是比较文学变异学重点关注的内容。

二 巴登斯贝格与《比较文学：名称与实质》

干永昌指出："比较文学学科是法国学者巴登斯贝格和第根在十九世纪末二十世纪初奠定基础的。"② 1921 年，巴登斯贝格与哈扎共同主编《比较文学评论》和《比较文学评论丛书》，围绕这两个刊物及巴黎大学"近代比较文学研究所"，推进了法国学者对比较文学研究的关注和比较文学法国学派的滥觞；"他们及其后继者被称作法国学派，这个学派认为法国文学是欧洲文学的辐射源和中心，有着极其辉煌的成就，初期法国学派的学者就是以法国文学为中心，织成欧洲诸国文学的网络，以研究直接或间接的相互影响。"③ 在

---

① [德] 歌德：《歌德谈话录》，爱克曼辑录，朱光潜译，人民文学出版社 1978 年版，第 113 页。
② 干永昌：《比较文学研究译文集·前言》，上海译文出版社 1985 年版，第 6 页。
③ 同上书，第 7 页。

《比较文学评论》的创刊号上,他发表著名的《比较文学:名称与实质》,其主要观点如下。

(一) 比较文学不是文学比较

他指出:"有人说:'比较文学!'文学比较!这是毫无意义又毫无价值的吵闹!我们懂得,它只不过是在那些隐约相似的作品或任务之间进行对比的故弄玄虚的游戏罢了。"① 在他看来,按照文学比较的路径来研究比较文学极为荒谬,因为"仅仅对两个不同的对象同时看上一眼就作比较,仅仅靠记忆和印象的拼凑,靠一些主观臆想把可能游移不定的东西扯在一起来找点类似点,这样的比较绝不可能产生论证的明晰性"。② 所以,他主张用文献考证来研究欧洲各国文学之间的渊源关系:"在这一切都在变化的王国中,比较文学只打算仍然注意这样一些事实,这些事实的重要性,在全球关系易变时期正在不断地增长。"③ 面对事实,实事求是,言之有物,科学论证,是他及法国学派的基本观点。这个观点的提出其实有着复杂的学术背景,那就是克罗齐对比较文学学科的批判和质疑:"克罗齐世纪初对比较文学的诘难,体现的是一种基本否定的立场。诘难主要集中在世纪初比较文学研究对象混乱芜杂越出文学范围,学科目的悖谬忽视个性,比较方法不足以单独确立学科基础,基本内容如影响研究、平行研究立论谬误背离文学特性。"④ 这种全方位的批判,不得不促使比较文学研究者谨言慎行,比波斯奈特更加认真地寻找学科理论依据。

(二) 比较文学研究遗传中的演变

虽然他也将进化论思想用于比较文学研究,但是他显然比波斯奈特更注

---

① [法] 巴登斯贝格:《比较文学:名称与实质》,干永昌:《比较文学研究译文集》,上海译文出版社 1985 年版,第 32 页。
② 同上书,第 33 页。
③ 同上书,第 47 页。
④ 张敏:《比较文学的学科依据——试论克罗齐世纪初对比较文学的诘难》,《文艺研究》2000年第 3 期。

重比较视域下的形态演变问题：

> 于是比较文学渐渐成了一种"遗传学"，一种艺术的形态学；我所要说的是，它拒绝接受一切已被肯定的作品和已有的声望，更加有意识地将自己置身于后台，而不是在剧场里；它赞同由蒙田、歌德、笛卡尔和圣伯夫都曾提出过的看法，更重视发现一部作品的形成和演变，而不是像那些印象派或教条主义的批评家那样，把作品的光辉或平庸之处当成确定不变的凝固的东西。①

这实质上强调的是"影响"与"被影响"之间发生的意义变化，我们可以固定一部作品，但是不能固定一部作品的意义，要在比较之中发现其形成和演变的轨迹，因此"不要把大孚众望的现象当作天体，让人们能在一个固定的天空中跟踪其轨道上升和运行，重要的是了解那些光照未来的众星所处的平面本身的'不定性'"②。当然，他所说的这些"演变"和"不定性"，仍然存在一个坚实的"后台"和"确定性"，存在一个意义的主体本源和话语中心，这个潜结构岿然不动地矗立在比较过程之中，构成法国学派影响研究的基本属性。

（三）比较文学的任务是确定比较中心并开展清理

他认为："在仅限于人类精神范围本身的文学史内容显得纷繁多变的情况下，为如此动荡的表面确定一个基本的中心，难道不重要吗？模糊一团的物质，越是不确定和不可捉摸，就越应该明确和坚固它的核心。"③为什么要确立一种中心呢？这显然不仅仅是对比较起源的厘定，更是基于民族优越性的话语设置，一种结构化秩序的先验判定，如孟德斯鸠说："在这无数的思想中，我将较多注意事物的秩序，而较少注意事物的本身。我将不能不左

---

① ［法］巴登斯贝格：《比较文学：名称与实质》，干永昌：《比较文学研究译文集》，上海译文出版社1985年版，第46—47页。
② 同上书，第46页。
③ 同上书，第47页。

右探寻、推敲钻研,以发现真理。"① 对秩序的强化,仍然是一种清晰的科学逻辑思维模式。所以比较文学的主要思路还是先确定意义中心,再清算意义变异发展的逻辑秩序:"'比较主义'的努力所要达到的,是一种仲裁,一种清算,它将为新的、人道的、有生命的、文明的信念开辟道路,我们的这个世纪是能够再次作到这一步的。"②

巴登斯贝格这三个观点,主要阐明比较文学并不是随心所欲"拉郎配",其可比性乃是文学的实证性、可靠性的"遗传基因"。由此可以"知道在由外国文学所体现的外来意识中,一种思想或一种情感的际遇可以达到什么程度"③。所以,比较文学研究,就是确定一个"中心",并清理出其中的渊源和变异的路径:"这些精确的做法都胜过一些说教,能为解体的人类提供一些有一般价值的比较稳固的基础。"④

由于克罗齐将比较文学打得"片甲不留",他这些观点,从实证主义和达尔文进化论的角度出发,有力回应了克罗齐对比较是一种手段而不是一种科学的质疑,也克服了印象派和教条主义的弊端。但从比较文学变异学的角度来看,他的不足在于:侧重对文学基因的正向溯源,忽视了文学基因的逆向变异;侧重"求同"思维下的文学向心运动,忽视了"变异"思维下文学在跨文明中的意义离散、变异及创造性叛逆;侧重对比较文学确定性、精确性的论证,却忽视了人文学科主体能动性和多元化层面,对异质文化与文明中没有事实关联性的文学现象或文学规律,没有进行深入阐释。他所忽视的这些内容,都是比较文学变异学试图重点研究的问题。

三 梵·第根与《比较文学论》

如果说巴登斯贝格侧重对比较文学的实践研究,那么梵·第根则侧重对比较文学的理论研究。其主要著作《比较文学论》系统总结了欧洲比较文学

---

① [法]孟德斯鸠:《论法的精神》,张雁深译,商务印书馆2007年版,第176页。
② [法]巴登斯贝格:《比较文学:名称与实质》,第47—48页。
③ 同上书,第48页。
④ 同上。

的历史形态及法国学派的理论特征,具体观点如下。

(一) 比较文学是一种影响关系研究

他对比较文学理论特征的大致描述是:

> 真正的"比较文学"的特质,正如一切历史科学的特质一样,是把尽可能多的来源不同的事实采纳在一起,以便充分地把每一个事实加以解释是扩大认识的基础,以便找到尽可能多的种种结果的原因。总之"比较"这两个字应该摆脱了全部美学的含义而取得一个科学的含义的。而那对于用不相同的语言文字写的两种或多种书籍场面主题或文章等所有的同点和异点的考察,只是那使我们可以发现一种影响,一种假借,以及其他等等,并因而使我们可以局部地用一个作品解释另一个作品的必然的出发点而已。①

他和波斯奈特一样,都试图用历史科学的思维研究比较文学。同时,比较文学要摆脱全部美学的含义而取得科学含义,这是19世纪以来比较文学学科的先驱们所一脉相承的奋斗目标。所以说:"比较文学的对象是本质地研究各国文学作品的相互关系。"② 有关系就有可比性,没有关系就不能比较,这就否定了将不同文明文学进行跨文明阐释的研究路径,而美国学派平行研究认为没有事实关系的文学仍然可以进行平行阐释,同样,中国学者提出的比较文学变异学也强调没有实证影响关系的不同文明文学同样具有可比性,这是比较文学变异学对影响研究在可比性问题上的创新发展。

(二) 比较文学是刻画"放送者、接受者、传递者"的经过路线

这个描述构成了比较文学法国学派的理论基石:

---

① [法] 梵·第根:《比较文学论》,戴望舒译,吉林出版集团有限责任公司2010年版,第4—5页。
② 同上书,第37页。

在一切场合之中，我们可以第一去考察那穿过文学疆界的经过路线底起点：作家、著作、思想。这便是人们所谓"放送者"。其次是到达点：某一作家，某一作品或某一页，某一思想或某一情感。这便是人们所谓的"接受者"。可是那经过路线往往是由一个媒介者沟通的：个人或集团，原文的翻译或模仿。这便是人们所谓"传递者"。[①]

这是影响研究的基本纲领。之前的比较文学家，虽然指明了比较文学的"影响"和"实证性"特征，但是如何影响、如何实证，则语焉不详。梵·第根从理论上对此进行了细化："一切整个的影响都可以分为无数特殊的小影响，而我们是应该把它们一一地加以考验的。"[②] 更为重要的是，他不仅注意到放送与接受两个着力点，更意识到作为"中间体"的传递者、媒介者的重要作用："我们还常常碰到这样的事：便是有一些特别有效能的媒介者既不属于放送者国家，又不属于接受者国家，却是属于一个第三者国家的；他们以他们本身的资格演着'传递者'的角色。"[③] 除此之外，"中间体"可能不仅仅是单个媒介，还可以是一种媒介组织："另一种媒介是由团体或'社会环境'组成的。文学史应该注意这些活跃而繁殖的细胞；朋友的集团，文学会社，'沙龙'，宫廷，这些有时都助长移植或推行某一些外国作品。"[④] 也就是说，影响并非简单的假借模仿，由于传递者作为第三者的介入，整个过程变得非常复杂。这是对影响研究的进一步完善，使"两点一线"变成"三点共面"。由此影响研究的学科理论构架基本完成，即："整个比较文学研究的目的，是在于刻画出'经过路线'，刻画出有什么文学的东西被移到语言学的疆界之外去这件事实。"[⑤]

---

① ［法］梵·第根：《比较文学论》，戴望舒译，吉林出版集团有限责任公司2010年版，第39页。
② 同上书，第40—41页。
③ 同上书，第123页。
④ 同上书，第124页。
⑤ 同上书，第46页。

(三) 比较文学影响研究的三大领域

根据放送者、传递者、接受者三个维度，比较文学可以分为三个研究方向。第一，"如果他是置身在放送者的观点上的，他可以研究一件作品，一位作家，一种文体，一种全国文学，在外国的'成功'，它们在那儿所生的'影响'，以及在那儿以它们为模范的各种模仿（在这些种种不同的表现之间，本位是在发送者那里的）"①。这就是我们所说的"流传学"，流传学研究的焦点聚焦在放送者，以此为中心构建一个意义的生成变迁系统。第二，"如果他是置身在接受者的观点上的，那么他便要去探讨一位作家或一件作品的可以任意变化的'源流'，而这时本位便在接受者那面了"②。这就是我们说的"渊源学"，从意义的终点出发，去考察某个文本的思想源流。第三，"最后，他会碰到那些促进影响之转移的'媒介者'；那时每个主题的本位便在传递者那里了"③。这就是"媒介学"，传递者不是简单的意义的二传手，它也具有意义的生成权力，这三个层面构成了法国学派的核心研究体系。

(四) 提出国别文学、比较文学、一般文学的分类

第一，关于国别文学，他对波斯奈特的观点进行了创新。波斯奈特的逻辑推演结构是："氏族文学—城邦文学—民族文学—世界文学。"这个逻辑构架，是站在社会学和民族学意义上的逻辑划分，他认为："我们只要去观察民族史的种种开端，就能够理解文学的真正发展是多么容易被遮蔽，要发现它又是多么艰难。"④ 波斯奈特的理论基础是社会进化论，就是每一个氏族、城邦在民族文化和文学基因上的通约性，最大限度地追求文学表象和文学根脉上的同源性。梵·第根却从外在模仿的角度独辟蹊径："在同一种族同一语言

---

① [法] 梵·第根：《比较文学论》，戴望舒译，吉林出版集团有限责任公司2010年版，第46—47页。
② 同上书，第47页。
③ 同上。
④ [爱尔兰] 波斯奈特：《比较文学》，姚建彬译，中国社会科学出版社2015年版，第8页。

的作家们之间,模仿是并不很丰富的。"① 就是说,同一氏族和城邦文学的比较,由于同质性的增强而导致模仿的单一。他指出:"反之,如果我们在涉猎法国文学的时候,把我们的注意力集中于它和别国文学的接触,那时我们便会立刻见到这些接触的频繁以及重要了。"② 国别文学由此具有了政治意义上的文学疆界,一个国家可能有多个民族,所以跨国文学的可比性疆界比跨民族更大,这种跨界带来的差异性,能够让源文本具有更丰富的阐释空间和变异空间。第二,关于比较文学,正是由于可比性的扩大,导致模仿的层次和内容更加丰富,比较文学也更具有重要意义。从这个角度出发,他将比较文学与国别文学的研究领域做了理论界定:

> 它可以在各方面延长一个国家的文学史所获得的结果,将这些结果和别的诸国家的文学史家们所获得的结果联在一起,于是这各种影响的复杂的网线,便组成了一个独立的领域。它绝对不想去代替各种本国的文学史;它只补充那些本国的文学史并把它们联合在一起。同时,它在它们之间以及它们之上,纺织一个更普遍的文学史的网。这个门类是存在的:它是这部书的研究对象;它名为"比较文学"。③

第三,关于一般文学,他指出:"所谓'文学之一般的历史'或更简单点'一般文学'者,就是一种对于许多国文学所共有的那些事实的探讨——或单以那些事实,或以它们的相互依赖关系论,或以它们的符合论。"④ 他所说的一般文学并不同于歌德所说的世界文学,这里所强调的是各国文学之间的事实性关联,这些关联具有同源或类同的特征。所以,他进一步指出:"地道的比较文学最通常研究着那些只在两个因子间的'二元的'关系;这些因子或者是作品,或者是作家,或者是作品或人的集团;这些关系则是关于艺术作

---

① [法]梵·第根:《比较文学论》,戴望舒译,吉林出版集团有限责任公司2010年版,第6页。
② 同上书,第7页。
③ 同上书,第10页。
④ 同上书,第141页。

品的实质或内容的。"① 那么一般文学就是要区别并弥补比较文学二元论模式：

> 一般文学是与各国文学以及比较文学有别的。这是关于文学本身的美学上的或心理学上的研究，和文学之史的发展是无关的。"一般"文学史也不就是"世界"文学史。它只要站在一个相当宽大的国际的观点上，便可以研究那些最短的时期中的最有限制的命题。这是空间的伸展，又可以说是地理上的扩张——这是它的特点。②

梵·第根是法国学派承上启下的关键人物，他对比较文学法国学派影响研究的基本理论特征和方法论体系进行了精心营构。对国别文学、比较文学、一般文学进行了学理区分。

从比较文学变异学的视域来看，他的局限在于以下几点。1. 虽然他将影响研究进一步理论化、具体化、多元化了，但是他刻画的"经过路线"仍然没有逃离实证性影响的共性弊端，忽视了对意义变异的生成性和过程性研究。2. 从比较对象上讲，他将比较文学局限在欧洲文明圈范围内的国别文学比较，将非西方文明文学排斥在外，他说的国别文学，主要还是与法国文学有着渊源关系的欧洲文学，通过文学文本输入输出的历史轨迹，展开比较文学的"贸易"痕迹管理。3. 科学取代美学。法国学派用科学性掩盖文学性，"成也萧何败也萧何"，虽然有效应对了克罗齐的质疑和批判，但是这种"片面的深刻"也是后来美国学派的主要攻击点。4. 理论与实践的内在矛盾。他认为比较文学研究的关键是国别文学之间的文学影响和假借，假借是对模仿的改进，但假借在实践中不可能是科学意义上的照搬挪用，整个过程充满意义的创造性和变异性。正如阿赫恩和温斯坦指出："不仅因为'国别'是一种虚构物，接受声音的同时关掉了更多的声音，而且因为文学自身也必然是混合的、立体声的、多孔渗透的、充满交流和影响的、国际性的。"③ 概言之，假借本身

---

① ［法］梵·第根：《比较文学论》，戴望舒译，吉林出版集团有限责任公司2010年版，第138页。
② 同上书，第141页。
③ ［美］阿赫恩、温斯坦：《批评在当今的功能：比较文学的承诺》，伯恩海默：《多元文化时代的比较文学》，王伯华、查明建等译，北京大学出版社2015年版，第85页。

就是一种美学叛逆，这种文学影响是不能进行科学实证的。因此，他所刻画的这个"经过路线"，并不是清晰单一、固定不变的研究对象，而是一个动态式的意义生成和开放式的话语建构过程，这也是变异学所强调的基本内容。

四　伽列与《比较文学》初版序言

作为巴登斯贝格的接班人和基亚的老师，伽列对影响研究提出了新观点，对比较文学进行了创新发展。

（一）坚持"比较文学不是文学的比较"①

这是法国学派的共同观点，他对此解释道："问题不在于将高乃依与拉辛、伏尔泰与卢梭等人的旧辞藻之间的平行现象简单地搬到外国文学领域中去。我们不大喜欢不厌其烦地探讨丁尼生与缪塞、狄更斯与都德等等之间有什么相似与相异之处。"② 这种没有实证性影响关系的类比，主观想象性强，比较的随意性大，缺乏科学性特征，因此他和巴登斯贝格一样，一如既往地加以反对。

（二）比较文学是国际性的精神交往和实际联系

他认为："比较文学是文学史的一个分支：它研究在拜伦与普希金、歌德与卡莱尔、瓦尔特、司各特与维尼之间，在属于一种以上文学背景的不同作品、不同构思以致不同作家的生平之间所曾存在过的跨国度的精神交往与实际联系。"③ 他创新提出"精神交往"的表述，相对于旅行、见闻、译介、传播等实际联系，精神交往虽然可靠性并不强，但也是一种影响形态，同样具有实证科学的逻辑依据，在这一点上，他发展了"影响"研究的基本形态。

---

① ［法］伽列：《比较文学》（初版）"序言"，北京师范大学比较文学研究组编：《比较文学研究资料》，北京师范大学出版社1986年版，第42页。
② 同上。
③ 同上书，第43页。

（三）比较文学之目的是描述国际文学影响和演变的关系史

同巴登斯贝格一样，他也认为："比较文学主要不是评定作品的原有价值，而是侧重于每个民族、每个作家所借鉴的那种种发展演变。"① 那么，如何描述这些演变？用什么媒介来展开？他认为影响研究不是想当然地进行猜想，而是要紧紧根据作家作品来进行文本分析：

> 人们或许又过分专注于影响研究了。这种研究做起来是十分困难的，而且经常是靠不住的。在这种研究中，人们往往试图将一些不可称量的因素加以称量。相比之下，更为可靠的则是由作品的成就、某位作家的境遇、某位大人物的命运、不同民族之间的相互理解以及旅行和见闻等等所构成的历史。②

伽列的主要创新在于：旗帜鲜明地提出比较文学不是文学比较，他认为没有实证性关系的文学现象之间是不具有可比性的，但是，他又与之前的学者有所不同，那就是他意识到"影响"所潜在的复杂性，影响不是简单的意义称量，要更加注重境遇、见闻、旅行等历史"事件"，这些"事件"构成了作品之历史。当然在这个过程中要特别注意借鉴中的演变，这对比较文学变异学是一个重要的启示，只是说，如何考量这个演变的过程、程度等等，他没有深入探究，他更关注的是文学作品之间的历史事实和经过路线，以及其他可以进行实证的材料。

五 基亚与《比较文学》

基亚也是法国学派影响研究的主要人物，他在其师伽列的基础上，对比较文学进行更加系统的研究，其主要观点如下。

---

① ［法］伽列：《比较文学》（初版）"序言"，北京师范大学比较文学研究组编：《比较文学研究资料》，北京师范大学出版社1986年版，第43页。
② 同上。

（一）比较文学就是国际文学的关系史

他提出一个著名的观点："比较文学就是国际文学的关系史。比较文学工作者站在语言的或民族的边缘，注视着两种或多种文学之间在题材、思想、书籍或感情方面的彼此渗透。"① 在这方面，基亚继承了其师伽列的关系论思想，他没有像巴登斯贝格一样为比较确定中心并展开清理，也没有从输入输出的角度来分析影响与被影响的关系。他和伽列一样，并不把比较视为简单的线性贯穿作用，而是用"彼此渗透"一词描述一种更复杂的关系："比较文学可以帮助两国进行某种民族的心理分析——在了解了存在于彼此之间的那些成见的来源后，双方也会各自加深对自己的了解。"② 中心是设定的，难免有主体成见，比较则需要深入这些成见之中，深入分析根源："这些工作的优点是可以避开'影响'这个暗礁。"③ 他把影响中的关系理解为系列化的关联域，而并非一种简单的主动影响与被动接受的关系："这并不是比较文学工作者们想要确立的'一'种关系而是一连串的关系。这些关系之间也并不需要对等。"④ 从以上这些表述可以看出，基亚对影响研究中的"关系"作出创新阐释，他强调的"关系"注重双向互动、彼此渗透和互相建构。

（二）基亚认为总体文学是欧洲中心论

他指出："梵·第根建议用'总体文学'这个词汇来指这种超越'二元'关系的比较文学工作的高级形式，以便在观察一些思想潮流和敏感的倾向时能采取一种真正具有国际性的观点，亦即西方的观点。"⑤ 他认为西方的观点就代表国际性的观点和世界性的视野，能够对所有思想潮流进行梳理。所以比较文学就是"把民族间的偏向和欧洲整个一代人的共同因素分辨清楚，表

---

① ［法］基亚：《比较文学》，颜保译，北京大学出版社1983年版，第4页。
② 同上书，第16页。
③ 同上。
④ 同上书，第74页。
⑤ 同上书，第93页。

现出某种文学对另一种文学的各种影响：说明每一次这样的伟大运动的情况，只有比较文学工作者才能担负起这个责任来"①。在这里，"共同因素"一词，表明他仍然是以同源性作为可比性，没有脱离影响研究的整体框架，在他看来："只要对一些文章找一找、读一读、比较比较，就可以找出一些共同的地方，显示出个人细微的差别来。"②

总体上讲，法国学派影响研究的共性特征是"寻同"，把可比性建立在"同源性"基础上，布吕奈尔的描述颇为准确："'法国'学派提出全部翔实的研究根据：在各种阐释以前，一种没有失误的、精细的年表的必要性（主要的困难不在于确定日期，而是选择日期）；强调以语言学的雄厚知识（借助原文总是比依靠翻译的作品好）为支柱的超国家的博学；汇集大量隶属于文化的、往往被忽略的有关事实。"③ 无论是波斯奈特用社会进化论的科学方法研究比较文学，或者基亚的跨国文学关系研究，抑或是梵·第根的"三段论"，他们的基本立场是欧洲各国文学存在事实性的影响与被影响关系，比较文学研究通过文本比对将"共同因素"找出来，有"共同因素"才有可比性，才能证明事实性的影响关系，这也是他们不能脱离欧洲文明体系框架的主要原因。

中国学者提出的比较文学变异学，从以上的学术史中寻找话语资源，并根据当今比较文学的发展语境调整"寻同"的研究方向，转而分析影响交流中的变异现象："比较不仅仅是从'同'的角度来画出一个圈，然后在这个圈中戴着镣铐跳舞。对'异'的分析和清理，其实也是一种比较。不同文明之间的异质性也具有比较的价值，甚至有更重要的比较价值。"④ 所以，从"寻同"的趋向中跳出来，思考影响中的意义变异及为什么发生变异，是比较文学变异学对法国学派包容式创新的主要体现。

---

① ［法］基亚：《比较文学》，颜保译，北京大学出版社1983年版，第105页。
② 同上书，第114页。
③ ［法］布吕奈尔：《什么是比较文学》，葛雷、张连奎译，北京大学出版社1989年版，第84—85页。
④ 曹顺庆：《比较文学概论》，高等教育出版社2015年版，第168页。

第二节 变异学视域下的平行研究述评

1958年美国教堂山会议,是学术界公认的法国学派影响研究向美国学派平行研究转向的分水岭。这次会议上,以韦勒克为代表的美国学者公开反对影响研究对实证性关系的过分依赖和对"比较"的过度强调,认为他们在研究方向上没有落脚于"文学",才导致"一潭死水"。其基本观点是:比较只是方法,而不是目的,只有聚焦于比较文学的文学性特征,才可能使得比较文学重获新生。

一 韦勒克与《比较文学的危机》

英国比较文学家巴斯奈特曾对韦勒克如此描述:"韦勒克代表的是'新世界'与'旧世界'的融合;他一开始是个欧洲形式主义者,最后却成了美国比较文学的泰斗。他的观点是前后一致的:历史是比较文学研究的中心。但是,这里的历史应该是文化史,而不是任何其他历史。"[①] 为什么巴斯奈特会作出这样的论断呢?我们可以看看韦勒克的基本观点。

(一)反对"贸易往来"式的影响研究

他曾毫不客气地向法国学派公然开炮:"直截了当地说,在方法和方法论见解方面,比较文学已成为一潭死水。"[②] 那具体是什么原因呢?他进一步分析道:

> 我们学科的处境岌岌可危,其严重标志是,未能确定明确的研究内容和专门的方法论。巴登斯贝格、梵·第根、伽列和基亚所公布的纲领,

---

① [英]巴斯奈特:《比较文学批评导论》,查明建译,北京大学出版社2015年版,第43页。
② [美]韦勒克:《比较文学的危机》,干永昌:《比较文学研究译文集》,上海译文出版社1985年版,第132页。

也并未完成这一基本任务。他们把陈旧过时的方法论包袱强加于比较文学研究，并压上十九世纪事实主义、唯科学主义和历史相对主义的重荷。①

他认为比较文学危机的原因在于：法国学派用历史相对主义和唯科学主义方法论强加于比较文学，并且"把'比较文学'局限于研究文学之间的'贸易交往'，无疑是不恰当的"②。文学交流并不像贸易往来一样清晰可辨，在他看来："因为没有一部作品可完全归于外国的影响，或者被视为一个仅仅对外国产生影响的辐射中心。"③ 这个表述意味着对影响中心和实证研究的双重质疑。

（二）艺术品是外在影响与内在结构的整体融合

他认为："艺术作品不只是渊源和影响的总和，它是一个整体。在这个整体中，从别处衍生出来的原材料不再是毫无生气的东西，而是与新的结构融为一体了。"④ 换言之，比较不是接受与被接受、影响与被影响的关系，它是一个互动生成的过程，是异域文学与本土文学的有机融合。他进一步分析原因："比较文学的兴起是对十九世纪学术界的狭隘民族主义的反动，是对法、德、意、英等国很多文学史家的孤立主义所表示的异议。"⑤ 这个观点在波斯奈特《比较文学》中有所体现，但美国和欧洲国家的文化扩张有所不同。二战以后，美国在全球迅速崛起，美国比较文学家显然对法国学派"寻同"的做法并不满意，因为按照梵·第根所说的"放送者—传递者—接受者"的传播路线，那么美国总处于被影响和被接受地位，这个年轻的国家没有什么可以炫耀的东西，也占不了什么便宜，只能跟着欧洲国家屁股后面跑，

---

① ［美］韦勒克：《比较文学的危机》，干永昌：《比较文学研究译文集》，上海译文出版社1985年版，第122—123页。
② 同上书，第123页。
③ 同上。
④ 同上书，第125页。
⑤ 同上书，第127页。

韦勒克毫不避讳地说:"这种文化扩张主义,甚至在美国也可以见到,虽然总的说来,美国对它有免疫力。这一半是由于美国值得炫耀的东西比人家少,一半由于它对文化政治不如别的国家感兴趣。"① 从文学发展态势来看,美国作为一个年轻国家,文化特征在于开放包容,如果按照影响研究的路径,那么他们就主要是被影响的对象,这不是对称性比较。因此他们要扭转这种被动局面,争取话语主动权,而下手之处,正是"影响"这种研究方式。

(三) 比较文学的本质是"文学性"

他指出:"文学史和文学研究只有一个对象,那就是文学。"② 这是比较文学研究方向的重要转变,法国学派把"关系"作为研究对象,主要体现"比较"的方法论意义,而美国学派将重心聚焦于文学文本及其意义生成机制,因为法国学派影响研究的内在文化动机实际上抹杀了比较文学的文学性特征,所以:"我们必须正视'文学性'这个问题,它是美学的中心问题,是文学艺术的本质。"③ 法国学派用想象性的先验预设来研究文学,必然会导致同一性的现象符号,而事实上文学差异是无所不在的,他指出:"人,普遍的人,任何地方、任何时候的人,就会以千差万别的形式出现。于是文学研究将不再是古玩家的娱乐,不再是民族借贷的统计,甚至不是各种交互关系之网的编织。它将象艺术本身一样成为一种想象的行为,成为人类最高价值的保护者和创造者。"④ 所以比较文学不能仅仅局限在氏族、城邦、民族和国家等疆界之中,应当跨越这些界限来展开比较:"比较文学是一种没有语言、伦理和政治界限的文学研究。"⑤ 这个表述在于强调比较文学是"文学研究",它没有固定的界限,或者从另一个角度来说:"比较文学当然要克服民族的偏

---

① [美] 韦勒克:《比较文学的危机》,干永昌:《比较文学研究译文集》,上海译文出版社 1985 年版,第 129 页。
② 同上书,第 124 页。
③ 同上书,第 133 页。
④ 同上书,第 134—135 页。
⑤ 同上书,第 144 页。

见和地方主义,但这并不意味着可以否定或缩小不同民族传统的存在和活力。"①

从比较文学变异学的立场来看,韦勒克的理论贡献在于以下几点。1. 找准了影响研究的关键症结。他认为梵·第根把比较文学视为刻画两国文学之间的"经过路线"是不合适的,也指出伽列和基亚把比较文学视为国际文学关系史的理念同样不合理,这些观念导致无法从整体上研究文学作品,只能按图索骥,从历史痕迹中进行局部性考据。同时,比较文学不仅要跨国家,而且要跨文化,它没有语言界限和政治界限,甚至没有实证性影响的文学也可以互相阐释。2. 回归比较文学的"文学性"。将文学和历史区分开来,转向对文化史的强化。文学就是文学,它就是比较文学的对象主体,只有聚焦文学文本,比较文学才会因其文学性的回归而显示出蓬勃生机,否则只能是历史科学的一个组成部分,最后奄奄一息。3. 纠正了影响研究的被动传播方式。他认为一部文学作品应当是整体性的有机结构,是外在的影响和内在的转化二元互动的诗学链条,更为重要的是,影响不是线性传播,而是立体传播,接收方不仅仅被影响,还反过来影响和改变源文本和放送点的意义结构,继而使得单向传承演变为双向建构。韦勒克攻击的不是一个国家,而是一种研究方式。中国比较文学群体从以上观点获取了话语资源,比较文学变异学肯定了平行研究对文学性的强调,同时又对其展开了包容性发展,从战略上整合影响研究和平行研究的核心思想,认为比较文学应当具有跨越性和文学性两个基本特征,这是用中国文化"和而不同"的思想来对两者进行融贯创新。

二 雷马克与《比较文学的定义和功能》

如果说韦勒克解构了法国学派的影响研究方式,那么雷马克则试图建构新的比较文学话语体系,巴斯奈特认为:"雷马克构建了美国比较文学研究的

---

① [美] 韦勒克:《比较文学的危机》,干永昌:《比较文学研究译文集》,上海译文出版社 1985 年版,第 157—158 页。

基石；这种研究与法国学派截然不同，由此一劳永逸地打破了法国模式的主导地位。"① 这个论断的主要依据如下。

（一）比较文学是跨国家、跨学科研究

这是美国学派的重大创新，雷马克认为："比较文学研究超越一国范围的文学，并研究文学跟其他知识和信仰领域，诸如艺术（如绘画、雕塑、建筑、音乐），其他科学、宗教等之间的关系。简而言之，它把一国文学同另一国或几国文学进行比较，把文学和人类所表达的其他领域相比较。"② 这段表述意图很明显，比较文学不仅仅是两个国家之间的"贸易往来"，还可以是一国文学与多国文学的散点式比较；另外，比较除了跨国家，还可以跨学科，研究文学与其他学科之间的关联性和通融性，通过跨学科的研究视域来确认"文学"的学科属性，这是法国学派所没有提到过的内容。

（二）应当重视比较中的文学融创机制

他分析影响研究的主要问题在于："在许多影响研究中，对渊源的探索注意得过多，而对下列问题则重视不够：保留了什么、扬弃了什么，材料为什么和怎样被吸收并融化，其成效如何？这样，影响研究就不仅会增长我们的文学史知识，而且还有助于我们对创作过程和文艺作品本身的理解。"③ 这一点上，他同韦勒克一样，聚焦比较文学的文学性特征，他重点强调文学交流中的吸收、融化、再创造过程，这显然是追求"同源性"的影响研究所不愿意触碰的领域，因为一旦转向接受国的再创造立场，那么这无异于消解"影响"的潜在制约。正因如此，雷马克的理论创新让接受国的主体性作用逐渐彰显。换言之，这不再是研究谁影响了谁，而是研究谁从谁那里吸收借鉴了什么，又转化发展成了什么，这也是变异研究所重

---

① [英] 巴斯奈特：《比较文学批评导论》，查明建译，北京大学出版社 2015 年版，第 38 页。
② [美] 雷马克（原译雷迈克，下同）：《比较文学的定义和功能》，干永昌：《比较文学研究译文集》，上海译文出版社 1985 年版，第 208 页。
③ 同上书，第 209 页。

点关注的领域。

（三）从文学的地理性和学科属性双向扩张比较范围

雷马克从文学发生的角度，开始思考比较文学意义生成过程中的作用与反作用关系，从影响的事实性关系进入文学的生成性关系。所以他和韦勒克一样，特别注重文学性："他们仿佛忘了我们学科的名称是'比较文学'，而并非'影响文学'。"① 另外，从比较的视野来看，他对法国学派的跨界性进行扩充："最好的办法是不仅把几种文学相互联系起来，而且把文学和人类知识和活动的其他领域，特别是艺术和思想领域联系起来；也就是，从地理上和属性上扩大文学研究的范围。"② 这段论述其实是对比较文学跨国家、跨学科理论的重申。值得注意的是，他强调扩大文学研究范围的同时，又对世界文学的提法保持慎重，他认为："'世界文学'这个口气很大的术语，含有认识整个世界———般指西方世界的意思。"③

（四）用比较视域取代比较规则

基亚认为影响研究就是要"显示出个人细微的差别来"④。但是雷马克认为："比较文学的研究不必每一页、甚至不必每一章都包含比较，但总的目的、重点和方法上必须是比较性的。对目的、重点和方法的验证需要有客观和主观的判断。因此，除这些标准之外，就不可能也不应该再制定什么刻板的规则。"⑤ 对比较文学而言，既然否定"贸易往来"式的清算，那么同样可以不拘泥于细节的比对和考证，比较文学并没有固定的比较规则，要用一种整体性的比较视域和研究方法来展开。

---

① ［美］雷马克（原译雷迈克，下同）：《比较文学的定义和功能》，干永昌：《比较文学研究译文集》，上海译文出版社1985年版，第209页。
② 同上书，第214页。
③ 同上书，第217页。
④ ［法］基亚：《比较文学》，颜保译，北京大学出版社1983年版，第114页。
⑤ ［美］雷马克：《比较文学的定义和功能》，干永昌：《比较文学研究译文集》，上海译文出版社1985年版，第219页。

三 艾田伯与《比较文学的目的,方法,规划》

艾田伯(René Etiemble,又译艾金伯勒)是比较文学从影响研究向平行研究演变的一个过渡者。他本身传承了法国学派的基本思想,但又对法国学派进行批评,同时,他意识到比较文学发展过程中所面临的种种问题,所以在理论思想上具有两面性和双重性。

(一) 不存在事实联系的文学类型同样具有可比性

他为没有调和教堂山会议法美学派的尖锐矛盾而感到遗憾,他指出:"说到两个'学派'——或更确切地说,两种倾向——意见不合,谁也不会否认。"① 教堂山会议上美国学者的强势攻击,成为20世纪比较文学研究模式转向的分水岭。他如此分析:"一种倾向坚持认为,由于这门学科实质上是与历史研究同时产生的……,它一定是,而且也只能是文学史的分支;这里的'文学史'是就其依据、注重事实的意义上来理解的。"② 这一种倾向主要是指波斯奈特以来的法国学派影响研究模式,他们用历史科学的思维去研究文学,这样必然会导致比较文学成为文学史的一个分支。相反:"另一种倾向认为,即使两种文学并不存在历史的联系,对这两种文学根据各自用途发展起来的那些文学类型进行比较仍然是有理由的。"③ 当然这是美国学派的主要观点,也是他更为赞同的意见:"如果说我能够引用公元前和公元后十二个世纪的中国诗歌来解释十八世纪的前浪漫主义的所有题材的话,显而易见,这是因为那些形式存在着,类型存在着,不变因素存在着,一句话,有人存在,文学也就存在。"④ 显然,他认为可比性并非局限于事实联系,只要文学的基本类型存在,不变因素存在,那么在文学性的规律层面,是可以比较的,例

---

① [法]艾田伯(又译艾金伯勒):《比较文学的目的,方法,规划》,干永昌:《比较文学研究译文集》,上海译文出版社1985年版,第94页。
② 同上书,第95页。
③ 同上。
④ [法]艾田伯:《比较文学的目的,方法,规划》,干永昌:《比较文学研究译文集》,上海译文出版社1985年版,第99页。

如抒情文学这种类型，各个国家和民族都有，只是具体表象形态不同，为什么不能将之进行类比呢？这是对法国学派实证性影响研究的颠覆性叛逆。

(二)"三个结合"的方法论构建

他和美国学派的其他学者一样，将比较文学从历史性转向了文学性："比较文学史的研究与文学的比较研究是不一样的；文学是寓于人的自然语言之中的诸形式的系统；文学的比较研究不应当局限于'事实联系'的研究，而必须尝试把研究导向对作品的价值的思考。"[①] 如何展开有价值的思考呢？他理想中的比较文学就是："将历史方法与批评精神结合起来，将案卷研究与'文本阐释'结合起来，将社会学家的审慎与美学家的大胆结合起来，从而最终一举赋予我们的学科以一种有价值的课题和一些恰当的方法。"[②] 他所说的这"三个结合"，应该说和美国学派是一脉相承的，法国学派注重历史方法、案卷研究和社会学研究模式，继而导致比较文学的学科危机，那么化解这个危机的方式就是注入批评精神、文本阐释和美学元素，这三个元素是美国学者提出的针对性策略，是对法国学派的补充和完善。

(三) 回归文学性的本质属性和审美特征

他指出："和我一样，雷内·韦勒克没有忘记，在'比较文学'中有'比较'一词，但和我一样，他也相信，另一个词'文学'是不应被忘记的。"[③] 所以，这个转向的核心元素就是从比较的科学方法论转向文学的审美批评论，从历史主义转向文学批评："文学的比较研究，甚至对那些相互之间没有影响关系的文学的比较研究会对当代艺术的复原作出贡献。"[④] 所以，他们就打破了影响与实证的圈子，用一种更宏大、更包容、更开放的视域来切

[①] [法]艾田伯：《比较文学的目的，方法，规划》，干永昌：《比较文学研究译文集》，上海译文出版社1985年版，第99页。
[②] 同上书，第102—103页。
[③] 同上书，第107页。
[④] 同上书，第117页。

入比较文学,最后走向平行阐释之路。

(四) 比较诗学方向

他曾做出一段经典的推断:"历史的探寻和批判的或美学的沉思,这两种方法意味它们自己是势不两立的对头,而事实上,它们必须互相补充;如果能将两者结合起来,比较文学便会不可违拗地导向比较诗学。"① 他的这个论断与前面讲的三个结合是互为补充的。他认为如果用科学的历史研究方法研究比较文学,那么比较文学必然会成为文学史的一个分支,法国学派正因如此,才走向历史科学的极端,导致危机重重、一潭死水。同样,如果将平行研究的方式无限放大,绝对地用批判的和美学的思维研究比较文学,则可能陷入随意性比附和主观化阐释的囚笼。因为过分侧重比较文学审美性特征,就会陷入另一个极端,即比较的无所不包、无所不能。将两者结合,从比较文学走向比较诗学,意味着比较的对象从文学层面走向诗学层面,从现象性阐释走向本体性阐释,从个体性比较走向规律性比较。这个预言后来得到证实,西方20世纪70年代涌现了很多比较诗学著作,如1978年佛克玛、易布思等人的《比较诗学》,1985年巴拉康、纪延的《比较诗学》,1990年厄尔·迈纳的《比较诗学》,等等。其中影响最大的当属厄尔·迈纳的《比较诗学》,他认为比较诗学研究并不是"幻想出现一种能包罗万象的文学理论"②。没有一种无所不包的世界文学,也没有一种统揽全局的诗学理论,比较诗学是在文类对比中激发诗学的原创性和互补性:"当一个或几个有洞察力的批评家根据当时最崇尚的文类来定义文学的本质和地位时,一种原创诗学就发展起来了。"③ 这种观点,应当是对韦勒克、雷马克的比较文学理论的深化拓展,他将平行研究从文学现象层面转向理论规则层面,后来叶维廉的"文学模子",正是这种理论的一个实践体现。

---

① [法]艾田伯:《比较文学的目的,方法,规划》,干永昌:《比较文学研究译文集》,上海译文出版社1985年版,第116页。
② [美]厄尔·迈纳:《比较诗学》,王宇根、宋伟杰等译,中央编译出版社2004年版,第3页。
③ 同上书,第7页。

四 韦斯坦因与《比较文学与文学理论》

之所以选择韦斯坦因，因为比较文学变异学的提出受到他的思想启示，而且连韦勒克也认为，韦斯坦因《比较文学与文学理论》这本书是："同类著作中最好的一本，材料翔实，布局明朗，文字清晰，论断明智且宽容，是学习研究这一学科一本理想的教材。"① 其具体观点如下。

（一）关于比较文学的定义及可比性问题

他对法国学派影响研究的态度是："在今天看来，这种对事实的强调要么已经过时，要么就必须补充。如果文学研究降格为一种材料的堆砌，那就丧失了它的尊严，因为这样文学艺术品的美学价值就不再受到重视了。"② 可以看出，他也试图用比较文学的美学价值来取代历史科学价值，但这种取向不能走向极端："如果说，把比较文学仅仅限制在对'事实联系'作孤立研究没有什么结果的话，那么，另一个极端——贬低事实联系，抬高纯类似的研究——在我看来则超越了科学所允许的正当目标。"③这其实是和艾田伯的观点类似，他们都意识到平行研究在可比性问题上的危险。那么，如何在事实联系与美学价值之间寻找到一个最大公约数和最佳契合点？那就是文明的同质性！也就是说，在同一个文明体系内，不同国家的文学形态具有同源性或类同性，这两者可以成为正当的比较文学可比性，而异质文明基础上的文学形态，在话语质态上存在根本差异，不具有可比性：

> 我赞赏雷马克的热情，但在采取措施以防滑入仅作思辨的无底深渊之前，却不希望放弃学术研究可靠性的坚实基础。我不否认有些研究是可以的，例如艾金昂伯尔提倡的音韵、偶像、肖像插图、文体学等方面的比较研究，但却对把文学现象的平行研究扩大到两个不同的文明之间

---

① 转引自刘象愚《比较文学与文学理论·译者前言》，辽宁人民出版社1987年版，第1页。
② ［美］韦斯坦因：《比较文学与文学理论》，刘象愚译，辽宁人民出版社1987年版，第2页。
③ 同上书，第5页。

仍然迟疑不决。因为在我看来，只有在一个单一的文明范围内，才能在思想、感情、想象力中发现有意识或无意识地维系传统的共同因素。①

韦斯坦因认为比较文学应当局限在西方文明的整体框架之中，这样才具有比较的合法性，其实这种思想的根源，在歌德那里可以找到一些证据，他提出"世界文学"的概念之后马上就补充道："我们不应该认为中国人或塞尔维亚人、卡尔德隆或尼伯龙根就可以作为模范。如果需要模范，我们就要经常回到古希腊人那里去找，他们的作品所描绘的总是美好的人。对其他一切文学我们都应只用历史眼光去看。碰到好的作品，只要它还有可取之处，就把它吸收过来。"② 他认为西方文学的共同渊源是古希腊文学，正是这种共同性，让西方文学具有了可比性基础，西方文学可以在其基本立场上吸收外来文学，但是他并不认为两者可以进行跨文明对话。韦斯坦因回避了东方话语尤其是中国文论话语，认为东西方是两种不同的文明体系，既缺乏较多的实证性联系，也不具有共同的结构基础，甚至在某些根本问题上，东西方是迥然相异的。如果这种异质性也能作为可比性，那么比较文学将具有"无所不比"的泛文化危险。当然，韦斯坦因的谨言慎行是有道理的，他不想从一个极端走向另一个极端，所以牢牢抓住类同性、同源性这些"共同因素"。后来，叶维廉敏锐地看到了法国学派和美国学派在可比性问题上的共性问题及其矛盾因素，他要在这两个极端之间做出调和，由此而提出了"模子"理论："'模子'的寻根探固的比较和对比，正可解决了法国派和美国派之争，因为'模子'的讨论正好兼及了历史的衍生态和美学结构行为两个方面。"③ 当然，叶维廉的"模子"理论能否在实践上调和这种矛盾，尚有待于进一步论证，从思路上讲，这是比较可行的一种策略，比较文学变异学理论对这种模式也持认同态度。

---

① ［美］韦斯坦因：《比较文学与文学理论》，刘象愚译，辽宁人民出版社1987年版，第5页。
② ［德］歌德：《歌德谈话录》，爱克曼辑录，朱光潜译，人民文学出版社1978年版，第113—114页。
③ 叶维廉：《中西比较文学中"模子"的应用》，温儒敏：《中西比较文学论集》，北京大学出版社1988年版，第29页。

（二）关于影响与模仿中的创造性叛逆

他重点论述了翻译中的意义变异问题："在翻译中，创造性叛逆几乎是不可避免的。"① 所以，梵·第根所描述的那种"经过路线"，毫无疑问是无法实证的："无论如何，在大多数情况下，影响都不是直接的借出或借入，逐字逐句模仿的例子可以说是少而又少，绝大多数影响在某种程度上都表现为创造性的转变。"② 从这个角度分析，所谓的影响研究，其实在译介这个环节，就已经不再是影响了。而且，影响不是从量的角度去考虑，而是应当思考在借鉴与模仿中发生质变的过程："如果我们想彻底探查影响研究可能性的范围，我们可以考虑如下的一系列步骤：从逐字逐句的翻译开始，继而进入改编和模仿的高一级阶段，最后到接受影响后形成的独创性艺术品。'独创性'可以用来指那些在形式和内容上的创新，也可以指那些对从不同的模式中借鉴来的东西加以融会化合并给以新的解释。"③ 这一段表述完全从"影响"的思路中跳脱出来，聚焦于文本本身，聚焦于接受者的再创造，聚焦于意义的再生成，聚焦于形式与内容的再创新，这些都是研究视域的重大转向。

从比较文学变异学的角度来看，韦斯坦因的理论思想在两个方面有重要启示意义。一是关于翻译中的创造性叛逆问题。埃斯卡皮提出社会学中的"创造性叛逆"，韦斯坦因将之用在翻译中，他认为："在改造某一外来模式时，虽然翻译起着主要作用（例如波德莱尔对爱伦·坡的改造），但这种改造却并不限制在翻译的框架内。因此在多数情况下，叛逆必然是最有创造性的。"④ 这直接启示了比较文学译介学研究，译介学理论的奠基者谢天振教授认为："在实际的文学翻译中，创造性与叛逆性其实是根本无法分割开来的，它们是一个和谐的有机体。"⑤ 他直接化用了埃斯卡皮的理论观点，从思路上

---

① ［美］韦斯坦因：《比较文学与文学理论》，刘象愚译，辽宁人民出版社1987年版，第36页。
② 同上书，第29页。
③ 同上书，第30页。
④ 同上书，第36页。
⑤ 谢天振：《译介学》，上海外语教育出版社1999年版，第137页。

也与韦斯坦因的表述异曲同工。同时，从变异学的观点来看，译介中的"创造性叛逆"其实就是跨语际层面的"他国化变异"，这种变异的过程并不是对源文本的否定，而是一个本土化创新的过程，也是文学、文论和文化发展的一个基本规律。二是关于东西方跨文明比较研究的"迟疑不决"启示了比较文学变异学研究。在可比性问题上，美国学派走出了法国学派坚守的"关系圈"，从文学实证走向了跨文化、跨学科比较，打破了同源性的疆界，那么这是否意味着：不同文明、不同时代、不同语境下的任何作品都可以比较呢？非也！他们夺过法国学派的旗帜，宣誓美国学派的话语主权，但是并没有将这种话语权力推及东方文明及第三世界国家，也就是说，他们不是绝对地"寻同"，而是持有一个原则底线，那就是"拒异"。如果美国学派的"拒异"态度从学科理论上合法化，那么中国及东方国家开展的东西比较文学都是"自娱自乐""自欺欺人"。所以比较文学变异学首先就是要解决跨文明异质性成为比较文学可比性的问题："如果没有同，那就没有可比性。美国学者韦斯坦因在《比较文学与文学理论》中就是这样说的。显然，西方学者大多忽略了、甚至是否定了比较中异质性与变异性的可比性问题，这是比较文学现有学科理论的一个严重不足和重大的学科理论缺憾。"① 这个论断的深层意义在于：比较不仅仅是求同存异，也可以是异质互补，在文学性的基础上，可以摆脱彼此的思想关联，迂回到一种无关性的语境中，与主体本身进行对视，继而进入新的话语建构。比如说，在西方文艺美学视域中，裸体是一个重要的审美符号，但是在中国文论话语中，裸体却总是被遮遮掩掩、欲说还休，这就是东西方的差异。当然还有悲剧理论，西方悲剧强调严肃、庄重及美学崇高，而中国的悲剧理论强调悲哀、同情及怜悯。如果按照影响研究的思路来看，这根本不可实证，不具有可比性；如果从平行研究的思路来看，异多于同，也不可比。但是倘若我们将差异性作为可比性，将之置放在同一论域中，让异质话语碰撞激荡、对比互释，很可能有助于从跨文明语境中认识东西方文明文学的不同属性。所以，比较文学变异学就是在这个理论基础上进

---

① 曹顺庆：《比较文学概论》，高等教育出版社2015年版，第165页。

行发展创新。另外,厄尔·迈纳、奥尔德里奇、列文等都是美国学派的重要人物,限于篇幅及与变异学的学术关联性,不再展开论述。

五 俄苏学派与历史研究述评

在20世纪,俄苏学派历史研究和法国学派影响研究、美国学派平行研究曾一度构成比较文学之"三足鼎立"的形态,对国际比较文学的发展产生了重要影响。苏联解体以后,俄苏学派的影响力日渐式微,王宁教授认为:"至于'苏联学派',这实际上是一个不确定的概念,至少说它的涉及面在九十年代前仅限于苏联和一些东欧国家的比较文学研究,或者换句话说,如果它可以被当作一个学派而载入比较文学发展史的话,那么它所曾经产生过的影响力较之法国学派和美国学派来要小得多,而且这种影响已经成了历史。"[①] 因此,他在此文中提倡建设"东方学派",并建议以此来与法美学派形成新的"三足鼎立"。尽管国内很多比较文学教材已经不再提俄苏学派,只是在20世纪90年代及以前的比较文学译介资料中,可以了解到一些内容,但本书主要研究比较文学变异学理论,这是学科理论研究,因此有必要博采众长、万取一收,对这种过往的研究范式进行历史反思,以期对变异学有所借鉴。鉴于俄苏学派的基本观念和美国学派类似,在研究方法上与平行研究相近,因此归入这一部分进行简要描述。

(一) 维谢洛夫斯基与《历史诗学》

维谢洛夫斯基被公认为"俄国比较文学之父",他是俄国历史比较文艺学和历史诗学研究的创始人。他主要有两个观点。1. "多源说"。这主要指不同国家、不同民族之间的文学,尽管没有实证性的影响交流关系,但是在各自历史文化发展过程中,在某一种话语样式上存在异曲同工之妙,继而形成了比较文学的类同性特征。他认为西欧以实证主义方式研究文学,突出了某一国家某一位作家在文化史上的中心地位和重要作用,但是抹杀了人类文化史

[①] 王宁:《论国际比较文学研究新格局的形成》,《北京大学学报》1993年第5期。

的规律性元素,所以他指出:"比较研究揭示了其重要意义并不稍逊的另一个事实:这一系列不变的格式在历史领域延伸甚远,从现代诗歌到古代诗歌,到史诗与神话。这种材料就像语言材料一样稳定,对它的分析将带来同样稳定的成果。"① 他将可比性建立在一种"稳定性"之中,当然,这里的稳定性并不是作品本身的稳定性,而是由于历史发展规律中不同民族文学所共有的一些稳定结构。2. "借用"说。法国学派影响研究注重一国文学对另一国文学的影响、制约作用,而相对淡化影响中的变异,而维氏却认为"借用"说不能仅仅理解为文学之间的影响关系,而是通过"借用"来实现本民族和本国文学的自身发展,积极吸收和改造利用他国文学资源,继而形成自身的话语体系。他指出:"当一定的文学形式衰落时,另一些文学形式便会应运而生,以便某个时候重新让位于以前的形式。"② 而历史诗学的任务,就是从这种发展演变中总结出文学的一般性规律:"历史诗学的任务:从诗歌的历史演变中抽象出诗歌创作的规律和抽象出评价它的各种现象的标准——以取代至今占统治地位的抽象定义和片面的假定的判决。"③

(二) 康拉德与《现代比较文艺学问题》

康拉德的比较文艺学继承并创新了维谢洛夫斯基的历史诗学,他认为其大体可以包括两方面的内容。一是比较文艺学可比性可以是历史共同性导致的文学共同性:"文学上的共同性也可以基于历史的遭遇和历史任务的共同性而形成。"④ 如19世纪欧洲各国现实主义文学,在相似的历史条件下,各国形成的现实主义文学类型基本相似,具有比较文学的可比性;二是比较文艺学之可比性也可以建立在没有历史共同性或缺乏实证关系的条件下所产生的相似性现象。他将比较文艺学的研究领域分为以下几个方面。第一,"它可以指

---

① [俄]维谢洛夫斯基:《历史诗学》,刘宁译,百花文艺出版社2003年版,第14页。
② 同上书,第49页。
③ 同上书,第585页。
④ [苏联]康拉德:《现代比较文艺学问题》,干永昌:《比较文学研究译文集》,上海译文出版社1985年版,第266页。

的是对过去历史上彼此具有共同性的两种或者某几种文学的研究。在这里，问题归结为研究某些文学从以前的共同性中区分出来的过程，它们作为独立现象而形成的过程"①。第二，"可以把比较文艺学理解为对各国别文学中所产生的现象进行比较类型学的研究"②。第三，"以比较类型学的观点也可以研究各国文学在没有任何历史共同性、彼此缺乏任何联系的条件下产生的现象，甚至也可以研究在不同历史时代产生的现象"③。第四，"也可以把比较文艺学理解为研究不同国家文学之间的联系。这里的任务，第一是显示联系本身，弄清楚它们的历史原因，联系的性质，联系的途径与方式；第二是揭示这些联系对有关的某些文学或是所有文学所产生的后果"④。这四个方面的内容，主要是强调没有实证性关系的不同国家和民族文学的可比性，和平行研究的不同之处在于，他更注重民族历史、社会发展和文化心理之间的通约性。

（三）日尔蒙斯基与《对文学进行历史比较研究的问题》

日尔蒙斯基的主要观点在于以下方面。一是强调比较文学的"历史维度"。他认为："比较，也就是判明历史现象之间的异同以及对它们作出历史的解释，我认为，这是任何历史研究的必要因素。"⑤ 为什么要对文学进行历史研究呢？那是因为："人类的社会历史发展的共同过程具有一致性和规律性的思想，是历史比较地研究各民族文学的基本前提，而这一共同过程决定着作为意识形态的上层建筑的文学或者艺术的合乎规律的发展。"⑥ 从这个意义上讲，不仅仅西方文学具有时代特征，东方文学也在一定历史时期创造出自

---

① ［苏联］康拉德：《现代比较文艺学问题》，干永昌：《比较文学研究译文集》，上海译文出版社1985年版，第266页。
② 同上书，第267页。
③ 同上书，第267页。
④ 同上。
⑤ ［苏联］日尔蒙斯基：《对文学进行历史比较研究的问题》，干永昌：《比较文学研究译文集》，上海译文出版社1985年版，第284页。
⑥ 同上书，第285页。

己的辉煌。比较文学家要从历史的角度进行还原与认同，而不是简单地认为西方文学影响其他文学，这种遮掩与回避是对历史事实的否定，甚至可以说："东方伟大的文明民族的文学，在中世纪不仅和欧洲的文学平行发展，而且还走在它们的前面。"① 1895年，戴克斯特发表《卢梭与文学世界主义的起源》，仅仅从这样一个标题，我们就能感受到西方文学的强大气场，而根据日尔蒙斯基的论述，东方文学并不是一味地被影响，如果从历史研究的立场来看，东方文学在某些问题上还走在前面，这是平行研究的基本思路。二是强调比较文学的"美学维度"。这是对维谢洛夫斯基"借用说"的进一步发展，他认为在跨国家、跨民族文学的"借用"之中，不能忽视以下几个问题。第一，"任何思想的（其中包括文学的）影响是有规律性和受社会制约的。这种制约性取决于前一时期的民族、社会和文学发展的内在规律"②。在这一点上，有点类似波斯奈特和法国学派的理论观点。第二，"任何文学影响都是和被借用形象的社会变化相联系的，所谓社会变化，我们指的是形象的创造性的改造和对那些成为相互影响的前提的社会条件的适应，对民族文学传统，同样也对所借鉴作家创作个性的思想和艺术上的独特性的适应"③。因此"对于任何历史比较地研究文学来讲，有关差异和它们的历史制约性的特点问题，其重要性并不亚于类似的问题"④。历史制约性其实就是不同文明文学发展的基本属性，它既可以是类同性，也可以是异质性。第三，探寻文学的共同规律性。他认为："我们一定要在这些民族中揭示出那种具有共同的历史以及文学史的规律性，这些在地理上离我们遥远，并在世世代代形成了民族独特性的文学也服从于这种规律性。"⑤

以上可见，维谢洛夫斯基提出"借用说"与"多源说"的可比性策略，主要从总体文学史和文化心理学角度分析比较文学的可比性特征；日尔蒙斯

---

① [苏联] 日尔蒙斯基：《对文学进行历史比较研究的问题》，干永昌：《比较文学研究译文集》，上海译文出版社1985年版，第286页。
② 同上书，第291页。
③ 同上书，第292页。
④ 同上书，第293页。
⑤ 同上书，第299页。

基继承了维氏的基本理论思想，提出在比较文学研究中将"历史维度"与"美学维度"兼容整合的话语模式；康拉德提出"类型比较"与"差异比较"的可比性策略，将中国文学及整个东方文学纳入比较文学的总体构架，对比较文学中国话语建设提供了有效借鉴。

  从比较文学变异学的立场来看，俄苏学派历史研究旗帜鲜明地反对"欧洲中心论"，从实践方法上和美国学派一样，倡导没有实证影响关系的平行研究，只是他们更重视东西方文学之间的比较研究，认为真正的总体文学必须把整个人类文明的文学全都纳入研究的轨道，其学术视野比美国学派要更为宏大。俄苏学派在联系中国、日本、波斯等东方文学与西方文学进行比较研究方面做了许多有益的工作。不过，俄苏学者一般都将东西方文学比较研究的重心放在了文学类型的相似性上面，而相对忽略了其内在差异性的考察，其主要局限仍然在于"寻同"，对各民族各国家的异质互补元素研究得不够，这也是平行研究的共性问题。

第三节 变异学视域下的中国话语述评

  前面两节，主要从比较文学变异学的角度论述法国学派影响研究和美国学派平行研究，而这一节，主要论述变异学理论生成发展的中国语境。之所以用中国话语，是因为比较文学"中国学派"的表述备受争议。乐黛云教授认为："我们没有必要将自己人为地圈定在某个'学派'的范围之内。""我们先立一门户，立一学派，然后再循着既定的轨道展开研究，很容易将自己局限在设定的圈子里，有违比较文学开放包容的初衷。"① 在她看来，确立一个学派就是对其他学派的否定，也是对自己的否定。而中国比较文学奠基者季羡林、杨周翰却历来主张建设中国学派。季羡林先生在 20 世纪 80 年代多

---

  ① 乐黛云、蔡熙：《"和而不同"与文化自觉：面向 21 世纪的比较文学》，《中国文学研究》2013 年第 2 期。

次撰文呼吁建立比较文学中国学派,将中国比较文学融入国际比较文学的整体构架之中。杨周翰先生也说道:"当然比较文学中有大量的问题,特别是文学理论问题迫切需要讨论研究,但这和学派问题并不矛盾,可能反而有助于理论的探讨。"① 还有的是先赞同后反对,如严绍璗教授在20世纪80年代就提出"中国学派"的理论构想,但后来又反对这个提法。1995年,曹顺庆教授发表《比较文学中国学派基本理论特征及其方法论体系初探》,全面系统地阐述比较文学中国学派的"跨文化"特征。尽管如此,学术界对中国学派的提法、研究方式、话语体系、学理机制等问题尚未达成共识。简言之,即:与影响研究和平行研究相呼应的、国际认可的、具有中国特色的比较文学研究方式究竟是什么? 这个问题仍然需要进一步摸索前进、总结廓清。这个廓清不在于某位学者某个研究机构有意识地策划推动、包装打造,而是需要一个学术群体思想认识上的"英雄所见略同"与学术实践上的群策群力,用季羡林先生的话说,即"水到渠成"。基于此,本书不纠结于这些争议,不采用法美学派的描述方式,而是对20世纪70年代以来中国比较文学界的主要研究模式进行梳理,以期对比较文学变异学的理论渊源进行学术史把握。

一 阐发研究

1976由中国台湾学者正式提出。我们一直将中国比较文学的历史追溯到王国维1904年发表的《红楼梦评论》,从比较文学的实践来看,这个论断没有问题,包括朱光潜、宗白华等先行者,都是自觉运用中西比较的方法来进行文学研究,并取得丰硕成果。但是如果从比较文学的学科理论自觉上来分析,那么中国比较文学的滥觞应当是20世纪70年代,这个时期开始以学术团体或某种机构组织的形式对比较文学学科理论进行建设和发展,首先是台湾学派的阐发研究。

20世纪60—70年代的中国台湾,有意识外派学生到欧美国家留学,一部分从事文学研究的学者回到台湾后,基于中西文学差异性体验,萌发了将中

---

① 杨周翰:《攻玉集·镜子和七巧板》,上海人民出版社2016年版,第182页。

西文学进行比较研究的理论自觉。1971 年，台湾淡江大学举办第一届"国际比较文学会议"，朱立元、颜元叔、叶维廉等人在这次会议中提出要构建"中国学派"，通过此类学术群体、学术会议及其他有效形式，比较文学逐渐在台湾生根发芽。之后，部分学者有意识地进行实践创新，例如侯建1973 年发表的《〈三宝太监西洋记通俗演义〉——一个方法论的实验》，就是用西方原型批评理论来阐释《西洋记》，1975 年，张汉良《〈杨林〉故事系列的原型结构》，用神话原型理论来阐发中国文学，还有古添洪《唐传奇的结构分析》等。1975 年，刘若愚出版《中国文学理论》，用艾布拉姆斯在《镜与灯》中提出的文学"四要素"理论阐释中国文学理论，试图将中国文学理论系统化、知识化、科学化，在学术界产生了重要影响。这些带有方法论性质的改革和创新实验，超越了传统的文学研究方式，也激发了台湾文学界的研究转型。

渐渐地，这些研究成果集中呈现并形成研究症候，最重要的就是 1976 年《比较文学的垦拓在台湾》一书的出版，它被称为"国内第一本比较文学论文集"。在这本书中，他们比较深入具体地阐述了中国比较文学的基本理念。首先，从概念上讲："什么是比较文学呢？简言之，就是超越国家疆域的文学比较研究。"[1] 其基本主旨还是体现在跨国家。他们在该书中还对法国学派和美国学派的贡献及缺憾进行了述评：

> 就其研究中心的不同，有所谓法国派和美国派之别。大抵而言，法国因为欧洲文学的一重心，故初期比较文学学者以法国文学为中心，而研究欧洲诸国文学的直接或间接的影响，因此形成了以文学影响为重心的比较文学。美国派的比较文学学者，或鉴于美国文学处于被影响的地位，故提倡诸国间文学的平行研究，探索其类同与相异，一方面展示诸国文学的特色，同时对文学的共通性、文学的本质有深一层的洞察。简言之法国派注重文学的影响，美国派注重类同与相异。[2]

---

[1] 古添洪、陈慧桦：《比较文学的垦拓在台湾》，台北东大图书有限公司1976年版，"序"第1页。
[2] 同上。

应当说，他们对两个学派的分析和评价都是比较客观合理的。法国学派注重同源性，而美国学派注重类同性。紧接着，他们从中国立场出发提出疑问并思考新的研究路径：

> 究其实，两派实可互补，如能在由文学影响的诸国文学里，以影响作为基础，探讨其吸收情形及其类同与相异，岂非更为稳固、更为完备？在晚近中西间的文学比较中，又显示出一种新的研究途径。我国文学丰富含蓄；但对于研究文学的方法，却缺乏系统性，缺乏既能深探本源又能平实可辨的理论；故晚近受西方文学训练的中国学者，回头研究中国古典或近代文学时，即援用西方的理论与方法，以开发中国文学的宝藏。①

这个论断的核心在于：中国文学博大精深，然而理论性不强，大多数理论表述形态都是散见的诗文评，没有柏拉图那样对"理式"的系统研究，也没有亚里士多德对形式论和形而上学的思考，更没有康德"三大批判"构建的哲学体系。如果援用西方的理论开发中国文学宝藏，从理论上讲也并非行不通，反而有可能激发出新的理论成果。所以，沿着这个思路进一步推进，台湾学者构建的"中国学派"的轮廓逐渐清晰：

> 由于这援用西方的理论与方法，即涉及西方文学，而其援用亦往往加以调整，即对原理论与方法作一考验、作一修正，故此种文学研究亦可目之为比较文学。我们不妨大胆宣言说，这援用西方文学理论与方法并加以考验、调整以用之于中国文学的研究，是比较文学中的中国派。②

在这个定义的基础上，1977年10月，李达三在《中外文学》第6卷第5期发表《比较文学中国学派》，系统性地阐发中国学派的理论特征及其奋斗目标。1978年，古添洪在题为《中西比较文学：范畴、方法、精神的初探》论

---

① 古添洪、陈慧桦：《比较文学的垦拓在台湾》，台北东大图书有限公司1976年版，"序"第1页。
② 同上。

文中，率先将中国学派的研究范式明确为"阐发"研究："利用西方有系统的文学批评来阐发中国文学及中国文学理论，我们可命这为阐发法。"阐发研究是继影响研究、平行研究后涌现出的中国研究方式，这种理论自觉在当时是具有开创性的。在《比较文学的垦拓在台湾》一书中，叶维廉《中西山水美感意识的形成》、古添洪《直觉与表现的比较研究》、余光中《中西文学之比较》等文章都做了具体实践，陈鹏翔等又在台湾《中外文学》进行了补充说明。叶维廉、刘若愚、周英雄、郑树森等人根据阐发研究创新垦拓出许多学术成果，如：周英雄《结构主义与中国文学》《比较文学与小说诠释》等。阐发研究主要贡献在于意识到中西文学与文论的差异性所在，并且试图通过比较的形式实现异质互补。这些新方法、新理论、新话语，促进了中国文学研究的改革发展，但也引起了很多争议，例如曹顺庆教授就质疑："拿产生于西方文化传统和文学创作实践的诗学理论来阐释非西方文化传统中的中国文学，是否真的有效？是否真能促进中国文学创作和文学理论的发展？"[①] 就是说，西方文论是从西方文学及西方文化传统中滋生的，而中国文学是从中国文化中滋生的，这种跨越虽然具有"文学性"层面的共同性，但是却可能忽视了诗学话语层面的异质性。这样的互补阐释通向的可能不是互补，而是误读，可能并非阐发，而是产生危机。

二　资料研究

1985年由季羡林先生提出。也许，历史的规律就在于，到了一定的社会发展阶段，对有些重大问题的思考，会不约而同地形成思想共鸣。1978年之后，神州大地开始了比较文学探索研究的新征程。1979年的重要事件是钱锺书出版《管锥编》和王元化出版《文心雕龙创作论》，这两本书都自觉运用西方文学文论与中国文学互释，这和王国维、陈寅恪、朱光潜、宗白华等学者一样，侧重比较文学研究实践，但是对比较文学学科理论建设涉及不是太多。一门学科，从实践到理论，再从理论到实践，是一个完整的推进链条，

[①] 曹顺庆：《中西比较诗学史》，巴蜀书社2008年版，第316页。

尤其是从比较文学实践到比较文学学科理论,这不仅仅取决于学者的个人学术兴趣与认知取向,更取决于国内外学术交流、国内学科体制顶层设计及学科发展的历史条件等多种因素,比如台湾比较文学的发展,就得益于一批欧美留学回来的学者,没有这种异域文化的切身体验,比较的内在冲动就难以真正形成。

1979年到1990年这十余年的时间,是中国比较文学学科理论的自觉发展时期,这个时期,尽管参与比较文学垦拓的学者非常多,但是,在热闹非凡的现象背后,有一个清醒的主导者、参与者、引路者,从最初的宣传呐喊,到中间的彷徨反思,再到后来的危机纠正,承担着极为重要的作用,这个人就是季羡林先生!他是中国比较文学开创时期的重要核心和灵魂人物。他的《比较文学与民间文学》一书,主要是他为80年代出版的中国比较文学相关著作所做的序言,这些序言看似单篇分离,实则具有内在的逻辑关联。

1979年,在钱锺书、王元化出版两部重要作品的同时,季羡林先生一边进行中印文学的比较实践,一边展开理论反思:"我们中国同印度有着极为悠久的文化交流的历史。在其他方面,我们两国的学者都已经做了一些工作。独独在比较文学史方面,要作的工作还很多,这几乎是一个空白点,让我们来共同努力把这个空白点填补起来吧!"[①] 这一个感叹号,意味着多少的遗憾、责任和期望。一个学科的发展,不仅仅需要不断的实践摸索,还需要深刻的理论提升,从实践中总结方法,并进一步促进实践,而这些正是季羡林先生反复思索的问题。此后一直到20世纪90年代,几乎每一年,先生都对比较文学发展态势提出新观点、新看法,在这些以序言形式出现的论述中,是对一个学科有意识地顶层设计和客观引导,也成了这十余年中国比较文学发展艰辛历程的最好见证。

在季羡林先生的各种论述中,我们能感受到他对建设比较文学"中国话语"的强烈愿望。1981年,他指出:"按理说,我们有条件发展比较文学的

---

① 季羡林:《比较文学与民间文学》,北京大学出版社1991年版,第138页。

研究。我们有条件建立一个比较文学的中国学派，……，我们当前首先要作的工作就是急起直追，把我们过去忽略的东西弥补起来，逐步达到创立一个比较文学中国学派的水平。"① 同年，他为张隆溪《比较文学译文集》一书作序时又指出：

> 以我们东方文学基础之雄厚，历史之悠久，我们中国文学在其中更占有独特的地位，只要我们肯努力学习，认真钻研，比较文学中国学派必须能建立起来，而且日益发扬光大。比较文学中国学派的建立，不但能促进我们的研究工作，而且能大大丰富世界比较文学的内容，加强世界各国人民之间的了解与友谊。②

那么中国学派的具体研究方式是什么呢？1985年，先生首先对法美学派进行了分析："专研究直接影响，失之太狭；专研究平行发展，又失之太泛。而且两者在过去都有点轻视东方文学。他们的所谓比较几乎只是限于同一文化体系内的比较，都是近亲，彼此彼此，比来比去，比不出什么名堂。在这一方面，两者又同有一失，失之闭塞。"③ 这个论断，应当说在台湾学派对法美学派的分析上更进一步，台湾学派主要描述他们的主要贡献，而季羡林先生，从中华文化自信和中华文明发展的高度，敏锐地指出了他们所存在的问题，而这个判断，后来得到历史的证实。那么具体说来，我们应该如何开展中国比较文学的研究呢？

> 据我个人的看法，我们应该力矫上述两个流派的弊病，融合二者之长，而去其偏颇，走出我们自己的一条新路来。我们一定要先做点扎扎实实的工作，从研究直接影响入手，努力细致地去搜求资料，在西方各国之间，在东方各国之间，特别是在东方与西方之间，从民间文学一直到文人学士的个人著作中去搜寻直接影响的证据，爬罗剔抉，刮垢磨光，一定要有根

---

① 季羡林：《比较文学与民间文学》，北京大学出版社1991年版，第140页。
② 同上书，第150页。
③ 同上书，第194页。

有据,决不能捕风捉影。然后再在这个基础上归纳出规律性的东西,借以知古,借以鉴今,期能有助于我们自己的文艺创作,为我们的文艺创作充实新的内容,增添新的色彩。这样的工作做好,再进一步进行平行发展的研究。这样的研究成果才不至于流于空泛、缺乏说服力。①

这段论述中,他主张资料研究方式。资料研究吸收了影响研究的优点,同时又吸收了平行研究的特质。不同在于:他说的直接影响不应当局限在西方文明圈内,他强调"特别是在东方与西方之间",而且反复申明东方文学的异质元素及其对世界文学的互补作用;另一方面,他认为应当走出文化诗学的封闭圈,在此基础上展开平行研究:"我从来没有笼统地反对平行发展的研究。我反对的只是那些一无基础、二无资料,完全靠着自己的'天才'、'灵感',率尔下笔,大言不惭,说句难听的话,就是自欺欺人的所谓平行发展的研究。"② 事实上,季羡林先生提出的资料研究,就是针对影响研究和平行研究以及当时中国学界流行的"X+Y"式研究而提出的一种话语策略。

1990年,他说:"我读了大量的比较文学论文之后,确实感到其中是有问题的;严重一点说就是,其中确有危机。"③ 他进一步阐述:

> 危机何在呢?现在不少作者喜欢中外文学家的比较。在中国选一个大作家,比如屈原、李白、杜甫、关汉卿、曹雪芹、鲁迅等等。又在外国选一个大作家,比如荷马、但丁、莎士比亚、歌德、托尔斯泰等等。选的标准据说是有的,但是我辈凡人很难看出。一旦选定,他们就比开,比开。文章有时还写得挺长,而且不缺乏崭新的名词、术语。但是结果呢?却并不高明。我不说别人,只讲自己。我自己往往如堕入五里雾中,摸不着边际,总觉得文章没有搔着痒处,写了犹如不写。比较文学真好像有无限的可比性。可比性而到了无限的程度,这就等于不比。这样一

---

① 季羡林:《比较文学与民间文学》,北京大学出版社1991年版,第194页。
② 同上书,第195页。
③ 同上书,第368页。

来，比较文学的论文一篇篇地出，而比较文学亡。①

这些危机的根源，就在于当时中国很多比较文学研究者把比较文学想得太简单，认为天南海北都可以随意比较一通，对影响研究和平行研究中的有效方法，没有积极地吸收借鉴，资料研究就是要克服这些问题，季羡林先生既指出了法美学派存在的主要问题，又吸收借鉴了影响研究的实证性元素和平行研究的双向阐发元素，以资料为基本依据展开比较文学研究，克服天马行空地乱比，把比较文学做得更深、更难、更有说服力，为比较文学提供了扎实有效的方法论，尤其是他将东方文学纳入国际比较文学的研究视域，打破了法美学派的基本格局，为中国比较文学的发展奠定了方法论基础和学术自信。

三 "模子"研究

1974年由叶维廉在《东西比较文学模子的运用》中提出。叶维廉本身是台湾阐发研究的倡导者，但是后来他意识到阐发研究可能潜在的隐患，因此他在1983年周英雄《结构主义与中国文学》一书序言中作了补充：

> 我们不随便信赖权威，尤其是西方文学理论的权威，而希望从不同文化、不同美学的系统里，分辨出不同的美学据点和假定，从而找出其间的歧义和可能汇通的线路；亦即是说，决不轻率地以甲文化的据点来定夺乙文化的据点及其所产生的观、感形式、表达程序及评价标准。其二，这些专书中亦有对近年来最新的西方文学理论脉络的介绍和讨论，包括结构主义、现象哲学、符号学、读者反映美学、诠释学等，并试探它们被应用到中国文学研究上的可行性及其可能引起的危机。②

叶维廉在《东西方文学中"模子"的应用》《寻求跨中西文化的共同文

---

① 季羡林：《比较文学与民间文学》，北京大学出版社1991年版，第368—369页。
② 叶维廉：《结构主义与中国文学》，台北东大图书公司1983年版，"序"第1页。

学规律》等著述中，试图寻求中西文化那些潜在的"文学模子"和"美学据点"。他认为："'模子'的问题，在早期以欧美文学为核心的比较文学里是不甚注意的，原因之一，或者可以说，虽然各国文学民族性虽有异，其思维模子，语言结构，修辞程序却是同出一源的。"① 也就是说，法、德、意、英等欧洲国家文学之间并非没有差异，只是在运思结构和话语规则等"深层模子"上，都源于"两希"文明，因此具有明显的相似之处，这和韦斯坦因的基本观点相同。而东西方文明，在这些深层模子上存在巨大差异，那么如何在这些异质文明之间进行文学比较呢？他提出了著名的"模子"理论："设若我们用两个圆来说明，A 圆代表一模子，B 圆代表另一模子，两个模子中只有一部分相似，这二者交叠的地方 C。C 或许才是我们建立基本模子的地方，我们不可以用 A 圆中全部的结构行为用诸 B 图上。"② 叶维廉意识到了东西方文明的结构性差异，因此他否定"寻同"，而是侧重"寻根"，寻找这种结构性差异，他指出："东西比较文学的研究，在适当的发展下，将更能发挥文化交流的真义：开拓更大的视野、互相调整、互相包容。文化交流不是以一个既定的形态去征服另一个文化的形态，而是在互相尊重的态度下，对双方本身的形态作寻根的了解。"③ 因此，在可比性问题上，他对法国学派"求同忘异"的模式进行反驳："我们不要只找同而消除异（所谓获得淡如水的'普遍'而消灭浓如蜜的'特殊'），我们还要借异而识同，藉无而得有。"④ 叶维廉的"文学模子"，其核心思想就是"借异而识同，藉无而得有"。我们通常所理解的比较文学可比性是"求同而辨异"，没有同源性、类同性则没有可比性，而叶维廉的借异识同论，从差异出发来展开比较，这是中西比较文学研究的一个重要创新，主要体现在以下方面。一是他意识到东西方文学的异质性问题。"X + Y"的比较模式，就是最浅表层面的求同存异，他所指出的

---

① 叶维廉：《东西方文学中"模子"的应用》，温儒敏、李细尧：《寻求跨中西文化的共同文学规律》，北京大学出版社 1986 年版，第 12 页。
② 同上书，第 11 页。
③ 同上书，第 24 页。
④ 同上书，第 32 页。

"模子"并不是简单的文学形象、文学语言、文学叙事等方面的差异性,而是基于话语规则层面的运思方式差异,是意义生产的基本方式和思想原型,后来曹顺庆教授提出的"异质性"研究、余虹强调的"不可通约的结构性差异"与此如出一辙,对这个问题的清理,能够有效规避以西释中的同化思维模式,对中国比较文学研究具有重要启示。二是"借异识同"的探寻。他意识到影响研究和平行研究所存在的"寻同存异"问题,也指出阐发研究所存在的西方话语权威意识,因此他反其道而行之,找寻"同中之异"并"以异识同",以差异性为可比性,并迂回到"寻根寻同"的共同规律上。叶维廉的这两个思路,都与比较文学变异学的核心思想一脉相承,也是比较文学变异学理论的基本观点。

四 双向阐发研究

1988年由陈惇、刘象愚提出。应当说,在当时的历史条件下,台湾学派阐发研究具有一定合理性,但是后来以季羡林为主的许多学者意识到:若用西方文论单向阐发中国文论,既忽视了东方文明异质性,又不能形成对话互释。例如,1982年张隆溪编选《比较文学译文集》,在该书译介过程中,他对影响研究产生怀疑,比如昆斯特在《亚洲文学》中提到印度和中国等亚洲文学传统,但是却流露出西方文化的优越感,认为亚洲文学对欧洲文学几乎没有影响。所以张隆溪指出:"文学当中的影响和借鉴并不是放债和赊欠,也无须比较学者充账房先生。研究比较文学应当记住罗曼·罗兰的格言,应当坚持文学比较中的'无债'原则,如果抱有偏见,那就会比无知离真理更远。"[1] 西方学者这种对东方文学的否定立场,决定了比较文学的非对等思维方式。于是陈惇、刘象愚1988年在《比较文学概论》中指出:"'阐发研究'无疑应该在比较文学的方法中占一席之地,但它所以遭到了一些学者的批评,症结不在方法本身,而在台湾学者的提法尚有极不周密、极不完善的弊端。"[2]

---

[1] 张隆溪:《比较文学译文集·编者前言》,北京大学出版社1982年版,第7页。
[2] 陈惇、刘象愚:《比较文学概论》,北京师范大学出版社1988年版,第145页。

于是，他们将阐发研究调整为双向阐发研究："阐发研究决不是仅仅用西方的理论阐发中国的文学，或者仅仅用中国的模式去解释西方的文学，而应该是两种或多种民族的文学互相阐发、互相发明。"① 在双向阐发方面，钱锺书做出了典范："《管锥编》和《谈艺录》中，不仅有以西释中的例子，也有大量的以中释西的例子。"② 如果说叶维廉的"模子"说从理论根源上纵深推进了阐发研究，那么双向阐发则从比较向度上逆向推进了阐发研究，这两种策略，都是对阐发研究的理论补充。在这本教材中，陈惇、刘象愚还指出："作为比较文学的几种基本方法，影响研究、平行研究、阐发研究、接受研究在本质上是相互依存，相互包含、相互结合的。"③ 可见，他们并没有完全否定其他研究方法，只是在比较的对等性层面作了强化。

在这个方面，曹顺庆教授于1981—1988年期间发表的中西美学理论研究札记系列论文可以作为实践印证，例如：《亚里士多德的"Katharsis"孔子的"发和说"》《"移情说""距离说"与"出入说"》《"物感说"与"摹仿说"》《和谐说与文采论》《滋味说与美感论》等等，他将这些双向阐发的研究成果于1988年结集出版，形成中国比较文学发展史上的重要著作——《中西比较诗学》。1991年，人民文学出版社出版黄药眠、童庆炳的《中西比较诗学体系》，该书也是这一时期比较诗学研究的重要成果之一。该书最大的特色就是从学科构架上深化了曹顺庆教授《中西比较诗学》，更加详细全面地对中西诗学体系进行双向阐发。双向阐发研究模式改进了台湾阐发研究以西释中的倾向，用双向阐发、双向互释来重构比较文学范式。尽管与这种研究范式相呼应的《中西比较诗学》和《中西比较诗学体系》产生了重要影响，但是这种双向阐发在当时及后来一定时期内并没有形成较强的国际对话效应，也就是说，这种双向阐发是中国学者做出的积极努力，但是国际比较文学界没有展开相应对话互动，中国学者开展的"中西比较"更多的是基于"中"，较少

---

① 陈惇、刘象愚：《比较文学概论》，北京师范大学出版社1988年版，第146页。
② 同上书，第171页。
③ 同上书，第171—172页。

从西方诗学的视域来反观和对话。这也是为什么比较文学变异学首先要以英文专著形式在西方世界出版的重要原因，我们的研究范式就是要"走出去"，不能自娱自乐，要与国际接轨，要让世界倾听中国声音，向世界传播中国话语，让世界了解和认同中国比较文学的研究成果，在真正意义上形成对话互动的局面。

五 超学科比较文学研究

1989年由乐黛云、王宁教授提出。乐黛云、王宁1989年出版《超学科比较文学研究》，在该书序言中，杨周翰先生指出："我们需要具备一种'跨学科'（interdisciplinary）的研究视野：不仅要跨越国别和语言的界限，而且还要跨越学科的界限，在一个更为广阔的文化背景下来考察文学。"[①] 而这一本书，正是乐黛云和王宁教授对这个观点的践行。1975年，法国学者巴瑞塞里（Barricelli）在一次国际比较文学讨论会上提出跨学科研究的基本观念，然而"这种方法只不过是一种打破了学科界限的影响研究和平行研究，并没有突破这一既定的模式，达到文学自身的超越"[②]。在美国学派的代表人物韦勒克、雷马克等人看来，跨学科研究正是超越影响研究的一个突破口，韦斯坦因认为："比较文学的理论家们最关心的一个问题，是文学与其他艺术（主要是音乐与绘画）的关系。"[③] 跨学科研究是美国学派对法国学派跨国家研究的进一步完善和推进，而中国学者提出的超学科比较文学研究的核心思想在于：

> 通过多方面的比较，立足于文学本身的角度，去探讨文学与其他学科的内在关系和相互影响；同时，也通过对各门艺术的鉴赏和比较，发现文学与其他各门艺术在审美形态、审美特征、审美效果以及表现媒介方面的共同点和相异之处，揭示文学与这些艺术门类的内在联系，最终站在总体文学的高度，总结出文学之所以不同于其他艺术的独特规律，

[①] 杨周翰：《超学科比较文学研究·序》，中国社会科学出版社1989年版，第2页。
[②] 乐黛云、王宁：《超学科比较文学研究》，中国社会科学出版社1989年版，第2页。
[③] ［美］韦斯坦因：《比较文学与文学理论》，刘象愚译，辽宁人民出版社1987年版，第148页。

进而丰富和完善文学本身的学科理论建设。①

1992年，王宁教授又在《比较文学与中国当代文学》一书中重申"超学科研究"的主要理念：

> 超学科研究一方面打破了人为的学科界限，把文学置于一个更为广阔的语境下来考察，另一方面则把文学研究的领地扩大到一种跨文化、跨学科、跨语言、跨艺术门类、进而跨国界和民族界限的真正意义上的比较文学研究。它的另一个标志在于：更彻底地走出封闭的一隅，把自觉地同国际比较文学界进行对话当作己任，进而以我们自己的研究实绩和理论建构来影响西方学者的思维观念。②

那么如何具体推进超学科比较文学研究呢？乐黛云教授以热力学中的熵为例作了阐发，熵本是指混乱程度的标准，然而："艺术家可以起反熵的作用，因为他们的作品只要不是陈词滥调，就会带来一定的信息，信息就是负熵，信息打破旧的统一和沉寂，减低了混沌的程度也就是减低了熵量。正是作家可以创新，不断降低熟悉度，追求'陌生化'的倾向使他们成为'反熵的英雄'。"③ 可以说，这不仅仅是术语的借用，更是一种思维方式的借用，这种跨学科的研究，能够从文学学科外部带来革命性突破。另外，关于文学与音乐的超学科研究，伍晓明教授认为："将欧洲浪漫主义时代以来文学家和哲学家对于音乐的渴慕与中国魏晋时代文学家与哲学家对音乐的热爱加以比较，就是一个极有意义的研究题目：为什么两个截然不同的社会时代都对音乐表现出浓厚的兴趣？由此也许可以得出一些重要的结论。"④ 这也是从文学的外部发展规律进行研究的一个案例。当然，文学与绘画也是一样的道理："写诗就和作画一样，也要重视章法。诗歌的章法问题，也就是诗歌画面的整

---

① 乐黛云、王宁：《超学科比较文学研究》，中国社会科学出版社1989年版，第3页。
② 王宁：《论国际比较文学研究新格局的形成》，《北京大学学报》1993年第5期。
③ 乐黛云、王宁：《超学科比较文学研究》，中国社会科学出版社1989年版，第27页。
④ 伍晓明：《文学与音乐》，乐黛云、王宁：《超学科比较文学研究》，第220—221页。

体布局问题，与绘画的构图设计有着同样的要求。"① 这一点，我们在王维的各种诗作中都能找到许多例证。

超学科比较文学研究是中国学者对美国学派平行研究中的"跨学科"理论的创新发展。一方面体现了中国学者在20世纪80年代以来与国际比较文学接轨的基本动向；另一方面，其所存在的问题也是显而易见的：超学科比较更多的是一种研究取向上的创新，在实践层面难度较大，对比较文学研究者的学术素养要求很高，跨学科之间的相通性，不仅要善于用悟性去发现，更需要科学的史料去论证。例如阿多诺的"无调性十二音体系"和陀思妥耶夫斯基的"多声部复调小说"，就是将音乐理论用于文学艺术批评，托尔斯泰的"心灵辩证法"和弗洛伊德的"精神分析法"就是用心理学理论阐发文学现象，诸如此类，都是以超学科研究方式推进了文学研究并取得重大理论创新，但并非大多数人都能进行这种原创性的理论研究，在文学文本的实践方面，需要研究者具有博大的理论视野和融会贯通的思想运作能力，它牵涉的不是术语的挪用和置换，而是知识领域的打通，不同学科之间的话语相通性，绝大程度上建立在比较者的阐释视域上，一旦进入实践操作层面，就缺乏具体的方法论举措，因此，超学科比较文学研究在后来的比较文学教程中提得不多，实践影响也不够明显。

六 跨文明研究

这主要是乐黛云和曹顺庆教授在世纪之交提出的研究方式。这个研究范式经历了三个阶段。

（1）跨文化研究。1995年，曹顺庆教授认为比较文学中国学派的基本特征是"跨文化研究"②，这被认为是继法美学派提出的跨国家、跨学科研究之后，中国学者提出的比较文学第三阶段研究范式。乐黛云教授也认为："中国

---

① 伍晓明：《文学与音乐》，乐黛云、王宁：《超学科比较文学研究》，第228页。
② 曹顺庆：《比较文学中国学派基本理论特征及其方法论体系初探》，《中国比较文学》1995年第1期。

比较文学作为全球比较文学的第三阶段，其基本精神是促进不同民族文化之间的理解和平等对话。"①并将其论文集直接命名为《跨文化之桥》，她主编的专业性辑刊《跨文化对话》影响很大，在中外文化与文学的交流中发挥了重要作用。"跨文化"这个表述至今仍在沿用，例如张隆溪将他在复旦大学的演讲汇集成《阐释学与跨文化研究》出版，还有高旭东《跨文化的文学对话》，周启超《跨文化的文学理论研究》等。

（2）跨异质文化研究。跨文化研究带来的问题是：从比较文学的立场来看，文化的边界仍然存在局限。例如：从法国文化跨越到德国文化难道不是跨文化吗？中国文化同西方文化的区别，与法国文化同德国文化的区别，在本源上是不同的，因为东西方是异质的文化体系，这说明跨文化还不准确，这一"跨"仍然没有跨到位。正是因为在跨文化的学术冲动下，掩盖了中华文化的异质性元素及其主体性立场，导致西方文论强制阐释中国文学具备了逻辑可能性，例如周英雄《结构主义与中国文学》、刘若愚《中国文学理论》等等。这种非对等性跨文化阐释并未创新中国文论话语的意义生成方式和话语言说机制，反而是生成各种奇谈怪论，例如将刘勰的"风骨"译成"Wind and Bone"，用精神分析法将"蜡炬成灰泪始干"之蜡炬阐释为"男性象征"，甚至《金瓶梅》中的"武松杀嫂"被美国学者解读为"武松爱嫂"。这种跨文化旗号下的阐发研究表面上出现很多创新成果，而实质上却使得中国比较文学道路越走越被动、越比越变味，最后被许多学者形象地描述为"文论失语症"，学界对这个问题著述很多，如：1990年黄浩《文学失语症》、1996年曹顺庆《文论失语症与文化病态》、1998年蒋寅《文学医学："失语症"诊断》、高小康《"失语症"与文化研究中的问题》等。失语症的根源在于对文明异质性的遮蔽，因此，《文学评论》在2000年还专门组织"异质性笔谈"，专题讨论异质性问题和重建中国文论话语的内在关系。正是学术界对失语症和异质性问题的理性反思，到2001年，比较文学"跨文化"研究拓展完善为

---

① 乐黛云：《比较文学发展的第三阶段》，《社会科学》2005年第9期。

"跨异质文化"研究①,曹顺庆教授在《跨越异质文化》一书中,对此作了详细阐述。

(3)跨文明研究。事实上,就算加上"异质"这一限定,文化仍然显得拘束,而且文化一词一度被滥用。比较文学的可比性边界能否上升到一种更为宏阔的学术视野?在这个问题上,雅斯贝尔斯、亨廷顿、哈拉尔德·米勒等学者使用的"文明"就极具启发性,他们站在文明的高度,对人类历史发展中的思想文化形态进行哲学考量。相对而言,文明比文化在时间生成和空间跨度上都具有更丰富的思想意味。在2003年,"跨文化"终于被"跨文明"取代:"因为只有'跨文明'才能真正彰显比较文学此次重大转折的基本特征,并且不至于与目前被滥用和乱用的'跨文化'一词相混淆。"② 当然除了混淆的因素外,从本质上说:"从'跨文化'到'跨文明',标志着诗学比较更加尊重异质性,并且善于从无关性的'异'中互补和发现。"③ 文化差异拓展为文明差异,这是从历史哲学层面做出的边界变迁,因为:"差异不仅仅是局限不同文化之间或者是同一文明话语之内,它可以以文明为基点来展开。"④ 因此,跨异质文明研究,意味着中华文明作为一种与西方文明从根源上相异的话语体系,从学理上开始尝试跨文明平等对话与合理性双向阐释,如徐新建教授说:"进入'跨文明'阶段之后,则显示出更大疆界的视野打通和人类更广泛、更深层的关联,也就是宣告了比较文学全球化时代的到来。"⑤ 2005年,正是在跨文明研究的基础上,曹顺庆教授提出了比较文学变异学理论。2007年,曹顺庆教授又作出如下论断:"从比较文学在中国兴起到跨异质文明、变异学的提出,从失语症到西方文论的中国化,比较文学中国学派的方法论体系基本成形。"⑥ 对这个问题的相关文献还有:《跨文明研究:21世纪中国比较文学的理论与实践》(曹顺庆)、《异质文明对话与跨文明比较文学研究》(曾利君)、《作为比较文学的跨文明研究的合

---

① 曹顺庆:《比较文学学科理论发展的三个阶段》,《中国比较文学》2001年第3期。
② 曹顺庆:《跨文明比较文学研究》,《中国比较文学》2003年第1期。
③ 曹顺庆、王超:《中国比较诗学三十年》,《文艺研究》2008年第9期。
④ 王超:《文明异质性与比较文学变异性》,《中外文化与文论》2011年第2期。
⑤ 徐新建:《文学研究的跨文明比较》,《中国比较文学》2016年第1期。
⑥ 曹顺庆:《中国学派:比较文学第三阶段学科理论的建构》,《外国文学研究》2007年第3期。

法性》(唐小林)、《跨文明比较文学研究的可比性问题》(曹顺庆)、《跨文明比较文学研究——比较文学学科理论的转折与建构》(曹顺庆)、《跨文明"异质性"研究——21世纪比较文学研究的一个重要领域》(杜吉刚)、《跨文明研究：比较文学学科理论的新阶段》(季俊峰) 等等。

跨文化、跨文明研究是20世纪90年代以来以乐黛云、曹顺庆为主的中国比较文学学者提出的研究方式，至此，比较文学的跨越性特征从"跨国"到"跨国、跨学科"再到中国学者提出的"跨国、跨学科、跨文明"，跨越性疆界不断拓展和完善，中国比较文学也一步一步纳入国际比较文学总体构架，国际比较文学也一步一步跨越异质文明的障碍，走出文化诗学的封闭圈，在21世纪，迈向全球化、多元化比较文学的新阶段。

七 译介学与译文学研究

这分别是1999年谢天振和2016年王向远两位教授提出的研究方式。从外部环境来看，译介学的产生主要受到国际比较文学"翻译转向"的影响，甚至部分学者试图用翻译研究取代比较文学研究。谢天振教授将埃斯卡皮提出的"创造性叛逆"用于正向描述跨语际翻译中的意义变异现象，将研究视域从严复的"信、达、雅"转向译介中的文化过滤和变异形态，并成为比较文学研究的重要分支："从比较文学和比较文化角度切入的翻译研究，通过对跨文化交际中文化意象的失落、扭曲、变异等现象的阐释，通过对'翻译总是一种创造性叛逆'规律的揭示，尤其是通过对翻译文学国别归属、翻译文学史和文学翻译史等概念的剖析，为传统比较文学研究中的中外文学关系研究展示出一块新的研究领域，即译介学。"[①] 谢天振教授对译介学的具体阐释是：

> 译介学的研究不是一种语言研究，而是一种文学研究或者文化研究，它关心的不是语言层面上出发语与目的语之间如何转换的问题，它关心

[①] 曹顺庆：《比较文学概论》，高等教育出版社2015年版，第109页。

的是原文在这种外语和本族语转换过程中信息的失落、变形、增添、扩伸等问题，它关心的是翻译（主要是文学翻译）作为人类一种跨文化交流的实践活动所具有的独特价值和意义。①

也就是说，译介学最重要的创新之处在于它肯定一种语言在另一种语言环境中的文化变异及其独特价值问题，例如："当中国人不无自豪地宣称自己是'龙的传人'时，西方人听了这句话就未必能体会到其中的自豪之情。"②对于"龙"这样一个文化意象，为什么会产生这样的差异化审美体验呢？这背后潜在一个怎样的逻辑背景和知识构架？这正是译介学的研究对象，在后面章节中将做详细论述。

译介学提出至今，在比较文学研究领域产生重要影响，是比较典型的比较文学"中国话语"，曹顺庆教授提出的比较文学变异学研究，正是在译介学的理论基础上做出的创新。于此基础上，王向远教授近年还提出"译文学"（Translated Literature Study），他将翻译研究分为翻译学、译介学、译文学三类，并对这三种形态如此区分："作为翻译研究的三种形态之一，'译文学'是在对'翻译学'和'译介学'的继承与超越的基础上得以成立的，其重心在'译文'。"③具体来说，他认为译文学与译介学的关系在于：

> "译介学"作为比较文学的一个分支学科，其价值功能是有限度的，"译介学"的对象是"译介"而不是"译文"，它所关注的是翻译的文化交流价值而不在乎译文本身的优劣美丑。虽然译介学也提出了"文学翻译"与"翻译文学"的概念上的区分，但它的重心却主要是为了说明"创造性叛逆"的存在，而不是全面地、多角度多层面地观照"翻译文学"或"译文"。因此，"译介学"的关键字是"介"字，它所能处理的实际上是"文学翻译"而不是"翻译文学"。④

---

① 谢天振：《译介学》，上海外语教育出版社1999年版，第1页。
② 同上书，第182页。
③ 王向远：《"译文学"的概念与体系》，《北京师范大学学报》2015年第6期。
④ 同上。

王向远教授认为译介学的重心还是在翻译介绍层面,没有将译文作为一个对象文本进行系统研究。因此,从这个角度上讲:"'译介学'作为比较文学学科的一个重要组成部分,以独立的章节加以论述是必要的。但是,'译介学'不能取代'译文学',因为比较文学不能仅限于文学关系、文化关系的研究,不能只满足于'跨'的边际性、边界性或边境性,还要找到得以立足的特定文本,那就是'译文'。"① 实际上在《译介学》一书的序言中,贾植芳先生就提出:"我一直认为,中国现代文学的历史,除理论外,就作家作品而言,应由小说、诗歌、散文、戏剧和翻译文学五个单元组成。"② 这说明贾植芳先生已经意识到了翻译文学作为一种独立的文学文本所具有的特殊价值,所以,谢天振教授提出"翻译文学不是外国文学"的创新论断,继而展开翻译文学史研究。王向远教授的译文学理论是在这个基础上的进一步深化,更加聚焦翻译文学的文本对象。

译介学与译文学,都是中国比较文学学者的话语创新。两者的共同之处都是聚焦于翻译研究,都着力于翻译中的意义变异和创新问题,两者都是针对比较文学的危机论提出的具体研究策略,试图解决比较文学没有固定研究对象的问题。不同之处在于:译介学肯定翻译中的"创造性叛逆",用本土文化来改造他国文学与文论话语,研究文本意义在他国流传中的增殖范式;译文学则旨在确立比较文学的具体研究领域,解决比较文学研究对象的"不确定"问题,这些都是积极的理论尝试。

除了以上研究范式之外,还有杨慧林"比较文学与宗教学"、赵毅衡"比较叙述学",严绍璗"文学变异体",陈跃红、杨乃乔"比较诗学",叶舒宪、徐新建"文学人类学",孟华、周宁"比较文学形象学",方汉文"比较文化学"等研究范式。这些都构成比较文学的中国话语,百花齐放、百家争鸣,不断彰显着中国比较文学研究的理论自觉与发展自觉,逐渐引起国际比较文学界更多的关注和重视,限于篇幅,不再一一论述。

---

① 王向远:《"译文学"的概念与体系》,《北京师范大学学报》2015年第6期。
② 贾植芳:《译介学·序》,上海外语教育出版社1999年版,第3页。

第四节 变异学视域下的国际现状述评

时过境迁，今非昔比。我们不能总是沿着历史的纵向轨迹前行，必须与时俱进地观照国际比较文学的最新发展动向，曹顺庆教授认为："今后的研究重心可适度转向现今比较文学学科的横向发展层面，即中国学者在面对跨文明视角下的比较文学研究的困境而提出变异学时，之前的影响研究及平行研究在现今的学科发展中（尤其是如今比较文学在一些'边缘'国家的兴盛）是否受其影响而经历了一定的变化或修正。"① 这段论述，旨在表明学术研究的共时态呼应与节奏合拍问题。对比较文学变异学，美国哈佛大学比较文学教授丹穆若什、国际比较文学学会前会长佛克马（Douwe Fokkema，本文统一采用此译名）等著名学者，都予以高度评价，但是在这些评论之后，究竟比较文学变异学与国际比较文学在哪些具体问题上达成共识与对话？当今国际比较文学的新动态和新发展方向是什么？比较文学变异学能在这个发展趋势中扮演怎样的角色？这正是这一节的主要研究内容。

一 斯皮瓦克与《一门学科之死》

随着美国学派平行研究的发展，其自身的问题逐渐暴露出来。2003年，斯皮瓦克宣布比较文学的死亡，也是历史发展的必然规律。当然，我们也不必对此惊诧万分，正如季羡林先生所说："说某一个学科产生了危机不一定是坏事。它表明这一学科的学者不满足于现状，而想有所突破，有所前进。"② 为什么斯皮瓦克会如此高调地宣布比较文学的死亡令呢？且看其具体观点。

---

① 曹顺庆、庄佩娜：《国内比较文学变异学研究综述：现状与未来》，《中南民族大学学报》2015年第1期。
② 季羡林：《比较文学与民间文学》，北京大学出版社1991年版，第316页。

(一) 学科之死源于文化研究和属于宗主国的、欧美的比较文学研究

20世纪后期,平行研究向文化研究转向的趋势愈加明显。文化研究的主要问题是可比性边界的模糊不清:"简单地把比较文学和文化研究或文化多元主义结合在一起,要么是行不通,要么是行得太通,二者间并无实质性差异。"① 她从后殖民主义的研究视野出发,认为文化研究从根本上说是宗主国文化意识形态的先验决定:"文化研究依赖的不过是基于宗主国语言的当下主义和人格主义的政治信念,它们往往带有明显的先决性结论,这就无法与处于巅峰状态的区域研究那种含蓄的政治策略相提并论。"② 欧洲比较文学的总体趋向集中在西方文明视野,对于非西方文明的区域与国家文学,往往是主导性压制,所以她认为:

> 对于那种基于欧洲民族语言的比较文学,以及"冷战"模式的区域研究,其中所具有的殖民性质,我们是无法从内部加以揭露的;同时,我们也无法拿那些充当知识生产者的"他者"来感染历史学和人类学。从这种内部着手,就是在承认某种共谋。不要谴责,不要寻找托辞。相反,要钻研那些学科的来龙去脉,要扎扎实实地把它们翻来又覆去。这些,所依赖的不仅仅是搭建制度的桥梁,更需要持之以恒的课程上的干预。在此,最棘手的东西便是抵制来自主导的纯粹挪用。③

她认为欧洲比较文学沉浸在跨国文学之间的影响、交流等事实联系,这种翻来覆去地折腾,从本质上还是一种殖民文化在作祟。在比较的背后,是某种主导意识形态的潜在制约,它导致比较文学成为话语霸权的言说形式。

---

① [美]斯皮瓦克:《一门学科之死》,张旭译,北京大学出版社2014年版,第4页。
② 同上书,第8页。
③ 同上书,第12—13页。

（二）学科之新生在于跨边界、聚焦可比性以及关注语言、习语、区域研究

斯皮瓦克阐述的并不是一种简单的跨国家、跨学科和跨文化，她说："我提出一种无所不包的比较文学。这种比较文学是去政治化的。……而且我一直持有这样的信念：区域研究（还有人类学和其他'人文科学'）领域里知识生产的政治，终将被一种新的比较文学所触及，其显著标志便是，它会一如既往地关注语言和习语。"① 她所说的"无所不包"，显然并非含纳一切，而是从后殖民主义的立场，消解西方意识形态的主导和话语垄断地位，这是解构主义思想在比较文学领域的延续，因此："新的比较文学不一定非得有什么全新的东西。不过，我得承认，是时代决定着'可比性'的幻景为何会消失。比较文学自始至终都要跨越边界。"②

（三）可比性迈向"星球性"和种族他异性

作为一个后殖民主义学者，她认为建立在欧洲中心主义基础上的比较文学已经死亡，必须推倒重来。必须建立"星球化"的比较文学，跨越边界、关注到每个区域性的文学现象："有了区域研究来补充比较文学，假象的集体跨越了边界，它们也许会试图塑造自我，即想象自我，并成为这个星球的一成员，而不是那种洲际的、全球化的或世俗中的一员。这个星球是可以轻而易举地占领的。"③ 在她看来，全球化还不足以描述这种他异性，因此"我建议用星球来改写地球一词"。④ 这里的"星球"，并不是一个天体学概念，她所强调的是差异化类型和多元化语境，也就是说："全球就在我们的计算机里。没有人居住在那里。这就使我们想到可以尽力去控制它。星球是一种他异性（alterity）的类型，它属于另一种体系。尽管我们居住在它的上面，但

---

① ［美］斯皮瓦克：《一门学科之死》，张旭译，北京大学出版社2014年版，第5页。
② 同上书，第18页。
③ 同上书，第89—90页。
④ 同上书，第90页。

那只是借住。"① 换言之，在斯皮瓦克看来，星球并不是一个具体的物理概念，而是一种思维方式："星球思维是开放的，它包含了一个取之不竭的分类系统，可以囊括诸如此类的名称。"②

从总体上看，斯皮瓦克作为当今世界著名的文学理论家和文化批评家，既是后殖民理论思潮的主要代表，又是解构主义批评大师。她提出的这几个观点，核心思想不在于用学科之死来哗众取宠、危言耸听，她"表达的无非是，那种属于北半球的、欧美的、宗主国的旧的比较文学必然死去，一种跨越了边界、聚焦于可比性、关于语言和习语、诉诸遥远的想象、突出作品的细读、结合着区域研究、连接起人文学科和社会科学同时属于南半球的新的比较文学已经诞生"③。或者可以更简单地说，那种局限在西方文明体系之中的影响、考证方式已经过时了，全球化语境中的比较文学必须重构新秩序，必须要跨边界，必须要审视他者之异域。中国及东方文明，正是这一种区域化的"他者"，因此，斯皮瓦克对"他异性"的关注，与比较文学变异学对异质性、变异性的关注，在整体思路上不谋而合、击掌共鸣。

二 丹穆若什与《什么是世界文学?》

从1827年歌德提出"世界文学"的构想开始，近两百年来，关于世界文学的研究争论从未间断。季羡林先生认为："所谓世界文学，内容是民族的，形式是世界的，总是先有民族的，然后才是世界的。只要国家民族还存在，就决不会有一个超出一切国家民族高悬在空中的空洞的世界文学。"④ 季羡林先生并不认为世界文学会取代民族文学，世界文学首先是以民族文学的形式存在，越是民族的，就越是世界的。近年来，关于世界文学的研究"老调重弹"，美国哈佛大学丹穆若什教授在新形势下重新提出世界文学的建构方式，其主要观点如下。

---

① [美]斯皮瓦克：《一门学科之死》，张旭译，北京大学出版社2014年版，第90页。
② 同上书，第90—91页。
③ 张旭：《一门学科之死·译者序》，北京大学出版社2014年版，第4页。
④ 季羡林：《比较文学与民间文学》，北京大学出版社1991年版，第322页。

（一）"流通"

马克思、恩格斯在《共产党宣言》中如此描述世界文学："民族的片面性和局限性日益成为不可能，于是许多种民族的和地方的文学形成了一种世界文学。"① 可以理解为，世界文学就是民族文学的聚合体。丹穆若什指出："我认为，世界文学不是一个无边无际、让人无从把握的经典系列，而是一种流通和阅读的模式，这个模式既适用于单独的作品，也适用于物质实体，可同样服务于经典名著与新发现作品的阅读。"② 他将世界文学理解为一种阅读模式而非文学文本，这是丹穆若什的一个重要创新。他继而分析道："一个作品进入世界文学，会通过两重步骤：首先，被当作'文学'来阅读；其次，从原有的语言和文化流通进入到更宽广的世界之中。一个特定的作品，沿着文学性或世界性两个坐标轴的任何一个起浮，从而跨过临界点，就有可能进入世界文学，或者后来从中脱出。"③ 从这个意义上讲，世界文学并不是人为设计出一个新的文本体系，而是在设计一种新的阅读体系，这个阅读体系的决定性因素不是主体之人，而是文本自身，他指出："为了理解世界文学的运作方式，我们需要的不是艺术作品的本体论，而是现象学：一个文学作品在国外以不同于国内的方式展现（manifests）自己。"④ 这个观念，是对传统比较文学研究方式的价值颠覆，现象学的核心观点是消解主客体二元对立的思维模式，转而"回到事物本身"，对世界文学而言，就是要让文本自身的意义在不同的语境中显示其不同意义，这些意义之间没有一个固定的话语中心，而是彼此对话、通融，形成一个多元共生的意义域。为什么他会得出这样的结论呢？因为："很多比较文学学者畏缩于两次世界大战带来的灾难，国家的分野导致了欧洲的四分五裂，他们转而把文学看作超越这种分裂的基础。对应于政治领域的联合国，他们也试图创造一个文学的联合国，在普世的美学

---

① 《共产党宣言》，《马克思恩格斯选集》第一卷，人民出版社1966年版，第242—243页。
② ［美］丹穆若什：《什么是世界文学?》，查明建等译，北京大学出版社2014年版，第6页。
③ 同上书，第7页。
④ 同上。

秩序原则与跨文化传统的旗帜下,使得地方差异得到调和。"① 他所描述的文学联合国,是传统比较文学求同模式的体现,这种模式旨在调和差异,而丹穆若什所谓的世界文学,强调的是尊重差异,让异质文学在流通中显示自身,这也正是比较文学变异学所关注的内容。

(二)"翻译"

民族文学如何进入世界文学的阅读模式?那就是翻译,他所指的翻译不仅仅是语言层面的译介,更是一种新语境下的创作:"即使我们赞同翻译本身就是一种创造性的作品,既然它是原创作品的再创作,就和原创作品的地位还是有所不同。"② 这个观点与埃斯卡皮提出的"创造性叛逆"和韦斯坦因在《比较文学与文学理论》中的观点基本一致,就是说:"翻译总是对原文的一种阐释,因此翻译并不是原文的一个褪色的复制品,更是一种更广范围的转化。译者负有公正对待原文的伦理责任,但可以采取各种策略来实现其目标。"③ 但是,创造性叛逆并不是破坏性叛逆,并不是创造性乱译,有时候译作能超越原作,但是有时译作又能毁灭原作,他认为:"是什么导致了不好的翻译?像任何阐释一样,翻译的失败主要体现在两个基本的方面:要么是直截了当的错误——就是弄错了——要么没有传达出原作的力与美。……另一方面,一个严重同化的翻译,将原文全部地吸收进目标文化,也就消除了原文的文化和历史差异。"④ 简要地说,一个是绝对地忠实原文;另一个是绝对地本土化,两者都不可取。他所强调的翻译,是介于传承与创新之间的话语转换机制,是基于可理解前提下的创造性叛逆。

(三)"生产"

这是丹穆若什对世界文学的又一种创新解读。他认为民族文学向世界文

---

① [美]丹穆若什:《什么是世界文学?》,查明建等译,北京大学出版社2014年版,第153页。
② 同上书,第187页。
③ 同上。
④ 同上书,第187—188页。

学流通的过程中,并不是作为遗产而任人摆布,而是作为一种意义生产形态,不断在新语境中变异发展:"当代世界文学一个最为突出的特征,就是其可变性:不同的读者会被不同种类的文本所吸引。比如说,像但丁和卡夫卡这样的伟大作家,他们在文学史上保留着有力的经典地位,但是他们在当代,更多的是作为高度个性化的诸多团体间相互交集的丰富节点,而不是作为公共遗产来发挥作用。"① 在这个基础上,丹穆若什得出结论:"我由此提出以世界、文本和读者为中心的世界文学三重定义:1. 世界文学是民族文学间的椭圆形折射。2. 世界文学是从翻译中获益的文学。3. 世界文学不是指一套经典文本,而是指一种阅读模式——一种以超然的态度进入与我们自身时空不同的世界的形式。"② 其中最关键的表述是"椭圆形折射"。为什么是椭圆呢?因为"世界文学总是既与主体文化的价值取向和需求相关,又与作品的源文化相关,因而是一个双重折射的过程,可通过椭圆这一形状来描述:源文化和主体文化提供了两个焦点,生成了这个椭圆空间,其中,任何一部作为世界文学而存在的文学作品,都与两种不同的文化紧密联系,而不是由任何一方单独决定"③。可见,椭圆是一个文本空间,而不是像法国学派所描述的"经过路线",从法国学派最初的一元中心论,到美国学派平行研究的二元对称论,再到丹穆若什所说的椭圆结构论,比较文学的场域空间在不断地丰富、充实和完善,多元文化和多民族文学在这个空间中彼此不决定对方、制约对方,世界文学处于一种共享关系之中。另外,为什么是折射呢?丹穆若什认为:"这个折射拥有双重性质。文学作品通过被他国的文化空间所接受而成为世界文学的一部分,对该空间的界定有多种方式,既包括接受一方文化的民族传统,也包括它自己的作家们的当下需求。"④

以上可见,丹穆若什以世界、文本和读者三个要素为中心,重新解读了世界文学的内涵。从流通、翻译和生产三个角度,阐释了世界文学的阅读模

---

① [美]丹穆若什:《什么是世界文学?》,查明建等译,北京大学出版社2014年版,第309页。
② 同上。
③ 同上书,第311页。
④ 同上。

式。其核心思想是消解文本中心论、作者中心论和读者中心论,将世界文学定义为民族文学间的椭圆形折射,强化了文学的多元性以及意义的生产性,比较文学变异学,正是着力于思考文学文本在跨文明语境中的意义变异问题,两者都不再思考传播的线性关系,而是思考阐释的多元空间。

三 伯恩海默与《多元文化时代的比较文学》

20世纪90年代以来,解构主义思潮不断渗透在比较文学研究的各个领域,比较文学影响研究、平行研究等传统模式不得不面临多元文化的冲击,因此,面临新的处境、新的机遇,比较文学研究也在悄然发生转型。

(一) 比较文学的可比性不再明晰

法国学派强调比较而忽视文学,美国学派强调文学而忽视比较,然而,伯恩海默认为,就连文学本身也越来越靠不住,他指出:"如今,有争议的不仅是比较,甚至文学,作为一个研究对象,其身份也业已不再明晰。"[1] 为什么比较文学会面临如此尴尬的处境?因为"多元文化主义时代的比较学者把自己理解为一个充满矛盾而非纯又纯的场域,他不相信任何自称要解开异域之谜的指南,他拒绝做一位超脱的观察家,演练他那自由自在的不介入的智识"[2]。因此,比较文学的可比性被湮没在多元文化之中:"我们感到,比较文学正处在其历史发展的一个关键点上。既然我们的研究对象受制于民族界限和语言使用,从来就没有固定性,因此比较文学需要重新自我界定也就不足为怪。目前正有利于作这样的回顾,因为文学研究正朝着多元文化的、全球的和跨学科的课程方向发展,这个趋势本身就具有比较的性质。"[3] 知识的

---

[1] [美]伯恩海默:《多元文化时代的比较文学》"导言",王柏华等译,北京大学出版社2015年版,第3页。
[2] 同上书,第16页。
[3] [美]伯恩海默:《伯恩海默报告(1993年)》,伯恩海默:《多元文化时代的比较文学》,第51—52页。

全球化迈进，就意味着文学自然而然进入比较的领域，多元文化时代的比较文学，逐渐被文化研究的大潮所淹没。

（二）消解比较文学欧洲中心论

韦斯坦因在《比较文学与文学理论》中对东西方跨文明比较保持着"迟疑不决"的态度，从学理上讲，韦斯坦因认为是两者缺乏共同的文明基础，然而从更深层的原因来讲：

> 他们中的许多人自然都不情愿把比较文学拱手让给新组建起来的第三世界学者群体。一旦这种压力继续增大并突破（事实上依然如此）象征性和意向性层面。一旦真的开始面向世界吸纳新成员，许多人提出，还有什么能阻止比较文学变成亚洲、近东、非洲和拉美研究，即使有时为了提供一个更为广阔的全球性或历史性视野，再添加上法国、德国、斯拉夫葡萄牙的研究。以我之见，没有人能阻止此事的发生——显然它正在发生——在这样的时刻，这个学科的历史上的欧洲中心当然会谴责学科身份的丧失。[1]

正是欧洲中心论的思想，让比较文学走不出西方文明的封闭圈，所以："比较活动是一种解放活动，是一项塑型事业，它以基本而又复杂的方式，对离散的实体和材料不断加以重组并提出一些样式和格式塔。这项事业致力于分析的批判过程，同样致力于整合的构造力量；它尊重特殊性（其实就是差异［difference］），这与它对本领域的设想以及跨国组合是一致的。"[2] 他更为形象地描述比较文学在多元文化语境中的功用："以我之见，如果比较文学能为未来的多元文化提供一个国际之家而不仅仅是一个旅馆，那么比较文学这

---

[1] ［美］艾普特：《比较的流亡：比较文学史上的边缘竞争》，伯恩海默：《多元文化时代的比较文学》，第95页。
[2] ［美］阿赫恩、温斯坦：《批评在当今的功能：比较文学的承诺》，伯恩海默：《多元文化时代的比较文学》，第86页。

个学科趣味将大大增加。"①

(三) 比较文学与文化研究

20世纪70年代末,西方比较文学转向文学理论、文化研究、性别研究、形式论研究以及电影和媒体研究等等,他们关注的是理论而不是文学,是方法而不是问题。所以,乔纳森·卡勒指出:"接受留给我们比较文学的独特身份和重要功能——从比较的角度研究文学,并且考虑到文学的各种国际显现形式。"② 20世纪末21世纪初,比较文学一度出现泛文化倾向,比较文学无所不能,无处不在,什么都是,以至于什么都不是了。布鲁克斯认为:"现在许多机构的问题是比较文学吸收了文化研究还是文化研究吞没了比较文学。我认为这两种'吞噬'都是错误的。比较文学应该成为文化研究的真正对话者,它坚持在意识形态和文化语境中来考察文学,另外,在理解文学是如何产生出与其他话语既相似又不同的意义时,还能意识到文学的体制性因素和诗学、修辞学的因素。"③ 在他看来,比较文学与文化研究不是谁吞噬谁的问题,而是要让两者实现对话互补,当然,比较文学还要向文化研究学习,例如:"比较文学应该向媒介研究开放,而不只是研究以文字为基础的文学或哲学文本,应该学习借鉴文化研究,而不是简单地对之拒绝或不信任。"④

以上可见,伯恩海默思考的是多元文化时代的比较文学与文化研究及其他研究范式之间的关系问题,在20世纪五六十年代,以韦勒克、雷马克等学者倡导的平行研究和跨学科研究盛极一时,但是这种研究范式后来发展得收不住场,文学文本逐渐演变为文化文本,比较文学演变为比较文化,在这种形势下,比较文学必须在多元文化语境下实现自我转向。

---

① [美] 艾普特:《比较的流亡:比较文学史上的边缘竞争》,伯恩海默:《多元文化时代的比较文学》,第108页。
② [美] 卡勒:《终于可以做比较文学了》,伯恩海默:《多元文化时代的比较文学》,第134页。
③ [美] 布鲁克斯:《我们必须道歉吗?》,伯恩海默:《多元文化时代的比较文学》,第116页。
④ [美] 周蕾:《以比较文学的名义》,伯恩海默:《多元文化时代的比较文学》,第129页。

四 巴斯奈特与《比较文学批评导论》

巴斯奈特 1993 年就对比较文学面临的危机进行理论研判,和斯皮瓦克一样,用比较文学的"死亡"论来引起学界对比较文学学科理论的深入反思。

(一) 比较文学的危机源于实证主义

她对比较文学研究进行总体分析后做出如下论断:"如今,比较文学研究从某种意义上说已经死亡。二元划分导致的狭隘性,非历史化研究方法的无用,以及将文学作为普世教化力量的盲目自信,共同造成了比较文学的死亡。如世界很多地方正在进行的对西方文化模式的彻底重估;来自于性别研究和文化研究的新方法与新视野对学科界限的超越;翻译研究内部发生的跨文化交流过程的考察。"① 这个论断的第一句话被学术界反复引用,其实她这个论断还有更深层的说明:

> 本书已试图表明:比较文学的危机,一方面源于 19 世纪以欧洲中心主义的实证主义传统;另一方面起因于对跨文化转移的政治含义的漠视——实际上跨文化转移对任何比较活动都十分重要。另外,本书还指出,非洲、印度、中国和拉丁美洲的比较文学家们并没有感受到这种所谓的危机,因为他们的比较文学研究建基于一种不同的意识形态,其理论出发点不是抽象的、跨文化的、普适性的美,而是他们自己文化的迫切需要。②

在她看来,比较文学的危机是西方比较文学界内部所产生的一种话语革命,东方学者及第三世界国家是旁观者而不是参与者。或者说,东方学者的参与,更多的是基于意识形态而不是基于比较文学本身,东方比较文学研究

---

① [英] 巴斯奈特:《比较文学批评导论》,查明建译,北京大学出版社 2015 年版,第 54 页。
② 同上书,第 183 页。

的内在冲动是对文化建设的需要,而不是学科建设的需要,学派之间的论争,实质上是话语权力之间的博弈。所以,对中国比较文学研究者而言,要扭转这种论断,就只能让中国话语取代中国学派,用具体实在的比较文学话语实践来参与学科发展,而比较文学变异学就是这样的尝试。

(二) 用翻译研究统摄比较文学研究

针对比较文学上述危机,巴斯奈特提出的策略是翻译研究:"但是近些年来,'比较文学'这个术语的意义已经式微。相形之下,翻译研究却取得了长足进步。"① 显然,巴斯奈特比埃斯卡皮、韦斯坦因更注重翻译研究的革命性力量:"人们对于翻译的认识已发生重大改变,不再视其为一种次等的、边缘性的活动,而是将其看作文学史中发挥着形塑作用的一股重要力量。"② 一直以来,翻译都是比较文学的一个具体分支,但是相对比较文学而言,翻译学倒更像一门学科:"比较文学一直声称翻译是其下属范畴,但是翻译研究牢固地把自己确立为以跨文化研究为基础的学科,并且无论是理论著作还是描述性著作,都提供了某种严格的方法论。因此,比较文学看上去似乎不像是一门学科,倒更像是别的学科的一个分支。以这种角度来看,我们就能够合理看待比较文学的危机问题了。"③ 她将比较文学危机的根本原因归结为方法论层面的模糊性,相比而言,翻译的优势在于它有具体的文本对象,而且跨语际本身就是跨文化研究,当然,翻译研究也具有相对固定的方法论体系和术语链条。因此她更为坚定地表示:"比较文学作为一门学科的鼎盛期已经过去。女性研究、后殖民理论、文化研究这三个领域中的跨文化研究工作,已整体上改变了文学研究的面貌。从现在起,我们应当将翻译研究视为一门主要的学科,而把比较文学看作一个有价值但是辅助性的研究领域。"④ 翻译研究历来归属比较文学,但到了巴斯奈特

---

① [英] 巴斯奈特:《比较文学批评导论》,查明建译,北京大学出版社2015年版,第157页。
② 同上书,第162页。
③ 同上书,第13—14页。
④ 同上书,第185页。

这里，局面陡然发生逆转，比较文学归属翻译研究，这其中的根本原因，就是比较文学在方法论问题上的缺憾。另外，前面我们提到的谢天振教授和王向远教授提出的译介学、译文学，正是要弥补比较文学缺乏文本支撑的不足。

五　苏源熙与《全球化时代的比较文学》

与伯恩海默一样，苏源熙关注时代语境变迁下的比较文学研究，尤其是关注全球化时代的比较文学。在2001年，希利斯·米勒就在《文学评论》发表《全球化时代文学研究还会继续存在吗？》，他从德里达的《明信片》谈起，研究电影、电话、互联网信息技术对传统文学文本的影响。苏源熙所思考的是全球化时代的比较文学生存样态问题。具体来说，他和巴斯奈特一样，也在分析比较文学所面临的危机，这种问题意识是西方学者所共有："比较文学作为一门学科的脆弱之处与它一整套思想的成功之处可以归结为相同的几点：它缺乏一个固定而明确的研究对象；它的位置介于其他具有固定的研究领域和经典作品的学科之间，并且（就方法论而言）高于它们；它面向横向联系和普遍规律性问题的研究。"① 那么如何处理这个学科的理论属性呢？他认为需要从两个方面着手，一是外部的跨学科策略："我们成功的策略之一便是跨学科。比较文学教导我们要适应多样化的参照系，注意其中的关系，而非定义。"② 这个策略其实是韦勒克、雷马克早就强调过的，不是什么新观点；二是内部的对话阐释策略："正因为比较文学系总是受到学科上无法归类的威胁，所以更应该注重基本原理的阐发，关注学科内部对话的阐释（缺少内部对话，比较文学就不能持久）。对这门最为成功、幽灵般的人文学科做出解释，机会无时不在。"③ 因此，在内外两种策略之间，比较文学学者需要做的不是给出定义，而是寻找连接线：

---

① [美] 苏源熙：《全球化时代的比较文学》，任一鸣、陈琛等译，北京大学出版社2015年版，第37页。
② 同上书，第51页。
③ 同上书，第53页。

"我们需要的可能还不止一条线,而是许多条线来调弦正柱:一条条超越国界、文化冲突界限的连接线;跨越世界文学超经典与反经典这一顽固鸿沟,并使之形成比较的新的连接线。"① 从梵·第根对比较文学"经过路线"的单向刻画,到苏源熙诸多连接线的多元构建,比较文学学科理论经历了一个漫长而曲折的发展过程,正是因为它的争议,才显示出其活力,正是因为其活力,才显示其朝气。

以上五个方面,代表了当今比较文学发展的基本态势,当然,除此之外,还有其他一些比较文学研究前沿理论,之所以要进行这样的梳理,是因为比较文学变异学是在这样一种风云变幻的学术背景中生成发展起来的。从上述分析可以看出,变异学强调不同文明文学在交流与阐释中彰显的异质性、变异性,这与当今国际比较文学反思多元化、全球化语境下的文学他异性是不谋而合的。只有尊重差异、借异识同、平等对话,方可让中国比较文学融入国际比较文学的洪流,方可促进比较文学的话语转型。

---

① [美]丹穆若什:《后经典、超经典时代的世界文学》,[美]苏源熙:《全球化时代的比较文学》,第67页。

第二章 比较文学变异学的思想资源

第一节 "易之三名"与哲学变异思想

从第一章的分析勾勒可以看出,国际比较文学传承发展具有一个相对清晰的脉络。法美学派无论是追求同源性还是类同性,它们存在的共性问题是对东方文明话语异质性的同化或拒斥,这种同化或拒斥,要么因同一性思维下的"阐发研究"而导致中国文论失语症的发生,要么因韦斯坦因"拒异"思维下的跨文明障碍而导致国际比较文学危机重重。要推进比较文学研究的"新生与重构",东西方不约而同地形成一种共识,那就是在全球化多元化的整体语境下,打破西方文化诗学的封闭圈,将以往对同一性的终极诉求,转向对差异性、他者、异域的跨文明关切。

首先,从国际比较文学近年来的研究态势上看,他们都对法美学派的传统研究方式进行解构,从后殖民主义以及多元文化语境分析异质性如何作为一种可比性,例如赛义德的"理论旅行",弗朗索瓦·于连的"间距"论,斯皮瓦克的"星球化"(Planetarity)比较模式,莫莱蒂的(Franco Moretti)"远程阅读"(Distant Reading),伯恩海默的"多元文化时代的比较文学",苏源熙的"全球化时代的比较文学",以及丹穆若什对世界文学的"老调新弹"等,他们都有意识扩大比较文学的边界,从一个更宏观、更多元的角度分析比较文学。

其次，从国内比较文学研究来看，第一章已经分析，从20世纪70年代以来，中国比较文学以强烈的学科理论自觉，不断推进着比较文学中国话语建设及"走出去"战略，中国学者的学术努力并不仅仅源于文化自信的理论冲动，而是体现在具体的文学实践。比较文学变异学，正是在这样的双重语境下做出的理论创新，正是在对中西方比较文学研究进行全面分析的基础上展开的话语构建。那么，本章要分析的问题是：变异学的思想基石源自何处？它从哪里缘起？又将走向何方？本章认为：如果说，国际比较文学的危机和死亡论为比较文学变异学的理论创新提供了外在机遇，那么中华文明几千年的诗学传统以及中国比较文学的发展积淀，则为其提供了内部话语资源，这些资源主要体现在以下几个层面。

一 接上传统文化的血脉

中国学术话语的创新，从根本上讲，既不能照搬国外，也不能自言自语，必须根植于中国自身的文化土壤，不忘本来、吸收外来、面向未来，方向才不会偏。曹顺庆教授认为："要重建中国文论话语，首先要接上传统文化的血脉，然后结合当代文学实践，融汇汲收西方文论以及东方各民族文论之精华，才可能重新铸造出一套有自己血脉气韵，而又富有当代气息的有效的话语系统。"[①] 如何接上传统文化的血脉，实现中国古代文论话语的创造性转化？对这个问题，学术界开展过一场声势浩大的研讨。钱中文先生在1992年"中外文艺理论研讨会"上率先提出："如何在不同理论形态中，分离出那些表现了文学创作普遍规律的理论观念，使之与当代文学理论接轨，融入当代文论，成为它的组成部分，这是一个极有意义的工作。"[②] 1996年在西安召开"中国古代文论的现代转换"全国学术研讨会，这个会议影响很大，激发了系列重要成果，如童庆炳《中国古代文论的现代意义》、钱中文《中国古代文论的现

[①] 曹顺庆：《文论失语症与文化病态》，《文艺争鸣》1996年第2期。
[②] 参见朱立元《关于中国古代文论现代转换的再思考》，《中国社会科学》2015年第4期。

代转换》等。2015 年朱立元在《中国社会科学》发表"关于中国古代文论现代转换的再思考",持续 20 余年,可能还将持续下去。当然,有的学者对此也抱有质疑态度,例如曹顺庆教授就认为这个提法其实并不合适,因为要"转换"中国古代文论话语,其言外之意是中国古代文论话语已经"死了""没有用了",必须要经过转换,才能为当今学术界所用。曹顺庆教授认为中国古代文论话语不仅仍然具有可靠性、有效性,而且还能在当今全球化多元化语境中,彰显我们的异质性、民族性①。不管古代文论的现代转化是真命题还是伪命题,在我看来,尽管五四运动造成了话语的断裂,但是中华文明的基因并没有改变,并非完全不可对话。古代文论思想,仍然具有生命力,如何接上传统文化的血脉,仍然是一个有意义的问题。

周宪教授还认为,在当今的全球文化格局中,中国古代文论思想不仅具有中国意义,还可能在全球价值重构中发挥独特作用,他指出:"中国传统思想资源在重构全球社会的普遍价值、意义和伦理方面,将发挥无可取代的重要作用。"② 其实关于这个问题,季羡林先生根据亲身体验早就给予了生动描述。先生于 20 世纪 30 年代留学德国,据他回忆,西方一旦遇到大规模战争危机,如一战、二战,就会想到中国思想。例如在 1946 年,他描述二战中的德国思想动态时说:"打到一半的时候,别的国家里的情形我不十分清楚,在德国,人们又因了同上次战后差不多一样的原因想到自己的文明是不是有缺陷,才开战时火一般的热情现在消失得毫无踪影了,很多人,尤其是大学教授同学生开始动摇悲观起来。结果是东方的哲学又为一般人所注意了。老子又走起红运来。"③

实际上,很多对欧洲文明产生重要影响的思想家,都表示出对中华文明的浓厚兴趣,西方文明发展的历程中,并不缺乏中国元素和中国话语。例如莱布尼茨就认为:"如果说我们在手工艺技能上与之相比不分上下,而在思辨

---

① 参见曹顺庆、王超《论中国古代文论的中国化道路》,《中州学刊》2008 年第 2 期。
② 周宪:《文学理论的创新问题》,《中国社会科学》2015 年第 4 期。
③ 季羡林:《比较文学与民间文学》,北京大学出版社 1991 年版,第 12 页。

科学方面要略胜一筹的话，那么在实践哲学方面，即在生活于人类实际方面的伦理以及治国学说方面，我们实在是相形见绌了。"① 他指出了中华文明在实践哲学及伦理道德方面的强盛，据一些研究表明，二进制就是莱布尼茨从《周易》八卦中受到启发而研制成功的。根据孟华教授的研究成果，伏尔泰启蒙主义思想就受到孔子思想的直接影响："在长达四十年的时间里，伏尔泰从未改变过对中国的爱慕之情，真可谓'一经倾心，生死不变'。这份爱之所以经久不衰，是因为它建立在一个牢固的精神基础上：是对孔子'仁'的完全认同，才使伏尔泰终身热爱中国。"② 同一时期的孟德斯鸠、卢梭等启蒙思想家，都对中华文明表示出强烈关注。除此之外，汤因比《历史研究》、福山《西方的没落》等等，都认为中华文明能够对世界文明秩序的重构起到重要的促进作用。近现代西方哲学家黑格尔、海德格尔、德里达、福柯，都与中国思想发生过实证性的关联。法国著名比较哲学家弗朗索瓦·于连，试图通过从中国这个与西方文明"毫不相关"的思想体系出发，去思考"思想的未被思想之物"，迂回并重构西方思想。为什么西方常常在出现危机时会想到东方思想？危机之中的西方社会为什么需要这遥远国度的话语资源呢？这些现象能说明什么深层次的问题？季羡林先生说："这世界无非是这样，东方不亮西方亮。那西方不行的话呢，就看东方。所以要向东方学习。"③

　　任何文明都有一个发展变化的过程，文明与文明之间，也是一个不断互补、渗透、促进的过程。作为世界文明的组成部分，东方文明有其独特的异质性及其价值。但是在有的西方学者看来，在历史上东方文明对西方文明影响不多，所以其价值往往并不如西方。三十年河东，三十年河西，这种偏见逐渐得到扭转，20世纪末季羡林先生就说："我看到了21世纪，我们应该提倡东化。"④ 对比较文学而言，王宁教授也曾在20世纪末一度提出建设比较文

---

　　① ［德］莱布尼茨：《中国近事》"序言"，陈爱政译，夏瑞春编：《德国思想家论中国》，江苏人民出版社1989年版，第5页。
　　② 孟华：《伏尔泰与孔子》，中国书籍出版社2015年版，第187—188页。
　　③ 季羡林：《西方不亮，东方亮》，《中国文化研究》冬之卷（总第10期）。
　　④ 同上。

学的"东方学派"①。

所谓的"东化"或"东方学派"并非与西方决一高下,而是对东方文明原生态的观照及其创新发展。习近平总书记在党的十九大报告中指出:"推动中华优秀传统文化创造性转化、创新性发展,继承革命文化,发展社会主义先进文化,不忘本来、吸收外来、面向未来,更好构筑中国精神、中国价值、中国力量,为人民提供精神指引。"② 在这段描述中,习近平总书记从文化战略高度描述得很清楚,即"不忘本来、吸收外来、面向未来"。其中最重要最根本的东西是不忘本来。什么是不忘本来?就是从中华优秀传统文化中寻找积极有效的东西,季羡林也认为:"我们弘扬中华民族优秀的文化,这绝对不是什么狭隘的民族主义。因为我们都认为,外国的一些有识之士,也认为我们的优秀文化中间有些东西,不但对中国有利,对世界也有利,所以我们要弘扬。"③

那么,对比较文学而言,在西方话语不亮的时候,东方话语如何亮起来?东方文明在21世纪以崭新的姿态面对全球化,但值得警惕的是,文化自信仅仅是心理态势的改变,只有从真正意义上构建"中国话语",才能以实践行动进行跨文明对话,否则,就仅仅是意识形态的自我独白。要构建"中国话语",一方面要进入国际比较文学的轨道,另一方面要接上中华文明传统思想的血脉,只有做好这样两条基本的连接线,比较文学中国话语才可能有实际性的发展,而比较文学变异学,正是中国学者基于这两条连接线的一种学术创新。那么,比较文学变异学的中国思想资源在哪里?或者说,比较文学变异学与中国古代哲学、文论之间有什么关系?变异学理论如何对中国古代哲学及文论话语展开创造性转化和创新性发展?下面,以《周易》之"易之三名"为缘起,来阐述比较文学变异学与中国传统文化的逻辑关系。

---

① 王宁:《论国际比较文学研究新格局的形成》,《北京大学学报》1993年第5期。
② 习近平:《决胜全面建成小康社会 夺取新时代中国特色社会主义伟大胜利——在中国共产党第十九次全国代表大会上的报告》,《人民日报》2017年10月28日第1版。
③ 季羡林:《西方不亮,东方亮》,《中国文化研究》冬之卷(总第10期)。

二 "变易"与比较文学变异学

比较文学变异学主要研究不同国家、不同文明文学在影响交流或平行阐释中发生的意义变异问题。变异不仅仅是一个比较文学概念,从一般意义上讲,这是一个生物学引发的哲学概念,变与不变、同与异、动与静,构成对立互补的思想范畴,这些范畴是相对性的,而不是绝对孤立的,它们的终极目的不是对抗,而是在对抗之中实现"和而不同"。对此,孔子早就指出:"君子和而不同,小人同而不和"(《论语·子路》),《周易·乾卦》也有:"保合大和,乃利贞。"[①] 比较肯定有同有异,比较文学研究就是要超越同与异,研究同中之异以及异中之同,这就是乐黛云教授一直提倡的"和而不同"的比较文学策略:

> 文化相对主义的提出使我们不能不承认我们面临的是一个文化多元共生的现实。承认这个现实,就要既承认文化的独立存在,即其相对性,又要有不同文化之间的交往和商谈,从中达成某种标准和共识;同时还要重视本民族文化的更新、变异和发展。对于处理这一复杂问题,中国传统文化中的"和而不同"原则或许是一个可以提供重要价值的文化资源。[②]

但"和而不同"毕竟只是一种理想化的格局状态,如何实现"和而不同"呢?乐黛云教授在上面的表述中已经阐明,既要承认文化独立性,又要有交流,更要重视本民族文化的更新、变异和发展。她所提到的"变异",正是中华文明的核心发展规律。

整体观照中华优秀传统文化,对变异理论阐述最为精到的文献当属《周易》。作为十三经的"群经之首",它实际上着重讲述"变"的哲学思想。在西方世界看来,中国缺乏思辨思维,前面莱布尼茨的引文表达了这个观点,

---

[①] (唐)孔颖达:《十三经注疏》(上),上海古籍出版社1997年版,第14页。
[②] 乐黛云:《跨文化之桥》,北京大学出版社2002年版,第47—48页。

黑格尔也是一样，据钱锺书先生所言："黑格尔尝鄙薄吾国语文，以为不宜思辨。"① 黑格尔鄙视中国文化没有思辨精神，钱锺书先生在《管锥编》第一篇就开始分析中国文化中的思辨精神，他认为《周易》"易之三名"就是对思辨精神最精妙的阐释。当代学者李清良教授专门著有《中国文论思辨思维》，系统阐述思辨精神。陈跃红教授也认为："钱锺书先生在《管锥编》一开首'论易之三名'中就曾经论证过，它不仅有'简易''变易'的意思，还有相反的'不易'的意思。因而《易经》的翻译既可能译成英文的'Book of Change'，也可以译成'Consise Book of Constancy'。前者强调的是它的'变易'的方面，后者则侧重表达它的不变的方面，即所谓'变动世界中不变的常体'的意思。"② 所谓思辨，即运用逻辑思维展开概念分析、理论判断和哲学推理，在"易之三名"的表述体系中，既有变易，又有不易，还有简易，这是一个对立统一、相辅相成的意义复合式表述，这个表述就极有哲学思辨性。那么，沿着钱锺书先生的思路推进下去，可以进一步讨论：中国哲学思想如何看待"变"与"不变"的问题？这些思想对比较文学变异学而言，又有什么意义呢？

先看钱锺书《管锥编》首篇"论易之三名"："第一、《论易之三名》：'《易纬干凿度》云："易一名而含三义，所谓易也，变易也，不易也。"郑玄依此义作《易赞》及《易论》云：'易一名而含三义：易简一也，变易二也，不易三也'"③ 所谓"易之三名"，其实不是三名，应该是易一名而含三义：简易、变易、不易，这是《周易》关于变异问题的三种主要表述。运动变化是事物发展最基本的规律。"变"作为一个哲学概念，在人类文明之初，中西方先哲们就展开过思考，例如"人不能两次踏入同一条河流""逝者如斯夫，不舍昼夜""世界上唯一不变的东西就是变化"等经典描述。《周易》"易之三名"理论思想，其实是从一个辩证的角度分析变之不变、不变之变的问题。

---

① 钱锺书：《管锥编》（一），生活·读书·新知三联书店2007年版，第3—4页。
② 陈跃红：《比较诗学导论》，北京大学出版社2005年版，第217页。
③ 钱锺书：《管锥编》（一），生活·读书·新知三联书店2007年版，第3页。

从知识学角度分析，金岳霖认为："天下无不变的事体，这是中国人一句普通话。这句话也可以说是从经验归纳来的。我们在经验中差不多无时不碰见变更，这一点没有问题，哲学家也不至于否认，在耳闻目见范围之内，变更是事实。"[1] 对变异这一基本事实，历来都是不可辩驳的，而"困难问题是何谓变，及什么在变"[2]。唐代孔颖达在《周易正义》中开篇对这个怎么变的问题进行了阐释：

> 正义曰：夫易者，变化之总名，改换之殊称。自天地开辟，阴阳运行，寒暑迭来，日月更出，孚萌庶类，亭毒群品，新新不停，生生相续，莫非资变化之力，换代之功。然变化运行，在阴阳二气，故圣人初画八卦，设刚柔两画，象二气也；布以三位，象三才也。谓之为易，取变化之义。[3]

从这段表述可以看出，"易"是变化之总名，"易"就可以理解为"变"的意思。六十四卦中，只有既济卦的刚爻柔爻各当其位、各居其所，其他六十三卦都是处于变易发展的非完满状态。可见《周易》核心思想并非固守于"保和大和"之圆满，而是阐释"上下交而其志同"的规律性动态变异，侧重"否极泰来"和"物极必反"之潜势，而非"既济圆满"之得势。因此"变易"是《周易》"易之三名"的首要之义。

"易之三名"中关于"变易"的哲学思想，对比较文学变异学而言，具有重要理论价值，主要体现在以下几个方面。

（1）"变易"是不可规避的文学与文化发展规律。《周易·系辞上》："生生之谓易。"[4] "天行健，君子以自强不息，地势坤，君子以厚德载物。"生生不息、变化发展，是《周易》的核心思想。对文学与文化而言，亦是如此。乐黛云教授认为："我们所说的文化并不等于已经铸就的、一成不变的'文化

---

[1] 金岳霖：《知识论》，商务印书馆1983年版，第388页。
[2] 同上。
[3] （唐）孔颖达：《十三经注疏》（上），上海古籍出版社1997年版，第7页。
[4] 同上书，第78页。

的陈迹'，而是在永不停息的时间之流中，不断以当代意识对过去已成的'文化既成之物'加以新的解释，赋予新的含义；它是正在进行着的当前整个社会的表意活动的集合，包括意义的产生、传达以及各种释义活动，因此，文化应是一种不断发展，永远正在形成的'将成之物'。"① 之所以文化是将成之物而非既成之物，是因为任何事物都是处于一定的时间和空间之中，时空在变，因此事物也在变，有发展就有变易，有变易才有发展。曹顺庆教授认为："变异不仅仅是文学交往中的重要概念，也是比较文学中最有价值的内容，是文化创新的重要路径。"② 从比较文学发展历程来看，法国学派反复强调的"事实关系"和"经过路线"，从变易的角度来分析，文学与文化在跨国、跨民族、跨学科交流中并不是固守某个意义"常量"，它随着时空切换而源源不断产生"变量"，它是一个被不断生成的待定性结构，这个结构的特征是"剪不断、理还乱"。也就是说，这个事实是一个动态的事实、变化的事实。例如陶渊明的诗，在不同的时代，其受到的重视程度并不相同，类似的案例很多，这就说明：从比较的放送点到接收点，除了影响与被影响的同源性之外，还有意义于时空语境切换中的变易性问题，这种变易，不是法国学派所关注的"贸易往来"，比较文学家也不是"账房先生"，更不存在某种固定的意义账单，它只有一个特征，就是向变易性敞开、向不确定性敞开。

（2）从"求同存异"到"借异识同"。事实上，求同存异是一般人对比较的最基本的常识，这也是比较文学最基本的学科理论动机。基亚认为："比较文学可以帮助两国进行某种民族的心理分析——在了解了存在于彼此之间的那些成见的来源之后，双方也会各自加深对自己的了解，而对某些相同的先入之见也就更能谅解了。"③ 求同的动机没有问题，关键是存异。存意味着存放、搁置、不否定、不拒绝。但是在《周易》看来，变易的价值恰恰就在"异"，上面已经说到，《周易》只有既济卦才是"功德圆满""和而不同"，

---

① 乐黛云：《跨文化之桥》，北京大学出版社2002年版，第57页。
② 曹顺庆：《比较文学概论》，高等教育出版社2015年版，第161页。
③ ［法］基亚：《比较文学》，颜保译，北京大学出版社1983年版，第16页。

其余六十三卦，都处于"求和"之潜势，是一个动态的变易过程。这也说明，变易的主要思想还是要研究"以异致和""借异识同""异同互补"。所以叶维廉的"文学模子"重在"借异识同"，乐黛云教授反复提出的"和而不同"落脚点也在不同，而比较文学变异学，更是淡化这种"求同"思维，转而将异质性、变异性作为可比性，研究"变异"之发生及缘由问题，这都是对《周易》之"变易"思想的传承。

可见，差异在比较中显现，变异在比较中发生。同一个母题、同一个文本、同一个意象符号，从放送点到媒介再到接收点，并不是一个简单清晰的经过路线，而是一个复杂曲折的变异过程，我们当然不能否认源文本的符号示意，但是我们更应当思考的是，这些变异的发生、发展以及其潜在的深层结构原因是什么，这就是"易之三名"之"变易"对比较文学变异学的主要启示。

三 "不易"与比较文学变异学

既然"易之三名"中"变易"是不可否认的普遍规律，那么"变易"是不是随心所欲地乱变？从比较文学的角度而言，我们能否完全否定源文本的意义，将意义在跨文明解读中进行无限度阐释？很显然，无论是同一文化体系还是异质文化之间，尽管存在不可通约的异质性，但是仍然具有共通规律，"人同此心，心同此理"就是这个道理，从"易之三名"的角度来看，这个共通规律，就是"不易"。

常言道："龙生龙，凤生凤，老鼠的儿子能打洞。""种瓜得瓜，种豆得豆。"无论如何变易，那么总会有不变的规律在其中。《周易》六十四卦中只有既济卦才是完美的局面，其他六十三卦都处在变化的状态，但是这六十三卦不是乱变、乱发展，他们都是处于一种"乘、承、比、应"的关系中，孤阴不生、孤阳不长，其规律就是所有变化都包含着一个"势"，这个"势"的总体趋向是在不和谐的状态下寻找一种和谐的存在关系——"保和太和"。所以，每相邻两爻之间是内循环之"比"，上卦三爻和下卦三爻形成整体外循环之"应"。从卦位上说，初与二、二与三、四与五、五与上形成"比"的关系；初与四、二与五、三与上形成"应"的关系。刚柔相济则为相应，刚刚、柔柔则为敌应。总体上讲，无论怎么变易，其规律都是"互补求和"。余敦康教授认为："必须刚柔相济，阴阳协调，阳顺阴，阴顺阳，融洽配合，结为一体，才能达到整体的和谐。"① 事实上，这个问题在《周易·系辞上》表述得很清楚："天尊地卑，乾坤定矣。卑高以陈，贵贱位矣。动静有常，刚柔断矣。方以类聚，物以群分，吉凶生矣。在天成象，在地成形，变化见矣。"② 天地、乾坤、动静，都有基本分类，这些分类就是差异，这些独立性的差异个体不是用自己的价值标准去同化、吸附、异化对方，而是在差异中互补求和，而这就是"不易"之规律。

那么"易之三名"中的"不易"对比较文学变异学而言，意味着什么呢？很简单，它所强调的不易之规律是对立中的互补统一，因为阴阳互补才是相应，阴阴和阳阳是敌应，有差异的相应才是互补，这个规律对比较文学变异学而言，就是倡导"借异识同"而不是"以同寻同"。以阴求阴、以阳求阳，在《周易》中就是"敌应"，这个思路，就相当于西方有悲剧，中国也应当有悲剧，将中西方的悲剧置放在一起进行比较，这就是"以同寻同"之"敌应"。钱锺书先生认为："假如说，弗洛伊德这个理论早在钟嵘的三句话里稍露端倪，更在周楫和李渔的两端话里粗见眉目也许不是牵强拉拢，而只是请大家注意他们似曾相识罢了。在某一点上，钟嵘和弗洛伊德可以对话，而有时候韩愈跟司马迁也会说不到一处去。"③ 为什么钱锺书先生会有这样的判断呢？关键就在于，钟嵘与弗洛伊德尽管跨度很大，但是只要寻找到了两者之间在某一个问题上的"类同"性，那么就可以进行比较研究，因此钱锺书先生将可比性建立在"寻同"的路径上。但是从《周易》的角度分析，这种"以同寻同"的方式无异于以刚求刚、以柔求柔，这是同质化的"敌应"

---

① 余敦康：《周易现代解读》，华夏出版社2006年版，第11页。
② （唐）孔颖达：《十三经注疏》（上），上海古籍出版社1997年版，第75—76页。
③ 钱锺书：《诗可以怨》，张隆溪、温儒敏：《比较文学论文集》，北京大学出版社1984年版，第37页。

而不是互补性的"相应"。在这个问题上,法国学者弗朗索瓦·于连将钱锺书先生这种方式概括为"寻同的比较主义",他说:

> 钱锺书教授是一个有广泛文化修养的人,他的方法是某种寻同的比较主义(comparatisme de la ressemblance)。他有一种使各种思想相碰撞的兴趣,这是一种选择,我尊重这种选择;但这是一种可能,而我寻找的却是另一种可能。我将中国与欧洲思想放在同一框架内使他们能够相汇,寻找他们各自所没有的思想,使他们能够对话。①

作为钱锺书先生的弟子和思想继承者,张隆溪先生显然不同意这种看法,于是他与于连在世纪之交发生了激烈论辩,他认为于连将中西方的差异绝对化,这是一种相对主义的比较策略:"我十分尊重于连先生在学术上的努力和成就,不过在我看来,把文化视为各自孤立的自足系统,尤其把东西方文化对立起来,把中国看成西方传统的反面,却正是西方思想一个相当结实牢固的框架。"② 张隆溪认为:"实际上,差异和类同普遍存在,但它们不仅存在于不同文化之间,也存在于同一文化之内。虽然理解不同文化往往很困难,而且很不完善,但在人类的相互交往中,理解总是有机会产生的。我们由此只能得出结论说,文化不是也不可能是完全不相通或完全不可译的。"③ 正是站在这个立场上,张隆溪和钱锺书一样,都试图在中西方找到对话的平台和契合点,反对弗朗索瓦·于连这种"迂回寻异"的举措:"差异性和异质性,就其标志着当代西方文化批判的一种愿望而言,并不具有普遍合法的权力,它也不应该成为一个终极性的词汇——批判性话语总是试图找到这样一个确定不移的终极词汇,就仿佛这是比较研究的唯一和最后的目标似的。"④

钱锺书和张隆溪、刘若愚,他们都认为东西方文学存在一个共通规律,

---

① [法]弗朗索瓦·于连:《答张隆溪》,张隆溪:《中西文化研究十论》,复旦大学出版社 2005 年版,第 135 页。
② 张隆溪:《中西文化研究十论》,复旦大学出版社 2005 年版,第 122—123 页。
③ 张隆溪:《同工异曲》,江苏教育出版社 2006 年版,第 15 页。
④ 张隆溪:《道与逻各斯》序言,江苏教育出版社 2006 年版,第 11 页。

比较文学工作者，就是要找寻到这种共通规律的具体话语模式。例如中国之"道"与西方之"逻各斯"，两者就是中西方在意义本体论上的共通性元素。而于连并不赞同这种做法，路径不同、旨趣相异，他近年来提出"间距"理论，这和叶维廉的"模子"理论思想基本一致，核心思想就是"借异识同"，通过迂回到一种差异化、陌生化的话语体系，反观自身话语的思想特征和异质性元素，继而在彼此的"震颤"中实现话语互补。

比较文学变异学理论，在这个问题上，是站在叶维廉和于连一边的。曹顺庆教授在很多著述中表示，叶维廉的"模子"理论，正是比较文学变异学的一个很重要的研究方式，因为模子理论与变异学理论的共同特征都是将异质性、变异性作为可比性，寻找通约性的话语"模子"，这个模子并不是彼此重合之"同"，而是既承认文化异质性，又有通约性的交叉互补领域。比如说，钱锺书认为黑格尔认为中国文学中缺乏"思辨"，如果按照钱锺书"寻同"的路径，那么我们也可以找出中国文学中的"思辨"元素，比如前面所提到"易之三名"，就是一名而含多义，多义互补整合的一个思辨范式，还有李清良教授《中国文论思辨思维》，都是试图证明我们不仅有思辨思维，而且不一定比西方差。当然，这个路径有其合理性，但是如果从比较文学变异学的角度研究，那么就不是这种路径了：为什么要用西方的价值判断来衡量中国文论话语？为什么中国文论话语没有与"思辨"相异的话语言说方式？比较文学变异学，放弃了对等式的"寻同"比较，转而"寻异"比较，这个寻异的过程并不是像张隆溪先生所说，从文化相对主义出发，故意设置一些对立性的范畴理念，而是抱着互补互释、互相参照、互相印证的角度展开比较研究，比如西方有"逻各斯"，我们为什么必须要在中国找出"逻各斯"或类似的范畴？我们为什么不能有自己的言说方式？我们的言说方式若有不同，那么为什么不可以将这些不同之处拿来对视？比如"道""气""妙悟""懂""以心传心"等等，这些都是中国文论话语独特的"思辨"方式。这些方式也许从根本上说与西方之"思辨"并不类同，但是它却能从另一个方面领会思辨思维本身所存在的不足。每一种思维方式都不是无懈可击的，只有从差异化角度出发，借异识同、以异求和，才能实现话语的重建与创新。海德格尔就是一个经典范例，他与萧师毅合译《老子》的时候，萧师毅多次建议他采用西方的话语来进行"同化"译介，但是海德格尔坚持己见，他认为正是因为《老子》的生成并没有受到西方文明的干扰，其话语陈述反而对西方知识体系具有重要的互补价值，正是这种东方文明的异质性知识，启发了海德格尔的"诗化哲学"之路。① 不在相似中同化和敌应，而在差异中互补和相应，这正是比较文学变异学探索的"不易"之规律。

从一个更宏观的角度分析，每一个文学文本，它都存在两个方面的照应关系：一是内在的不变之规律，就是文学性，也是文学本身发展演变的基本规律；二是外在的不变之规律，就是文学受到时代、环境、种族等外在环境制约而发生变化的规律。法国学派影响研究认为，从放送点到接收点，无论发生了什么变化，但是中心和起源依然在那里，话语的基本意义依然在那里，他们所推崇的实证性研究，其实就是要证明其中的关联，这种关联肯定具有趋同的因素，他们求证的过程，其实就是一个找寻文学交流过程中的"不易"因素的过程；另一个层面，没有实际交流的文学现象之间，其实也有不易的规律，这一点，平行研究和俄苏学派历史研究都讲到过。平行研究从跨学科类同性立场出发，历史研究从人类文明发展的基本规律出发，都是强调文学的求同："世界各国人民，不同的民族，不管地理距离多么远，文化背景多么不同，在民间故事方面却总是互相学习的。这些故事可能有一些是各自互不相谋，独立创造的。但这种情况不会太多，绝大部分是互相学习的。中国古代有两句话：'人同此心，心同此理'。用到这里来，也是恰当的。"② 可见，影响研究和平行研究对"不易"规律之理解，主要集中在"敌应"，而比较文学变异学更倾向于差异互补之"相应"。因为任何"求同"之"敌应"，都有一个比较视域的先验预设，正如叶维廉所说："我们相信有所谓超脱文化异

---

① 参见熊伟《在的澄明》，商务印书馆2011年版。
② 季羡林：《比较文学与民间文学》，北京大学出版社1991年版，第178页。

质限制的'基本形式及结构行为',我们相信语言学家所鼓吹的'深层结构'的可能,不过,我们前面一再要强调的、一再要反对的,只是他们'模子'应用的假定,及其中隐伏的危机而已。"① 因此,比较文学变异学将"不易"之潜在规律,并没有理解为各国各民族文学的通约要素,而是在以阴求阳、以无生有、以异寻同,强化在某种论域之下的创造性叛逆和创新性发展。

四 "简易"与比较文学变异学

简易,就是变易与不易之间的平衡协调规律。余敦康教授认为:"所谓变易是指一阴一阳的变化;所谓不易是指变易中自有不易之理,变化的是现象,不变的是规律;所谓简易是指这种易道简单平易,易知易从,并不难掌握。在这三层含义中,简易之道最为重要。"② 在他看来,简易是最终的"易",大道至简,是中国思想的一个基本特征,把简单的问题复杂化,再把复杂的问题简单化,一出一入之间,可见中国思想这种穿越贯通中的"自在自如"之逍遥精神。曹顺庆教授也认为:"一易而有三名,三名即构成'易'的思维框架,其中又以易简最为重要,因为它是卦象的综合项,指天下万象有规律的呈示,也是它们的本质规定,其功能在为宇宙万物建立范畴,所以晋韩康伯注曰'天地之道至易简'(《周易正义》卷七),旨在'周乎万物,道济天下'(《系辞上》),而韩注又正好说明'易'的真正要义:易者,简也。"③为什么他们都会认为简易之道最重要呢?我们可以看看《周易》的表述:"乾知大始,坤作成物。乾以易知,坤以简能。易则易知,简则易从。易知则有亲,易从则有功。有亲则可久,有功则可大。可久则贤人之德,可大则贤人之业。易简而天下之理得矣。天下之理得,而成位乎其中矣。"④ 对"易则易知,简则易从"这两句,孔颖达的解释是:"于事简省,若求而行之,则易可

---

① 叶维廉:《东西方文学中"模子"的应用》,温儒敏、李细尧:《寻求跨中西文化的共同文学规律》,北京大学出版社1987年版,第14页。
② 余敦康:《周易现代解读》,华夏出版社2006年版,第6页。
③ 曹顺庆:《中国古代文论话语》,巴蜀书社2001年版,第171—172页。
④ (唐)孔颖达:《十三经注疏》(上),上海古籍出版社1997年版,第76页。

从也。"① 当代有学者如此分析"易简"原则："其说自然万物之造化运转是简单易知的，自然而为的，不假人力之构造；认为'易简'不但是自然界万物变化的基本规则，也是科学技术发展的基本规则。人类对客观事物按简单的方式进行思索创造的方法论原则，就称为'易简'原则。"②

以上可见，《周易》知识体系中的"简易"，是事物发展的共通规律，化繁为简、化多为少，四两拨千斤，一通则百通，《周易·系辞上》有云："夫易。圣人之所以极深而研几也。唯深也。故能通天下之志。唯几也。故能成天下之务。"③ 这里的"深""几"都是简易之道，把握了简易之道，则可以通达天下之理。而正是在天地、男女、阴阳的对立转化之中，我们才可以把握这些简易之道的发生形态，所以余敦康教授认为："这种简易之道也叫乾坤之道，天地之道。"④ 简易就是指天地、乾坤的二元对立、相辅相成。如果按照这个思路来理解"易之三名"，那么："不易"是事物之间的通约性结构，"变易"是事物发展的基本事态，而"简易"则是通过乾坤、阴阳等基本要素构建的简单易行的基本规律，来抵达太极中和的总体趋势。或者说，不易侧重同，变易侧重异，那么，简易就是在两个（或以上）要素之间展开同中之异、异中之同的比较运作，以把握不易和变易之间的动态发展规律，并始终保持向"和"之"潜势"。对比较文学变异学而言，源文本则代表同，新文本则代表异，而由源文本向新文本转化的过程，就是变，这个变，既要避免固守"同一性"之不变，也要避免追求"异质性"之乱变，而是要在变与不变之间，寻求一条"通变"之路，因此，比较文学变异学，就是要掌握意义通变的话语规则和阐释限度。

《周易》之后，"简易"原则在中国文论中逐渐发展为"通变""流变""正变"等表述形态。以通变为例，将通变思想从文学理论角度进行系统阐释的是刘勰《文心雕龙·通变》："夫设文之体有常，变文之数无方。何以明其

---

① （唐）孔颖达：《十三经注疏》（上），上海古籍出版社1997年版，第76页。
② 安道玉：《〈周易〉"易简"原则与科技发展》，《河南师范大学学报》1998年第4期。
③ （唐）孔颖达：《十三经注疏》（上），上海古籍出版社1997年版，第81页。
④ 余敦康：《周易现代解读》，华夏出版社2006年版，第6页。

然耶？凡诗赋书记，名理相因，此有常之体也；文辞气力，通变则久，此无方之数也。名理有常，体必资于故实；通变无方，数必酌于新声：故能骋无穷之路，饮不竭之源。然绠短者衔渴，足疲者辍涂；非文理之数尽，乃通变之术疏耳。"① 刘勰认为文学发展遵循着通中有变、变中有通的规律。通是传承，变是发展，在传承中发展，在发展中传承，这就是中国文化思想中的"易简"规律。从一定程度上讲，西方文化遵循的是一种"片面的深刻"之"易简"规律。中国是变通式发展，西方是否定式发展，这两种简易之道，使中国文化源远流长、延续不断、传承发展，也使西方文化推陈出新、自我否定、生生不息。例如当代西方文论风起云涌，时而像结构主义一样"向后站"，寻找文学文本之深层结构，时而像新批评一样"向前站"，将文本加上括弧，进行封闭式阅读。尼采说"上帝死了"，巴特说"作者死了"，还有后来的"读者死了"，死去活来、活来死去、此起彼伏，各领风骚三五年。反之，中国是相互包含式发展，这是一种中庸的哲学，是一种持久性的绵长的文化发展规律，为什么儒家文化坚守两千多年都没有断裂，就是这个道理。李泽厚认为："中国古代辩证法，更重视的是矛盾对立之间的渗透、互补（阴阳）和自行调节以保持整个机体、结构的动态的平衡稳定，它强调的是孤阴不长、独阳不生；阴中有阳、阳中有阴。"② 可以说，通变就是易简的一种文论表述形态，它体现为新与旧、古与今、传承与发展等二元结构之间的辩证逻辑关系，两者互相否定又互相趋同，互相拒斥又互相包容，同阴阳、刚柔、乾坤的逻辑关系类似。这种通变的文论思想，同西方诗学思想的最大不同在于：西方诗学思想往往是以"片面的深刻"形式推进，从一个极端走向另一个极端，推崇一种抗争力量，例如古希腊悲剧中的诸多英雄，在同不可抗拒的命运做斗争中，展现出美学之崇高。而在大多数中国文学中，我们看不到这种挣扎的违和感，往往是天人合一、物我相忘的"逍遥"与"平淡"形态。

与通变类似的还有正变，正变说始于《诗大序》："至于王道衰，礼仪废，

---

① （南朝·梁）刘勰：《文心雕龙注》（下），范文澜注，人民文学出版社1958年版，第519页。
② 李泽厚：《中国古代思想史论》，安徽文艺出版社1994年版，第37页。

政教失，国异政，家殊俗，而变风变雅作矣。"晋代挚虞《文章流别论》也讲到文体演变过程。叶燮从文学理论的角度对正变做出如下阐释：

> 且夫风雅之有正有变，其正变系乎时，谓政治风俗之由得而失，由隆而污。此以时言诗，时有变而诗因之，诗变而仍不失其正。故有盛无衰，诗之源也。吾言后代之诗，有正有变，其正变系乎诗，谓体格、声调、命意、措辞新故升降之不同。此以诗言时，诗递变而时随之。故有汉魏六朝唐宋元明之互为盛衰，惟变以救正之衰，故递变递盛，诗之流也。（叶燮《原诗》）

正与变是相辅相成的理论范畴，如果只正不变，或只变不正，都违背简易之道。刘介民教授指出："整体看来，正变这个关于文学史的观念，起于对文学与时代政治的思考，而逐渐走向摆脱文学与时代的问题，专就文学本身的发展来讨论正变。其理论之内容及此术语本身的观念变迁，都是值得我们深思的。"①

从比较文学变异学视域来看，"易之三名"之"简易"具有怎样的现实意义呢？比较文学本是一种跨国、跨学科、跨文明的实践活动，易简的规律主要发生在源文本与新文本流传之间，或者发生在同一类型文本的平行阐释之间。从研究思路来看，它启示了变异学的创新思路："'易一名而含三义'对比较文学中国学派的重要意义在于它揭示了我国学者的运思习惯，让我们撩开面纱看清中国比较文学 30 年来发展的实质，更重要的是让我们在理性地认知自己的思维习惯之后有可能去做出新的突破和发展。"② 从"易之三名"的三种具体形态来看，它与变异学的关系体现在："易是常态，不易是规律，所谓简易，即一阴一阳之谓道，乾坤互补，阴阳交替，太极中和。变异学理论转化创新之处在于：文学性是比较文学研究不易之规律，是本体论意义上

---

① 刘介民：《中国比较诗学》，广东高等教育出版社 2004 年版，第 346 页。
② 卢婕：《从"易一名而含三义"看比较文学中国学派三十年发展》，《深圳大学学报》2016 年第 3 期。

的可比性基础，跨越性与变异性则是异质文论跨文明对话中的意义叛逆过程，是'变易'之规律。而简易，无非是互补对话的二元或多元展开模式。"① 概言之，简易之道，也就是要整合影响研究和平行研究的优势，规避两者之缺憾，或者说，影响研究注重"不易"，而平行研究注重阐释中的"变易"，前者可能致使比较文学"一潭死水"（韦勒克语），后者则可能致使比较文学陷入文化研究的浪潮而"自我迷失"，用季羡林先生的话说，前者太狭，后者太泛，而比较文学变异学，则是要在这两者之间寻找到一系列具有韧性的连接线，这就是简易所蕴含的思想：继往开来、传承创新、互为彼此、互相建构、互证互补、平等对话、开放包容。这条路径，是一条畅通之路，既独立，又包容、多元互补、杂语共生、生生不息。

　　以上可见，"易之三名"以中国思维方式开启了比较文学的创新之路。我们知道，法国学派侧重的是"同源性"，尽管他们意识到了差异性的存在，但它们的基本方式还是"求同存异"，用"存"来搁置差异，寻找"不易"之规律。美国学派侧重"类同性"，仍然将可比性限制在同一个文明圈之内，而且他们寻找"变易"之规律，比较文学变异学，既追求影响交流中的变异性，又研究没有实证影响关系的不同国家文学在平行阐释中的变异性，既突出"借异寻同"，又强调"同中之异"，寻找的是同与异之间的"易简"之规律。叶维廉之"模子"理论正是这样的一种易简之规律："'模子'的寻根探固的比较和对比，正可解决了法国派和美国派之争，因为'模子'的讨论正好兼及了历史的衍生态和美学结构行为两个方面。"② 叶维廉所说的"模子"正是异质文明文学交叉互补的结构图示，阴中有阳、阳中有阴、阴阳互补、生生不息，与"易之三名"的传统文化思想相契合。可见，比较文学变异学正是从"易之三名"的哲学理论中获取有效的话语资源，进一步弥补法美学派在学科理论上所存在的不足。

---

① 王超：《变异学：比较文学视域中的中国话语与文化认同》，《长江文艺评论》2017年第4期。
② 叶维廉：《东西方文学中"模子"的应用》，温儒敏、李细尧：《寻求跨中西文化的共同文学规律》，北京大学出版社1987年版，第15页。

第二节 "理论旅行"与理论变异思想

比较文学变异学于 2005 年提出，吴兴明教授于 2006 年撰文指出它与赛义德理论旅行之间的思想勾连："'变异学'：一个专题化研究文学、理论、批评在传播中，尤其是异质文化传播中意义变异的分支。这样的设想是否回应了赛义德的批评意识和'问题'？"① 在 2008 年的另一篇文章中，曹顺庆教授也指出："哥伦比亚大学教授赛义德的'东方学'就是一种涉及形象学的变异学研究。"② 2015 年，曹顺庆教授在《比较文学概论》中再一次强调变异学同理论旅行之间的学脉关系："萨义德 1982 年在《理论旅行》一文中提出了'理论旅行说'，时隔多年后又发表论文《理论旅行再思考》(1994)，形成了'理论旅行与越界'说。这一学说强调批评意识的重要性和理论变异与时空变动之间的关系。"③ 应当说，这些论述，能够充分说明赛义德"理论旅行"及相关理论为比较文学变异学的生成发展提供了直接性的话语资源，或者说，赛义德对《东方学》与《理论旅行》的考察，所涉及的问题正是理论在时空变迁中的形态变异问题，这也是比较文学变异学研究中的一个重要问题。

一 东方：虚拟想象中的形象变异

作为一个巴勒斯坦人，又曾在美国哥伦比亚大学任比较文学教授，这种双重身份有利于他从一个学者的角度反思东西方文化中的差异问题。正是在这种双重身份的前提下，他展开了对文本叙述及形象构建中的话语权力问题的研究。他在《东方学》一书绪论中开篇就认为："东方几乎是被欧洲人凭空

---

① 吴兴明：《"理论旅行"与"变异学"》，《中外文化与文论》第 13 辑，四川大学出版社 2006 年版。
② 曹顺庆、张雨：《比较文学变异学的学术背景与理论构想》，《外国文学研究》2008 年第 3 期。
③ 曹顺庆：《比较文学概论》，高等教育出版社 2015 年版，第 162 页。

创造出来的地方，自古以来就代表着罗曼司、异国情调、美丽的风景、难忘的回忆、非凡的经历。"① 显然，西方人眼中的东方形象，完全不同于东方人眼中的东方形象。

那么，我们不禁要问："赛义德是用什么方法提示这一本质的呢？有人说后殖民主义、文化研究。但大家忽视了一个事实——赛义德是哥伦比亚大学比较文学教授，他就是用比较文学中的形象学来研究东方主义的，来研究西方人是如何改变东方的形象、东方形象是如何被西方曲解和变异的。这种变异现象在所有文学中都存在。"② 为什么会出现这样的差异？为什么会是这样的东方？我们既不能将这种形象阐释中的变异视为绝对的无中生有，也不能认为这就是实事求是的"东方"，在这种虚拟化的意义生成过程中，它仍然具备一种潜在的结构形式。维特根斯坦认为："显然，一个设想出来的世界，无论它被设想得与实际的世界有多么大的不同，它都必然与其具有某种共同的东西。这种共同的东西就是它们的形式。""这个稳定的形式恰恰是由对象构成的。"③ 只是说，对赛义德而言，这个对象的形式，不是形式本身发生了变异，而是在某种思想支配下显示出的阐释变异："东方学是一种阐释的方式，只不过其阐释的对象正好是东方，东方的文化、民族和地域。"④当然，这种阐释并不是一种客观化的文本解读，他的论断是："将东方学视为西方用以控制、重建和君临东方的一种方式。"⑤ "君临"一词，用得何其精妙！明显看得出这种形式背后的文化俯视姿态："到19世纪中叶，东方已经变成，正如迪斯累里所言，一种谋生之道，在这里，人们不仅可以重新构造、重新复活东方，而且可以重新构造、重新复活自己。"⑥ 王岳川教授对赛义德的东方学思想如此阐释：

---

① ［美］赛义德（又译萨义德）：《东方学》，王宇根译，生活·读书·新知三联书店1999年版，第1页。
② 曹顺庆：《跨越异质文化》，山东友谊出版社2007年版，第38页。
③ ［奥地利］维特根斯坦：《逻辑哲学论》，韩林合译，商务印书馆2016年版，第9页。
④ ［美］赛义德：《东方学》，王宇根译，生活·读书·新知三联书店1999年版，第259页。
⑤ 同上书，第4页。
⑥ 同上书，第214页。

"东方主义"（orientalism）中虚构了一个"东方"，使东方（orient）与西方（occident）具有了本体论上的差异，并使西方得以用新奇和带有偏见的眼光去看东方，从而"创造"了一种与自己完全不同的民族本质，使自己终于能把握"异己者"。但这种"想象的地理和表述形式"，这种人为杜撰的"真实"，这种"东方主义者"在学术文化上研究产生的异域文化美妙色彩，使得帝国主义权力者就此对"东方"产生政府的利益心或据为己有的"野心"，使西方可以从远处居高临下地观察东方进而剥夺东方。①

那么，为什么会有这样的君临？剥夺？重构？赛义德在《东方学》《理论旅行》等著述中多次表述他受到了葛兰西"文化霸权"论的影响，他说："在任何非集权的社会，某些文化形式都可能获得支配另一些文化形式的权力，正如某些观念会比另一些更有影响力；葛兰西将这种起支配作用的文化形式称为文化霸权（hegemony），要理解工业化西方的文化生活，霸权这一概念是必不可少的。正是霸权，或者说文化霸权，赋予东方学以我一直在谈论的那种持久的耐力和力量。"② 赛义德对东方学的研究，就是要揭示这种文化想象背后的文化霸权思想操控，因为"无论帝国主义还是殖民主义都不是一种积累与获得的简单行为，支持、甚至推动它们的是一种深刻的意识形态结构，包括一些国家与人民要求、恳求被统治的思想以及附属于统治的各种知识形式"③。从赛义德的东方学研究可以看出，西方视域下的东方不是一种客观化的事实表述，而是一种意义阐释。这不是基于事实本身的知识建构，而是基于主观权力的知识重构。东方是西方世界的想象变异，是一种话语对另一种异质话语的主体解构，正如美国学者约翰·波宁所说，这本身就是一场话语的战争："世界已经被抛入了据称是在欧美文化全球化趋势和世界文化多

---

① 王岳川：《后殖民主义与新历史主义文论》，山东教育出版社1999年版，第44页。
② [美]赛义德：《东方学》，王宇根译，生活·读书·新知三联书店1999年版，第10页。
③ [美]赛义德：《帝国、地理与文化》，《赛义德自选集》，谢少波、韩刚等译，中国社会科学出版社1999年版，第190页。

样性复杂性之间展开激战的历史剧情中,前者凭恃其话语霸权或话语特权,后者却也许面临着被错置,被擅取乃至被抹杀的厄运,简言之,这是一场涉及到由谁的话语设定言路制定规则的战争。"① 尼采、福柯、德里达一直到赛义德,这些思想家敏锐地意识到了话语权对知识类型的潜在制约作用,从本质上说,我们所面对的对象,不是文本事实本身,而是意识形态表象体系背后的理性深度秩序。

二 旅行:理论于时空切换中的变异

既然东方是东方化的东方,那么,如何在跨文明想象中分析这种想象的知识结构?在《理论旅行》一文中,赛义德极富原创性地思考了理论在运动中的意义变异价值,他指出:"无论观念和理论的这种由此及彼的运动采取的形式是意识到的影响还是无意识的影响,创造性的借鉴抑或全盘照搬,它都既是一种生活事实,也是促成智性活动的一种很有用的条件。"② 因此,赛义德并没有否定理论在新情境中所发生的变异,无论这种变异的发生是因为有意识还是无意识,它都是一种既成事实,必须客观面对,而且应当对其有用性层面加以肯定和利用。从这个角度,他对理论旅行进行了界定:"观念和理论从一种文化向另一种文化移动时,必然会牵涉到与始发情况不同的再现和制度化的过程",称为"理论旅行"③。也就是说,无论理论在运动之中是被全盘接受还是创造性借鉴,都是有深层原因的,而这些导致发生变异的深层原因,是值得深入考量的。那么,问题是:理论如何在旅行中实现变异?

对此,赛义德认为:"进入新环境的路绝非畅通无阻,而是必然会牵涉到与始发点情况不同的再现和制度化的过程。这就使关于理论和观念的移植、

---

① [美]约翰·波宁:《比较文学,不可通约性与文化误读》,黄湘译,乐黛云、张辉主编:《文化传递与文学形象》,北京大学出版社1999年版,第108页。
② [美]赛义德:《理论旅行》,《赛义德自选集》,谢少波、韩刚等译,中国社会科学出版社1999年版,第138页。
③ 同上。

转移、流通以及交换的所有说明变得复杂化了。"① 理论观念的移植是一个非常复杂的过程，人的思想总是被一些固定的模式、先见所占据，因此，这个旅行过程有可能是对抗、拒斥，也有可能是认同、吸纳，总之绝非像搬一张椅子一样易如反掌。赛义德精准地描述了理论变异的几个阶段：

> 首先，有一个起点，或类似起点的一个发轫环境，使观念得以生发或进入话语。第二，有一段得以穿行的距离，一个穿越各种文本压力的通道，使观念从前面的时空点移向后面的时空点，重新凸显出来。第三，有一些条件，不妨称之为接纳条件或作为接纳所不可避免之一部分的抵制条件。正是这些条件才使被移植的理论或观念无论显得多么异样，也能得到引进或容忍。第四，完全（或部分）地被容纳（或吸收）的观念因其在新时空中的新位置和新用法而受到一定程度的改造。②

这段描述中，关键在于第三和第四点，第三点的核心是无论哪一种理论进入另一种情境，都会遭遇到接受或抵制的条件。这种抵制，就是一个文化过滤的过程。在比较文学法国学派的影响研究中，更看重影响，这种影响从本质上讲是一种"合唱"，其基本特征是都坚守着某种共同的价值理念和文学范型，但是赛义德却认为理论的旅行并不是先验性地抱着"合唱"思想来进行比较，因为"思想史和比较文学这两门与文学研究和文学批评紧密相连的学科也不像从前那样能够使学者坚守歌德想象的那种所有文学和思想的大合唱了"③。取代这种同一声部、同一体系、同一关联的"合唱"模式的是对思想的"非同一性"探寻，阿多尔诺指出："哲学不是放弃真理，而是说明科学真理是狭隘的。决定哲学的悬而未决状态的因素是：它在同证实性认识保持距离时，它不是不受约束的，而是过着它自己的严格性的生活。哲学到它不是的东西中、到它的对立面中、到反思中（反思

---

① ［美］赛义德：《理论旅行》，《赛义德自选集》，谢少波、韩刚等译，中国社会科学出版社1999年版，第138页。
② 同上书，第138—139页。
③ 同上书，第139—140页。

那种被证实性认识以可怜的天真假定为约束性的东西）寻求这种严格性。"①不可否认的是，阿多尔诺坚持与"证实性"保持距离，以一种否定的辩证法姿态来介入真理，他所研究的"无调性十二音体系"，就是对思想"合唱"的社会批判。

理论旅行对比较文学变异学提供了什么具体的话语资源呢？第一，理论旅行正向肯定了一国文学传播到另一国文学过程中的意义变异问题。无论是有意识还是无意识，无论文本放送国愿意还是不愿意，这种创造性叛逆和创新性转化都是一个不得不面对的基本事实，而比较文学变异学，正是要研究不同文明文学在交流和阐释中发生的变异现象，从研究对象上说，两者是不谋而合的。第二，理论旅行描述了理论在跨文明流传过程中的"抵制"与"过滤"环节。他对旅行的四个步骤的描述，应当说，非常生动地否定了梵·第根所表达的那种"经过路线"，在赛义德看来，一个国家或一种文明形态接受某种异质性话语时，并不是那么一帆风顺、清晰明了、自主自愿、干净利落，其中往往包含着抗拒、抵制、过滤和转化等诸多理论因素，这就是意义为什么会发生变异的根本原因，比较文学变异学不仅研究变异，而且要思考为什么会发生变异，为什么有的变异能为我所用，为什有的变异是乱变（本书第五章专题介绍这个问题）。因此，在研究过程中，两者也是异曲同工的。第三，理论旅行描述了文学文论在新情境中的"他国化"问题。他的表述是"历史转移"，一国文学文论在新情境中传播、接受过程中，接受国进行本土化的阐释变异和文化过滤，产生出某种理论新质，最终在这种跨文明的理论旅行与"历史转移"中，演变成接受国文学文论的有机组成部分，这就是比较文学变异学提出的"他国化"问题（本书第六章专题介绍）。关于他国化，曹顺庆教授在《比较文学概论》一书的"变异学"这一章节中，专题分析了文化过滤、文学误读和文学的他国化等问题。因此，在研究方向和目标上，两者也是铆合的。

从上述三个方面来看，我们可以领会到理论旅行和比较文学变异学之间

---

① ［德］阿多尔诺：《否定的辩证法》，张峰译，重庆出版社1993年版，第106—107页。

的理论关系。尤其是关于"他国化"问题,他不仅仅对埃斯卡皮和韦斯坦因所强调的"创造性叛逆"进行了积极回应,还对前两者所没有垦拓的领域进行了发展,即:并不是所有"创造性叛逆"都是"合法性叛逆",对一个批评家,要在这两者之间进行调节,以实现在误读和判断中的他国化历史转移,我们来看看赛义德对这个问题的具体阐释:

> 我们已经习惯了人们说一切借用、阅读和阐释都是误读和误释,因此似乎也会把卢卡奇—戈德曼事例看作证明包括马克思主义者在内的所有人都误读和误释的又一点证据。倘若下此结论,那就太让人失望了。这样的结论所暗示的首先是,除了唯唯诺诺地照搬字句外,便是创造性的误读,不存在任何中间的可能性。第二,提升到一般原则上讲,一切阅读皆误读的思想是要从根本上取消批评家的责任。即使批评家在严肃的意义上说阐释就是误释或借用必然涉及误读,那也是远远不够的。在我看来恰恰相反:完全可以把(出现的)误读判断为观念和理论从一情境向另一情境进行历史转移的一部分。①

赛义德认为,并不是所有的误读都是"创造性的误读",他把"误读"理解为"观念和理论从一情境向另一情境进行历史转移的一部分",为什么理论会在旅行中发生历史转移?第一,从放送点来说:"理论永远不可能是完成的,正如一个人的日常生活兴趣永远不会被有关的幻影、模式或理论抽象所穷尽。"② 第二,从中间体来说:"没有中性的或一尘不染的阅读,从某种程度上说,每个文本和每位读者都是一定理论立场的产物,也许这立场是非常隐晦的或无意识的。"③ 第三,从接受者来说:"观念一旦因其显而易见的效用和力量流布开来之后,就完全可能在它的旅行过程当中被简化,被编码,被制度化。卢卡契对物化现象的复杂而出色的论述真的变成了一种简单的反

---

① [美]赛义德:《理论旅行》,《赛义德自选集》,谢少波、韩刚等译,中国社会科学出版社1999年版,第148页。
② 同上书,第153页。
③ 同上。

映理论。"① 这就是文学"他国化"的一种有力阐释。虽然这三个基本要素和梵·第根所描述的大致相同,但是在根本内涵上却发生了改革创新。这些创新的关键,就是在淡化处置源文本所可能具有的话语影响和制约,转而研究这种在新情境中被编码的变异过程。一般而言,发生变异的主要原因,是因为时空切换,例如时间上的后者对前者,空间上的边缘对中心,这两个层面的"阐释间距"都会导致变异的发生。因此,赛义德认为:

> 必须在时空中把握理论,它是作为时间的一部分而出现的,在时间中为时间而作用,并且向时间做出回应。结果,根据理论出现的后面的地方来度量先前的地方。批评意识就是对各种情境之间的差异的感觉和意识,同时也意识到任何体系或理论都不能穷尽它所出自或它被植入的情境。而且最重要的是,批评意识要感觉和意识到那些具体经验或与理论冲突的阐释对理论的抵抗和反动。②

因此,传统比较文学研究文本与文本之间的实证关系,而赛义德强调的是一种批评意识,批评意识就是对发生的这种差异进行研究,为什么会发生抵抗?为什么会发生变异?说到底,这主要还是源于福柯思想引起的震颤,赛义德说:"福柯是一个矛盾。他的作为在当代读者面前划出一道令人折服的轨迹,其中最辉煌的一点就是他的弟子们代表他于最近才宣布的:福柯的真正主题是知识与权力的关系。"③ 就是说,福柯所关注的不是知识与知识的关系,而是生产知识的话语权力与权力之间的关系,但是赛义德认为福柯只是意识到知识背后的权力,却没有像葛兰西一样提出反霸权路径:"福柯所说的历史最终是文本的,或者说文本化的,其模式与博尔赫斯的相近,但与葛兰西的大相径庭。葛兰西当然会赏识福柯考古学的精致性,但会发现他的考古学竟然匪夷所思地丝毫没有提到那些纷涌的运动,只字不提革命、反霸权或

---

① [美]赛义德:《理论旅行》,《赛义德自选集》,谢少波、韩刚等译,中国社会科学出版社1999年版,第151页。
② 同上书,第153页。
③ 同上书,第155页。

历史阻滞。"①

如果说，中华文明中的"易之三名"为比较文学变异学提供了哲学指引，那么，赛义德后殖民主义思想中的理论旅行则为变异学提供了方法论指引。曹顺庆教授指出："赛义德是哥伦比亚大学比较文学教授，他就是用比较文学中的形象学来研究东方主义的，来研究西方人是如何改变东方的形象、东方形象是如何被西方曲解和变异的。这种变异现象在所有文学中都存在。"② 赛义德认为理论的旅行不是同一体系的话语"合唱"，而是本土文化的抵制和转移，他肯定了误读的合法性与变异的可能性。从这个意义上讲："文本的力量被证明是我先前对它的论断的不折不扣的反面：文本要求而且确实地容许、发明各种各样的对它的误释和误读，这也即是文本的功能。"③ 误释和误读，本身就是文本的一项基本功能，因此，影响研究所强调的"实证性"其实并不可靠，一个文本一旦迈出跨文明的第一步，迈进历史转移的征程，那么，"影响"就逐渐演变为"转化"和"变异"，正如吴兴明教授指出："凡'旅行'的理论就一定会有'异'吗？回答是：如果它是一种有效的'历史力量的转移'，就一定会有'异'。因为每一种理论都是对自身所处的历史情景的回应。由于每一个历史情景都决不重复，所以'旅行'而来的理论只要一生根（历史化），就决不可还原。"④

以上可见，比较文学变异学强调的是意义在跨国家、跨学科、跨文明交流和阐释中的意义变异问题，它已经远离了影响研究那种用中心话语"遥控指挥"边缘话语或被影响话语的研究模式，这是一种历史化的意义生成结构，而从福柯、德里达、赛义德以来的西方思想家，也是在消解这种被权力操控的知识体系，尤其是赛义德的理论旅行，实质上是在讲一国理论在异域环境中所遭遇到的抵制、反抗、误读和有效性转移问题，文本必须接受误读和误释的可能。或者说，我们必须面对在比较中话语被消解、重构以及创新转化

---

① ［美］赛义德：《理论旅行》，《赛义德自选集》，第158页。
② 曹顺庆、罗良功：《比较文学变异学研究》，《世界文学评论》2006年第1期。
③ ［美］赛义德：《文化和体制之间的批评》，《赛义德自选集》，第107页。
④ 吴兴明：《"理论旅行"与"变异学"》，《中外文化与文论》第13辑。

的基本事实，这正是比较文学变异学与西方当代思想理论界在"变异"这个问题上的异曲同工。

第三节 "文本间性"与文本变异思想

本章第一节和第二节分别从哲学层面和诗学理论层面分析了比较文学变异学的思想资源，在这一节，主要从文本修辞手法层面对变异学的思想渊源进行分析。每一个文学文本，无论是在纵向的历史演变中，还是跨国家、跨文化、跨学科的交流中，都存在意义的演变，这种演变其实并不是一种单向承传，而是一种复合式对话，因为"文学在不同文化体系中穿越，必然要面对不同文化模式的问题，所以文学文本之间的相互影响和由此产生的变异或'文本间性'（intertextuality）也将必然成为比较文学研究的范畴，而且这也是比较文学者的应有工作之一"①。抛开前两节所阐述的哲学和诗学因素，文本之间产生的互文性意义变异，同样是比较文学变异学研究的一项重要内容。乐黛云教授从比较文学的角度认为互文性是现代诗学比较的一个重要范畴，她指出："互文所隐含的前提是：文本是不自足的，文本的意义是在与其他文本交互参照、交互指涉的过程中产生的，一个文本中实际上隐含着许多其他文本。"② 因此，文本间性的发生过程实际上就是文本意义的变异过程。

一 互文性与西方文论中的文本变异思想

对比较文学研究而言，不仅要跨国家、跨学科、跨文明，而且还有一个重要的特征，就是跨文本，即某一国文学文本同另一国文学文本的比较，当然还有一种可能，就是文本不换，只是更换同一文本的阐释语境。无论哪种情况，要比较就必须要有跨越，而一旦跨越，意义则需脱离源文本，进入一

---

① 冯文坤、王凯凤：《略论比较文学中的变异性研究》，《电子科技大学学报》2007年第6期。
② 乐黛云等编著：《比较文学原理新编》，北京大学出版社1998年版，第250页。

个"互文本"体系之中,"互文本"不是文本之间的单纯对应关系,而是由一系列关系连接线构成。在这些连接线之中,意义会发生不同程度、不同形态的变异。因此,对互文性的把握,就是对比较文学变异学一般规律的把握,比较文学变异学研究,可以理解为跨国文学文本的互文性研究。

什么是互文性呢?互文性(intertextuality)常常被译为"文本间性""互涉文本""文际关系""间文本性"等。互文在中国文学语境中本身是一种文学修辞手段,即作者为了使诗文含蓄蕴藉、对仗工整或韵律和谐,故意打破正常的表述方式,把完整的语句进行艺术地拼贴和拆解,使整个语句中的各元素互相指涉、互为包蕴,共同构成一个和谐的意义群落(如"秦时明月汉时关""将军百战死,壮士十年归")。互文性的英文表达"intertextuality"和法文表达"intertextualite"都是来源于拉丁文"intertexto",这是由两个语素构成的一个复合词,"inter"本来是指相互勾连彼此交错的意思,可理解为中文的"互","texto"本指纺织物,这又和中国文学中的"文"有异曲同工之妙。《说文》中道:"文,错画也,象交文。"即各种线条之间交错形成一种装饰性图案。刘勰还进一步指出:"夫玄黄色杂,方圆体分:日月叠璧,以垂丽天之象;山川焕绮,以铺理地之形,此盖道之文也。"[①] "Intertexto"就意为各个构成元素之间互相参照依赖,构成一个有机整体。后来引申为在文本中各能指符号之间以及文本与互文本之间的影射关系。

互文性是当代西方一个非常重要的理论术语,它涉及西方文艺思想转型时期诸种新的精神症候和艺术气质。它最初是由法国著名文艺理论批评家朱利娅·克里斯蒂娃(Julia Kristeva)提出的,她于1968年发表了《巴赫金:词语、对话、小说》,其根本意图在于介绍苏联理论大师巴赫金在《陀斯托耶夫斯基诗学问题》中所倡导的"对话""复调"等诗学范畴。克里斯蒂娃在此草创出"互文性"一词,她指出:"任何文本都是由引语构成的镶嵌品构成的,任何文本都是对其他文本的吸收和转化。互文性概念占

[①] (南朝·梁)刘勰:《文心雕龙注》(上),范文澜注,人民文学出版社1958年版,第1页。

据了互主体性概念的位置。诗性语言至少是作为双重语言被阅读的。"① 她在这里用文本间性取代了主体间性。后来,她在《符号学:符义解析研究》(1969)和《小说文本:转换式言语结构的符号学方法》(1970)中又做出了深度阐释。

按照克里斯蒂娃的观点,互文性是产生于文本内部的意义互动,是各种陈述之间的交叉与中和,它涉及两个或两个以上文本之间的相互作用。她在《受限的文本》(*The Bounded Text*)中还认为文本就是一种生产力。法国理论家蒂费纳·萨莫瓦约也说:"正如一个人和他人建立广泛的联系一样,一篇文本不是单独存在,它总是包含着有意无意中取之于人的词和思想,我们能感到文本隐含的潜移默化的影响,我们总能从中发掘出一篇文下之文。"② 换言之,任何一个文本都是一个意义系统中的残断,是对这个意义链的此在抽身,但这并不意味着它的孤立绝世,每一个文本都是其他文本的亚文本或互文本,潜文本与互文本之间彼此渗透、相互照应、互为补充,它们之间没有本与末、高与下、本质与表象的论争。对比较文学变异学而言,这其实就是强调源文本与新文本之间的意义建构问题,法国学派认为源文本在比较中起着价值参照和核心起源作用,它是意义的放送点,而对变异学而言,源文本与新文本是互为主体、互相建构的关系,新文本的创造性叛逆对源文本并不能理解为"不忠实",而是一种对本土文化语境的新型"忠实"。

互文性大致可从广义和狭义来进行描述,狭义的互文性是一种诗学手段,专指文本之间的意义关联和转换现象,通常是当下文本以引用、暗示、转化、抄袭、改编、戏拟等等方式对某个语词(范畴)的本意进行挪用、拼贴和改头换面。一方面它继承、延续、批判或改变了源文本的概念范畴或意义域;另一方面,源文本在当下文本语境中又自然地发生意义迁移,文本与互文本之间不再是引用与被引用、本意与引申这样的对等关系,而是彼此指涉、互为共在,构成一个意义整体。广义的互文性是一种解构思维,它指任何一个

---

① 转引自秦海鹰《互文性理论的缘起与流变》,《外国文学评论》2004年第3期。
② [法]蒂费纳·萨莫瓦约:《互文性研究》,邵炜译,天津人民出版社2003年版,第31页。

文学文本不仅仅是与整个语言系统发生互文关系，而且，它是社会历史的一种特殊书写方式，文本不仅与其他文本形成互文，并且还和文本以外的整个文化系统，以及意识形态体系构成一个开放性的符号代码网络，它们彼此以共鸣性文本的方式存在。因此，它成了一种广义的文化文本或社会历史文本，注重研究文化来源以及无处不在的文化传统。

互文性理论的宏观语境是结构主义向后结构主义过渡时期的思想突围和理论尝试。结构主义的逻辑根基是索绪尔的语言学思想，他认为任何具体的言语之所以能表达一个实在的意义，均是因为在它之下潜在的语言系统和话语规则，这就是语言的"结构"。因此，以研究叙事学为主要内容的结构主义文论强调只有在一个整体结构系统中才能认知一个文本的内涵，主张通过对个体表象的洞察达到对整体本质的深层观照。但是，20世纪60年代末，随着后工业社会的到来，西方社会信仰危机加剧，精神上的困境导致理论界普遍的"死亡"之声。如果说，尼采的"上帝死了"意味着非理性意识向传统理性思维的空前挑战，那么罗兰·巴特的"作者死了"、弗洛姆的"人死了"则意味着主体的话语权威在能指符号链中的缺席和失语。西方文论界开始了一场对逻各斯语言中心主义的彻底批判和解构。很多文论家意识到：像结构主义一样去通过系统思维认知世界的范式逐渐失效，所谓本质、中心、深度、总体等范畴在他们看来都意味着一种先验性的理论预设和等级意识。文学文本并不是一个封闭的语言实体，它具有开放性多样性功能，中心与边缘、本质与表象在能指符号中只有不断地滑动、延异、播撒。作者、文本和读者之间并不存在一个话语权威，彼此都具有意义生产的潜力和功能。这就直接导致后现代主义文本阅读理论、符号学、接受美学、新历史主义和后殖民主义的风起云涌。

正是在这样一个文化语境之下，互文性理论才应运而生。它在西方文论中大致经历了萌芽期、发展期、成熟期和深化期四个阶段。互文性最初萌芽于巴赫金诗学理论，他的终极意图就是对旧话语体系的颠覆和对一种新的文艺理论的建构，他在《陀思妥耶夫斯基诗学问题》一书中提出了著名的"对话""复调"小说理论。他认为:"在小说艺术家眼里,世界上充满了他人的语言。他要在众多的他人语言中把握方向,他必须有灵敏的耳朵去倾听他人的语言独有的特点。他必须把他人语言引入自己语言的范围之内,同时,又不打破这个范围的界限。"① 实际上,巴赫金一直试图用这种多元话语论来否定和反抗西方传统的意识形态独白性原则,同时他还借用了狂欢节的艺术元素:"狂欢节使意识形态摆脱了官方世界观的支配,使人们可以用新的方式观察世界;它没有恐惧,没有虔诚,它是以彻底批判的,但又不是虚无主义的态度展示世界的。"② 狂欢节把诗学引向了一种平等的对话主义思路。这种意识的狂欢并不是要求边缘中心化或中心边缘化,而是在这种交流互动之中建立兼容性的富有生命力的理论体系。对话实际上就是互文性的另一种表述模式,直到克里斯蒂娃把巴赫金理论介绍到法国,互文性理论才逐渐成形。她分析道:

> 横向轴(作者—读者)和纵向轴(文本—背景)重合后揭示这样一个事实:一个词(或一篇文本)是另一些词(或文本)的再现,我们从中至少读到另一个词(或一篇文本)。在巴赫金看来,这两支轴代表对话(dialogue)和语义双关(ambivalence),他们之间并无明显分别。是巴赫金发现了两者间的区分并不严格,他第一个在文学理论中提到:任何一篇文本的写成都如同一幅语录彩图的拼成,任何一篇文本都吸收和转换了别的文本。③

可见,克里斯蒂娃从巴赫金那里找到互文性的理论资源,并且发现了其重要价值,接受者通过对源文本的"吸收和转换",继而成了本土化的新文本,这同赛义德所说的文本在新情境中"历史转移"有异曲同工之妙。接着她在《如是》杂志上发表论文极力加以译介。在这之后,巴特在《文本的快

---

① [俄]巴赫金:《陀思妥耶夫斯基诗学问题》,白春仁、顾亚铃译,生活·读书·新知三联书店1992年版,第276页。
② [俄]巴赫金:《巴赫金文论选》,佟景韩译,中国社会科学出版社1996年版,第248页。
③ 转引自萨莫瓦约《互文性研究》,邵炜译,天津人民出版社2003年版,第4页。

乐》《文本理论》《从作品到文本》等著作中把互文性推向了法国的主流文化思想领域，并在法国《通用大百科全书》中编入《文本理论》词条。互文性得到法国思想界的认同，正式成为一个成熟的诗学术语，后来孔帕尼翁、里法泰尔对互文性中的引用、戏仿等细节问题，也进行了深入研究。当然，互文性问题最经典的论著应该包括热奈特的《羊皮纸，二级文学》，他提出了五种跨文本关系（transtextuality）："互文本性"（共在关系）、"准文本性"（邻近关系）、"次文本性"（派生关系）、"元文本性"（批评关系）、"原文本性"（原型关系），这对互文性理论是一次重要创新。后来美国的乔纳森·卡勒在《符号的追寻》中也有详细论述。总体来说，该理论的深化主要体现为两个诗学走向：一是它被美国学者吸收并加以本土化，最终和美国的文化批评模式相化合，形成广义的解构主义批评和文化文本研究，代表者如耶鲁学派的米勒、保罗·德·曼；后一种是法国学者把互文性浓缩成一种纯粹的诗学策略和修辞手段，进行文本研究、主题研究、题材研究等等。他们从宏观文化和微观文本两个向度对互文性进行变异发展，渗透并影响到整个西方后现代主义文化思潮。

以上可见，互文性理论注重文本之间的借用、变异、转化和意义再生产功能，这和赛义德的"理论旅行"在思维方式上类似。比较文学变异学主要研究的也正是这种跨国家、跨文化和跨民族前提下的文本变异和他国化意义生产。变异学与国际学术界在追求文本的差异化、创造性、变异性方面达成共识。

二 "用典"与中国文论话语中的文本变异思想

在中国文学传统中，文本之间的变异思想主要体现在用典（也叫事类、援引或用事）。"典"在中国文化语境中，既指长期历史文化积淀下来的经典文本，如"十三经""四书五经"等，同时又指某些约定俗成的表达范式，通过意义的援引、挪用、夸大甚至变异来示意，这里所说的用典主要指后一种含义。

中国最早论述用典现象的大致可以追溯到庄子,他说:"寓言十九,重言十七,卮言日出,和以天倪。"① 寓言即托于别人而说的话,重言即庄重之言,是庄子直接论述的话,所谓卮言就是穿插在寓言与重言之间的一些经常出现的话语片段,然后,和以天倪就是诗意整合和意境融会。可见,庄子就已经意识到任何一个言语论述所包含的文本交叉和意义穿插。刘勰《文心雕龙》最先从理论上论述了用典的基本话语风格,他说:"事类者,盖文章之外,据事以类义,援古以证今者也。"② 精辟地概括出了典故的基本理论机制。可见,典故是具有复合意义的一种语词样式。首先每一个典故都有最原始的出处,从某种意义上讲都有一个相对固定的意义域,同时,正是由于它在表述某个意义时所特有的优越性和优先性,因此,在后来的言语实践中被多次重复使用,虽然一定程度上仍然沿袭了其本来的内涵特征,但由于历史语境的不同,每一个典故都不同程度地发生了变迁,这个变迁的历史构成这个典故的一个意义价值链,每一次具体的用典都是在这个论域中的此在据位。

那么,具体地说,为什么中国文人喜欢在文学作品中用典呢,其终极意图是什么?用典与中国的文化基因有何联系?它与互文性在逻辑根基上的通约性和异质性何在?这就不能仅仅把它当作一种修辞学手段,或者是作家为了方便简捷,事实上,它必须划归到整个中国文化与文论的知识谱系和思维模式,而且,这种思维模式为比较文学变异学理论提供了思想资源。

第一,"述而不作"与"征圣宗经"的诗学传统。用典就是对历史文献的征用、采纳和吸取或化用。《论语·述而》中有:"述而不作,信而好古",潜意识里塑造了中国文学的一种审美品格,那就是对民族经典和历史文明的景仰和顶礼膜拜。孔子身处一个"礼崩乐坏"的动荡时期,他希望用"礼""仁"来建立一个新的理想的文明社会和精神秩序。对他而言,主观与客观条件都不允许进行完全的理论创新和文化革命,按孔子的"述而不作"的学术思想来看,其中至少包含着两层含义。一是任何人在"述"之前都有一个更

---

① (清)郭庆藩:《庄子集释》(下),中华书局2012年版,第939页。
② (南朝·梁)刘勰:《文心雕龙注》(下),范文澜注,人民文学出版社1958年版,第614页。

为宏观的知识谱系和文化模式,有的以经典著作的形式出现,有的以文化惯习和社会风俗的形式出现。另外,自政治体制建立以来,创作还受到意识形态的束缚、审查和制约。作者自身的记忆和历史的印痕构成一个潜在的知识框架和结构网络。因此,要想真正跳出个人和历史的链条进行所谓的绝对创新是几乎不可能的。二是"不作"并不意味着墨守成规、停滞不前。事实上,在孔子看来"述"其实也是另一种意义上的"作",已有的文化历史传统尽管已经成为一个无意识的语言牢笼,但是,它所积淀出的知识型也同样可以成为一笔宝贵的文化资源。后人在对这笔资源进行个体化的引用、转述、注释、化用、改变的同时,也就是一种能动的继承与发展的思维过程。所以,述而不作并非单纯的守旧思想,而是化通古今、古为今用,把历史文化与当下语境紧密相连,通中求变、变中有通。儒家文明奠定的这种"向后看"的知识范式为用典铺下最原始的思想根基。在刘勰看来,经典蕴含着文化和思想的精髓和要义,所以他说"故知道沿圣以垂文,圣因文而明道"[①],道是文学之逻辑根据和哲学本体,圣人之所以为圣人,在于他能"弘道",圣人的思想以文学文本的形式流传。所以,中国文学的用典与这种征圣宗经和述而不作的文化诗学传统紧密相关。

第二,"言外之意"与"以少总多"的美学风格。如果某个意义古人已经有经典的描述,那么,即使不用出于"征圣""宗经"的传统,单就文学表述的经济性和简约性而言,用典也不愧为一种便捷的手段:"文学家用古事以达今意,后世谓之用典,实乃修辞之法,所以使言简而意赅也。"[②] 例如陆游想表达年虽老而壮志犹存的精神气度,便在《闻虏乱有感》中道:"羞为老骥伏枥悲,宁作枯鱼过河泣。""老骥伏枥"一语便出自曹操"老骥伏枥,志在千里,烈士暮年,壮心不已"(《步出夏门行》)。这样对典故的灵活运用一方面避免了语义雷同、重复啰唆的弊病,同时又使得当下文本含义委婉曲折、韵味无穷。这种含蓄蕴藉的风格暗合了中国文学"言外之意"和"以少总

---

① (南朝·梁)刘勰:《文心雕龙》(上),范文澜注,人民文学出版社1958年版,第3页。
② 刘永济:《文心雕龙校释》(上),台北正中书局1954年版,第43页。

多"的美学特征。一般说来，言意是完全异质的两个元素，从本体上说两者是不可通约的，但是，语言却是达意最好的途径和方式，那么如何才能超越言语自身的束缚而抵达真正的意义所在呢？那就只能"得意而忘言"。言语是不能完全穷情达意的，但如果能掌握其言说的规律，则能实现本质超越，对于接受者来说，阅读文本不能拘泥于文本，而是要挖掘其言外之意、弦外之音。因此，用典的意义也就在于：作者所要表达的意思已经有经典的论述了，而且在受众心中形成了广泛的影响。因此对典故的运用就并不在于字面含义，而是表达一种独特的内心体验或精神意绪。读者可以根据这个典故在当下语境中的运用，根据其原始含义，在文本的间性体验中揣摩文本的深层本质。再者，中国文学的最高境界就是用最简练的语言表达最深刻的思想，即所谓"不著一字，尽得风流"。典故的优势在于有一个论域，但是这个论域并不是绝对封闭的，而是开放性的，它一方面涵盖了这类思想的基本表述形式，另一方面又极具灵活性，可以在不同的语境下随机变动。这样，既"道通为一"又"得其环中"。

第三，"点铁成金"与"夺胎换骨"的主体价值。用典在中国文学史上经历着两种不同的态度。有的认为诗当以自然天工为巧，反对掉书袋式呆板与卖弄，因为这样使得诗文僵化而缺乏生命情趣。如"清水出芙蓉，天然去雕饰"（李白《赠江夏韦太守良宰》）、"文章本天成，妙手偶得之"（陆游《文章》）等。他们都认为文学是情感的流露，不能像做学问一样作诗。而有的却认为应当探索诗文的形式和语言的技术性因素，提倡"诗法"。江西诗派非常注重对于典故的活用，黄庭坚认为杜诗韩文"无一字无来处"（《答洪驹父书》），又说"词意高胜，要从学问中来尔"（《论作诗文》），因此提倡"点铁成金""夺胎换骨""化腐朽为神奇""以才学为诗"，喜爱而且善于用典和一些生僻词语。他们认为，诗文不能仅靠自然的灵性，毕竟它也是一门技艺。这门技艺包括两个层次：一是对典故加以点化，化陈为新，使之在自己的文本中起到修饰作用，增强文本的艺术张力；二是化用前人的意境，过河拆桥、托古言今。这样就显示出一个作家自身的主观能动性因素。总体而言，用典在所难免，关键是不能用得过于烦冗僵化。既要保持内心意绪的清晰凝练，又要合理化用古籍典志，让主观的合目的性与客观的合规律性和谐统一起来。正如陆机所说"伫中区以玄览，颐情志于典坟"①，让作者之用心与典故之意妙合无垠、造化天工、似有似无、亦实亦虚，完整和谐地表情达意。

三 文本间性与文本中的变异思想

通过以上分析可以明显看出，西方诗学中的互文性与中国文论中的用典，其共同规律都是在研究跨文本对话中的意义变异，对比较文学变异学而言，文本间性中的意义变异，具有重要的理论价值。比较文学涉及多个文本的比较阐释，或者同一文本在不同语境下的不同阐释，和互文性理论一样，这就是研究文本在影响流传和平行阐释中发生了怎样的意义变异和创新发展，并且要思考为什么会发生这样的变异。

第一，从根本出发点来看，互文性理论的终极诱因在于：结构主义过分强调文学作品的整体结构系统，把文学作品当作一个封闭的传播工具来进行穿越式的研究，这种范式深受传统的"本质—现象、中心—边缘、局部—整体、表面—深度"等二元论思维影响，在一定程度上削弱了文本自身的符号生产功能。因此，互文性理论的最终目的是通过对知识谱系的梳理和考察，以反权威、反中心、反体系的解构主义思潮为背景，打破"作者—文本—读者"三者之间的线性传播结构。对比较文学而言，源文本不是作者创作出来的一个固定意义的承载体，它自身内部具有另一种意义生产原则，作者权威论和话语中心论是站不住脚的，像梵·第根在《比较文学论》中所刻画的"经过路线"也是靠不住的。正因为如此，巴赫金用"对话""复调"和"狂欢"来突破意识形态的独白性原则，克里斯蒂娃用"互文本"研究来取代"作品"研究，罗兰·巴特把文学作品分成"可读的作品"和"可写的作

---

① （晋）陆机：《文赋》，郭绍虞：《中国历代文论选》（第1册），上海古籍出版社2001年版，第170页。

品",认为"可读的"作品其所指总是非常明朗清晰的,而"可写的"作品只有能指符号,没有具体的所指,只有在读者的阅读实践中能指才能被"所指化",互文本就是这种"可写的"文本,它消解作者权威和逻各斯语言中心主义,赋予文本空前的自主性和开放性,把主体间性、文本间性以及读者间性构筑成一个无等级、无权威、兼容的、自由的诗学体系。

第二,从研究范式来说,对用典的研究往往集中在挖掘某一典故的原始出处,只要找到渊源似乎就完成了文本阅读,实际上,这只是用典研究的一个阶段,另一个阶段是寻找不同文本间的变迁与勾连,探求意义是怎样发生演变的。互文性理论阐释了文本与文本之间的双向互释、互为建构的关系,因此应当破坏先验决定的思维定式,还原文本的事实性和自足性。在具体的诗学范畴上,互文与用典是可以相互对话和比较的,互文性大致包括以下诸种修辞现象:颠倒(anagram)、暗示(allusion)、改编(adaptation)、译转(translation)、戏拟(parody)、模拟(imitation)等,有的又划分为引文(citation)、暗示(allusion)、戏仿(parody)、抄袭(copy)、复述(recitation)等,还有的分为组合(configuration)、再现(refiguration)、歪曲(defiguration)、改头换面(transfiguration)等[1]。总之,都是对原有文献采取陌生化的变异原则,在熟悉中体现陌生,在陌生中显示熟悉,因此形成一个动态的文学系统和一种独特的意义增殖范式[2]。

第三,从研究路径上讲,西方诗学中的互文与中国文论中的用典,都是"文本间性"的异质表象形态,而这也正是比较文学变异学重点研究的内容。互文和用典,都是讲意义如何在跨文本交流中的对话与变异问题。中国文学中的用典,作为一种话语言说策略,在"征圣""宗经"中实现对传统文化的解构与重构。通过用典,可以皈依经典的文化资源,重构当下的话语体系。尽管用典表面上是单线承传的关系,但它在有意识化用典故的同时,也无意

---

[1] [法]蒂费纳·萨莫瓦约:《互文性研究》,邵炜译,天津人民出版社2003年版,第131—133页。

[2] 参见杨增和《互文性:后现代主义文本意义的增殖范式》,《理论与创作》2006年第1期。

识地在文本话语中对典故做出新语境中的当下阐释,这种阐释和运用是另一种形式的意义共涉。互文性也是一样,着力于意义之间的迁移、挪用、相互认同、相互拒斥、相互建构、相互消解,把当下文本纳入一个历史链条之中,把个体文本转变为系统文本,让封闭的意义传递转变为开放的意义共涉。当然,互文性和用典还存在更多的诗学会通之处,如重言与抄袭、歪曲与化用、发挥与反用等等,总而言之,这些手法与比较文学中的模仿、借用、历史转移、创造性叛逆、他国化等表述在理论上都是相通的,文本间性使得比较文学研究从法国学派影响研究的"局限域"走向"开放域"甚至是"极限域"[①]。概言之,互文性与变异学都不聚焦在意义的"忠实",而是研究文本间性所体现的包容、变异、创新和发展,这比研究文本之类同性、同源性更具有广阔的阐释空间和诗学价值。

---

① 黄药眠、童庆炳:《中西比较诗学体系》(上),人民文学出版社1991年版,第1—2页。

第三章 比较文学变异学的路径启示

第一节 从结构主义到解构主义的转向

如果把学术研究比作一棵大树，那么第一章"学术背景"主要分析比较文学变异学的文化土壤及其根系脉络，第二章"思想资源"侧重研究阳光、雨水及外在催生系统，这一章的"路径启示"则是树干，侧重研究变异学生成发展的学术生长点。比较文学是一门国际性学科，它的每一次发展转向，都受到国际学术动态和思想症候的宏观影响。比如法国学派的产生，与19世纪实证主义、历史科学主义、社会进化论等思潮密不可分；第二次转向，则和20世纪的语言学转向相关，从外部研究转向文学性、形式主义、符号学等层面，美国学派平行研究由此而生；第三次重要转向，主要受到从结构主义向解构主义转向的影响，消解深度结构和话语中心，强调差异性、多元化。第三次转向正是比较文学变异学的发生背景，因为："就大的学术语境而言，解构主义与跨文明研究两大思潮都是强调差异性的，在解构主义和跨文明研究两大思潮的影响下，差异性问题已经成为当今全世界学术研究的核心问题。"[①] 解构主义和跨文明，不仅是比较文学的宏大思想语境，也是全世界学术研究的集体症候，中国比较文学研究必须牢牢把握全球学术的主要兴奋点

[①] 曹顺庆：《比较文学概论》，高等教育出版社2015年版，第161页。

来进行话语创新,因此,曹顺庆教授认为:"中国当下的比较文学研究应当直面异质文明间的冲突与对话问题,正是在这样的学术背景下,中国学者提出了比较文学变异学的理论。"① 当然,解构主义与比较文学变异学,一个是哲学一个是文学,在两者的通约性方面,应该是思维方式大于知识形态,正如曹顺庆教授分析:"从其目前的理论建构来看,变异学最大的特色是思维方式的转变。"② 应当说,解构主义为比较文学变异学提供的是一种思维方式,以及一种新的话语范式。那么,解构主义思潮与比较文学变异学学科理论的发展转向,存在怎样的学术关联?解构主义如何催化比较文学的危机与重生?

一 逻各斯:中心的消解与深度的削平

马克思、恩格斯在《共产党宣言》中指出:"一切坚固的东西都烟消云散了。"如果说结构主义的核心意图还是在建构,那么解构主义的主要任务则是摧毁。关于结构主义向解构主义的这种哲学转向,马新国教授的这段表述比较到位:

> 现代主义各具体流派之间虽然理论观点不同,但它们并没有脱离传统的对总体性、本质、起源、中心、真理、深度的追求,它们每一种理论都有自己的中心,都在某一阶段成为一种权威理论。后现代主义则否定某一理论的权威性,否定二元对立的模式,对追求统一性的传统理论、传统文化进行消解。解构主义在这方面的特点十分突出。解构主义是对结构主义的颠覆。德里达认为语言结构和意义本身就不稳定、不明确,因此用语言写作的文学不是一个封闭稳定的实体,它有无穷无尽的多样性,所以想以语言的结构来寻找文学的普遍结构是徒劳的,文学批评要做的是寻找文学结构和意义的多样性。③

---

① 曹顺庆:《比较文学概论》,高等教育出版社2015年版,第161页。
② 曹顺庆、王蕾:《比较文学中国学派三十年》,《外国文学研究》2009年第1期。
③ 马新国:《西方文论史》,高等教育出版社2002年版,第457页。

按照德里达的理解，逻各斯中心主义即语言中心主义。那么，逻各斯中心主义是如何呈现、展开并制约表象体系的呢？乔纳森·卡勒认为："一些二元对立的如意义/形式、灵魂/肉体、直觉/表现、字面义/比喻义、自然/文化、理智/情感、肯定/否定等，其间高一等的命题是从属于逻各斯，所以是一种高级呈现，反之，低一等的命题则标示了一种堕落。逻各斯中心主义故此设定第一命题的居先地位，参照与第一命题的关系来看第二命题，认为它是先者的繁化、否定、显形或瓦解。"① 实际上，高命题、低命题、第一命题及其从属命题之间，并没有固定的程序模式。然而，从终极性的逻各斯中心主义解释系统来看，那么，分类和层次就自然出现了。

如果说，西方意义生成和秩序系统的"中心"源于逻各斯中心主义，而索绪尔则在《普通语言学教程》中，革命性地拆解了逻各斯中心主义的结构性要素。他关于"能指"与"所指"的阐释至关重要，他否定了语言与意义之间的先验设定，认为意义在差异中显现自身，德里达在《论文字学》中，也将之描述为能指链条的滑动和异延。卡勒分析道："索绪尔对语言单元的性质的分析却导向相反的结论：符号系某一差异系统的产物，的确，它们根本不是实体，而是差异的结果。这对逻各斯中心主义是个强有力的批判。"② 在逻各斯中心主义看来，能指与所指，本来具备一种规定性结构，而索绪尔通过能指与所指的区分，将意义化解为差异性结构。

正是由于对"中心"的质疑，德里达对结构主义和逻各斯中心主义展开了摧毁性的哲学批判。这种哲学批判并不是构建一个新的体系。德里达曾指出，解构主义并不是要取代结构主义或者形而上传统，实质上也取代不了。因此，对待解构主义的最好态度不是把它当作教条，而是把它当作一种反观传统和人类文明的意识。解构主义反对权威，反对理性崇拜，反对二元对抗的狭隘思维，认为差异无处不在，应该以开放多元的心态去容纳。在对待传统的问题上，解构主义并非"砸烂一切"，恰恰相反，解构主义相信传统是无

---

① ［美］卡勒：《论解构》，陆扬译，中国社会科学出版社1998年版，第76页。
② 同上书，第82页。

法砸烂的,后人应该不断地用新的眼光去解读。即使承认世界上没有真理,也并不妨碍每个人按照自己的阐释确定自己的真理。解构主义是一种"道",而不是一种"器"。所以,把解构主义作为文本分析策略的耶鲁学派最终走入了一条死胡同,而解构主义作为一种思维意识却渗透到了很多自认为绕过了解构主义的思潮和流派里面,比如女权主义、后殖民主义等。

那么,去中心的哲学思潮与比较文学变异学存在什么关联?

第一,它能从哲学上解释法国学派危机论根源。在第一章已分析,法国学派的共同特征在于对"中心"的确立,然后开始清理他国文学与中心的"同源性"。例如,波斯奈特在《比较文学》中重点分析"文学的依赖性"(relativity of literature),而根据去中心的思维方式,并不存在谁依赖谁,彼此之间的关系是源于差异,而并非"中心"。波斯奈特在此书论述"氏族文学—城邦文学—民族文学—世界文学"的发展模式,这也是一种渊源关系的清理。其实我们也很好理解,实证性影响关系研究认为,凡事总有一个来龙去脉,谁先谁后,谁主谁次的问题,若分不清,则道不明。巴登斯贝格说得尤其明确:"在仅限于人类精神范围本身的文学史内容显得纷繁多变的情况下,为如此动荡的表面确定一个基本的中心,难道不重要吗?模糊一团的物质,越是不确定和不可捉摸,就越应该明确和坚固它的核心。"① 所以,他认为比较主义是一种仲裁、一种清算。而解构主义去中心策略则可能提出:谁来仲裁和清算,谁具有这样的权力?这就是文化一元中心论的自我标榜!正如赛义德所分析:"按照我的理解,一元中心论是与种族中心论同时发生作用的一种概念,因为种族中心论特许一种文化把自己的某些价值标准看作是支配其他文化的特殊的权威。"②

美国学派恰恰抓住这一点来分析其危机。韦勒克将法国学派这种量化的历史比较比喻为"贸易往来",他自己也承认,如果按照这个策略来比较,那么美国是贸易逆差,因为"这一半是由于美国值得炫耀的东西比人家少,一

---

① [法]巴登斯贝格:《比较文学:名称与实质》,干永昌:《比较文学研究译文集》,第47页。
② [美]赛义德:《世界·文本·批评家》,《赛义德自选集》,第82页。

半由于它对文化政治不如别的国家感兴趣"。① 从文学作品的角度来讲,没有一部作品能完全归结于外国的影响,他总是"这一个",它不会是简单的"复制品",文学艺术同绘画及其他艺术形式不同,文学艺术是用抽象的文字符号来示意,画作的复制可能会以假乱真,而文学作品是一个有机整体,也许有影响和借鉴的成分,但是已经被历史转移成其他话语结构。正是从这个角度,中心一旦被消解,那么梵·第根所指的"经过路线"就显得并不是那么清晰了,甚至从逻辑上都站不住脚,无从证明,也无从刻画。边缘与中心具有同等的位置和作用。作品的深度模式就被削平,美国学派对文学性的聚焦,就淡化了外在的依赖性,影响研究的源文本及意义中心地位则岌岌可危。如果从变异学和差异化比较的立场来看:"变异学视域下的影响研究打破了文化独语的局面,走向了文本间的互动对话研究,逐步消解了文化中心主义的倾向。"② 比较文学变异学,就是对西方文化中心主义下的"同一性"思想进行批判,中心并不是中心,权威并不是权威,正如巴斯奈特所说:"文本具有唯一的权威性阐释的观点也已在逻辑上被后结构主义批评家们推翻。"③ 这种颠覆思想从尼采、叔本华开始就已经成型,西方现代怀疑论思想向一切权威开炮:"我怀疑一切被认定为人类自我之'核'的东西,我更怀疑任何被认为是某一学科的中心的事物。"④

第二,为非中心的边缘性话语崛起提供哲学可能。对中国比较文学而言,这种转向意味着什么?比较文学变异学是中国话语、东方话语,它的生成发展必须和三个层面紧密关联:1. 从国际比较文学学科理论自身的发展来看,源于比较文学自身的话语危机;2. 从东方国家内部来看,东方崛起与文化软实力和影响力的提升,体现在比较文学方面,则是试图彰显东方话语、东方作为、东方方案;3. 这种双向的交集,在思想层面存在一个最大的理论公约

---

① [美]韦勒克:《比较文学的危机》,干永昌:《比较文学研究译文集》,第129页。
② 李艳、曹顺庆:《从变异学的角度重新审视比较文学的影响研究》,《中国比较文学》2006年第4期。
③ [英]巴斯奈特:《比较文学批评导论》,查明建译,北京大学出版社2015年版,第159页。
④ [美]理查·德罗蒂:《回顾"文学理论"》,苏源熙:《全球化时代的比较文学》,第84页。

数,即东西方话语权的重构与展开平等对话的可能。

事实上,早在1983年,季羡林在《中国比较文学》发刊词就指出:"我们想建立的中国学派,正是想纠正过去的偏颇,把比较文学的研究从狭隘的西方中心的小圈子里解放出来,把中国广大的比较文学爱好者的力量汇入全世界比较文学研究的洪流之中。"① 这说明比较文学不能闭门造车,识时务者为俊杰,必须分析国际比较文学发展形势,做出准确的判断。他分析国际比较文学的问题就是欧洲中心论,在一个小圈子比来比去,所以中国比较文学要发挥"他者"作用。1984年回答记者薛涌的提问时说道:"我们建立比较文学的中国学派,并不是为中国文学夺'冠军',不是意气之争,只是想能够较客观地认识中国文学及东方文学的价值和地位,吸收各学派的长处,建立一个科学的、有特点的比较文学体系,促进我们文学的发展。"② 比较文学变异学和其他中国话语一样,正是在这样的语境下创新发展起来的。国际比较文学学会前会长佛克马教授认为:"变异学理论是对先前'法国学派'片面强调影响研究的回应,同时也是对美国学派受新批评影响只关注审美阐释而忽略非欧洲语言文学研究的回应。我们的中国同行正确地意识到了之前比较文学研究的缺憾,并完全有权予以修改和完善。"③ 佛克马先生强调的"有权予以修改和完善"一句话充分说明,比较文学的西方中心主义结构已经逐渐消解,中国比较文学可以用自己的话语方式参与介入比较文学学科理论的进一步发展。

二 差异性:边界的滑动与视域的重构

如果说,去中心使得中国学派及中国话语成为崛起的可能,那么下一个问题就是,东方文明与西方文明既有通约性的文学规律,又存在不可通约的异质性,那么,如何将这些异质性元素作为可比性,纳入国际比较文学的总

---

① 季羡林:《比较文学与民间文学》,北京大学出版社1991年版,第174页。
② 同上书,第187页。
③ Douwe Fokkema, *The Variation Theory of Comparative Literature · Foreword*. New York: Springer, 2014, p.5.

体架构，这是中国比较文学必须思考的重要问题，否则，国际比较文学危机论提供了这个机遇，而中国学派没有抓住，那么则不利于比较文学的推进发展。

解构（Deconstructionism），"De"在英文中就是消解的意思。埃瓦尔德问德里达："'解构'这一术语是否表明了你的根本性计划？"德里达回答："我从未有过一个'根本性计划'。而'解构'，我更愿意用复数来指称它，无疑我从未命名过某种计划、方法或系统，尤其是从未命名过一种哲学系统。"① 从这段表述来看，他认为解构主义并不是一种哲学系统，他继而指出："我更愿意说解构是阅读与写作的一种形式或表现。这种形式保持必要的局限性，它是由一组开放性语境的特性决定的（语言、历史、我正在其中写作的，或我被铭写于其中的欧洲情景，等等）。正如我刚才所说，存在着解构，到处都有解构。"② 解构主义从本质上是一种思想策略，它消解同一性，还原差异性。

那么，差异性与比较文学发展的关联何在？

第一，跨越性边界的拓展。西方比较文学的可比性基础是"求同"，无同则无比较，同质性越大，说明影响与接受的关联度越强。解构主义对差异性的认同，意味着不在同一个文明圈之内的文学，同样具有可比性的潜质。对比较文学而言，对差异性的强调意味着比较文学边界的滑动。法美学派牢牢守住文明的封闭圈，在他们看来，一旦脱离这个封闭圈，那么差异化的可比性则可能导致比较文学的无所不比，那时候也就一无是处了，丧失了比较的安全性保障。解构主义则意味着比较文学的文明边界从根本上自行消解，并主动走向他者和异域。所以，到了20世纪80年代末期，差异性不断成为国际比较文学界的理论诉求。例如1991年在日本东京举行的国际比较文学第13届年会，佛克马先生在会议发言就认为那次大会"打破了西方中心的模式"。2010年国际比较文学第19届大会，主题就是"扩大比较文学的边界"。

第二，差异性作为可比性的理论可能。巴斯奈特和斯皮瓦克都宣称比较

---

① ［法］德里达：《一种疯狂守护着思想》，何佩群译，上海人民出版社1997年版，第45页。
② 同上书，第46页。

文学在某种意义上已经死亡。但是，王宁教授却在1993年预言："一种新的、潜在的、有着强大的生命力和丰富的内涵的力量早已经崛起，并逐渐在呈上升趋势。这就是本文所要推出的'东方学派'。它将从边缘向中心运动，承担起新的'三足鼎立'之框架，并将在本世纪末、二十一世纪初的国际比较文学领域独领风骚。"① 一死一生，是比较文学格局的重大转向。1982年，张隆溪选编《比较文学译文集》，在该书译介过程中对影响研究产生怀疑，他举例说昆斯特在《亚洲文学》中提到印度和中国等亚洲文学传统，但是却流露出西方文化优越感，认为亚洲文学对欧洲文学几乎没有影响。所以张隆溪指出："文学当中的影响和借鉴并不是放债和赊欠，也无须比较学者充账房先生。研究比较文学应当记住罗曼·罗兰的格言，应当坚持文学比较中的'无债'原则，如果抱有偏见，那就会比无知离真理更远。"② 昆斯特对东方文学的否定立场，决定了比较文学的西方思维方式。张隆溪却认为在比较文学中谁也不欠谁，不能像法国学派那样做贸易，但是，也不能从文化相对主义立场出发，把东西方的差异看得如此巨大。1987年，季羡林在为陈惇、刘象愚《比较文学与民间文学》一书作的序言中说："比较文学的发展是一种历史的必然。这种发展是合乎规律的，顺应世界潮流的，沛然不能抗御的。学者们只不过成了表达这个规律和潮流的工具而已。"③ 季羡林先生所强调的规律和潮流，就是比较文学发展之"势"，这并不是说中国比较文学想和谁比就能和谁比的问题，而是说，世界已经发展到认同差异、尊重差异、利用差异的时代，中国比较文学要充分利用自身的"异质性"元素，顺势而为，开创比较文学新局面。

1982年6月28日，在北京民族饭店举行"比较文学的理论与实践"座谈会，参加这次会议的有朱光潜、黄药眠、李健吾、杨周翰、李赋宁、季羡林、严绍璗、温儒敏、张隆溪等11人，可谓比较文学"最高峰会"。会议纪要在

---

① 王宁：《论国际比较文学研究新格局的形成》，《北京大学学报》1993年第5期。
② 张隆溪：《比较文学译文集·编者前言》，北京大学出版社1982年版，第7页。
③ 季羡林：《比较文学与民间文学》，北京大学出版社1991年版，第328页。

《读书》杂志1982年第9期刊发，在这次会议上，严绍璗先生分三个方面详细地阐述了"中国学派"的发展思路，他说：

> 这一构思中的中国学派的研究任务，我以为至少应该有三个方面：第一，探讨中国文学对世界文学发展的影响，从而阐明它在世界文学中的地位；同时，也探索外来文学对中国文学的发展的影响，从而阐明中国文学对外来文学的分解与融合能力。这一研究，应该看成是构成中国学派的基础。第二，在与世界文学的比较研究中，真实地（而不是臆想地）揭示中国文学的民族特色，阐明这种特色形成的过程、它与外来文学的关系、在世界文学发展中的意义，并力图使这一研究成果成为当今作家从事创作的借鉴。第三，把中国文学作为世界文学发展中的一种形态，与各国各民族文学相比较而探索文学的一般规律（以及它们各自的特殊性），从而阐明人类形象思维的基本特征，揭示文学的本质。这一任务，应该作为构想中的中国学派的最终的目标。[①]

以上可见，解构主义思潮对比较文学最重要的影响，在于思维方式的转变和学科理论格局的调整。没有对差异性的认同，中国比较文学就始终被排斥为"他者"和"异域"，只能在中华文明的内部"自娱自乐"；另一方面，国际比较文学界长期以来徘徊在韦斯坦因说的"迟疑不决"之中，走不出西方文化诗学的封闭圈。正是因为解构主义消解了这种意识形态的樊篱、边界和障碍，才使得异质文明文学具有了对话、互补的可能。基于这样的理论基础，比较文学变异学将差异性、异质性作为可比性，从比较文学的"寻同"转而"寻异"。

三 异域化：他者的认同与自我的镜像

什么是异？德国学者顾彬指出："从古希腊到本世纪80年代，西方哲学

---

① 严绍璗：《比较文学与文化"变异体"研究》，复旦大学出版社2011年版，第2—3页。

关于'异'的概念存在着两种看法，一种是通过'异'来表现实践距离；另一种是通过'异'来表现空间距离。"① 不管如何，它意味着时间、空间、心理、文化等各个层面的距离。从文化上来说："'异'可以用来表示自己所不了解的一切，与'异'相对的乃是自己。'异'也表示用自己的价值标准去衡量自己所不了解的人、事、地点等。"② 最后这一句很关键，对于自己不了解的事物，有很多方式：一种是"以己度人"，用自身的眼光去看待他者之异，犹如"坐井观天"，用自己的视域去"同化"他者的视域，顾彬所说的就是这种情况；第二种情况是"以退为进"，自我抽身，摆脱自身所潜在的先行视见、先行把握，还原他者异质性，用"异"的眼光和立场来反思自身所存在的问题，借鉴"异"的思想，来实现自我重构，这就是比较文学变异学的基本立场。

很多解构主义学者，本身不是西方身份，而是西方学术体制下的第三世界国家学者，其本身就在双重身份中反思双边文化。像赛义德、斯皮瓦克等，他们普遍颠覆西方传统知识谱系的先验性解释系统，用知识质态的差异性置换主观预设的同一性，继而展开对逻各斯中心主义的批判和话语权的质疑，将自我（self）与他者（others）、本土（native）与异域（foreign）、中心（center）与边缘（edge）进行双向重构，激发当代西方对异域文明的价值重估。无论《东方学》中对东方的想象性阐释，还是《性的政治》中男性对女性的想象性阐释，作为他者之"异域"都是作为主体之陪衬而存在，正如张隆溪分析："无论作为一个诱人且具有异域情调的梦境、一个西方可以使自己的理想在想象中得以实现的乌托邦，还是作为一片停滞不前、精神上愚昧无知的国土，它都是西方的一个陪衬——而正是在它的反衬下，西方文明所具有的更高价值才在每个人眼中凸显出来。"③ 那么，"异域"对比较文学变异学存在什么启示？

---

① ［德］顾彬：《关于"异"的研究》，曹卫东编译，北京大学出版社1997年版，第2页。
② 同上书，第1页。
③ 张隆溪：《道与逻各斯》序言，江苏教育出版社2006年版，第10页。

从比较文学学科发展历史来看,"异域"的边界始终是一个滑动的过程。歌德正是因为看到了中国的《好逑传》,萌发"世界文学"的构想,但是后来法国学派用实证"关系性"将无关之异域排斥在外。雷马克在对法国学派进行补充的时候,他"把一国文学同另一国或几国文学进行比较",这样"从地理上和属性上扩大文学研究的范围"①。但是,就算扩展到了多国,仍然跨不过"文明"这道坎,韦斯坦因就对东西方跨文明比较持有"迟疑不决"的态度。解构主义之后,比较文学所倚重的"事实关系"被拆解,斯皮瓦克认为:"全球就在我们的计算机里。没有人居住在那里。这就使我们想到可以尽力去控制它。星球是一种他异性(alterity)的类型,它属于另一种体系。尽管我们居住在它的上面,但那只是借住。"② 斯皮瓦克不满于"全球",试图用"星球"来表示比较文学的他异性,将区域研究融入比较文学研究,突破了法美学派的可比性框架。阿赫恩、温斯坦认为:"比较活动是一种解放活动,是一项塑型事业,它以基本而又复杂的方式,对离散的实体和材料不断加以重组并提出一些样式和格式塔。这项事业致力于分析的批判过程,同样致力于整合的构造力量;它尊重特殊性(其实就是差异[difference]),这与它对本领域的设想以及跨国组合是一致的。"③ 这项解放活动,就是"异域"文明争取话语权的斗争过程。布朗教授指出:"我认为——不,我感觉——未来十年比较文学的任务是用各种地方主义来对抗走上了歧途的全球化和霸权准则。宏图远志在结构主义及其之前和以后的正统学说中并不少见。然而,更需要强调的是差异,既包括作品之间的差异,也包括作品内部的差异。"④ 其意图很明显,比较文学的大势就是反抗全球化,摆脱文化中心主义的空间想象,实现对"异域"的他者认同。

从这个角度,我们再反观西方比较文学的死亡论、危机论,就会发现,

---

① [美]雷马克:《比较文学的定义和功能》,干永昌:《比较文学研究译文集》,第214页。
② [美]斯皮瓦克:《一门学科之死》,张旭译,北京大学出版社2014年版,第90页。
③ [美]阿赫恩、温斯坦:《批评在当今的功能:比较文学的承诺》,伯恩海默:《多元文化时代的比较文学》,第86页。
④ [美]布朗:《方寸之间有乾坤:或小人国中的比较》,苏源熙:《全球化时代的比较文学》,第318页。

比较文学并非真正走向穷途末路，实质上这是一种另类的学科创新模式，它以"片面的深刻"推进着自我反思与改革进程。从宏观语境上分析，当代国际比较文学的发展转向主要源于解构主义之后的后现代主义思潮，一方面是西方文明的自我否定和"祛魅"，另一方面是东方文明及他者文明体系的异质性还原。因此，在中国比较文学推进话语体系建设的这几十年，国际比较文学对东方文明尤其是中华文明的学术关切越来越明显。例如弗朗索瓦·于连"迂回与进入"，斯皮瓦克"星球化"（planetarity）比较模式，伯恩海默"多元文化时代的比较文学"，苏源熙"全球化时代的比较文学"，丹穆若什提出的"世界文学是民族文学间的椭圆形折射"，张隆溪"走出文化诗学的封闭圈"，等等，20世纪90年代以来这些国际比较文学重要学者的著述，其共同特征都是对跨文明研究的诉求和对东方文明及第三世界国家的研究转向。国际比较文学学会第22届年会于2019年在中国澳门召开，彰显着中国话语正朝着"照着讲—对着讲—领着讲"的方向迈进，这也标志着对跨文明对话的诉求终于得到中西方比较文学界的双向认同。

　　解构主义用差异性、多样性取代结构主义的同一性、类同性。从这个意义上讲，解构主义为比较文学变异学提供了哲学基础和方向指引。曹顺庆教授指出了变异学同德里达解构主义之间的关系："在比较文学变异学视域下，中国文化以'他者'眼光，凭借'类同性'对德里达理论进行解读和佐证，更凭借'异质性'对其进行丰富和补充。"[1] 王宁教授也分析了当代西方思想中的"他者"对比较文学的重要意义："无数历史经验又反复告诫我们，在当今时代，任何一种文化都是相对于另一种文化而存在的，从本土文化着眼，任何外来文化都只是一个'他者'，而从'他者'的眼光来反视自身的文化，则有利于自身民族文化的反省。"[2] 那么，如何从"他者"身份实现"完美逆袭"呢？比较文学变异学在这个问题上实现了两次超越。第一次是对法国学派影响研究的超越。这次超越主要是对西方文学史上"现代主义"阶段"求

---

[1] 曹顺庆、李斌：《中西诗学对话——德里达与中国文化》，《武汉大学学报》2017年第6期。
[2] 王宁：《论国际比较文学研究新格局的形成》，《北京大学学报》1993年第5期。

同"论的超越,因为:"从根本上来看,无论研究对象是什么,影响研究从本质上来看是'求同'的。这种'求同'思维出现的语境是西方自笛卡尔以来的理性传统,它在文化上大致对应的是杰姆逊提出的'现实主义'的阶段。这个阶段的西方文化是理性独断的阶段,它将对真理的追寻作为知识的终极目标,因此在价值取向上是一元论的。"[1] 变异学将"异质性"作为可比性,就是将"一元独白"分解为"多元对话",将"求同"变为"寻异"。第二次超越是对美国学派"文学性"的完善和超越,没有实证关系之间的"文学性"特征,容易导致泛文化的倾向。解构主义和变异学消解了对"文学性"的片面追求:"美国学派提出平行研究的理论,有着深刻的现代主义文化背景。平行研究对影响19世纪的科学主义思潮进行反思,而这种反思早在美国学派提出以'文学性'来对抗'科学性'以前就已经存在:如意大利美学家克罗齐就以个人主义和表现主义将文学研究的重心集中在审美和精神生活。"[2]

综上可见,比较文学变异学是对影响研究和平行研究的一种修正和完善,这种完善是比较文学对后现代主义尤其是解构主义思想的学术回应:"变异学在影响研究和平行研究的基础之上,关注被二者忽略的文学'变'、'异'现象,反思求同思维的局限性,走上了求异的道路。正如我们在前面讨论过的那样,变异学求异的诉求不是空穴来风,而是根植于对当代中国思想学术的后现代文化语境。"[3] 我们只有将变异学置身于这样的学术思想史观照中,方可有比较全面的理论认识。

第二节 从翻译研究到译介研究的转向

比较文学变异学的第二个路径启示,是翻译研究向译介研究的转向。这

---

[1] 任小娟:《后现代语境中的比较文学变异学》,《中外文化与文论》第15辑,四川大学出版社2008年版。
[2] 同上。
[3] 同上。

里所说的翻译研究,主要是指译作如何对原作进行忠实性跨语际转换的研究;译介研究,主要是指译作如何根据译入国的文化语境和接受心理进行创造性转化的研究。在很多教材中,译介学往往是作为一个比较文学研究的重要分支进行单独介绍,但是在"马工程"教材《比较文学概论》(高等教育出版社2015年版)中,目录中不再有译介学的表述,该教材第三章由译介学理论开创者谢天振教授撰写,题目为"比较文学与翻译研究",为什么要将翻译研究与比较文学并列设置?翻译研究地位的上升是出于什么原因?翻译研究与比较文学变异学研究又具有怎样的学术关联性?这些问题值得进一步梳理和澄清。

一 关于"信、达、雅"的翻译标准

如果将翻译视为一种语言交流工具,那么,其最初目的是求同。在跨语际切换过程中,最大可能减少意义的损失,让源文本的意义在译介中能够基本展现其本来面貌,尽可能避免意义的脱落、变异以及形式上的扭曲,以达到最大程度的意义通约功能,这个方面最经典的表述是严复《天演论·译例言》:

> 译事三难:信、达、雅。求其信已大难矣,顾信矣不达,虽译犹不译也,则达尚焉。海通已来,象寄之才,随地多有,而任取一书,责其能与于斯二者则已寡矣。其故在浅尝,一也;偏至,二也;辨之者少,三也。今是书所言,本五十年来西人新得之学,又为作者晚出之书。译文取明深义,故词句之间,时有所傎到附益,不斤斤于字比句次,而意义则不倍本文。题曰达恉,不云笔译,取便发挥,实非正法。什法师有云:"学我者病。"来者方多,幸勿以是书为口实也。[①]

这段表述一直是中国翻译理论的"金科玉律",陈玉刚对此的解释是:

[①] 严复:《天演论·译例言》,中州古籍出版社1998年版,第3页。

"信、达、雅三条翻译标准是对译文质量的全面要求。信，可以理解为译文要忠实于原文，也就是要把原文的思想内涵如实地反映出来；达，是指译文的通顺畅达而言，要使读者清楚地理解；雅，是指雅言，……。严复这里所说的雅，是指'汉以前字法句法'而言，他认为只有用汉以前的古文译书才能把原著的'精理微言'表现出来，才能'行之远'，才能使译文不粗俗，才能'雅'。"① 概言之，信、达、雅的核心意思就是内容上的精准与形式上的和谐以及效果上的通达易解。

正是基于这样的理论观念，严复对林纾的翻译嗤之以鼻，康有为曾有一句诗："译才并世数严林"，将两者并举，钱锺书回忆道："严复一向瞧不起林纾，看见那首诗，就说康有为胡闹，天下哪有一个外国字都不认识的'译才'，自己真羞与为伍。"② 钱锺书倒是觉得林纾翻译颇有趣味："最近，偶尔翻开一本林译小说，出于意外，它居然还有些吸引力。我不但把它看完，并且接二连三，重温了大部分林译，发现许多都值得重读，尽管漏译误译触处皆是。我试找同一作品的后出的——无疑也是比较'忠实'的——译本来读，譬如孟德斯鸠和迭更司的小说，就觉得宁可读原文。这是一个颇耐玩味的事实。"③ 为什么在钱锺书及大多数译者看来，不懂外语的林纾的"乱译"会比其他懂外语的译文更有价值呢？因为他遵循了当时新、旧文化传承中的思想杂糅形态，用"清腴圆润"的译笔"散播了新文学的种子，起到了推波助澜的作用"④。

实际上，关于翻译的标准问题历来莫衷一是。在佛经翻译过程中，也曾出现不同的翻译方式，汤用彤分析："道安草创维艰，且不通梵文，极恐失原旨，故提倡直译。及至罗什，因译事既兴，工具较完，对于翻译之眼光，遂不严于务得本文，而在取原意。慧远则趋折衷，兼取文质。"⑤ 道安在佛经翻

---

① 陈玉刚：《中国翻译文学史稿》，中国对外翻译出版公司1989年版，第54页。
② 钱锺书：《七缀集》，生活·读书·新知三联书店2002年版，第102页。
③ 同上书，第81—82页。
④ 陈玉刚：《中国翻译文学史稿》，中国对外翻译出版公司1989年版，第74页。
⑤ 汤用彤：《汉魏两晋南北朝佛教史》（上册），中华书局2016年版，第293页。

译过程中提出"五失本、三不译"的翻译策略,这主要是直译形式。当然,佛经翻译影响最大的策略是"格义",这个概念首见于梁代慧皎所著《高僧传》卷四:"时依雅门徒,并世典有功,未善佛理。雅乃与康法朗等,以经中事数,拟配外书,为生解之例,谓之格义。及毗浮、相昙等,亦辩格义,以训门徒。"① 冯友兰对格义的解释是:"解释佛经的著作往往援引道家思想,这类著作在当时称为'格义',即从类比中求得它的含义。"② 格义法为佛经中国化阐释起到了重要作用。但是,格义便于本土理解的同时,也存在一些局限,例如"这种方法难免带来不准确和曲解的毛病。因此到五世纪,佛经汉译如潮涌现时,'格义'的方法被摈弃了"③。那么不用格义法,又如何译介佛经呢?另一种方案就是释义法。冯友兰认为:"释义法和'格义'的不同在于:'格义'只使读者看到外貌的形似,而释义则令人看到思想的内在联系。它实际是对印度佛教思想和中国道家思想进行一种综合的努力,由此而为中国佛学奠定了基础。"④ 在冯友兰看来,格义更侧重翻译术语及技术层面的联类阐释,而释义更侧重意义层面的化合融通,它对佛教中国化起到了重要作用,这是中国古代翻译研究的一个典型案例。在20世纪20年代末30年代初,翻译理论界还经历过一次关于"信"与"顺"的论争,鲁迅和瞿秋白主张"信"派,赵景深和梁实秋主张"顺"派,双方对此展开了激烈的论争,例如鲁迅就对赵景深将"Milky Way"译为"牛奶路"而大加讽刺。

总体说来,严复"信、达、雅"的翻译标准,其潜在的参照体系还是源文本,虽然顾及了译入国的本土接受语境,但是其基本的理论特征还是"寻同",他将"信"置于第一位,意味着译本对原作的忠实、可靠。

二 关于"创造性叛逆"的译介价值

对比较文学而言,最初的翻译研究并没有受到足够重视,一方面是早期

---

① (南朝·梁)释慧皎:《高僧传》卷第四"晋高邑竺法雅",汤用彤校注,商务印书馆1986年版,第152页。
② 冯友兰:《中国哲学简史》,生活·读书·新知三联书店2009年版,第267页。
③ 同上。
④ 同上。

的比较文学往往局限在欧洲文化圈内，而很多比较文学家熟悉多国语言："历史上的一些事实表明，早期比较文学研究者思考的一些问题基本上都局限在欧洲文学框架之内，而早期比较文学研究者又大多熟悉多种欧洲语言，这样他们在研究中并不需要依赖翻译。"① 基亚也认为掌握多种语言是比较文学研究的基本素质："比较文学工作者应该读懂多种语言。这样才有条件直接查阅与其研究项目相关的外国著作，才能从中得到益处。"② 另一方面，翻译在最初主要是作为媒介，作为了解别国文学的一种有效途径。梵·第根认为："在大多数的场合中，翻译便是传播的必要的工具，而'译本'之研究更是比较文学的大部分工作的不可少的大前提。"③ 也就是说，翻译研究是作为比较文学研究的一种基本前提、工具和手段，所以才会有放送者、传递者、接受者的"经过路线"。这也是法国学派实证性影响研究的基本前提，倘若翻译不精准，不能准确如实地反映源文本信息，那么就谈不上从原点到终点的清晰影响，实证就是一个谎言。

但是，到 20 世纪下半叶，很多学者意识到，在跨语际传递中，由于文化的差异，不可能做到绝对忠实于源文本。文学翻译从本质上不同于自然科学翻译。翻译是理论上的求同，事实上的变异。一方面由于解构主义对语言符号的颠覆性阐释，导致能指与所指的确定关系被消解；另一方面，文学接受理论的影响使得译者的价值创新作用得到重估。尤其是翻译中的创造性叛逆，开始得到正向的价值肯定，从这个意义上讲，译本是具有知识生产性的文化变异体，它能为比较文学研究提供可靠性的文本支撑，韦斯坦因就指出："无论如何，在大多数情况下，影响都不是直接的借出或借入，逐字逐句模仿的例子可以说是少而又少，绝大多数影响在某种程度上都表现为创造性的转变。"④ 一个译本是否是创造性的转变，最重要的标准就是：它是从译入国的文化语境出发还是从源文本的文化语境出发。同样，斯皮瓦克也认为："新的

---

① 曹顺庆：《比较文学概论》，高等教育出版社 2015 年版，第 110 页。
② [法] 基亚：《比较文学》，颜保译，北京大学出版社 1983 年版，第 5 页。
③ [法] 梵·第根：《比较文学论》，戴望舒译，吉林出版集团有限责任公司 2010 年版，第 129 页。
④ [美] 韦斯坦因：《比较文学与文学理论》，刘象愚译，辽宁人民出版社 1987 年版，第 29 页。

比较文学使人们凸显了译者选择的介入。"① 在这一方面，波斯奈特尤为激进，她认为："比较文学一直声称翻译是其下属范畴，但是翻译研究牢固地把自己确立为以跨文化研究为基础的学科，并且无论是理论著作还是描述性著作，都提供了某种严格的方法论。因此，比较文学看上去似乎不像是一门学科，倒更像是别的学科的一个分支。以这种角度来看，我们就能够合理看待比较文学的危机问题了。"② 她从这个角度分析了比较文学的危机，即：比较文学缺乏严格的方法论体系。同时，她对翻译研究中的准确和忠实等传统标准进行讽刺和批判："对'准确'与'忠实'的强调，似乎源于17世纪对翻译活动的态度。'准确'暗示了一种科学性和精准性，它是可以被测量和量化的，'忠实'则具有双重含义：好的妻子忠实于她的丈夫，好的仆人忠实于他的主人，与源文本相对，两者都处于劣势的位置。"③ 由此，她颠倒比较文学与翻译研究的关系，将比较文学视为翻译研究的一个辅助性领域："比较文学作为一门学科的鼎盛期已经过去。女性研究、后殖民理论、文化研究这三个领域中的跨文化研究工作，已整体上改变了文学研究的面貌。从现在起，我们应当将翻译研究视为一门主要的学科，而把比较文学看作一个有价值但是辅助性的研究领域。"④ 她将翻译研究隶属于比较文学这种传统的关系结构彻底扭转过来，认为比较文学已经被文化研究等学科吞噬消解，缺乏自己的方法论。翻译研究因为凸显了译者的"创造性"工作，使得译本成为一种创作，所以具有了跨文化的理论特征，也可以取代比较文学的功用。

关于译介中的创造性叛逆，中国学者也进行了自己的阐述，王佐良先生认为："要译好一篇外国文学作品，不得不破坏本国文化里的某些观念，不得不破坏本国语言里的某些结构和表达方式。在这个意义上，译者不仅是一个反逆者，而且是一个颠覆者。"⑤ 他认为翻译是一种双向的破坏、颠覆与意义

---

① [美]斯皮瓦克：《一门学科之死》，张旭译，北京大学出版社2014年版，第21页。
② [英]巴斯奈特：《比较文学批评导论》，查明建译，北京大学出版社2015年版，第13—14页。
③ 同上书，第170页。
④ 同上书，第185页。
⑤ 王佐良：《论诗的翻译》，江西教育出版社1992年版，第2页。

重构的过程。他进一步论述："如果译者掌握了整个作品的意境、气氛或效果，他有时会发现某些细节不直接促成总的效果，他就可以根据所译语言的特点作点变通。这样他就取得一种新的自由、使他能振奋精神、敢于创新。他将开始感到文学翻译不是机械乏味的事，而是一种创造性的努力。"[1] 他们都不约而同地提到了"创造性"，从这个角度上讲，庞德的作品并不忠实于原作，由于他并不精通中文，因此很多翻译和阐释在中国人看来都是奇谈怪论，但是庞德却因为他创造性的译介，有力地掀起了美国新诗运动，在王佐良先生看来："每一首好的译诗不仅是好的翻译，也是好的创作：庞德和威利的译品已经成了现代英语文学的精品。"[2] 我们往往认为法国学派是"求同"的，事实上，在翻译这个问题上，基亚也将译者分为三类："水平最差的译者也能反映一个集团或一个时代的审美观；而那些忠实的译者则可以为人们了解外国文化的情况作出贡献；而那些真正的创造者则在移植和改写他们认为需要的作品。"[3] 可见，他将翻译中的创造性叛逆视为最高水平的创造，因为它是现实所需要的作品。

中国学者将译介中的意义叛逆现象从理论上加以阐明，将埃斯卡皮提出的"创造性叛逆"用于正向描述跨语际翻译中的意义变异现象，继而提出译介学。1999 年谢天振教授指出："在传统的翻译研究中，'译者都是叛徒'、'翻译即反逆'，这些话都带有一种因译作不能尽现原作而发出的徒乎奈何的意思。但是在比较文学研究中，'创造性叛逆'一语却是对译者所从事的文学翻译事业的认可，是对译作的文学价值的一种肯定。"[4] 如果按照严复"信、达、雅"的翻译标准，那么翻译文学应当等同于外国文学，毕竟根据严复的翻译理论逻辑，跨语际切换没有从根本上更改原作的意义价值域，实际上这是意义的等值转化。但是按译介学理论分析："无论是根据译作作者的国籍，

---

[1] 王佐良：《论诗的翻译》，江西教育出版社 1992 年版，第 66 页。
[2] 同上书，第 113 页。
[3] ［法］基亚：《比较文学》，颜保译，北京大学出版社 1983 年版，第 20 页。
[4] 谢天振：《译介学》，上海外语教育出版社 1999 年版，第 17 页。

还是根据译作与原作之间永远存在的差异，都说明了翻译文学不是外国文学。"① 在这个问题上，韦斯坦因也认为译介中的改造具有独特的创造性价值："在改造某一外来模式时，虽然翻译起着主要作用（例如波德莱尔对爱伦·坡的改造），但这种改造却并不限制在翻译的框架内。因此在多数情况下，叛逆必然是最有创造性的。"② 可见，视域和立场的切换导致认知结论的创新，如贾植芳指出："我一直认为，中国现代文学的历史，除理论外，就作家作品而言，应由小说、诗歌、散文、戏剧和翻译文学五个单元组成。"③ 他将翻译文学单独作为一种文学样式进行设置，可见译介学最关键之处在于：它从文明发展的历时角度和文本流传的共时角度，将跨文明对话中的文化信息脱离、变形、拓展、延伸及意义增殖赋予正向和积极的研究价值，将翻译中的意义变异视为"第二次创作"。这种创作的价值，在曹顺庆教授看来："在当下的研究视野下，译介学已不再满足对'信、达、雅'的强调，转而突出在翻译过程中的'创造性叛逆'，这也促使译介学成为一种文学变异研究。"④ 正是因为译介学关注于翻译研究过程中的创造性叛逆和意义变异问题，所以曹顺庆教授认为它成为比较文学变异学的一种具体形式，因为变异正是发生在叛逆之中，没有叛逆则只有"求同"与"忠实"，因此"译介学认为没有忠实的翻译，所以致力于研究翻译过程中意义的失落、变形与新生，译介学也因此才成为一个新的研究领域"⑤。在 2015 年"马工程"《比较文学概论》中，有这样的表述："从比较文学和比较文化角度切入的翻译研究，通过对跨文化交际中文化意象的失落、扭曲、变异等现象的阐释，通过对'翻译总是一种创造性叛逆'规律的揭示，尤其是通过对翻译文学国别归属、翻译文学史和文学翻译史等概念的剖析，为传统比较文学研究中的中外文学关系研究展示出一块新的研究领域，即译介学。"⑥ 这是对译介学理论特征的基本描述。

---

① 谢天振：《比较文学与翻译研究》，复旦大学出版社 2011 年版，第 136 页。
② [美] 韦斯坦因：《比较文学与文学理论》，刘象愚译，辽宁人民出版社 1987 年版，第 36 页。
③ 参见谢天振《译介学》序言，上海外语教育出版社 1999 年版，第 3 页。
④ 曹顺庆、芦思宏：《变异学与东西方诗话的比较研究》，《安徽师范大学学报》2016 年第 1 期。
⑤ 曹顺庆、张雨：《比较文学变异学的学术背景与理论构想》，《外国文学研究》2008 年第 3 期。
⑥ 曹顺庆：《比较文学概论》，高等教育出版社 2015 年版，第 109 页。

在译介学基础上，王向远教授近年来提出译文学："'译介学'是比较文学的重要分支，这是众所公认的。同样的，'译文学'作为一个学科，既相对独立，也可以与比较文学关联起来。'译文学'与比较文学的关联既可以使'译文学'获得比较文学的观念、视野即方法论的支持，也可以使比较文学既观照'译介'也观照'译文'，使'译文'成为比较文学所特有的'文学'文本，成为'比较文学的文学'。"[①] 他试图解决比较文学缺乏文本支撑的问题，所以，他指出："如果说'翻译文学'是含蕴丰富的本体概念，是比较文学的一个研究对象，那么从'翻译文学'这个对象的研究中，则可以产生出'译介学'与'译文学'两种研究范式；如果说'译介学'跨越于边境或边缘，是比较文学的中介性的研究，强调广义的文化视域，那么'译文学'则是聚焦于特定文本的文学本体的观照与研究。"[②] 按照他的逻辑，从比较文学分解出翻译文学的分支，从翻译文学分解出译介学与译文学的分支，这样做的意义在于强化比较文学的文本对象性特征："我们把'译文学'作为比较文学的重要组成部分纳入进来，其重要意义，就是由于比较文学拥有了自己的特有的文学文本，就可以改变长期以来人们对比较文学学科的一种错误认识，矫正人们对比较文学的'跨文化'之'跨'的狭隘的理解。"[③] 相关文献可参见谢天振《论比较文学的翻译转向》、王宁《翻译研究的文化转向》、王向远《译文学与比较文学》等。

三 关于"创造性叛逆"的变异规则

一种理论的建构从来都不是空穴来风、无中生有、拍脑袋形成的，科学性的学术话语创新，客观上讲应当产生于这样两种途径：一是从既存理论的缺陷批判中予以修正和补充；二是对实践经验加以梳理、总结和提炼。那么，在中外文学与文论的实践经验中，变异现象的历史形态及其理论阐释是如何

[①] 王向远：《"译文学"之于比较文学的作用与功能》，《广东社会科学》2016 年第 4 期。
[②] 同上。
[③] 同上。

呈现的呢？从比较文学的角度分析，这些实践经验是否有助于化解当前比较文学所面临的困境和危机？这是比较文学变异学从酝酿提出到话语生成的关键性环节。对变异学而言，它是从译介学理论中受到启发的，准确地说，是从传统翻译研究的"忠实"向译介研究的"创造性叛逆"转向的过程中受到启发的。谢天振认为："借用解构主义理论，研究者认识到，翻译不可能复制原文的意义，对原文的每一次阅读和翻译都意味着对原文的重构，译作和原作是延续和创生的关系，通过撒播、印迹、错位、偏离，原作语言借助译文不断得到生机，原作的生命才得以不断再生，不仅对原文与译文的关系作出了崭新的解释，同时也对译文的意义、价值及其在译语文化语境中的作用有了全新的认识。这同样是对比较文学研究的深化。"① 译介学是对比较文学的深化，那么变异学对译介学的深化在什么地方呢？变异学在译介学的基础上如何展开逻辑推进和理论深化呢？要解决这个问题，关键在于厘清变异的规则，并从学科理论上予以逻辑阐明。当然这其中还有一个至关重要的问题就是：求异并非无所不比，变异肯定有规则，阐释肯定有限度。那么这个规则是什么？限度在哪里？译介学并没有说清楚，其他提倡创造性叛逆的学者也没有给予正面回应，本书第五章将专题展开论述。

比较文学是跨国家、跨民族、跨学科的文学研究，一旦跨界，就意味着源文本意义经由媒介及新文本的阐释之后，毕竟"一路上颠顿风尘，遭遇风险，不免有所遗失或受些损伤"②。这些意义的脱落、变异、文化过滤，有的是无意识的，有的是故意的，无论如何，译介学从跨语际层面阐释了创造性叛逆的正向价值，或者说，这种"同中之异"仍然具有比较的价值，可以纳入可比性视域之中。由此，它的比较意义不在于是否相同，而在于在源文本基础上发生了怎样的变化，为什么发生这样的变化，这种研究视域的转向，是译介学对比较文学学科的理论突破。译介学对创造性叛逆的正向价值肯定意味着：不应当否认跨语际、跨文明中的差异性价值元素，本国文学对外国

---

① 谢天振：《比较文学与翻译研究》，复旦大学出版社2011年版，第108—109页。
② 钱锺书：《林纾的翻译》，钱锺书：《七缀集》，生活·读书·新知三联书店2002年版，第78页。

文学的叛逆之后，已经融化为本国文学的一部分，比较从意义的过程性阶段进入意义的生成性阶段，这是译介学的重要理论贡献。

正是在此基础上，比较文学变异学理论开启创新之路。2005年，曹顺庆教授就指出："比较文学要迈向跨文明研究的新阶段，必须突破传统研究范式的束缚，构筑新的学科理论体系，探索建立文学变异学就是其中重要的一环，而译介学研究的正是变异学的基础性内容。"① 为什么是基础性内容？因为译介学对跨界中的意义变异从创造性叛逆的角度予以正向肯定，走出了意义的同一性封闭圈，为异质性成为可比性奠定了理论基础。那么，创造性叛逆中的变异思想能否从翻译层面拓展为比较文学研究的一般规律？曹顺庆教授认为是可以的，他指出："翻译和阐释活动都是在古今、中外、主客体的对话中进行的，其间充溢着意义的变异、生产和创新，正是在此意义上我们提出了比较文学变异学理论。"② 如此便理清了变异学与译介学的学术关联性。可见，译介学是比较文学变异学的一个至关重要的学术生长点，它从学理上肯定了意义变异的正向价值。

沿着译介学的思路追问，有这样几个问题仍然值得进一步推敲：第一，文化过滤、文学误读以及创造性叛逆，是否仅仅在译介学及翻译研究中存在，比较文学影响研究、平行研究、历史研究等其他研究模式中是否仍然有这样的意义变异类型？比如平行研究在寻求类同性与文学模子的同时，是否也有创造性叛逆，它能否被视为比较文学一个普适性的理论话语进行研究？第二，我们怎么衡量一个译本是优秀的译本还是乱译、乱翻？为什么鲁迅批评赵景深翻译的"牛奶路"，为什么钱锺书对林纾的翻译大加赞赏和肯定？为什么中国学者认为杨宪益翻译的《红楼梦》最到位，而在英语世界霍克斯翻译的《红楼梦》却最受欢迎？为什么有的文化和文学作品进入一个国家会顺利发生化合作用并产生理论新质，如佛教中国化产生的禅宗，马克思主义中国化形成的中国特色社会主义，庞德意象派促成的美国新诗运动？相反，为什么芥

---

① 曹顺庆：《比较文学学》，四川大学出版社2005年版，第184页。
② 曹顺庆、张雨：《比较文学变异学的学术背景与理论构想》，《外国文学研究》2008年第3期。

川龙之介在"中国现代文学史上形成了一种奇特的接受现象:一方面是热心的大量的译介,一方面是激烈的否定和批评?"① 第三,文学与文论他国化变异和阐释中,是否有规则可依循?是不是所有创造性叛逆都是合法性叛逆?是否所有的变异都是有效性变异?是否所有的译本阐释都是合理性阐释?如果不是,那么在比较文学研究中,制约文化过滤和文学误读以及创造性叛逆的变异规则和阐释限度是什么?我们能否从学理上加以梳理、总结归纳,从学科理论上加以创新发展?曹顺庆教授指出:

> 当今西方批评理论都有一个基本的趋势和动向,即从原来的对真理的追求、对终极性的追求、对同的追求,转向对差异、对非终极性、非本质的追求。这是当代西方重要的思潮和学术转向。这种关注差异性的思维倾向已经开始反映到我们比较文学学科领域中来。首先是翻译。翻译是我们比较文学研究的一个比较重要的问题,斯皮瓦克、苏珊·巴斯奈特都注意到了翻译过程中产生的变异。其次是形象学中的变异问题。提出比较文学变异学,正是在整个世界学术发展的前沿领域的重要作为,这在比较文学学科发展史上具有突破性意义。②

从这段表述可以明显看出,比较文学变异学正是从译介学获取了话语资源,借鉴了其主要创新路径,但是变异学还要进一步解决译介学所没有正面回应的"合法性叛逆"问题。或者,我们可以这样来理解,变异学认为译介并不是绝对求同,也不是绝对求异,而是在同与异之间,寻找一个最佳契合点和最大公约数,既不能完全将源文本置之不顾,也不能完全忠实于源文本,既不能不创新,也不能乱创新,而是要把握一些基本的话语转换规则,就像叶维廉说的"模子"一样,把握这个深层结构的通约性要素,才可能实现有效比较。

---

① 王向远:《比较文学学科新论》,江西教育出版社2002年版,第36页。
② 曹顺庆、张雨:《比较文学变异学的学术背景与理论构想》,《外国文学研究》2008年第3期。

第三节 从解经学到阐释学的转向

一 解经与释经

阐释学（又译作解释学、诠释学、传释学），对20世纪西方文论具有深远影响。阐释学（Hermeneutics）的最初形态是解经学（Exegesis），即对《圣经》经典文献的原本语言和环境进行解读，主要研究神在当时、当地对原来的听众说了什么。Hermeneutics这个词字根是Hermes，也译作赫尔墨斯，是把诸神信息传给世人的一个神，在对《圣经》的解读实践中，形成一套方法论体系和解读流程。

阐释学从《圣经》解读策略转化为一般的文本解读策略，要归功于德国神学家施莱尔马赫。他将解经学发展为一种通用阐释学（Universal Hermeneutics），1819年他首次将"通用阐释学"定义为"理解文本的艺术"，这从视野上将阐释学解放出来，从特殊方法论变为一般方法论。伽达默尔对阐释学的定义是："研讨对文本的理解技术的古典学科就是诠释学。"[①] 他进一步指出阐释学的基本内涵："作为一种艺术，把用某种陌生语言叙述的内容传达给另一个正在理解的人，解释学以赫尔墨斯的名字命名不无道理，因为赫尔墨斯是把神的旨意传达给人类的解释者。如果我们回想起解释学这个名称的起源，那末很清楚，我们所处理的是一种语言事件，是把一种语言翻译成另一种语言，因而也就是处理两种语言之间的关系。"[②] 马新国的解释是："这种解说经文、注疏显义的传统阐释学，实际上只是一种文字诠释技巧和规则，古希腊神话中专职神谕的上帝的信使赫尔墨斯为其命名，成为'赫尔墨斯之

[①] ［德］伽达默尔（又译加达默尔）：《真理与方法》第一卷，洪汉鼎译，商务印书馆2016年版，第241页。

[②] ［德］伽达默尔：《哲学解释学》，夏镇平、宋建平译，上海译文出版社1994年版，第99页。

学'，亦称解经学、诠释学。"① 华东师范大学教授潘德荣的《西方诠释学史》对西方阐释学的发展历程进行了详细解读。在国外，加拿大学者让·格朗丹《哲学解释学导论》简要梳理了哲学阐释学的基本历程：

> 在古代和教父时代最初只存在着不完整的解释的规则，直到后来路德和宗教改革的神学家们才形成了一门系统的阐释学，并在施莱尔马赫那里变成了一种普遍的理解理论，狄尔泰拓展了这种解释学，使之成了一门普遍的精神科学方法论，而海德格尔则将解释学的研究置于更为本源的人的事实性基础之上，伽达默尔则最终重构了作为我们的经验不可回避的历史性和语言性的普遍解释学。普遍解释学最后被扩展到诸如意识形态批判、神学、文学理论、科学理论和实践哲学这样一些领域。②

从这段表述可以看出，解经学实际上是一套经典阐释的技术规则，它的对象是相对固定的，而且意义系统也是相对统一的，作为阐释学的集大成者，伽达默尔指出："由于宗教改革派的神学是为了解释《圣经》而依据于这种原则，从自身方面它当然仍束缚于一种本身以独断论为基础的前提。它预先假设了这样一个前提，即《圣经》本身是一种统一的东西。"③ 而将这种技术规则上升为阅读活动的一般理论，则是施莱尔马赫。他在《1809/1810年诠释学手稿》和《1819年诠释学讲演纲要》等著作中认为，由于解读者在时间、空间、语境等方面的差异，误读是一种普遍的现象，那么"通用阐释学"的目的就是为了避免误读。伽达默尔说："所以施莱尔马赫下了这样的定义：'诠释学是避免误解的技艺。'这个定义超出了解释实践的偶尔教导作用，使诠释学获得了一种方法论的独立性。"④ 那么，这种通用的、普遍的阐释方法论的核心要义是什么？伽达默尔继续指出："所以施莱尔马赫主张，我们必须比作者理解他自己更好地理解作者——这是以后一再被重复的一句名言，近代诠

---

① 马新国：《西方文论史》，高等教育出版社2002年版，第575页。
② [加] 让·格朗丹：《哲学解释学导论》，何卫平译，商务印书馆2009年版，第10—11页。
③ [德] 伽达默尔：《真理与方法》第一卷，洪汉鼎译，商务印书馆2016年版，第254页。
④ 同上书，第267页。

释学的全部历史就表现在对它的各种不同的解释中。事实上，这个命题包含了诠释学的全部问题。"① 在施莱尔马赫看来，诠释活动就是意义的重构。这个重构使作者并没有意识到的意义显现出来、解读出来。对意义重构的理论前提是源文本的意义指向并不永恒确定，它需要在接受者不断解释的过程中不断完善。这是一个革命性的观念，因为原作者不再是意义的唯一权威解释者，解释者同样具有了使得意义成为意义的基本权利。所以伽达默尔指出："解释的唯一标准就是他的作品的意蕴（Sinngehalt），即作品所'意指'的东西。所以，天才创造学说在这里完成了一项重要的理论成就，因为它取消了解释者和原作者之间的差别。它使这两者都处于同一层次，因为应当被理解的东西并不是原作者反思性的自我解释，而是原作者的无意识的意见。这就是施莱尔马赫以他那句背理的名言所想表示的意思。"②

但是，也必须意识到，施莱尔马赫作为神学家，他在普通阐释学中的意义建构，仍然是从神学的角度来展开的，因此，他在文本的对象性以及意义的起源性方面，对阐释学理论进行根本性的限制，正如伽达默尔所说：

> 促使施莱尔马赫有这种方法论抽象的兴趣，并不是历史学家的兴趣，而是神学家的兴趣。施莱尔马赫之所以想教导我们如何理解话语和文字传承物，是因为信仰学说依据于一种特殊的传承物，即《圣经》传承物。因此，施莱尔马赫的诠释学理论同那种可以作为精神科学方法论工具的历史学的距离还很远。这种诠释学理论的目的是精确地理解特定的文本，而历史脉络的普遍性应当服务于这种理解。这就是施莱尔马赫的局限性，而历史世界观绝不能停留在这种局限性上。③

在施莱尔马赫之后，对阐释学做出重要贡献的是狄尔泰，他曾为施莱尔马赫作传，他发展了施莱尔马赫的阐释学理论，并致力于为"精神科学"奠

---

① ［德］伽达默尔：《真理与方法》第一卷，洪汉鼎译，商务印书馆2016年版，第276页。
② 同上书，第278页。
③ 同上书，第283页。

定方法论基础。伽达默尔认为:"狄尔泰为精神科学奠定认识论基础的工作所迈出的决定性步伐是,发现了那种从构造个人生命经验里的联系到根本不为任何人所体验和经验的历史联系的转变。"① 他将施莱尔马赫对《圣经》传承物的依赖转向了历史性的生命体验,将阐释学拖入一种心理学的整体构架,这是狄尔泰的创新之处。狄尔泰深受黑格尔的影响,虽然他没有明确阐明"绝对理念",但是他仍然在寻找类似的一种精神形式,这种精神形式为阐释学筹划一个基本的运思方向,正如伽达默尔分析:"我们必须探究一下,对于狄尔泰来说,是否就没有一种真正的'绝对精神'的精神形式,即那种具有完全的自我透明性、完全地摆脱一切异己性和一切他在性的精神形式。对于狄尔泰来说,毫无疑问有这样一种精神形式,并且这就是历史意识。"②

那么历史意识如何和阐释学发生关联?"不存在一种普遍的主体,而只存在历史的个人。意义的理想性不可归入某个先验的主体,而是从生命历史实在性产生的。"③ 正是基于这样的认识,伽达默尔认为:"对于狄尔泰来说,意义不是一个逻辑概念,而是被理解为生命的表现。生命本身,即这种流逝着的时间性,是以形成永恒的意义统一体为目标。生命本身解释自身。它自身就有诠释学结构。所以生命构成精神科学的真实基础。"④ 如果说施莱尔马赫将阐释的文本局限在《圣经》及其遗传物,那么狄尔泰将阐释视域的深层结构归结为历史意识,人在历史实在中形成"逻辑主体",但是它并非是一种实在主体,狄尔泰所想建立的是一种体验诠释学。因此,格朗丹分析道:"狄尔泰期望解释学能减少对个人掌握'科学知识'的能力的怀疑——也就是说,要提供普遍有效的原则,避免理解的主观任意性。但这些原则到底是什么却从来没有说明,而且它们的存在仅仅是假设。"⑤ 可见,施莱尔马赫和狄尔泰,两者的共同之处在于,他们都相信意义的可解释性。

---

① [德] 伽达默尔:《真理与方法》第一卷,洪汉鼎译,商务印书馆2016年版,第320页。
② 同上书,第328页。
③ 同上书,第320页。
④ 同上书,第323页。
⑤ [加] 让·格朗丹:《哲学解释学导论》,何卫平译,商务印书馆2009年版,第146页。

从根本出发点来说,传统的阐释学都是为了避免解释主观性,它们寻求一种科学的方法论途径,这与19世纪实证主义与科学主义精神相契合。正如张隆溪所说:"传统的阐释学却力求使解释者超越历史环境,达到完全不带主观成分的'透明的'理解,而把属于解释者自己的历史环境的东西看成理解的障碍,看成产生误解和偏见的根源。"[1] 理解是作为认识论、方法论来展开的。他们的共同特点是"求同",海德格尔在与一位日本人的交谈中,清晰表述了这个观点:"我在威廉姆·狄尔泰的历史学精神科学的理论那里重又发现了'解释学'这个名称。狄尔泰也是从相同的源泉中来掌握解释学的,就是从他的神学研究,特别是从他对施莱尔马赫的研究中来掌握解释学的。"[2] 由此可见,狄尔泰陷入了历史主义困境,阐释的循环也不可避免。

二 释经到阐释

20世纪的语言学转向,从根本上扭转了阐释学的研究格局。传统阐释学认为阐释是将某物道明,是一种方法论,而现代阐释学,将这种方法论引向了本体论。正如张隆溪所说:

> 德国哲学家海德格尔认为阐释不只是一种诠释技巧,他把阐释学由认识论转移到本体论的领域,于是对阐释循环提出新的看法。在他看来,任何存在都是在一定时间空间条件下的存在,即定在"Dasein",超越自己历史环境而存在是不可能的。存在的历史性决定了理解的历史性:我们理解任何东西,都不是用空白的头脑去被动地接受,而是用活动的意识去积极参与。[3]

施莱尔马赫和狄尔泰从某种程度也意识到了主体的参与,但是他们的参与是先有解释,后有理解,海德格尔却认为这种次序搞反了。正如格朗丹所

---

[1] 张隆溪:《二十世纪西方文论述评》,生活·读书·新知三联书店1986年版,第192页。
[2] [德]海德格尔:《从一次关于语言的对话而来》,孙周兴选编:《海德格尔选集》下册,上海三联书店1996年版,第1014页。
[3] 张隆溪:《二十世纪西方文论述评》,生活·读书·新知三联书店1986年版,第193页。

分析的:"对于传统的解释学来讲,解释(interpretatio)作为达到理解(intelligere)目标的手段自明地起作用。如果人们没有理解一部文本的某个特殊段落,那么他们就不得不求助于解释,因为解释的自然目的就是要能理解。"① 那么这就陷入解释的循环之中。对现代解释学而言:"与这一传统形成新的、鲜明的对照,海德格尔的生存论解释学坚决颠倒了这种目的论的次序。现在首要的事情是理解,而解释只不过是发展或扩大这种理解。"②

概言之,传统阐释学认为先有阐释,后有理解,而海德格尔认为先有理解和领会,然后再有解释,海德格尔分析了解释与领会之间的关系:"我们把领会使自己成形的活动称为解释。"③ 从这个意义上讲,任何解释都必须有一个前置性的逻辑构架,或者说:"一切解释都奠基于领会。由解释分成环节的东西本身以及在一般领会中作为可分成环节的东西先行标画出来的东西,即是意义。"④ 那么,如何才是领会?海德格尔认为领会是一种意义的先行掌握:"在领会着的解释加以分环勾连的东西中必然包含有这样一种东西——意义的概念就包括着这种东西的形式构架。先行具有、先行视见及先行掌握构成了筹划的何所向。意义就是这个筹划的何所向,从筹划的何所向方面出发,某某东西作为某某东西得到领会。"⑤ 这是一种先结构、先行掌握。海德格尔的弟子伽达默尔用成见、前见、先见来描述这种先行掌握:"因此诠释学反思必须提出一种关于前见的学说,这种学说既正确对待了在所有理解里以之为前提的前理解的创造性的意义,但又并不危及对所有威胁认识的前见进行批判的意义。"⑥ 那么,作为形式结构的先行掌握、前见源自何处?在张隆溪看来:"伽达默尔所强调的先结构,具体说来就是思想文化的传统,因为我们生活在一定的传统中,我们的思想和预见都不可避免受思想文化传统和生活环境的

---

① [加]让·格朗丹:《哲学解释学导论》,何卫平译,商务印书馆2009年版,第156页。
② 同上。
③ [德]海德格尔:《存在与时间》,陈嘉映、王庆杰译,生活·读书·新知三联书店2006年版,第173页。
④ 同上书,第180页。
⑤ 同上书,第177页。
⑥ [德]伽达默尔:《真理与方法》第二卷,洪汉鼎译,商务印书馆2016年版,第548页。

影响及限定。"① 这种先结构，海德格尔将之描述为一种在场的自在性显现、解蔽或澄明，且看海德格尔如下一段对话：

> 日：那么何谓更希腊地思希腊思想呢？海：这最好就显现（Erscheinen）的本质来加以解说。如果在场本身被思为显现，那么在在场中运作的就是那种进入无蔽意义上的光亮之中的出现（Hervorkommen）。无蔽是在作为某种澄明（Lichten）的解蔽中发生的。而这种澄明本身作为大道发生（Ereignis）在任何方面都是未曾被思的。从事对这一未曾被思的东西的思，意味着：更原始地追踪希腊思想，在其本质渊源中洞察希腊思想。这种洞察就其方式而言是希腊的，但就其洞察到的东西而言就不再是希腊的了，决不是希腊的了。②

最后一句话，说这种洞察方式是希腊的，但是洞察到的东西就不再是希腊的了。那么，这洞察到的东西是什么呢？这就是意义作为在场之本质的显现。施莱尔马赫说比作者更好地理解作者，其主要的目的是重构，而海德格尔却认为所洞察到的东西已经不再是原有的，他的主要目的是意义自身的显现，一种本真的道说。解释并不是一种方法，而是作为自身之存在："最后我强调，被用作'现象学'的形容词的'解释学'，并不像人们通常认为的那样，意指有关解释的方法论，而是指解释本身。"③ 在传统的阐释学中，解释就是为了传递信息和避免误解，伽达默尔说："事实上，深深地渗透到一切理解的历史性中去必然会导致这个方向。一种具有重要意义的观点出现了，它主要是来自于 17、18 世纪较老的解释学研究。作者的想法，作者意指的东西，能否无条件地被认作理解一个文本的标准呢？如果我们给予解释的公理一种宽泛的同情的解释的话，它肯定包含某种令人信服的东西。"④ 之前的阐

---

① 张隆溪：《阐释学与跨文化研究》，生活·读书·新知三联书店 2014 年版，第 29 页。
② [德] 海德格尔：《从一次关于语言的对话而来》，孙周兴选编：《海德格尔选集》下册，第 1043 页。
③ 同上书，第 1032 页。
④ [德] 伽达默尔：《哲学解释学》，夏镇平、宋建平译，上海译文出版社 1994 年版，第 206 页。

释学是作为认识论，而海德格尔却从存在论与本体论角度来发展阐释学，因此现代阐释学从根本上颠覆了阐释学的认识论意义，海德格尔说："所有这一切表明，解释学并不就是解释，它先前意味着带来消息和音信。"①

解释如何解释本身？格朗丹认为："海德格尔的事实性解释学旨在成为一门在陈述背后起作用的一切事物的解释学，它是对人的此在的操心结构的解释，这种结构在一切判断之前和背后表达自身，而它在理解中有其最基本的表现。"② 在这个问题上，伽达默尔也和海德格尔一脉相承，他认为："解释学所教导我们的是识破教条主义的断言，即认为在继续着的、自然的'传统'和对它的反思运用之间存在着对立和分离。"③ 我们不再根据作者的意图和文本的意图去理解意义，阐释发生在谬误之中，所有的理解都可能导致假象。所以伽达默尔做出如此论断："如果按照文本的意义去理解作者的想法，即基督教原作者的'实际'理解视域，那么我们给《新约全书》的作者们带来了虚假的荣誉。他们的荣誉恰恰应在于他们宣布了那些超越他们自己理解范围的东西——即便他们是约翰或保罗。"④ 在这里，释经的意义已经被解构掉了，海德格尔和伽达默尔通过对"先见""先行把握"的论述，将释经模式切换为阐释模式，通过历史与当下的对话，构建一个共在之域，并实现"视域融合"。

三 从阐释到过度阐释

海德格尔和伽达默尔所构建的现代阐释学，使得"自从施莱尔马赫以来，古希腊人一贯坚持的'思想'和'表达'之间的古老区别，在解释学中不再占有显要的位置"⑤。这种等级关系被消解了，通过对阐释者的强化，进入一个视域融合的话语共建模式。但是，后来这种主体成见、先行掌握在文学理

---

① ［德］海德格尔：《从一次关于语言的对话而来》，孙周兴选编：《海德格尔选集》下册，第1033页。
② ［加］让·格朗丹：《哲学解释学导论》，何卫平译，商务印书馆2009年版，第152页。
③ ［德］伽达默尔：《哲学解释学》，夏镇平、宋建平译，上海译文出版社1994年版，第29页。
④ 同上书，第207页。
⑤ 同上书，第208页。

论中逐渐发展为一种无限制的实践行为。例如,艾柯于1962年写过一本书,叫作《开放的作品》,他肯定诠释者在阅读文学文本过程中的积极作用,认为:"一个创造性的本文总是一个开放的作品。创造性本文中语言所起的独特性作用——这种语言比科学本文的语言更模糊、更不可译——正是出于这样一种需要:让结论四处漂泊,通过语言的模糊性和终极意义的不可触摸性去削弱作者的前在偏见。"①

但是后来艾柯发现这种开放性变得收不了场。他说:"我所研究的实际上是本文的权利与诠释者的权利之间的辩证关系。我有个印象是,在最近几十年文学研究的发展进程中,诠释者的权利被强调得有点过了火。"② 柯里尼也说:"索绪尔对'能指的任意性'的强调早已成为最近一些理论研究和探索的出发点,特别是雅克·德里达对写作中意义'不确定性'的令人目晕耳眩的研究更是以其娴熟而精湛的技巧将这些理论探索向前大大推进了一步。"③ 我们知道,索绪尔将能指与所指之间关系描述为差异性结构,即整个语言系统之内的各个要素并不孤立存在,而是彼此互相关联。后来,德里达用异延和播撒来描述意义的分裂性和不确定性,在赛义德看来:"播撒主张文字的永恒崩裂,主张文本的基本的不确定性,这种文本的真正力量不是居住在它们的多义性中(这最终会在几个主题栏下被解释性地聚集起来,让—皮埃尔·理查德对马拉美的解释方式就是在大量可变性标题下将其著作全部聚集起来),而是处在它们无限生产和繁殖的可能性中。"④ 于是,阐释学慢慢走向过度阐释的领域。例如皮尔斯(Pierce)曾提出符号"无限衍义"(unlimited semiosis),但无限衍义并不意味着诠释没有标准。艾柯认为:"说诠释('衍义'的基本特征)潜在地是无限的并不意味着诠释没有一个客观的对象,并不意

---

① [意]艾柯:《应答》,艾柯等著:《诠释与过度诠释》,生活·读书·新知三联书店1997年版,第172页。
② [意]艾柯:《诠释与历史》,艾柯等著:《诠释与过度诠释》,第27—28页。
③ [英]斯蒂芬·柯里尼:《诠释:有限与无限》,艾柯等著:《诠释与过度诠释》,第8—9页。
④ [美]赛义德:《文化和体制之间的批评》,《赛义德自选集》,谢少波、韩刚等译,中国社会科学出版社1999年版,第113—114页。

味着它可以像流水一样毫无约束地任意'蔓延'。"① 如果说,海德格尔和伽达默尔将意义从作者和文本中解放出来,那么,艾柯和柯里尼则意识到,解放之后怎么办?现代阐释学是不是意味着一切阐释都是可能的、合理的、有说服力的?

艾柯意识到了这其中潜在的危险,他认为阐释必然有一个规则和限度,他说:"我真正想说的是:一定存在着某种对诠释进行限定的标准。"② 但是这个标准是什么?艾柯自己也没有想好:

> 我们用什么标准才能断定对本文的某个特定诠释是"过度诠释"呢?有人可能会回答说,为了确定一个诠释为"不好"的诠释,我们首先必须找到断定一个诠释是"好"的诠释的标准。我的看法正好与此相反。我们可以借用波普尔(Popper)的"证伪"原则来说明这一点:如果没有什么规则可以帮助我们断定什么诠释是"好"的诠释,至少有某个规则可以帮助我们断定什么诠释是"不好的"诠释。③

他认为要判断一个诠释是好的非常困难,而要判断不好,却一定有规则底线。他所说的这个底线就是"作品意图",柯里尼对此解释道:"艾柯用极富灵思的'作品意图'这一概念旨在揭示出:文学本文的目的就在于产生出它的'标准读者'——那种按照本文的要求、以本文应该被阅读的方式去阅读本文的读者,尽管并不排除对本文进行多种解读的可能性。"④ 所谓标准读者,是说能够以作品应该被阅读的方式进行阅读的读者,也就是说,读者对文本的理解不是无限的,而是有一个基本的框架范围,"应该"就是一种推测许可。艾柯自己则说道:"'本文的意图'并不能从本文的表面直接看出来。或者说,即使能从表面直接看出来,它也像爱伦·坡小说中《失窃的信》那样暗藏着许多杀机。因此,本文的意图只是读者站在自己的位置上推测出来

---

① [意]艾柯:《诠释与历史》,艾柯等著:《诠释与过度诠释》,第28页。
② [意]艾柯:《诠释与历史》,艾柯等著:《诠释与过度诠释》,第48页。
③ [意]艾柯:《过度诠释本文》,艾柯等著:《诠释与过度诠释》,第61—62页。
④ [英]斯蒂芬·柯里尼:《诠释:有限与无限》,艾柯等著:《诠释与过度诠释》,第12页。

的。读者的积极作用主要就在于对本文的意图进行推测。"① 艾柯自己用意图"推测"来表明阐释应当具有一个基本的前进方向，而不是为所欲为。

相反，卡勒却反对艾柯设定这样一种阐释的规则界限："我认为艾柯被他对界限的过分关注误入了歧途。他想说本文确实给予读者大量自由的阅读空间，但这种只有是有一定限度的。相反地，解构主义虽然认为意义是在语境中——本文之中或本文之间的一种关系功能——生成的，但却认为语境本身是无限的：永远存在着引进新的语境的可能性，因此我们唯一不能做的事就是设立界限。"② 卡勒在《论解构》一书中对解构主义思想进行了全面的阐述，他的基本观点是反对艾柯对界限的设立，文本是无限开放的，各种语境可能性都存在。艾柯对卡勒的辩驳如此应答："我同意卡勒的观点，即使是过度诠释也是大有裨益；我也同意'诠释学质疑'这种观念。……然而，我认定，为诠释设立某种界限是有可能的：超过这一界限的诠释可以被认为是不好的诠释或勉强的诠释。"③ 他们讨论的角度在于阐释是否有边界的问题，任何一种阐释，尽管在理论上都有可能性，但是在事实上，往往隐含一个价值判断的潜在标准。例如，贾宝玉在《红楼梦》中被称为"怡红公子"，但在霍克斯的英译本《红楼梦》中，由于中西方文化语境中对"红色"意象的意义阐释并不相同，因此他将"怡红公子"翻译成了"怡绿公子"（green boy），这样，东西方跨文明阐释中意义就发生了变异。显然，中国读者对霍克斯对怡红公子的译介变异是不认同的，但是西方人却理解得比较顺畅。这个边界其实就是作者与读者"视域融合"的临界点，那么，如何在红与绿之间建立一种文化桥梁和话语边界呢？伽达默尔说："无论如何，我认为经过解释学启蒙的意识建立了一种置自己于自身反思之中的更高真理。它的真理亦即翻译的真理。说它是更高的真理是因为，它允许相异的视域变成自己的视域，而且并不是通过批判地破坏相异的视域或非批判地重建这种视域，而是

---

① ［意］艾柯：《过度诠释本文》，艾柯等著：《诠释与过度诠释》，第77页。
② ［美］乔纳森·卡勒：《为"过度诠释"一辩》，艾柯等著：《诠释与过度诠释》，第148页。
③ ［意］艾柯：《应答》，艾柯等著：《诠释与过度诠释》，第176页。

用自己的概念在自己的视域之中解释这种相异的视域,从而给予它新的有效性来完成这种任务。"① 所以,这个边界是一个由差异构成的敞开的符号集结体。

艾柯对阐释边界的关注,在于他对阐释的有效性和合法性的强调。那么这个边界应当如何生成呢?美国新实用主义哲学家罗蒂指出:"对一个本文的阅读首先是参照其他本文、其他人、其他的观念、其他的信息,或你所具有的其他任何东西而进行的,然后你才会去看一看究竟发生了什么事情。"② 罗蒂认为阐释当然不可能是绝对主观的,它的有效性首先取决于文本、作者及其他阐释者的基本理解。艾柯也是从这个角度来提出文本意图理论的,正如张隆溪教授所分析:"艾柯提出'文本的意图'这个概念,其实也是强调文本即事物本身必须成为理解和阐释的基本前提,我们的阐释必须依据事物本身来推演。阐释是多元的,但阐释的多元不应该走极端,承认读者的作用不必完全排除作者和文本,而真正有说服力的正解和胜解,一定是考虑到各种因素,可以把文本意义的总体解释得最完满圆通、最合情合理的解释。"③

四 从过度阐释到有效阐释

艾柯提出了阐释的规则底线问题,但是他提出的作品意图仍然不是一个具体的回答。关于这个问题,赫斯在《解释的有效性》和《解释的目的》等书中进行了研究,他反对伽达默尔关于理解的历史性和相对性观点,认为这种"前见"会将意义拉进相对主义的深渊,一旦打开潘多拉的魔盒,文学作品的理解和阐释将缺乏一个可靠性的标准体系,这一点和艾柯异曲同工。但在具体策略方面,他对狄尔泰和艾柯提出的"作品意图"进行了综合。一方面,他与狄尔泰相同,认为阐释应当是作者本意的阐释。同时,他又意识到,一旦抛除海德格尔的先行掌握或伽达默尔的成见,那么又会陷入狄尔泰所纠

---

① [德] 伽达默尔:《哲学解释学》,夏镇平、宋建平译,上海译文出版社1994年版,第94页。
② [美] 理查德·罗蒂:《实用主义之进程》,艾柯等著:《诠释与过度诠释》,第129页。
③ 张隆溪:《阐释学与跨文化研究》,生活·读书·新知三联书店2014年版,第74页。

结的阐释的循环之中。这个问题，艾柯也有所察觉，他说："本文就不只是一个用以判断诠释合法性的工具，而是诠释在论证自己合法性的过程中逐渐建立起来的一个客体。这是一个循环的过程：被证明的东西已经成为证明的前提。我这样来界定那个古老然而却仍然有用的'诠释学循环'一点儿也不感到勉强。"①

伊塞尔和姚斯在现代阐释学的基础上发展了文本接受理论。接受理论的主要观点是提出"期待视野""召唤结构""空白域"等理论概念，这些表述主要目的是说明阐释的基本边界和有效性制约，说得直接点，阐释就是填空的过程，作者和文本提供了一个大致的轮廓、结构或视野方向，阐释者根据自身的理解，来将这些意义的可能性转化为现实性。总体上说，西方阐释学从解经学到通用阐释学，再到现代哲学阐释学，最后发展到接受理论和读者反映批评，应当说经历了一个不断发展、完善、否定与再否定的过程，其规律在于：解经学将意义中心置放于《圣经》的文本体系中，是文本中心论；施莱尔马赫和狄尔泰，将意义中心从《圣经》的特殊文本中解放出来，发展为一般阐释学；海德格尔和伽达默尔的重要意义，在于他们从历史建构和存在主义的角度出发，将意义中心拉向了读者与作者的二元建构和时空对话；后来的接受理论和读者反映批评，则将中心又倾向于读者，这个中心不断转移的过程，是对读者、文本与作者在意义生成与意义解读中的作用不断调整的过程。

那么，阐释学的以上发展过程，对比较文学而言，从方法论层面有什么启示意义呢？1.从积极影响而言，在某种程度上："接受理论的引入在一定程度上改变了法国学派影响研究封闭的客观化评价模式，实现了文本的开放性。它使得文本的解读因为接受国的主动参与而变得丰富起来，处于不同文化语境中的不同国家自然会对输入国的文本做出本土化的解读。另一方面，它打破了法国学派影响研究一味求同的思维空间，在对不同文化接受屏幕的考察中，影响研究的触角伸向了接受者一方对源文本的筛选和转变的事实中，

---

① [意]艾柯：《过度诠释本文》，艾柯等著：《诠释与过度诠释》，第78页。

反映出跨民族文学交往中诸多文化碰撞的特异面貌。"① 2. 从潜在危险而言，我们必须意识到，接受学的问题在于，潘多拉的魔盒打开后，导致阐释缺乏边界约束："如果说法国学派的影响研究因为片面强调影响源的中心地位，导致了跨民族文学交往中文化生态失衡的局面，那么接受美学视域下的影响研究恰恰因为强调接受者的绝对主观性，走向了文化生态失衡的另一端。"② 按照艾布拉姆斯在《镜与灯》中的划分，文学活动分为作家、作品、世界、读者，这几个要素相对独立又相互关联，构成一个完整的文学实践活动。但是，阐释学却对这个关联系统展开颠覆式批评。3. 对比较文学而言，还有一个重要的启示作用是思维方式的转变，这在译介学中体现得很明显，译介学不再寻求意义之同，而是将视野转向如何创造性转换。因此，我们可以说："从解经学到阐释学、从翻译理论到译介学，实际上就是一个从求同思维向求异思维的转变，这是一个新的动向和理论基点。"③ 阐释学对比较文学的意义至关重要，实际上，比较就是一种阐释，尤其是平行研究模式，就是在展开跨文化的意义阐释，这种阐释并不是"理解"，阐释学要克服这种一元论和中心论思想。张隆溪如此分析："所以阐释学教给我们的多元态度，固然不是坚持己见，自以为唯一正确，但也绝不是漫无规矩、毫无标准，而是一种有原则的克服和宽容的态度。在理解和阐释的过程中，我们应该尽量追求近于正确的解释，同时又采取开放的心态，随时准备听取他人的见解，以吸取更合理的成分来使自己的解释更圆满、更完善。"④

综上所述，本章从三个向度阐释了比较文学变异学的路径启示：从结构主义到解构主义，从翻译研究到译介研究，从解经学到阐释学，20 世纪西方文论的这三大转向，内在遵循着一个思想逻辑，这个逻辑就是对差异性的包容，或者说："解构主义与结构主义、阐释学与解经学，包括翻译理论和译介

---

① 李艳、曹顺庆：《从变异学的角度重新审视比较文学的影响研究》，《中国比较文学》2006 年第 4 期。
② 同上。
③ 曹顺庆、张雨：《比较文学变异学的学术背景与理论构想》，《外国文学研究》2008 年第 3 期。
④ 张隆溪：《阐释学与跨文化研究》，生活·读书·新知三联书店 2014 年版，第 74—75 页。

学的区别都在于对差异性的不同态度。"① 正是在差异性问题上，这三大理论转向进行了创新发展，而比较文学变异学正是在这样几个理论转向中获取思想资源和路径启示。曹顺庆教授高屋建瓴地道明了其中的内在关系："解经者却都相信他们是圣人的忠实信徒，他们的任何解释都是要阐明圣人之旨。西方的阐释学彻底打破了这种观念，认识到完全忠实的解释是不可能的，而且恰恰是不忠实的变异产生了新的意义。翻译和阐释活动是在古今、中外、主客体的对话中进行的，其间充溢着意义的变异、生产和创新，正是在此意义上我们提出了比较文学变异学理论。"②

---

① 曹顺庆、张雨：《比较文学变异学的学术背景与理论构想》，《外国文学研究》2008 年第 3 期。
② 同上。

第四章 比较文学变异学的理论特征

第一节 变异学的基本内涵及研究现状

从此时才开始介入变异学的正题，似乎显得有些晚，但正如前文所述，如果把比较文学变异学比作一棵树，那么第一章"学术背景"则是根系脉络，主要展开学术史梳理及现状述评；第二章"思想资源"则是生态环境，研究变异学产生的阳光、雨水、生态植被等外部催生要素；第三章"路径启示"则是其树干序列，主要研究变异学具体的学术生长点和创新路径。这样一层一层、一级一级，慢慢进入本章。本章主要研究变异学的理论内涵和主要特征，可以比作树叶及花果，主要解决变异学"是什么"的问题。愚公移山总比南辕北辙好，只要方向是对的，循序渐进，迟早会得其要领。那么，现在我们可以正式提出：究竟什么是比较文学变异学？它的基本理论特征及方法论体系是什么？

一 国际学界关于文学变异理论的阐释形态

变异（variation），本是生物学名词。按照生物学的解释，变异有两类：一类是可遗传的变异，还有一种是不可遗传的变异。不可遗传的变异是生物体的根本属性，与进化无关，可遗传的变异通过基因的突变与重组实现变异过程，关于此的重要文献是达尔文的《物种起源》，他在此书中有三章专门讲述"变异"问题，分别是第一章"家养状况下的变异"、第二章"自然状况下的变异"、第五章"变异的法则"。

将变异理论纳入比较文学学科，也不是空穴来风。曹顺庆教授指出："在比较文学上百年的实践中，变异现象其实早就存在，遗憾的是，西方比较文学学科理论一直没有把它总结出来，这无疑是比较文学学科理论史的一大缺憾。变异学也并非仅仅是中国学者的独家发现，而是渊源有自的。"[1] 纵观国际比较文学发展史，这个说法不无道理。在比较文学学科诞生之时，学者们就发现：文学的跨国家、跨民族之路，实则文化意义在新语境中的发展变异之路。例如世界上以"比较文学"命名的第一本专著——波斯奈特的《比较文学》，就用历史科学和斯宾塞的社会进化论来研究比较文学，尽管他援用了进化论的科学方法，但是他并没有否认文学发展衍化过程中的变异现象。例如，在该书导论中，他以抒情诗为例进行分析："抒情诗——用一个虽然模糊但必须的概括——将会给比较文学学者提供关于它对社会与个体进化的依赖性的许多证明。"[2] 当然，这是抒情诗的外在依赖性及其通约性，另一方面，他又指出抒情诗的各种"变体"："假如我们要考察法国或者西班牙、意大利或者俄罗斯的诗歌——更不用说东方的各种文学，我们就会发现：在'抒情诗'这一总概念里，存在着被总结的形式和精神的许多其他互相冲突着的变体。"[3] 在波斯奈特看来，抒情诗是各民族各国家都存在的一种共同性的文学体裁范式，但是由于不同的文化基因和文明异质性，并呈现为不同的"变体"形态，尽管各国文学在这个体裁上并没有绝对的共同性，但在共同体裁之下的文学变异性也是一种可比性。

法国学派代表者之一伽列，虽然也是影响研究的拥护者，但他强调影响

---

[1] 曹顺庆:《比较文学概论》，高等教育出版社2015年版，第161—162页。
[2] ［爱尔兰］波斯奈特:《比较文学》，姚建彬译，中国社会科学出版社2015年版，第37页。
[3] 同上。

研究并不是仅仅考量新文本对源文本继承、模仿了多少元素，他也认为："比较文学主要不是评定作品的原有价值，而是侧重于每个民族、每个作家所借鉴的那种种发展演变。"① 所以从这里可以看出，我们往往把影响研究理解为绝对的"求同"并不准确，法国学派并不是不研究差异，反而他们特别注重文学在跨国性交流中的发展演变状态。那为什么他们没有将此发展为变异学理论呢？那是因为，他们所研究的这些演变，都有一个参照物，那就是共同的文化圈和中心源，正如梵·第根所描述，这是一个清晰的"经过路线"，它的清晰，源于对意义放送者的确立。所有的差异元素，都必须服从于这个同源性元素的基本地位。或者可以通俗地说，这种方式就是求同存异，将差异性搁置一旁，知异而不论异。同源性特征就围绕核心支点构成一个话语场，所有的差异，都是对源文本的一种补充、阐释，万变不离其宗，他们并没有研究这个新文本本身所具有的创造性价值，例如，1895年戴克斯特的博士论文《卢梭与文学世界主义的起源》，我们仅从题目就可以看出明显的同源性特征。

同样，美国学派也意识到比较文学中的变异现象。20世纪，随着语言学转向，以及现代阐释学和接受理论的兴起，美国学派认为不仅影响研究中有变异现象，平行研究中也存在变异现象。变异，并不是源文本单向放送而直接导致，而是一个双向互动、双向变异的过程。在严绍璗教授看来，这不是一个影响过程，而是一个文学发生学的实践过程："一切所谓的'影响研究'，如果脱离了'文学发生学'的基本的理论的指导，则便会失缺了研究的终极目标，其研究'结果'的价值将是极为微弱的。"② 正因如此，美国学派从文学发生学的整体视域观照文学作品，这样，就从正面肯定了接受方对源文本的改造变异价值。韦勒克说："艺术作品不只是渊源和影响的总和，它是一个整体。在这个整体中，从别处衍生出来的原材料不再是毫无生气的东西，而

---

① [法] 伽列：《比较文学》(初版)"序言"，北京师范大学比较文学研究组编：《比较文学研究资料》，北京师范大学出版社1986年版，第43页。
② 严绍璗：《比较文学与文化"变异体"研究》，复旦大学出版社2011年版，第69页。

是与新的结构溶为一体了。"① 也就是说，变异是一个动态的发展过程。雷马克说得更加直接："在许多影响研究中，对渊源的探索注意得过多，而对下列问题则重视不够：保留了什么、扬弃了什么，材料为什么和怎样被吸收并融化，其成效如何？这样，影响研究就不仅会增长我们的文学史知识，而且还有助于我们对创作过程和文艺作品本身的理解。"② 这段表述中所出现的"扬弃、融化、成效"等词语非常明显地表明他们意识到了并且肯定这种变异的价值，主动批判影响研究所确立的先验性中心意识，回归文本本身。

俄苏学派也是一样，康拉德认为，比较文学研究各国文学之间的关系，这种关系并不是简单的谁影响谁的问题，通过比较，可能会发现更为宏阔的理论问题，他以"变文"为例来阐释："'变文'的发现使我们能够提出更宽阔的问题：关于在世界的两端——西欧和中国——产生类型学上相近的、即使是不是完全同类的现象：即西方文学中称之为'传说'、'传记'的文学体裁。……但是发现'变文'对本题说来主要是能说明中印两国伟大民族有文学联系的事实。"③ 变文，就是一种文学的变异体，这不能归于源文本，也不是接受方原有的形态，而是相互作用的结果，变文不仅仅是印度文学对中国文学影响的结果，同样也是中国文学对印度文学进行完善、重构、反作用的结果。

可见，从比较文学现象层面来看，无论是变体还是变文，国际比较文学都表述了很多在影响研究和平行研究、历史研究中呈现的变异问题。如果从比较文学学科理论发展维度来看，体现最明显的就是形象学中的变异和译介中的变异。正如曹顺庆教授所说："变异学的设想首先源于对比较文学形象学、译介学研究中涉及的变异问题的思考。从法国学派时期就已经萌生的比较文学形象学研究并不采用实证性的研究方法，它实际上就是一种变异学研究，但长期以来却归属于法国学派的实证性文学关系学研究。"④ 那么，形象

---

① ［美］韦勒克：《比较文学的危机》，干永昌：《比较文学研究译文集》，第125页。
② ［美］雷马克：《比较文学的定义和功能》，干永昌：《比较文学研究译文集》，第209页。
③ ［苏联］康拉德：《现代比较文艺学问题》，干永昌：《比较文学研究译文集》，第278页。
④ 曹顺庆、张雨：《比较文学变异学的学术背景与理论构想》，《外国文学研究》2008年第3期。

学及译介学中的变异与比较文学变异学有什么逻辑关系呢？

按照"马工程"教材《比较文学概论》的表述："形象学研究一个民族对另一个（些）民族的想象性诠释，研究的目标不在于发现彼此之间的相互影响，而在于认知一个民族对另一个（些）民族的神话、传说、幻想等是如何在个人或群体的意识中形成和运转的原因和机制。"① 这个表述中至为关键的一点是，形象学并不属于实证性影响研究，一种想象性的结构图示怎么能用材料去实证呢？但是我们也不能将之绝对化，莫哈认为："不难看出（因而常常有人指出）文学作品中展示的外国形象根本就是虚构的。事实上这样的文学形象常常是一面镜子，是某个对异域它乡充满幻想的人凭自己的意愿虚构出来的乌托邦。"② 异域形象虽然是想象，但是也不是绝对地无中生有，它是一面镜子，是对现实的反映，只是说，这种反映不是从一个材料事实推演到另一个材料事实，它不能进行科学的证实，从这个角度来说，形象学就不是影响研究，丹麦学者拉森认为："形象的属性是一个持续变化之过程的结果，该过程掩盖了预先假定的那些差异，没有那些差异，就不会有任何形象，而且即便只是暂时的，它也会将那些差异转变成具有某种属性的一个形象——从某种距离之外加以观察。"③ 在他看来，形象已经不再是一面镜子了，其中包含着各种差异，这些差异会以某种形式让源文本的事实依据发生演变，这就是形象学中的变异问题。

关于译介中的变异问题，除了韦斯坦因在《比较文学与文学理论》中的论述之外，日尔蒙斯基也对译介中的创造性叛逆问题做了论述："在创造性的翻译中，它们被按照本民族的风俗习惯和社会生活的特点以及它的文学传统和审美力进行改作。"④ 布吕奈尔在《什么是比较文学》中说："翻译作品，

---

① 曹顺庆：《比较文学概论》，高等教育出版社2015年版，第143页。
② ［法］让-马克·莫哈：《文化上的对话还是误解》，乐黛云、张辉：《文化传递与文学形象》，北京大学出版社1999年版，第244页。
③ ［丹麦］斯文德·埃里克·拉森：《文化对话：形象间的相互影响》，乐黛云、张辉：《文化传递与文学形象》，北京大学出版社1999年版，第209页。
④ ［苏联］日尔蒙斯基：《中世纪文学史比较文学研究的对象》，干永昌：《比较文学研究译文集》，第332页。

无论是幼稚的还是熟练的，丑的还是美的，好的还是坏的，都属于文学，文学对它们都接受，并且把它们都归入文学遗产中。"所以他说"一个新的标准：有意义的不忠实"①，这是一个很有趣的表达，一切翻译作品都是不忠实的，那么一切不忠实都是基于某种标准和某种价值立场，所以，单就翻译结果的事实判断而非价值判断而言，一切翻译都有其意义，所以，这是一种有意义的不忠实，当然，这里的意义，并不仅仅限于源文本所试图表达的意义。美国哈佛大学比较文学教授丹穆若什在研究"世界文学"的过程中，也指出了这种民族文学间的变异现象。他认为世界文学是各民族文学间的椭圆形折射，民族文学向世界文学的流通过程中，由于翻译的中间作用，一部作品会发生变形，那么，一部作品在异质文化中表现出的差异化形态，正是一种很有价值的变异现象，这个现象不是点对点的映照模式，而是一个折射模式，它在中间体环节发生了变异，而这正是比较文学变异学强调的重要内容。另外，亚历山大·迪马在《比较文学引论》中将比较文学研究大致分为两类，一类是追求关系性、相似性的研究，另一类是关注独特性和差异性的研究，这两种形式都是团结各民族的研究方式，具体表述如下：

> 虽然是共同的背景，但是文学间的差异却是必然的现象，世界文学的整体图仍然体现了一条古老的原则：多样化的统一。比较文学的一些研究，如对有直接联系的文学关系及类型学的相似的研究，有助于阐明使不同民族文学联结在一起的共同的东西；另一些研究，如对各国民族文化独特性的研究，可以揭示不同民族文学之间的差异，而这些差异同样也是团结各民族的因素。②

可见，国际比较文学对变异问题历来重视，只是由于没有从学科理论上反思，导致在形象学、译介学的划分上出现了问题。并且，过分的求同，本身也就陷入了一个文化诗学的怪圈。首先，变异学并不是完全否定和推翻法

---

① [法] 布吕奈尔：《什么是比较文学》，葛雷、张连奎译，北京大学出版社1989年版，第219页。
② [罗] 亚历山大·迪马：《比较文学引论》，谢天振译，上海译文出版社1991年版，第206页。

国学派和美国学派，只是研究的角度和侧重点不同，影响研究、平行研究中都有变异现象，只是他们研究角度侧重同源性、类同性，而变异学要从另一个角度重新研究其中的变异问题；其次，变异学也不是无中生有地另起炉灶、胡乱创新，概言之，变异学是一种研究视域的调整，是对比较文学研究实践的理论反思，是对客观经验的科学总结，是作为学科理论的方法论提出的。因此，曹顺庆教授指出："比较文学变异学的提出不仅重新规范了比较文学学科的研究对象和研究范围，更与当下中国学者提出的跨文明研究的思维不谋而合。因此可以说，比较文学变异学的提出是有着坚实的实践基础和理论基础的。"[①]

受解构主义、后殖民主义等思潮影响，当下国际比较文学不仅意识到比较文学中的变异现象，而且从理论研究上自觉将重心转向对差异性、他者、异域的跨文明关切，以及理论在跨文明传播中的他国化变异问题，主要有以下研究形态。1."理论旅行"与变异。担任过美国哥伦比亚大学比较文学教授的赛义德将理论旅行（Traveling Theory）描述为四个阶段：理论的起源；理论传播的距离；理论被接受或抵制的系列条件；理论于新情境的本土化。他并不像影响研究、平行研究一样探寻同源性或类同性，而是由"异中之同"转向"同中之异"，着重思考异质文论交流中的文化抵制、杂糅与本土化变异等问题。同样，新历史主义代表人物格林布拉特（Stephen Greenblatt）试图把殖民化、流亡等人类文明现象置于"分裂性的力量"中展开比较考察，消解话语中心的牵制作用，呼吁建立比较中的"运动研究"（Mobility Studies）。2."间距之间"与变异。文论变异不仅呈现为同化式的吸收、拿来，也可能是参照式的比对、互补。法国学者朱利安（François Jullien）近几年提出中西比较的间距（écart）问题，他认为间距并不是差异，差异是"一种更普遍的认同"（une identité plus général），而间距则通过构建外在他者及异度空间，以便双方在它们"之间"迂回与进入。这种间距观照中的变异理论引发国际学界激

[①] 曹顺庆、徐欢：《变异学：世界比较文学学科理论研究的突破》，《当代外语研究》2010 年第 7 期。

烈论争，如：朱利安认为钱锺书的比较研究是"寻同的比较主义"（comparatisme de la ressemblance），张隆溪却借此认为朱利安预设"绝对他者"的策略并不可取，继而在《中西文化研究十论》中与之进行了几个回合针锋相对的论辩。2012年北京师范大学举办"思想与方法"国际高端对话暨学术论坛，朱利安、成中英、曹顺庆等国内外著名学者围绕"间距与之间"问题展开了研讨，曹顺庆教授在会上宣读了《论间距与变异学》的会议论文。3."翻译转向"与变异。巴斯奈特认为比较文学在某种意义上已经死亡，要用翻译研究取代比较文学研究，韦斯坦因也认为在翻译中创造性叛逆几乎是不可避免的。翻译是主观上的求同，事实上的变异，因此"翻译文学不是外国文学"，译本是具有知识生产性的文化变异体，它能为比较文学研究提供可靠性的文本支撑。国内学者也对此积极呼应，如谢天振《论比较文学的翻译转向》、王宁《翻译研究的文化转向》、王向远《译文学与比较文学》等。4."流通折射"与变异。近年"世界文学"的命题老调重弹，哈佛大学比较文学讲席教授丹穆若什2003年在 *What is World Literature?* 中指出："世界文学是民族文学间的椭圆形折射。""世界文学一个最为突出的特征就是其可变性。"2010年希利斯·米勒在上海宣称："世界文学的时代来临了！"莫莱蒂（Franco Moretti）也指出："世界文学的确是个体系——但却是变体的体系"，所以他用"Distant Reading"取代新批评"Close Reading"。再如伯恩海默"多元文化时代的比较文学"，苏源熙"全球化时代的比较文学"，斯皮瓦克"星球化"（Planetarity）文学，迪莫克、史书美"全球文学"等。

以上可见，当今国际比较文学研究主流不再是预设某个中心源点，然后沿着某条痕迹线索去"寻同"，而是凸显民族文学在跨文明流通折射中的杂糅、弥散和变异形态，文化多元论已经逐渐取代一元独白论，非同一性已经逐渐取代同一性，国际比较文学呈现杂语共生、和而不同的局面。

二 中国比较文学界关于文学变异的阐释形态

比较中的变异是一个常识性的问题，不仅国际比较文学发现了变异现象，很多中国学者也曾对此产生浓厚的学术兴趣。在他们看来,比较文学并不是 X 加 Y 式的比附,不能局限在"求同存异"这种程式化的思维惯性之中,比较文学还有更有价值的问题,例如季羡林、严绍璗、王晓路、徐新建、吴兴明等学者,都对此进行了深入研究。

关于比较文学中的变异问题,突出体现在民间文学之中,因为口口相传的过程就是一个变异的过程,口头文学由于没有实证性的材料依据,因此变异就普遍存在。季羡林先生在《一个故事的演变》《印度寓言和童话的世界"旅行"》等论文中,考证了民间故事之间的流传变异现象。例如,他在《〈西游记〉里面的印度成分》一文中说:"《西游记》是写唐僧取经的,是与佛教有直接关系的。'近水楼台先得月',它吸收了一些印度故事,本来是很自然的,毫不足怪的,但吴承恩和他的先驱者,决不是一味抄袭,而是随时随地都有所发现,有所创新。"① 在季羡林先生看来,这种民间故事之间的流传变异,是比较文学的重要研究领域。正如他所说:"如果完全一样,那就用不着比较。如果完全不一样,则无从比较。只有介乎一样与不一样之间,比较方法才用得上。"② 那么,变异学的主要研究对象,正是在一样与不一样"之间"的这个纽带或中间体,或者如丹穆若什所说的椭圆形"折射"环节。

1995 年,王向远教授发表《新感觉派文学及其在中国的变异》,用新感觉派在中国的传播、变异作为学术案例来阐述文学变异思想。1999 年,谢天振教授的《译介学》用埃斯卡皮"创造性叛逆"肯定译介中的变异价值,他认为:"文学翻译还是文学创作的一种形式,也是文学作品的一种存在形式。文学翻译和翻译文学正是从这个意义上取得了它的相对独立的艺术价值。"③但是,翻译中的创作形式并不是绝对的主观创作,本质上是一种变体创作。在此基础上,王向远教授还提出"译文学",这在第一章的比较文学"中国话语"部分已经作了阐释,不再详细论述。王晓路教授在《中西诗学对话》中,

---

① 季羡林:《比较文学与民间文学》,北京大学出版社 1991 年版,第 134 页。
② 同上书,第 161 页。
③ 谢天振:《译介学》,上海外语教育出版社 1999 年版,第 209 页。

主要阐述了英语世界的中国古代文论研究,从这些研究中,他专门分析"迁徙的变异",这其实和赛义德提出的"理论旅行"有相似之处,都是在讲一个文本在异质文化语境中传播接受时所发生的意义变异现象。当然其他学者也对此有所表述,王宁教授曾提出"变体"研究:"一个国家或地区的作家对另一个国家或地区的社会文化思潮的接受,会不可避免地出现某种程度的'形变'现象,产生于这种形变的结晶(作品)也就是本文所称的'变体'(Version),因为它本身已融入了接受者——作家的主观因素。"① 还有,刘献彪、刘介民在2001年出版的《比较文学教程》之第八章第二节就名为"流传与变异、媒介与途径",其中说道:"中国各民族文学在传播交流过程中,最普遍的方法是改写、介绍或根据各自的需要对所接受的作品进行增删和改写。"②

从比较文学学科理论角度全面系统研究文学变异现象的是严绍璗教授。20世纪80年代,在研究中日文学过程中,严绍璗教授说:"我在思索中徘徊,在徘徊中思索,反复再三,终于借用生命科学范畴内的概念,把在'多元文化语境'中构成的'文学文本'称之为'变异体'(Variants)。"③ 变异体的提出,应当是对影响研究和平行研究的一种融汇和创新。1987年严绍璗教授在《中日古代文学关系史稿》中指出:"文学的'变异',指的是一种文学所具备的吸收外来文化,并使之溶解而形成新的文学形态的能力。"至2011年出版《比较文学与文化"变异体"研究》,严绍璗教授从事文学变异体研究已经30多年。他从文学发生学的角度认为:"确认'文学变异体'的本质或许是进入多种文学研究的比较理想的通道。'文学变异体'不是一个随意的概念,它是对文学文本经过一定的'文化语境'层面的解析获得的一种对'文学文本生成'的定性。"④ 应当说,这两个表述,解答了什么是文学中的变异以及变异体两个重要问题。

---

① 王宁:《比较文学:理论思考与文学阐释》,复旦大学出版社2011年版,第232页。
② 刘献彪、刘介民:《比较文学教程》,中国青年出版社2001年版,第162页。
③ 严绍璗:《比较文学与文化"变异体"研究》,复旦大学出版社2011年版,第12页。
④ 同上书,第15页。

为什么要研究这两个问题？在持续 30 多年的时间内，他对文学变异问题进行了系统考察。他最先从文学发生学的理论层面注意到文学的"变异"状态，他指出：

> 事实上当我自己在"变异体"概念的引领下致力于揭示"文本"内在的"多元文化元素"和探究"异质文化"进入"主体文化"的途径与轨迹的时候，自己相应的学术思考和操作途径可能进入了一个在文学和文化研究领域中不太被人注意的层面，即从把"整体形态"——已经被完成"创作"作为"客体阐述"的对象，转移到了追究这一"整体文本"生成的"过程"研究，探索在文本成型过程中内在"成分"的组成与"组成"运作的状态。①

这一理论思考的意义在于：在比较文学研究中，往往注重文本的整体形态及其作为对象的客观性，比如法国学派影响研究模式，往往预先设定文学文本的固定形态，然后比较不同国家文学之间的渊源影响和流传关系，在实证性考证过程中，基本贯穿一种科学化的客体阐述，包括平行研究也是如此。而事实上，严绍璗教授认为这个过程远非放送与接受这么简单：

> 文学文本内在多元元素的组成，不管创作者自己是否意会，事实上存在着任何创作者几乎无法逃遁的特定"时空"中的两层"文化语境"，内含至少三种文化元素。第一层面为"社会文化语境"，包括生存状态（含自然状态）、生活习俗、心理形态、伦理价值等组合而成的"共性氛围"；其第二层面为"认知文化语境"，指的是创作者在第一层面中的生存方式、生存取向、认知能力、认知途径与认知心理，以及由此而达到的认知程度，此谓"个性氛围"。它们共同组合成"文本"生成的"文化场"。在每一层"文化语境"中我们几乎都可能解析出三种有效的文化元素，此即"本民族历史传承中产生的文化元素""异民族文化透入中产

---

① 严绍璗：《比较文学与文化"变异体"研究》，复旦大学出版社 2011 年版，第 15 页。

生的文化元素"和"在特定时空中人类认知共性产生的文化元素",透过它们的共同组合,我们就可能在这样特定的多元文化语境中"还原"文学文本的愈益接近的"事实本相"。①

根据这段阐述,严绍璗教授认为文化语境分为共性与认知两个层面,每一层文化语境包含历史传承、异质渗透和认知共性,这些要素共同组合,形成了某种变异事实,而只有对这些要素进行全方位的分析,才能还原真相。那么,变异则发生在这个生成与解析的过程中,他指出:"文化现象清楚地表明,在世界大多数民族中,几乎都存在着本族群文化与'异文化相抗衡与相融合的文化语境'。当我们从这一文化语境的视角操作还原文学文本的时候,注意到了原来在这一层面的'文化语境'中,文学文本存在着显示其内在运动的重大的特征——此即文本发生的'变异'活动,并最终形成文学的'变异体'。"②

无论是影响研究还是平行研究,研究者主观的先行掌握是不可避免的,如果回归文本事实,就会发现变异体在文化交流和生产机制中体现的重要作用:"尊重文学运动的内在机制,确立'变异体文学'的概念,则是从理论上对被各种虚妄的论说搅乱了'文学身份'的大多数文本进行重新构建,并由此可以在这一层面上揭开文学的真正的原因。"③ 当然,在这个跨文化传播过程当中,真正起关键作用的就是变异体,变异体不是一个静态的对象,它处于动态生成和发展之中,但是这个动态不是无限开放的,而是相对固定在一个中间传递走廊之中,这个走廊是临时性的,不是永恒存在,一旦源文本生成变异体后,这个传递走廊就消解在新文本之中了。严绍璗教授的表述是:"异质文化(含文学)以'嬗变'的形态,即异质文化整体部分或它的局部以一种'被分解'的形态介入本土文化之中,在本土文化生成新的'变异体'的过程中,形成一个'一方被溶解''一方欲接受'的过渡性'走廊',

---

① 严绍璗:《比较文学与文化"变异体"研究》,复旦大学出版社2011年版,第15—16页。
② 同上书,第52页。
③ 同上书,第55页。

并使异质文化中被分解的部分逐步成为本土文化样式的'成分',这就是文学变异体生成中的'中间媒体'及其意义。当原先的文本衍生成新的'变异体'形式时,这些作为'传递走廊'的'中间媒体'也就消融在新的文本中了。"①

从以上分析可以看出,中国比较文学对文学变异理论问题早有认知且已经作了很翔实深入的研究。无论是季羡林先生关于中印民间文学之间的变异现象研究,还是谢天振的译介变异研究;无论是王向远的译文学研究,还是王晓路的迁移变异研究,都是比较文学变异学理论产生的重要基石,当然,最直接最重要的还是严绍璗教授的变异体理论。但是,变异体认为变异是一种"体",而并不是"学",也就是说,"体"聚焦的是变异的文本属性特征,严绍璗教授深入分析了变异体的文化语境、传递走廊以及变异文本,他最后归结为:"我以为比较文学的研究只有在对作为'研究基础'的各类'文本'的发生有了准确的把握之后,才有可能得出各种各样的见解、论说和理论,才能显示出这一学术的稳定的科学意义。"② 变异体的最大贡献在于明确了这个范畴,并建构一套术语群及文本体系支撑。但是他最终将变异体研究划归为文学发生学的学科理论体系,他指出:"比较文学发生学研究的任务之一,便是运用多元文化的视阈(语言学的、文献学的、考古学的、文化人类学的、民族学的,乃至自然科学的多元手段),研究与揭示并还原它们原来的形态,从而在'变异体'文本的'逆向解构'中追寻它们与'源文本'的诸种联系。"③ 所以,变异体属于发生学而不是变异学,从这个意义上讲,比较文学变异学的理论创新体现在以下方面。1. 将变异从一种现象和文体提升为一般理论。季羡林、王向远等学者主要还是聚焦于跨文明交流中的变异现象分析,而变异学则聚焦于变异的理论规律,将之视为一种话语体系进行建构、发展和运用。2. 将变异学作为比较文学的一个研究分支。严绍璗教授虽然提出变

---

① 严绍璗:《比较文学与文化"变异体"研究》,复旦大学出版社2011年版,第56页。
② 同上书,第69页。
③ 同上书,第56页。

异体概念，但是他强调变异体是文学发生学的一部分，将变异体研究作为文学发生学的一种具体形态，而比较文学变异学则是将之作为比较文学的学科分支，主要研究发生在跨文明文学比较过程中的意义变异问题，不仅要研究变异的现象和变异的体式，而且还要从这些现象和体式中总结变异的一般规律，并用这些规律来指导比较文学研究实践，例如推进"西方文论中国化"研究。所以，比较文学变异学站在国际和国内学者的研究成果上，从这两个层面作出了理论创新，继而推进当下的比较文学研究。

三 比较文学变异学的"水到渠成"

从以上两个方面的分析可以看出，影响研究、平行研究、历史研究等国际比较文学范式中都论及变异现象，只是并没有从学科理论上加以系统分析和整理。从季羡林先生开始，中国比较文学学者不仅敏锐地意识到这个问题，而且从文学理论上加以系统阐释。尤其是严绍璗教授，从文化语境、传递走廊、中间体一直到变异体以及比较文学发生学，构建了一个比较完整的术语群和理论体系，为比较文学变异学理论奠定了很好的理论基础和路径借鉴。那么比较文学变异学的基本内涵是什么？它与这些国内外的变异理论存在怎样的联系、创新？它的术语群及运思机制是什么？它的实践方式是什么？简言之，要回答比较文学变异学是什么、为什么、干什么、怎么用等一系列问题。

（一）探索酝酿

比较文学变异学是曹顺庆教授2005年提出的，这是学界不争的事实。笔者2004—2009年跟随曹顺庆教授学习（硕博连读），参与及见证了比较文学变异学的酝酿、提出、深化等过程。学术源于问题，问题源于现象。比较文学变异学的提出，根据笔者的梳理，应当基于这样几个学术困惑。一是译介学、形象学的归属问题。正如前面所分析，形象学是意识形态的乌托邦，不具有实证性的科学基础。译介学中的创造性叛逆，说明翻译是一种创作形式而不是照搬照抄。所以,将它们纳入影响研究是有问题的,那么如何解决这个学科理论问题?这正是比较文学变异学的研究领域。二是法美学派将可比性建立在"同"的基础上,相对淡化"异"的可比性,无论是影响研究的求"同源性",还是平行研究的求"类同性",都具有"同"的基本理论特征。之所以韦斯坦因拒绝将比较扩大到不同的文明圈,也是因为共同的文明圈才有可以通约的可比性因素。如果按照他们的解释,那么中国比较文学都是在自欺欺人、自娱自乐。因为中华文明与西方文明是异质性的,具有不可通约的结构性差异,这不仅仅是表象形态的差异,而是在意义生成方式和话语言说机制等根本质态上的差异。那么,东西方异质文明间真的不可比吗?异质性真的不能作为可比性吗?如何解决和对待比较中的差异性问题?这也是比较文学变异学研究的主要内容。三是 X 加 Y 式的比较问题,从季羡林先生开始,就一直批评这种"拉郎配"的比较方式,但是,如果不采用这种方式,应该寻找到一种怎样的研究方式呢?难道 X 加 X、Y 加 Y?显然更行不通,按照通常的理解,比较就是求同存异的过程,先选定大概具有相似性的两个比较对象,然后找出相同点和不同点,这就是比较,但是同一个文本 X,置放在不同的文明体系进行阐释算不算比较?庞德对中文诗歌的翻译能否和原作进行比较?诸如此类,仍然需要在学理上阐述清楚。四是话语创建方式。在比较文学学科理论话语方面,我们一度是跟着讲,没有文化自信,尽管 20 世纪 80 年代季羡林等一批德高望重的学者曾试图建立中国学派,但是中国学派的具体支撑却难以找寻,正如本书第一章所分析,提出一个学派很容易,但是这个学派的研究方式是什么,是否具有现实可行性,能否在国际上产生影响力等,仍然需要用事实来说话。五是译介学没有解决的问题。在异域文论跨文明传播中,为什么有的顺利与本土文学文论相融汇并生成理论新质?例如王国维用叔本华思想阐释中国文学并创造性升华"意境"的文论范畴。相反,为什么有的却难以互生互释甚至出现"奇谈怪论"?例如用精神分析法将"蜡炬成灰泪始干"之蜡炬阐释为"男性象征",甚至《金瓶梅》中的"武松杀嫂"还被美国学者解读为"武松爱嫂"。这表明,跨文明比较阐释必然产生意义变异，但并不是所有创造性叛逆都是合法性叛逆，并不是所有文本阐释都是合理性阐释。那么，用什么标准来规避乱翻、乱译、乱阐释、乱比较？如何确保意义的合法性变异和有效性阐释？如何阐明异质文论他国化变异中的规则制约及阐释限度？这也是比较文学变异学试图解决的问题。第六，尽管严绍璗教授提出文学变异体，这具有重要的理论贡献，但是他只研究了文学交流过程中的变异状态，他认为变异体主要是研究"异文化相抗衡与相融合的文化语境"。① 那么没有抗衡与融合的异质文化之间，能否进行比较？换言之，他强调的是一种流传中的变异，如日本"记纪神话"，就是中国神话流传到日本后生成的一种神话范式。然而，没有事实联系的文学现象之间、文学理论在阐发过程中发生的视域变异，他并没有进行深入拓展。而且，最终他用比较文学发生学来将变异体进行归纳，没有将变异这个问题从理论上加以深化。比如赛义德《东方学》里的"东方"就是一种话语想象，但是，东方形象却发生了变异，这并不是最本然的东方形象，在这个变异体中，我们找不到实实在在的源文本，它往往是通过一些只言片语或见闻逸事再加上一些乌托邦式的想象而形成的一种话语符号，再如一些形象学中的套话"洋鬼子""老毛子"等等用变异体理论也不好解释。美国学者余宝林认为："对于研究本世纪以前的中国文学学者来说，由传统学派的比较文学家所要求的'事实关系'（rapports de fait）却并不存在。人们也采纳过旨在寻求关系的种种方式，但大多只在某种方法论及语境的真空之中进行。一些人在不相关的作家与作品中兴奋地抓住某些在主题或实践方面明显的契合点，进行平行研究并满意地得出结论：只要其操作是'双向阐发'（mutually illuminating），那么这种操作就是富有成效的。"② 所以，在这样一种没有清晰的传递走廊的前提下，严绍璗教授所说的"变异体"就不好解释。曹顺庆教授认为："在没有实际影响关系的文学现象之间，文学变异学研究依然是存在的。"③ 因为没有

---

① 严绍璗：《比较文学与文化"变异体"研究》，复旦大学出版社 2011 年版，第 52 页。
② ［美］余宝林：《间离效果：比较文学与中国传统》，王晓路：《中西诗学对话》，巴蜀书社 2000 年版，第 256 页。
③ 曹顺庆：《比较文学学》，四川大学出版社 2005 年版，第 29 页。

事实联系的文本,无法展开逆向解构,它所指向的不是某个源文本,而是某种意识形态,如周宁教授所说:"跨文化形象学研究西方的中国形象,真正的问题是知识与权力的关系。"① 因此,对形象学而言,变异体的话语体系无法进行理论阐释,而比较文学变异学,就是针对这些理论问题而提出的。

(二) 明确定义

2005 年曹顺庆教授在《比较文学学》中提出"变异学"研究。他在绪论中指出:"我们现在要做的就是要走出比较文学的求同,而要从差异、变化、变异入手来重新考察和界定比较文学的文学变异学领域。"② 那么,如何从差异、变异入手来研究比较文学呢?上文已经分析,严绍璗教授所提出的"变异体",主要是指实证影响交流中发生的变异形态,这只是比较文学变异学中的一种,那么没有实证性联系的文学现象之间能否展开比较?当然可以,前面余宝林教授的引文就是一种理由。曹顺庆教授认为:"我们完全可以将这种研究并入比较文学的变异研究,它不再只注意文学现象之间的外部影响研究,而是将文学的审美价值引入比较研究,从非实证性的角度来进一步探讨文学现象之间的艺术和美学价值上新的变异所在。"③ 所以,这就将外部影响变异与内部美学价值变异两方面结合起来,构成了比较文学变异学的基本骨架。在 2005 年中国比较文学学会第八届年会上,曹顺庆教授正式以大会报告的形式提出比较文学变异学的主要理念。2005 年,他在《比较文学学》一书中给出定义:

> 比较文学的文学变异学将变异和文学性作为自己的学科支点,它通过研究不同国家之间文学现象交流的变异状态,以及研究没有事实关系的文学现象之间在同一个范畴上存在的文学表达上的变异,从而探究文

---

① 周宁:《跨文化形象学》,复旦大学出版社 2014 年版,第 1 页。
② 曹顺庆:《比较文学学》,四川大学出版社 2005 年版,第 29 页。
③ 同上。

学现象变异的内在规律性所在。①

2006年，在《比较文学教程》中又给出定义：

　　比较文学的文学变异学将变异和文学性作为自己的学科支点，通过研究不同国家之间的文学现象交流的变异状态，以及研究没有事实关系的文学现象之间在同一个范畴上存在的文学表达上的变异，从而探究文学现象变异的内在规律性。②

该书中，曹顺庆教授提出比较文学的全新学科理论范式，概括为一个基本特征和四个研究领域。一个基本特征即跨越性：跨国、跨学科、跨文明；四个研究领域即："实证性影响研究""变异研究""平行研究"和"总体文学研究"。在这四个研究领域中，"特别是'变异研究'的提出，拓展了比较文学学科理论体系，一举解决了比较文学研究中不少令人困惑的难题"③。

2006年曹顺庆教授在一篇论文中对变异学的内容再次做了微调：

　　比较文学变异学将比较文学的跨越性和文学性作为自己的研究支点，它通过研究不同国家之间的文学现象交流的变异状态，以及研究没有事实关系的文学现象之间在同一个范畴上存在的文学表达上的异质性和变异性，从而探究文学现象差异与变异的内在规律性所在。④

2006年在《中外文化与文论》第13辑中，曹顺庆教授还指出：

　　比较文学的文学变异学将变异性和文学性作为自己的学科支点，它通过研究不同国家之间的文学现象交流的变异状态，以及研究文学现象之间在同一个范畴上存在的文学表达上的变异，从而探究文学现象变异

---

① 曹顺庆：《比较文学学》，四川大学出版社2005年版，第30页。
② 曹顺庆：《比较文学教程》，高等教育出版社2006年版，第49页。
③ 曹顺庆、李斌：《近年中国比较文学研究概述》，《中州学刊》2013年第8期。
④ 曹顺庆、李卫涛：《比较文学学科中的文学变异学研究》，《复旦学报》2006年第1期。

2013 年，又出现新的表述：

变异学是对不同国家、不同文明的文学现象在影响交流中呈现出的变异状态与异质性的研究，以及对不同国家、不同文明的文学相互阐发中出现的变异状态的研究。主要从跨国、跨语际、跨文明文化和文学的他国化等几个层面进行，通过研究文学现象在影响交流时呈现的变异，探究比较文学变异的规律。②

2013 年，曹顺庆教授在单独署名的一篇文章中给出定义：

变异学是指对不同国家、不同文明的文学现象在影响交流中呈现出的变异状态的研究，以及不同国家、不同文明的文学相互阐发中出现的变异状态的研究。通过研究文学现象在影响交流以及相互阐发中呈现的变异，探究比较文学变异的规律。变异学研究的重点在求"异"的可比性，研究范围包括跨国变异研究、跨语际变异研究、跨文化变异研究、跨文明变异研究、文学的他国化研究等方面。③

2015 年在中国人民大学出版社《比较文学概论》（第二版）的定义是：

比较文学变异学是将跨越性和文学性作为研究支点，通过研究不同国家间文学交流的变异状态及研究没有事实关系的文学现象之间在同一个范畴上存在的文学表达的异质性和变异性，探究文学现象差异与变异的内在规律性的一门学科。④

---

① 曹顺庆：《比较文学学科理论的"跨越性"特征与"变异学"的提出》，《中外文化与文论》2006 年第 13 辑。
② 曹顺庆、沈燕燕：《打开东西方文化对话之门》，《东疆学刊》2013 年第 3 期。
③ 曹顺庆：《东西方不同文明文学比较的合法性与比较文学变异学研究》，《外国文学研究》2013 年第 5 期。
④ 曹顺庆：《比较文学概论》（第二版），中国人民大学出版社 2015 年版，第 148 页。

2015年在高等教育出版社《比较文学概论》中的定义是:

> 比较文学变异学(The Variation Studies of Comparative Literature)是指对不同国家、不同文明的文学现象在影响交流中呈现出的变异状态的研究,以及对不同国家、不同文明的文学相互阐发中呈现的变异状态的研究。通过研究文学现象在影响交流以及相互阐发中呈现的变异,探究比较文学变异的规律。变异学研究的重点在求"异"的可比性,研究范围包括跨国变异研究、跨语际变异研究、跨文化变异研究、跨文明变异研究、文学的他国化研究等方面。①

以上是一些主要的定义和表述,整体上大同小异,它们大致勾勒了比较文学变异学的基本内涵。这些定义之间,有以下几个方面值得注意。

第一,变异学是一种普适性的学科理论。严绍璗教授提出的"变异体"理论,其最终着落点是比较文学发生学,但是发生学很大程度上是一种理论研究模式,而不是实践方法论形态,影响研究、平行研究既是理论模式,又是实践形态。比较文学变异学,综合了严绍璗教授关于变异体和比较文学发生学的基本内涵,进一步拓展为一种普适性的学科理论,曹顺庆教授说:"比较文学变异学是一种普遍性的理论,而不仅仅是跨文明研究中的一种特殊方法,变异学使比较文学有一种宏大的视野,超越影响研究和平行研究,超越所谓西方视角和东方视角,去除文化沙龙主义和文化保守主义,成为全世界比较文学普适性学科理论。"②

第二,异质文学文论影响交流中的变异状态。这实际上就是对影响研究的包容式发展。前面说到的很多学者表述的变体、变文、变异体等等,都属于这种类型,其主要特征就是文本之间发生了实际的影响交流。变异研究与影响研究、平行研究并非水火不容,只是侧重点不同,从这些定义可以看出,变异学主要研究影响交流中的"变异状态",并非传统的"求同存异",曹顺

---

① 曹顺庆:《比较文学概论》,高等教育出版社2015年版,第161页。
② 同上书,第184页。

庆教授完整地阐述了这种内在联系："需要指出的是,变异学强调异质性的可比性,是有严格的限定的,这种限定,是在比较文学影响研究与平行研究求同的可比性基础之上的一次延伸与补充:在有同源性和类同性的文学现象之间找出异质性和变异性。"①

第三,异质文学文论相互阐发中的变异状态。这实际上是对平行研究的包容式发展。这是严绍璗教授变异体研究所没有涉及的内容。韦斯坦因将可比性局限在同一文明圈,就是因为有同一性才有可比性。那么,没有实际交流的异质文明文学相互阐发中出现的意义变异,是否具有可比性呢?按照比较文学变异学的解释,这种发生在平行阐发中的变异是可以比较的。虽然比较对象之间没有实际交流,但是由于人类历史发展的一般规律和文学内部发展的一般规律,导致在某一种题材或类型上,它们存在着一个共同的论域,值得注意的是,变异学并不是研究这种共同的相似性,而是研究发生在阐释中的变异状态,比如弗朗索瓦·于连对中国文学与文论中的"平淡""中庸""迂回"等话语言说方式的研究,显然这不是简单的猎奇心理,他所思考的是一种与西方文明不同的异质语境中所产生出来的话语言说方式,所以在跨文明阐释中,并不是聚焦于类同性,可以借助差异性来"借异识同",这仍然是一种变异学研究领域。

第四,探究比较文学变异学的发生规律。变异体现在哪些环节?为什么会发生这样的变异?变异的结果有什么作用?这些问题是比较文学变异学的根本落脚点。无论是影响交流中的变异,还是平行阐释中的变异,在各种变异现象的背后,都潜藏着一些规律性元素。比较文学变异学的最终目的不是停留在这变异现象的分析阐释方面,而是对这些变异现象进行系统的分析研究,然后找出变异的发生规律,通过对这些规律元素的科学把握,来进一步指导和完善比较文学研究实践,最终通过异质文明文学的延续不断地互补、融合、他国化,最终生成文学、理论或文化的新鲜质素,推进本土文学文论

---

① 曹顺庆:《东西方不同文明文学比较的合法性与比较文学变异学研究》,《外国文学研究》2013年第5期。

以及文化的创新发展。2006年曹顺庆教授在《比较文学教程》中指出:"比较文学是以世界性眼光和胸怀来从事不同国家、不同文明和不同学科之间的跨越式文学比较研究。它主要研究各种跨域中文学的同源性、变异性、类同性、异质性和互补性。"① 这其中说到的异质性与互补性,就是比较文学变异学的根本落脚点。

以上四个方面,是比较文学变异学的基本理论特征。由此可以看出,20世纪后期,国际比较文学在危机中逐渐迈向学科发展的第三次转型,与之前两次不同的是,中国比较文学研究群体集体介入了这次转型,比较文学变异学作为比较文学的"中国话语",正是建立在影响研究、平行研究等学科理论范式上的一次创新尝试:"历史表明,每一次学科危机的产生及范式的调整都出乎意料地促进了学科的发展。比较文学变异学的出现将使比较文学学科理论实现新的创新与突破。"② 那么变异学的主要理论创新在哪里呢?可以对上述四个方面的理论特征进行综合描述:

  相比较以往比较文学的各种学说,变异学的优势主要表现在:一方面注意到文学横向交流比较中出现的文学变异现象,而且译介学、文学过滤和文学误读、形象学以及主题学等这类无法用实证性研究方法概括的研究领域都可以在变异学中得到圆满的解释;另一方面,坚持凸显不同文明圈中的文学与文化的异质性,这不仅有助于破除各种"某种文明中心论",建立多样化的文化生态,而且以展现"异"而不是"同"为研究目标,更契合目前各学科发展的"后现代"趋势。③

以上就是比较文学变异学的话语渊源、主要理论特征以及主要创新之处。从中可以看出,比较文学变异学充分整合了国际比较文学发展的历史成就和中国比较文学界的前期成果,全面分析了当前国内外比较文学存在的主要问

---

① 曹顺庆:《比较文学教程》,高等教育出版社2006年版,第30页。
② 曹顺庆、庄佩娜:《国内比较文学变异学研究综述:现状与未来》,《中南民族大学学报》2015年第1期。
③ 曹顺庆、王蕾:《比较文学中国学派三十年》,《外国文学研究》2009年第1期。

题，辩证思考了影响研究、平行研究及其他研究方式的主要贡献及缺憾，继而提出异质性、变异性作为可比性、跨文明比较合法性等重要命题，促进学科理论进一步深入推进发展。

（三）深化拓展

在 2005 年比较文学变异学提出之后，在学术界引发强烈反响。北京师范大学时光博士指出，在 2005—2015 这十年间："据笔者的不完全统计，专著或论文集有 10 余部，硕博论文有 25 本左右，期刊论文大致有 120 篇。以上数据还尚未包括那些间或涉及变异学的论文及著作。除了丰富的数量外，这些成果亦拥有较高的学术质量，其内容基本上涵盖了变异学这一重大创新理论的多个维度：既有不断完善的理论构建，也有清晰深入的理论阐述，还有涉及众多领域的案例分析及具体实践。尤其需要指出，以上成果中有若干篇目是在英语世界发表或出版的，这彰显了变异学对于国内外学界的双重学术影响。"[1] 当然，关于变异学理论的主推手还是曹顺庆教授，2014 年他出版论文集《南橘北枳：曹顺庆教授讲比较文学变异学》，2015 年在高等教育出版社"马工程"《比较文学概论》中，将变异研究与影响研究、平行研究等范式并列呈现，在科研和教学领域全面推广，形成较大的社会影响力。当然，目前的深化拓展基本还是在曹顺庆教授的基础上进行局部研讨和探索运用，例如 2007 年吴琳《文学变异学视野下的语言变异研究》，2008 年曹顺庆、张雨《比较文学变异学的学术背景与理论构想》，2008 年曹顺庆《变异学：比较文学学科理论的重大突破》，2008 年王蕾《比较文学中国学派和文学变异学》，2009 年刘圣鹏《跨文明差异性观念与比较文学变异学建构》。2018 年曹顺庆教授发表论文《建构比较文学的中国话语》，指出："以变异学理论为标志，比较文学中国学派建构起了自己的学科话语体系，并在世界范围内得到了广泛的传播和赞誉。中国比较文学话语体系的建立，实际上是在国际比较文学

---

[1] 时光：《比较文学变异学十年（2005—2015）：回顾与反思》，《燕山大学学报》2018 年第 1 期。

研究中发出属于中国的声音，在对外交往中获取话语权。"① 当然，还有其他一些相关的学术论文，例如：《比较文学学科中的影响变异学研究》《比较文学变异学研究探析》《从变异学审视平行研究的理论缺陷》《变异学——世界比较文学学科理论研究的突破》《打开东西方文化对话之门——论"间距"与"变异学"》《从变异学的角度重新审视异国形象研究》《跨文明语境下的比较文学变异学研究》等，不再一一列举。

总体上看，从比较文学变异学提出以后，在深化拓展方面主要集中在这样几个层面。一是纳入比较文学教材推广。从《比较文学学》《比较文学教程》再到《比较文学概论》等等，通过各种教材的推广，已经在学术界形成较大影响力。二是中英文专著。主要体现在曹顺庆教授《南橘北枳》一书中，这本书包含了他关于比较文学变异学的相关著述，还有2014年出版的比较文学变异学英文专著。三是学术论文，当然这是最主要的部分，前面已经列出一部分，实际上近年来越来越多，《当代文坛》等刊物还组织专栏进行研究。四是会议研究，2017年，河南大学举办中国比较文学学会第十二届年会暨国际学术研讨会，会议分组第一组就是变异学研究，国内外学者提交了相关学术论文，会上进行热烈的研讨。2019年在中国澳门举行的国际比较文学学会第22届年会"比较文学变异学研究"圆桌会议，国内外数十位比较文学专家参与变异学研讨。在其他一些学术会议中，变异学也得到越来越多的关注。但是目前很多研究主要集中在对比较文学变异学的实践运用方面，也就说，用变异学理论来研究比较文学中的某些具体现象或问题，而且，在实践中，也发现不少问题，在庄佩娜和时光的两篇研究综述中，指出了一些变异学学科理论所存在的问题，复旦大学程培英的博士论文《比较文学若干理论问题的思考》，也指出了变异学存在的不足之处。他们提出的问题需要更加深入的理论阐释和完善推进，目前这是一个有待进一步开拓的学术空间。

---

① 曹顺庆：《建构比较文学的中国话语》，《当代文坛》2018年第6期。

（四）学界反响

在比较文学变异学正式提出的前 10 年，主要处于探索阶段，在 2015 年前后，尤其是 2014 年比较文学变异学的英文著作在国外出版后，墙内开花墙外香，引起美国哈佛大学比较文学教授丹穆若什等学者的重视，他还专门给曹顺庆教授寄来信件，表达对变异学理论的观点和建议。2016 年在第七届中美双边比较文学国际学术会议，2017 年"East – West Comparative Literature, World Literature, and the Digital Humanities"等国际高端学术会议上，变异学都作为学科理论前沿受到重点关注。《光明日报》刊发曹顺庆教授的文章《比较文学中国学派助推"中国话语"》，《中国社会科学报》作了《比较文学"中国学派"已"水到渠成"》的专访报道，国内其他媒体也对变异学进行了广泛深入的宣传。2019 年国际比较文学学会第 22 届年会在中国澳门召开，中国话语正逐步得到世界认同。具体来说，比较文学变异学在国际比较文学界的主要影响体现在以下几个方面。1. 英文著作。曹顺庆教授组织相关专家学者编著的英文著作 *The Variation Theory of Comparative Literature* 2014 年由国际知名出版社 Springer 在纽约、伦敦、海德堡同时出版，这是比较文学变异学在英语世界的首次亮相和集中呈现。比较文学是一门国际性学科，如果不能用国际性的语言进行传播，那么势必影响其实际成效，所以曹顺庆教授大胆走出去，首先从语言上与国际接轨，只有看得懂才可能看得清，只有看得清才可能交流对话。长期以来，我们的比较文学研究主要局限于汉语著作和论文方面，其影响也主要在中国境内。当然其中也不乏一些英文论文在英语世界发表，但是关于比较文学"中国话语""中国范式""中国方案"的英文著述却很少。比较文学变异学以英文著作形式出版，标志着中国比较文学话语开始在英语世界发出自己的声音，大胆走出了这艰难的一步。2. 国际反响。在比较文学变异学的英文著作出版以后，国际比较文学著名学者多明戈和苏源熙合著的 *Introducing Comparative Literature: New Trends and Applications* 予以专门介绍，美国普渡大学 A & HCI 刊物 Comparative Literature and Culture 刊发长篇书评引发国际学界热议，还有 Oxford Comparative Criticism and Translation Review（《牛津比较批评与翻译评论》）面向全球征集书评并重点推介，这些国际比较文学的专业学术著作和刊物都给予比较文学变异学足够的关注和推广，形成了较大的影响力[①]。3. 主要评价。国际比较文学学会前会长佛克马先生在该书序言中认为："变异学理论是对先前'法国学派'片面强调影响研究的回应，同时也是对美国学派受新批评影响只关注审美阐释而忽略非欧洲语言文学研究的回应。我们的中国同行正确地意识到了之前比较文学研究的缺憾，并完全有权予以修改和完善。""变异学理论相当乐观地认为，我们能够在不同文化体系中发现文本的文学性。这也是已被我们的阅读经验所证实的有效假设。因此，我们应当尝试理解并应用曹顺庆教授所提出的变异学理论（译自英文版《比较文学变异学》序言）"。佛克马先生这两段表述清晰地表明：中国学者有权修改和完善比较文学学科理论，这个权利既是中国学者努力争取的结果，也是国际比较文学界在多元化、全球化语境下对中国比较文学研究群体的时代认同。正是由于曹顺庆教授比较文学变异学理论为国际比较文学发展所作出的重要贡献，曹顺庆教授在中国比较文学学会会长的头衔外，又于 2018 年荣膺"欧洲科学与艺术院院士"的称号，他也成为 Comparative Literature and Culture 等多家 A & HCI 学术刊物的客座主编。4. 其他相关动态。比较文学变异学并不是奇思妙想，实际上，它与近年来国际比较文学发展有视野上的融合之处。国际学界近年主要围绕两个向度。一是宣告"危机与死亡"。巴斯奈特、斯皮瓦克等人有比较惊人的论断，在他们的倡导下，传统比较文学对意义本源和话语中心的可靠性坚守已经分崩离析，与其说是"死亡"，不如说是战略"转型"。二是推进"新生与重构"。近年来国际学界一面宣布比较文学之死，另一方面，也在探索其重生之路，其整体态势是：将以往对同一性的终极诉求，转向对差异性、他者、异域的跨文明关切。正是这种对异域与中国话语的关切，才使得比较文学变

[①] 相关国际影响参见曹顺庆《建构比较文学的中国话语》，《当代文坛》2018 年第 6 期。

异学被国际学界所认同。例如法国索邦大学（Sorbonne University）比较文学系主任伯纳德·弗朗科（Bernard Franco）教授在他2016年出版的专著《比较文学：历史、范畴与方法》（*La littérature comparée：Histoire, domaines, méthodes*）一书中，多次提及并赞赏曹顺庆教授提出的变异学理论，他认为比较文学变异学理论是中国学者对世界比较文学的重要贡献。欧洲科学院院士（副院长、人文部主席）、丹麦奥尔胡斯大学（Aarhus University）荣休教授斯文·埃里克·拉森（Svend Erik Larsen），在《世界文学》第70期第5卷中，发表了对曹顺庆教授《比较文学变异学》（英文版）的书评，其他还有很多国外学者对此有所关注，不再一一列举。

应当说，国际比较文学界总体上对变异学理论创新给予充分认同，当然也提出了不少意见。在这个认同背后，渗透着实实在在的发展艰辛。变异学经历了一个非常漫长的酝酿过程，从20世纪90年代以来，中国学术界相继经历了"以西释中阐发研究—提出失语症—异质性研究—重建中国文论话语—中国古代文论的现代转化—西方文论中国化—中国文论他国化（西方文论的中国元素）—比较文学变异学"等大致八个层面的探索努力和理论嬗变，才逐渐形成了变异学的基本构架。这个构架的主要目的是建构比较文学的中国话语，以解决当前的学术问题，让比较文学发展更加科学，如曹顺庆教授说："比较文学变异学的提出，就是要求比较文学研究在求证同源性的同时关注变异性，追求共通性的同时也关注异质性。只有建立在求同与辨异这两点基础之上，我们对文学交流诸因素的把握才能更加准确，我们的比较文学学科大厦才能立得更稳一些。"[①] 当然，比较文学变异学还存在一定不足，例如对象性还不够明确、"术语群"还不够丰富完善等等，相信这些领域会涌现更多充满创新性、逻辑性与实证性的实践开拓。

---

① 曹顺庆、张雨：《比较文学变异学的学术背景与理论构想》，《外国文学研究》2008年第3期。

第二节 跨越性、文学性作为基础性特征

第一节主要研究比较文学变异学的定义和生成过程。第二至第五节主要从四个方面阐释变异学的理论特征。比较文学的基本特征有很多种描述，比如法国学派总结的跨国家，美国学派总结的跨学科，等等，也有中国学者认为："归纳起来，比较文学主要有可比性（下一章重点讲）、开放性、宏观性、理论性等一般特点。"[1] 笔者认为，变异学的理论特征分为三个基本的表述系列：基础性特征、可比性特征、发展性特征。基础性特征是比较文学变异学作为比较文学的一个研究分支所具有的比较文学的一般理论特征；可比性特征主要分析变异学在研究对象、运思过程和方法策略方面的特殊理论特征；发展性特征主要是比较文学变异学的主要目的和最终落脚。

在这一小节主要论述基础性特征。比较文学，从语词上分为两个方面，即比较和文学，比较是方法论性质，而文学是对象性质，比较的基本特征是"跨越性"，文学的基本特征是"文学性"，这在第一章法美学派的述评中已有论述，两者相整合就是"跨越性、文学性"，这构成比较文学的基本理论特征，比较文学变异学属于比较文学，因此在基本理论特征方面两者是叠合的。

一 跨越性特征：跨国家、跨学科、跨文明

跨越，亦即跳出某种边界，没有跨越就没有比较。曹顺庆教授认为："比较文学的学科特征可以归结为一个最为基本的核心——跨越性。"[2] 关于比较文学跨越性的表述很多，每一个学派，每一种研究方式，都有对跨越性的不同理解。比较文学变异学的跨越性特征在于：它不仅传承了法美学

---

[1] 孟昭毅：《比较文学通论》，南开大学出版社2003年版，第20页。
[2] 曹顺庆：《跨越异质文化》，山东友谊出版社2007年版，第29页。

派提出的跨国家、跨学科等基本内涵，还创新提出跨文明的第三阶段跨越性特征。

(一) 跨国家：对法国学派跨越性特征的传承

尽管关于比较文学的定义各式各样，但是却有一个最基本的共同特征，那就是跨越性，这是比较文学作为"比较"的共性，有比较则有跨越，有跨越性才谈得上比较。曹顺庆教授认为："比较文学的基本特征究竟是什么呢？实际上，我们可以将比较文学的学科特征归结为一个最为基本的核心——跨越性。"[①] 比较文学变异学正是基于这样一个基础性特征，进一步说，比较文学变异学的基本研究领域也是因为跨越对象的不同而进行分类：

> 我们可以按照这个标准将比较文学研究领域重新确定为一个特征和四大研究领域。一个特征是：比较文学是一种具有跨越性的研究。四大研究范围是：第一，比较文学包含了一种对不同文学体系之间的实证性关系研究；第二，它同时又包含了一种对不同文学体系彼此之间变异的研究；第三，建立在文学类同性基础之上的平行研究；第四，比较文学应当拥有真正宽广的、具有世界性胸怀的学科理想，具体就体现在多元文明时代的总体文学的追求上面。[②]

跨越性，在这段表述中成了比较文学最基础的理论特征。而比较文学变异学亦是如此，变异学最初的分类，就是依据跨越对象的不同："变异学研究的重点在求'异'的可比性，研究范围包括跨国变异研究、跨语际变异研究、跨文化变异研究、跨文明变异研究、文学的他国化研究等方面。"[③] 这几个研究范围都是根据跨越对象不同而进行的分类。从这个意义上讲，跨越性是比

---

① 曹顺庆：《比较文学学科理论的"跨越性"特征与"变异学"的提出》，《中外文化与文论》第13辑。
② 同上。
③ 曹顺庆：《东西方不同文明文学比较的合法性与比较文学变异学研究》，《外国文学研究》2013年第5期。

较文学区别于别的学科的基本特征。或者说,欲论比较文学变异学的特征,须先论比较文学的特征,欲论比较文学的特征,则首论其跨越性特征,这也是比较文学的基本理论问题。但是对跨越什么?回答不尽相同。对法国学派的"跨越性"特征,当下的解释是:"法国学派的定义:比较文学是国际文学关系史,是跨国文学影响关系。"① 为什么法国学派将比较文学的跨越性解释为跨国家?这与比较文学变异学的跨越性有什么关联?

歌德1827年就提出"世界文学"的概念,这个概念试图打破国别文学的传统构架,从一个更宏大的思想视野来研究文学。波斯奈特在《比较文学》中就对跨越性进行图示化呈现:"氏族文学—城邦文学—民族文学—世界文学",这是一个边界逐渐扩大的发展变迁过程。巴登斯贝格认为比较文学最初是国别文学之间的较量,他如此分析:

> 起初大多数的情况是这样:爱国主义的敏感性把原来学说上、习惯上和趣味上的对立情况加深了。国别文学一被唤醒,意大利人、法兰西人、德国人和英国人,各自玩弄了一种归根结蒂为了鼓励本国文学创作的手段,今天,当这些作品开出丰硕果实的时候,他们又尖刻地将它们的价值进行比较,而这些价值又往往是无法估量的,他们这样做是为了证明什么?证明莎士比亚的成就高于或低于高乃依;证明现代的古典主义是否真正的古典主义;证明法兰西人绝不可能了解但丁。②

在他看来,之所以要跨国家,从根本上说是为了证明自我的价值或影响。其重心不在于接受国如何用,而在于他们从源文本传承了什么、学习了什么。韦勒克分析:"比较文学的兴起是对十九世纪学术界的狭隘民族主义的反动,是对法、德、意、英等国很多文学史家的孤立主义所表示的异议。"③ 当然,俄苏学派也毫不掩饰对文学"中心"的批判,日尔蒙斯基就说:"这种与苏联

---

① 曹顺庆:《比较文学概论》,高等教育出版社2015年版,第19页。
② [法] 巴登斯贝格:《比较文学:名称与实质》,干永昌:《比较文学研究译文集》,上海译文出版社1985年版,第35—36页。
③ [美] 韦勒克:《比较文学的危机》,干永昌:《比较文学研究译文集》,第127页。

历史科学的精神相适应的真正的'总体'文学必须克服传统的外国文学研究中的'欧洲中心论',使它成为真正全世界的,而不单是全欧洲的文学史。"①不管是出于国别文学的"争风吃醋",或者是对孤立主义的反动,在20世纪中后期,文学的"跨国家"已经势在必行,正如马克思、恩格斯的判断:"一切固定的僵化的关系以及与之相适应的素被尊崇的观念和见解都被消除了,一切新形成的关系等不到固定下来就陈旧了。一切等级的和固定的东西都烟消云散了,一切神圣的东西都被亵渎了。人们终于不得不用冷静的眼光来看他们的生活地位、他们的相互关系。""民族的片面性和局限性日益成为不可能,于是由许多种民族的和地方的文学形成了一种世界文学。"②

从上述关于文学的发展史来看,在这样一个充满变革的时代,比较文学"跨国家"是大势所趋,这是时代语境的潮流所致,也是一个学科发展必然的走向。比较文学变异学是对法国学派影响研究的包容性发展,在本章第一节关于比较文学变异学的定义中,有"不同国家、不同文明"这样的表述。从这个表述中可以看出,比较文学变异学所强调的"不同国家",主要是突出"跨国家"这一跨越性特征,这也是比较文学以及比较文学变异学所共有的、区别于其他文学研究的基础性特征。

(二) 跨学科:对美国学派跨越性特征的传承

美国学派也强调跨越性,只是跨越对象不同,他们不仅认为应当跨国家,还认为可以跨学科,这是美国学派的重大创新。雷马克认为:"比较文学研究超越一国范围的文学,并研究文学跟其他知识和信仰领域,诸如艺术(如绘画、雕塑、建筑、音乐),其他学科、宗教等之间的关系。简而言之,它把一国文学同另一国或几国文学进行比较,把文学和人类所表达的其他领域相比较。"③这段表述意图很明显,比较文学不仅仅是两个国家文学之间的"贸易

---

① [苏联] 日尔蒙斯基:《对文学进行历史比较研究的问题》,干永昌:《比较文学研究译文集》,第299页。
② 《马克思恩格斯选集》(第2卷),人民出版社1995年版,第35页。
③ [美] 雷马克:《比较文学的定义和功能》,干永昌:《比较文学研究译文集》,第208页。

往来",还可以跨学科横向比较,这是法国学派所没有提到过的。我们目前通用的比较文学教材指出:"美国学派的定义:比较文学是跨国与跨学科的文学研究。"① 可见,在跨国家的基础上,增加了跨学科。德国比较文学家吕迪格认为:"特别的任务和方法并没有使比较文学成为一种独立的科学。它仍然有赖于与传统文学研究密切合作,对传统的文学研究作些补充,或变更其思考方法;它通过交叉研究的成果抵制各'学科'的孤立化,而又并不因此而自命为'总体文学研究'或'超级学科'。"② 这表明,跨学科研究是避免学科的孤立,正如跨国家是为了避免国家文学的孤立一样。但是跨国家和跨学科,都不是为了建立一种无所不包的"世界文学"和"超级学科",不存在某一种绝对"同一性"的文学实体,跨越只是方法,而不是知识建构。

与跨学科相响应,针对法国学派以同求源的比较方式,美国学派进行了改进,试图用平行研究拯救比较文学,雷马克认为:"美国比较学派实质性的主张在于:使文学研究得以合理地存在的主要依据是文学作品,所有的研究都必须导致对那个作品的更好的理解。"③ 他并没有否定渊源学、流传学的研究模式,只是更聚焦于作品意义。如果说,法国学派以同求源是话语中心论的背景支撑,那么美国学派求同存异论则是对话语平行论的边际突围。美国学派对跨学科的强调,主要目的还是在于通过学科边界的跨越,来创新文学研究的路径。例如心理学与文学,美国学者艾德尔就指出:"心理学已表明,它在文学中可以找到有关创造性想象活动的大量丰富例证,这种想象生动地说明了思维心理和无意识的活动。而文学则还处于吸收和学习使用心理学工具,特别是运用精神分析概念的阶段。"④ 弗洛伊德和荣格的心理学理论,就能够很好地阐释文学中的某些现象。玛丽·盖塞也认为:"严肃的艺术家和批

---

① 曹顺庆:《比较文学概论》,高等教育出版社2015年版,第26页。
② [德]吕迪格:《比较文学的内容、研究方法和目的》,张隆溪:《比较文学译文集》,北京大学出版社1982年版,第21页。
③ [美]雷马克:《比较文学的法国学派和美国学派》,北京师范大学中文系:《比较文学研究资料》,北京师范大学出版社1986年版,第70页。
④ [美]里恩·艾德尔:《文学与心理学》,韩敏中译,张隆溪:《比较文学译文集》,北京大学出版社1982年版,第85页。

评家都随时意识到,文学与艺术间存在着'天然的姻缘',而且几乎毫无例外地承认,这种姻缘本身就包含着构成比较分析之基础的对应、影响和互相借鉴。有时候,艺术家本人就意识到自己的主题、布局技巧、形式安排和思想的发展方式其实属于另一门艺术的范畴。"① 这些学者分析了不同学科之间的通约性特征,从知识学角度讲,文学与其他学科一样,都属于知识系统中的某一模块,它们有着知识系统的共性特征,当然也存在各自不同的学科个性特征。跨学科研究是突破学科知识界限,从某一个知识模块的外部进行反渗透、反促进,从而实现不同于学科知识体系内部的路径创新、结论创新。

基于平行研究和跨学科研究,美国学派建立起以比较诗学、跨学科比较、类型学、主题学、文类学等等为主要研究领域的学科范式。美国学派走出了法国学派坚守的"关系圈",从文学实证走向了跨文化、跨学科比较,那么这是否意味着不同时代、不同语境下的任何作品都可以比较呢?美国学者韦斯坦因认为:"比较文学既可研究哲学、历史、艺术,也可研究文学演变史和批评史,不过主要的是以文学为中心,凡是与文学有关的各个方面,都可列入讨论范围,可以与文学无关的科目则不应作为研究对象。"② 对他而言,应当用文学性取代关系性,必须紧紧围绕文学作品来进行比较文学研究,但同时这个文学性须区分历史主义和相对主义,如美国比较文学家厄尔·迈纳强调:"界定相对主义,使其像文学的自主性一样,既与其他理论具有家族相似性,又有其自身的独立性。"③

美国学派将跨越性特征从跨国家拓展到跨学科,对中国比较文学研究也产生了重要影响。1988年,陈惇、刘象愚在《比较文学概论》中就列出第五章"跨学科研究"进行了专章阐述:"比较文学中的跨学科研究是近二三十年以来兴起的一种学问,有的学者称他为'科际整合'(interdisciplinary),专指对于文学与其他学科之间相互关系的研究。"④ 杨周翰先生也表达了自己的观

---

① [美]玛丽·盖塞:《文学与艺术》,张隆溪译,张隆溪:《比较文学译文集》,第134页。
② [美]韦斯坦因:《比较文学与文学理论》,辽宁人民出版社1987年版,第9页。
③ [美]厄尔·迈纳:《比较诗学》,王宇根、宋伟杰等译,中央编译出版社2004年版,第312页。
④ 陈惇、刘象愚:《比较文学概论》,北京师范大学出版社1988年版,第285页。

点:"我们需要具备一种'跨学科'(interdisciplinary)的研究视野:不仅要跨越国别和语言的界限,而且还要超越学科的界限,在一个更为广阔的文化背景下来考察文学。"① 不断从外部空间扩大文学研究的视野,同时又不断从内部关联扩大文学研究的边界,继而让文学研究不断创新。在这个问题上,乐黛云教授认为不仅仅是社会科学之间可以跨越,自然科学与人文科学之间仍然可以跨越,例如:"研究自然科学的新成就、新方法,并将其应用到文学领域中来,肯定会为文学研究与文学创作打开新的局面,作出新的贡献。"②在1989年出版的乐黛云、王宁教授合著的《超学科比较文学研究》一书中,集中汇集了部分学者关于跨学科研究的一些论文,这些论文从文学与宗教、音乐、哲学、绘画等角度进行比较阐释,得出了一些创新见解。从杨周翰、乐黛云、王宁等学者的分析可见,中国比较文学的发展历程中包容发展了美国学派关于"跨学科"的理论内涵,并提出"超学科"比较的创新视域,跨国家是将一国文学同另一国文学进行比较,跨学科是将文学同其他学科进行比较,这个比较的过程,实则是一种阐释的过程,在这个阐释的过程中,源文本从意义、方法、概念、范畴等多个领域都已经发生了不同程度的阐释变异,这些都是比较文学变异学研究的基本对象,因此,跨学科也成为比较文学变异学的基础性特征。

(三)跨文明:中国学派的跨越性特征

对于比较文学变异学而言,最重要的一个跨越性特征,就是跨文明。法国学派和美国学派都没有提出跨文明的比较文学研究方法,曹顺庆教授认为:"跨文明研究的提出和中国比较文学的理论实践和知识资源密切相关。"③ 也就是说,这是中国比较文学学者群体对比较文学学科理论的一个重要创新。如果将这个跨越性特征整合到之前的两个方面之中,那么比较文学基本描述

---

① 杨周翰:《超学科比较文学研究·序》,中国社会科学出版社1989年版,第2页。
② 乐黛云:《文学与其他学科》,乐黛云、王宁:《超学科比较文学研究》,中国社会科学出版社1989年版,第29页。
③ 曹顺庆:《跨越异质文化》,山东友谊出版社2007年版,第29页。

则是:"比较文学是跨国、跨学科与跨文明的文学研究。"① 这个表述意图很明显,在跨国、跨学科的基础上增加了跨文明,中国学派与法国学派、美国学派在跨越性问题上的表述并列呈现,相互具有传承、创新与制约的关系。跨文明不仅仅是中国学派的总体特征,也是比较文学变异学的基础性特征,比较文学变异学是中国学派、中国话语的具体创新形式,变异学的跨越性特征包含法美学派及中国学派的跨国、跨学科与跨文明的总体特征,这是一种最基本的描述。那为什么要提出跨文明比较?跨文明与比较文学变异学存在怎样的内在逻辑关联?

跨文明的提出与国际比较文学面临的危机密不可分。从 19 世纪克罗齐对比较文学学科合法性的批判开始,至 20 世纪愈发激烈:1958 年韦勒克《比较文学的危机》,1984 年艾田伯《比较不是理由——比较文学的危机》,1993 年苏珊·巴斯奈特 Comparative Literature: a Critical Introduction,2003 年斯皮瓦克 Death of a Discipline……为什么一度盛行的法国学派影响研究、美国学派平行研究,却处于死亡之声、危机之论的层层包围之中?或许"不识庐山真面目,只缘身在此山中",早在 1985 年,季羡林先生就极具远见地指出:"专研究直接影响,失之太狭;专研究平行发展,又失之太泛。而且两者在过去都有点轻视东方文学。他们的所谓比较几乎只是限于同一文化体系内的比较,都是近亲,彼此彼此,比来比去,比不出什么名堂。在这一方面,两者又同有一失,失之闭塞。"② 张隆溪教授说:"不过我要指出,他们在中国和西方、中国的实录和西方的虚构之间划出一道严格界限,对于中国文学研究非但无益,而且有害,他们很可能关上了中国文学研究的大门,把它更深地推进文化的封闭圈里,把中国文学变成实际上在文化方面提供异国情调的西方的'他者'。"③ 曹顺庆教授针对韦斯坦因在《比较文学与文学理论》中提出的观点也进行质疑:"在最初,西方的学者还对中西文学的比较文学研究抱有'迟

---

① 曹顺庆:《比较文学概论》,高等教育出版社 2015 年版,第 31 页。
② 季羡林:《比较文学与民间文学》,北京大学出版社 1991 年版,第 194 页。
③ 张隆溪:《走出文化的封闭圈》,生活·读书·新知三联书店 2004 年版,第 36 页。

疑不决'的态度,因为这种比较已经突破了西方文明的界限,彼此之间差异大于异同。但是,随着学科的发展,更多的学者开始正视这个问题,对中西文明之间的比较研究提出了肯定性的看法。"[1] 乐黛云教授在《跨文化之桥》中对韦斯坦因跨文明研究"迟疑不决"的态度同样进行了严肃的反驳。在他们看来,走不出西方文明的封闭圈,比较文学终将走向穷途末路。当然,中国比较文学并非被动地苦等他们走出来,而是主动融入国际比较文学的话语圈,提出中国话语,发出中国声音。于此语境之下,中国学者积极探索国际比较文学第三阶段的理论建构。

跨文明的提出也并非一帆风顺,也是一个经历一波三折的艰难过程。大致上分为三个阶段:跨文化、跨异质文化、跨文明。20世纪70年代我们提出"中国学派"并做出有效尝试,到了90年代,中国比较文学学者经过20来年的艰难摸索,比较文学中国学派或第三阶段建设取得新的成效。1995年,曹顺庆教授认为比较文学中国学派的基本特征是"跨文化研究"[2],乐黛云教授也认为:"中国比较文学作为全球比较文学的第三阶段,其基本精神是促进不同民族文化之间的理解和平等对话。"[3] 殷国明教授对跨文化进行了理论描述:"就'跨文化'理念的内涵来说,可以理解为一种新兴的人文学科,也可以认为是一种新的学术视野和思维方式,其核心是打破原有的习惯性的思想方式,超越单一的文化价值标准,取而代之的是一种多元化、多向度和综合的文化视野和思考方式,目的是在各种不同的文化之间建立联系、促进交流和寻求沟通,努力创造一种人类共通、共享和共同理解的人文语境和文化平台。"[4] 但问题是:从法国文化跨越到美国文化难道不也是跨文化吗?中华文化同西方文化在本源上是异质的,这说明跨文化还不准确,这一"跨"仍然没有跨到位。而且,这一跨,实际上是西方文化跨进来,而我们并没有跨出去,为

---

[1] 参见曹顺庆《跨越异质文化》,山东友谊出版社2007年版,第29页。
[2] 曹顺庆:《比较文学中国学派基本理论特征及其方法论体系初探》,《中国比较文学》1995年第1期。
[3] 乐黛云:《比较文学发展的第三阶段》,《社会科学》2005年第9期。
[4] 殷国明:《"跨文化"——一个新的文艺理论创新平台与新空间》,周启超:《跨文化的文学理论研究》,百花文艺出版社2006年版,第304页。

什么中华优秀传统文化与文学文论总是被"跨",而自身跨不出去?斯皮瓦克从后殖民主义角度进行了深刻的阐释:"从宗主国出发去跨越边界是轻而易举的;反之,从所谓的边缘国出发,会遭遇官僚机构或警政管辖设置的边境,要跨越这样的边界真是难上加难。"① 一方面是政治意识形态的边界阻碍,另一方面,或者说根本原因还在于缺乏文化自信。正是因为缺乏对中国话语异质性的自我认同和思想梳理,才导致"不敢跨""不想跨""不能跨",更谈不上解决差异性作为可比性的学理问题。

正是因为在跨文化的学术冲动下掩盖了中华文化的异质性元素及其主体性立场,导致西方文论强制阐释中国文学与文论的研究范式成为逻辑可能。这种非对等性跨文化阐释并未创新中国文论话语的意义生成方式和话语言说机制,反而是生成各种奇谈怪论。这种跨文化旗号下的阐发研究表面上出现很多创新成果,而实质上却使得中国比较文学道路越走越被动,越比越变味,最后被许多学者形象地描述为"文论失语症"。造成失语的重要原因,就是对中华文明异质性的遮蔽,进而,这引起了学术界对异质性问题的理性反思,到2001年,比较文学的"跨文化"拓展完善为"跨异质文化"②。具体来说,就是:"只有通过这种异质性研究才会使我们明白中华文明以及中国文论自身的特性,并能真正展开中西文明对话,为接下来进行的中国文论话语重建奠定一个坚实的基础。"③ 后来,曹顺庆教授进一步指出:"'跨异质文化'的比较文学学科定位一经提出,引起了各方的关注。但是由于文化一词含义过于混乱,难免有理解上的误区。实际上,'跨异质文化'和有些学者所提出的'跨文化'是不太相同的,前者更注重中西文化系统之间的差异性,从某种意义上说,文明是文化差异的最大包容点,所以提出比较文学的'跨文明'研究更为符合我的初衷。"④ 事实上,就算加上"异质"这一限定,跨文化仍然

---

① [美]斯皮瓦克:《一门学科之死》,张旭译,北京大学出版社2014年版,第18页。
② 曹顺庆:《比较文学学科理论发展的三个阶段》,《中国比较文学》2001年第3期。
③ 曹顺庆:《跨越异质文化》,山东友谊出版社2007年版,第11页。
④ 曹顺庆:《比较文学学科理论的"跨越性"特征与"变异学"的提出》,《中外文化与文论》第13辑。

显得拘束，而且文化一词一度被滥用。比较文学的边界能否超越国别文化、民族文化，上升为一种更为宏阔的学术视野？在这个问题上，雅斯贝尔斯"轴心时代"的文明，亨廷顿"文明冲突"论，哈拉尔德·米勒《文明的共存》等学者使用的"文明"就极具启发性。在这样一种思想路径启示下，终于在2003年，跨文化终于被跨文明取代："因为只有'跨文明'才能真正彰显比较文学此次重大转折的基本特征，并且不至于与目前被滥用和乱用的'跨文化'一词相混淆。"① 当然除了混淆的因素外，从本质上说："从'跨文化'到'跨文明'，标志着诗学比较更加尊重异质性，并且善于从无关性的'异'中互补和发现。"② 文化差异拓展为文明差异，这是对历史哲学发展规律的一种学科延展。

在中国比较文学界，跨文明研究并不是曹顺庆教授首创，其实最初是季羡林先生提出的，他认为文化不好界定："据说现在全世界给文化下的定义有500多个，这说明，没法下定义。这个东西啊，我们认为人文科学跟自然科学不一样，有的是最好不下定义，自然科学像'直线是两点间最短的线'，非常简单，非常明了，谁也反对不了。"③ 在这篇名为《西方不亮，东方亮》的讲演稿中，季羡林先生认为文化一词不好界定，而且使用泛化，他从汤因比《历史研究》中受到启发，认为"文明"才应当成为一种相对更加清晰的跨越界限。另外，杜萍也表达了类似的观点："'文化'一词含义过于庞杂和混乱，人类生活任何内容及意义似都可以和文化扯上关系，有关文化的各种事项与问题导致人们误解也就自然而然。""从'跨文化'比较到'跨文明'比较的拓展，不仅高度聚焦了中西文明圈内文化差异性和变异性的比较，而且凸显了比较文学中国学派开阔的探索意识。"④

那么什么是跨文明研究呢？曹顺庆教授认为："长期以来，西方原有的比较文学学科理论认为，比较文学的可比性是求同性，是寻求不同中的'同'：

---

① 曹顺庆：《跨文明比较文学研究》，《中国比较文学》2003年第1期。
② 曹顺庆、王超：《中国比较诗学三十年》，《文艺研究》2008年第9期。
③ 季羡林：《西方不亮，东方亮》，《中国文化研究》冬之卷（总第10期）。
④ 杜萍、曹顺庆：《论"跨文化"背景下的变异学研究》，《中外文化与文论》第26辑。

即不同国家文学中的'同'。例如：影响研究的可比性是'同源性'，平行研究的可比性是'类同性'，如果没有'同源性'和'类同性'，那就没有可比性。显然，在西方原有的比较文学学科理论中，东西方文学是没有可比性的；也可以说，从学理的角度来讲，是没有合法性的。"① 那么我们提出跨文明研究要如何解决其合法性问题呢？或者说，跨文明研究的理论特征是什么呢？曹顺庆教授进一步分析："跨文明研究有如下几个明确的特点：首先，它是一种强调对不同文明之间的异质性的研究。其次，比较文学跨文明研究的最终目的是追求不同文明的异质性基础上产生的互补性。最后，跨文明研究的思潮和全球化思潮是不一样的。全球化浪潮是一种'同'中的单一，是'和而不同'。而跨文明思潮则是一种对单一的反动，是在保持文明差异基础上追求一种'异中之和'或者是'和而不同'的文化理想。"② 这三个方面是跨文明的主要特点，第三点尤其值得注意。毫无疑问，跨文明与全球化存在密切关联，甚至在某种意义上步调一致："跨文化、跨文明的研究正在引起越来越多的学者的兴趣，这与'全球化'的步调是一致的。所以，它们是不可分割的，不能简单地仅仅认为'全球化'是过去一二十年随着搜索引擎和航空发展起来的现象。"③ 然而，正如曹顺庆教授分析，跨文明研究更注重的是文明之间的差异性，全球化却可能面临"同一性"危机。对跨文明研究来说："差异不仅仅是局限不同文化之间或者是同一文明话语之内，它可以以文明为基点来展开。"④ 因此，跨异质文明研究，意味着中华文明作为一种与西方文明从根源上相异的话语体系，从学理上开始尝试跨文明平等对话与合理性双向阐释，如徐新建教授说："进入'跨文明'阶段之后，则显示出更大疆界的视野打通和人类更广泛、更深层的关联，也就是宣告了比较文学全球化时代的到来。"⑤

---

① 曹顺庆：《东西方不同文明文学比较的合法性与比较文学变异学研究》，《外国文学研究》2013年第5期。
② 曹顺庆：《跨越异质文化》，山东友谊出版社2007年版，第3页。
③ 王蕾：《比较文学、中国学派和文学变异学——佛克马教授访谈录》，《世界文学评论》2008年第1期。
④ 王超：《文明异质性与比较文学变异性》，《中外文化与文论》第21辑。
⑤ 徐新建：《文学研究的跨文明比较》，《中国比较文学》2016年第1期。

正是在对跨文明问题的深入思考基础上，2005年才正式提出比较文学变异学，到2007年曹顺庆教授做出如下论断："从比较文学在中国兴起到跨异质文明、变异学的提出，从失语症到西方文论的中国化，比较文学中国学派的方法论体系基本成形。"① 这个论断基本描述了失语症、跨文明、西方文论中国化、变异学等几个关键的学术话语创新，推动了中国比较文学不断形成自己的思想体系和话语言说方式。

有比较就有跨越，有跨越才有比较。跨越性是比较文学最基本的学科理论特征。那么怎么跨？也是一个关键问题。从学科诞生之时起，比较文学家就对此进行理论描述。因此可以说，解构主义及后现代主义思潮对西方话语中心的消解，从学科外部助推了比较文学法美学派"异中求同"式比较的死亡与危机，而中国比较文学提出的跨文明研究，以"同中之异"比较模式，从学科理论内部提出了中国方案，将比较文学涟漪式地推向第三阶段，构建了全球化与多元化时代国际比较文学的发展动向。但接下来的问题是：如何跨文明？如何证明异质文明具有可比性的合法性基础？解构一切是否意味着自我解构？意义的播散和异延是否意味着形态边界的消解和缺席？这些问题不解决，跨文明比较文学研究依然是乌托邦，中国比较文学研究则是"自娱自乐"，是非法跨越。

但是跨文明并非否定跨文化比较："同质文明圈内'跨文化'的'变异'现象，虽然不如异质文明圈内'跨文明'的'变异'现象引人注目，但同质文明圈内各不同民族文化的多元性和独特性，也证明了比较文学变异学研究具有广泛的适应性，具有世界范围的普适性。"② 实际上，张隆溪、周启超的部分论著仍然在用"跨文化"，刘圣鹏教授进一步分析了两者之间的内在关联："曹顺庆提出的跨文明概念，是对文化的根性、文化的过程、文化的趋势的整合性判断，即文明作为文化的三段论的最终成果，具有不可替代不可转

---

① 曹顺庆：《中国学派：比较文学第三阶段学科理论的建构》，《外国文学研究》2007年第3期。
② 杜萍、曹顺庆：《论"跨文化"背景下的变异学研究》，《中外文化与文论》第26辑。

移的整一性即异质性。"① 也就是说，跨文明与跨文化最大的不同，在于对异质性的强调，所以："跨文明因此跨越比较文学早期的同文化圈研究、中期的跨文化研究而步入现代的跨文明研究阶段，而跨文明的核心概念是异质性，这样，跨文明与异质性就成为比较文学新阶段一体两面的坐标系。"②

从跨国家到跨学科再到跨文明，比较文学的跨越性特征在不断演变，尤其是跨文明研究，与解构主义、后殖民主义等思潮相契合，从中国立场出发，有效回应了韦斯坦因等西方学者对文明异质性的"成见"。因此，从比较文学跨越性角度来看，变异学所提出的"跨文明"研究将比较文学推上了新台阶，如曹顺庆教授所表述："比较文学跨文明研究是比较文学学科发展的新的阶段，也是比较文学中国学派的学科理论的立足点，也是文学跨越学研究的新领域。"③

我们知道，在20世纪中后期，平行研究的跨文化、跨学科让比较文学恢复了短暂的活力，但是又带来两个问题：一是异质性的跨文明障碍；二是比较的泛文化危机。前一个问题导致走不出文化诗学的封闭圈，后一个问题导致比较的无所不包。关于前者，虽然美国学派意识到了异质性问题，但是他们仍然是以西方为主，西方文学文论之间不仅仅是关系研究和影响研究，没有事实关系之间的文学范畴和类型同样可以平行对照，而这些文学范畴和类型，他们认为应当局限在西方文明的整体框架之中，才具有比较的合法性。回避了东方话语尤其是中国文论话语，认为这是两种不同的文明体系，不具有共同的结构基础。那么具体而言，跨文化研究与跨文明研究的差异又在哪里？曹顺庆教授认为："'文化'一词就很难自动彰显新的比较文学学科理论对异质文化间文学'异质性'强调的特性，……，而'文明'则是指具有相同文化传承（包括信仰体系、价值观念、思维方式等）的共同体。与'文化'相比较而言，'文明'更简略而明晰，更有利于比较研究的明晰性。"④

---

① 刘圣鹏：《跨文明差异性观念与比较文学变异学建构》，《吉首大学学报》2009年第2期。
② 同上。
③ 曹顺庆：《跨越异质文化》，山东友谊出版社2007年版，第30页。
④ 曹顺庆：《比较文学教程》，高等教育出版社2006年版，第19页。

所以，跨文化仍然显得局限于含混，跨文明能够走出文化诗学的封闭圈，从思维模式、信仰体系等深层结构解读异质文明共鸣性的共享语码。对于泛文化危机，美国比较文学学者乔纳森·卡勒认为："照此发展下去，比较文学的学科范围将会大得无所不包。"叶维廉敏锐地看到了法国学派和美国学派在可比性问题上的共性问题，法国学派是追求同源性，美国学派求类同性，但是这种求同思维，无论是实证性的还是跨文化平行的，都是局限于文学现象，要化解这个问题，他提出了"模子"理论："'模子'的寻根探固的比较和对比，正可解决了法国派和美国派之争，因为'模子'的讨论正好兼及了历史的衍生态和美学结构行为两个方面。"[①] 法国比较文学家弗朗索瓦·于连甚至认为钱锺书的比较文学研究缺陷在于把"比较"视为了"类比"，没有从模子立场分析话语的历史衍生态和美学结构，片面追求意义的近似，于连说："我很敬佩他，他学识渊博，对中国传统了如指掌，而且具有高尚的人格。他的比较方法是一种近似法，一种不断接近的方法：一句话的意思和另一句话的意思最终是相同的。我觉得这种比较收效不大。在这个问题上我提到过刘若愚，在我的博士论文的前言里与他拉开了距离，我认为他出发点错了，他试图用一种典型的西方模式考察中国诗学，这种方法得出的结果没有什么价值。"[②]

  对跨文化、跨异质文化、跨文明这一段学术历程的清理，对于比较文学变异学的创新路径至关重要。简言之，从20世纪70年代台湾学派阐发研究的提出，到80年代中国比较文学的兴盛壮大，再到90年代对失语症问题的反思，再转接到21世纪异质性、中国化、跨文明研究的提出。这几十来年，是中国比较文学学科理论发展的关键时期。中国学者在法国学派影响研究、美国学派平行研究的基础上，提出变异研究，这是对前两者的进一步深化拓展、主动作为。变异研究的核心思想是跨文明，它历经了"跨文化—跨异质

---

  ① 叶维廉：《中西比较文学中"模子"的应用》，温儒敏：《中西比较文学论集》，北京大学出版社1988年版，第29页。
  ② 秦海鹰：《关于中西诗学的对话——于连访谈录》，《中国比较文学》1996年第2期。

文化—跨文明"三个主要发展嬗变阶段,这也意味着比较文学中国话语及其方法论体系逐步走向成熟。

　　以上分析可见,比较文学变异学将跨越性作为基础性特征,主要原因是:1. 坚守比较文学作为"比较"的一般学科属性。无论是跨国、跨学科,还是跨文化、跨文明,抑或是乐黛云教授所说:"比较文学不应受到语言、民族、国家、学科等限制。"[1] 不管怎样,比较文学必须跨边界、走出去。美国学者奥尔德里奇认为:"比较文学就是从一种以上的民族文学的眼光或结合一种或另一种甚至几种知识学科,对任何文学现象所作的研究。"[2] 基于这样的学科属性,比较文学变异学也体现了这种开放性、包容性的理论特征。2. 突出跨文明的理论创新元素。这个提法,主要是针对法美学派走不出西方文明封闭圈的基本事实,所以更加关注差异性,因为"当今世界解构主义思潮和跨文明研究这两大学术前沿有一个共同点,那就是关注差异性"[3]。根据美国学派的理论,要么是东西方文明不可比,要么是用西方文明话语强制阐释中国话语,对中国比较文学而言,这两条路,前一条是死路,后一条也是要死不活之路。乐黛云教授就认为,西方比较文学界始终不愿意走出自己的文化圈,他们所说的跨文化、跨民族,往往还是在自己的思想体系之内,她认为:"这里所说的民族文学指的大体是西方文化体系内部的各民族文学;直到 70 年代,著名的《比较文学与文学理论》一书的作者乌尔利希·韦斯坦因(L. Weistein)教授仍然认为东西异质文化间的比较文学是不可行的,比较文学只能在同一文化体系内进行。"[4] 乐黛云和曹顺庆教授都对韦斯坦因这段论述进行了反驳,曹顺庆教授指出:"在西方原有的比较文学学科理论中,东西方文学是没有可比性的;也可以说,从学理的角度来讲,是没有合法性的。"[5] 他们都是将可比性建立在同源性或类同性基础上,因为只有源自同一文明体

---

[1] 乐黛云:《中西比较文学教程》,高等教育出版社 1988 年版,第 33 页。
[2] Owen Aldridge, *Comparative Literature: Matter and Method*, Illinois University Press, 1969, p. 1.
[3] 曹顺庆、张雨:《比较文学变异学的学术背景与理论构想》,《外国文学研究》2008 年第 3 期。
[4] 乐黛云:《跨文化之桥》,北京大学出版社 2002 年版,第 55 页。
[5] 曹顺庆:《东西方不同文明文学比较的合法性与比较文学变异学研究》,《外国文学研究》2013 年第 5 期。

系或文化体系的文学，才有可能具有这种渊源或形式上的"同"，在这个基础上，再去分析如何影响、如何交流、如何借鉴、如何发展等等，在一定的历史条件下，这合情合理。但是随着多元文化时代的到来，第三世界国家的崛起及信息时代的来临："这一切使比较文学可以不再局限于同质的西方文化体系内部，而在欧美、非洲、亚洲、拉丁美洲的异质文化的对比和共存中获得了空前未有的广阔空间。"① 所以在比较文学变异学的定义中，专门突出强调跨越"不同文明"的基础性特征，既传承了"跨越性"这一学科属性，又体现出中国学者对差异化比较的诉求，探讨在影响交流中的变异状态，以及在同一范畴或类型的前提下，异质文明文学的不同表述，这样的研究模式，有利于跳出西方文明的封闭圈，迂回到他者的镜像，重新审视本土文明，也有利于东方文学融入世界比较文学的总体构架之中，这是比较文学变异学在跨越性方面的主要理论特征。

二　文学性：比较文学的文学特征

变异学具有比较文学的一般属性和变异学自身的特殊属性。在一般理论属性方面，主要是跨越性和文学性。上一节研究比较文学变异学作为"比较"的"跨越性"特征的生成、发展及其现状。同样的道理，这一节要研究它作为"文学"的基础理论特征，换言之，主要分析影响研究、平行研究和变异研究如何对待比较文学的"文学性"问题。

（一）影响研究对文学性的淡化

如果说跨越性是比较文学作为"比较"的基础性特征，那么文学性则是比较文学作为"文学"的基础性特征。文学性特征是美国学派所反复强调的，他们认为法国学派注重比较的方法论科学性因素，而忽视了比较文学作为"文学"的基本属性。韦勒克就说："我们必须正视'文学性'这个问题，它

---

① 乐黛云：《跨文化之桥》，北京大学出版社2002年版，第55页。

是美学的中心问题，是文学艺术的本质。"① 当然雷马克、艾田伯等都支持这个观点。其实反过来追问，法国学派那些学者是不可能没有意识到比较文学是一种"文学研究"的。布吕奈尔说："自两种文学共同存在时，人们便对它们进行着比较，以便能确定各自的价值：希腊文学和拉丁文学，法国和英国十八世纪和十九世纪文学。"② 那为什么波斯奈特、巴登斯贝格等人要反复强调"事实性"关系而淡化"文学性"关系呢？那是因为文学性是一种审美意识形态，如果我们："仅仅对两个不同的对象同时看上一眼就作比较，仅仅靠记忆和印象的拼凑，靠一些主观臆测把可能游移不定的东西扯在一起来找点类似点，这样的比较绝不可能产生论证的明晰性。"③ 简单地说，我们不能感觉某部作品和某部作品的形象、情节、叙述有点类似，就马上拉到一起进行比较，这是一种感性冲动，如果按照这样的工作思路，那么比较文学毫无科学性，无非是个人自娱自乐的手段而已。正因如此，基亚说道："就要搞清楚一本书的流传情况和它的影响——图书馆的图书目录、发行者的账簿、有关通信的考证等等，都要反复查对、比较和评价。"④ 这就是历史文献学的基本学术方法，这样研究出的结论，就比巴登斯贝格描述的那种"主观臆测"要来得真实可靠。因此，法国学派知道文学性特征，但是他们故意淡化处理，这种淡化，是以科学方式建立比较文学学科的需要。在这个方面，法国学者郎松的方法比较有代表性，正如迪马所说："他在欧洲文学史上第一次引入了新的、重要的方法论原则：收集资料时应小心，力求可靠、多种多样；考察作品时应注意作品的时代历史文化背景，要把作品与社会生活紧密联系起来；要在彻底占有材料的基础上作本质的分析。"⑤ 郎松主要是用历史科学的研究方法来展开比较文学研究，侧重史料的精准，而非审美的多样性，他的这种理论特征在其著作《法国文学史》

---

① [美] 韦勒克：《比较文学的危机》，干永昌：《比较文学研究译文集》，第133页。
② [法] 布吕奈尔：《什么是比较文学》，葛雷、张连奎译，北京大学出版社1989年版，第16页。
③ [法] 巴登斯贝格：《比较文学：名称与实质》，干永昌：《比较文学研究译文集》，第33页。
④ [法] 基亚：《比较文学》，颜保译，北京大学出版社1983年版，第9页。
⑤ [罗] 亚历山大·迪马：《比较文学引论》，谢天振译，上海译文出版社1991年版，第35页。

中体现得尤为明显,这种研究方式对法国学派影响研究的发展起到重要的实践推进作用。

(二) 平行研究对文学性的强化

一方面,为什么美国学派要强化文学性?原因之一,是西方文化圈之外的文学,他们可能并没有与西方文学发生什么实质性的影响关系,比如东方文学,就算有,也只能是受欧洲文学的单向影响,例如美国文学,这个年轻国家的文学历史并不如欧洲那样源远流长,所以占不了什么便宜。如果按照事实性影响关系的思路,比较文学就排除了东西方异质文明,甚至也排除了美国文学与欧洲文学的双向对话,让非欧洲文学成为"贸易逆差"的主体。从这个角度来看,法国学派强化比较的跨国性而不重视文学的审美性的做法,既不利于欧洲文学的发展,也不利于当时美国比较文学的发展。国际比较文学学会前会长佛克马教授曾应曹顺庆教授的邀请到四川大学学术交流一个月,在一次访谈中他分析法美学派的差异时指出:"我认为我们可以找到两者间的细微差别就是美国学者对所谓的'影响研究'不感兴趣,他们对文学的普遍特征更感兴趣。这也是我的立场,我个人就喜欢研究任何语言写成的文学作品。文学作为一个抽象的概念在许多语言中都有所表达,这也是俄国形式主义者的理念,即'文学性'。"[①] 他这个判断比较准确地描述了美国学派的基本理论倾向,那就是强调文学之为文学的普遍性特征——文学性。美国学者苏源熙也对佛克马这种观点进行呼应,他认为:"像比较文学这样的世界性学科,研究并在所有文学语境中描述'文学性',具有十分重要的意义。"[②] 他们延续了韦勒克、雷马克的理论思想,在文学性这个层面上,给予足够的关注。

另一方面,法国学派一直以来强调的历史科学方法,在 20 世纪 70—80

---

① 王蕾:《比较文学中国学派和文学变异学——佛克马教授访谈录》,《世界文学评论》2008 年第 1 期。

② [美] 苏源熙:《新鲜噩梦缝制的精致僵尸》,陈琦等译,苏源熙:《全球化时代的比较文学》,北京大学出版社 2015 年版,第 24—25 页。

年代受到新历史主义研究范式的质疑。按照传统的历史观，历史文献具有实证性、可靠性，比较文学应当建立在历史的精确和客观清晰的背景之上，例如前面提到的郎松的研究方式。然而，新历史主义学者消解了历史与文学的二元对立模式，强调"历史的文本性"和"文本的历史性"，怀特就指出："不管怎么说，到现在为止，新历史主义所已经发现的是，根本就不存在历史研究中的特定的历史方法这种东西；存在的只是多种多样的历史方法——在目前的意识形态领域里，有多少立场观点便会有多少这些方法。"① 在怀特看来，所有观点都是立足点之观，所有历史都不是一堆可靠材料，而是一种书写，这种书写的表征取决于意识形态的立场，而并非历史事实本身。这一点，福柯在《知识考古学》中已经做了理论尝试。也就是说，比较文学研究并非离开了法国学者所难以割舍的"账簿""目录"就无法开展，比较文学研究本身就是一种历史意义的建构，文学文本同样也是历史文本，历史文本也是一种文学叙述，所以，根据福柯的不连续史观，构成历史的各要素之间，不是谁决定谁，而是一个相互影响和彼此塑造的过程。那么在这个意义上，历史研究将走向一种文化阐发而不是单纯的事实讲述。新历史主义的代表者格林布拉特，曾担任美国加州大学伯克利分校教授，他提出"文化诗学"的大语境建构，他同福柯一样，注重对文学文本之外的非文学文本的阐释，他认为两者构成"共鸣性文本"的"含纳"与"互文"关系，怀特也持同样观点。

新历史主义将研究视域从历史文本转向文学文本的文化阐发，正是站在这样的理论立场上，美国学派反对法国学派逐字逐句"比对"的研究模式，回到文学性层面。例如前面提到的佛克马和艾田伯，都指出文学性或文学常量的基本属性。正是由于对文学性的强化，导致后来比较文学走向两个方向：一个方向是到了20世纪90年代，比较文学研究扩大到一个更大的边界，甚至难以进行更科学的归类，以至于逐渐被文化研究所取代（苏源熙专门论

---

① ［美］海登·怀特：《评新历史主义》，张京媛：《新历史主义与文学批评》，北京大学出版社1993年版，第107页。

述);另一个方向是侧重比较诗学研究,从文学现象的比较深入到文学理论和审美意蕴的比较(迈纳对此也有专门论述)。那么如何在两者之间找到新的平衡点?这是比较文学变异学所要研究的问题。

(三) 变异研究对文学性的整合

从中国比较文学学科史分析,出现三次有意识对文学性进行整合,分别是:台湾学派第一次整合提出的阐发研究,季羡林先生第二次整合提出的资料研究,曹顺庆教授第三次整合提出的变异研究。关于第一次整合,台湾学者在分析了影响研究和平行研究的优势和缺憾以后,提出这样的观点:"究其实,两派实可互补,如能在由文学影响的诸国文学里,以影响作为基础,探讨其吸收情形及其类同与相异,岂非更为稳固、更为完备?"① 他们的阐发研究,就是试图将两者进行整合的一个实践探索。后来,美国学派对文学性的过度强调,导致文化研究的盛行,刘象愚认为:"上世纪八十年代比较文学在中国获得复兴,其时正赶上西方理论大潮扫荡文化学术的各个领域,各种'主义'的理论迅速冲进敞开门户的中国社会,理论的大潮裹挟着新兴的比较文学汹涌澎湃地冲刷着学术研究的各种领域,使中国比较文学一开始就超越了传统的影响研究,接纳了美国学派的平行研究、跨学科研究,进而扩展到文化研究更广阔的范围。"② 从刘象愚教授的这段表述中看出,中国比较文学与国际比较文学最初的契合点,是平行研究和跨学科研究,当然,后来顺势而为,融入了文化研究的大潮。但是,随之而来的危险也是意料之中,那就是比较文学成为比较文化,甚至大得无所不包了,正如季羡林先生的描述:

  一个朋友很有风趣地说,现在的比较文学好象是有"无限的可比性"。这句话真正搔着了痒处。什么东西到了无限,那结果必然是有限。人的思维是既复杂,又有窠臼,社会现象也是既复杂又有窠臼。人同此

---

① 古添洪、陈慧桦:《比较文学的垦拓在台湾·序》,第1页。
② 刘象愚:《跨文化语境中的文化观念》,周启超:《跨文化的文学理论研究》,百花文艺出版社2006年版,第36页。

心,心同此理。吃饭,睡觉,做梦,求爱,幻想,沉思,经商,治国,等等,等等,无法一一罗列;这些现象无不可比。而每比又必然有结果,深刻的结果难得,肤浅的结果易求。总之是这样的文章,人人能写,时时能写,处处能写。但是,结果怎样呢?结果是灾祸梨枣,看了等于不看。①

所以,针对这种无所不包的可能性、无所不比的含纳性,季羡林先生不仅指出问题,还进一步思考了对策,这就是第二次整合:"我们中国的比较文学应该怎么办呢?据我个人的看法,我们应该力矫上述两个流派的弊病,融合二者之长,而去其偏颇,走出我们自己的一条新路来。"② 这条新路如何走?季羡林先生认为要创新整合影响研究和平行研究:

> 我们一定要先做点扎扎实实的工作,从研究直接影响入手,努力细致地去搜求资料,在西方各国之间,在东方各国之间,特别是在东方与西方之间,从民间文学一直到文人学士的个人著作中去搜寻直接影响的证据,爬罗剔抉,刮垢磨光,一定要有根有据,决不能捕风捉影。然后再在这个基础上归纳出规律性的东西,借以知古,借以鉴今,期能有助于我们自己的文艺创作,为我们的文艺创作充实新的内容,增添新的色彩。这样的工作做好,再进一步进行平行发展的研究。这样的研究成果才不至于流于空泛、缺乏说服力。③

在这段表述中,他反复强调资料研究是前提,这其实是借鉴了法国学派影响研究的主要方法,在这个前提下再展开平行研究,将两者结合起来,用中华文明中的"和而不同"思路进行协调、互补与发展,所以他说:"你完全否定平行发展的研究。否,我从来没有笼统地反对平行发展的研究。我反对的只是那些一无基础、二无资料,完全靠着自己的'天才'、'灵感',率尔

---

① 季羡林:《比较文学与民间文学》,北京大学出版社1991年版,第195页。
② 同上书,第194页。
③ 同上。

下笔,大言不惭,说句难听的话,就是自欺欺人的所谓平行发展的研究。"①季羡林先生所表达的是,影响研究的方法是可取的,这毋庸置疑,只是说,传统的影响研究太闭塞,在西方文化体系内比来比去,比不出什么名堂,它们忽视了东方文学的重要性,所以他尤其强调东西方文学之间的比较,也就是说,影响研究的方法没有问题,主要缺憾是"跨越性"的边界限度有问题,所以他提倡的资料研究,就是对影响研究的传承和借鉴,但是他提出的东西方文明文学的比较,又是对传统影响研究的修正。另外,平行研究也有可取之处,他说的"人同此心,心同此理",是大家都不能否认的一个普遍规律,但是平行研究的最大问题,一方面是"无所不包"的可能,另一方面是"自欺欺人"的盲目。要解决这个问题,还是不能摆脱扎实的资料研究,这里的资料不是看谁对谁有影响,而是尊重事实:"我们还要进一步加强理论修养,所谓加强理论修养,无非是多一点唯物主义,多一点辩证法。也许有人认为这是老生常谈。老生常谈就没有意义了吗?人必须吃饭,这是地地道道的老生常谈;但是谁不承认这也是地地道道的真理呢?没有唯物主义,没有辩证法,比较文学的研究决不能走出新路子,开创新局面。即使能哗众取宠于一时,必将失败于永久。"② 季羡林先生认为要解决平行研究存在的两个问题,必须聚焦文学性和理论性,展开文艺理论层面的研究,这其实是对比较诗学的另一种陈述。

基于以上分析,曹顺庆教授将季羡林先生对法美学派的批判性审思进一步发展创新,提出第三次整合,他认为:"如果我们综合比较文学发展三个历史阶段的学科理论实践以及定位,就会发现比较文学学科研究是在两个基点上展开的:跨越性和文学性。"③ 跨越性在上一部分已经专门论述,关于文学性,他认为:"比较文学研究实际上离不开文学研究,或者说,它离不开文学性和审美性的基点。"④ 这是对美国学派平行研究的传承发展,他甚至认为:

---

① 季羡林:《比较文学与民间文学》,北京大学出版社1991年版,第194页。
② 同上书,第196页。
③ 曹顺庆、李卫涛:《比较文学学科中的文学变异学研究》,《复旦学报》2006年第1期。
④ 同上。

"如果离开了文学或者文学性的研究,比较文学就无从建立一个稳固的研究领域,它也就成了无本之木,无源之水。"① 因此,曹顺庆教授传承了法国学派影响研究关于"跨越性"的理论思想,又传承了美国学派平行研究关于"文学性"的理论思想,将它们视为比较文学的两个基点,这与台湾学派第一次整合和季羡林先生第二次整合是一脉相承的,没有从一个极端走向另一个极端,没有在"片面的深刻"中否定式推进,从而实现包容式发展和涟漪式推进。

可见,中国学派及变异研究充分容纳了法美学派的研究贡献,并没有从历时性的研究角度认为它们"过时了",也没有认为他们的研究方式依然是权威,不盲目崇拜,也不妄自菲薄,更不刻舟求剑,而是与时俱进、博采众长、融汇创新。正如曹顺庆教授所说:"建构比较文学学科研究的新范式,需要我们打破旧有历时性描述的比较文学学科建构模式,从共时性角度来重新整合已经存在的比较文学三个阶段的学科理论资源,将比较文学存在的理论问题在'跨越性'和'文学性'这两个基点上融通。"② 曹顺庆教授在另一篇文献中对变异学进行定义时开头就表明:"比较文学变异学将比较文学的跨越性和文学性作为自己的研究支点。"③ 不难看出,影响研究、平行研究、变异研究,三者在跨越性和文学性问题上,既有传承,又有创新;既有批评,又有包容;既有历时性的推进,又有共时性的对话,这两个要素构成比较文学变异学的基础性特征。

第三节 异质性、变异性作为可比性特征

上一节论述了比较文学变异学的基础性特征,在基础性特征方面,最核

---

① 曹顺庆、李卫涛:《比较文学学科中的文学变异学研究》,《复旦学报》2006 年第 1 期。
② 曹顺庆:《比较文学学科理论的"跨越性"特征与"变异学"的提出》,《中外文化与文论》第 13 辑。
③ 曹顺庆、李卫涛:《比较文学学科中的文学变异学研究》,《复旦学报》2006 年第 1 期。

心的是跨文明比较，这奠定了东西方不同文明比较的合法性基础，也是不同文明文学之间展开比较的学科理论基础。只有确立这个基础，比较文学变异学才站得住脚。那么紧接着第二个问题就是：既然东西方"可以比"，那么东西方"如何比？"比较文学变异学如何看待可比性问题？这是变异学最核心最关键的理论问题。在这个方面，比较文学变异学的主要观点是将异质性、变异性作为可比性："比较文学变异学不仅关注同源性、类同性，更关注异质性、变异性。提出异质性是比较文学的可比性，或者说比较文学可比性的基础之一是异质性，这无疑是对比较文学原有学科理论的一大挑战，同时也是一大突破和转向。"[1] 那么，什么是异质性、变异性？为什么要研究异质性和变异性？如何在比较文学中将异质性、变异性作为可比性？就目前的研究现状来看，仍需要更加清晰更加强有力的回应。

一　异质性作为比较文学可比性

（一）什么是异质性？

异质性和变异性是比较文学变异学强调的两个核心术语范畴。它们不仅仅是术语范畴，而且也是不同的研究领域。一般而言："文学变异学应该包含两大方面的内容：一是'变学'，二是'异学'。"[2] 按照这个说法，那么变异性则是"变学"，异质性则是"异学"。首先我们来看"异学"，任小娟认为："异学之'异'，从字面意义上来看就是'不同'。"[3] 我认为这还不简单是"不同"，而是"大不同"。如果说，"变学"是影响交流中的变异性体现，"异学"则是平行阐释中的异质性体现。异质性和变异性常常并列陈述，虽然共同基础是"异"，但是两者并不是一回事，侧重点并不相同。我们知道，异质性的提出，源于对"失语症"问题的探讨。正是因为我们在全球化浪潮中

---

[1] 曹顺庆：《比较文学概论》，高等教育出版社2015年版，第167页。
[2] 任小娟：《后现代语境中的比较文学变异学》，《中外文化与文论》2008年第15辑。
[3] 同上。

跟着西方话语走，所以导致我们自己成了学术哑巴，无法独立自主地进行言说，"失语症"的病灶自然生成，要解决这个问题，第一步就是要回归主体、回归中国立场，不要和别人"趋同"，当然也不能"趋异"，而是要用现象学还原的方法，不遮不掩，实事求是。但是，究竟什么是异质性，仍然缺乏更深入更系统的阐释。

异质性本来是生物学概念，这个术语本身就是一种跨学科的运用。曹顺庆教授认为："所谓异质性，是指从根本质地上相异的东西。就中国与西方文论而言，它们代表着不同的文明，在基本文化机制、知识体系和文论话语上是从根本上就相异的（而西方各国文论则是同根的文明）。这种异质文论话语，在互相遭遇时，会产生相互激荡的态势，并相互对话，形成互识、互证、互补的多元视角下的杂语共生态，并进一步催生新的文论话语。"① 尤其要注意的是，它是根本质地上的相异，什么是根本质地呢？就文论而言，主要是话语机制和知识体系。从另一个角度来分析："异质性是一个知识学概念。说中国传统文论是'异质的'，意指它在谱系构成、知识形态、思维空间和话语方式等方面均与西方诗学有性质上的根本差异。"② 对这个"根本性"差异，余虹在《中国文论与西方诗学》中将之描述为"不可通约的结构性差异"。当然，对这个问题也有其他解释："所谓异质性，是指跨文明语境下不同文学（各民族文学或东西方文学）体现出的独特个性。这种个性有其独特的文化与艺术价值，彼此可以交流、共存共生，可以互为参照，但彼此没有位势上的主客之分，没有价值上的高下之别，更没有以一方为标准而去裁断另一方的可能与必要。"③

一般情况下我们将异质性与差异性混用，因为两者都突出"异"的元素。实际上，异质性与差异性有本质不同，差异性的"异"显得更为宽泛，异质性的"异"主要体现在话语质地上，主要是知识质态上的差异，是根本性的

---

① 曹顺庆：《比较诗学的重要突破》，《中国比较文学》2000 年第 4 期。
② 曹顺庆：《跨越异质文化》，山东友谊出版社 2007 年版，第 57 页。
③ 万燚：《跨文明语境下的比较文学变异学研究》，《内蒙古社会科学》2013 年第 1 期。

结构差异。那什么是"根本上相异的东西"？为什么会有着这样的相异？我们知道，差异是在比较中显现的，对异质性问题的探讨，也是源于中外比较研究实践，例如20世纪80年代以来，精神分析、新批评、形式主义、结构主义、解构主义等当代西方文论逐渐译介到中国，涌现出从浪漫主义角度看屈原、李白，从现实主义看杜甫，用结构主义分析中国古代文学等批评解读范式，表面上创新阐发出诸多饶有趣味的意义内涵，实质上中国文学原初意义形态被阐发得面目全非，难以自主言说，成了西方文论的亚文本或注脚，失去了文论批评的元语言、元理论、元话语。叶维廉说："我们经常看见诸如'浪漫主义者李白''从西方浪漫的传统看屈原'等等尝试。我们古典文学中没有相同于西方的浪漫主义的运动，这个运动中所强调的想象（运思行为）是我们首要了解的。"① 浪漫主义在西方文学史中贯穿着一个知识体系的发生结构，它不仅仅表现为抒情、言志等修辞模式，更体现为一种内在的文化精神和运思模式，而李白和屈原或许在修辞模式上具有相似性，但是在这种文化精神和运思模式方面，却是根本相异的，这就是中西文学传统与文化语境的异质性。比如说，杜十娘和茶花女之间的比较，得出的不同之处是差异性还是异质性呢？显然，这是差异性。因为这是两个个案，它们牵涉的是具体文学形象之间的比较，有相似也有差异，它不是一种运思模式或话语结构层面的根本差异。

那么，异质性具体包含哪些运思方式呢？主要有三个层面的阐释。第一，精神层面的异质性。对此，徐复观先生就艺术精神方面的异质性作了深入全面的分析，他说："当庄子从观念上去描述他之所谓道，而我们也只从观念上去加以把握时，这道便是思辨地形而上的性格。但当庄子把它当作人生的体验而加以陈述，我们应对于这种人生体验而得到了悟时，这便是彻头彻尾的艺术精神。"② 这段话的意思在于，差异性往往是可以描述，而异质性往往是

---

① 叶维廉：《东西方文学中"模子"的应用》，温儒敏、李细尧：《寻求跨中西文化的共同文学规律》，北京大学出版社1986年版，第16页。
② 徐复观：《中国艺术精神》，春风文艺出版社1987年版，第44页。

一种精神，这种精神就像集体无意识一样，是一种深幽的体验式存在。如果我们用西方形而上学的观念去分析老庄之道，那么这不是异质性，如果把它当作人生体验来陈述，并能在对道的体验中领悟道而不是描述道的时候，这就把握了文化精神层面的异质性。再如陀思妥耶夫斯基《罪与罚》，陀思妥耶夫斯基在处理拉斯柯尔尼科夫的"罚"的时候，并不是单一的惩罚，而是采用多声部复调叙述的形式，将"罚"体现为两个层面：一是道德精神之"自罚"，另一个是法律精神之"他罚"。我们对后者往往很好理解，他杀了放高利贷的老太婆，被流放西伯利亚，但是对前者之"自罚"，尤其是他展现出来的疯狂、病痛、噩梦、猜疑、挣扎，以及在不平凡的人与平凡的人之间的艰难选择和自我折磨，这些元素是中国读者很难领会的，他最后在妓女索尼娅的宗教感召之下从"自罚"到"自首"，陀思妥耶夫斯基让他俩在西伯利亚相会，在宗教文化精神中获得救赎。这些叙述，是中西方在宗教文化精神方面的异质性，可以语言描述，却很难从根本性上获得作品的类同性精神体验。

第二，话语层面的异质性。用索绪尔结构主义语言学来解释，我们说杜十娘和茶花女形象的异同之处，只是言语层面的差异，而话语指的是一种言说规则和意义生成机制，就像下棋一样，我们所说的言语是每一步棋的具体走法，而话语是潜在的下棋规则，比如我们下中国象棋时，能看到炮、卒、帅等棋子，这是它们属性上的差异，而"炮打翻山"，就是一个运作规则。对中国文学和文论话语而言，具体的话语规则是什么呢？曹顺庆教授在《中国古代文论话语》一书中将之展开为：得意忘言、以少总多、虚实相生、点到为止等，当然我们还有妙不可言、以意逆志、微言大义等等，只是角度不同，有的是意义生成方式，有的是话语言说机制，有的是意义阐释模式。例如："虚实相生是艺术创作和审美观照的基本原则之一，同时也是中国传统文化对从宇宙大化到艺术人生、思维、语言规律的总认识、总概括。"[①] 同样，他认为"和诸多其他命题如'虚实相生'、'言象意道'等一样，'以少总多'说也具有原创性，它根植于中国具象思维的沃土，因诗性智慧的滋养而得以发展，随

---

① 曹顺庆：《中国古代文论话语》，巴蜀书社2001年版，第238页。

历史的嬗变终至进入中国文论基元系统，规定着中国文论的价值取向，决定着文论诸范畴（如比兴、含蓄、繁简等）的精神内涵，为塑造中国文学的文化品格做出了重大贡献"①。第三，言语层面的异质性。这与话语层面的异质性的区别在于：话语异质性是运思规则，而言语层面的异质性是不同的思想流派所采用的语言策略。例如李思屈教授指出："对于思维和语言的局限性，中国人很早就有深刻的觉察，儒、释、道三家都对此有精到的见解，并且都提出了大体一致而又各具特色的应对方案，创造了对道的特殊言说方式，形成了儒家话语、道家话语和释家话语。"② 儒释道在话语言说方法上都有共性特征，但是他们也有自己的异质性特征。叶维廉也专门分析了中国古代的"回文诗"，他说："要一首诗不管从那一个字开始那一个方向读取都能够成句成诗，属于印欧语系的英文办不到，白话往往也不易办到。印欧语系的语言缺乏文言所具有的灵活语法。"③ 当然，除了以上对异质性的分类外，我们也可以从创作、示意、批评等方面来理解中国文论话语的异质性。1. 创作运思的异质性。如刘勰的"神思"。2. 意义生成的异质性。如"依经立义"；3. 示意方式的异质性。如以少总多、虚实相生、春秋笔法等。4. 意义批评的异质性：知人论世、以意逆志。以上表述，就是异质性的基本内容。

（二）为什么要研究比较中的异质性

《文学评论》2000 年专门就这个问题开辟专栏进行研讨。其实这个问题可以从另一个方面来展开：如果在比较中不研究异质性会发生什么情况？从学科历史发展历史来看，主要有以下三种。

第一，失语症。异质性研究的最初酝酿与失语症相关，曹顺庆教授指出："在研究古代文论、比较诗学及比较文学的每一阶段，我都深切感受到一个巨大的困惑，即：中国古代文论的确博大精深，极有理论价值，但在现当代中

---

① 曹顺庆：《中国古代文论话语》，巴蜀书社 2001 年版，第 156 页。
② 李思屈：《中国诗学话语》，四川人民出版社 1999 年版，第 119 页。
③ 叶维廉：《中国诗学》，生活·读书·新知三联书店 1992 年版，第 15 页。

国却成了博物馆里的秦砖汉瓦，成了学者案头的故纸堆。作为理论，它不但无法参与现当代文学与文论的言说，甚至无法表述自身。"① 如果不能参与言说，那么如何研究现当代文学呢？那就是用台湾学派使用的阐发研究，但另一个问题随之而来，那就是："在西方理论和中国的文学实际之间是存在非常明显的异质性的，我们没有看到这个异质性，就在不知不觉中把西方的理论贴在我们的文学上去，长期以来就形成了哭笑不得的局面。很多人学的古代文学是用西方理论附会曲解过的古代文学，已经不是真正的我们自己的文学，或者说古代文学的面貌被异质文明的阐释遮蔽了，这就是一种典型失语症的表现。"② 对中国文论而言，比较又意味着"求异"，正是基于自身的话语焦虑才全盘西化，将他者视为标准，将西方视为样本，继而导致"长期以来，中国现当代文艺理论基本上是借用西方的一整套话语，长期处于文论表达、沟通和解读的'失语'状态"③。显然，在这里，失语指的是失去了自己的话语言说方式，曹顺庆教授补充道："所谓'失语症'，并不是说我们的学者都不会讲汉语了，而是说我们失去了自己特有的思维和言说方式，失去了我们自己的基本理论范畴和基本运思方式。"④ 这不是西方文论中国化，而是中国文论西方化，因为异质性被遮蔽，变异性并没有实现，纵使文学之间各种嫁接、拼贴、移植、比附，均没有彰显具有独立文化品格的阐释立场，所以叶维廉说："仅仅将两部作品从各自相关的历史瞬间抽离出来作一番比较对比，是不能够完全把握一种文化现象的全部生成过程的。"⑤

在中西比较诗学的进程中，"比较"难免会出现价值取向和价值评判，当中国文化文论遭遇到外国文化文论之时，如何实现平等对话、互补互证是一个根本性的立足点问题。然而在20世纪80年代以来的比较文学研究中，很多阐发研究在"以西释中"的过程中并没有在意中国话语的异质性问题，继

---

① 曹顺庆：《为什么要研究中国文论的异质性》，《文学评论》2000年第6期。
② 曹顺庆、张雨：《比较文学变异学的学术背景与理论构想》，《外国文学研究》2008年第3期。
③ 曹顺庆：《文论失语症和文化病态》，《文艺争鸣》1996年第2期。
④ 曹顺庆：《中国古代文论话语》，巴蜀书社2001年版，第27页。
⑤ 叶维廉：《中国诗学》，生活·读书·新知三联书店1992年版，第198页。

而导致言必称西方，无西方则不可言说，失语症在所难免。当然，对这个问题也是颇有分歧的，例如1990年黄浩发表于《文学评论》1990年第2期的《文学失语症——新小说"语言革命"批判》就引起了第一次反响，唐跃发表于《文学评论》1991年第1期的《文学尚未失语——关于黄浩同志〈文学失语症〉一文的不同意见》又提出相左的看法。但是，关于失语症，真正在国内文艺理论界引起集体性的学术反思的还是曹顺庆教授的《文论失语症与文化病态》，罗宗强说失语症问题："接触到当前文学理论界要害，引起了学界的热烈的响应，一时成了热门话题。学者们纷纷提出利用古文论以建立我国当前文论话语的各种可能性。"[①] 于是，如何解决这个问题，成了一个重大的历史命题。此后，学术界相继涌现《回到语境——关于文论失语症》（张卫东）、《从"失语症""话语重建"到"异质性"》（曹顺庆）、《后殖民语境中的东方文学选择——兼评当前诗学讨论中的"失语症"论》（高旭东）、《"失语症"与文化研究中的问题》（高小康）、《对"失语症"的一点反思》（蒋寅）、《文学理论的"他国化"与西方文论的中国化》（曹顺庆）、《再说"失语症"》（曹顺庆）、《后殖民主义与文论失语症命题审理》（章辉）、《论"失语症"》（曹顺庆）、《关于中国文论"失语"与"重建"问题的再思考》（陶东风）等论文。

可见，失语症是整个20世纪中外文学与文化交流过程中的一个致命症结，这关系到中国自身的文化身份问题。曹顺庆教授认为，失语的终极原因是长期"西方化"的最终结果。中西之间存在着明显的"隔"而不是"化"，没有从根本上认可中西文论的异质性和独立性，于是就出现"西方中心主义"或"东方中心主义"的偏颇，"因为双方不是在同一个层面上平等交流对话，要么是西方理论崇拜，要么是极端民族主义情绪在作祟。很难超越这种异质文明之间的鸿沟达到'共在之域'"[②]。这样就导致中国文论在西方话语的牵制之下被改头换面、支离破碎，最终无法言语，就连很多身处中西文化碰撞

---

① 罗宗强：《古文论研究杂识》，《文艺研究》1999年第3期。
② 曹顺庆、王超：《论中国古代文论的中国化道路》，《中州学刊》2008年第2期。

中的华裔学者也存在这种问题。例如刘若愚的名著《中国文学理论》，还是没有摆脱"西学为体，中学为用"的基本思想，他忽视了中西诗学比较上的异质性因素，使得中国文论被西方诗学所同化，中国文论成为西方诗学的一个注脚。在"求同"倾向出现问题的时候，"异"的价值就充分体现出来。1999年，曹顺庆教授等在《替换中的失落》中指出："中国诗学应该在整体上反省自己的知识形态并寻找出路，以中国智慧的特质与西方对话，而不是以化归的方式向西方认同。"① 如何反省异质性问题呢？对此，在20世纪末，学术界展开了"重建中国文论话语"的研讨活动。例如1996年在西安召开的"中国古代文论的现代转换"学术会议，就是一种话语重建方式，1996年曹顺庆、李思屈发表《重建中国文论话语的基本路径及其方法》，1997年又在《文学评论》发表《再论重建中国文论话语》，当然还有后来的"西方文论中国化"，等等。

从总体上看，为克服失语症现象，学术界目前主要有三种话语重建方案：中国古代文论的现代转换、西方文论中国化、中国古代文论的中国化。而话语重建与传统的古代文学研究最大的不同在于："不是简单地回到新文化运动以前的传统话语体系中去，也不是简单套用西方现有理论来解释中国的文学现象。而是要立足于中国人当代的现实生存样态，沉潜于中国五千年生生不息的文化内蕴，复兴中华民族精神，在坚实的民族文化地基上，吸纳古今中外人类文明的成果，融汇中西，而自铸伟辞，从而建立起真正能够成为当代中国人生存状态和文学艺术现象的学术表达并能对其产生影响的、能有效运作的文学理论话语体系。"② 这一方面的重要成果还有李思屈的《中国诗学话语》（1999）、李清良的《中国文论思辨思维研究》（2001）、曹顺庆的《中国文化与文论》（2000）以及《中国古代文论话语》（2001）等。

第二，强制阐释。在西方文论中国化进程中，中国文论话语异质性被意向性遮蔽和扭曲性阐释。这种态势在台湾学者最初的阐发研究中显得尤其明

---

① 曹顺庆、吴兴明：《替换中的失落》，《文学评论》1999年第4期。
② 曹顺庆：《再论重建中国文论话语》，《文学评论》1997年第4期。

显：" 我们不妨大胆宣言说，这援用西方文学理论与方法并加以考验、调整以用之于中国文学的研究，是比较文学中的中国派。"① 曹顺庆教授认为这种研究模式："容易将中国文学当成西方理论的注脚，从而忽视中国文学自身的特性。"② 对异质性的遮蔽，体现为两个诱因：一是法国和美国学派用同一性否定差异性，从同质化走向平面化，从平面化走向一元化；另一方面，中国文论中没有西方意义上的体系、理论，在跨文明比较中不具备对称性表述模态，进而引发内在焦虑，所以早期比较文学研究者认为只能用西方理论阐发中国文学文本，中国的诗文评、词话、诗话等评论方式不具备西方文论话语的体系性、清晰性。哈佛大学教授宇文所安就敏锐意识到这种论断中的问题，虽然韦勒克、沃伦合著的《文学理论》英文原名是"*theory of literature*"，但他在研究中国文论时，并没有用"theory"一词，而是用"literary thoughts"，即文学思想，他将中国文论话语视为一种独立于西方话语的思想形态。

正因对异质性的意向性遮蔽，在精神分析、新批评、结构主义、形式主义、解构主义等当代西方文论逐渐译介到中国后，涌现出用浪漫主义分析李白、用现实主义研究杜甫等等批评现象，貌似有创新有趣味，实际上并没有从元话语、元理论层面提出比较文学的中国方案、中国话语。这种比较文学研究，在文学与文论的他国化过程中，形成观念合并或观念否定的思想倾向，如乐黛云所说："它有时表现为一种'求同'的强烈的意识形态倾向，即有意识地表现自身文化的普适性，力求将他种文化纳入自身的文化模式；有时又表现为一种'求异'的乌托邦思想的寄托，将异国他乡描述为理想的天堂，以反对对自身处境的不满。"③ 对西方文论来说，比较意味着"求同"，从现象学层面分析，比较文学研究的意义，就在于还原意义生成空间和文化阐释空间，将一些具有异质同构特征的边缘性或被压抑的文化元素释放出来，在文论他国化过程中，通过话语变异重新弥补某种文化、文学、文论的知识谱

---

① 古添洪、陈慧桦：《比较文学的垦拓在台湾》，台北东大图书有限公司1976年版，"序"第2页。
② 曹顺庆：《中西比较诗学》（修订版），中国人民大学出版社2010年版，第205页。
③ 乐黛云：《跨文化之桥》，北京大学出版社2002年版，第258页。

系。如此看来，比较文学法国学派"以同求源"的意向性把握，在起点上就缺乏合法性基础，根据布伦塔诺（Franz Brentano）的理解，意向性就是"与对象的关系"。胡塞尔认为意向性内容具有两层含义：1. 被意指的对象（the object as it is intended）；2. 被意指的绝然对象（the object which it is intended），其中这个"as"作"如"来理解，这事实上是一种主体性自我想象："只要我们只是类比地、想象地构想一个普遍对象，我们就能够以设定的方式来意指它。"① 那么，对比较文学而言，这种对象性关系应该怎样确立？这个逻辑构架至少包含三个维度。1. 话语中心向度的确立：和谁比？2. 话语对立维度的设定：谁和谁比？3. 话语认同限度的判断：谁和谁比什么？对此，法国学派将可比性设定为单向度的辐射模式和求同思维，因而中西比较视域就体现出对异质性遮蔽的双向互动进程。一个层面中国话语的自我遮蔽，季羡林指出："你只要讲中国行，他就反对，讲中国不行，他就高兴。这种心理真是莫名其妙。"② 这种莫名其妙的心态，就是对中国文论话语的不自信，不自信就必然形成有意识的遮蔽、沉默。另一层面是西方话语的主体意向性遮蔽。法国学派影响研究的意义遮蔽有几种策略：一是对异质文明的排斥，学科理论上确立话语中心和可比性框架，让异质文明不具可比性和关联性；二是对比较的话语解释系统进行操控；三是对话语实践者进行限制，潜意识忽视、忽略异质文明的语义场；四是对话语中心形象的普适性推广和"异域"的文化想象。所以，这里的可比性，是意识形态符号表象体系与深度秩序之间的意向性默契和潜意识操控，是一种文明对另一种文明的丑化、忽视、压制。由此可见法国学派是用关系论来构建系统论，用系统论支撑中心论，在关系构建之中潜伏着话语中心意识和思想支配意识。

第三，西方比较文学的危机与死亡。对异质性的意向性遮蔽的直接后果是什么？那就是比较文学危机论和死亡论。对西方文学自己也没有好处，损

---

① ［德］胡塞尔：《逻辑研究》（第二卷第二部分），倪梁康译，商务印书馆2015年版，第1046页。
② 季羡林：《西方不亮，东方亮》，《中国文化研究》1995年冬之卷（总第10期）。

人不利己。率先发难的是美国学者韦勒克，他认为："冒昧地说，比较文学已成为一潭死水。"① 法国比较文学家艾田伯指出："用'危机'这个字眼虽然有趋时之嫌，虽然时下人们作文著书，不问什么题目，为了吸引读者，一律把青楼的红灯拿来乱挂，但是比较文学经历了无妨称之为危机的遭遇，这却是事实，而且少说也有二十年了。"② 纵观比较文学史，每一次可比性疆域的变动，都决定着比较文学的"生死"。法国学派用实证性影响研究来梳理跨国文学之间的交流关系，这在韦勒克看来，他们将："'比较文学'局限于研究文学之间的'贸易交往'，无疑是不恰当的。"③ 因此，美国学派用跨文化、跨学科的平行研究来强化比较文学的跨越性和文学性特征，但是他们"却对把文学现象的平行研究扩大到两个不同的文明之间仍然迟疑不决"④。可见，他们仍然没有走出西方文化诗学的封闭圈，用季羡林先生的话说："他们的所谓比较几乎只是限于同一文化体系内的比较，都是近亲，彼此彼此，比来比去，比不出什么名堂。在这一方面，两者又同有一失，失之闭塞。"⑤ 正因有此"病根"，比较文学危机论、死亡论才此起彼伏、不绝于耳，同时这也给我们提供了创新机遇："中国当下的比较文学研究应该直面异质文明间的冲突和对话问题，正是在这样的学术背景下，中国学者提出了比较文学变异学的理论。"⑥ 2003 年，后殖民主义代表人物斯皮瓦克将自己对韦勒克的研究成果出版，命名为《一门学科的死亡》(Death of a Discipline)⑦。那么我们是否可以说，比较文学就此真的走向衰亡了呢？

显然，不是学科出了问题，而是思路出了问题，不是研究出了问题，而是方法出了问题。曹顺庆教授认为：

---

① ［美］韦勒克：《比较文学的危机》，北京师范大学中文系编：《比较文学研究资料》，北京师范大学出版社 1986 年版，第 59 页。
② ［法］艾田伯：《比较不是理由——比较文学的危机》，《国外文学》1984 年第 2 期。
③ ［美］韦勒克：《比较文学的危机》，干永昌：《比较文学研究译文集》，上海译文出版社 1985 年版，第 123 页。
④ ［美］韦斯坦因：《比较文学与文学理论》，刘象愚译，辽宁人民出版社 1987 年版，第 5 页。
⑤ 季羡林：《比较文学与民间文学》，北京大学出版社 1991 年版，第 194 页。
⑥ 曹顺庆：《比较文学概论》，高等教育出版社 2015 年版，第 161 页。
⑦ Gayatri C. Spivak. *Death of a Discipline*. New York：Columbia University Press，2003.

现有的比较文学学科理论的重大缺陷就在于：几乎所有人都完全忽略了比较中的异质性问题。通常，没有学过比较文学学科理论的人，在比较文学研究中都会自觉或不自觉地认为：比较文学是既求同又求异的，比较就是求同中之异，异中之同。这种直觉，实际是正确的。但是在欧美比较文学学科理论中，比较文学的根本目的是求同而不是求异。不管是影响研究还是平行研究，其研究基础都是"求同"，是求异中之同……对于不同国家文学的差异，欧美学者不是没有看到，也不可能没有看到，因为这是一个仅凭常识和直觉就能够意识到的问题，但是从比较文学学科理论建设的角度来看，欧美学者认为，差异性是没有可比性的，对差异性进行比较是没有意义的。①

所以，季羡林先生和曹顺庆教授都认为，西方比较文学的危机和死亡是源于对东方文明及中国文学文论的异质性遮蔽，堵住了对话之路。而这一点，在20世纪90年代以来的诸多国外比较文学学者，已经很清晰地证实了这个问题。

（三）异质性如何成为可比性

这是变异学最为关键的问题之一。曹顺庆教授认为："提出异质性是比较文学的可比性，或者说比较文学可比性的基础之一是异质性，这无疑是对比较文学原有学科理论的一大挑战，同时也是一大突破和转向。"② 以此为标志，比较文学中国话语逐步形成："从比较文学在中国兴起到跨异质文明、变异学的提出，从失语症到西方文论的中国化，比较文学中国学派的方法论体系基本成形。"③ 一般而言，比较文学的主要学科理论问题是解决可比性，所谓可比性，就是哪些可以比较，哪些不能比较。异质性成为可比性，并不是说将

---

① 曹顺庆、沈燕燕：《打开东西方文化对话之门》，《东疆学刊》2013年第3期。
② 曹顺庆：《比较文学概论》，高等教育出版社2015年版，第167页。
③ 曹顺庆：《中国学派：比较文学第三阶段学科理论的建构》，《外国文学研究》2007年第3期。

风马牛不相及的对象凭主观想象进行比较。巴登斯贝格早就指出:"仅仅对两个不同的对象同时看上一眼就作比较,仅仅靠记忆和印象的拼凑,靠一些主观臆想把可能游移不定的东西扯在一起来找点类似点,这样的比较绝不可能产生论证的明晰性。"① 变异研究与影响研究、平行研究不是割裂的,而是传承创新的包容式发展,只是研究视域和研究立场的侧重点不同而已:"比较文学变异学不仅关注同源性、类同性,更关注异质性、变异性。"② 变异学理论必须依靠独立的异质话语言说体系,不能患软骨病,不能被西方话语吹得晕头转向,一推就倒,因为:"只有承认这种'异质性',并且从一种'变异学'角度来研究这种异质性的根源和发生流变机制,才能从一个更加宏观的角度深入到中国文论自身的话语规则。"③

比较文学可比性疆域自学科诞生之日起便在离散与聚敛之间滑动。法国学派试图用实证性关系的延展来梳理跨国文学的历史渊源,其原初动机是话语中心论的先验设定。美国学派则用平行的跨学科研究打破相对封闭的关系论立场,将比较放在一个更宏大的西方文明叙述框架之内,看似是对影响研究的否定,实则将可比性从中心辐射论拉向平行对话论,从跨国立场到跨文化立场,始终没有逃离西方文明的整体构架。比较文学变异学,是对法国学派和美国学派的创新发展,着力于西方文论中国化与中国文论他国化中的异质性与变异性,将异质性作为比较的存在论本体出场,视变异性为文论他国化的话语生成机制。那么异质性如何成为可比性?异质文论话语如何变异为他者的自在言说体系,并在跨文明比较视域下释放其意义指涉性与自由性?比如法国学派认为有"事实性"影响关系的各国文学之间才能比较,所以他们的主要可比性就是"同源",有一个固定的"放送点",然后求证从放送点到接受点的经过路线,无论是文本之源,还是形式之源,主题之源,甚至表述之源,都有千丝万缕的联系,都说得清楚,这就是法国学派的可比性。对

---

① [法] 巴登斯贝格:《比较文学:名称与实质》,干永昌:《比较文学研究译文集》,上海译文出版社1985年版,第33页。
② 曹顺庆:《比较文学概论》,高等教育出版社2015年版,第167页。
③ 曹顺庆、王超:《论中国古代文论的中国化道路》,《中州学刊》2008年第2期。

美国学派而言，没有实证性影响关系的也可以比较，不同学科、不同国家、不同文化的文学，只要在"文学性"这个层面具有审美意蕴上的类同，就可比。所以他们的可比性是"类同性"，就是在类似的主题下展开比较，例如浮士德形象在不同国家的表述等等。但是他们都有一个基本特征，就是"同"（同源性、类同性），而比较文学变异学的基本理论特征是"异"（异质性、变异性）。曹顺庆教授指出："为什么异质性能成为比较文学的可比性，这是比较文学变异学理论首先要解决的一个问题。"① 一般来说，求同存异我们都能理解，但是以异寻同却需要做出学理上的说明。对这个问题，黑格尔有一段很生动的表述：

> 假如一个人能看出当前即显而易见的差别，譬如，能区别一支笔与一头骆驼，我们不会说这人有了不起的聪明。同样，另一方面，一个人能比较两个近似的东西，如橡树与槐树，或寺院与教堂，而知其相似，我们也不能说他有很高的比较能力。我们所要求的，是要能看出异中之同和同中之异。②

在黑格尔看来，大同或大异都不是比较的关键，也不是比较文学工作者的主要工作对象，真正的比较，是要找寻"异中之同和同中之异"，这看起来似乎是一件很简单的事，实际上并非那么容易。例如，我们将杜十娘和茶花女进行比较，因为她们都是"失足女"，这其实是一看就明了的事，但是我们却要反复论证两者的相似性，季羡林先生和曹顺庆教授都认为这种现象就是典型的 X＋Y："中国比较文学中为什么会出现 X＋Y 式比附文学的危机，就是因为我们不知道去辨析不同文明间文学现象的异质性因素。"③ 这种方式将两个对象孤立抽取出来，缺乏系统考察，没有辩证思考异质性基础是什么，通约性问题是什么。那么，什么是"异中之同和同中之异"？《周易》太极

---

① 曹顺庆、张雨：《比较文学变异学的学术背景与理论构想》，《外国文学研究》2008 年第 3 期。
② ［德］黑格尔：《小逻辑》，贺麟译，商务印书馆 1997 年版，第 253 页。
③ 曹顺庆、张雨：《比较文学变异学的学术背景与理论构想》，《外国文学研究》2008 年第 3 期。

图就是一个很形象的描绘,叶维廉关于文化"模子"的结构图示也是比较合适的,或者我们可以说,同与异的划分并不是一分为二的"一刀切",这个切面并不是那么干净利落,而是一个曲折回环、动态发展的生成结构。王佐良先生将其比较文学研究集命名为"论契合",也可以说是"铆合",或如乐黛云教授说的"和而不同",总而言之是"和合"。它的主要特征在于:并不是将同与异进行拼贴并置,而是从一个交叉互补的视野来打量,用叶维廉的话说,叫"借异识同"。按照法美学派的研究思路,有同才可比,但是按照变异学理论,可以先从异说起,先把自己的话语身份弄清楚搞明白再说,不要为寻同而寻同,先搞清楚"是什么",然后再研究"比什么",否则就会像法国学派所担心的那样,把两个貌似相似的对象拉过来盲目乱比。所以,曹顺庆教授认为:"比较文学变异学首先要进行的是对不同文明间异质性因素的研究,也就是说比较文学变异学的可比性基础是文学的差异性存在样态。"[①] 可以说,比较文学变异学第一个也是最重要的创新,在于把异质性作为可比性提出来。为什么要提出这个命题?这个命题是否科学合理?为什么异质性能够成为可比性?我们可以以海德格尔为例来说明。

熊伟教授在《道家与海德格尔》一文中叙述了一些有趣的事实,海德格尔与台湾学者萧师毅1947年合译《道德经》时,萧师毅总以西方哲理去引证,海德格尔却认为"应该细听老子及其语言之奥义以求深入",他反对用西方的话语去阐释东方话语,有时直接用"道"的音译。据萧说,海德格尔将老子"孰能浊以静之徐清,孰能安以久动之徐生"用中国字写下挂在他山庄的墙壁上。据熊伟教授回忆:"一次萧随一位学技术的朋友往访海德格尔。这一德友念了三段老子的话如下:'大道废,有仁义'(《道德经》第18章);'兵强则灭,木强则折'(《道德经》第76章);'圣人后其身而身先,外其身而身存。非以其无私耶,故能成其私'(《道德经》第7章)。然后说:'教授先生,我作为欧洲人简直不懂得老子说些什么。'此时萧师毅插话:'因为我

[①] 曹顺庆、张雨:《比较文学变异学的学术背景与理论构想》,《外国文学研究》2008年第3期。

们中国人当时不知亚里士多德逻辑学。'海德格尔立即作答:'谢天谢地,幸亏中国人当时不知此道。'"① 读不懂是正常的,之所以德国友人读不懂,那是因为中西方文明存在不可通约的结构性差异,具体而言,用冯友兰先生的话说,西方是"正的哲学",而中国是"负的哲学",亚里士多德形而上学是通过逻辑形式介入思想,而老子以无为有、以虚入实,这是非逻辑、反逻辑的思路。海德格尔面对中国文化这样的异质性元素时,并没有以西方文明为主体进行同化,而是欲进先退,"倾听"异质话语,他庆幸当时的老子没有受到亚里士多德的影响,而保持了一种"相异"的原生态文明形态,海德格尔对东方思想的聆听和迂回,最终实现自己在哲学上的"思与诗"的对话与超越,异质性作为可比性的重要原因,或许就是这种"秘响旁通"的差异互补、互释、互证、互促。

海德格尔对东西方异质文明的研究案例,可以充分说明异质性作为可比性的路径可能,老子与亚里士多德之异,启发了海德格尔对西方形而上学的存在论超越,这正如曹顺庆教授论断:"异质文明之间的话语问题、对话问题、对话的原则和路径问题、异质文明间探源和对比研究问题、文学与文论之间的互释问题等,都是在强调异质性基础上进行的,这就是比较文学第三阶段的根本特征和方法论体系,也是第三阶段的一个不同于西方的、突出的学科特征。"② 那么异质性成为可比性,其具体操作路径可以分解为以下几个方面。

第一,"异质还原"。这主要是指中国文学与文论话语的中国化问题。③ 笔者与曹顺庆教授合写的《论中国古代文论的中国化道路》以及《再论中国古代文论的中国化道路》等相关学术论文详细阐述了这个问题。按照这个思路,比较的前提首先就是要确立比较主体的话语异质身份,但是张隆溪教授对这个问题一向持否定态度,他认为把两者的差异主观绝对化、扩大化可能导致文化相对主义的危险,他说道:"文化互不相通的观念,的确往往就是这

---

① 熊伟:《道家与海德格尔》,熊伟:《自由的真谛——熊伟文选》,中央编译出版社1997年版,第143页。
② 曹顺庆:《中国学派:比较文学第三阶段学科理论的建构》,《外国文学研究》2007年第3期。
③ 参见曹顺庆、王超《论中国古代文论的中国化道路》,《中州学刊》2008年第2期。

类意愿产生出来的结果，是寻求差异的意愿僵化成为一条对比原则，是浪漫主义的异国情调观念经过哲理化而成为后浪漫主义和后现代主义的理论。"① 他认为伽达默尔在《真理与方法》中所提出的"视域融合"能够在比较文学中发挥重要作用，我们并不能如此过分强调差异，而是要退后几步来看。我的观点是，将差异刻意扩大化、绝对化显然不是可取的，但是这里所说的"异质还原"并非如此，这其实是一种实事求是的"归位"，我们不能在比较一开场就用"视域融合"的心态去展开研究，对一个对象的认识有很多层面，我们不能因为西方有浪漫主义，而中国文学中的李白有类似浪漫主义文学风格，就加以比较，这样的"视域融合"显然没有多大说服力。例如张隆溪教授认为道与逻各斯是中西方在形而上学本体论上的"视域融合"，我不认同这种观点。如果我们将"道"置放在中国文化语境中进行"异质还原"，就会发现张隆溪教授这种说法并不靠谱（这个问题在本书后文将会专门论述）。这里的还原，就是抛开海德格尔和伽达默尔反复强调的"先见""前见""先行掌握"等接受屏幕，在西方话语的"参照"而不是"同化"的前提下，梳理中国文论话语异质性要素，例如德国人读不懂《老子》，因为这是一种与西方不同的话语言说方式，而海德格尔却认为正是因为老子《道德经》没有受到亚里士多德的影响，反而值得从"不懂"之处去领悟另一种"懂"，再如弗朗索瓦·于连在《平淡颂》里专门研究中国文化艺术中的"平淡"，他认为这也是区别于西方"崇高"的一种美学形态，西方人不懂这种"落花无言，人淡如菊"的平淡美学，而这恰好可以与崇高、悲剧等形成对话与互补。总而言之，异质还原意味着抛开成见，从本土文明立场出发，梳理自身区别于其他文明形态的深层结构特征。

第二，"异质对话"。如果说"异质还原"是在讲"迂回"，那么"异质对话"则是讲"进入"。韦斯坦因对跨文明比较的"迟疑不决"主要是因为他觉得东西方不是"同根"的文明，缺乏"类同"性。相反，比较文学变异学理论却认为，正是因为"不同根"，在某些问题上的阐述，反而能够让异质

---

① 张隆溪：《同工异曲》，江苏教育出版社2006年版，第7页。

文明在某一个平台上进行对话，对话不是"你有，我也有"或"你有，我该有"，而是"你有，我没有"或者"你有你的，我有我的"。正如曹顺庆教授所说："所谓中西方文化与文论的对话，更需要异质性的话语，才可能形成真正的话语之间的'对话'，否则就只有西方文论的一家独白。"① 例如关于道与逻各斯的问题，就是一个很有趣的问题，学术界有的认为"道"就是中国的"逻各斯"，"逻各斯"就是西方的"道"，实际上，这种比较思路还是在"寻同"，这不是对话。这两者都是中西方意义生成的"元话语"，但是这种元话语本身却有着根本不同，比较文学变异学的研究，就是要将这些不同进行对视，曹顺庆教授就指出："为什么要研究异质性呢？比如说，西方讲逻各斯中心主义，中国有没有逻各斯中心主义呢？有人说有，有人说没有。如张隆溪写过一本书叫《道与逻各斯》，说中国有逻各斯中心主义。这个观点是错误的。因为逻各斯与道不同，逻各斯是强调语言与意义是贴在一块的，没有没有语言的意义，也没有没有意义的语言，语言与意义是一致的；而中国恰恰相反，语言与意义始终是有距离的。如言不达意，'道可道非常道'，'不着一字尽得风流'，这是中国文论与文化从来就有的，它与逻各斯话语正好相反。"② 显然，这不是将两者绝对化，而是在还原基础上的迂回对视，两者的差异性恰好可以与对方形成互补。所以，在这段表述中，我们看到了将异质性作为可比性的一个生动案例。概言之，异质性作为可比性的一个基本内容就是：差异即对话。

第三，"异质互补"。我们在比较中找到了同与异，但这不是落脚点，对话的最终目的还是要实现互补，互补的具体体现就是相互促进认识、促进发展。跨越边界越大，异质性越明显，异质性越明显，互补性就越强，这是一个成正比的逻辑关系。曹顺庆教授说："异质性比较的意义在其互补性，这是对异质性强调的关键。传统比较文学研究总是求其同质性与共通性，这种研究是建立在求同的基础上的，对于相异的部分则没有纳入研究的视野，因此，

---

① 曹顺庆：《跨越异质文化》，山东友谊出版社2007年版，第56页。
② 曹顺庆、罗良功：《比较文学变异学研究》，《世界文学评论》2006年第1期。

也就忽视了不同文学和文化之间存在互补性的可能，当然也就谈不上探讨这种互补性了。"① 每一个意义域的空间场，并不是由相似的意义体来进行同质化比对，而是由异质性的意义体构建自由联合体，互不压制、尊重差异，在某一个问题上，实现自由的对话、嬉戏。从某种意义上说，"差异远不是被遗忘的和被覆盖的根源，而是我们自身之扩散和我们所造成的扩散"。② 正是西方中心论的话语扩散，遮蔽了东方文明异质性。当然，既不能盲目追求"同一性"，也不能机械对立，对此，国际比较文学学会会长张隆溪指出："不可能把东西文化机械对立起来，为了弘扬自己的文化就贬低甚至否定其他文化。""我们要走出文化的封闭圈，深入东西文化传统去吸收一切有益的知识。"③ 也正如钱锺书先生在《谈艺录》中所道："颇采'二西'之书，以供三隅之反。"④ 比较文学只有走出文化诗学的封闭圈，既自主自信又开放包容，才是化解危机的源头活水。中西异质文明平等对话、优势互补的思想传承了钱锺书、季羡林、杨周翰、乐黛云以来中国比较文学家的思想基因和理论脉络，为比较文学面临的新问题、新困境提出了中国方案、中国话语。异质性作为可比性，意味着要跨出文化诗学的封闭圈，摆脱影响研究、平行研究对"同"之可比性依赖，拒绝同一性整合，转而寻求异质文明双向互动和跨越性对话，让中国文论与西方诗学走出意识形态独白模式和思想体系的先验预设结构，用异质性来建构另一种形式的可比性。这种思想不仅仅是我们的主观设想，也是国际比较文学的发展态势，例如布朗教授就指出："我认为——不，我感觉——未来十年比较文学的任务是用各种地方主义来对抗走上了歧途的全球化和霸权准则。宏图远志在结构主义及其之前和以后的正统学说中并不少见。然而，更需要强调的是差异，既包括作品之间的差异，也包括作品内部的差异。"⑤

---

① 曹顺庆：《中西比较诗学》（修订版），中国人民大学出版社2010年版，第229页。
② [法] 福柯：《知识考古学》，生活·读书·新知三联书店2003年版，第146页。
③ 张隆溪：《走出文化的封闭圈》，生活·读书·新知三联书店2004年版，第9—10页。
④ 钱锺书：《谈艺录·序言》，生活·读书·新知三联书店2007年版，第1页。
⑤ [美] 布朗：《方寸之间有乾坤：或小人国中的比较》，苏源熙：《全球化时代的比较文学》，第318页。

二　变异性作为比较文学可比性

(一) 什么是变异性

上文提到的异质性作为可比性，主要研究没有实际联系的不同文明、不同国家之间的文学现象，在相互阐发中呈现的变异状态。而这里将变异性作为可比性，则主要研究不同文明、不同国家之间的文学在实证性影响交流关系中呈现的变异状态。前者是对平行研究的可比性特征的包容性发展，后者是对影响研究的可比性特征的包容性发展。那么首先要弄清楚什么是变异性，有学者认为："所谓变异性，是指在文化与文学交流中，尤其是在文学批评与研究中，从原初文本不断生成（即译者、读者和批评家完成）的文学'作品'，或曰跨语际实践，已经完全不同于原文本。这种变异性乃是当代世界比较文学研究应当重点关注的对象。"[①] 我们可以说，变异性是某一个国家的某一部（系列）文学文本在另一个国家译介、传播、接受的交流过程中，由于接受国文化语境和接受者的接受屏幕不同，导致其源文本意义发生变化的过程。如果异质性作为可比性是"异学"，那么变异学作为可比性则是"变学"："所谓'变学'，从字面意义来看，变即'变化'，也就是性质、状态或情形与以前不同。在这个意义上，比较文学变异学要研究的是不同国家文学在接触过程中因为翻译、转述、接受者状况的差异等产生的变化，它着重研究的是受体文学在接触源文学之后如何产生变化，为何产生变化，最后形成了何种差异，以及这种差异所显示出的文化过滤信息，等等。"[②] 在本书第二章"思想资源"中，我们已经对变异性问题进行了详细阐释，概言之，变异性是与稳定性相对应一个术语，它主要着力于文学流传中发生的变化过程。

---

① 任小娟：《后现代语境中的比较文学变异学》，《中外文化与文论》第15辑。
② 同上。

（二）为什么要研究变异性

变异是自然界、自然科学界、人文科学界普遍存在的一种现象，有变异才有进化、有发展，若只有传承没有变异，那么则停滞不前。我们要以发展的眼光看待问题，就必须要正视比较文学中的变异性。我们知道，影响研究和平行研究并不是没有意识到变异性，对影响研究而言，在时间、空间、语境、文化等要素都发生更改的前提下，不可能只存在被动影响而没有主动变异的现象，只是他们担心一个问题：如果将研究中心聚焦于变异，那么比较文学将会缺乏一个清晰的路径和理性的秩序，面对一些杂乱无序的变异形态，将会使得比较无从下手，找不到原初的起源，找不到可靠的路径，找不到比较的标准，也找不到有效的结论。所以巴登斯贝格、基亚这些比较文学家就始终在努力建立一种"靠得住"的比较文学，也是对克罗齐批评意见的一种理论回应，所以他们相对淡化变异性，主要聚焦于比较文学中的"同源性"，聚焦于描述从放送点到中间体媒介再到接受点这样一个清晰的经过路线，当然，这中间每一个环节都有变异现象发生，例如放送点到中间体的译介变异，中间体到接受点的接受变异、传播变异等等，但这些不是他们的重心。另一方面，对平行研究而言，他们也同样意识到了变异性，但是他们对待变异性的态度又不一样，其思路正如两条平行线一样，试图寻求跨文化不同国家文学的通约性，对于没有实证性影响关系的文学之间，没有类同性特征，就不具有比较文学可比性。例如文学中的"复仇主题"，不同国家的文学大多有"复仇主题"的存在，例如莎士比亚的《哈姆雷特》和元代剧作家纪君祥的《赵氏孤儿》，这两部剧有类同性主题——复仇。所以，对这两部剧的平行研究，其逻辑展开方向往往是：复仇的动机、复仇的主体、复仇的情节、复仇的结果……研究两者这些论域构架方面有无类同性。如果有，又是如何体现在文本当中的。当然，这样一种比较，差异性是不言而喻的，这些差异化的比较对象，在进行跨文化阐释时，也必然会发生阐释变异，罗钢教授在研究"五四"文学与外国文学之间的关系时指出："当代解构批评指出，在符号的能指和所指之间总是存在着种种游离、变化、迁移,现实主义、浪漫主义等文学术语,即使在欧洲那样一个统一的传统和背景中尚且依据其不同的上下文关系有着种种繁复的变化,那么当它们被输入到中国这样一个具有古老传统的东方国度之后,其变异自然就更大。"① 但是,从平行研究的思路来看,如果聚焦于阐释中的变异性,那么就无法归类、无法言说,以至于无法形成比较视域。所以平行研究的做法是"见异求同"。实际上,变异性问题在译介学中体现得最为明显,如果追求译本与原作的"同一性",那么就是强调"信",即译作对原作的忠实,只有忠实才具有可信度。如果追求译本与原作的"变异性",那么就是强调"顺",即译作不一定要对原作忠实,而是要从接受者的角度出发,思考创造性叛逆的价值。从以上两个方面的梳理我们可以看出,比较文学变异学着力于变异性研究,尤其研究在跨文明文学的交流和阐释过程中,为什么会发生变异?变异发生在哪些具体环节?变异产生了什么样的实际效果?这些实际效果如何推进文学的融合发展?这些研究视角的转变,能够为比较文学研究注入新的活力。

(三) 变异性如何成为可比性

将异质性、变异性作为可比性,是比较文学变异学在可比性问题上的主要理论特征。就变异性而言,曹顺庆教授认为:"比较文学中国学派立足于文学传播过程中的变异现象,以西方比较文学界普遍忽视的异质性为突破口,以变异性为可比性基础,坚持跨国、跨语际、跨文化变异研究和文学他国化研究,创立比较文学变异学理论,为比较文学在学科体系内部发现创新点,成为比较文学跨文明研究的学术前沿和热点。"② 那么,变异性如何成为比较文学可比性?中西异质文学对话的哲学基础、发生机制及方法路径是什么呢?可以从以下三个方面进行分解。

1. 让流传中的变异性成为可比性。所谓流传中的变异性,主要是指某一

---

① 罗钢:《历史汇流中的抉择》,中国社会科学出版社1993年版,第209页。
② 曹顺庆、李斌:《比较文学未来发展之路》,《中国高校社会科学》2016年第6期。

国文学在他国译介、传播、接受过程中，意义不断发生扭曲、脱落、增添等变化过程，研究这些内容，并不是绝对否定源文本的影响作用，而是将重点放在文本流传过程中丰富多样的意义变异，让这些变异性成为比较文学的可比性，这就是比较文学变异学的主要特征之一。那么，流传中的变异性如何成为可比性呢？这个问题在民间文学中体现得非常明显，例如泰国的《拉玛坚》和我国云南傣族的《拉戛西贺》就是从印度史诗《罗摩衍那》演变而来，印度文学在东亚各国的流传过程中，在各个方面都发生了变异，例如"泰国的《拉玛坚》构思巧妙，情节生动，更富有戏剧色彩和泰国风味。中国傣族的《拉戛西贺》除继承了前两者的基本内容外，更多的体现了民间文学的特点——变异性"①。在这个方面，季羡林先生在《比较文学与民间文学》中，对中印民间文学的流传进行了翔实的考证，例如他在《一个故事的演变》一书中就讲一个乞丐要了一罐子剩饭，然后幻想卖掉剩饭买成鸡，鸡又怎样生蛋，最后变成大富翁，结果高兴之余，一脚踢翻了罐子，幻梦就此结束，然后分析这个故事在中国古代诗话、小说和印度梵文寓言集里的流传。一个故事在不同国家、不同文学中呈现情节、形象等方面的变异性，正是比较文学研究的重要内容，它与影响研究的可比性不同，不是把源头找出来考证一遍就完了，这不是历史学，而是要分析为什么会发生这样的故事变异，它的差异性体现在哪些方面等等。再如流传中的接受变异，其中包含着一国文学对另一国文学的文化过滤和文学误读，寒山诗在中国唐朝不入流，但是在美国却大受欢迎，被"垮掉的一代"奉为瑰宝，这就是接受变异。一句话，形象变异主要是跨文化异域体验和想象，接受变异是对某一个具体文本的创造性叛逆。

2. 让阐释中的变异性成为可比性。所谓阐释中的变异性，是在没有实证性交流的文学文论进行跨文明阐释过程中发生的变异。历史已经证明，阐发研究将阐释中的类同性作为可比性，导致了很多难以自圆其说的矛盾，因为：

---

① 李沅：《从印度的〈罗摩衍那〉到泰国的〈拉玛坚〉和傣族的〈拉戛西贺〉》，张隆溪、温儒敏：《比较文学论文集》，北京大学出版社1984年版，第273页。

"在'求同'思维下从事跨文化研究，是会面临诸多困难的，而变异才是现今的比较文学学科理论应该着重研究的内容。"① 需要说明的是，阐释变异研究和平行研究中的差异性比较的关系在于：相同点是两者都对没有实证性影响的不同国家文学进行比较阐释。区别在于：平行研究中的比较阐释主要特征是"寻同存异"，其可比性是类同性，比如刘若愚的《中国文学理论》，就是用艾布拉姆斯的文学四要素理论阐释中国文学理论，他认为艾氏的这套话语同样适用于中国，所以弗朗索瓦·于连就认为他和钱锺书一样，是"寻同的比较主义"，但出发点错了。变异学的比较阐释特征是"借异识同"，将异质性作为可比性，例如叶维廉的《中国诗学》，他在此书列举了中国古代的回文诗，诗句围成一个圈，无论从哪里开始都可以构成一首诗，而作为印欧语系的英语不可能实现，汉语白话也做不到。这种比较凸显了中西方在诗歌语言示意结构上的差异。这种研究方式，在他看来，即"要求我们走出限定的时空范畴，以亲睹文化特质在具体历史之中有力的、同时兴发的不同序次事件的生变"②。以上就是变异研究和平行研究在跨文明阐释中的区别。另外，还有跨文化形象阐释中的变异，形象变异一般包含国家形象变异和族群形象变异，国家形象变异是某一国文学对他国形象跨文化想象中发生的变异，例如赛义德在《东方学》中列举的福楼拜对东方女性形象的描述，并没有文本依据，而是根据他自身的异域文化体验进行的形象描述，用福柯的话说，这是一种"异托邦"想象，还有"洋鬼子""老毛子"这些套话，这也是族群形象想象中的变异形态。概言之，让阐释中的变异性成为可比性，主要是克服"寻同"思想，而是要"借异识同"，分析某一个文学范式、主题、概念、类型等等在不同国家文学之间的差异化分类表述和变异性生成形态，例如"洋鬼子"，这是特定时期产生的一种套话，日本人不会这样称呼自己，那么为什么我们会这样称呼？这种跨文化形象阐释中的套话，就是一种重要的变异现象，我们研究比较文学，就可以从这样一些套话入手，来思考为什么会发生

---

① 曹顺庆：《变异学：比较文学学科理论的重大突破》，《中山大学学报》2008年第4期。
② 叶维廉：《中国诗学》，生活·读书·新知三联书店1992年版，第205—206页。

这样的表述差异。

3. 让他国化中的变异性成为可比性。所谓他国化中的变异，是指一国文学与文论在另一国进行译介、传播和接受的过程中，不仅仅发生了流传变异或阐释变异，而且在这个基础上还产生了具有话语独立性的理论新质，这些新质进一步成为接受国文学文论体系中的有机组成部分，对他国化过程的研究，是比较文学变异学的重要内容。他国化中的变异性包含：本土话语的变异性、他国话语的变异性以及两者整合之后的变异性。要让他国化中的变异性成为可比性，主要有三个路径，即原质化、中国化、他国化。通俗地说，就是站得稳、进得来、走得出。

①中国文论话语原质化。这是站得稳的问题，站得稳，就是要立足中国话语异质性这个根本性的起点和立足点，有话语权和文化自信，有独立的异质话语言说体系，既不能自己得了软骨病、失去信心，也不能被西方话语吹得晕头转向、一推就倒。"只有承认这种'异质性'，并且从一种'变异学'角度来研究这种异质性的根源和发生流变机制，才能从一个更加宏观的角度深入到中国文论自身的话语规则。"① 例如李思屈《中国诗学话语》，从儒释道三家的话语言说规则来阐释中国诗学话语的异质性特征，余虹从"不可通约的结构性差异"角度指出："'文论'和'诗学'（poetics）分别作为前全球化时代的'中国现象'和'西方现象'标识出此一时代不同地域思想文化间的深刻差异。"② 这里的原质化，是要还原其异质性特征，那么这同中国古代文学与文论研究有什么区别呢？区别就在于，中国古代文学与文论研究主要是从中国文化视野的立场出发，用自己的话语系统解释自己的文学现象，而比较文学变异学研究中的原质化，主要是从一个他者视域来反思，有一个跨文明参照系数，或者说存在一个比较的视域，但是，这不是用他者的理论来置换或套用本国文论话语。说到底，其实这就是中国文论话语的中国化道路。

---

① 曹顺庆、王超：《论中国古代文论的中国化道路》，《中州学刊》2008 年第 2 期。
② 余虹：《中国文论与西方诗学》，生活·读书·新知三联书店 1999 年版，第 15 页。

②他国文论话语中国化。也可以理解为本土化，就是进得来的问题，这是最核心的问题。是否中国化，最重要的标志有两个：一是有没有改变中国话语的异质性元素；二是有没有产生或发展我们自己的文艺理论或文论话语新质。例如王国维："他清醒地看到了西方的学术观点和研究方法中也有它的缺点和片面性，而中国传统的学术观点和研究方法虽然也有明显的缺点和不科学之处，但也有它的科学的、有价值的方面，他善于对中西双方的学术研究，取其所长，弃其所短，因而使他对中国古代文艺和美学的研究，取得前人所难以达到的重大成就。"① 所以后来钱锺书在《谈艺录》中《王静安诗》一节中对此表示赞同："老辈惟王静安，少作时时流露西学义谛，庶几水中之盐味，而非眼里之金屑"②，这是盐融入了水，看不见摸不着，没有改变中国文论话语言说规则，但又是对中国话语异质性的再丰富。再如马克思主义理论中国化与中国特色社会主义文艺理论，佛教中国化与禅宗，等等，都是以我为主，将他国文论资源中国化形成的新元素和新形态，这些就是他国化变异作为比较文学可比性的例证。

③中国文论话语他国化。也就是走出去的问题。这和"全盘西化"的差别在于，全盘西化是用西方话语阐释中国思想，导致中国文学成为西方文论的解释文本，失去自身的意义生成机制。而他国化的标志就是既没有改变异质性本体，同时又获得他者的价值认同，构成他者的意义场，继而形成新的意义域。例如，林语堂《吾国与吾民》在美国大受欢迎，中国精神之根在这部书中扎得很深，没有失语，但是他又深深了解西方话语的接受性、含纳性，采用了美国式的幽默闲适的表达，内容上并没有刻意迎合西方口味，不是"宣传""灌输""标榜"，他的出发点是双向尊重、增进了解，这就是一个从异质性走向世界性的过程。还有儒家文化对伏尔泰的重要影响，并最终他国化为启蒙主义思想的一部分；道家思想对海德格尔的重要影响，并最终他国化为存在主义哲学思想的一部分。另外还有福柯、德里达等当代西方思想，

---

① 张少康：《中国文学理论批评史教程》，北京大学出版社1999年版，第477页。
② 钱锺书：《谈艺录》，生活·读书·新知三联书店2007年版，第72页。

都有中国文化诗学的元素，这些元素不仅仅是引用，而且是思想深处的化合、融通以及转化利用。这是中国文学的本体意义在文论他国化中的超越性重构，研究中国文化思想是如何他国化变异的过程，是变异学最重要的一个研究领域，因此，他国化变异也成为一种"超越比较"的可比性论域。

综上所述，从比较文学的可比性问题来看，如果说，法国学派影响研究是从 A 至 B，美国学派平行研究是 A 与 B，那么中国学派变异研究就是 A 在 B 之中、B 在 A 之中。"在之中"在海德格尔看来是一种生存论环节，不是讲关系，也不讲类同，它显示了话语的未完成、未分化状态，以及思想之间的对话交融关系。当西方比较文学研究在危机论、死亡论中挣扎时，中国比较文学群体以一种积极作为、开放开明的姿态呈现，提出将跨文明异质性、变异性作为比较文学可比性，并对学科理论产生一定影响，用季羡林的话说："这世界无非是这样的，东方不亮西方亮。那么西方不行的话呢？就看东方。所以要向东方学习。"[①]

第四节　规律性、他国化作为发展性特征

通过研究影响交流中的变异以及相互阐发中的变异，我们最终要达到什么目的？有的学者提出"和而不同"，有的提出"异质互补"，但是如何通过变异学来实现这些理论目标呢？既然巴登斯贝格早就指出比较文学不是文学比较，那么比较何为？比较文学变异学何为？最终落脚在什么地方？方向决定策略。从比较文学变异学的理论立场来看，落脚点在于："通过研究文学现象在影响交流以及相互阐发中呈现的变异，探究比较文学变异的规律。"[②] 那么，什么是变异的规律？为什么要研究变异的规律？

---

① 季羡林：《西方不亮，东方亮》，《中国文化研究》1995 年冬之卷（总第 10 期）。
② 曹顺庆：《比较文学概论》，高等教育出版社 2015 年版，第 161 页。

一 规律性：比较文学变异学的发展形式

比较文学何为？比较文学变异学何为？这看似简单的问题，其实要回答清楚却异常艰难。在法国学派看来，比较最终定格为一种关系的清晰与明确，如基亚说："比较文学就是国际文学的关系史。"① 在很多教材的定义中，我们往往注意到比较文学的跨越性特征。例如在"马工程"教材《比较文学概论》中可见如下表述："法国学派的定义：比较文学是国际文学关系史，是跨国文学影响关系。""美国学派的定义：比较文学是跨国与跨学科的文学研究。""中国学派的定义：比较文学是跨国、跨学科与跨文明的文学研究。"② 从这三个表述中，我们能够看到比较文学的基本描述。但是比较文学的根本价值在什么地方？难道仅仅是在跨国、跨学科、跨文明之中去发现同和异吗？我们所发现的这些同和异是否具有更深层次的理论或实践价值？

叶维廉认为寻找中西文化的共同规律是比较研究的目标："我们在中西比较文学的研究中，要寻求共同的文学规律、共同的美学据点，首要的，就是就每一个批评导向里的理论，找出它们各个在东方西方两个文化美学传统里生成演化的'同'与'异'，在它们互照互对互比互识的过程中，找出一些发自共同美学据点的问题，然后才用其相同或近似的表现程序来印证跨文化美学汇通的可能。"③ 在他看来，找到同与异并没有结束，而是要发现美学据点，通过把握这些美学据点和美学规律，来进一步展开中西文化与文学交流、汇通、发展的可能性，也就是说，其落脚点最终还是在于如何推进文学交流与文学发展。谭国根教授肯定了叶维廉和刘若愚的研究方式："对于中西比较文学来说，不管是平行研究还是接受—影响研究，多种文化阐释的'共同基点'的建立都具有重大意义。对于平行研究，阐释的'共同基点'给予批评家一个区分真相似还是假相似的尺度，和观察导致中西文学趋同和趋异的潜

---

① [法]基亚：《比较文学》，颜保译，北京大学出版社1983年版，第4页。
② 参见曹顺庆《比较文学概论》，高等教育出版社2015年版，第19页、26页、31页。
③ 叶维廉：《寻求跨中西文化的共同文学规律》，温儒敏、李细尧：《寻求跨中西文化的共同文学规律》，北京大学出版社1986年版，第32页。

在结构的标准。对于接受—影响研究,'共同基点'可以帮助比较学家提供基础来探索为什么在交叉文化的文学接受和影响中会有差异。由于这些原因,刘若愚和叶维廉坚决主张这种需要,并且不断地追求中西比较文学和中英多种语言批评中的'共同诗学',这是完全正确的。"①

季羡林在《比较文学随谈》中也提出类似观点:"我们要看一看其间同在何处,异在何处,表达的内容如何,表达的方式如何,深思熟虑,简练揣摩,逐渐摸索出一些线索,逐渐找到一些规律,逐渐能使用明确的、科学的语言把这些线索和规律表达出来。"②曹顺庆教授也指出:"比较不是理由,只是研究手段。比较的最终目的是应当探索相同或相异现象之中的深层底蕴,发现人类共同的'诗心',寻找各民族对世界文论的独特贡献,最终融贯建立一种更完善的文艺理论体系。"③找出异质文明文学交融的规律,利用这些规律,促进我们自身的文艺理论话语建构,这是比较文学相对于其他学科的一个特殊属性。那么,比较文学变异学的规律是什么?

在第三章中,已经论述了直接影响比较文学变异学诞生的三个转向:从结构主义向解构主义、从翻译研究到译介研究、从解经学到阐释学。问题是:译介学虽然肯定了创造性叛逆的正向价值,但是创造性叛逆不一定就是合法性叛逆;翻译研究试图取代比较文学研究,但是翻译研究仅仅是跨文明比较的一个环节或一个途径,并不是真正的目的,从学理上也不可能取代比较文学研究;阐释学和接受理论强调接受者在文学活动中的作用,但是对接受者的阐释视域并没有做出强有力的限度制约。张隆溪先生说:"无论'同'还是'异'都是一个程度的问题,事物之间往往是既相同又相异,完全相同或毫无一点共同之处,都是极少的情形。文化相对主义过度强调差异,其错误就在于忽略了度的问题。"④这句话一语中的,说中了要害。正如在第二章关于

---

① 谭国根:《接受美学与中西比较文学》,李达三、罗钢:《中外比较文学的里程碑》,人民文学出版社1997年版,第93页。
② 季羡林:《比较文学与民间文学》,北京大学出版社1991年版,第161页。
③ 曹顺庆:《中西比较诗学》,北京出版社1988年版,第270页。
④ 张隆溪:《阐释学与跨文化研究》,生活·读书·新知三联书店2014年版,第167页。

"易之三名"的分析,《周易》核心思想并非固守于"保和太和"之圆满,而是阐释"上下交而其志同"的规律性动态变异,侧重"否极泰来"之潜势而非"物极必反"之得势。当然,变异不是为所欲为的乱变,任何变异都是在特殊时间条件和空间条件下做出的能动反映,但是每一个具体的变异都有其共性之"不易"特征,比较文学变异学要解决的根本问题不是证明异质文学与文论交流或阐释中发生了变异,这是谁都知道的问题,而是要论证为什么会发生这些变异?为什么不发生其他形式的变异?变异的规则尺度在哪里?变异的规律是什么以及这些规律对于比较文学实践具有什么指导作用?

这个问题,其实早有苗头,我们提倡跨文明研究要走出文化诗学的封闭圈,这是大势所趋、不可逆转,那么走出封闭圈之后,应当迈向何方?或者说,跨越性如何实践?既然我们不能将比较视之为普适性遮蔽,也不能视之为对立性否定,基于此判断,多元话语比较研究从逻辑上可以呈现两种变异形态。一是变中之异,即跨文明交流中事实性存在的话语形态变异、文化误读,抑或埃斯皮卡所谓的"创造性叛逆";二是异中之异,即某一种文论范畴和文学现象在原初异质形态中的分化模式。以此为创新思路的变异学理论,既是对法国和美国学派的否定批判,又是对中国古代文论思想的创造性转化和创新性发展。因此,比较文学变异学将比较文学的跨越性和文学性作为自己的研究支点,文学性是对话的可比性论域,而跨越性则是在格义之中的视域融合。那么异质性知识谱系的跨越性是否可能?金岳霖认为:"思想的确受某种语言文字底支配,因为思想是一种混合的活动。我们只是说,思想中的思议底内容,就结构说,不受某种语言文字底支配。"[1] 既然思想内容不受文字局限,那么变异学研究的目的在于让不同的意义生成机制和话语规则在一个开放的话语场域中自由显现和出场。通过这些表象符号的差异性比较,来进行多元话语的复调式对话。那么,如何实现复调式对话形态?像法国学派一样将这个问题简化为同源性论证显然是不够的,如何呈现和比较不可通约的结构性差异,才是比较文学的生命力所在。

---

[1] 金岳霖:《知识论》,商务印书馆1996年版,第828页。

一般说来，从比较文学变异学理论出发，当一种文学现象或文论话语遭遇到另一种异质性话语元素，并不是一定会发生变异，大致有这样五种对话形态。一是同化。话语交流并非等值渗透，因为"异国的、遥远的东西，出于这样或那样的原因，总是希望能降低或是增加其新异性"①。当话语权力处在明显不均衡状态下，强势话语同化弱势话语。例如早期西学东渐背景下中国文论的"全盘西化"，就是由于中西方意识形态层面失衡导致文论发展单向度"失语"。二是拒斥。用结构性差异排斥异质文明。例如美国学派就认为中西文明是完全不同的两个思想体系，不具可比性，比较只能在西方文明共同的诗学话语体系内展开，这是意向性拒斥。另一种倾向是功利性拒斥，例如张隆溪认为法国比较文学家弗朗索瓦·于连的策略是先预设文化对立，然后迂回进入。对这种研究策略他如此批判："我十分尊重于连先生在学术上的努力和成就，不过在我看来，把文化视为各自孤立的自足系统，尤其把东西方文化对立起来，把中国看成西方传统的反面，却正是西方思想一个相当结实牢固的框架。"② 三是含纳。主要指不同话语并行不悖，接受或顺应其发展。例如佛教中的法相宗（唯识宗），冯友兰认为"他们在中国的影响仅限于某个圈子里，并仅限于某个时期。他们并没有试图去接触中国思想界，因此，对中国人的思想发展也没有产生任何作用"③。彼此含纳包容，井水不犯河水，互不干涉。四是误读。误读主要体现在译介学中的创造性叛逆，例如林纾对《茶花女》等作品的翻译，以及庞德在《华夏集》中对中国诗歌的译介，庞德并不精通中文，却以对中文的形象化误读创新发展意象派并推进了美国新诗运动。还有当年赵景深将"milky way"翻译为牛奶路，也是文化误读。五是变异。变异是文化文论在跨文明交流中的他者化过程。例如禅宗，印度佛教中并没有禅宗，是"中道宗与道家思想的相互作用导致'禅宗'的兴起，它是佛家，而在思想上又是中国的"④。这是他国文论中国化变异。同样，中

---

① ［美］赛义德：《东方学》，王宇根译，生活·读书·新知三联书店1999年版，第74页。
② 张隆溪：《中西文化研究十论》，复旦大学出版社2005年版，第122—123页。
③ 冯友兰：《中国哲学简史》，生活·读书·新知三联书店2009年版，第267—268页。
④ 同上书，第268页。

国文学文论他国化变异也存在，例如寒山和王梵志在中国文学史上算不得重要诗人，但译介到美国后，变异为美国诗歌发展的重要思想元素。1962年美国著名汉学家伯顿·华生（Burton Watson）发表寒山诗作（Cold Mountain：100 poems by the Tang poet Han-shan），视寒山为"唐代主要诗人"；1965年由美国著名学者白之主编的《中国文学选》，收录了斯奈德英译的24首寒山诗，而李白诗只有11首，杜甫诗只有5首，寒山诗一度成为美国文化精神的时尚符号，这就是变异现象。

异质文论跨文明交流的这五种对话形态，构成了比较文学变异学研究的主要着力点。这与法国学派、美国学派追求同源性、类同性的方式相比，更加尊重差异性和变异性的复杂事实。需要说明的是，这种复调对话模式并非绝对自然形态，也并非如此清晰明了，而是潜在地形成文学理论的超越模式："既然已经对由于文化不同和时代不同所造成的观点、假说、偏见和思想方法上的分歧给予了适当的考虑，就必须高瞻远瞩，超越历史界限和文化界限，去探求文学的种种特征、特质，以至超越历史差异和文化差异的种种文学理论观念和批评标准。"[①] 刘若愚的这段论述，关键点是探求特质和超越差异，寻求文学与文论的一般规律，我们要探索这些规律，以推进我们的实践。法国学者布吕奈尔对比较文学如此描述："比较文学：分析性描述，系统的和有差异的比较，通过历史、批评和哲学综合阐述语言间或文化间的文学现象，以便更好地理解作为人类精神的特殊功能的文学。"[②] 变异学承认异质性，并着力于对变异过程中差异形态的分类化研究，把单一的线性求证演变成多元化的差异互补、超越，如果我们把握这种变异的规律，那么就能够更好地理解人类精神。

二 他国化：比较文学变异学的发展路径

异质性是基础性研究，变异性是过程性研究，那么异质文化文论经由五

[①] 刘若愚：《中国的文学理论》，中州古籍出版社1986年版，第148页。
[②] ［法］布吕奈尔：《什么是比较文学》，葛雷、张连奎译，北京大学出版社1989年版，第151—152页。

种变异形态，其诗学意义之归宿在哪里？难道比较仅仅为了求同存异、求异存同或者和而不同？非也，而是走向异域文论他国化的发展性研究。正如日尔蒙斯基所说："必须使那些由于在地理上远离欧洲世界或者在自己的文化发展中较落后和成了资本主义欧洲的殖民地而很少为我们所知的民族文学，对我们来讲不再是'异国情调'，我们一定要在这些民族文学中揭示出那种共同的历史以及文学史的规律性，这些在地理上离我们遥远并在世世代代形成了民族独特性的文学也服从于这种规律性。"①

文学的他国化是比较文学变异学最核心的研究领域。在 2015 年高教版《比较文学概论》关于变异学的介绍中，它与跨国变异、跨语际变异、跨文化变异等并列设置。那么，什么是文学的他国化？为什么要研究他国化？它与比较文学变异学有什么关联？什么是文学的他国化？曹顺庆教授认为："文学的他国化是指一国文学在传播到他国后，经过文化过滤、译介、接受之后的一种更为深层次的变异，这种变异主要体现在传播国文学本身的文化规则和文学话语已经在根本上被他国所化，从而成为他国文学和文化的一部分，这种现象称为文学的他国化。"② 这个表述中最为关键的是文化规则和文学话语的"深层次的变异"。那么我们如何理解这种深层次的变异呢？"文学变异学存在十分复杂的形态，除了文学的语言、形象、文本文化变异之外，还有更深层次的变异，就是文学从一国传播到他国后，在他国文化语境中被他国文化所同化，而发生的深层次的语言方式与文化规则的变异，形成文学的他国化。"③ 简言之，他国化即变异为他国文学文论的有机组成部分，这不是现象性变异，而是结构性变异（本书第六章有专门论述），从中国立场出发，可以划分为他国文学文论中国化与中国文学文论他国化两个向度。

所以说，虽然规律性、他国化都是比较文学变异学的发展性特征，但是他国化是比规律性更深层次、更彻底的发展模式。季羡林先生说得非常好：

---

① [苏联] 日尔蒙斯基：《文学流派是国际性现象》，干永昌：《比较文学研究译文集》，第 321—322 页。
② 曹顺庆：《比较文学概论》，高等教育出版社 2015 年版，第 180 页。
③ 赵渭绒、李嘉璐：《比较文学变异学：从理论到实践》，《当代文坛》2015 年第 1 期。

"找出了规律性的东西,问题就结束了吗?目的就达到了吗?我认为还没有达到。这一些规律性的东西必须有点用处,为规律而规律也不见得是正确的。我从前总喜欢用一句话:帮助我们社会主义新文学的发展。"① 这就是人文社会科学研究的格局、胸怀和境界!尽管学术研究不能有很强的功利性,但是对一个民族文化的研究者、传承者、弘扬者而言,这种功利不仅仅是理所当然,而且应大加赞赏。比较文学不是为研究而研究,不是找出点同与异就大功告成,更不是非要打造个"中国学派"与法美学派抗衡,对我们来说,最根本最长远的目标,还是要有利于我们自己文学的发展和文论话语的建构。理论上讲,他国化即异质文学文论经由话语形态变异,成为某国主体文化文论发展的理论新质。通俗地说,就是鲁迅说的"拿来主义"。他国文论中国化在中国历史上有两个经典范例:一是前面所说的佛教中国化变异形成的禅宗;二是马克思主义中国化形成的中国特色社会主义理论体系。关于前者,冯友兰先生已作分析。而后者,毛泽东同志指出:"我们接受外国的长处,会使我们自己的东西有一个跃进。中国的和外国的要有机地结合,而不是套用外国的东西。"②"应该越搞越中国化,而不是越搞越洋化。"③ 学习他国文化文论的最终目的,在毛泽东看来,并不是就双方的异同之处比来比去,而是"应该学习外国的长处,来整理中国的,创造出中国自己的、有独特的民族风格的东西。这样道理才能讲通,也才不会丧失民族信心"④。所以说,他国化是发展性研究。那么,前面所提到的异质文论对话的五种形态,是否都能成为他国化的路径?如何实现他国化?我认为,要实现他国化,应当至少包含以下三个核心元素。

第一是固守主体性。必须以中国文论话语异质性为主体来化西方,才是"中国化"。曹顺庆教授指出:"要实现文论的他国化就必须是接受国在自身传统和文论话语的基础上以自身的言说方式来对接受的外来文论进行改造,以

---

① 季羡林:《比较文学与民间文学》,北京大学出版社1991年版,第318页。
② 《毛泽东论文艺》,人民文学出版社1992年版,第97页。
③ 同上书,第98页。
④ 同上书,第99页。

实现外来理论的本土化,这样,对于被改造的理论而言就是被他国化了。"①如果用西方文论话语来阐释、置换中国文论,那么这是"化中国"。张隆溪先生一语中的:"比较诗学不应该仅限于把西方概念和西方方法运用到非西方的文本上去,而应该以融会了东方与西方的批判性眼光去审视和考虑理论问题。"② 主体性的缺位与失语,必然导致比较立场的不坚定,继而产生同化或异化。马克思指出:"对异化了的对象性本质的全部重新占有,都表现为把这种本质合并于自我意识;掌握了自己本质的人,仅仅是掌握了对象性本质的自我意识。因此,对象向自我的复归就是对对象的重新占有。"③ 这个自我复归与重新占有的过程,就是主体性确立的符号表征。歌德1827年提出世界文学的概念,现在国际比较文学界又开始谈论世界文学,但是当下语境下的世界文学内涵已经发生了很大的变异,它并不是要强调文学的全球化,反而更加注重多元文化语境下的民族文学特征。季羡林先生认为:"所谓世界文学,内容是民族的,形式是世界的,总是先有民族的,然后才是世界的。只要国家民族还存在,就决不会有一个超出一切国家民族高悬在空中的空洞的世界文学。"④ 同样,美国哈佛大学比较文学教授丹穆若什认为世界文学是民族文学的椭圆形折射(参见本书第一章),也强调了民族文学在世界文学中的主体性作用。这说明,在比较中固守主体性,才可能谈得上比较,谈得上他国化。

第二是激发话语新质。比较不是理由,也不是目的,他国化的关键,在于有没有通过话语变异来产生新质,无论是误读、过滤还是接受,最终归结到如何发展我们自己的文学与文论。比如王国维的"意境",就是中西化合的新质,他化用了亚里士多德的悲剧"洗涤"说、叔本华的"解脱"说等西方话语。《人间词话》中提出"无我之境",即为他在《叔本华之哲学教育学说》一文中讲的"无欲之我"的化用;他关于"理想"与"写

---

① 曹顺庆:《中国学派:比较文学第三阶段学科理论的建构》,《外国文学研究》2007年第3期。
② 张隆溪:《道与逻各斯·序言》,江苏教育出版社2006年版,第4页。
③ [德]马克思:《1844年经济学哲学手稿》,人民出版社2014年版,第266页。
④ 季羡林:《比较文学与民间文学》,北京大学出版社1991年版,第322页。

实"的提法，也来源于叔本华使用的概念"理想"和"摹仿自然"。其诗学批评既非纯粹传统中国批评话语，又非纯粹西方话语，而是变异过程中融会贯通、承前启后形成的新质，这是对中国文论与西方诗学话语的双重整合、融汇创新。从文学层面来说，译介学提出"创造性叛逆"这种观点的直接后果就是翻译文学是独立于原作的另一种文学形式。所以："有学者提出，'翻译文学不是外国文学'，这一观点从学理上来讲，就是文学的他国化。在不同国家的文学影响背景下，当一种文学与另一种文学相遇时，处于接受方的文学与文化对传播方的文学与文化会有一个过滤、选择和吸收的再创造过程，同时，传播方的文化也必然会打上接受方的文化烙印。这种现象，就是文学的他国化。"[①]

第三是诗学化合。为什么艾田伯（René Etiemble）会在《比较不是理由》中认为比较文学会不可违拗地走向比较诗学？我的理解是，比较文学研究应当会从现象论走向本体论，从形而下走向形而上，从求同存异走向元话语层面的诗学化合，如季羡林先生所言："我并不是要说，缺乏共同基础的中西文学就根本不能比。我不是这个意思。我只是强调，要作这样的比较研究，必须更加刻苦钻研，更加深入到中西文学的深层，分析入微，联类贯通，才能发前人未发之覆，得出令人信服的结论。"[②] 季羡林先生说的这个深层结构，就是话语规则层面的对话互补。另外，李泽厚在研究美的历程中也很形象地对这种诗学共同规律进行描述："如此久远、早成陈迹的古典文艺，为什么仍能够感染着、激动着今天和后世呢？"[③] 他解释为："心理结构创造艺术的永恒，永恒的艺术也创造、体现人类传流下来的社会性的共同心理结构。"[④] 正是这个异质同构的心理结构使得"人文科学的各个对象彼此系连，交互映发，

[①] 曹顺庆、徐欢：《变异学：世界比较文学学科理论研究的突破》，《当代外语研究》2010年第7期。
[②] 季羡林：《比较文学与民间文学》，北京大学出版社1991年版，第372页。
[③] 李泽厚：《美的历程》，生活·读书·新知三联书店2009年版，第216页。
[④] 同上书，第217页。

不但跨越国界，衔接时代，而且贯串着不同的学科"①。或者我们可以将之理解为文心或诗心。所以比较的最终目的是要通过多元对话和话语形态转化来实现异质文化文论的互补，让意义自由联合体实现开放式圆融，并推进我们的文论建设，这构成了变异学的研究逻辑和理论构架，即张隆溪所言："通过把历史上互不关联的文本和思想会聚在一起，我试图找到一个共同的基础，在这样的基础上，中国文学和西方文学——尽管它们的历史和文化背景完全不同——可以被理解为彼此相通的。"②

综上所述，比较文学变异学的最终目的，是"不忘本来、吸收外来、面向未来"，而文学文论的他国化变异，正是第三层面——"面向未来"。习近平总书记指出："文艺工作者要讲好中国故事、传播好中国声音、阐发中国精神、展现中国风貌。"③ 变异学理论源于《周易》等中国思想，承传了中国比较文学多年来的理论探索与实践努力，研究了国际比较文学研究的困境与形势，创新提出了发展比较文学的中国方案，并已有系列成果，这是比较文学的中国话语与文化自信，当然是否上升到"学派"的高度还需历史检验，但这种探索有助于问题的化解，有助于推进中国比较文学建设。

三 中国化：比较文学变异学与中国话语建设

他国化这个问题其实可以展开为两个方面：一是西方文学与文论的中国化；二是中国文学与文论的他国化。这两个层面都是比较文学变异学非常重要的领域。中国文学与文论的他国化问题，从根本上说，就是研究西方文学与文论发展过程中的中国元素，研究中国文学文论如何被他国译介、吸收、接受，最后转化为他国自身的文学与文论形态。而西方文学与文论的中国化是一样的道理，就是研究中国如何改造和利用他国文学与文论的

---

① 钱锺书：《诗可以怨》，张隆溪、温儒敏《比较文学论文集》，北京大学出版社1984年版，第44页。
② 张隆溪：《道与逻各斯·序言》，江苏教育出版社2006年版，第7页。
③ 习近平：《在文艺工作座谈会上的讲话》，中共中央宣传部编：《习近平总书记在文艺工作座谈会上的重要讲话学习读本》，学习出版社2015年版，第17页。

有效元素，继而变异为自身文学文论话语的有机组成部分。在西方文学与文论中国化的历史实践过程中，存在一些异质话语化合融通的基本规律，掌握这些规律，就能够克服西方话语"化中国"的历史路径，促进中国文学与文论话语建设。曹顺庆教授认为："文学的他国化是跨异质文明的基础上解决'失语'状态切实可行的途径，即通过文论的他国化，我们可以实现对他国文学的改造。"①

比较文学变异学研究的最终目的，并不是为了比较，而是为了发展，确切地说，是为了中国和世界文学与文论的发展。季羡林先生说："处在社会主义初级阶段的中国，必须认清当前世界文化发展的潮流，奋力追赶，否则就必然受到惩罚。我们不但要追赶世界潮流，而且还要尽可能地推动潮流前进。只有这样才算是顺应潮流，与时代同步前进。"② 在中国比较文学发展的初期，我们是"照着讲"，全方位立体化一波又一波引进西方文论，并用以西释中的方法研究中国文本。到后来，我们建立起自己的一套话语体系，开始"对着讲"，从曹顺庆《中西比较诗学》，黄药眠、童庆炳《中西比较诗学体系》可见一斑。但是从当前及今后的发展战略来看，我们还可以"领着讲"，不仅要建构中国话语，而且还要用这些话语在世界范围内具有一定价值引领作用。佛克马先生就认为国际学界应当试着接受曹顺庆教授的变异学理论，而弗朗索瓦·于连也认为中国思想是独立于西方思想的一种话语体系，对重构西方思想体系具有重要的外在撬动作用。所以，对我们而言，要"领着讲"，必须要学好"跟着讲"和"对着讲"，把别人的东西搞清楚弄明白，吸收进来融会贯通。用曹顺庆教授的话说："我们在引进西方理论的时候，不应该把它完全当作绝对的普遍真理，可以承认西方理论有其普适性，但还应该注意它的地方性与异质性。跨越异质文明对于不同文明有着互相补充、互为参照的现实意义，所以突出异质性，不仅有利于不同文明文学的互识与互补，而且也有利于实现不同文明之间的沟通和融合，更有利于我们建构一个'和而不同'

---

① 曹顺庆：《中国学派：比较文学第三阶段学科理论的建构》，《外国文学研究》2007年第3期。
② 季羡林：《比较文学与民间文学》，北京大学出版社1991年版，第328页。

的世界，这也是比较文学变异学研究的最重要的目的。"① 对这个问题，季羡林先生早就做了描述，他说：

> 我觉得，一个民族的文化发展约略可以分为三个步骤：第一，以本民族的共同的心理素质为基础，根据逐渐形成的文化特点，独立发展。第二，接受外来的影响，在一个大的文化体系内进行文化交流；大的文化体系以外的影响有时也会渗入。第三，形成一个以本民族的文化为基础、外来文化为补充的文化混合体或者汇合体。这三个步骤知识大体上如此，也决不是毕其功于一役。这种发展是错综复杂的、犬牙交错的，而且发展也决不会永远停止在某一个阶段，而是继续向前进行的，永远如此。②

季羡林先生所表述的，其实就是如何"不忘本来、吸收外来、面向未来"，这是一个不断循环的过程。西方文学文论的中国化，就是对三个阶段的含纳和统摄。当然，对中国化的理解，学术界有不同看法，孟华教授以利玛窦为例，阐释了中国化问题："何谓中国化？要论清此点，须得先从利氏在华的生平所为谈起。利玛窦 1582 年抵澳门，1610 年卒于北京，在华凡二十八年。我国著名史学家陈垣将利氏在华的这段经历概括为以下六点：'（一）奋致汉学；（二）赞美儒教；（三）结交名士；（四）排斥佛教；（五）介绍西学；（六）译著华书'。就总体而言，这六件事反映出利玛窦对中国文化的一个基本态度，那就是：承认中国文化的独特性，尊重并研究这种独特性。"③ 但是，尊重和研究这种独特性就能实现中国化了吗？我认为这仅仅是第一个阶段，中国化过程并非如此简单，靳义增教授指出了"中国化"的四条基本路径："一是异质文化交融，激发文论新质。""二是异域文论相似，互相启发

---

① 曹顺庆：《东西方不同文明文学比较的合法性与比较文学变异学研究》，《外国文学研究》2013 年第 5 期。
② 季羡林：《比较文学与民间文学》，北京大学出版社 1991 年版，第 296—297 页。
③ 孟华：《"移花接木"的奇效》，乐黛云、[法] 勒·比雄《独角兽与龙》，北京大学出版社 1995 年版，第 119 页。

阐释。""三是创造性误读异质文论。""四是适应需要，促进转换。"① 其关键词依次是交融、阐释、误读、转换。关于第一条，靳义增教授认为："尽管佛教理论不是文学理论，对佛经的翻译也不是对印度文论的翻译，但佛教文化传播对中国古代文学理论的影响是有目共睹的。这种影响是在异质文化交融的基础上，文化新质激发出文论新质。现在看来'妙悟'、'意境'等概念范畴已完全中国化，似乎成为中国的原创理论。"② 他举出佛教文学与中国文化两种异质文化的交融与激荡而产生文论新质的例子，这其实是一种矛盾冲突过程中发生的中国化。关于第二条："文学作为人类共有的艺术形式，尽管各民族的文化语境不同，话语方式不同，但面对共同的文学话题，在某些方面会有相同或相似的见解。这种相同或相似之处，能够互相启发阐释。这样在一种文化中产生的文学理论由于有与中国文论在某些方面的相似性，极易被中国界接受和理解，从而实现文学理论的'中国化'。"③ 可见，这是在一种"异曲同工"的相似性参照启发中发生的中国化。关于第三条："对异质文论可以作为一种知识加以学习，在阅读的时候，力求准确理解和接受；但也可以'误读'，'误读'不在于掌握知识，而在于创造新理论，从误读异质文论中创造自己的理论，从而实现文学理论的'中国化'。"④ 这一条，主要描述文化过滤与文学误读，例如庞德对中国诗的误读而形成的意象派，就属于这种情况。关于第四条："异质文论的'中国化'不能'全盘照搬或无条件移植'，异质文论在中国生根发芽必须适应中国的土壤，这种适应性包括多方面，比如文化适应性、文论适应性、文学适应性以及需要适应性等等。"⑤ 这一条是接受国根据自身的需要来进行改造，这个改造的过程中，被改造的对象还必须要有适应性能力，否则，是不可能改造过来的。例如孟华教授在《伏尔泰与孔子》一书中列举了利玛窦来华传教的案例，尽管利玛窦在服饰、

---

① 靳义增：《从变异学视角看文学理论"中国化"的基本路径》，《文艺理论研究》2006 年第 5 期。
② 同上。
③ 同上。
④ 同上。
⑤ 同上。

饮食、习俗等各方面都与中国人相一致,而且在文化方面,他的《天主实义》也将基督教义与中国儒家思想进行对比阐释,但是基督教从根本上说是一种排他性的宗教,上帝只有一个,不可能有超越上帝的第二个人格神,而中国封建社会对基督教的其他东西都可以接受,但中国的人格神是"天子",天之骄子,就是至高无上的权力象征,利玛窦把中国的"天"与上帝进行类比,实际上这完全是不能兼容的,基督教在上帝问题上是缺乏文化适应性的,所以,利玛窦最终还是没有大获成功。正如曹顺庆教授说:"比较文学界大量的 X+Y 式的浅度的比附研究,就是只注意表面的同,忽视了深层的异。这是一个重大的失误!这个失误,其根子还在于比较文学学科变异学理论的缺失。"① 因为求同只能寻找通约性,而求异则是寻找互补性,依靠本国文化的主体性,然后吸收他国文化中的异质性要素,继而通过互释互补,形成新的文化元素,促进文化的转型发展,这正是比较文学变异学的最终目的。

他国文论中国化在中国经历了一个漫长的实践过程。从 1904 年王国维《红楼梦评论》起,文学界就开始有意识地化用异域文论思想,而真正从学术理论层面整体推进他国文论中国化进程,则始于 20 世纪 70 年代,主要有以下研究形态。①阐发研究。70 年代,台湾学者援用西方文学理论与方法并加以考验、调整以用之于中国文学的研究,并将之视为比较文学中国学派的主要研究方法。叶维廉、刘若愚、周英雄、郑树森等人据此创新垦拓出许多学术成果,如周英雄《结构主义与中国文学》。②双向阐发研究。80 年代,以季羡林为主的许多学者意识到:若用西方文论单向阐发中国文学,既忽视了东方文明异质性,又不能形成对话互释,继而陈惇、刘象愚在 1988 年《比较文学概论》中将阐发研究调整为"双向阐发",如曹顺庆《中西比较诗学》。③文论失语症研究。90 年代,在西方话语潜意识主导下,双向阐发仍然呈现为非对等性阐释,中国文论缺乏自主性的话语言说机制,由此引发学界对失语症的集体反思。④强制阐释研究。21 世纪以来,如何在跨文明对话中彰显

---

① 曹顺庆:《东西方不同文明文学比较的合法性与比较文学变异学研究》,《外国文学研究》2013 年第 5 期。

文化自信成为前沿课题。中国社会科学院张江教授发表《强制阐释论》系列论文，指出西方文论强制阐释中国文学存在"场外征用、主观预设、非逻辑证明、混乱的认识路径"①等问题，随后国内多次召开"'强制阐释论'理论研讨会"，梅内迪、贾科巴齐、张隆溪、王宁、周宪等国内外著名学者纷纷撰文呼应。

针对学术史出现的以上四种形态，20世纪90年代以来，学界主要从以下五个层面探索异域文论中国化的有效途径。①异质性研究。学界认为：要克服中西比较出现的"以西释中、以中注西"等"化中国"现象，首先就要对东方文明异质形态进行现象学还原，变"跟着讲"为"对着讲"。如季羡林《东方文学史》（1995）、曹顺庆《东方文论选》（1996）、邱紫华《东方美学史》（2004）等。②跨文明研究。确立异质性主体的同时，学界关注的另一个重大问题是如何展开异质文论的跨文明比较，并视之为比较文学第三阶段主要特征。如季羡林在《西方不亮，东方亮》中就支持东西方"跨文明"对话，还有乐黛云"和而不同"策略及《跨文化之桥》，张隆溪《阐释学与跨文化研究》，曹顺庆"跨文明研究"及《中国学派：比较文学第三阶段学科理论的建构》，严绍璗、陈思和《跨文化研究：什么是比较文学》等。2016年第七届中美双边比较文学国际学术会议主题就是"跨文化语境中的比较文学"。③中国化研究。在上述跨文明比较的学理基础上，学界借鉴佛教中国化、马克思主义中国化的实践经验，从方法论层面将"吸收外来"纵深推进为中国化研究。如曹顺庆《重建中国文论的又一有效途径：西方文论的中国化》《文学理论的"他国化"与西方文论的中国化》。2012年王一川出版《西方文论中国化与中国文论建设》，还有朱立元《马克思主义文艺理论中国化研究》、董学文《中国化：泥泞的坦途》等。当然，并不是所有异域文论都能实现"中国化"，也可能是"在中国"，如代迅《西方文论在中国的命运》、丁国旗《马克思主义文艺理论在中国》等。④变异学研究。中国化研究的核心问题是回答什么是"化"以及如何"化"，这也是克服"X＋Y"式比较的根

---

① 张江：《强制阐释论》，《文学评论》2014年第6期。

本性学理问题。部分学者将"化"解读为话语的双向适应性变异,如严绍璗提出文学"变异体"理论,还有孟华《比较文学形象学》及形象阐释中的变异,谢天振《译介学》及翻译研究中的变异,王向远《新感觉派文学及其在中国的变异》等。⑤未来研究方向。译介学、形象学与变异学虽然肯定了意义变异的正向价值,但仍有一块"硬骨头"没有嚼碎,即:如何实现既能规避"求同"思维下的强制阐释及失语症的发生,又能规避"求异"思维下的乱翻乱译、乱阐释、乱叛逆?换言之,在判断某种变异形态"可以或不可以"的直观感受背后,是否潜在一个意向性的规则"尺度"和化合"熔点"?它内在制约着意义转换的有效性质态,必须将这个关键环节进行结构化澄清,才可能找到融通互释的最大公约数和最佳契合点,并最终实现异域文论的"中国化"。伽达默尔"视域融合",叶维廉"文学模子",张隆溪"文化求同",张江"阐释张力"等都是与此相关的理论策略,也是比较文学变异学的核心内容。

综上所述,我们可以基本把握比较文学变异学的理论内涵。1. 跨越性、文学性是其基础性特征,这是比较文学变异学作为比较文学的一个研究分支所应当具有的基本理论特征。值得注意的是,在2015年高教版《比较文学概论》等教材中,突出表述了比较文学的跨越性特征(如跨国家、跨学科、跨文明等),较少涉及文学性特征的表述,本书认为,跨越性只是其中一个基础性特征,而文学性作为平行研究所反复强调的内容,应当具有其合理性,所以,比较文学变异学将跨越性和文学性作为两条腿,这样既有"比较"的跨越性特征,又有"文学"的文学性特征,这就是包含式发展、融合式创新。2. 异质性、变异性作为可比性特征。从研究方法上来讲,目前国际比较文学界有实证性影响研究、类同性平行研究和本书所研究的异质性变异研究三种主要方法。影响研究的可比性是同源性;平行研究的可比性是类同性;而变异研究的可比性是异质性和变异性。异质性是不同文明的文学与文论在根本质态上的不可通约性,变异性是不同文明的文学、文论或文化在影响交流和相互阐发中形成的变异性,这几种可比性并不是绝对割裂,只是侧重点有所不同。3. 规律性、他国化作为发展性特征。季羡林先生说:"我们的人民既善于学习,又善于创新。不管使用什么样的印度民间文学的资料,我们都加以改变,加以发展。"① 本书认为,比较不是理由,也不是根本目的,比较文学是要在比较中找到不同文明文学的规律性特征,继而利用这些规律进一步指导实践,不断推进对话互补以及中国文学与文论话语建设。正如曹顺庆教授所说:"此前比较文学侧重在不同文化与文明中寻找共同规律,以促进世界各文明圈的对话与交流,加深相互理解以增进文学的发展,而变异学进一步明确了比较文学学科跨越性的基本特征,并聚焦于不同文化交流过程中出现的变异现象,这不仅有助于发现人类文化的互补性,而且为找到通往真理的不同途径提供了可能。"②

---

① 季羡林:《比较文学与民间文学》,北京大学出版社1991年版,第171页。
② 曹顺庆、王蕾:《比较文学中国学派三十年》,《外国文学研究》2009年第1期。

第五章　比较文学变异学的规则限度

　　从逻辑关系上讲,上一章主要讲比较文学变异学的基本内涵,那么在这一章,要对其外延边界进行大致界定和廓清,换言之,上一章侧重如何才是变异,而这一章侧重研究如何不是变异,更具体地说,要研究确保合法性变异的规则制约与阐释限度,这是变异学至关重要的创新之处。变异为什么能从一种学术现象而成为一门"学"？最关键的地方,就是要对变异与不变之间的方法论体系进行建构,要深度把握这个变异的规则尺度,也要阐明创造性叛逆成为合法性叛逆的基本规则路径。这是目前国内外比较文学变异学研究已经意识到,但是尚未清晰回应的问题。费希特认为："没有无限就没有限制,没有限制就没有无限,无限与限制是在一个东西中综合地统一起来的。"①那么在什么东西中统一起来呢？值得进一步追问。曹顺庆教授在一次公开演讲中强调："我今天讲变异学,但反对乱变学,因为现在很多翻译者认为既然强调创造性叛逆,那就可以乱误读。站在今天的角度来看问题：怎么样产生变异的？为什么会有变异？变异在哪个部分发生？怎样把握'度'是变异学研究最关键的一点。"② 而这一章,就是要对这个变异之"度"进行理论回应。

---

① ［德］费希特：《全部知识学的基础》,王玖兴译,商务印书馆1986年版,第133页。
② 曹顺庆、罗良功：《比较文学变异学研究》,《世界文学评论》2006年第1期。

第一节　价值信仰规则与变异限度制约

在跨文明比较的过程中，第一个不能突破的思想底线和制约规则是什么？我认为是价值信仰，这是一个民族文化精神中最根本、最坚固、最具有异质性的元素，如果跨文明变异不能把握这一点，那么，极有可能导致乱变异、乱阐释、乱解读。

什么是价值信仰呢？价值信仰是一个国家民族的宗教信仰、精神文化及一定时代的社会核心价值观的统称，是一种文明中最具有根本性异质性的精神元素，它内在操控着处于这种文明体系之内的人们的运思方式和言说机制（宗教信仰、道德价值等），它的基本特征就是坚固性、普适性和历史性。在这里有两个区分，第一是文化与文明的区分，亨廷顿认为："文明和文化都涉及一个民族全面的生活方式，文明是放大了的文化。它们都包括'价值、规则、体制和在一个既定社会中历代人赋予了头等重要性的思维模式'。"[①] 第二是价值信仰与文明、文化的区分。价值信仰也并不等同于文明，它与文明的关系在于："一般而言，文明通常被认为是具有相同文化传承的社会共同体，其传承内容包括了信仰体系、价值观念、思维习惯、话语言说方式和历史传统等方面。"[②] 可见，它是比文明这个范畴更具体的表述形态，例如儒家思想，就是中华文明的一种具体和可以把握的话语形态，日本的"粹"文化思想，也是日本文明的一种形态，诸如此类。同样，价值信仰也不同于文化，它是比文化更深层的话语规则，可以说，价值信仰既比文明更具体、更易把握，又比文化更精要、更具有思想性，它是比较文学变异学中最深层次的话语规则，也是跨文明过程中必须面对的具体问题。

---

① ［美］亨廷顿：《文明的冲突与世界秩序的重建》，周琪等译，新华出版社2002年版，第24—25页。
② 杜萍、曹顺庆：《论"跨文化"背景下的变异学研究》，《中外文化与文论》第26辑。

为什么比较文学变异学正式提出以来，学术界一直在进行"跨越性"研究？从法国学派跨国家，到美国学派跨文化、跨学科，再到中国学派提出的跨文化、跨异质文化、跨文明等等，可以说经历了一个非常复杂的探索历程。为什么韦斯坦因在《比较文学与文学理论》中对东西方跨文明比较"迟疑不决"？就在于他意识到了这种文明之"度"。而随着全球化多元文化时代的到来，这种"迟疑不决"终究难以坚守，跨文明差异化比较已经成为大势所趋。但是差异化比较并非没有任何限制，一个文明体系下的文学进入另一个文明体系下的文学，在理论旅行的过程中，用赛义德的话说，会遭遇"抵制的条件"。换言之，某种文学在另一种文明的新情境下，有的会被接受、认同，并会发生一定程度的改造和变异，形成严绍璗教授所谓的"变异体"，有的始终难以被接受，更谈不上什么改造和变异，其中的一个重要原因，就是不同文明在价值信仰方面的异质性问题，这就是不可变异的底线。如果文学话语的变异符合这个规则，那么则可能实现具有合理性的创造性叛逆，如果违背这个规则，那么，乱变异、乱翻译、乱叛逆则极有可能发生。

虽然跨文明比较已经蔚然成风，但是在比较文学变异学的定义中，我们可以见到"不同国家、不同文明"的表述，跨文明研究并不是打破所有的疆界，将比较文学纳入法美学派一直担心的"无所不比"的深渊。我们知道，跨文明比较的一个基本前提就是承认差异性，曹顺庆教授认为："对文明差异的关注正是当下我们不得不触及的一个学术前沿问题。"① 苏联比较文学家康拉德指出："研究各种文学的相互关系时，应该注意到各国的政治关系，他们的文化水平，以及在思维方式和世界观、信仰、生活方式上、甚至在各个民族的趣味上的相似或差异。必须经常考虑每国的阶级关系，政治和思想上的斗争。离开这些是不能了解各种文学相互关系的真正性质的。"② 另一方面，对差异的认同也要避免文化相对主义的极端，绝对地强化差异实际上就是一种文化的自我封闭，这同样不可取。康拉德还指出："引力和拒力的复杂结合

---

① 曹顺庆：《比较文学概论》，高等教育出版社2015年版，第161页。
② ［苏联］康拉德：《现代比较文艺学问题》，干永昌：《比较文学研究译文集》，第275页。

也正构成了各种文学相互关系的实质。"① 要调和"相对"与"绝对"之间的这种矛盾,首先就要理清不同文明的基本话语规则。

根据雅斯贝尔斯的描述,世界的文明体系在"轴心时代"就已经形成基本格局。亨廷顿将当代的主要文明分为:中华文明、日本文明、印度文明、伊斯兰文明、西方文明、拉丁美洲文明②。他这里所说的西方文明主要是欧洲、北美以及其他欧洲人居住的国家,如澳大利亚和新西兰。从这个基本分类中可以看出,文明的分类依据,主要是宗教种类或价值信仰体系,中华文明的典型特征是儒家思想,亨廷顿认为:"使用中华(Sinic)文明一词更为精确。虽然儒教是中国文明的重要组成部分,但中国文明却不仅是儒教,而且它也超越了作为一个政治实体的中国。"③ 儒家思想是一种类宗教的存在,其基本要义是道德价值,黑格尔认为:"东方世界把道德的实体性作为它们的核心原则,从而第一次克服了沉没在实体性之中的随意性。道德的规定被宣称为法规,然而这些法规却作为一种外在力量支配着主观意志。"④ 梁漱溟也对此进行了分析:"家族生活、集团生活同为最早人群所固有;但后来中国人家族生活偏胜,西方人集团生活偏胜,各走一路。西方之路,基督教实开之;中国之路则打从周孔教化来的;宗教问题实为中西文化的分水岭。"⑤ 近年来,以杜维明为主的许多学者,也一直提倡以"新儒家"文明参与世界文明秩序的重构。

因此,"宗教作为一种跨民族文化现象,曾在文学的交流与传播中起过很重要的作用,是民族文学比较研究的一个重要领域"⑥。而信仰价值层面的异质性,是比较文学变异学的一个重要的话语规则尺度,无论是流传变异还是

---

① [苏联]康拉德:《现代比较文艺学问题》,干永昌:《比较文学研究译文集》,第277页。
② [美]亨廷顿:《文明的冲突与世界秩序的重建》,周琪等译,新华出版社2002年版,第29—30页。
③ 同上书,第29页。
④ [德]黑格尔:《东方世界》,贺艳玲译,夏瑞春编:《德国思想家论中国》,江苏人民出版社1989年版,第110页。
⑤ 梁漱溟:《中国文化要义》,上海人民出版社2011年版,第92页。
⑥ 刘献彪、刘介民:《比较文学教程》,中国青年出版社2001年版,第169页。

阐释变异，都应当把握这个底线尺度。在这个问题上的经典案例是佛教和基督教在中国的不同遭遇，我们都知道，佛教与中国本土文化相结合形成了禅宗，并对中国文化产生重要影响，而基督教虽然一度在中国广泛传播，但是并没有对中国文化及中国人的思维产生什么影响，没有实现中国化，那么为什么他们会有这样的遭遇？这是一个非常有趣的问题，如果从比较文学变异学的学科理论来回答，这个问题就迎刃而解。简要地说，佛教中国化，是因为佛教在中国的接受传播过程中，适应了中华文明在价值信仰层面的变异规则，从而生成了理论新质——禅宗，禅宗在印度佛教中没有，它属于中国，但它仍然是佛教的一个分支，这是佛教与中华文明在信仰价值层面深度融会的产物，它遵循了这个"度"，所以能够成功。基督教在中国的传播，虽然利玛窦一度将自己"中国化"，以适应中国的语言、服饰、习俗等，并取得了良好的传教效果，但是基督教是一种排他性的宗教，上帝的形象及其基本教旨是不可变异、不可扭曲的。基督教在中国的传播接受过程，是西方的价值信仰体系"同化"中华文明价值体系的过程，虽然在一定时期内、在局部范围内颇有成效，但是在"价值信仰"这个根本问题上，基督教与中国难以达成通约性共识，因此并未做出中国化变异，利玛窦对儒家及汉文化语言、服饰、习俗的尊重是一种表象形态的中国化，而不是像佛教那样在最根本的价值信仰问题上实现中国化。既然基督教没有把握这个儒家文明的价值信仰底线，必须要用上帝来统摄中国人的思维，那么肯定不能成功，因为儒家思想是不相信怪、力、乱、神的，在儒家思想的价值信仰体系中，更加注重道、德、仁、礼、忠、信等伦理范畴。这充分说明，价值信仰规则就是跨文明比较的一个基本的规则限度，这就是东西方文明不可通约的结构性差异，是必须尊重的基本事实。下面，从两个方面展开正反两个向度的论证。

一 价值信仰规则的正向制约

关于佛教中国化形成禅宗的问题，学术界已经有非常多的论述，在此主要从比较文学变异学的变异规则角度进行阐释分析。笔者的基本观点是：佛教中国化是一种文化在另一种文化情境下的他国化变异现象。这种变异现象的发生，得益于佛教文化与中国本土文化在价值信仰问题上的双向尊重、双向适应、双向改造、双向发展。我将着重描述这个变异过程的三个关键节点：格义、疑经和禅宗。

（一）格义

根据现有文献来看，格义最初发生于晋代初期，佛教本属于外来宗教，从基本教旨、逻辑关系及术语群方面，它形成一个相对独立、完整的知识结构，最初的很多"忠实"翻译，本土受众从知识构架上难以接受，为了让受众听得清、看得懂佛经，很多高僧在译文中选择与原文意义接近的本土文化术语、概念、范畴等来进行表述，虽然对佛教原教旨造成了部分曲解，但确实是没有办法的办法，例如精通佛教义理的竺法雅，他向弟子、士大夫讲经时常常"以经中事数，拟配外书，为生解之例，谓之格义"。（梁代慧皎所著《高僧传》卷四"晋高邑竺法雅"）。任继愈先生对此的解读是：

> 此所谓"经中事数"，即佛经中的事项、教义和概念（因佛教的概念往往冠以数字，如五阴、四谛、八正道等，故常略称为"数"）。"拟配外书"，即运用为中土人士易于理解的儒家、道家等的名词、概念和思想，去比附和解释佛教的名词、概念和义理。例如把"真如"译为"本无"，"涅槃"译为"无为"，"禅定"译为"守一"，以及把"五戒"称为"五常"等等，并进行相应的解释，皆为"格义"。至于道安等人在所写的经序等著述中用老庄玄学语言论释佛教教义，也是"格义"。佛教这种外来宗教，要在中国扎根和发展，不借助"格义"的方法是难以为中国人所理解、接受的。[1]

没有"格义"法，就不可能让中国人接受一种完全异质的价值信仰，因

---

[1] 任继愈：《中国佛教史》（第二卷），中国社会科学出版社1985年版，第204页。

为价值信仰并不是一个术语、一种形态那么简单，正如前面所分析，那是一种运思方式和话语言说机制，是最深层次的思维结构体系。公元383年，释道安曾提出了著名的"五失本、三不易"翻译思想，从翻译策略上讲，这比"格义"更为精准、更为完善，但是从本土文化的角度上来讲，它没有"格义"的作用那么大，因为中国受众看不懂，而"格义"更侧重创造性转化，正如金克木先生所言："那些佛教的基本论点如'无常'、'无我'、'缘生'、'空'、'有'之类，大概从来也没有真正照原样进入中国哲学，进入的是转化了的中国式理解，往往是新术语、旧范畴。"①

陈寅恪也对格义问题进行了专门的考证，例如对竺法雅说的"生解"二字："寅恪案，事数自应依刘氏之说。而所谓'生解'者，六朝经典注疏中有'子注'之名，疑与之有关。盖'生'与'子'，'解'与'注'，皆互训字也。"② 在陈寅恪看来，格义类似于"子注"，是一种训诂学的解释方法，格义的方法有效化解了在佛教术语层面的不可通约性，并且，这种方法不仅仅限于佛经翻译，在陈寅恪看来，它对后世的儒学发展也产生了长远影响：

> 尝谓自北宋以后援儒入释之理学，皆"格义"之流也。佛藏之此方撰述中有所谓融通一类者，亦莫非"格义"之流也。即华严宗如圭峰大师宗密之疏《盂兰盆经》，以阐扬行孝之义，作原人论而兼采儒道二家之说，恐又"格义"之变相也。然则"格义"之为物，其名虽罕见于旧籍，其实则盛行于后世，独关于其原起及流别，就予所知，尚未有确切言之者。③

从以上论述来看，将"真如"译为"本无"，"涅槃"译为"无为"，这都是用中华文明中的老庄思想来解释佛经，虽然这种解释，不一定是正确理

---

① 金克木：《比较文化论集》，生活·读书·新知三联书店1984年版，第212页。
② 陈寅恪：《金明馆丛稿初编》，生活·读书·新知三联书店2015年版，第169页。
③ 同上书，第173页。

解，然而，却有效促进了佛教的中国化接受过程。这种方法并不局限于佛经翻译，在近代文学发展历程中，很多思想家对外国文学与文化的译介也采取这种形式，陈跃红教授认为："'格义'基本上可以说就是一种早期的互译策略选择。到了 20 世纪初，林纾、严复等人对西方文学和思想著述的翻译，从一开始，也基本上是遵循类似的路子，近于原创性地去展开其译解性的'格义'工作的，那时的他们，基本上没有什么双语性的词典类书籍可以参照。"①

所以，从格义这个学案可以看出，一种价值信仰的他国化变异，首先是跨语际层面的变异，要将这些源文本中的术语、范畴转化成本土文化易于理解的术语、范畴，从翻译的角度来讲，这也许不是正确的翻译，但是从变异学的角度来讲，这是一种创造性叛逆和积极有效的"不正确理解"。

（二）疑经

佛教中国化变异的第二个表征，即疑经的出现。什么是疑经呢？"疑经，是相对于所谓'真经'讲的。中国古代佛教徒把译自梵文、胡语的汉文佛经称为真经，而把中国汉族佛教徒编撰、选抄的佛经称为疑（疑惑）经，或断定为'伪经'。"② 可以看出，疑经并不是佛教的真经，是汉族佛教徒根据自身的理解和阐释所编撰出来的伪经。比如，南北朝时期流传的《须弥四域经》就是一个疑经，它主要宣传儒释道三教同源说，其根本动机是要将佛教纳入中国文化的传统信仰价值体系，甚至是想抬高佛教的地位。例如，伏羲、女娲、神农在中国古代被称为"三皇"，它们与佛教并无实证性影响交流关系，但是却在此疑经中搭上了关系，正如任继愈分析："伏羲、女娲本来与佛教毫无关系。《须弥四域经》把伏羲、女娲说成是阿弥陀佛派的两个菩萨显化的，就把佛、菩萨置于中国圣人之上，借以抬高佛教的地位。"③ 疑经的出现，是

---

① 陈跃红：《比较诗学导论》，北京大学出版社 2005 年版，第 219 页。
② 任继愈：《中国佛教史》（第三卷），中国社会科学出版社 1985 年版，第 564 页。
③ 同上书，第 571 页。

中国本土文化对佛教的适应性改造，它比格义的方法更进一步，格义是语言层面的译介，而疑经是思想层面的断章取义，他们摘取只言片段，然后根据自身的文化语境进行阐释、虚拟和发挥，构造出另一个创造性的文本，这是更加具有创造性的意义叛逆行为。

任继愈先生还指出："从佛教创立以来陆续出现了大量的佛经，无论是小乘佛经还是大乘佛经，都被说成是释迦所说的真经。佛教在中国传播过程中不断适应社会的需要，与中国传统的思想文化、习俗相结合。南北朝时期陆续增加了不少'疑经'。"① 这些疑经，很多增加了一些佛经中原本没有的伦理说教内容。如《长阿含经·善生经》中的"父母所为，恭顺不逆"，"父母正令，不敢违背"，这些都是译者加入的，他们根据儒家的伦理道德学说进行改造。但是，在正统的佛教传播中，这是被否定和禁止的，因为它对佛教的传播会带来危害："我们从道安、僧佑及后来的经录作者对疑伪经的评述、编录中可以看到，对于中国正统的佛教学者来说，一切不是译自印度、西域文字的经典都被判定为疑伪经，认为这些伪经对于佛教的流行会带来危害。这些伪经有的到后来被作为真经而完整地流传下来，有的被后世的佛教著作引用而保存下来一部分。"②

这些疑经有的被经典化，有的则部分被整合，还有的后来消失殆尽，但不可否认的是，来源于正统佛教的否定和禁止并不能阻止疑经在民间的接受，因为后世的学者在读经和解释佛教义理时，受到时代背景的影响，十分自然地根据需要利用所熟悉的文化体系去理解经文，建构自己的教义体系，因此："疑经的出现标志佛教在中国的传播已进入一个新的阶段，一些佛教徒已不满足于仅仅翻译外来的相关资料，而是把自己所掌握的佛教教义与中国传统的文化思想、宗教习俗结合起来，使用便于民众理解的语句，假借佛经的形式编撰出来进行传教。尽管正统的佛教学者排斥这类经典，但却不能阻止它们

---

① 任继愈：《中国佛教史》（第三卷），中国社会科学出版社 1985 年版，第 563—564 页。
② 同上书，第 568 页。

在民间流行。"① 这就是移花接木、改头换面、以假乱真的传播行为。疑经的出现，意味着不仅仅是"格义"在术语、范畴上的创造性叛逆，而且是本土文化对他者文化在经典创作层面的适应性改造，如果从比较文学影响研究来看，这种影响已经完全走样了，甚至难以捕捉到源文本对新文本发生了什么具体的影响，这些疑经甚至是无从考证、无法辨别，只能认定是本土文化传播者的打胡乱说。但是从比较文学变异研究的立场来看，疑经的出现并不是为了证明佛教对本土的影响，而恰恰可以说明本土文化对源文本的意义消解、重构。将中国的价值观和信仰体系掺和进流行的佛教经典之中，借用了佛教的形式、规训和程序，但是却装的是中国的价值观，两种价值信仰在对话、交融和变异，实现了异质文化思想的杂糅式融贯。

（三）禅宗

禅宗的出现，应当说，是在格义和疑经的基础上所产生的一种更深层的变异现象。格义是译介层面，疑经是文本层面，而禅宗则是发生在思想文化层面的变异，它已经从根本质地上不再属于佛教了，而是纳入了中华文化价值信仰的体系结构之中。曹顺庆教授指出："佛教对于中国文化来说是异质性的，但是它被中国文化所吸收和改造，最终融入到中国文化之中，诞生了著名的禅宗。禅宗在促进中国文化发展、丰富世界文化方面都具有不可低估的价值。这是异质文化互补以后发挥重要作用的成功的例证。"② 并不是任何价值信仰体系都能滋生出禅宗来，例如牟宗三先生就认为："禅宗又是最高智慧中的智慧，只有中国人能发展出这一套，世界任何其他民族皆发展不出来。目前美国人很喜欢禅宗，觉得新鲜又好奇，其实完全不懂禅宗。有人竟与维特根斯坦相比附，这样比附对两方面都没有了解而且都耽误了。禅宗是佛教，所以不能离开已有的佛教而空头地随便妄谈禅。教义发展至最高峰一定要简

---

① 任继愈：《中国佛教史》（第三卷），中国社会科学出版社1985年版，第583页。
② 曹顺庆：《中西比较诗学》（修订版），中国人民大学出版社2010年版，第230页。

单化,简单化而付诸实践。"① 为什么牟宗三认为只有中国人能发展出禅宗这一套呢？因为中国人的哲学思维中具有"大道至简"的特征,正如《周易》"易之三名"中所分析的"易则易知、简则易从"一样,儒家思想是一种世俗化的在世哲学,立足生活、立足当下、立足个体。如果用西方的科学思维去解释佛教,经过一系列的概念、判断和推理之后,发现是根本不可知、不可证的,维特根斯坦说："的确存在着不可言说的东西。它们显示自身,它们就是神秘的事项。"② 所以,对这些不可言说的神秘之物,只能保持沉默,而中国文化思想却将这些不可言说之物简化为一些易知易从之物。因此,禅宗在具体的教旨上,并没有佛教那么多形式上的"仪式感"或各种教条约束,例如"放下屠刀,立地成佛""明心见性,见性成佛""机锋棒喝,恍然大悟""酒肉穿肠过,佛祖心中留"等等,简单易行,明明白白。安徽九华山有一副对联曰："非名山不留仙住,是真佛只说家常",化繁为简、化大为小、化多为少,这就可以理解,美国人将禅宗与维特根斯坦进行类比之所以有问题,是因为没有把握住价值信仰这条比较文学变异学规则,维特根斯坦认为对不可言说之物必须保持沉默,于是佛教在科学与哲学面前就此打住,而中国思想尤其是道家思想却认为对不可言说之物,我们可以反说、逆说、迂回说,所以,佛教中国化是中华文明对佛教思想的本土化改造,它援用了佛教的基本理念,又发展为中国自己的文化,它所把握的这个变异尺度,就是中华文明在价值信仰中的规则制约,例如儒家思想对"怪、力、乱、神"的拒绝以及对"心性"的强化,利用"心性"对佛教进行适应性改造,禅宗以"明心见性、见性成佛"而取得受众认同；道家思想对"本无""卮言""天籁"的强化,也让佛教思想进入可领会的视域。概言之,佛教思想与儒家、道家思想是具有异质性的价值信仰体系,佛教能够中国化,一方面源于佛教思想本身所具有的文化适应性,另一方面,则是源于尊重和融入了儒家思想"在世原则"和"自在超越",以及道家思想

---

① 牟宗三：《中西哲学之会通十四讲》,上海古籍出版社1997年版,第17页。
② [奥]维特根斯坦：《逻辑哲学论》,韩林合译,商务印书馆2016年版,第119页。

"以无为有""无之无化"的思想特征，正是对价值信仰的双向尊重和双向适应，导致佛教中国化的成功。

二 价值信仰规则的逆向制约

某些场合有学界同人质疑，某国文化理论进入他国，一定会发生变异，这是谁都知道的现象，何须生成变异学这种抽象的理论范式。的确，在"易之三名"中我们已经分析，"变易"（变异）是一种常态，但是有的变异是现象层面或形式层面的变异，它只是"在"这里，而没有"化"进去。例如，从比较文学变异学理论视野来看，与佛教中国化的成功案例相反，基督教恰恰是因为没有把握在价值信仰层面的变异规则，没有在信仰问题和价值观问题上的双向变异，才没能实现跨文明语境下的他国化。因此，在中国历史发展中，基督教对中国的影响远远不及佛教，那么，基督教为什么没能发生这样的他国化变异？其深层的思想原因是什么？

事实上，基督教传教士也像佛教一样，为了传教，他们做出了很多妥协、调节和努力。西方人最初了解中国，是因为马可·波罗（约1254—1324年），他第一次以游记的形式向西方展现了东方古国的大致形象，但是马可·波罗的史料主要根据的是旅行中的见闻，虽然比较真实可靠，但是没有深入的文化了解和译介传播，因此对一些深层次的东西没有触及。直到16世纪中叶，葡萄牙殖民者占据澳门，才真正意义上打开中国的大门，中西文化交流进入一个新时代，首先在中西文化上进行思想碰撞的，则是传教士群体。传教士与殖民者，一个是武力上的征服，一种是思想上的驯化，前者治人，后者收心，形成了一个固定搭配和最佳组合。在这方面，最典型的是意大利传教士利玛窦，他于1582年抵达澳门，开启他的中国传教之旅，那么他用什么办法撬开东方文明的思想大门呢？

孟华教授认为："利玛窦传教的'秘诀'何在？一言以蔽之，在于他的中国化。利玛窦一反传统的传教方法，放下西方人自视清高的架子，从了解当地的习俗、民情开始做起。为了能与中国人沟通，他习汉语、着儒服，广交天下名士，几十年间从未中断过对中华文化的学习和研究，因而他能够理解和体悟这个民族的文化精蕴。"① 在这方面，可以看出利玛窦首先是适应中国文化的基本价值规则，从各个方面融入进去。除了主动的融入之外，还需要自我规则的调整，甚至这些调整的尺度是相当大的，孟华教授就说："在对中国文化进行了深入的了解之后，他认为这些礼仪都属于建立在传统伦理道德观之上的民族习俗，与宗教并无关系。所以他不仅不反对受洗后的中国人继续祭祖祭孔，自己还每年两次到孔庙中去祭拜，以示彻头彻尾的'中国化'。"② 但丁在《神曲》中，将善良但是没有受洗的这一类人，都打入了地狱，这是排他性的仪式，然而利玛窦却认为受洗并不是排除别的仪式，同样可以吸收儒家的习俗及仪式。

孟华教授认为利玛窦的成功秘诀在于中国化。他所说的中国化并不是比较文学变异学所指涉的中国化（在本书第六章笔者将专题论述中国化问题）。利玛窦的初衷在于将儒家文明与基督教文明在对话的规则上进行努力调节，这种调节主要还是基督教向儒家文明的规则适应，这种规则适应不仅仅除了上述形式上的语言、服饰、行为习惯的适应，更重要的是价值信仰上的适应："利氏的'中国化'还不仅止于此，它还蕴含着更深一层的内涵，那就是基督教的'中国化'。在熟悉中国传统文化的基础上，他尝试着去寻找一种能够为中国人所接受的方法来诠释、宣传基督教教义。他很聪明地想到借助于'孔圣人'的威名去叩开中国人的心扉。"③ 让基督教义向儒家文明的价值规则靠拢，并且用儒家文明去阐释基督教教义，是利玛窦的一个重要策略。但是，这个策略的最大阻碍在于，儒家文明在价值信仰方面，没有西方的"上帝"范畴（虽然中国史书中有"上帝"一词），而是归化于"心"的范畴，据谢和耐的分析：

> 中国人实际上不仅仅不懂得魂与身的实质对立。据他们认为，所有

---

① 孟华：《伏尔泰与孔子》，中国书籍出版社 2015 年版，第 23 页。
② 同上书，第 29 页。
③ 同上书，第 23 页。

的灵魂都必定要以快慢不同的程度上消失,而且感性和理性事物之间的固有区别也不为他们所熟悉。中国人从来不相信在人身上存在有一种极大的和独立的辩理能力。中国人对于基督教中的那种认为存在着一种有理智的并能自由决定从事善恶行为的灵魂之基本观念是陌生的。完全相反,他们把思想和感情、性和理都结合进唯一的一种观念——心的观念中了。①

孔子、孟子关于"心"的论述非常丰富,暂且以孟子"不忍之心"为例加以说明。《孟子·梁惠王上》的一个故事:齐宣王把用于祭祀的一头牛用羊来替换。孟子的结论是:"是心足以王矣,百姓皆以王为爱也,臣故知王之不忍也。"而"以羊换牛"的关键在于"见牛未见羊也"。对此,法国学者弗朗索瓦·于连认为:"没有了面对面的交锋,也就没有了这一双在别人的不幸遭遇面前睁开了便再不能闭上的眼睛。"② 于连还引用《孟子·滕文公上》的一个故事:古时亲人去世不会埋葬,而是抛之荒野,可是有一天他们经过尸体旁边的时候,发现了动物在吸吮尸骨,顿冒虚汗,于是,赶紧将之掩埋。孟子说:"掩之诚是也,则孝子仁人之掩其亲,亦必有道矣。"③ 这个故事的意义同样也在于对视而所见之物的不忍之心。当然,最经典的一个故事就是孺子入井而今人皆有怵惕恻隐之心。孟子的结论是:"人皆有不忍人之心,先王有不忍人之心,斯有不忍人之政矣。以不忍人之心,行不忍人之政,治天下可运之掌上。所以谓人皆有不忍之心者,今人乍见孺子将入于井,皆有怵惕恻隐之心。非所以内交于孺子之父母也,非所以要誉于乡党朋友也,非恶其声而然也。"④

在儒家思想看来,人类一切道德行为不是经过经营与算计,也不是经过反复的思考与权衡,不过是本能的自发的反应。于连说:"我突然不再是我自

---

① [法]谢和耐:《中国和基督教》,耿昇译,上海古籍出版社1991年版,第218—219页。
② François Jullien, *Dialogue sur la morale*, Paris: éditions Grasset et Fasquelle, 1995, p. 10.
③ 《孟子·滕文公上》,朱熹《四书章句集注》,中华书局1983年版,第263页。
④ 《孟子·公孙丑上》,朱熹《四书章句集注》,中华书局1983年版,第237—238页。

己一举一动及其所含私利的主人，是存在本身，通过了我，为他人的利益而行动起来。"① 我所具有的不忍之心，是因为我意识到了这个因缘联络。如果说，血缘关系上的亲疏构成了良知的内在驱动力，那么"不忍之心"乃构成了良知的外在超越性。就是说，人对于他人或他物的不幸，无法无动于衷、心安理得。人与人之间在保持独立性的同时，在那一刻也突然建立了某种关联。于连认为："将这种不忍之心的自然反应扩展到所有那些我们依旧容忍而损及人心的事物上，这就是道德。"② 这是一种自动性的内心觉悟过程，不需要第三者的干预和约束："中国人和佛教徒观念中的善恶报应之自动特点实际上使任何神的干预都变得无用了。"③ 这些论述表明，中国的价值体系是源自道德内心的"内自省也"，不需要向某一个外在"上帝"进行忏悔。

谢和耐指出："据中国所接受的观念来看，真正的善行是自发的，因为按照孟子的论点，它起源于所有人都具有人性的脉冲。据佛教传统认为，法与众生的本性相一致，基督教则只能接受天性与道德的吻合，任何道德相反都会在自身导致一种战胜自我。真正的善行是受理智支配的。因此，利玛窦正确地坚持批驳中国人的伦理观念，而这种观念是以内在理的观念为基础并使自发性变成了最高的才华。"④ 因此，儒家将道德行为之源归于不忍之心，而基督教将之归于理智支配。这样，在伦理道德这个问题上，两者是不可调解的，谢和耐如此分析：

> 中国人和基督教的伦理之间具有根本性的差别。这不仅仅是由于基督教宣称人性也受到了腐化，而且也是由于中国人不懂最高之善的思想，这样一来就使他们的行为彼此相反。基督徒的伦理涉及到了一个超越一切的上帝，因而按照中国人的判断来看是起源于最遥远和最不可及的事物，也就是上帝的至德。天主自我确定了十诫，只有由他自己创造或与

---

① François Jullien, *Dialogue sur la morale*, Paris：éditions Grasset et Fasquelle, 1995, p. 11.
② Ibid., pp. 12–13.
③ ［法］谢和耐：《中国和基督教》，耿昇译，上海古籍出版社1991年版，第245页。
④ 同上书，第229页。

他有关的善。其第一项义务就是不要爱父母，而是爱上帝。相反，按照中国人的观念，人类只有通过遵守礼仪方可发展其自身中的善之本性。①

具体地说，基督教认为要先爱上帝，而中国人的观念是爱父母及其他伦理孝道，马克斯·韦伯认为："儒教，就像佛教一般，只不过是种伦理——道，相当于印度的'法'（Dhamma）——罢了。不过，与佛教形成强烈对比的是，儒教完全是入世的（innerweltlich）俗人道德伦理。并且，儒教是要去适应这个世界及其秩序与习俗。基本上，它所代表的只不过是给世上受过教育的人一部由政治准则与社会礼仪规制所构成的巨大法典。这点与佛教的对比更大。"②基督教认为在上帝面前人人平等，但孔子作《论语》主要是针对"礼崩乐坏"的状况，他试图构建一个秩序井然的伦理世界，无论是"仁"，还是后来封建社会的"三纲五常"，都特别强调秩序，这些秩序的各层次之间建立一个和而不同的互补关系："基督教的伦理则是平均主义和抽象的，认为所有的人在上帝面前都平等。中国人的伦理则仅仅关心既是等级的又是互为补充的关系，而宇宙本身则似乎为此提供了例证：阴和阳、天和地都互相结合并互为补充。"③君臣、父子、夫妻等，这些范畴都是有等级有次序的和谐统一体。

因此，在上帝这个根本性的教旨问题上，利玛窦在中国找不到一个与之对等之物，此物之前不存在，如果不能将上帝至高无上的地位表述清楚，那么要让中国人接受基督教几乎是不可能的事。他的具体策略体现在："利玛窦来华后，认真研读儒家的经典，能熟读'四书''五经'，又通过广泛结交中国士大夫和著名学者，因而对中国文化有了比较全面的了解，提出了著名的'合儒、补儒、超儒'的传教政策。"④那么，首先是如何"合儒"呢？利玛窦极具智慧地将中国经书中的天、帝等概念与基督教神学联系起来。在《天

---

① ［法］谢和耐：《中国和基督教》，耿昇译，上海古籍出版社1991年版，第235页。
② ［德］马克斯·韦伯：《中国的宗教：儒教与道教》，康乐、简惠美译，广西师范大学出版社2010年版，第213页。
③ ［法］谢和耐：《中国和基督教》，耿昇译，上海古籍出版社1991年版，第238页。
④ 许苏民：《比较文化研究史》，云南人民出版社1992年版，第67页。

主实义》中说：

> 吾天主乃古经书所称上帝也。《中庸》引孔子曰："郊社之礼，所以事上帝也"……《商颂》云："圣敬日跻，昭假迟迟，上帝是祇。"《雅》云："维文王，小心翼翼，昭事上帝。"《易》曰："帝出乎震。"夫帝也者，非天之谓，苍天者抱八方，何能出于一乎。《礼》云："五者备当，上帝其飨。"又云："天子亲耕，粢盛秬鬯，以事上帝。"……《金縢》周公曰："乃命于帝庭，敷佑四方，上帝有庭"，则不以苍天为上帝可知，历观古书，而知上帝与天主，特异以名也。①

他认为中国古书中的上帝就是西方的天主，但是他的这种理论上的努力，并不能在实际问题上更改中国人的价值观念，我们可以说："利玛窦非常自觉地迎合士大夫崇古的习惯，希望通过对古儒典籍中'上帝'的渲染和基督化的解释，使士大夫投入天主的怀抱。但儒家经典中的上帝却大异于天主。"② 德国哲学家谢林在比较东西方的"天"时指出："如果要把天理解成物质性的天空，这就错误地理解了敬天。所谓敬天，所敬的对象原初是穿透一切，推动一切的天之神灵。天之神灵和一个自由的按意志和天命行事的、不仅非质料的而且也超质料的造物主有天壤之别。"③ 所以，他的结论是：

> 中国人的原始宗教是一种纯粹的天的宗教。这就是说，中国并不缺少其他民族所共有的神话过程的一般前提。这种原始的天的宗教（即没有分化的人类的第一根纽带）同样也是中国意识的起点，但恰恰正是因此而遭到不幸。那时的一元早该被二元所取代。可中国意识排斥任何二元，至今它仍然执守于第一原则的排他性，坚持着它那个独特的天，也

---

① [意] 利玛窦：《天主实义》上卷第二编，上海土山湾印书馆 1903 年第五版，第 25—26 页。
② 孙尚扬：《明末中西文化交流中的误读及其创造性》，乐黛云、[法] 勒·比雄：《独角兽与龙》，北京大学出版社 1995 年版，第 158 页。
③ [德] 弗·威·封·谢林：《中国——神话哲学》，魏庆征译，夏瑞春编《德国思想家论中国》，陈爱政等译，江苏人民出版社 1989 年版，第 150 页。

就是说，迄今为止，天已成了第一原则。因此它不会再给神以地盘，不允许出现更高的力量。①

谢林的论述具有一定的合理性，在中国，"天"是至高无上的，在基督教，上帝是至高无上的，这是在价值信仰问题上的两个不可通约的结构性差异。但不能否定利玛窦对此所作的努力。孟华认为：

> 不管中国典籍中的"天""上帝"与基督教所言的"天主""上帝"之间有多么大的差别，我们不能不惊叹利氏这种"中为洋用"的大胆创举。当然，他做这样的比附，首先是基于一种传教策略的考虑。但须知，基督教是一种绝对排它的宗教，传统的基督徒是绝不能容忍以他们至高无上的"上帝"去比附任何其他神祇。利氏在探索一种新的传教方法中，恰恰打破了这种绝对性，松动了基督教教义的严格界限，这里面难道不意味着一种"中国化"？②

孟华教授认为利玛窦用天和上帝来比附基督教的天主和上帝是一种中国化的表现。实际上，这只能说是中国化的努力，而并没有真正意义上实现中国化，因为这两者之间貌似有雷同的地方，但是在根本思想上完全不同。谢林的判断比较合理："用一句话来说：对于中国本质，生活和存在的真正解释是：religio astralis in rempublicam versa（拉丁文：对天的信仰变成了对国家的信仰），那个天的宗教原则在一个尚需进一步解释的过程中变成了国家原则。原先被当作宗教原则压制着意识的威力，现在被当作治理国家的原则。在天的宗教中它作为内在原则具有排他性，现在在国家之中，它则成了具有排他性的外在原则。"③

---

① [德] 弗·威·封·谢林：《中国——神话哲学》，魏庆征译，夏瑞春编《德国思想家论中国》，陈爱政等译，江苏人民出版社1989年版，第141页。
② 孟华：《伏尔泰与孔子》，中国书籍出版社2015年版，第24页。
③ [德] 弗·威·封·谢林：《中国——神话哲学》，魏庆征译，夏瑞春编《德国思想家论中国》，陈爱政等译，江苏人民出版社1989年版，第144页。

天，在人间的显现就是天子、皇帝，这是一种国家治理的自然法则，例如《水浒传》里用来凝聚一百单八将的核心思想就是"替天行道"。这个天就是至高无上的真理、天道。基督教是一种排他的宗教，甚至他们认为佛教都是基督教的一个变体，康德就对基督教在中国的遭遇如此描述："宗教在这里遭受冷遇。许多人不相信上帝，即使那些信教的人也很少参加宗教仪式。这里，佛教教派为数最多。他们理解佛为神的化身，神灵附在居住于西藏布达拉宫的那位受人顶礼膜拜的大喇嘛身上，当他死后，神灵又转世到了另外一个喇嘛。鞑靼人的佛教僧人叫作喇嘛，就是中国的和尚。从天主教传教士所描述的中国佛教的神祇来看，佛教实际上是一种由基督教变种而生的异教。"①

从以上分析我们可以看出："像基督教神学文艺思想这种与中国传统文化存在着巨大文化差异的异质文论，是很不容易'中国化'的，因为缺乏文化的适应性，我们宁信'孔子对神鬼存而不论'的主张，也不会相信基督教神学。"② 正是因为在价值信仰问题上的不可调和，所以基督教的中国化变异没有成功。谢和耐认为，中国人对基督教"这种对天堂和地狱存在的否认并不会引起认为根本不存在任何报应，而是报应要根据死者留下的美名或遗臭行为就在本世或对其家族后裔施加影响。事实上，大部分文人都对命运保持着坚定自若的态度。"③ 正是基督教与中华文明的思想价值观在核心问题上不可通约，因此："1724年，雍正下令禁教。在华的教堂纷纷关闭，已入教的中国教徒大批还俗，基督教在中国早期的传教活动就这样以失败而告终。"④ 虽然基督教没有从文化结构上改变中国，但是中国文化却反过来改变了西方文化。例如，伏尔泰的启蒙主义思想，就是直接援用转化了的中国儒家思想。

因此，从佛教与基督教中国化变异的这两个事例中可以看出，在跨文明对话交流过程中，源文本的形态不断发生变异，但是如果有价值信仰规则上

---

① [德]康德：《中国》（口授记录），许雅萍译，夏瑞春编：《德国思想家论中国》，江苏人民出版社1989年版，第66页。
② 靳义增：《从变异学视角看文学理论"中国化"的基本路径》，《文艺理论研究》2006年第5期。
③ [法]谢和耐：《中国和基督教》，耿昇译，上海古籍出版社1991年版，第244页。
④ 孟华：《伏尔泰与孔子》，中国书籍出版社2015年版，第34页。

的通约性，那么就能顺利融会贯通，实现创造性转化和创新性发展。如果在这个问题上存在不可通约的结构性差异，就不能实现本土化迁移，从这样两个论据的对比分析中，可以认为：价值信仰就是变异学的一个重要的"尺度"和规则。

第二节　文化惯习规则与变异限度制约

美国人类学家恩伯认为："文化本身是限制个人行为变异的一个主要因素。"[①] 从人类发展历史上看，个体不但塑造着文化的基本形态，也被特定的文化所塑造。从跨文明比较的立场来看，价值信仰是最主要的变异制约规则，从跨文化比较的立场来看，那么文化惯习则是主要的变异规则，价值信仰决定一个国家和民族的思维方式和道德价值体系，而文化惯习则直接决定着一个国家和民族文学的意义生成方式和话语言说机制，尊重价值信仰规则，异质话语才可能进得来，尊重文化惯习规则，异质话语才可能行得通。

一　大传统：文化惯习及其变异制约

一国文学与文论译介传播到他国文学与文论过程中，由于受到语言、文化、译者视域、历史语境等因素影响，意义会发生增减、脱落、改造及误读等诸种变异现象，毕竟"从最初出发以致终竟到达，这是很艰辛的历程。一路上颠顿风尘，遭遇风险，不免有所遗失或受些损伤。因此，译文总有失真和走样的地方，在意义或口吻上违背或不很贴切原文"。[②] 但值得注意的是，在话语的跨文明转换和意义的他国化进程中，制约意义合法变异的另一个重要规则，便是文化惯习。只有在译介过程中，既忠实原作的基本意义框架，

---

① ［美］C. 恩伯、M. 恩伯：《文化的变异》，杜杉杉译，辽宁人民出版社1988年版，第37页。
② 钱锺书：《林纾的翻译》，《七缀集》，生活·读书·新知三联书店2002年版，第78页。

又遵守文化惯习的规则约定，才能"忠实得以至于读起来不像译本"①。倘若抱守"信、达、雅"的教条绝对忠实于原作而放弃对变异形态的事实性认同和正面性回应，那么这种"硬译"则会产生拙劣晦涩的译文，这些拙劣的文本无形之中替作者拒绝了其他文化语境中的各类读者，无法实现美国比较文学家丹穆若什说的："从原有的语言和文化流通进入到更宽广的世界之中。"②没有好的译文，则不可能流通，要有好的译文，则必须遵守跨文明传播中的文化惯习规则。

那么，什么是文化惯习呢？从普遍意义上讲，它主要指一个国家和民族在长期历史传承中反复沉淀、潜在约定的思维定式、言说方式及审美取向，这种内在的话语形式决定着差异化的行为实践、符号表象和理论规范。文化惯习同价值信仰不同，价值信仰主要包含宗教信仰及类宗教的价值观念，文化惯习是比它更具体的行为操守和思维形态。当然，惯习同习惯不同，习惯针对个人而言，是个体行为方式，惯习带有社会文化性质，即生活在某种文化环境中的个体不由自主的行为方式和思维模式。法国学者布尔迪厄对惯习（habitus）阐述道："惯习所产生出来的行为方式并不具有严格的推演规则性，它总是在与变动不居的各种情景的遭遇中，确定自身，遵循一种含混不清的实践的逻辑，与日常世界关联。"③虽然惯习含混不清，但却事实性存在并与世界关联。惯习更多体现为行为实践，而不是一种理论化的描述，国际比较文学学会前会长佛克马先生将之视为"成规"，并举例说明了这种情况："很多成规的来历已经无法考证。为什么人们见面打招呼的时候要握手？为什么法国人握手的次数比英国人多？这些成规的确是任意的，而且在必要的情况下，比如出现传染病时，可以不费力地被其他打招呼的方式所替代。"④文化惯习是语言上说不清道不明，但是在心理层面都是可以领会的、约定俗成的、

---

① 钱锺书：《林纾的翻译》，《七缀集》，生活·读书·新知三联书店2002年版，第77页。
② ［美］丹穆若什：《什么是世界文学》，查明建等译，北京大学出版社2014年版，第7页。
③ ［法］布迪厄、华康德：《实践与反思：反思社会学导引》，李猛、李康译，中央编译出版社1998年版，第186页。
④ ［荷］佛克马：《关于比较文学研究的九个命题和三条建议》，《深圳大学学报》2005年第4期。

心有灵犀的。从另一个方面来逆向思考："如果没有成规的话，一个社会就无法存在。当然，成规是可以被批评和代替的，但是对文学与非文学加以区分的成规并非是完全随心所欲的，它得到了不同阅读法、文本不同语言和风格特征的支持。"① 可见，文化惯习是某一个族群在行为实践中不断生成的，它形成一些潜在的话语结构，这些话语结构体现为具体的文化强制，恩伯在《文化的变异》中将这种文化强制进行分类："文化强制有两种基本类型：直接文化强制与间接文化强制。不用说，直接文化强制更为明显。比如说，如果你穿的衣服不属于我们文化容许的类型，就很可能会遭到嘲笑，甚至在一个程度上会遭到社会的孤立。……虽然间接文化强制没有直接文化强制明显，但其效用却与后者不相上下。"② 恩伯在此书中举例阐明了文化强制对变异的内在限度制约，文化惯习往往不是写在具体的条文之中，它同民间风俗一样，是一种文化的思想传承，是一种融进血液之中的遵守、服从和坚持，这种传统往往会涵盖诸多领域。从文学人类学的角度分析，这些领域之间相互制约、牵连，形成一个没有体系、没有文本、没有具象的"大传统"。如果否定文化强制这个"大传统"（great tradition），变异则会成为缺乏共同认知基础的乱变、乱异、乱叛逆、乱阐释。

基于这样的认识，那么，文化惯习如何制约着文学、文论话语形态呢？文化惯习作为一条话语变异的规则制约和阐释的限度设定，它为异质文学与文论话语的进入预设了系列坚固的"栅栏""滤网"，只有通过这些环节才可能确保外来文学与文化的合法化译介、接受、传播和发展，否则就会遭遇排斥、拒绝、抵抗。这些"栅栏""滤网"的运作方式，就是文学过滤与文化误读，乐黛云教授认为："由于文化的差异性，当两种文化接触时，就不可避免地会产生误读。所谓误读就是按照自身的文化传统，思维方式，自己所熟悉的一切去解读另一种文化。"③ 这就像译介中的"格义"一样，用自己的话

---

① ［荷］佛克马：《关于比较文学研究的九个命题和三条建议》，《深圳大学学报》2005年第4期。
② ［美］C. 恩伯、M. 恩伯：《文化的变异》，杜杉杉译，辽宁人民出版社1988年版，第37页。
③ 乐黛云：《文化差异与文化误读》，乐黛云、［法］勒·比雄：《独角兽与龙》，北京大学出版社1995年版，第110页。

语方式将异质文本"格式化""本土化"。严绍璗教授认为，任何一个文本的生成，都脱离不了文化语境，他说："'文化语境'（culture context）是文学文本生成的本源。"① 在文化语境的前提下，经过异质文化对撞生成的"传递走廊"和"中间媒体"，最后生成新的"变异体"。李艳、曹顺庆认为："在跨民族跨文化的文学交流中，我们不仅需要考察接受者一方对源文本进行创造性理解的事实，而且需要深刻体察源文本背后所潜藏的文化特质，只有在知己知彼的文化观照中才能寻找视域融合的契机。"② 为什么要在文化特质层面知己知彼呢？从根本上说，就是为了把握和尊重这些潜藏的文化惯习规则。也就是说，视域融合的基本前提是文化观照，某一国文学与文论进入他国文学与文论的系统之中，首先要打量的就是文化惯习这个深层次的变异规则制约，因为"从文化学的一般意义上讲，任何一种文化都是特定的时间及空间的产物，所以文化具有'时间上的绝对性'。但在实际的生活中，文化也表现为具有'超越时空的延续性'"③。另外，靳义增教授的分析更为具体："一种文学理论体系和话语言说方式往往建立在一定的哲学思想、思维方式基础之上，而一定的哲学思想、思维方式又以一定的文化为根基。这样，由文化—哲学思想—思维方式—文学理论组成的链条，就构成了一种学术规范。"④ 他将这种学术规范梳理为文化、哲学思想、思维方式和文学理论四个要素，从逻辑结构上看，文化处于结构最深层，而文学理论处于最末端，可见他把文化惯习视为文学、文论的深层变异规则。文化基质的不同决定文论话语的不同，黄药眠、童庆炳教授在《中西比较诗学体系》中就对中西方文化基质进行了概括，他们认为："有、实体、形式、明晰，构成了西方文化的基质；无、气、整体功能、模糊，构成了中国文化的基质。"⑤ 另外，宗白华《美学散步》，徐复观《中国艺术精神》等等都对这些问题进行了深入研究。

---

① 严绍璗：《比较文学与文化"变异体"研究》，复旦大学出版社2011年版，第57页。
② 李艳、曹顺庆：《从变异学的角度重新审视比较文学的影响研究》，《中国比较文学》2006年第4期。
③ 严绍璗：《比较文学与文化"变异体"研究》，复旦大学出版社2011年版，第64页。
④ 靳义增：《从变异学视角看文学理论"中国化"的基本路径》，《文艺理论研究》2006年第5期。
⑤ 黄药眠、童庆炳：《中西比较诗学体系》上，人民文学出版社1991年版，第60页。

在中国比较文学界，我们往往将文化惯习的制约过程描述为文学误读和文化过滤，在西方哲学阐释学中，文化惯习是通过生成"先见""成见""先行掌握""文化成规""意识形态"等形式来制约阐释形态和变异规则，并以这些形式展开文化过滤和文学误读。这种文化惯习的制约作用，在海德格尔看来就是"先结构"，他认为："事物一向已从因缘整体性方面得到领会。这个因缘整体性不必是由专题解释明白把握了的。即使有这样一种解释已经贯穿了因缘整体性，这种因缘整体性还仍退隐到不突出的领会中去。恰恰是在这种样式中，因缘整体性乃是日常的、寻视的解释的本质基础。这种解释一向奠基在一种先行具有（Vorhabe）之中。"① 海德格尔认为，解释奠基在"先行具有"之中，任何理解和阐释，都不能摆脱这种因缘整体性。在《存在与时间》中，他分析了先行具有、先行视见及先行掌握的结构关系："在领会着的解释加以分环勾连的东西中必然包含有这样一种东西——意义的概念就包括着这种东西的形式构架。先行具有、先行视见及先行掌握构成了筹划的何所向。意义就是这个筹划的何所向，从筹划的何所向方面出发，某某东西作为某某东西得到领会。"② 与海德格尔的先结构相似，其高足伽达默尔将此描述为"前见"："一切理解都必然包含某种前见，这样一种承认给予诠释学问题尖锐的一击。按照这种观点，情况似乎是：尽管历史主义对唯理论和自然权利学说进行了批判，但历史主义却立于现代启蒙运动的基础上，并不自觉地分享了它的偏见。"③ 另外，艾柯同佛克马一样，将文化惯习理解为文化成规："我所说的作为社会宝库的语言不仅指具有一套完整的语法规则的约定俗成的语言本身，同时还包括这种语言所生发、所产生的整个话语系统，即这种语言所产生的'文化成规'（culture conventions）以及从读者的角度出发对本文进行诠释的全部历史。"④

---

① [德]海德格尔：《存在与时间》，陈嘉映、王庆杰译，生活·读书·新知三联书店2006年版，第175页。
② 同上书，第177页。
③ [德]伽达默尔：《真理与方法》（一），洪汉鼎译，商务印书馆2016年版，第383页。
④ [意]艾柯：《在作者与本文之间》，艾柯等著：《诠释与过度诠释》，生活·读书·新知三联书店1997年版，第82页。

无论是海德格尔的"先行具有、先行视见及先行掌握",还是伽达默尔的"前见",或者是艾柯的"文化成规",抑或是布尔迪厄的"文化惯习",都在阐释一种文化视域的潜在制约结构,这种结构从某种文化的诠释传统中生成。伽达默尔说:"当强有力的习惯和偏见可能阻碍特定个体接受时,解释学理论则使它的普遍接受成为可能。"① 文化惯习规则制约着跨文化变异中的文化过滤、文本阐释、文学误读等要素,那么如何运用这个变异规则来研究比较文学? 王晓路教授在《中西诗学对话》第三章"迁移的变异"中指出:"然而在具体操作上,我们必须考虑如下层次:哲学观念与领悟及表述方式;两种语言中的话语形式之间的样态差异、语体特征与语义价值;文化过滤与文化精神的对话。"②

概言之,文化惯习作为比较文学变异学中的一条变异规则,主要是指异质文学与文论在进行跨界传播过程中,必须要观照双方的文化惯习以及由它而产生的意义生成方式和话语言说机制,既不能搁置和忽略本土文化惯习的潜在制约,对源文本照搬照抄,继而形成强制阐释现象,也不能完全从本土文化惯习出发,进行绝对性的本土化改造,继而使之面目全非。在异质文化惯习之间,存在一个"传递走廊""张力空间"或"阐释间距",在这个边界地带,我们要利用文化惯习的变异规则进行制约、协调和融贯,以促进异质话语的正向交流。

二 文化惯习规则的正向制约

每一种规则的制约都具有正、反两种方向,这里所谓的"正向制约",主要是指有效利用文化惯习规则进行本土化改造,继而顺利促成文学与文论在异质文化语境中的译介、接受和传播。同样,所谓的"逆向制约",主要指回避、搁置文化惯习规则,进行主观化个体性的"创新",继而造成双向的曲解,阻碍了文学与文论在异质性文化语境中的接受和传播。我们可以用以下

---

① [德]伽达默尔:《哲学解释学》,夏镇平、宋建平译,上海译文出版社1994年版,第93页。
② 王晓路:《中西诗学对话》,巴蜀书社2000年版,第177页。

案例进行说明。

朱生豪的莎士比亚译作在翻译界毫无疑问是经典，其成功的因素很多，我们从文化惯习规则的制约向度来看，这显然是正向变异形态。一个经典案例是莎士比亚《罗密欧与朱丽叶》中这句话："He made you a highway to my bed; But I, a maid, die maiden—widowed."方平译文："他本要借你做捷径，登上我的床。可怜我这个处女，活守寡，到死是处女。"朱生豪译文则是："他要借你做牵引相思的桥梁，可是我却要做一个独守空闺的怨女而死去。"[①] 为什么朱生豪的译文一直受到高度赞许？且须作细节比对：他将上床（to my bed）译为相思，将处女（maiden）译为怨女，将守寡的（widowed）译为独守空闺，这三处细节，我们可以看出不同的话语表述形态及其文化惯习制约。中西方在"性"与"爱"的问题上，具有异质性思想特征，简单地说，西方文化更加直白、袒露、真切和热烈，一句"I love you"，主语、谓语、宾语都显得如此清晰明白、干净利落，也显得奔放、舒展和热烈，而中国文化更倾向于含蓄、蕴藉和敦厚的表达方式，如"执手相看泪眼，竟无语凝噎""梳洗罢，独倚望江楼。过尽千帆皆不是，斜晖脉脉水悠悠。"这些诗词，显得忧伤、委婉和淡雅，正如司空图在《二十四诗品》之"典雅"中说的"落花无言，人淡如菊"。虽然中国也有这种豪气冲天的信誓旦旦，例如"山无陵，江水为竭，冬雷震震，夏雨雪，天地合，乃敢与君绝。"（《上邪》）但更多的还是一种哀怨的情结。方平所采用的上床、守寡、处女等，从文本翻译的角度来说，都没有错，甚至可以说是很准确地表达了源文本的意思，但是这些词语，在中国文化惯习中，会导致接受心理上的一些"不适感"，因为中国文化中的伦理道德占据着至关重要的地位，因此在文学作品中，往往从"兴、观、群、怨"的社会功用出发，将一些言语表述得符合价值规范，如何在文学作品中来调节这种内在诉求与外在规则呢？那就是"抑身扬心"的文化规则，相思、怨女、独守空闺，都是表达中国封建社会的女性所具有的那种哀怨、凄楚、期盼的

---

① 参见谢天振《译介学》，上海外语教育出版社1999年版，第6—7页。

心态，所以朱生豪的译文在跨语际切换中把握住了中国受众在性问题上"抑身扬心"的文化惯习。这个惯习将"性"的感性体验直觉上升为对"仁礼道德"的理性超越，具体来说，就是"文质彬彬""尽善尽美"等等，发展到极端就是宋明理学之"存天理，灭人欲"。因此，比起"上床"，"相思"更具温柔敦厚、含蓄蕴藉的诗学意味；比起"处女"，"怨女"更显示出思想上的道德操守和精神贞洁；比起"守寡"，"独守空闺"更是将："闺中少妇不知愁，春日凝妆上翠楼"（王昌龄《闺怨》）的闺怨姿态彰显得淋漓尽致。这种话语转换既忠实原作，但又不是乱翻乱译，源文本的基本意义在这个译作中得到充分体现，而中国文化的要素也在其中凸显无遗，中国读者读了朱生豪的译文，就丝毫不会觉得这是外国文学，感觉这就是中国文学形式，从译介层面来说，这就容易被中国人所接受、理解和认同。

因此，我们从这两者的对比可以看出文化惯习规则在其中所起到的规则制约作用。与此类似的一个案例是《红楼梦》，国内比较公认的译本是杨宪益、戴乃迭的译本（*A Dream of Red Mansions*），在国外认同度比较高的是英国霍克斯的《石头记》（*The Story of the Stone*）。前者的翻译立场比较倾向于中国，而后者更倾向于英语世界的读者。比如"怡红院"，霍克斯将之译为"Green Delights"，他将第四十一回"贾宝玉品茶栊翠庵，刘姥姥醉卧怡红院"翻译成"Jia Baoyu tastes some superior tea at Green Bower Hermitage; And Grannie Liu samples the sleeping accommodation at Green Delights."将红一词译为绿，如法炮制，贾宝玉号称"怡红公子"，因此被翻译成"Green Boy"。在他看来，中国的"红"具有喜庆、美好之意，但是在英语世界却并非如此。霍克斯从西方文化的接受立场出发，对原作进行了创造性叛逆，尽管在中国读者看来有点"贻笑大方"，但是在英语世界大受欢迎，并被西方读者所接受、认同。这就是跨语际变异中的文化惯习制约，如果他按照"红"之原意进行翻译，那么则会引起西方读者的"不适感"，就像中国人读了西方的"上床""处女"所产生的"不适感"一样。在这个双向制约过程中，根据姚斯的接受美学视点，文化惯习规则"在被动接受与积极理解、标准经验的形成和新的生产之间进行调节"①。调节的目的是用文化惯习规则促进本土吸收和文化认同，正如日尔蒙斯基所说："在创造性的翻译中，它们被按照本民族的风俗习惯和社会生活的特点以及它的文学传统和审美力进行改作。"② 我们不能用翻译中是否"准确"的眼光来审视文化惯习规则下的误读和改造，因为译介的最终目的是促进了解，翻译不能"愚忠"，要学会利用规则进行"变通"和"误读"，正如乐黛云教授所说："误读往往在文化发展中起很好的推动作用。"③ 这种文化惯习的改造、误读和变通，在历史发展进程中，的确能够产生很多思想创新，因为"每一种文化都有一种独特的观察和认识自然世界的方法，换言之，每一种文化都有它自己的独特的自然观。严格说来，没有两种完全相同的自然形式。进而言之，对于每一种文化及其文化成员来说，它们的历史都是独一无二的"④。这一条规则，就是要让我们意识到并利用好这种文化惯习上的差异，不要生搬硬套，也不要固守机械唯物主义，比较文学变异学之所以要聚焦于这条规则，就是要让："我们理解了中西文化的根本差异，就能更深刻地理解中西美学和中西诗学在理论体系、具体范畴、表现方式、内在意蕴等一系列问题上的差异。"⑤ 利用这条规则，尊重差异、利用差异、异质互补，正是比较文学变异学的理论宗旨。

三 文化惯习规则的逆向制约

（一）赵景深译文中的文化惯习逆向制约

日本比较文学学者中村元认为："中国人是一个伟大的国民，其文化将作

---

① [德] H. R. 姚斯、[美] R. C. 霍拉勃：《接受美学与接受理论》，周宁、金元浦译，辽宁人民出版社1987年版，第24页。
② [苏联] 日尔蒙斯基：《中世纪文学史比较文学研究的对象》，干永昌：《比较文学研究译文集》，第332页。
③ 乐黛云：《文化差异与文化误读》，乐黛云、[法] 勒·比雄：《独角兽与龙》，北京大学出版社1995年版，第111页。
④ [德] 斯宾格勒：《西方的没落》，韩炯编译，北京出版社2008年版，第23页。
⑤ 黄药眠、童庆炳：《中西比较诗学体系》上，人民文学出版社1991年版，第61页。

为中国精神流传下来，如果抛弃了自己历史悠久的文化基础，中国早就停步不前了，也就会永远丧失自己的文化。中国的改革必须立足于中国自身的文化，而这种文化是世界文明的一部分，中国不能蹈袭西方文明的方法来进行改革，如果想抛开自己的文化基础，去实现西方化，中国必然会崩溃消亡。"① 这是一个具有国际视野的日本人对中国文化的看法。这个观点旨在说明：文化精神的积淀是民族历史的延续，这一道文化的"藩篱""栅栏""滤网"是中国文化异质性的基本边界。如果我们打开这个边界，放任自流，甚至主动去适应西方文化的规则，那么中国文化必然消亡，必然成为西方的文化附庸，被统治、被同化、被奴役。

从文化惯习的反向变异形态观之，如果不按文化惯习规则"出牌"，会导致文本之"隔"与接受者之"不懂"。同样一个经典学案，赵景深将"milky way"译作"牛奶路"，被鲁迅作诗嘲讽，但是译成"银河"就一定对吗？"对欧洲民族来说，只要一提起 milky way，他们会想到这是聚居在奥林帕斯山上的众神下山的'路'。"② 从原作文化意象而言，"milky way"的文化语境是古希腊神话，它是在特殊的文化语境、特殊的故事情节、特殊的表达方式下的一个语言表述片段，于此抽身出来的意义，直译成牛奶路也不无道理，但问题的关键在于，中国读者并不能充分理解牛奶路的基本含义，或许会产生如此的思忖：这难道是一条铺满牛奶的路吗？难道这是一条像牛奶一样乳白色的路吗？等等。这就是一种跨文化的猜测、想象。甚至在同一种文化框架内，也有此类情况，例如刀郎在《2002年的第一场雪》的歌词中有一句"停靠在八楼的二路汽车"，很多人就在想：难道新疆的公交车能飞吗？怎么会停到八楼去？这么高的地方，怎么开上去？实际上，八楼是乌鲁木齐的一个地名。言归正传，既然译成牛奶路中国人听不懂，那究竟是什么呢？鲁迅认为应当译作"银河"，这在中国人的审美视野中，这也是一条白色的路，这条路也在天上，而且是中国神话传说中的一个文化意象，容易被中国读者所接受。

---

① ［日］中村元：《比较思想论》，吴震译，浙江人民出版社1987年版，第33页。
② 谢天振：《译介学》，上海外语教育出版社1999年版，第13页。

因此，从鲁迅的立场来看，中国没有希腊神话的文化惯习语境，译成牛奶路就阻碍了跨语际有效性交际，但从译介学理论分析，译成牛奶路也未尝不可，谢天振教授就认为："赵景深应该在'牛奶路'下加一条译注，说明'牛奶路'就是汉语中的'银河'、'天河'。"① 对类似不可译的某些文化意象，以译注的形式进行解释也是一种协调中和的方式。所以，从比较文学变异学角度来看，赵景深直接译成牛奶路，显然是比较生硬的译法，翻译的最终目的是要在异质文化语境中接受传播，如果连基本的理解都达不到，就更谈不上接受、传播、转化和发展，译文也是作文，"虽一言或通，而众理须会"②。我们应当把握文化惯习这条深层次异质性规则，才能让译作通达、顺畅。正如有学者所说："一种文学理论体系和话语方式是按照所属文化的学术规范建构起来的。其中，文化是核心，是文论的基础；文论是结果，是文化在文学上的延伸。因此，对文论的探讨必须以对文论赖以产生的文化的探讨为基础。"③ 无论是文学还是文论，背后都潜藏着文化惯习的根基，赵景深之所以在这个问题上被鲁迅嘲讽，就是因为回避或忽视了对这条规则的正向运用。

（二）《三字经》翻译中的逆向制约

好的译文能够起到跨文化交流的作用，例如林语堂向西方世界介绍中国文化，就受到赛珍珠极高的赞赏，他在20世纪30年代的英文著作《吾国与吾民》《生活的艺术》等作品，用西方人的笔调，阐释了中国人与中国文化的精神，这种"脚踏两只船"的文化传播，既传播了中国文化的核心思想，又采纳了西方的话语言说方式，也是在文化惯习制约下的正向案例。金丝燕教授也指出："两个不同文化背景的群体是以何种方式、在何种程度上达到交流或变形的？这一工作其实已涉及对共同想象或共同心理的研究。一个个体，

---

① 谢天振：《译介学》，上海外语教育出版社1999年版，第179页。
② ［日］遍照金刚：《文镜秘府论》，人民文学出版社1957年版，第153页。
③ 靳义增：《从变异学视角看文学理论"中国化"的基本路径》，《文艺理论研究》2006年第5期。

即便是天才，也很难与他所在或曾经所处的文化框架隔绝。接受本身就是批评。每一次接受，接受者都有意无意地作了选择。而文化框架在文学接受中默默起着过滤作用。"① 但是，这个过滤作用利用得好，可能有助于沟通，利用不好，则可能增进理解的困难，在乐黛云教授看来："并不是所有的文化误读都会产生积极作用，相反，有时候误读会造成相当严重的悲剧性后果。"② 例如，20世纪20年代初，梁启超到欧洲游学，回来后写了《欧游心影录》，他认为当时的西方面临严重的危机，应当以中国文明拯救西方的"物质疲惫"，而事实上呢？"结果并未拯救了别人，倒是国内崇奉国粹，热心复古的浪潮大大盛行起来，延缓了中国文化现代化的进程。"③ 梁启超对西方文化的误读，并没有起到正向的推进作用。既然梁启超用中国文化"化西方"没有成功，那用西方文化"化中国"能不能行得通呢？在"五四"新文化运动中，陈独秀与胡适是"西化"的代表，这些激进的革命主义者用西方文化来反抗封建文化，胡适甚至认为："与其说'全盘西化'，不如说'充分世界化'。"④ 在当时的文化语境下，试图通过在话语方式上与西方接轨，并融入世界发展的浪潮之中，但什么是"世界化"呢？难道是文化上的世界大同吗？事实上："文化最是民族性的。无视中国文化所生存的民族历史环境，无视中国文化的民族特性，要将西方文化来'化'中国文化，这不仅不可能，而且其实际目标是民族文化的殖民化，而不是现代化。"⑤ 关于这个问题，亨廷顿作出了非常精准的预言和判断："现代化并不一定意味着西方化。非西方社会在没有放弃它们自己的文化和全盘采用西方价值、体制和实践的前提下，能够实现并已经实现了现代化。"⑥

之所以要分析这样一段历史，是因为当前我们也处在"一带一路"以及

---

① 金丝燕：《文学接受与文化过滤》，中国人民大学出版社1994年版，第1—2页。
② 乐黛云：《文化差异与文化误读》，乐黛云、[法]勒·比雄：《独角兽与龙》，北京大学出版社1995年版，第111页。
③ 同上。
④ 胡适：《充分世界化与全盘西化》，天津《大公报》1935年6月21日。
⑤ 范伯群、朱栋霖：《1898—1949中外文学比较史》上卷，江苏教育出版社1993年版，第56页。
⑥ [美]亨廷顿：《文明的冲突与世界秩序的重建》，周琪等译，新华出版社2002年版，第70页。

文化"走出去"的总体战略下。在新的形势下，我们不能重走老路，但是也不能走一些异想天开的新路，近几年就有一个有趣的例子，某外国语大学教授创译出一部风格独特的《英韵三字经》——它以三个英文单词对译三个汉字，使之在音、形、义三方面都与原文相匹配。采用这种"三词格"和整齐的"aabb"韵式，以使译文更逼近原文的语体和风格，如："人之初，性本善。性相近，习相远。"被翻译成"Man on earth, Good at birth. The same nature, Varies on nurture."再如"养不教，父之过；教不严，师之惰。"译为："What's a father? A good teacher. What's a teacher? A strict preacher."[1] 此书出版之后，国内学界好评如潮，很多著名的翻译家都给予高度肯定。的确，这种翻译比其他译作更具有韵律感，朗朗上口、易于背诵，就连中国人自己读得都很流畅、优美，对国学经典在海外的推广及传播具有重要的意义。但同时我们也应当意识到，《英韵三字经》虽然可以让西方世界从内容上接受中国文化，而且从语言形式结构上也领略汉语的独特风采，但是这样的"中国味道""中国精神"是否真的有利于英语世界的受众对中国文化经典的接受呢？其实南宋以来，多位西方传教士就翻译过《三字经》，至今有十几个英语版本，而他们断言《三字经》："不能译为英文韵诗。"[2] 可是，如果不能以三字英文形式来翻译，那还能称为《三字经》吗？所以，《英韵三字经》不仅在内容上解决了这个问题，在形式上也处理得比较精当。不过话又说回来，英文韵律和中文韵律能进行跨语际融合吗？语言学大师赵元任先生认为："凡是本国的一个字，跟外国比起来，不是一跟一相当的，是多跟多相当的。外国一个字可能相当于本国好几个意思，本国一个字也可能相当于外国好几个意思。"[3] 我们知道，中英语法是完全异质的两个知识体系结构，中文的韵律结构与西方的韵律结构是两码事，中文的三字结构所表达的意义同英文三字结构表达的意义很难"铆合"，不能将中国味道强加在西方味道中，这种翻译形

---

[1] 参见赵彦春《英韵三字经》，光明日报出版社2014年版。
[2] 陈建强：《〈英韵三字经〉妙含"中国味道"》，《光明日报》2015年6月18日第5版。
[3] 赵元任：《外国语教学的方式》，《赵元任语言学论文集》，商务印书馆2002年版，第523页。

式在追求相似性中遮蔽了知识体系和文化惯习规则上的异质性。显然，这只是我们能够品味的"中国味道"，而这种味道，西方人能在多大程度上进行品味，还不得而知。其实，叶维廉在《中国诗学》中，就以"回文诗"为例阐述了这个问题，他认为中国古代有很多回文诗，但是这种体裁的诗歌印欧语系做不到，现代白话文也做不到，就算做到了，也是别别扭扭。在异域文化"走进来"的过程中，我们可以理直气壮地进行中国化改造，但是在中国文化"走出去"的过程中，作为非母语使用者，必须站在他国文化规则和语言惯习的基础上进行译介，毕竟我们只是传播者而不是接受者，不能用我们的审美标准取代他者的标准，这种想象式的论断需要慎重。

综上所述，文化惯习规则利用好了，就能中西化合、互相融贯，真正起到跨文明跨文化交流的作用，如果规避或否定这条规则，就会适得其反，阻碍文学与文论在异质文化语境中的交流、接受与传播。从比较文学变异学的角度分析，文化惯习规则不是绝对的刚性制约，而是一个具有张力性的话语场，正如布尔迪厄所说："文学（等）场是一个力量场，这个场对所有进入其中的人发挥作用。"[1] 规则就是底线，在不破坏底线的思维模式下，才能展开对话，那么什么是底线呢？文化惯习就是其中之一。尽管韦斯坦因认为："在翻译中，创造性叛逆几乎是不可避免的。"[2] 但是，不是任何创造性叛逆都是合法性叛逆，不是任何变异都是有效性变异，我们区分的标准之一，就是是否考量了文化惯习制约，或者说："翻译活动有一个立足点，这就是翻译家本民族的文化（就大多数情况而言，当翻译家进行逆向翻译时，即将母语译为另一种语言时，他往往会感到不如顺向翻译得心应手）。如果我们仍套用中国那句古话'以意逆志'，那么可以说，翻译家是在以本民族文化之'意'逆他民族文化之'志'。"[3]

---

[1] ［法］布尔迪厄：《艺术的法则》，刘晖译，中央编译出版社2011年版，第208页。
[2] ［美］韦斯坦因：《比较文学与文学理论》，刘象愚译，辽宁人民出版社1987年版，第36页。
[3] 罗芃：《翻译、变异和创造》，乐黛云、［法］勒·比雄：《独角兽与龙》，北京大学出版社1995年版，第69页。

第三节 知识体系规则与变异限度制约

从比较文学变异学的视域来看，每一个文明体系最深层次的制约规则是价值信仰，它决定着一个文明的基本思想质态，其次是约定俗成的文化惯习，它通过阐释的先见视域，形成对异质文化的过滤系统及变异制约，那么第三个层面，就是知识体系，这是在某种文化体系中体现在文学与文论方面的意义生成方式、话语言说机制以及理解阐释模式，这是比文化惯习更清晰、更明确的思想形态，也是更为具体的一条变异规则。

一 知识体系的变异规则制约

什么是知识体系呢？这个问题可以从福柯说起。福柯说，之所以创作出被德勒兹誉为"一部关于新思想的伟大作品"——《词与物》，来源于他从博尔赫斯作品中所知道的关于"中国某部百科全书"的知识分类："动物可以划分为：①属皇帝所有，②有芬芳的香味，③驯顺的……。在这个惊奇的分类中，我们突然间理解的东西，通过寓言向我们表明为另一种思想具有的异乎寻常魅力的东西，就是我们自己的思想的限度，即我们完全不可能那样思考。"[1] 在这里，他提到一个至关重要的表述：思想的限度。之所以这个分类显得如此奇怪，就是突破了这个思想的限度，以至于无法展开思考。可见，这个限度是我们可以运思的底线规则和共同基础，而决定着我们不能思考的原因是"使得这种相遇成为可能的那个共同基础已经被破坏了"[2]。福柯举出这样的案例，旨在说明我们对"知识型"或"认识价"的分类及其原因。

倘若在文学文论变异过程中，如果我们非法超越这个思想限度、共同基础或至上单位，那么就会导致思维的"无序"与生理的"失语症"，无法思

---

[1] ［法］福柯：《词与物》，莫伟民译，上海三联书店 2001 年版，第 1—2 页。
[2] 同上书，第 3 页。

考、无法言说、无法区分,他还形象地指出:"某些失语症患者不能一贯地对有人放在台面上的几绞色彩缤纷的羊毛线进行分类。"① 张隆溪在分析福柯的这段话时指出:"人们很难想象,在怎样的空间里可以找到上面所引'中国百科全书'那种分类法,可以把全然不同、彼此毫无关联的东西放进同一序列里。哪怕在空想的'乌托邦'里,这也是不可思议,无法理解的。于是福柯新造一词,说这种奇怪的分类法只能属于所谓的'异托邦'(heterotopia),即一片不可理喻、根本无法用语言来描述的空间。"② 如果说乌托邦指的是子虚乌有的对象,那么异托邦则指的是根本异质的"他者",是不可理喻、无法认知的对象。维特根斯坦指出:"我们不能思维我们所不能思维的东西;因此,我们也不能说出我们所不能思维的东西。"③ 正因为不可思,所以不可言说。对文学与文论而言,这种哲学思想主要体现在话语规则的生成与运用方面。厄尔·迈纳在《比较诗学》中就认为:"我和中国文学原则的冲突是因为中国文学的观点对我来说特别难以接受。我受到的关于文学批评的教育使'遗传谬论'(genetic fallacy)原则在我心目中变得根深蒂固。"④ 迈纳表述得非常清晰,每一种文学原则背后都有一个知识体系结构,这个结构具有生成性、历史性和遗传性特征,他不是文化层面的异质性,而是在某种具体意义表述层面的异质性,正因如此,他才提出比较文学必然走向比较诗学,比较诗学就是对这种知识体系层面的深层规则进行对比阐释。

分析这个思想限度的目的在于,在异质文学与文论交流对话过程中,除了价值信仰的变异规则和文化惯习的规则外,在具体的知识体系和文论话语规则层面,同样存在一条清晰的变异规则,如果我们在实践中有效利用知识体系规则制约,那么就能规避两种趋势:一是在同化思维下的话语整体置换消解,即知识体系全面他国化后的话语失范;二是在异化思维下的话语对立先验预设,即知识体系二元对抗性的不可调和。张隆溪先生认为:"无论

---

① [法]福柯:《词与物》,莫伟民译,上海三联书店2001年版,第5页。
② 张隆溪:《中西文化研究十论》,复旦大学出版社2005年版,第3页。
③ [奥]维特根斯坦:《逻辑哲学论》,韩林合译,商务印书馆2016年版,第92页。
④ [美]厄尔·迈纳:《比较诗学》,王宇根、宋伟杰等译,中央编译出版社2004年版,第337页。

'同'还是'异'都是一个程度的问题,事物之间往往是既相同又相异,完全相同或毫无一点共同之处,都是极少的情形。"① 比较文学变异学,就是要寻找同中之异,用知识体系的规则实现跨文明对话互补。那么,什么是变异中的知识体系规则呢?那就是在跨文明比较中用一种知识激发或启示另一种知识,在不改变双方话语结构原初质态的前提下,实现异域知识本土化的内在变异,激发和滋生理论新质。

什么是知识?金岳霖认为:"所谓知识,就内容说,就是我们所能思议的一片有结构的或有系统的真命题。"② 金岳霖从逻辑哲学的角度指出了知识的四个方面的特征:一是能思议;二是有结构;三是有系统;四是真命题。这其实和福柯、维特根斯坦强调的因素一样,即:能够思考(思维、思议)。而一个民族的知识系统,是认知共通感的原则根据和思想预设,康德指出:"知识与判断,连同伴随着它们的那种确信都必须能够普遍传达。"③ 按照福柯的理解,知识体系从认识论角度分化为知识型,然而"知识型,不是知识的形式,或者合理性的类型,这个贯穿着千差万别的科学的合理性类型,体现着某一主体、某种思想、某一时代的至高单位"④。而这个至高单位,是形成于文化惯习基础之上的主体运思模式、意义生成机制、文本示意方式及阐释接受架构,是比较文学变异学第三个不可跨越的深层变异规则。那么,什么是知识体系下的意义生成方式和话语言说机制呢?刘耘华教授认为:"所谓'意义生成方式'是指通向'意义'的方式和途径,它是内在地涵括于意义生成问题之中的,即'意义生成'必有与之相应的生成方式,它同样要在诸要素的相互关系之中显现出来。"⑤ 他在《诠释学与先秦儒家之意义生成》一书中总结了《论语》的意义生成方式有七种:1. 循名责实;2. 内外合一;3. 推己及人、反求诸己;4. 叩其两端、察乎两间;5. 博喻善譬;6. "迂回"诠

---

① 张隆溪:《阐释学与跨文化研究》,生活·读书·新知三联书店2014年版,第167页。
② 金岳霖:《知识论》,商务印书馆1996年版,第815页。
③ [德]康德:《判断力批判》,邓晓芒译,人民出版社2002年版,第75页。
④ [法]福柯:《知识考古学》,谢强、马月译,生活·读书·新知三联书店2003年版,第214页。
⑤ 刘耘华:《诠释学与先秦儒家之意义生成》,上海译文出版社2002年版,第21页。

释；7."问与答"①。概言之，知识体系规则的总体要求是可以"如此思"，就是福柯在《词与物》最开始所提出的那个问题，要实现"如此思"，那么每一个国家和民族都有自己的话语系统，这个系统至少包含两个方面。一是示意系统。也就是刘耘华教授所说的意义生成方式，主要是如何通过对言语的构建、设计来实现意义的传达，比如儒家的立象尽意，道家的正言若反等等；二是释义系统。也就是对示意符号系统进行阐释、领会的基本方式，例如孟子的以意逆志、庄子的目击道存等等。这些话语规则让我们的思想可以按照可以通约的路径展开、延续。

二 知识体系的正向制约

这是一个老话题，应当说，在早期的比较文学实践中，王国维是对中西方知识体系异质性的感悟最深的人之一。他对康德、叔本华、尼采等哲学情有独钟，甚至还为叔本华作传，他在《红楼梦评论》中说："殊如叔本华之说，由其深邃之知识论、伟大之形而上学出，一扫宗教之神话的面具，而易以名学之论法。"② 然而，他又意识到西方知识体系在中国语境下接受的悖谬："哲学上之说，大都可爱者不可信，可信者不可爱……知其可信而不可爱，觉其可爱而不能信，此近二三年中最大之烦闷。"③ 其烦闷的深层原因在于：中西知识体系存在不可通约的结构性差异，如贺麟先生分析："这并不是由于他缺乏哲学的根器，而是由于中国当时的思想界尚没有成熟到可以接受康德美学的学说。"④ 王国维自己也说："余非谓西洋哲学之必胜于中国，然吾国古书大率繁散而无纪，残缺而不完，虽有真理，不易寻绎，以视西洋哲学之系统灿然，步伐严整者，其形式上之孰优孰劣，固自不可掩也。"⑤ 他认为中西哲学知识并不能从价值判断上区分优劣，而是应当从知识体系的事实判断上

---

① 刘耘华：《诠释学与先秦儒家之意义生成》，上海译文出版社2002年版，第61—77页。
② 王国维：《王国维文集》第一卷，中国文史出版社1997年版，第16页。
③ 王国维：《王国维文集》第三卷，中国文史出版社1997年版，第473页。
④ 贺麟：《五十年来的中国哲学》，辽宁教育出版社1997年版，第27页。
⑤ 王国维：《王国维文集》第三卷，中国文史出版社1997年版，第5页。

加以分析，这是完全异质的话语模式，这个异质之根本就是中国缺乏西方哲学的"体系"与"形式"。正是在西方哲学中国化变异的关键问题上，存在知识体系异质性这个不可跨越的鸿沟，所以他并没有随意性变异与超限度阐释。而是实现从哲学比较到文学比较的华丽转身："而近日之嗜好所以渐由哲学而移于文学，而欲于其中求直接之慰藉者也。"①

为什么王国维要从哲学转向文学呢？王国维这个学术转向是否可行呢？这是一个比较有趣的问题。按照他的表述，西方是"系统灿然"，而中国是"散而无纪"，不好寻绎，这是两种不同的知识结构和意义表述系统，当然，他认为在形式上西方肯定要优于中国。在这个问题上，后来很多学者都表达了类似的观点，例如台湾倡导"阐发研究"的很多学者，就明确表示西方的理论体系丰富而完善，而中国文学理论比较零碎，大多数都是一些诗文评。或者说，就文论话语而言，西方重视理论体系，而中国重视话语批评。童庆炳教授也认为："与西方不同，中国古代的思想文化一贯重视整体、朦胧、流动的特征，而较缺少元素分析和逻辑推理。"② 可见，这不是价值信仰的区别，也不是广义的文化惯习上的区别，而是在文学、文论知识体系和言说方式上的区别。正是因为意识到中西方思想这种不可通约的结构性差异，王国维知其不可为而不为，没有继续深入下去。或者说，如果以西方哲学的知识系统来套中国哲学的知识系统，或者为了简单的"寻同"而遮掩这种结构性差异，结局都不会令人满意，因此他才由哲学转向文学与美学。这种转向就说明一个问题，王国维清晰地辨明中西知识体系层面的异质性，这是历史生成的诗学结构，不可凭一己之力更改、逆转，所以顺势而为，他知晓这条规则，并利用这条规则，在文学方面，王国维找到了最佳契合点，"境界论"就是最好的证明。

关于这个问题学界已有很多论述，在此主要就他对中西方文学进行整合

---

① 王国维：《王国维文集》第三卷，中国文史出版社1997年版，第473页。
② 童庆炳：《中国古代文论的现代意义》，北京师范大学出版社2001年版，第53页。

发展的角度进行阐释。王国维提出"词以境界为最上"①。并分为有我之境与无我之境两种类型:"有我之境,以我观物,故物皆著我之色彩。无我之境,以物观物,故不知何者为我,何者为物。"② 这段论述的理论依据从何而来呢?来源于他对叔本华的意志论与形式论的改造变异,关于"有我",他指出:"叔本华于知识论奉汗德之说曰:'世界者,吾人之观念也。'一切万物,皆由充足理由之原理决定之,而此原理,吾人知力之形式也。物之为吾人所知者,不得不入此形式,故吾人所知之物,决非物之自身,而但现象而已。易言以明之,吾人之观念而已。"③ 正因为从形式论角度分析,以我观物所呈现之物是人之观念现象,故物皆著我之色彩;关于"无我",他认为"然则物之自身,吾人终不得而知之乎?叔氏曰:'否。'他物则吾不可知,若我之为我,则为物之自身之一部,昭昭然矣"。④ 他说无我之境的以物观物,是从齐物论角度分析,即我之为我之物的现象还原,物我不分,是自在之物,根据叔本华的描述:"意志只是作为自在之物才能有真正的自由,而自由亦即独立于根据律之外。"⑤ 王国维关于文学批评话语的知性体系重新分类,不是将西方哲学知识替换阐释中国哲学知识,而是将叔本华的形式论、意志论进行本土化的吸收改造,与庄子"齐物论"和佛家"境界说"相融汇,滋生出话语新质,这既没有改变西方知识体系,又没有失去主体话语,而是用西方知识的激发,来实现从"物象—语象—意象—意境"的批判性继承和超越变异。可见,其境界论的主要贡献就是:"结合汉语诗歌的抒情传统,赋予作为'第一形式之美'的'境界'以现代生活的内涵,使唐宋以下传统诗学中因文人情调化而显得神秘的'兴趣'和'神韵',回到基于现代社会和文化群体中的个体生命力与艺术创发力上来,从而抓住了作为近代知识分子审美理想的艺术境界的现实内涵,散出浓郁的中国特色和民族风味。这是单独处于西学系

---

① 王国维:《王国维文集》第一卷,中国文史出版社 1997 年版,第 141 页。
② 同上书,第 142 页。
③ 王国维:《王国维文集》第三卷,中国文史出版社 1997 年版,第 319 页。
④ 同上。
⑤ [德]叔本华:《作为意志和表象的世界》,石冲白译,商务印书馆 1994 年版,第 552 页。

统中的叔本华和尼采所不可能发明的。"① 境界论单独处于中国或西方的知识系统也难以生成，只有在两者的对话、阐发过程中，才打破这种话语藩篱，利用他者知识系统进行自我知识体系的重构，继而产生理论新质。

除此之外，叶维廉在其比较文学研究过程中，也一直在利用这条规则反思中西知识体系的异质性问题，他最初也和台湾学派其他学者一样，加入"阐发研究"的序列，后来多次指出这种研究形式潜在的理论危机，这个危机的根本问题在于：对中西方异质性知识体系和话语方式的比较，除了"以西释中"的"阐发研究"外，是否还可能存在知识体系层面的通约之处？所以他提出"模子"层面的寻根之旅："对中国这个'模子'的忽视，以及硬加西方'模子'所产生的歪曲，必须由东西方的比较文学学者作重新的寻根的探讨始可得其真貌。"② 他所反复强调的文学模子，其实就是知识体系的异质形态："一个思维'模子'或语言'模子'的决定力，要寻求'共相'，我们必须放弃死守一个'模子'的固执。我们必须要从两个'模子'同时进行，而且必须寻根探固，必须从其本身的文化立场去看，然后加以比较加以对比，始可得到两者的面貌。"③ 他对中西知识体系异质性的认识是非常到位的，他认为："在欧洲文化系统里（包括由英国及欧洲移植到美洲的美国文学，拉丁美洲国家的文学）所进行的比较文学，比较易于寻出'共同的文学规律'和'共同的美学据点'。所以西方的比较文学，尤其是较早的比较文学，在命名、定义上的争论，不是他们所用的批评模子中美学假定合理不合理的问题，而是比较文学研究的对象及范围的问题。"④ 这段话表明，西方比较文学最初是聚焦于欧洲文化的知识体系之内，所以他们很容易找出共同规律，但是中西方是异质的知识体系，中西之间是否突破知识体系的思想架构，寻找深层结构层面的通约性要素呢？前面已经提到，韦斯坦因的态度就是"迟疑

---

① 王一川：《西方文论中国化与中国文论建设》，经济科学出版社2012年版，第34页。
② 叶维廉：《东西方文学中"模子"的应用》，温儒敏、李细尧：《寻求跨中西文化的共同文学规律》，北京大学出版社1986年版，第5页。
③ 同上书，第11页。
④ 同上书，第21页。

不决",叶维廉则提出"模子"这个互相含纳、互相制约又互相协调的话语模式。

在这个问题上的反向证据是刘若愚对中国文学理论的阐释变异。艾布拉姆斯在《镜与灯》中对艺术批评四种要素分析时指出:"在这个以艺术家、作品、世界、欣赏者构成的框架上,我想展示各种理论进行比较。"① 刘若愚对此论颇为激赏:"亚氏把这四种理论分别称为模仿论、实用论、表现论和客观论。他所设计的这个令人钦佩的图表,已经被一些学者用来分析中国的文学批评。我自己的研究表明,有些中国理论与西方理论极其相似,同样可依这一方法分类。"② 他认为这个理论具有科学性和通用性,中国文学理论同样可以用这个规则进行划归,那么怎么对中国文学理论分类呢?他说:"它们分别被称为玄学论、决定论、表现论、技巧论、审美论和实用论。"③ 这六个方面是对艾布拉姆斯理论的进一步拓展和延伸,刘若愚就试图通过寻找不同民族文学理论的相似性来构建"文学的普遍理论"④。那么问题就来了,谁和谁相似呢?这种相似性的求同思维真的能构建普遍理论吗?为什么不用中国文论话语去套用西方诗学话语呢?显然,这种相似性的背后,浸透着文化霸权论和知识同化论的思维逻辑,刘若愚的解释是:"中国批评家多少年来片段、零星的评论,也很难作为有机统一体予以论述。"⑤ 就是说,他也意识到中西文论话语的异质性所在,但是他不是将这两者进行差异化互补阐释,而是冲破阐释变异中的知识体系规则制约,用虚拟化的相似性、类同性来将西方知识证明为普遍性的文学理论话语。这个迂回的谋略设计,暗含着对异质性的非法跨越和策略性遮蔽。对刘若愚的这种路径,叶维廉指出:

> 我们只借艾氏所提出的条件,我们还要加上我们所认识到的元素,但不打算依从艾氏所提出的四种理论;他所提出的四种理论:模拟论

---

① [美]艾布拉姆斯:《镜与灯》,郦稚牛等译,北京大学出版社2015年版,第4—5页。
② [美]刘若愚:《中国的文学理论》,赵帆声等译,中州古籍出版社1986年版,第12页。
③ 同上书,第17页。
④ 同上书,第3页。
⑤ 同上书,第18页。

(Mimetic Theory)，表现论（Expressive Theory），实用论（Pragmatic Theory）和美感客体论（Objective Theory，因为是指"作品自主论"，故评为"美感客体论"），是从西方批评系统演绎出来的，其含义与美感领域与中国可能具有的"模拟论""表现论""实用论"及至今未能明确决定有无的"美感客体论"，有相当历史文化美学的差距。这方面的探讨可见刘若愚先生的《中国的文学理论》一书中搭配的尝试及所呈现的困难。①

从这段分析之中，我们可以看出叶维廉对刘若愚这本重要著作的批评。他认为艾布拉姆斯的理论是从西方知识系统中生发出来的，这与中国有很大的审美差距。这种异质知识的"搭配"呈现出必要的"困难"。同样，弗朗索瓦·于连认为刘若愚这种"以西释中"与钱锺书的"以中注西"都忽视了跨文明变异中的知识体系规则制约，两人的出发点都错了。曹顺庆教授也认为："刘若愚主要是从求同的角度，将中国传统文学理论与西方文学理论进行比较，因其阐述严密，涉猎广泛，成为颇具影响的著述。但是，也因其一味求同，也存在明显的失误：《中国的文学理论》用改造过的艾布拉姆斯四要素理论、自创的双向循环圆形理论来阐释中国文学理论，基本割裂了中国文学理论的完整体系。"② 相比而言，叶维廉寻求中西文化文论的"模子"理论与知识体系的规则比较兼容，这个"模子"在变异学理论看来，就是知识体系的规则制约下的最大公约数或通约性。而刘若愚的这种"搭配"，显然是破坏了中西知识体系上的异质性，叶维廉是在"借异识同"，而刘若愚是在"以同寻同"，他认为艾布拉姆斯的四要素理论是具有普适性的，放之四海而皆准，而叶维廉和曹顺庆都认为比较要基于差异，从差异出发来互释互证、差异对视、异质互补，当今比较文学发展的整体趋势，正是后者。

---

① 叶维廉：《寻求跨中西文化的共同文学规律》，温儒敏、李细尧：《寻求跨中西文化的共同文学规律》，北京大学出版社1986年版，第27页。
② 曹顺庆：《东西方不同文明文学比较的合法性与比较文学变异学研究》，《外国文学研究》2013年第5期。

三 知识体系的反向制约

如果不顾及不同文明语境下的知识体系的异质性制约，会发生什么样的状况？或者说，当知识体系之间的规则被弃之不顾的时候，比较会成为一种什么状态？前面主要说的是正向案例，在此从逆向维度进行论证。

（一）失语症与强制阐释

中国比较文学的发生，从王国维《红楼梦评论》算起，已有一百多年历史；中国比较文学研究，从卢康华、孙景尧《比较文学导论》算起，也有三十多年历史。然而，为什么中国比较文学话语体系建设的理论自觉和实践推进显得缓慢与艰难？问题的关键在于，我们长期以来在比较中总是跟着西方话语讲，这种方式带来两个直接问题：失语症与强制阐释。失语症是20世纪90年代提出的，强制阐释是2014年正式提出的，前后跨越20多年的时间，实际上这个问题还在延续、还在深化、还在拓展。虽然两个问题隔了这么长时间，但是它们都有一个共性，就是对西方诗学话语体系"同化""归并"中国文论话语体系的忧虑、批判和反抗。

关于失语症问题，学术界已经谈到太多了，但是在这里还是必须得提一下。1990年黄浩发文指出"失语症"问题，在1996年，曹顺庆教授判断："由于长期的文化虚无主义和长期的文论话语的失落，使人们习惯于用西方文化与西方文论的价值标准来判断中国文学与文论，产生了价值判断的扭曲。"[①]这种"以西释中"的阐释模式直接导致中国文论失语症和文化病态。此论一出，罗宗强、蒋寅、孙绍振、陶东风等学者纷纷加入这个问题的研讨，并推进了20世纪末学术界"重建中国文论话语"的思想进程。简单地说，一旦搁置或规避中国文论话语异质性，那么就会发生西方文论知识谱系对中国文论话语的整体性替换，继而导致"失语症"的出现。法国学派影响研究和美国学派平行研究，都是将比较文学纳入西方话语同一性"比较轨道"，这种先验

---

① 曹顺庆：《文论失语症与文化病态》，《文艺争鸣》1996年第2期。

设定导致中国话语默认为边缘化的"他者"和"异域"。那么我们失去的话语是什么?有学者认为:"中国传统文学理论是以儒家文化和道家文化为基础而产生的儒家文论思想和道家文论思想。儒道文论是在没有任何外来文化的影响下中国古人对文学的独特思考,是完全本土化的理论,是中国文论的原创理论。"[1] 当然,除了儒家文论、道家文论,还有佛教中国化产生的佛家文论,李思屈教授就认为:"原典的孔语、禅语和庄语作为三种主要的话语模式,却对中国理论及艺术话语的建构发展产生了深远的影响。它们本身还不能算是严格意义上的诗学话语,但它们却奠定了中国诗学话语的三维结构,预示了中国诗学话语发展的主要基本走向。"[2] 从总体上看,孔语、禅语和庄语基本构成了中国文论话语的整体质态,我们就是用这些话语模式来进行文学批评的,例如"立象尽意""正言若反""妙不可言""虚实相生""有无相成"等等,都是我们自己独特的意义生成机制和话语言说方式,它与中国文学文本形成了中国文学与文论的"搭配"结构,如果我们强制拆散这个原配结构,跨越文论话语知识体系这条规则,那么在替换中发生失落,"失语症"就必然会发生。

关于强制阐释,这个问题其实和失语症问题遥相呼应、异曲同工,我们对照合读,形成一个连贯的问题。2014年起,中国社会科学院张江教授发表《强制阐释论》系列论文并于2017年出版《阐释的张力》。所谓"强制阐释",主要是指背离文本话语,消解文学指征,以前在立场和模式,对文学文本做出符合论者主观意图和结论的阐释,这是基于阐释学视角对当代西方文论缺陷做出的判断,"强制阐释"的主要特征是"场外征用、主观预设、非逻辑证明、混乱的认识路径"[3] 等问题,这四个问题从阐释学角度切中了中西比较文学与比较诗学中的核心问题。长期以来,"以西释中"的阐释模式,背离了文本自身的话语特征和知识体系,用西方的潜在话语来预设文本意义,用

---

[1] 靳义增:《从变异学视角看文学理论"中国化"的基本路径》,《文艺理论研究》2006年第5期。
[2] 李思屈:《中国诗学话语》,四川人民出版社1999年版,第129页。
[3] 张江:《强制阐释论》,《文学评论》2014年第6期。

一种结论倒推的形式逆向研究,从而导致研究结论符合其基本意图,正如胡塞尔所说:"只要我们只是类比地、想象地构想一个普遍对象,我们就能够以设定的方式来意指它。"① 这种阐释模式,没有聚焦文本主体,而是聚焦阐释立场,例如前面提到的刘若愚,他将中国文学理论展开为几个向度,这几个向度都是为了证明艾布拉姆斯四要素理论的普适性和有效性,这就是典型的场外征用、先验预设,其结论是服务于西方诗学理论。按照张江教授的思路,应当将"强制阐释"转变为"文本阐释",即从事实出发,尊重差异、尊重事实、尊重文本。从本质上说,失语症与强制阐释论的基本观点是相吻合的,即揭示西方文论阐释中国文学文本的不可靠性及逻辑悖谬。那么,为什么这个问题 20 余年来会反复占据学术热点?说到底,就是因为涉及中华文化的文化自信问题。多年来,看上去轰轰烈烈的中西诗学比较,实际上大多数是缺乏文化自信的非对等性比较:"中西之间存在着明显的'隔'而不是'化',没有从根本上认可中西文论的异质性和独立性。"② 中西方文论话语在哪些方面根本相异呢?举例来说,我们常常将中国文论与西方诗学进行比较,貌似有很多相似之处,但是在余虹看来,这两者却有着根源上的相异:"此一对象的不同建构与设定规约着'文论'与'诗学'不同的结构性路向,从而导致了根本的结构性差异。"③

综上可见,失语症和强制阐释是 20 世纪 90 年代以来两个没有间断的理论热点。这两个问题的本质,就是对中西知识体系变异规则的非法跨界所导致的,在异质文学与文论交流中,我们的比较阐释应当建立在差异性、多元化、文本性基础上,应当充分尊重和利用知识体系的基本规则,否则,我们始终逃不出这两种被动局面。

---

① [德]胡塞尔:《逻辑研究》(第二卷第二部分),倪梁康译,商务印书馆 2015 年版,第 1046 页。
② 曹顺庆、王超:《中国比较诗学三十年》,《文艺研究》2008 年第 9 期。
③ 余虹:《中国文论与西方诗学》,生活·读书·新知三联书店 1999 年版,第 13 页。

(二) 道与逻各斯

意识到中国哲学相对于西方哲学的无体系性，正是王国维从最初的比较哲学转向文学、美学研究的重要原因。如果说王国维是知其不可为而不为，或者说是"知异"而止，那么钱锺书则认为异质性并非不可通约，他不仅"知异"，而且在其基础上展开"寻同"，其《管锥编》旁征博引，其目的无非是证明"东海西海，心理攸同；南学北学，道术未裂"①。以道与逻各斯为例，钱锺书认为："古希腊文'道'（Logos）兼'理'（ratio）与'言'（oratio）两义，可以相参。"② 作为钱锺书先生的弟子，张隆溪一脉相承地坚持这个观点："'道'与逻各斯这种明显的相似，显然激励着人们的进一步探索。中国和西方都同样存在的这种在极大程度上的同一种类的形上等级制，以及这种同样担心内在现实会丧失在外在表达中的关注，为我们提供了比较研究的丰饶土壤。"③

需要注意的是：道与逻各斯这种知识样态上的相似，是否真的意味着中西方文学文论存在类似的形上概念？首先，我们不能否认任何知识体系都存在一个基本结构，周宪教授认为："在我看来，任何理论都可以设想成一个结构，其中包含了不同的层级或要素。比如，文学理论就可以区分为总体性和局部性的理论，宏观的和微观的理论，或是用中国传统术语来说，文学理论亦有'道'和'技'的不同层面。就理论的重要性和影响力而言，显然是前者更具影响力。"④ 当然，从知识论角度来看，这个结构都是有层级的。但是中西方异质文明体系下的文论话语体系层级是否像张隆溪说的那样"相似"，还不能确定。弗朗索瓦·于连在1996年第一次访谈中，秦海鹰问他："'道'不是一个形上概念吗？"于连："不是。'形而上、形而下'中的'形而上'不等于'Metaphysics'，只是处于'实在'之外。"⑤ 这与张隆溪的观点背道

---

① 钱锺书：《谈艺录·序》，生活·读书·新知三联书店2007年版，第1页。
② 钱锺书：《管锥编》（二），生活·读书·新知三联书店2007年版，第639页。
③ 张隆溪：《道与逻各斯》，江苏教育出版社2006年版，第45页。
④ 周宪：《文学理论的创新问题》，《中国社会科学》2015年第4期。
⑤ 秦海鹰：《关于中西诗学的对话——弗朗索瓦·于连访谈录》，《中国比较文学》1996年第2期。

而驰。于连并未就此止步，进一步在比较文学的方法论问题上对钱锺书的比较策略予以批评："钱钟书教授是一个有广泛文化修养的人，他的方法是某种寻同的比较主义（Comparatisme de La Ressemblance）。"① 张隆溪却认为于连误读了钱锺书，并且，张隆溪认为于连反复强调的"差异比较"和"间距"（écart）理论是一种文化相对主义策略："我十分尊重于连先生在学术上的努力和成就，不过在我看来，把文化视为各自孤立的自足系统，尤其把东西方文化对立起来，把中国看成西方传统的反面，却正是西方思想一个相当结实牢固的框架。"② 张隆溪认为于连的主要问题是把差异绝对化，为了达到某种思想意图，而可以设置一些"他者"，而否定了异质思想之间的通约性元素，简单地说，钱锺书和张隆溪是"寻同"，而于连是在"求异"。

在这个问题上，曹顺庆教授也并不赞成钱锺书的寻同比较主义："'道'与'逻各斯'在根本上有着其完全不同之处。我们更感兴趣的正是这种不同之处，因为这种根本上的不同，才使得中西文化与文论分道扬镳，各自走上了不同的'道'，形成了中西方不同的文化学术规则与文论话语。"③ 他并不认为两者的"相似"，相反，他强调两者的"不同"。史忠义教授对张隆溪《道与逻各斯》一书进行仔细解读后也指出："中国古代没有逻各斯中心主义的思想，逻各斯中心主义没有成功、也不可能成为人类思维本身的共性，它是西方形而上学世界观的基本内容和基本特征。"④ 他认为将两者作为形而上学的共性特征进行分析并不合理，因为："这里衍生出一个方法论问题，有必要予以澄清。从比较文学、比较诗学和比较哲学的学理看问题，不同文化间概念的沟通很重要，亦即不同文化间共性的追寻很重要，但差异性的探索对把握不同文明的真谛，了解它们之间的异同似乎更重要；从差异出发，也更有利于找到不同文明之间的共性。贯通是差异研究的结果，而不是前提。这

---

① ［法］弗朗索瓦·于连：《答张隆溪》，张隆溪：《中西文化研究十论》，复旦大学出版社2005年版，第135页。
② 张隆溪：《中西文化研究十论》，复旦大学出版社2005年版，第122—123页。
③ 曹顺庆：《道与逻各斯：中西文化与文论分道扬镳的起点》，《文艺研究》1997年第6期。
④ 史忠义：《中西比较诗学新探》，河南大学出版社2008年版，第229页。

样找到的共性才更扎实，更站得住脚。"① 钱锺书、张隆溪认为道与逻各斯两者是殊途同归、异曲同工，而于连、曹顺庆和史忠义却旗帜鲜明地认为两者是分道扬镳、貌合神离。

关于逻各斯的问题，西方学者们也是非常关注，海德格尔、伽达默尔、德里达都有详细阐述。伽达默尔认为："作为逻各斯的配列已经不再仅仅是语词和事物之间的符合——就像它最终与爱利亚派存在学说相符合并作为描摹理论的前提那样。正因为在逻各斯之中的真理并不是纯听取（noein）的真理，不是存在的单纯表现，而是把存在置于某种关系（Hinsicht）之中，赋予和归于存在以某物的东西，所以真理（当然也是非真理）的负载者就不是词语（onoma），而是逻各斯。"② 逻各斯就是真理的具体体现，真理在逻各斯那里得到澄明。伽达默尔研究柏拉图关于逻各斯的阐述之后如此说："逻各斯就是从这种思维出发通过嘴而发出的声音之流。"③ 其实海德格尔也有"语言是存在之家""言语破碎处无物存在"等论述，他们都是强调语言和意义的黏合性，德里达更是坚定地认为逻各斯中心主义说到底就是语言中心主义。而中国的道，是不可言说的，要"不落言筌"。所以，道与逻各斯，前者是虚实相生，后者是实实在在，道与逻各斯是从不同的文明体系之中生发出来，它处于一个异质性的知识体系和文化模子之中，这种表象上的类似性并不能成为"寻同"的根本理由，如叶维廉所说："仅仅将两部作品从各自相关的历史瞬间抽离出来作一番比较对比，是不能够完全把握一种文化现象的全部生成过程的。"④

可见，在道与逻各斯这个学案上，弗朗索瓦·于连和曹顺庆认为钱锺书、张隆溪是"寻同"比较主义，反过来，张隆溪认为于连这种"求异"的比较模式容易走向文化相对主义的牢笼："在于连的著作里，中国和希腊或欧洲构成了一个非此即彼的对立。"⑤ 显然，绝对地寻同和求异都不可取，它们之间

---

① 史忠义：《中西比较诗学新探》，河南大学出版社2008年版，第227页。
② ［德］伽达默尔：《真理与方法》（一），洪汉鼎译，商务印书馆2016年版，第579—580页。
③ 同上书，第573页。
④ 叶维廉：《中国诗学》，生活·读书·新知三联书店1992年版，第198页。
⑤ 张隆溪：《阐释学与跨文化比较》，生活·读书·新知三联书店2014年版，第153页。

存在一种阐释的张力:"它有时表现为一种'求同'的强烈的意识形态倾向,即有意识地表现自身文化的普适性,力求将他种文化纳入自身的文化模式;有时又表现为一种'求异'的乌托邦思想的寄托,将异国他乡描述为理想的天堂,以反映对自身处境的不满。"[①] 这两种形态,要么将异质性进行意向性遮蔽,要么进行无限制扩大,这都是将比较作为一种主体性的自我想象和先验意指。后来,于连和曹顺庆都对之前的比较的方法进行适度修正,例如于连 2012 年在北京参加会议时用"间距"阐释来取代早期的"差异"比较,他认为"间距"是比"差异"更彻底的表述,而曹顺庆教授也用"变异性"来补充"异质性",都是想在这两者之间做出调和。

正是基于以上正向、反向的逻辑论证,不难看出,知识体系是一个可以理解、可以认知、可以阐释的话语结构系统,是一种具体的运思规则和分类方法,像索绪尔对能指与所指的区分一样,每一个词语是棋子,那么下棋的方法就是知识体系和话语规则。他同文化惯习规则的不同之处在于:文化惯习往往是约定俗成的实践行为,是一种潜在的历史规定和文化制约规则,它往往是只可意会不可言传,而知识体系则是一种可以表述的结构体系,是异质文化与文论的基本符号表征。从比较文学变异学理论分析,王国维的"境界"、叶维廉的"模子",就把握了这条变异规则,并利用这条规则进行比较文学与比较诗学研究,而在道与逻各斯之间"寻同",从本质上是要用"本体论"来对异质话语体系进行统摄和含纳,这种普适性的思维方式则是知识体系变异规则的逆向制约。

第四节　话语权力规则与变异限度制约

除了价值信仰、文化惯习和知识体系之外,第四种变异规则是话语权力,也可以理解为意识形态。弗朗西斯·培根的名言:"知识就是力量",实际上

[①] 乐黛云:《跨文化之桥》,北京大学出版社 2002 年版,第 258 页。

我们可以理解为"知识就是权力"。不同国家、不同文明文学之间的比较往往是一种话语权力的博弈,话语权能够决定着"变异"是否可能发生、在哪种程度发生以及发生的"度"等问题。

一 话语权力的变异规则制约

什么是话语权力?它如何在比较文学中发生作用?马克思认为:"每个人都力图创造出一种支配他人的、异己的本质力量,以便从这里面获得他自己的利己需要的满足。"① 因此任何意识形态生产都不可能客观反映现实的原初梦想,为了实现本质力量的对象化生成,往往表现为主体对合法性以及非法性概念的区分限度。卢卡奇分析:"合法性和非法性的概念对马克思主义思想说来是什么意思呢?这个问题必然导致有组织的权利的一般问题,法律和国家的问题,最后是意识形态问题。"② 说到底,我们对知识的区分,并不是仅仅源于某种思想体系的异质性特征,而是根植于我们思想深处的意识形态。在詹姆逊看来:"统治阶级意识形态将探讨使自身权力立场合法化的各种策略,而对立文化或意识形态则往往采取隐蔽和伪装的策略力图对抗和破坏主导的'价值体系'。"③ 这种体现在文学或历史文本中的主导与被主导、合法与非法的博弈,就是话语权力的运作机制,话语权力一种重要的运作形式,就是对异质文学与文论的变异阐释。胡塞尔认为:"每一个判断都包含着对它的变异,即一个行为,它恰恰将那个被此判断认之为真的东西单纯地表象出来,也就是说,在不决定真与假的情况下,对象性地拥有这个东西。"④ 所以没有纯粹的客观,所有的对象都是主观变异化阐释,都是意识形态的一种话语生产模式。

关于这个问题,我们从赛义德的《东方学》可以看得很明白。西方文明

---

① [德] 马克思:《1844年经济学哲学手稿》,人民出版社2014年版,第117页。
② [匈] 卢卡奇:《历史与阶级意识》,杜章智等译,商务印书馆1996年版,第344页。
③ [美] 詹姆逊:《政治无意识》,王逢振、陈永国译,中国社会科学出版社1999年版,第74页。
④ [德] 胡塞尔:《逻辑研究》(第二卷第一部分),倪梁康译,商务印书馆2015年版,第838—839页。

第五章 比较文学变异学的规则限度

视野中的"东方"与事实上的"东方"显然存在根本差异,导致这些差异的原因,不仅仅是文化过滤和文学误读,在这种扭曲想象的过程中,贯穿着西方话语的规则制约。例如,从文学形象变异形态来看,赛义德认为:"福楼拜的东方视野乃根植于对一个'想象性替代物'向东向南不断求索的过程之中。"① 而"事实上这样的文学形象常常是一面镜子,是某个对异域他乡充满幻想的人凭自己的意愿虚构出来的乌托邦"②。那么,文学形象从一国到另一国的变异中,这些想象与虚构,是否真的天马行空、为所欲为?事实并非如此,西方人眼中的东方形象,往往是"狡诈的中国人和半裸的印度人",那又是什么原因导致东方形象在西方文学中呈现这样的变异形态?显然,这并不是变异中的文化惯习规则,也不是知识体系规则,而是一种更深层次的意识形态操控着的话语权力规则。比较文学法国学派的奠基者基亚认为:"很少有什么作家愿意从德国本身来了解和认识德国。1936年也和1840年一样,人们只愿根据世袭的偏见,根据意识形态的考虑——一种能取得使人激动的形象的偏好,来评价它、想象它或观察它。"③ 可见,其实基亚早就在思考"意识形态"对比较文学的重要影响,任何比较都潜伏着意识形态和话语权力,难怪伊格尔顿要说文学"根植于更深的观念结构中,这些结构就像帝国大厦一样不可动摇"④。

从比较文学的角度来看,这些意识形态、话语权力以及观念结构制约了比较的基本构架模式,一国文学进入另一国文学,意义是否发生变异以及发生什么样的变异,从一定程度取决于这些构架模式。以话语权力为例,按照曹顺庆教授的理解:"话语是指在一定文化传统和社会历史中形成的思维、言说的基本范畴和基本法则,是一种文化对自身的意义建构方式的基本设定。"⑤ 也就是说,话语是一种基本设定,进一步思考,话语是谁在设定?为什么西

---

① [美] 萨义德:《东方学》,王宇根译,生活·读书·新知三联书店1999年版,第239页。
② [法] 莫哈:《文化上的对话还是误解》,刘莉译,乐黛云、张辉:《文化传递与文学形象》,北京大学出版社1999年版,第244页。
③ [法] 基亚:《比较文学》,颜保译,北京大学出版社1983年版,第112页。
④ Terry Eagleton, *Literary Theory: An Introduction*. Oxford: Blackwell Publisher, 1996, p. 14.
⑤ 曹顺庆、李思屈:《重建中国文论话语的基本路径及其方法》,《文学评论》1996年第2期。

方文学中的中国形象,如《东方学》所描述,大多数是狡诈的中国人和半裸的印度人而较少出现智慧的中国人与优雅的印度人形象呢?尼采敏锐地意识到这个问题:"一切故意产生的现象,可以还原为扩展权力的企图。"① 意大利学者维科认为,从本质上说:"这种权力就是意志的自由运用……或是引导它朝较好的方向走。"② 尼采和维科所表明的,就是权力在控制话语的基本形态以及发展走向,这正如海德格尔所说的"先见"。为什么会有这样的"先见"?是因为他们走不出西方文化诗学的封闭圈,为什么走不出?是因为西方文明中心论的无意识自觉。从客观上讲,这是变异中的文化惯习规则制约,但是从主观上讲,则是西方话语霸权下的集体想象、黑白颠倒、是非不分,当然,这不是不分,而是运用话语权力按他们的思路来进行分类,甚至是指鹿为马。所以,从根本上说,是逻各斯中心主义在制约,海德格尔说:"存在作为逻各斯,作为根据而自行照亮了——出发,来思考存在和存在中的差异以及差异中的分解。"③ 再如,在当代文学史书写中,我们很少看到现当代学者写的古体诗,这就是现当代白话话语霸权的具体体现。

以上可见,变异中的话语权力规则制约意味着:文学文论的他国化过程中,如果掌握着话语权力,文本形态就会像维科说的"朝着好的方向发展"或者变异,失去话语权力,就面临丑化、异化的危险。如果说比较文学形象学研究的是文学形象在不同国家"是什么"的问题,那么变异学则是研究形象变异和文化误读在话语权力操控下"为什么"会如此的问题。形象的差异来源于阐释权的差异,而阐释权的差异来源于话语权的差异,而这个逻辑推断,则是比较文学变异学重点考察的变异规则。

二 话语权力的正向制约

话语权力的规则制约分为正向制约与逆向制约两个向度。所谓话语权力

---

① [德]尼采:《权力意志》,张念东、凌素心译,商务印书馆1991年版,第209页。
② [意]维科:《新科学》,朱光潜译,人民文学出版社1986年版,第170页。
③ [德]海德格尔:《形而上学的存在—神—逻辑学机制》,孙周兴:《海德格尔选集》下卷,上海三联书店1996年版,第839页。

的正向制约，主要是指在异质文学与文论交流对话过程中，克服话语霸权下的文化同一性，充分彰显和尊重言说主体双方或多方的话语权力，尊重文学形态和文论话语的差异性，从而实现异质话语"和而不同"的平等对话。所谓话语权力的逆向制约，主要是指在异质文学与文论交流对话过程中，用一种话语强制阐释或抑制另一种话语，将某种意识形态非法强加或推及无关性的"他者"，继而消解对象本身的话语属性，让对象成为主体意识形态的一种衍生物或附属品。那么，首先来看正向制约的学术案例。

赛义德在《东方学》中展示了"西方化"的东方，这种现象不仅是个别现象，在很多西方学者看来，东方文明受西方文明影响更多，而西方文明基本没有受到东方文明什么影响，东方一直是边缘化的存在。昆斯特认为："坦率地说，亚洲文学对欧洲文学几乎一向没有任何影响。如果有什么影响的话，那也只是对小作家而言。"① 当然，西方也不全是这种论点，雅斯贝尔斯、汤因比、亨廷顿、福山等学者，也提出文明多元论的思想。那么，我们如何在中西文学与文论比较过程中，发出东方的声音、建构东方的话语、强化东方的权力？中国比较文学能否构建自身的话语体系呢？季羡林曾作出这样的构想："什么叫'中国学派'呢？我认为，至少有两个特点……第一个特点是，以我为主，以中国为主，决定'拿来'或者扬弃。我们绝不无端吸收外国东西；我们也绝不无端地摒弃外国东西……第二个特点是，把东方文学，特别是中国文学，纳入比较的轨道，以纠正过去欧洲中心论的偏颇。"② 季羡林先生的策略是，要克服西方话语对东方话语的权力制约，那么东方学者就必须要进入这个对话的轨道。季羡林先生的学术生涯，就一直着力于东方文学研究，那么拿什么来进入这个比较的轨道呢？那就是还原东方、呈现东方、建构东方。在这个方面，除了季羡林、金克木、严绍璗等学者关于东方文学的研究之外，可以作为正向论证的还有曹顺庆教授的《东方文论选》与邱紫华

---

① ［美］昆斯特：《亚洲文学》，胡家峦译，张隆溪选编：《比较文学译文集》，北京大学出版社1982年版，第172页。
② 季羡林：《比较文学与民间文学》，北京大学出版社1991年版，第314页。

教授的《东方美学史》。在《东方文论选》一书中，曹顺庆教授指出："遗憾的是，东方文论的历史地位与理论价值却长期被西方学者所轻视和忽略，有时甚至是被东方学者所忽略！"① 为什么会被忽略？西方文论的普适性推广暗示着东方文论尤其是中国文论没有体系化的理论形态，只能"跟着讲"不能"对着讲"。西方文学文本中呈现的东方是西方视域下的东方，是在西方话语权力下"变异"的东方，因此："从这个意义上来说，强调东方文论，并非要与西方文论争强赌胜，而是从文学理论发展的角度思考人类文学理论发展的规律，实事求是地、全面地总结人类各民族文学理论的成就，并在此基础上，重新建构一般的文学理论。"② 即由"照着讲"变为"对着讲"。

到 20 世纪 90 年代，这种呼吁得到了学术界的积极响应。金克木、黄宝生、严绍璗、郁龙余、曹顺庆、王宁等学者都在这方面有不少成果。就比较文学而言，与法美学派形成三足鼎立的俄苏学派逐渐式微，而中国学者群体推出的"东方学派""中国学派"开始崛起，王宁教授认为："'苏联学派'的特征体现在文学的主题学研究，同时也注意俄罗斯文学同属于或外在于苏联的各民族文学的比较研究。因此，单就这一点而言，这一学派就缺少广泛的国际性意义和较大的影响力，它实际上无法与法国学派和美国学派共同承担起比较文学研究领域的'三足鼎立之重任。'"③ 三十年河东三十年河西，那么，谁来弥补俄苏学派的空缺呢？王宁教授进一步指出："同样可以肯定，以中国、印度和日本为核心的比较文学东方学派必将在本世纪末和新世纪初展现其强大的实力。"④ 所以，在 20 世纪 90 年代以来，东方国家的整体实力和话语权力不断上升，东方形象建构也日趋活跃，曹顺庆教授 1996 年出版了《东方文论选》，填补了国内比较诗学研究的一个空白。郁龙余教授认为该书把比较诗学从中西"两点一线"变为了"三点共面"，这种格局"有助于克

---

① 曹顺庆：《东方文论选》，四川人民出版社 1996 年版，第 1 页。
② 同上书，第 2 页。
③ 王宁：《论国际比较文学研究新格局的形成》，《北京大学学报》1993 年第 5 期。
④ 同上。

服西方文化论的影响"①。该书约70万字，分为六编，选译了日本、朝鲜、波斯、阿拉伯、印度等国家的文论100余种（篇）。季羡林先生在序言中也说："有识有志之士定能'沉浸酲郁，含英咀华'，融会东西，以东为主，创建出新的文艺理论体系。"② 以往的比较诗学仅仅局限于中国和西方国家，其他东方国家却因此被遮蔽，其中的问题主要是一直以来的"西方中心主义"思想，似乎中西比较诗学就涵盖了比较诗学的总体思路。而《东方文论选》在比较诗学史的重大成就是把"东方"这个文明圈拓展开去，并且纳入比较诗学的总体格局之中。书中很多资料都是第一次介绍到国内，给学术界以极大的启示和震惊，并且，此书把比较诗学的空间视野从中西两极的格局中拆解，把以中国文明、古希腊文明、印度文明三大文明体系为主的诗学话语相提并论、相互生发。从曹顺庆教授1988年《中西比较诗学》到1996年《东方文论选》，标志着比较诗学研究从空间上显得更开放、更包容。除此之外，2003年商务印书馆出版了邱紫华教授的《东方美学史》，2004年北京大学出版社出版了郁龙余、孟昭毅两位教授主编的《东方文学史》等，由这三部"东方"系列著作为标志，比较文学"东方"话语逐渐开创了新局面，也逐渐在国际比较文学中发出自己的声音，这是国家实力提升带来的话语权力提升，是话语权力提升带来的文学形象提升。

从比较文学学科理论来讲，西方话语权力下的比较文学可比性有两个特征：一是从影响研究的角度来看，东西方文学较少实证性的同源关系，如果有，也主要是东方文学被西方影响，因此东方处于被阐释、被比较的地位；二是从平行研究的角度来看，东西方文学缺乏类同性的共同因素，因此就算有相似的地方，也是差异多于类同，因此不可比。简单地说，要么东方不能和西方比较，要么只能是用西方话语强制阐释东方话语，总而言之，总是跟在别人屁股后面跑。这背后的主要原因，不是因为话语本身的问题，而是因为话语权力的问题。而20世纪70年代以来的中国学者群体，敏锐地意识到

---

① 郁龙余：《旧红新裁 熠熠生辉——简评〈东方文论选〉》，《外国文学研究》1998年第1期。
② 季羡林：《东方文论选·序》，四川人民出版社1996年版，第3页。

话语权力在跨文明比较中的重要作用,有针对性地展开两方面的工作:一是研究东方文学与文论的异质性,确立东方话语的基本构成体系,季羡林、钱锺书、曹顺庆等学者都在这个领域做出许多开拓性工作;二是确立东西方比较的合法性,每一种文学类型都不是一个单纯的个体,西方文学对东方文学发生了作用,那么东方文学在一定历史条件下,也同样产生了和西方文学类似的文学现象,也对西方文学是一种阐释,从这个意义上讲,东方文学也对西方文学的发展做出了贡献,这个贡献就是作为异域的参照、互补与对话的价值贡献,换言之,是我们不仅有东西可以和西方比,而且从学理上讲,这种可比性比影响研究、平行研究的可比性更有现实价值,比较文学变异学就是这样一种理论创新:"变异学重新为东西方文学奠定其合法性,这个合法性就是既承认不同文明文学的共同性、普适性,又承认不同文明文学的异质性和变异性,变异学肯定了差异也是具有可比性的,这就从正面回答了韦斯坦因的困惑,奠定了东西方不同文明文学比较的合法性。"[1] 所以,失语症是异质性的理论前提,异质性研究是跨文明比较研究的理论前提,这种理论路径的推进,根本原因还是对东方尤其是中国文学与文论话语权的争取,话语权的转换导致阐释权的转换,阐释权的转换导致文学理论形态的转换,继而导致比较文学总体格局的转变,这就是利用话语权力来展开理论创新的正向制约。

三 话语权力的逆向制约

一旦话语权力不是用来还原差异性,而是为了扩张主体的同一性时,其逆向制约效应就显现出来。它主要表现在:从主观立场出发,对异质的知识话语进行跨文化想象或者误读,继而实现自我的意图。我们可以用"独角兽与龙"的误读来阐明这个问题。首先,埃科从理论上加以阐明"我们周游世界之前,就有了一个关于这个世界的先入为主的观念,它们来之于我们自身

---

[1] 曹顺庆:《东西方不同文明文学比较的合法性与比较文学变异学研究》,《外国文学研究》2013年第5期。

的文化传统。即使在十分奇特的情况下，我们仍然知道我们将发现什么，因为先前读过的书已经告诉了我们。这些'背景书籍'的影响如此之大，以至于它可以无视旅行者实际所见所闻，而将每件事物用它自己的语言加以介绍和解释"①。埃科以独角兽为例来说明和歌理论问题，独角兽是什么东西呢？埃科分析："整个中世纪传统使欧洲人相信存在着一种叫做独角兽（unicon）的动物，他看起来很温驯像一只头上长着触角的白马。"② 这种欧洲人苦苦找寻的独角兽在哪里呢？在东方！而且，他指出："马可·波罗游历中国时，他也在寻找独角兽。"③ 他在爪哇见到一种有些像独角兽的动物："多可怕！它们不是白色，而是黑的。它们长着野牛一样的毛；象一般的大足，触角也是黑色，而非白色；舌头上满是刺，头看上去像头猪，简直其丑无比！事实上，他看到的是犀牛。"④ 埃科认为，马可·波罗没有能力指出这是一个新动物，而是本能地用熟悉的形象来定义，他看到的独角兽，其实是犀牛，这就是以己度人，这就是"背景书籍"的牺牲品，从比较文学的角度，我们可以将之理解为误读："所谓'误读'是指人们与他种文化接触时，很难摆脱自身的文化传统、思维方式，往往只能按照自己熟悉的一切来理解别人。"⑤ 马可·波罗出发之前，头脑里已经有一个关于独角兽的构想，从法律上说，这有点类似"有罪推定"的表述，然后带着这种观念去解释他看到的可能是独角兽的动物，当然，最后发现的是犀牛，但他并不在意，因为他的头脑中已经有一种思想体系占据，无论这个体系合理与否，它岿然不动地操控着人的认知行为。当然，有时候误读是无意识的，但是话语权力操控的误读往往是故意的，例如中国古代的成语"指鹿为马"，赵高想要篡权，为了在众丞之中构建话语权威，于是就带了一只鹿献给秦二世，并告诉他这是一匹马。秦二世认为这显然是一头鹿，怎么可能是马，讥笑他弄错了，于是询问身边的大臣，而这

---

① ［意］埃科：《他们寻找独角兽》，乐黛云、［法］勒·比雄：《独角兽与龙》，北京大学出版社 1995 年版，第 2 页。
② 同上。
③ 同上书，第 3 页。
④ 同上。
⑤ 乐黛云：《独角兽与龙·序言》，北京大学出版社 1995 年版，第 1 页。

些大臣，有的为了迎合赵高，就说这是马，当然也有保持沉默的，还有的就直接说是鹿，于是赵高就暗中谋害那些指鹿为鹿之人。谁都知道鹿不是马，但是在话语权力的制约下，谬误仍然可以显现为真理，这就是一种话语权力操控下的形象变异。

从比较文学的角度来看，话语权力往往体现为对中心和顶端的先验设定，赛义德认为："谈论比较文学就是谈论世界文学之间的相互作用。但是，这一学科被先验地作为一种等级体系来组织：欧洲及其拉丁基督教文学处在这一体系的中心和顶端。"① 所以倡导影响研究的早期法国学派的学者们，总是对事实考证乐此不疲，但是，"无论一种思想意识或社会制度的统治多么完全，永远有某种社会历史是它所不能覆盖和控制的。从这些部分历史就时常产生反抗，有时是自觉的，有时是互动的"②。从后殖民主义立场出发，东方国家及第三世界国家的比较文学学者逐渐在扭转这种思想统治，以反抗的姿态来争取比较文学话语权。

综上所述，我们梳理了异质文学与文论话语跨文明变异中的四条规则，当然这些规则并非全部内容。但是这四条规则基本涵盖了变异的限度制约。它们的主要作用，就是要廓清创造性叛逆与合法性叛逆之间的界限问题，廓清有效性阐释与超限度阐释之间的界限问题，在实证性影响研究和跨文化跨学科平行研究之间，找到一条比较文学的包容发展之路。如曹顺庆教授所说："就在美国学派宣扬比较研究的审美转向时，20世纪50年代开始的文学研究'向外转'的声浪又铺天盖地地袭来。它们强调文学研究与社会、历史、意识形态等的紧密联系，主张跨越文本分析的藩篱走向激进的泛文化批评。上述思潮对比较文学也产生了不小的震动，关于审美批评还是文化研究的争论因此甚嚣尘上。而变异学的引入在一定程度上可以说就是对这种左右摇摆局面的一次突破。"③ 那么，这种突破在哪里呢？那就是在左右摇摆之间把握一个

---

① [美] 赛义德：《文化与帝国主义》，李琨译，生活·读书·新知三联书店2003年版，第60页。
② 同上书，第341页。
③ 李艳、曹顺庆：《从变异学的角度重新审视比较文学的影响研究》，《中国比较文学》2006年第4期。

变异之"度"的问题，曹顺庆教授指出：

> 对变异学理论中的某些问题还应进行更为翔实的阐释与探索。首先是变异学中应阐清的几个问题，比如变异是怎样发生的？为什么及在哪里发生变异？变异的度及规律性是什么？等等。对如上问题的分析能进一步理清变异学的概念及本质。例如关于变异的"度"的问题的探索，即"变"到何种程度才成为变异学中的"异"……这一问题就犹如翻译中的创造性叛逆一样，若不对其范围及本质进行一定的界定，就可能导致其意义的无限延散，从而在此过程消解其自身。这就如同比较文学中的跨学科研究一样，若文学与任何其他学科的比较都可以纳入比较文学的研究范围的话，那么就可能导致比较文学的泛学科危机。变异学中的规律性及"度"亦是如此。[①]

变异学将异质性作为可比性，是否意味着任何跨文明比较阐释都可以理解为"创造性叛逆"？是否任何形态的阐释变异都具有学理上的有效性、合法性，或指向伽达默尔的"视域融合"？不尽然。变异学既非法国学派实证性、可靠性的文献关系比对，又非卡勒说的："诠释只有走向极端才有趣。"[②] 变异学所强调的是，在文本间性的原初意义设定与无限制播散、异延之间，研究潜在的话语规则与限度制约，以此避免胡说八道与盲目比附。以上四条规则，正是制约比较文学变异形态的四种主要边界。

[①] 曹顺庆、庄佩娜：《国内比较文学变异学研究综述：现状与未来》，《中南民族大学学报》2015年第1期。

[②] [美]卡勒：《为"过度诠释"一辩》，艾柯等著：《诠释与过度诠释》，王宇根译，生活·读书·新知三联书店1997年版，第135页。

第六章 比较文学变异学的实践领域

第一节 变异学研究领域及实践路径概述

从整本书的叙述结构来看,第四、五、六章分别阐释变异学的理论体系、话语规则和实践路径。本章的主要目的是:在研究变异学的理论内涵和外延制约基础上,进一步探索变异学的实践方法论体系,或者说,从根本落脚点上解决比较文学变异学具体研究什么、如何研究的方法论问题。理论从实践中来,最后要用于实践,韦勒克和沃伦在《文学理论》中说道:"文学是一种社会性的实践,它以语言这一社会创造物作为自己的媒介。"[①] 不能应用的理论是空洞的理论,变异学不是盲目的文化自信,而是扎根于中国比较文学与国际比较文学发展的研究实践,在实践基础上进行理论提升,然后又提炼出新的理论方法运用于新的实践,这是一般学科理论发展的主要规律。

一 现有研究领域分类述评

比较文学除了在学科理论上的不断创新发展之外,的确需要在方法论体系层面建构一套更加清晰、科学、易操作的流程体系。如果比较文学变异学

---

① [美] 韦勒克、沃伦:《文学理论》,刘象愚等译,生活·读书·新知三联书店1984年版,第92页。

理论试图有所创新，就必须要将基本理论特征和方法论体系表述清楚、便于操作。否则比较文学理论研究的专著一本一本地出版，但是我们作为高校教师，还是不知道如何教，学生也不知道究竟该如何展开比较文学实践。首先，就是要搞清楚比较文学变异学具体研究领域是什么。

上文已经阐述，比较文学变异学理论的缘起之一，是形象学、译介学在比较文学学科理论中的分类矛盾问题。或者说，形象学、译介学是无法进行实证研究的学科分支，因此传统教材将它们纳入影响研究的做法并不合理，同样，划入平行研究也显得唐突，这样的两难境地，昭示着法、美学派的学科体系并不完善，并不能有效解释一些学术问题。比较文学变异学，正是为了化解这样的分类矛盾才应运而生。

曹顺庆教授在2005年《比较文学学》这本研究生教材中正式提出比较文学变异学理论，整本书分为四章：文学跨越学、文学关系学、文学变异学、总体文学学。第三章文学变异学包含六节：译介学、形象学、接受学、主题学、文类学、文化过滤和文学误读。曹顺庆教授如此阐述：

> 第三章是文学变异学，它着眼于不同文学体系中交流或者横向比较中存在的文学变异现象的研究。和第一章相比，它更为强调不同文学体系交流和比较中出现的文学性或者审美因素的变异现象。而这种美学意义上的变异是无法完全用实证性的方法来考证的，所以在此章的具体研究中包含了译介学、形象学、接受学、主题学、文类学、文化过滤和文学误读等6个研究范畴。对关系学和变异学的新分类可以说是本书对比较文学学科研究领域的一种新见解。[①]

关于文学变异学的章节论述，是较之以前的比较文学教材的一个主要创新，曹顺庆教授在前言中如此陈述之后，在绪论中又对变异学的研究领域进行四个方面的界定：一是语言层面变异学；二是民族国家形象变异学研究

---

① 曹顺庆：《比较文学学》前言，四川大学出版社2005年版，第3页。

（又称形象学）；三是文学文本变异学研究；四是文化变异学研究①。可以看出，这样分类的依据是变异媒介对象的不同，即：语言媒介、形象媒介、文本媒介和文化媒介，以此为基本的分界点，展开变异学研究。

2006年，曹顺庆教授又主编了针对本科生比较文学教学的专著《比较文学教程》，本书分为四章：实证性影响研究、变异研究、平行研究、总体文学研究。这个章节分类与《比较文学学》中的分类关系在于：变异研究和总体文学研究的叙述构架没有变，只是将文学跨越和文学关系进一步明确为实证性影响研究和平行研究，或许可以理解为这便于本科生理解法国学派影响研究、美国学派平行研究的传统表述模式。但是在变异研究的分类上，又发生了变化，具体分为：文化过滤与文学误读、译介学、形象学、接受学、文学的他国化研究共五个小节。其中的变化还在于：剔除了主题学、文类学，加上了文学的他国化研究，并且在排序上发生了变化。在该书绪论的表述中，变异学研究领域依然是四个层面：一是语言层面变异学研究；二是民族国家形象变异学研究（又称形象学）；三是文学文本变异学研究；四是文化变异学研究。② 但是在整体章节中，这本书的主要创新在于文学的他国化研究。什么是文学的他国化？曹顺庆教授认为："文学的变异存在十分复杂的形态，除了前面提到的在文学的语言、形象、文本及文化层面的变异之外，还有一种变异，那就是文学从一国传播到他国后，在他国的文化语境中被他国文学所同化，从而发生更为深层次的变异，这就是文学的他国化。"③ 从这个表述中可以看出，文学的他国化成为变异学的一个至关重要的研究领域，这个领域比语言、形象、文本及文化层面的变异更加深刻、更加具有现实意义。

2006年，在《比较文学学科中的文学变异学研究》和《比较文学学科理论的"跨越性"特征与"变异学"的提出》两篇文章中，曹顺庆教授仍然坚持了"语言、形象、文本、文化"四个领域的分类法：

---

① 曹顺庆：《比较文学学》，四川大学出版社2005年版，第30—31页。
② 曹顺庆：《比较文学教程》，高等教育出版社2006年版，第49—52页。
③ 同上书，第147页。

建构比较文学学科研究的新范式，需要我们打破旧有历时性描述的比较文学学科建构模式，从共时性角度来重新整合意境存在的比较文学三个阶段的学科理论资源，将比较文学存在的理论问题在"跨越性"和"文学性"这两个基点上融通。这样，我们可以按照这个标准将比较文学研究领域重新确定为一个特征和四大研究领域。一个特征是：比较文学是一种具有跨越性的研究。四大研究范围是：第一，比较文学包含了一种对不同文学体系之间的实证性关系研究；第二，它同时又包含了一种对不同文学体系彼此之间变异的研究；第三，建立在文学类同性基础之上的平行研究；第四，比较文学应当拥有真正宽广的、具有世界性胸怀的学科理想，具体就体现在多元文明时代的总体文学的追求上面。①

在 2007 年出版的《跨越异质文化》与 2009 年的一篇论文中，也有同样表述："紧扣跨越性、文学性与异质性等特点，变异学可能的研究范围可以概括为四个方面：语言层面变异学、民族国家形象变异学、文学文本变异学研究、文化变异学研究。"② 这与之前的表述大致相同。

在 2013 年以前的表述中，大致都包含以上这四个领域，但是在 2013 年的一篇文章中，这种表述发生了变化，曹顺庆教授指出："变异学研究的重点在求'异'的可比性，研究范围包括跨国变异研究、跨语际变异研究、跨文化变异研究、跨文明变异研究、文学的他国化研究等方面。"③ 在 2015 年"马工程"《比较文学概论》中，也持同样的观点："比较文学变异学的研究范围包括：跨国变异研究、跨语际变异研究、跨文化变异研究和跨文明变异研究、文学的他国化研究等。"④ 但是在具体的分类表述中，只有跨文化变异研究，没有论述跨文明变异研究。

---

① 曹顺庆：《比较文学学科理论的"跨越性"特征与"变异学"的提出》，《中外文化与文论》第 13 辑。
② 曹顺庆、王蕾：《比较文学中国学派三十年》，《外国文学研究》2009 年第 1 期。
③ 曹顺庆：《东西方不同文明文学比较的合法性与比较文学变异学研究》，《外国文学研究》2013 年第 5 期。
④ 曹顺庆：《比较文学概论》，高等教育出版社 2015 年版，第 161 页。

可以明显看出，从最初的"语言、形象、文本、文化"四个层面转变为"跨国、跨语际、跨文化、跨文明、他国化"五个变异对象领域，其中，语言和文化这两个类型没有变化，只是在跨文化的基础上增加了跨文明，民族国家形象变异和跨国家两个表述也基本相近，主要变化是把前者的文本变异删去了，增加了他国化变异。这个表述变化可能昭示着：文本的变异往往包含着语言、形象等变异，因此这是一个不好划归的变异对象，而他国化又是一种更特殊、更有研究价值的领域，因此用他国化取而代之，这是两者的主要区别。当然这个分类的主要依据是跨越对象的不同而非最初的媒介方式不同。基于以上考虑，曹顺庆教授认为："我们可以按照这个标准将比较文学研究领域重新确定为一个特征和四大研究领域。一个特征是：比较文学是一种具有跨越性的研究。"[1] 正是基于这样一个立场，研究领域大多具有了"跨"的属性（除了文学的他国化）。另外，在《变异学与东西方诗话的比较研究》一文中，变异学的研究领域又分为五个方面："跨国变异研究""跨语际变异研究""文学文本变异研究""文化变异学研究""跨文明研究"[2]。基本还是根据"跨越性"特征进行分类。

以上分析可以看出，对比较文学变异学的分类大致分为两个阶段：第一阶段分为"语言、形象、文本、文化"四个层面；第二阶段分为"跨国、跨语际、跨文化、跨文明、他国化"五个层面。尽管前后表述不一，但是可以明显看出这些分类的基本依据是比较文学的"跨越性"，只是后者更加强调"他国化"深层变异和"跨文明"比较。以上就是现有的关于比较文学变异学研究领域和实践方法的基本内容。

二　现有研究领域潜在的理论困惑

在撰写此书的过程中，我一直试图按照曹顺庆教授第二阶段的分类框架

---

[1] 曹顺庆：《比较文学学科理论的"跨越性"特征与"变异学"的提出》，《中外文化与文论》第13辑

[2] 曹顺庆、芦思宏：《变异学与东西方诗话的比较研究》，《安徽师范大学学报》2016年第1期。

去展开研究,在撰写提纲时,分为:跨国、跨语际、跨文化、文学的他国化四个小节。但是在具体行文过程中,发现始终讲不清楚,主要疑惑在于:各领域之间的交叉重叠现象比较突出,逻辑结构关系不够清晰。

我们知道,比较文学变异学的一个重要任务是化解分类不当的问题:"目前流行的比较文学学科理论模式有着明显的理论缺陷,首先是历时性的理论体系本身的互相重叠问题。也就是说,在比较文学研究的不同板块中却存在着对同一个研究对象的描述,这样就造成了一些理论问题的重复或者归属不当。"① 如果分类的主要依据是跨界对象的不同,那么:跨国家侧重国别文学比较中的变异,跨语际侧重译介中的变异,跨文化侧重文化过滤与文学误读,文学的他国化主要指话语规则上的深层变异。应当说,从理论上分析,这是完全合理的,只是在实践过程中,存在混淆重叠的危险。例如跨国变异,在对这一个领域进行阐释时,根据曹顺庆教授的描述:"跨国别的文学研究,必然会涉及一国文学流传到他国所产生的变异。"② 同时又指出:"本章前面所论述的形象学、接受学理论,大多是跨国文学的变异研究。"③ 然而值得注意的是,形象学不仅可以归入跨国文学变异研究的范围,同样可以纳入跨文化变异研究的范畴,例如在跨文化变异研究这一小节中有如此表述:"中国文学一旦进入西方,由于文化的差异性,产生了文学过滤,在文本形式、内容与思想意蕴等方面都发生变异。"④ 也就是说,形象学在跨国变异的同时,也属于跨文化变异研究领域。周宁教授也认为:"跨文化形象学的问题,归根结底是世界观念体系以及该体系中现代国家与国民自我认同的问题。"⑤ 形象学从本质上还倾向于一种文化变异,但是跨文化的过程中,一般都会有跨国家、跨民族,所以以跨界对象的不同作为标准来加以区分,国家、语言、文化、文本等方面是彼此交织的。同样,跨语际变异中,也可能指涉其他几个领域,

---

① 曹顺庆:《比较文学学科理论的"跨越性"特征与"变异学"的提出》,《中外文化与文论》第 13 辑。
② 曹顺庆:《比较文学概论》,高等教育出版社 2015 年版,第 170 页。
③ 同上。
④ 同上书,第 174 页。
⑤ 周宁:《跨文化形象学》,复旦大学出版社 2014 年版,第 240 页。

例如将风骨译成"Wind and Bone",首先这属于跨语际变异的内容,但这同样属于跨国家,毕竟是从中国文论译成他国文论话语,属于一国文论向另一国文论传播过程中发生的变异,也同样可以是跨文化,因为风骨是中国文论话语中的一个重要范畴,它本身是对文本气象和力量之美的整合性描述,但是西方文化强调的是内容与形式、现象与本质、物质与精神的二元对立,所以将风骨译成"Wind and Bone"也就理所当然了,中国文化中"一"的哲学被阐释成了"二"的意义,这就是文化过滤和文学过滤。

再如寒山诗在美国译介传播。这个传播过程肯定有以下几个层面:斯奈德对寒山诗歌的英译,这属于跨语际变异学,然后美国受众对这个英译本进行接受认同,这是跨国变异,最后是美国学术界对其诗歌文本的转化创新,这是他国化变异。另外,斯奈德并不是将寒山所有的诗歌都进行翻译,其中有对寒山的选择性翻译,这也是一种文化过滤过程,属于跨文化变异。当然,和当时美国"垮掉的一代"文化相融合,也是一种文学的他国化变异。所以,这一"跨"实际上跨越了很多对象。无论是跨国、跨语际、跨文化还是文学的他国化,大多是相互包容、难分难解的。因为语言、文本、文化,本身就是一个相互依存的整体,所以按照这个分类依据,很难对比较文学变异学的研究领域进行合理划分。

以上分析可见,按曹顺庆教授最初的想法,比较文学变异学的研究对象就是四个层面,只是后来反复强调他国化研究和跨文明研究,所以拓展为五个方面(某些合写的论文,又展开为六个方面)。实际上,这些领域之间的逻辑关系,仍然需要进一步澄清和说明。而且,目前变异学还缺乏更加完善的学科表述模式和术语群,变异学究竟包含哪些研究领域,这些领域之间有什么逻辑关系,如何展开实践?这些问题在时光博士的《比较文学变异学十年(2005—2015):回顾与反思》[①]一文中有详细论述。概言之,跨越性是变异学的基本属性,如果完全根据跨越对象的不同来进行分类,其好处在于媒介对象容易区分,国家、语言、文化等是相对清晰的对象概念,但潜在的问题

---

① 时光:《比较文学变异学十年(2005—2015):回顾与反思》,《燕山大学学报》2018年第1期。

是容易混淆，从实践上难以操作，一种类型同样适用另一种类型，一个变异现象往往包含多种跨越性特征。可见，研究领域分支是比较文学变异学的重要组成部分，它主要指涉具体的研究对象、研究领域和研究方法，如果这个问题上分不清道不明，那么就不利于变异学理论的深化、拓展和完善，如此看来，我们能否尝试换一种思路？

三　重新分类的探索尝试及主要依据

究竟应该怎样解决这个问题？佛克马先生这段关于比较文学研究的建议倒颇有启发性，他指出：

> 笔者有心给从事比较文学研究的学者提出3条建议。这些观点仅为一家之言，诸君不必感到压抑。第一条，要获取关于文学研究学科过去一百年的历史知识。中国文学研究的历史始于王国维和梁启超，西方文学研究以俄国形式主义为发端。第二条，要阅读重要的古今文本，既要阅读中国的文本，也要阅读其他文化的文本，阅读得越多越好。但是要集中阅读某一特定时期的多个文本，以期对文学文本的对话性和互文性有所了解，这将帮助我们发现文学是如何被书写出来的线索。第三条，清楚了解你想要研究什么，怎样通过自己的研究工作配合前人的研究工作或同行们正在从事的研究。要尽可能清楚地表述自己的研究问题，选择某种研究方法，并且试着展望可能的研究结果。①

第三条尤其重要，你想要研究什么？你的研究和别人的研究有什么关系？自己研究的是否表达清楚？方法是什么？结果是什么？这对于比较文学变异学而言，具有很重要的启示。在比较文学变异学提出的这十几年间，我们能否做出这样的反思：比较文学变异学究竟研究什么？我们的研究工作如何配合前人的研究以及同行们正在从事的研究？如何让变异学研究融入比较文学

---

① [荷]佛克马：《关于比较文学研究的九个命题和三条建议》，《深圳大学学报》2005年第4期。

整体性的学科理论构建之中，并形成一种学术呼应？

我相信这是可能的。在教学过程中，学生也多次提出与上述困惑类似的问题，他们也表示这四个领域始终难以在操作层面清晰化、明朗化。在写作过程中，提纲改了无数次，都无法下笔，突然想到老子说："致虚极，守静笃；万物并作，吾以观复。夫物芸芸，各复归其根。"（《道德经》第16章）所谓复归其根，就是反其本也，于是又把比较文学变异学定义及相关文献反复阅读，研究关于变异学的内涵阐释，继而提出一种想法：为什么不从定义中寻找分类依据呢？

尽管对变异学定义的描述不尽相同，但是大体内容是确定的。定义中始终包含两个表述：一是"在影响交流中呈现出的变异状态"；二是"相互阐发中呈现的变异状态"。其实曹顺庆教授在这两个表述中，已经对研究领域给予了充分的阐释。如果以"跨越性"为标准，就会沿着跨国家、跨学科、跨文化、跨文明等传统思路来进行分类，变异学的创新性没有体现出来。实际上，根据这个定义中的描述，可以大致分为两类：一种是有实证影响交流关系的变异；一种是平行阐释中没有实证关系的变异。就是说，变异学并不是完全否定影响研究和平行研究的基本范式，它们经过历史证明是有效的，我们既不能贸然否定，也不能盲目赞同，而是要批判性发展、包容性传承。变异研究和影响研究、平行研究并未割裂，三者构成一个连贯的、融合的话语体系，只是各自侧重点不同，变异研究的着力点在于影响研究和平行研究所淡化的"差异性"和"变异性"。具体地说，变异学就是研究一国文学在不同国家进行传播、接受过程中，发生了什么变异，为什么会发生这样的变异，同时，也研究阐释者将没有实证影响关系的文学文本进行平行阐释时所发生的变异。这样，一种是实证性变异，一种是阐释性变异，这就构成了变异学的两个基本支撑点。那么，进一步往深处思考，曹顺庆教授反复强调的文学的他国化研究和上述两种变异形态有没有关系呢？笔者认为有。文学的他国化研究，虽然看起来既像是影响中的变异，又像是阐释中的变异，事实上，它是这两种方式相结合相融汇生成的一种深度变异模式。实证影响中的变异与平行阐释中的变异，往往是局部现象层面的变异，而文学的他国化，不仅仅是局部变异，而且已经成为接受国文学与文论的一部分，与接受国文学与文论形成一个有机整体，它已经不再是作为源文本或放送点的一种边缘化证据，其重心已经在接受方，甚至，它也一定程度反过来影响放送者。因此，文学与文论的他国化是在实证变异和阐释变异基础上形成的一种更深层次的话语变异，在本书中，我称之为结构变异。

从这个角度分析，变异学不仅在理论上与影响研究、平行研究实现了融汇，而且在实践上实现了传承和发展，这是变异学发展战略上的调整，正如曹顺庆教授所说："今后的变异学研究应更注重宏观视野的把握，其一就是注重变异学与之前研究方法的融合。……因而，影响研究、平行研究与变异研究的融合可不可为？"[①] 变异学与前两者并非势不两立。根据这个思路，那么我们就可以探索三种分类。1. 实证性：流传变异学。这是对影响研究的传承与发展，其研究领域主要包含：译介变异研究、传播变异研究、接受变异研究；2. 类同性：阐释变异学。这是对平行研究的包容式创新与发展，其研究领域主要包含：形象阐释研究、缺类阐释研究、异类阐释研究；3. 他国化：结构变异学。这是对实证变异和阐释变异的深度融汇，其主要特征是不仅产生理论新质，并且还从结构体系上推进了本国文学与文论的创新发展，其研究领域主要包含：文学变异研究、文论变异研究、文化变异研究。

为什么要进行如此分类呢？为什么是流传变异而不是传播变异、影响变异呢？为什么是阐释变异而不是平行变异呢？文学的他国化变异与前两者有什么关联呢？我认为：1. 从分类依据上看，如果按照跨越性来分类，那么则可能出现一步多跨、一跨多类的现象，如果用"是否"具有实证性交流关系为基本依据，分类据点则比较稳固，这样从辩证思维上可以展开成一分为二的思维模式，相对而言分类更加简化、便于认知和操作；2. 从学科传承上看，用这个标准进行分类更能阐明变异研究与影响研究、平行研究的传承创新之

[①] 曹顺庆、庄佩娜：《国内比较文学变异学研究综述：现状与未来》，《中南民族大学学报》2015 年第 1 期。

处，其分类依据主要是在后两者的基本特征上展开的；3. 从学科创新上看，可以明确三者之间的逻辑关联，前两者是对法美学派的包容性传承创新，而文学的他国化则是在影响研究、平行研究基础之上的中国学术话语探索，更显示出学科理论发展的传承性，也更能在传承中体现其创新性。我们可以将这个线索清理得更加清晰。

(一) 流传变异学

流传变异学是对影响研究的包容式创新发展，主要研究实证性影响中的异质性和变异性，或者说研究一国文学进入另一国文学的传播途径中，源文本在知识质态上发生了什么变化，它与影响研究的关系在于："我们既不能片面强调文本输出国的权威地位，同样也不能纵容文本输入国的强势姿态，我们需要的是在尊重文学交流双方文明异质性的基础上的平等对话。从这方面讲，比较文学界出现的文学变异学无疑为影响研究开辟了一条新的研究思路。"① 流传变异主要包含三个阶段。一是源文本到中间体的译介变异研究。当然，中间体不一定是文字文本，也可以是电影文本，不一定是符号叙述，也可以是图像叙述。二是中间体环节发生的传播变异研究，是媒介对源文本信息的塑造、删选、脱落等等。三是中间体到新文本环节发生的接受变异学。当然，对接受者来说，接受变异有两种渠道。一是通过译本途径，比如庞德就不懂中文，他是从费洛罗萨的译本中研究中国诗歌；寒山诗在美国的风行，也主要得益于斯奈德的寒山诗译本；伏尔泰的《中国孤儿》，也是通过马若瑟的法译本《赵氏孤儿》改编的。另一种是直接面对源文本。基亚早就指出："比较文学工作者应该读懂多种语言。这样才有条件直接查阅与其研究项目有关的外国著作，才能从中得到益处。"② 例如霍克斯对《红楼梦》的翻译中所产生的变异，就是直译中的变异。无论是译介变异还是接受变异，都是在实

---

① 李艳、曹顺庆：《从变异学的角度重新审视比较文学的影响研究》，《中国比较文学》2006年第4期。
② [法] 基亚：《比较文学》，颜保译，北京大学出版社1983年版，第5页。

证性传播交流中发生的,有迹可循,只是说,流传变异要侧重译介和接受中的"创造性叛逆"。在流传变异研究中,接受不是被影响,接受者同样也是意义的建构者,如伽达默尔所说:"解释的唯一标准就是他的作品的意蕴(Sinngehalt),即作品所'意指'的东西。所以,天才创造学说在这里完成了一项重要的理论成就,因为它取消了解释者和原作者之间的差别。"[1] 同样,接受者也不是出于被动的状态,他既是接受者,又是影响者,例如,王佐良认为庞德对中国诗的不正确理解就是经典案例:"每一首好的译诗不仅是好的翻译,也是好的创作:庞德和威利的译品已经成了现代英语文学的精品。"[2] 王佐良先生的这个表述旨在说明,我们不能将译本仅仅理解为翻译作品,当然,也不能说我们可以无视翻译的规则进行创造性"乱译",真正的精品,它既是翻译,又是创作,既有传承,又有变异。

(二) 阐释变异学

阐释变异是研究没有实证性影响的不同国家、不同文明文学之间的变异。这是对平行研究的包容性创新和发展,它们的关系在于:"平行研究中之所以会产生变异,是由于在研究者的阐发视野中,在两个完全不同的研究对象的交汇处产生了双方的阐释变异因子。"[3] 阐释变异也并非乱阐释乱变异,而是要研究同中之异,那也许有人会问:同中之异和法国学派的求同存异有差别吗?当然有,法国学派是意识到变异,但重心却在求同,而阐释变异不仅意识到变异,而且将之视为比较文学的一种可比性论域,那么这和平行研究又有什么差异呢?平行研究不也是研究类同性和差异性吗?区别在于:平行研究是将差异性建立在类同性基础之后的,先预设类同性然后寻找差异性;阐释变异的创新在于:将平行研究的类同比较转向阐释比较,又将阐释比较的聚合模式转向变异模式,通过学理层面的双重分离与双重整合,继而形成阐

---

[1] [德] 伽达默尔:《真理与方法》第一卷,洪汉鼎译,商务印书馆2016年版,第278页。
[2] 王佐良:《论诗的翻译》,江西教育出版社1992年版,第113页。
[3] 曹顺庆:《比较文学平行研究中的变异问题》,《中山大学学报》2014年第3期。

释变异的方法论体系。从实践路径来看，它分为错位、对位与移位三种形态，其中移位阐释变异又包含现象变异与他国化结构变异两种情形，前者是局部话语变异，后者是通过本国文化过滤与文学误读等适应性改造，滋生出理论新质，这些新质转化为本国文学知识体系的有机组成部分，并整体推进话语规则层面的他国化结构变异。具体来说，一是错位阐释变异研究。错位阐释是指：并不是用本国的文论话语阐释本国的文学作品，而是用他国的文论话语来阐释本国的文学作品，将具有异质性的文论与文学文本进行错位阐释。台湾学派的阐发研究就是用西方文论阐释中国文学文本的错位阐释，如周英雄《结构主义与中国文学》。二是对位阐释变异。对位阐释有两种情况：一种是缺类研究，另一种是分类研究。分类阐释变异主要是指不同国家文学对同一个范畴下的分类化、差异化阐释，它从根本上与 X＋Y 式的比较有所不同，前者是指不同国家、不同文明文学在某一种话语规则、理论视域、表现类型、文学母题等方面的分类化表述，即在同一个可比性论域框架之中来"寻异"，X＋Y 式的比较并不是分类阐释，其基本模式是：先具有某一个文本的阅读体验，然后在另一个场景中占据另一个文本的阅读体验，继而产生将两种阅读体验进行对照合读的想法，寻找两者之间的相似性，这看似是一种对位比较，实际上是一种类同比附，例如杜十娘和茶花女，可能两者具有很多相似之处，然而这样的类同性比较并不能产生什么实际性的效果，无非是主观的自我论断而已。那什么是分类阐释呢？例如艾田伯将东西方意象进行比较研究："看一下保罗·德米埃维叶（Paul Demieville）为他编的《中国古典诗歌集》作的引言：'对我们来说，白色意味着纯洁；而对于中国读者来说，它是哀悼的色彩，唤起悲哀、冷漠、寂寞，比如象"白色的月亮"这样的表达方式。'"[①]中西方在这个意象上并没有事实联系，但这是一个共同的意象主题，却因为文化的差异具有了不同的意义，这种共形变异的诗学形态同样就有可比性，而且具有文学的审美性，这就是同一论域之中的分类阐释变异。缺类阐释变

---

① ［法］艾田伯：《比较文学的目的，方法，规划》，干永昌：《比较文学研究译文集》，上海译文出版社1985年版，第110—111页。

异主要是指某一个范畴、某一类文体,这个国家有,但是别的国家没有,要阐释这种缺类现象的文化根源、话语规则以及运思模式等差异。比如裸体形态,为什么西方文学艺术中裸体形态司空见惯,而中国文艺却讳莫如深,于连认为:"正如同裸体的存在展现且浓缩了欧洲的文化,裸体在中国的缺席,也展现出中国思想文化的特征。两者可以彼此参照,相互澄明。"① 裸体形态在中国文化中缺类,是可以进行比较阐释的。通俗地说,如果说对位分类阐释是某一种论域"你有你的,我有我的",而对位缺类阐释则是某一种论域"你有,我没有"。三是移位阐释变异。移位阐释是文本不变的前提下,从一个异质性的文化语境中进行解读,继而引发的阐释变异。例如弗朗索瓦·于连对王夫之、孟子的解读,宇文所安的《初唐诗》《中唐诗》《盛唐诗》系列著作。这不是简单的译介,而是从跨文明角度阐释中国文学思想,是中国文学文本移植到西方语境的阐释变异。当然,还有形象阐释变异,也属于这种情况,比如《东方学》中的东方形象,它是不能用影响研究模式来实证的,因为它是一种异化的形象,海德格尔说:"此在拿自身同一切相比较;在这种得到安定的、'领会着'一切的自我比较中,此在就趋向一种异化。在这种异化中,最本己的能在对此在隐而不露。沉沦在世是起引诱作用和安定作用的,同时也就是异化着的。"② 这种异化的发生,并不是因为东西方文学进行了某些实证性关联,而是西方文明拿他者同自身作比较,从语境上进行置换,从而导致文本事实的变异。

(三) 结构变异学

这是本书提出的一个新观点。结构变异是指在跨文明交流或比较阐释中,某一国文学或文论对他国文学文论进行适应性改造,继而生成新的文学或文论变异体,这种变异体逐渐融入本国文学文论的整体知识体系中,并对后来

---

① [法] 弗朗索瓦·于连:《本质或裸体》,林志明、张婉真译,百花文艺出版社 2007 年版,第 37 页。
② [德] 海德格尔:《存在与时间》,陈嘉映、王庆节译,生活·读书·新知三联书店 2006 年版,第 206 页。

的文学文论结构形态产生一定的影响和制约。结构变异的一个重要特征就是文学文论的"他国化",他国化变异是在流传变异、阐释变异基础上形成的更深层次变异现象。曹顺庆教授在《比较文学教程》及其他相关论文和著述中多次强调和解释了"他国化"问题,但是对它与流传变异与阐释变异之间的关系,却没有进一步展开。笔者认为,这三者之间基本构成平行关系,只是说,"他国化"是一种更深层次的变异,这种深度集中体现在它是一种结构变异,这种结构变异并不是在本土语境中发生的变异,而是从跨文明外部资源的刺激下发生的,这种变异不是现象性的,而是结构性、体系化的,比如形象阐释变异中的一个套语——"洋鬼子",这是一定历史阶段一定条件下产生的变异现象,但是"洋鬼子"并没有从根本上与中国文化结构体系相融合,并形成新结构推进新发展,所以就不是结构变异,它仅仅是移位阐释变异中的形象阐释变异分支,而真正的结构变异分为三个层面。一是文学结构变异。例如"变文",中国本土文学中本来没有这种文体,它是随着佛教思想的传入,在唐代逐渐兴起的关于佛经故事和民间传说的讲唱文学体裁,它由散文及韵文交替组成。这就是佛教文学与中国文学相融合形成的文学结构变异,它已经成为中国文学史中的有机组成部分。还有就是庞德将中国古典诗歌与美国诗歌传统相融合所掀起的美国"新诗运动",赵毅衡认为:"新诗运动存在的理由就是因为它接受了中国影响,这就是说,新诗运动本身就是一场中国热。"[①] 中国古典诗歌在美国变异为意象派,并推进了美国新诗运动,成为美国文学的一部分。当然,日本文学受到中国文学的影响也产生了很多文学"变异体",例如日本"记纪体"神话,就是受到中国神话的影响而产生的一种神话变异体,还有俳句、物语等等,都受到中国文学体裁范式的影响。二是文论结构变异,例如王国维的意境,意境将中国古代文论中的意象、佛教中的境界以及叔本华的思想进行圆融重构:意境与物象、意象、语象等形成一个话语序列和符号链条,改变了中国文论话语的审思结构。同样日本文论有很多中国文论的结构变异体:"日本诗话虽然是中国诗话的衍生之物,在诞

---

① 赵毅衡:《远游的诗神》,四川人民出版社1985年版,第8页。

生和发展的过程中均受到了中国的影响，但由于日本的文化环境和汉诗的发展状况，日本诗话并没有局限于对中国诗话的模仿，是在学习的过程中对中国诗话进行了变异，从而推动了日本文论的健康发展。"[1] 例如日本遍照金刚的《文镜秘府论》，就是中国文论在日本变异的典型例子。三是文化结构变异。文学结构变异、文论结构变异仅仅改变了某一个知识领域，而文化结构变异，它所改变的是一种思维方式和文化惯习，这是一种最深层次的结构变异。例如佛教中国化形成的禅宗，印度佛教中并没有禅宗，是因为"中道宗与道家思想的相互作用导致'禅宗'的兴起，它是佛家，而在思想上又是中国的"。[2] 禅宗文化思想融入中华文化的整体结构，并对后世的文学、文论和文化思想产生深远影响，这就是典型的文化结构变异。当然，还有马克思主义中国化形成的中国特色社会主义理论体系，伏尔泰对中国儒家思想的接受变异形成的欧洲启蒙主义思想，成为欧洲文化思想的一种重要历史形态，这些都是文化变异，下面将分三个小节进行案例论证。

第二节 实证性：流传变异学

本章第一节已经交代，变异研究并非与传统的法国学派影响研究、美国学派平行研究相拒斥、相割裂，而是一个包容性发展过程，这是一个基本观点。变异研究、影响研究、平行研究之间是相互包容、相互补充，只是侧重点不同，彼此形成一种互补的格局。流传变异学的基本特征是：比较对象之间具有实实在在的影响交流关系。曹顺庆教授将这种情况表述为"影响中的变异"。对"影响"这个提法，学界认识有所不同，一方面按照法国学派的理解，总是存在影响和被影响这样一种比较清晰的逻辑关系，实际上，影响是相互的，放送者和接受者都是意义建构主体，后来美国学派纠正了这一点，

---

[1] 曹顺庆、芦思宏：《变异学与东西方诗话的比较研究》，《安徽师范大学学报》2016年第1期。
[2] 冯友兰：《中国哲学简史》，生活·读书·新知三联书店2009年版，第268页。

所以转为平行阐释。中国学者也对影响一词提出异议，如王向远就在《比较文学学科新论》中建议用"传播研究"取代影响研究，显得更加中性客观。笔者认为：对这一节标题的表述有几种可能，即影响变异、传播变异、实证变异和流传变异。相比而言，影响变异显然不合适，用传播研究来统摄也并不恰当，例如译介和传播是两种形态，但是这两个层面统称为传播并不恰当，目前曹顺庆教授部分论著中采用的是实证变异，但是笔者认为实证性是这一类型变异的主要特征，用来作为特征描述可以，但是用作名称表述的话，流传变异更适合，流传主要包含流动和传播两个层面的内涵，比传播变异的范围稍微扩大一点。那么可能会遇到这样的问题，有流传变异那就有渊源变异了？在教学过程中，学生也提出这样的问题，流传中的变异和渊源中的变异如何区分？如果按照梵·第根的划分，那就是：流传中的变异、媒介中的变异、渊源中的变异，然而在实践中并不好操作。渊源中的变异和流传中的变异从理论上容易阐释，但是对实践研究而言并不容易区分，它是一种实践操作的两种审视维度。所以，流传变异既可以理解为正向流传中的变异，也可以理解为逆向溯源中的变异，简言之，就是一国文学与文论在另一国译介、传播、接受中，其源文本意义发生了什么变化，可以统称为流传变异研究。流传变异主要研究实证性影响研究中的变异现象，也就是"不同国家、不同文明"的文学在文学交流中出现的变异状态，按照变异形式和阶段不同，可以分为译介变异、传播变异和接受变异三类。一是源文本到中间体的变异称为译介变异研究。当然，中间体不一定是文字，还可以是电影、图像、符号等等文本叙述形式，比如我们知道霍克斯将《红楼梦》中贾宝玉"怡红公子"译为"green boy"，就是译介变异。二是中间体环节发生的变异称为传播变异。主要指在媒介这个环节对源文本的改变以及对新文本的影响。三是中间体到新文本的变异称为接受变异。当然，对接受者来说，接受有两种渠道，一是通过译本，另一种是通过源文本。

一　译介变异研究

译介学与变异学究竟是怎样一种学术关系？在《比较文学学》中，第三章是文学变异学,含六个小节,第一小节就是译介学。根据这个结构框架,译介学是变异研究的一个分支。在2006年高教版《比较文学教程》中也是如此。但是在2015年高教版《比较文学概论》中,第三章即比较文学与翻译研究,主要内容还是在讲译介学,第四章为形象学、接受学与变异学。也就是说,变异学与形象学、接受学并列呈现,译介学研究单独呈现。从这个逻辑上看,这其实与之前的两个表述是矛盾的,比较文学变异学最初的萌发就是因为译介学、形象学和接受学的理论划归问题,但是变异学与译介学并列呈现,显然不能体现曹顺庆教授最初的理论意图。2015年人大版的《比较文学概论》中,第四章"变异学研究"又包含译介学、形象学、接受学等。因此,尽管比较文学变异学的缘起是因为将译介学、形象学划入实证性影响研究的不合理性,但是,变异学与译介学、形象学究竟处于怎样一种关系,各类教材和专著中仍然莫衷一是,这个问题仍需进一步澄清。

毫无疑问,译介研究是比较文学研究的一种重要形式,已经得到学术界公认,而且,在当今国际比较文学界,译介研究显得越来越重要,斯皮瓦克、巴斯奈特、王宁、谢天振都提到比较文学的翻译转向问题,为什么译介研究会日渐崛起而比较文学却日渐式微?甚至斯皮瓦克认为要用翻译研究取代比较文学研究?其中一个非常重要的原因,就是译介学有翻译文本支撑,它是具有可靠性的对象物,而且是源文本的变异体,它较之比较文学这门学科显得更鲜活、更有生命力、更有文本性。尽管这种理论观点具有一定的合理性,但是要用翻译研究取代比较文学研究,仍缺乏有说服力的论据,因为翻译研究的主要着力点还是在"跨语际",是以语言翻译为载体的文学研究,比较文学不仅仅是"跨语际",还"跨学科""跨文明""跨民族"等等。那么译介学同比较文学变异学有什么关系呢?曹顺庆教授在变异学提出之初的表述比较合理:"比较文学要迈向跨文明研究的新阶段,必须突破传统研究范式的束缚,构筑新的学科理论体系,探索建立文学变异学就是其中重要的一环,而译介学研究的正是变异学的基础性内容。"[①] 为什么译介学研究的是变异学的

---

① 曹顺庆:《比较文学学》,四川大学出版社2005年版,第184页。

基础性内容呢？这个基础内容具体是什么呢？这个基础性内容的核心要素就是：译介学正向肯定了译介过程中的意义脱离、变异及创造性叛逆所具有的"创新"价值，这正是比较文学变异学研究的一个重要内容。没有对比较过程中意义变异的价值肯定，那么"变异"就不可能成为一种学科理论，那么比较文学变异学研究就没有存在的合法性基础。接受学、形象学中的变异现象也是一样，都属于变异研究的一种具体形式，只是发生变异的具体环节不同。如果按照2015年高教版《比较文学概论》的分法，将形象学、接受学、变异学并列，而将"比较文学与翻译研究"单列一章，这样就显得交叉重叠，比如说，教材中表述："本章前面所论述的形象学、接受学理论，大多是跨国文学的变异研究。"[①] 但是在提纲框架上又并列设置，就分不清它们之间的逻辑结构关系究竟是什么，当然，这并不是强化谁大谁小、孰优孰劣的问题，而是作为比较文学教学和科研工作者，必须要将这些学科理论问题弄明白，把它们之间的逻辑关系搞清楚，尽量在话语表述上相对一致，构建一个相对可靠的术语群。笔者认为，译介研究应当是变异学的一种分支形态，是发生在译介环节的变异，因此我们称之为译介变异研究。

(一) 译介变异研究的基本内涵

从源文本到译本的译介过程，就是变异研究的第一个阶段，也是比较文学变异学的一个至关重要的研究内容。那么，什么是译介变异研究？如何展开译介变异研究？在对某种语言的文学文论进行跨语际译介传播过程中，译介者根据接受国的文化、语言、受众心理等规则因素，对原作进行创造性叛逆和适应性改造，从而实现原作在新情景下的意义变异和价值创新，对这个发生在译介过程中的意义变异研究，就是译介变异研究。根据译介类型不同，大致可以分为：一是术语译介变异研究，主要是某一类文学表述、文论范畴的跨语际变异问题，如宇文所安《中国文论：英译与评论》，弗朗索瓦·于连的《平淡颂》等等；二是作品译介变异研究，主要是文学、文论作品的翻译

---

① 曹顺庆：《比较文学概论》，高等教育出版社2015年版，第170页。

问题，这是最普遍最常见的译介变异研究。如此表述是想阐明：变异学是一种方法论，译介学是比较文学变异学的一种具体研究形式，当然，译介学不仅仅是研究变异问题，它还包含其他方法论体系，只是说，从变异学角度展开的译介研究，称为译介变异研究，这属于流传变异研究的一个阶段。实际上，很多学者都已经意识到译介中的变异现象及其价值，例如巴斯奈特认为："将文本从一个文化系统译入另一文化系统，并不是一种中立、单纯、透明的活动。翻译是一种负载沉重的侵越行为，翻译文本与翻译行为所涉及的政治因素，理应受到比以往更多的重视。"[①] 日本学者中村元指出："在欧洲及日本由于受传统主义和权威主义的强大支配，而有这样的倾向：不引用古典文献的原文就会感到不圆满，但这一倾向现在正逐渐消失。作为当代的日本人，我们应当把其他语言的哲学原文译成现代日语，但是由于一翻译成另一种语言，就可能生出一些原文所没有的意思，所以要特别注意这一点。"[②] 他强调生出原文所没有的意思，就是译介中的变异问题。罗芃教授也分析了译介中的变异问题："《追忆似水年华》和《喧哗与骚动》都有了中译本，而且都是很好的译本，但是我们也不能不承认，'味'与原文是不一样的。这个不一样就是文化内含的变异，也就是说新的文本中已经有了翻译家的创造，因此，译文文本作为一个的文本，具有独立的价值和意义。"[③] 他的观点和谢天振在《译介学》中表达的一样，都认为译介研究与一般翻译研究的不同在于：译介强调的是译本中的创造性和变异性，因此翻译文学不是外国文学，也不是纯粹的中国文学，它是一种独特的变异体，还有学者认为这是一种话语延伸，代迅教授认为："汉译西方文论不属于西方，至少就目前而言，它只能在以中国大陆为主的汉语文论界产生强劲影响，从本质上讲只能是中国文论的延伸。研究汉译西方文论的产生与发展，有助于我们正确理解中西文论的差异与融

---

① ［英］巴斯奈特：《比较文学批评导论》，查明建译，北京大学出版社2015年版，第184—185页。
② ［日］中村元：《比较思想论》，吴震译，浙江人民出版社1987年版，第204页。
③ 罗芃：《翻译、变异和创造》，乐黛云、［法］勒·比雄：《独角兽与龙》，北京大学出版社1995年版，第72页。

通,实现中国文论未完成的现代转型。"① 这些学者都意识到译介中的变异问题以及它所具有的重要价值。

(二) 译介变异研究的基本特征

译介变异研究并不是推进"翻译"技术问题的深入,也不能等同于译介学对"创造性叛逆"的诉求。其主要理论特征体现在以下几个方面。

1. 从"忠实"标准到"变异"标准。在跨语际切换中,我们一般坚守着"人同此心,心同此理"的基本标准,但是:"我们在研究翻译问题时,对不同文化的差异性,必须给予充分的估计,特别是对像汉文化和西方文化这样在完全不同的地理、历史、政治、宗教、思想、语言环境里产生的文化之间的差异性,更不能动辄搬出'人同此心,心同此理'的所谓'大同'思想,对'求同'抱有不切实际的幻想。"② 译介变异研究同一般语言翻译研究不同,它并不是着力于研究译本的对错问题以及翻译过程中如何实现精准传达的问题,并不是守着严复"信、达、雅"的标准,而是着力研究发生了什么变异?在哪些地方发生了变异?为什么要发生这样的变异?这样的变异是否合理?读者或受众是否认可这样的变异?陈跃红教授指出:"无论是在西方理论向中国的传播,还是向西方译介中国文论诗学的历史过程中,所谓'原汁原味'的'推销',是压根不可能存在的。误读、误解不可避免,意义的添加和生长也是注定会发生的情形。但是,这一切都并不意味着翻译和介绍的不可能。我们只需面对这一不可避免的'变形'现实,尊重它不可避免地向着异文化和国际化的现代性转化,同时通过不懈的努力,经由适当的阐释和译介策略,尽可能地把西方理论的真谛学到手。"③ 对变异学而言,不仅仅是面对这些变形,而且要研究为什么会发生这样的变形事实,甚至这些"变异"的价值超过了"忠实"的价值:"翻译也是一种文学比较,比较当然要寻找共

---

① 代迅:《西方文论在中国的命运》,中华书局2008年版,第287页。
② 罗芃:《翻译、变异和创造》,乐黛云、[法]勒·比雄:《独角兽与龙》,北京大学出版社1995年版,第68页。
③ 陈跃红:《比较诗学导论》,北京大学出版社2005年版,第252—253页。

同点，但是也要寻找相异点，在一定程度上，后者更重要，从翻译说，就是大可不必小心翼翼、如履薄冰地照原文的葫芦画瓢，必须建立这样的观念，从开始翻译第一个字起，就已经没有真正的'信'可言。"① 因此，从译介学的角度来看，已经没有所谓的"信"，只有"变异"这个事实，变异学恰恰就是寻找源文本与译本之间的他国化变异部分的内容："经过翻译后的文本已是对原来文本的超越。因此，前后两个文本不可能完全相同，而两者的不同正是在不同程度上被'他国化'的部分。"② 没有一个固定的标准来判定译作是否忠实，只有无数的具体形态来阐明变异的不断发生。因此，从总体上说，流传变异是对影响研究的包容性创新和发展，这种发展基础是从差异性、多元化角度出发来进行文学中的译介研究，旨在打通放送者与接受者之间的线性结构，构建一个动态的、生成性的、发展的对话平台："我们一度试图打开影响研究的大门，让不同国家、不同民族、不同文化能够在文学交流的时空中平等对话，实现真正意义上的文本解读的开放，然而文本的开放是基于一种文化差异的对话而不是一种强行建构，我们既不能片面强调文本输出国的权威地位，同样也不能纵容文本输入国的强势姿态，我们需要的是在尊重文学交流双方文明异质性的基础上的平等对话。从这方面讲，比较文学界出现的文学变异学无疑为影响研究开辟了一条新的研究思路。"③ 或者说，这是一种双向互动，既要从影响研究推进到变异研究，又要从变异研究反观影响研究和平行研究。

2. 从创造性叛逆到合法性叛逆。译介变异研究同译介学研究的主要区别在于：译介学在肯定创造性叛逆的正向价值过程中，对变异的尺度问题，尚未进行进一步规范。译介学更强调的是"变异"这个事实本身，以及与传统翻译的区别，谢天振教授认为："传统翻译研究者的目的是为了总结和指导翻

---

① 罗芃：《翻译、变异和创造》，乐黛云、[法] 勒·比雄：《独角兽与龙》，北京大学出版社1995年版，第74页。
② 曹顺庆：《中西比较诗学史》，巴蜀书社2008年版，第555页。
③ 李艳、曹顺庆：《从变异学的角度重新审视比较文学的影响研究》，《中国比较文学》2006年第4期。

译实践，而比较文学学者则把翻译看作是文学研究的一个对象，他把任何一个翻译行为的结果（也叫译作）都作为一个既成事实加以接受（不在乎这个结果翻译质量的高低优劣），然后在此基础上展开他对文学交流、影响、接受、传播等问题的考察和分析。因此，比较文学的翻译研究相对说来比较超脱，视野更为开阔，更富审美成分。"① 这种超脱的视野和审美的趋向无疑是一个重要创新，但是与译介学相比，译介变异研究更注重把握基本的规则限度，因为并不是任何"高低优劣"的作品都是翻译的"正向"或"积极"意义的成果。或者说，不是所有创造性叛逆都是合法性叛逆，不是所有的文学翻译都是合理性翻译。变异学需要对这些变异的尺度问题进行研究，把握译介变异的规则限度（在第五章已专题论述），例如霍克斯将"怡红公子"译为"green boy"，将红译为绿的含义，按理说，这是不忠实的翻译，但是我们却可以理解为正向的创造性叛逆，因为它兼及了英语世界对色彩文化的使用心理，有利于原作在新情境下的接受与传播，但是我们将刘勰之"风骨"译为"wind and bone"，表面上看，译为风与骨，这种形式与内容的二元论划分有助于在西方世界的传播，但是从根本上说，它已经远离了原作的基本内涵，并且在英语世界中，风与骨已经将文论范畴实体化，只译出了"实"而忽略了不可译之"虚"，因此英语世界的受众也无法理解其本质内涵，这就是一种非法叛逆，或者是逆向的创造性叛逆。

3. 译介变异的深层规则。这主要是研究为什么要发生这样的译介变异问题。例如发生变异的理论依据是什么，是否有利于推进跨文明的译介、传播和接受，从变异学的角度来重新审视影响的发生过程，正如曹顺庆教授指出：

> 变异学视域下的影响研究，其出发点和旨归都是为了更好地探讨各国文学交往中文学现象流传变异的规律，所以它离不开文本的审美分析，从文学形象到文学手法，从文学观念到文学形式都是其投注的焦点。与此同时，变异学要通过探究潜藏在文学交流双方背后的文化、历史、意

---

① 谢天振：《译介学》，上海外语教育出版社 1999 年版，第 11 页。

识形态等的特异面貌，更好地解读变异发生的过程和原因，于是以文学审美为中心、以文化探源为路径的批评范式很好地在文学和文化之间寻找到了一条汇合的通途。①

可见，变异学不仅仅是一种文学研究，它试图在文学研究和文化研究之间寻找契合点和平衡点，我们可以说："任何一种译文都不可能像原文那样容易理解。包含在所说的话中的精确含义——含义总是一种意向——仅仅在原文中才进入语言，而在所有替代性的说法中都会走样。因此，翻译者的任务绝不仅仅是把原文所说的照搬过来，而是把自身置入原文的意向中，这样才能把原文中所说的意思保存在翻译者的意向中。"② 这样看来，变异学不仅仅是研究文学现象的影响、接受、传播等问题，还要研究制约这些影响的内在深层结构，总而言之："翻译家面临的不是在准确和不准确间作选择，而是在变异程度和如何变异上作决定。也就是说，选择自己的创造路径。"③ 那么，这是些什么样的创造路径，我们需要从变异的规则和限度上进行深入分析，例如宗教信仰、价值观念、话语体系、文化惯习、时空语境等等，在本书第五章作了梳理，但是还不全面，实际上制约变异的深层规则还有其他因素，这需要在实践中进一步摸索前进。

（三）译介变异研究的案例解读

林纾的翻译在翻译史上是一个重要而特殊的现象，同时代的梁启超翻译成果也不少，"但梁启超翻译和创作的政治小说影响并不大，在翻译文学作品中创造过一番轰轰烈烈的业绩的，要推严复的同乡林纾及其多位合作者"④。有学者指出："林纾不懂外文，能译出大量外国文学作品，译文质量又受到赞

---

① 李艳、曹顺庆：《从变异学的角度重新审视比较文学的影响研究》，《中国比较文学》2006 年第 4 期。
② [德] 加达默尔：《哲学解释学》，夏镇平、宋建平译，上海译文出版社 1994 年版，第 68 页。
③ 罗芃：《翻译、变异和创造》，乐黛云、[法] 勒·比雄：《独角兽与龙》，北京大学出版社 1995 年版，第 71 页。
④ 范伯群、朱栋霖：《1898—1949 中外文学比较史》上卷，江苏教育出版社 1993 年版，第 18 页。

扬，这在世界翻译文学史上也算是一个奇迹。"① 周作人在1924年12月1日出版的《语丝》第3期中说："我个人还曾经很模仿他的译文。"郭沫若说："林琴南译的小说，在当时是很流行的，那也是我最嗜好的一种读物。"② 这个现象一度无法从学理上进行解释，就连钱锺书这样的学者，也表示非常困惑："最近，偶尔翻开一本林译小说，出于意外，它居然还有些吸引力。我不但把它看完，并且接二连三，重温了大部分林译，发现许多都值得重读，尽管漏译误译触处皆是。我试找同一作品的后出的——无疑也是比较'忠实'的——译本来读，譬如孟德斯鸠和迭更司的小说，就觉得宁可读原文。这是一个颇耐玩味的事实。"③ 为什么钱锺书觉得这种现象值得玩味呢？那是因为漏译误译比比皆是，按照"信、达、雅"的翻译标准，是很糟糕的翻译，但是，真正读那些"忠实"的作品，又读不下去，宁可读原文。这里就引发出一个问题，在译介过程中，能否进行创造性叛逆？这些有意识无意识出现的漏译误译有没有艺术价值？如果这样算创造性叛逆，是否每个不懂外文的人都可以根据大意进行翻译研究？林纾是一个个案，还是潜藏着什么规律？

显然，问题并不简单，谢天振教授认为："林纾的成功，它的巨大的艺术魅力，主要归功于林纾的表达，也即他的艺术性的再创造。这就以一种极端的方式向我们揭示了文学翻译中译者再创造的重要意义和价值：文学翻译实际上是对原作信息的传递加上译语中作为艺术作品的再现，但是译者的再创造是决定译作艺术价值的关键。林纾的翻译不仅是中国翻译史上，也是世界翻译史上的一个非常独特的现象。"④ 以林纾翻译《茶花女》为例，在这之前，也有人翻译了外国小说，但是都没有引起强烈反响，林译《茶花女》却一炮走红，被誉为外国的《红楼梦》，"不胫走万本"，一时洛阳纸贵。很多学者也对这种现象进行阐释，例如丘炜萲就认为这是因为林纾的译文优美：

---

① 陈玉刚：《中国翻译文学史稿》，中国对外翻译出版公司1989年版，第71页。
② 郭沫若：《少年时代·我的童年》，人民文学出版社1979年版，第113页。
③ 钱锺书：《林纾的翻译》，《七缀集》，生活·读书·新知三联书店2002年版，第81—82页。
④ 谢天振：《译介学》，上海外语教育出版社1999年版，第71—72页。

"以华文之典料，写欧人之性情，曲曲以赴，煞费匠心。好语穿珠，哀感顽艳。"① 当代学者郭延礼则认为是内容上的生动所导致的："小说所写的屈服于门第等级观念和金钱势力压迫下的爱情悲剧故事，以及他的主人公马克格尼尔的悲惨命运和善良的天性深深地感动了读者。"② 当然，还有人认为这是源于它与中国文学经典的相似性："林译《茶花女》之所以得以成功地登陆中国文学，最为重要的中介还是《红楼梦》。林译《茶花女》和《红楼梦》有着诸多相似性，这也是时人为什么会把《茶花女》看作外国的《红楼梦》的重要根据。"③ 无论是内容上的悲剧效应也好，还是形式上的译文优美也好，或者是它与《红楼梦》的诸多相似也好，这里面有一个至关重要的因素，就是林纾翻译的"本土化表述"："跨越了不同语言的文论传播，必然会遭遇被误读和再创造的过程。从阐释学角度来看，当翻译者对他国的文本进行解读时，他的'前理解'必然会先行占有文本，他与文本之间的对话，也就是两个文化之间的对话，当两个特殊的视界融合时，就组成一个新的'视界'。"④ 林纾译文的成功之处在于他利用了翻译中的"不可译"性，他将这种跨文化的"不可译"性用另一种形式"翻译"出来，正如日本学者中村元所说："通过翻译可以揭示出这样一种事实，在某文化圈或思想圈内不证自明的、公认的观念，在其他文化圈或思想圈内不过是一种不明确的、含混不清的观念。正是通过对这种事实的反省，才能舍弃陈旧的观念，提出一种新的、明确的观念。"⑤ 对于这个问题，王宁教授认为，原作意义在译介中的脱落不仅不能被否定和摒弃，反而应该作为话语建构的一种积极形式，刚才我们说了，把"风骨"译为"wind and bone"是只取了其"实"，而淡化了其"虚"，所以让接受者不得要领，而林纾的翻译是"以虚入实""去粗取精"，正如王宁教授所说："虽然林纾的译作丢掉了很多东西，但是经过他翻译的西方文学作品

---

① 阿英：《晚清文学丛抄·小说戏曲研究卷》，中华书局1960年版，第408页。
② 郭延礼：《中国近代文学发展史》，山东教育出版社1991年版，第1551页。
③ 李宗刚：《林译〈茶花女〉何以成功登陆中国文学》，《山东社会科学》2013年第6期。
④ 曹顺庆：《中西比较诗学史》，巴蜀书社2008年版，第555页。
⑤ [日] 中村元：《比较思想论》，吴震译，浙江人民出版社1987年版，第204页。

的精髓还依然存在,只是用了另一种语言加以表达罢了。因此我认为,在翻译过程中这种民族和文化身份的部分丧失,也许是中国的理论批评话语建构和重构中必不可少的一步,正是通过这一点,中西方文学和文化之间真正平等的对话将在全球化的语境中实现。"①

从这样一个学术案例的比对,我们可以看出译介变异的基本内涵及实践方式,《茶花女》在中国虽然译本很多,但是在当时的历史语境下,受众对林纾译作给予了高度的肯定,在语言、形式、内容及思想方面,连郭沫若、周作人这样的学者也受到积极影响。因此:"研究林纾的翻译作品,我们可以了解中国传统知识分子对于西方文学取舍的标准,以及他们如何用中国文学的传统观念去理解西方文学,并在这个基础上研究两种文化相遇时的种种复杂现象。"② 一个不懂外文的译者居然能够比精通外文的译者更受欢迎,这就是译介变异的学术现象,在这个现象背后,其实还潜藏着变异学的基本规律,这个规律就是:任何源文本之意义都具有虚实两个层面,一般翻译研究往往聚焦于实的层面,而比较文学变异学视域下的译介变异研究,就是提示我们可以像林纾一样,去把握源文本意义之虚,这种虚我们可以理解为不可译的文化元素,乘虚而入、以虚入实,从本土文化语境出发,通过领会其虚静,继而把握其精神实质,然后采用创造性的叛逆,将异域文学与文论进行本土化的变异和再创造,生成本土性的意义域,推进源文本在新情境下的接受与传播。

二 传播变异研究

(一) 传播变异研究的基本内涵

传播变异主要研究源文本经由某种媒介向新文本传播的过程中,源文本受到媒介的影响而发生意义变异的现象。概言之,传播变异主要是发生在媒

---

① 王宁:《比较文学:理论思考与文学阐释》,复旦大学出版社 2011 年版,第 199 页。
② 乐黛云:《比较文学与中国现代文学》,北京大学出版社 1987 年版,第 70 页。

介层面的变异。首先什么是传播？从文化人类学的角度来看："一个社会的新文化要素的源泉也可能是另一个社会。一个群体向另一个社会借取文化要素并把它们溶进自己的文化之中的过程就叫传播。"① 那么传播变异与上一部分阐述的译介变异有什么关系呢？译介变异一般情况是指跨语际层面的变异，这是变异学研究最重要的一种形态，而传播变异，则主要是指在传播媒介中发生的变异，即中间体变异，严绍璗教授认为："文化传递的基本形态就是这样的——原话语经过中间媒体的解构和合成，成为文化的变异体，文化的变异体已经不再是文化的原话语。之所以有新文化（或新文学）文本的产生，不是为了重复原话语，完全是为了本土文化的需要。所有的比较文学发生学、阐释学、形象学都是和这个文化传递的模式有关系的。"② 文化变异体就是一种传播变异形态。实际上，传播变异古已有之，中国古代有"三人成虎"的成语，比喻谣言一再反复，就会使人信以为真，这就是一个信息在传播过程中发生的变异。

传播变异主要发生在媒介领域，那么这和法国学派影响研究中的媒介学有何关联呢？梵·第根在《比较文学论》中就进行了描述："在两国文学交换之形态间，我们应该让一个地位——而且是一个重要的地位——给促进一种外国文学所有的著作、思想和形式在一个国家中的传播，以及它们之被一国文学采纳的那些'媒介者'。我们可以称这种研究为'仲介学'。"③ 国内目前的教材表述是："媒介学，指不同国家之间所发生文学关系的中介过程的研究。"④ 一般而言，媒介具有实证性、可见性、流动性等基本特征。它大致有以下几种类型。第一，关于口传媒介。这主要体现在民间故事和神话传说中，当一个族群向另一个族群讲述一些信息时，一个故事的基本事实往往会在口传媒介过程中发生变异，"三人成虎"就属于这种情况。第二，关于文字媒介。它主要是书信、报刊、译本及其评论等，例如严复《天演论·译例言》，

---

① ［美］C. 恩伯、M. 恩伯：《文化的变异》，杜杉杉译，辽宁人民出版社1988年版，第535页。
② 严绍璗：《比较文学与文化"变异体"研究》，复旦大学出版社2011年版，第67页。
③ ［法］梵·第根：《比较文学论》，戴望舒译，商务印书馆1937年版，第182页。
④ 曹顺庆：《比较文学概论》，高等教育出版社2015年版，第97页。

就是在译作中评论，这也是一种媒介过渡形式。第三，关于视像媒介。例如视频、电视等电子技术传输图像及声音的现代化媒介，它能够提供一个比文字媒介更加直观的虚拟空间和情景再现。第四，关于网络媒介。数字化技术的应用，使得网络传播告别了纸质文本、电影电视等物理媒介形式，转而通过数字技术传递信息，这种媒介形式下，主体并非处于面对视像媒介时那种被动接受的地位，而是将主观能动性扩张到一个至高领域，信息接受者可以自由地选择、分享和发布信息，以及充分自由地反馈信息。第五，关于环境媒介。例如当今的"一带一路"，为中华文化走出去形成了一个传播的平台途径，中华文化在这条途径中的传播变异及本土化过程，也是值得研究的媒介变异，还有北京的"史家胡同"也是属于传播媒介。

在以上五种媒介形式中，源文本意义都会发生不同程度的变异，尤其是视像媒介和网络媒介，是当前使用最多、最常见的媒介形式，数字时代的比较文学研究，也成为当下比较文学研究的一个重要前沿领域：

> 进入图像时代以后，影像才成为人类各成员交流的重要媒介，特别是电影与电视等媒体出现之后；更有网络媒体的兴起，让电影与电视艺术作品成为社会公众生活的重要内容与消费方式。在这种情况下，人类历史上所有的文学艺术作品成为共有精神财富而被所有人共享，文学传播媒介以及文学作品本身发生质的变动，媒介学研究也因为面对新的现象与新的传播方式而进入一个全新的阶段。[①]

谢天振教授也意识到数字媒介对当今比较文学发展所具有的重要影响，他分析道：

> 我认为当代比较文学在实现了文化转向以后有三个新的发展趋势值得注意。在某种意义上，这三个发展趋势也可以说是与传统比较文学研究相比出现的三个新的研究领域：第一个领域是运用形形色色的当代文

---

① 曹顺庆：《比较文学概论》，高等教育出版社2015年版，第100页。

化理论对文学、文化现象进行研究，第二个领域是把研究对象从纸质的、文字的材料扩大到非纸质的、非文字的材料，譬如对影视、卡通、动漫等作品展开的研究，最后一个领域即是对翻译进行研究。①

值得注意的是，在传统的比较文学研究中，媒介往往被视为一种通道、载体，陈惇、刘象愚也指出："这里的所谓'媒介'，是指那些在文学交流过程中，起着传递作用的人和事物，它把一个民族的文学（包括作家、作品、文论、文学思潮乃至文学运动）介绍和传播到另一国民族，使文学的流传和影响得以实现。"② 而比较文学变异学意义上的媒介变异研究，其主要特征体现在如下两个方面。首先是媒介作为中间体的丰富多样，早期比较文学研究主要集中在纸质媒介层面，随着信息技术的发展，媒介更加多元化，正如道格拉斯所说："这几乎是个梦幻般的世界：我们可以对比分析高端艺术与电影、电影与漫画、漫画与文本语言。它们就像是美妙的万花筒，给予比较文学学者以多层视角透视我们的知识世界。"③ 所以，媒介变异不仅仅是体现在对纸质文本层面的意义变异了，它在多种媒介中以更新的变异形态出现，这是值得我们关注的问题。其次，更加注重媒介对意义建构的能动形态。媒介不仅具有传递功能，还具有意义建构功能，媒介不仅仅是严绍璗教授所说的"传递走廊"，在现代传播学大师麦克卢汉看来，媒介即是讯息："所谓媒介即是讯息只不过是说：任何媒介（即人的任何延伸）对个人和社会的任何影响，都是由于新的尺度产生的；我们的任何一种延伸（或曰任何一种新的技术）都要在我们的事务中引进一种新的尺度。"④ 这个论点的创新意义在于，媒介是人的延伸，而且，这种延伸是一种价值尺度，它能对人的事务关系进行变异："任何媒介或技术的'讯息'，是由它引入的人间事物的尺度变化、速度变化和模式变化。铁路的作用，并不是把运动、运输、轮子或道路引入人类

---

① 谢天振：《比较文学与翻译研究》，复旦大学出版社2011年版，第106页。
② 陈惇、刘象愚：《比较文学概论》，北京师范大学出版社1988年版，第202页。
③ ［美］道格拉斯：《开拓比较文学新前沿》，苏源熙：《全球化时代的比较文学》，北京大学出版社2015年版，第226页。
④ ［加］麦克卢汉：《理解媒介》，何道宽译，商务印书馆2000年版，第33页。

社会，而是加速并扩大人们过去的功能，创造新型的城市、新型的工作、新型的闲暇。"① 媒介即是讯息，因为它会引起各种"变异"，讯息即是中间体的意义变异。

(二) 传播变异研究的主要特征

传播变异的主要特征体现在两个方面。1. 传播媒介对源文本的形式变异。媒介不是工具，而是讯息，因此，不同的媒介符号传达不同的文本信息，尤其是在当前的信息化社会，已经完全改变了手抄本的传播方式。电影、电视、图片、微信等等，每一种媒介都能对源文本在形式上传达不同的符号意蕴。20 世纪末，道格拉斯就认为："新的世纪即将来临，比较文学学者展开了自我反省，在这一背景下，我觉得以下两种超越尤为重要：一是从文本语言走向视觉世界的超越；二是超越我们通常意义上的文学文本，在最大可能范围内理解文本概念，从而将批评理论应用于更广泛的文本——包括法学、医学和科学文本。"② 他所强调的就是媒介形式的多元化对比较文学文本研究产生的影响，比如一个文学文本变成了电影中的图像文本，一个民间故事的口头文本变成了书面文本、视频文本等等，文本不仅仅通过翻译在异域传播，还可能通过改编、压缩、扩张等多种形式传播，从比较文学的角度来看："从本质上说，改编是由一种语言的文学作品改编为另一种语言甚至是另一种文体的文学作品，更是一种跨文化的转换活动。"③ 例如伏尔泰将中国的元杂剧《赵氏孤儿》改编成五幕伦理剧《中国孤儿》，他是按照"三一律"来进行改编的，这就是传播形式变异。2. 传播媒介对源文本的意义改变。尤其是随着信息化全球化时代的到来，媒介不再仅仅是文字文本，一些非文字媒介先后出现，对传统的比较文学研究进行变革。在传播过程中，意义并非沿着一条直线在流淌，而是存在着意义的变形、脱离和过滤。严绍璗教授就认为："文

---

① [加] 麦克卢汉：《理解媒介》，何道宽译，商务印书馆 2000 年版，第 34 页。
② [美] 道格拉斯：《开拓比较文学新前沿》，苏源熙：《全球化时代的比较文学》，北京大学出版社 2015 年版，第 218—219 页。
③ 曹顺庆：《比较文学概论》，高等教育出版社 2015 年版，第 102 页。

学的'变异'是一个十分复杂的文化运行过程,根据我们对东亚文学文本的解析,可以说,几乎一切'变异'都具有'中间媒体'。这是一个还尚未被研究者注意到的文化运转的过程。"[1] 可见,变异不是简单地在文本对接中实现,而要依靠一个丰富的中间体媒介和传递走廊,他充分意识到"中间媒体"在变异过程中的重要作用。王向远教授认为我们将法国学派的研究方式总结为"影响研究"是不准确的,应当用"传播研究"更为恰当,因为:"'影响'研究是一种探讨作家创造的内在奥秘、揭示作家的创作心理、分析作品的成因的一种研究。……而'传播'研究与'影响'研究不同。它是建立在外在事实和历史事实基础上的文学关系研究,像'法国学派'所做的那样,本质上是文学交流史的研究。"[2] 交流和传播在本质上有区别,莫言能够获得诺贝尔文学奖,同他的作品在英语世界的有效传播密不可分,这些译本准确把握了莫言作品的异质性要素,并通过传播媒介对其进行意义的充实与重构,继而在新的语境中实现了新的成效。在这个问题上,谢天振教授认为:"迄今为止比较多的还是集中在影视作品的研究上,对政治卡通片、动漫片的研究似未见到。而在影视作品的研究方面,如何区别于影视批评而显现比较文学研究的学科特征,这恐怕是一个有待专家们进一步探讨的问题。"[3] 例如,中央民族大学石嵩博士对海外中国电影研究,就是从比较文学变异学的视域,着力研究中国电影在海外的传播变异,其著作《中国电影在西方的想象性接受与变异性研究》[4],总结梳理了英语世界中国电影研究的得与失,尤其关注英语世界学者在针对中国电影研究时与我们自身研究的差异性,以电影为基本媒介形式,专门研究海外电影中的中国形象变异问题,这就是传播变异的一种具体形态。

---

[1] 严绍璗:《比较文学与文化"变异体"研究》,复旦大学出版社2011年版,第55页。
[2] 王向远:《比较文学学科新论》,江西教育出版社2002年版,第27页。
[3] 谢天振:《比较文学与翻译研究》,复旦大学出版社2011年版,第106页。
[4] 参见石嵩《中国电影在西方的想象性接受与变异性研究》,江西人民出版社2013年版。

(三) 传播变异研究的案例解读

季羡林先生认为:"我们研究比较文学,往往可以看出一个现象:故事传布愈广,时间愈长,演变也就愈大;无论演变到什么程度,里面总留下点痕迹,让人们可以追踪出它们的来源来。"① 先生认为传播变异的程度受到时间、空间的影响,但是无论如何变异都会有蛛丝马迹,如果真的是一点痕迹也找不出,那么这就不再是传播变异,而是纯粹的再创造了。我们就以意象这个范畴在美国意象派中的变异为例来说明传播中的变异现象。

乐黛云教授认为:"庞德以中国旧诗兴美国新诗,胡适受庞德的影响,创白话诗,却从形式上反对中国旧诗,这不是很有意思很值得研究的现象吗?"② 我们知道,庞德通过对中国文学中的"意象"的创造性误读,继而创新开拓出意象派诗歌理论。那么,中国文学中的意象经由怎样的传播路径成为美国意象派的话语资源的呢?美国学者科诺尔勒认为:"庞德对东方的了解又促使他于1927年出版《大学》一书。庞德最初翻译这一部孔子思想的著作时,所根据的是法国人波蒂叶的翻译本;后来,庞德又直接从中文译述此书。他不断地思索中国文字之奥妙与其适于写诗的特质,于是收集费诺罗萨的原稿,于1936年编成《中国文字之为诗的媒介》一书。"③ 也就是说,庞德对中国文学的接受,经由了英译本、日译本等多种媒介,我们可以从以下几个方面来展开分析。

1. 意象的源文本及其意义衍生系统。要研究传播变异,首先我们必须弄清楚源文本,然后再对照新文本,才可能弄清楚变异是如何在媒介中发生的。在中国文论话语体系中,意象不是一个单一的话语阐释范畴,任何孤立研究意象都容易导致片面化、主观化,它是一个历时性流变和传承变异结构,也是一个共时性意义解释系统,必须放在一个话语关联域中予以研究。经过梳

---

① 季羡林:《比较文学与民间文学》,北京大学出版社1991年版,第77页。
② 乐黛云:《比较文学与中国现代文学》,北京大学出版社1987年版,第73页。
③ Jeanne Knoerle:《庞德与中国文学》,蔡源煌译,[美]约翰 J. 迪尼、刘介民:《现代中西比较文学研究》(二),四川人民出版社1988年版,第672—673页。

理，笔者认为，意象从广义关联域分析，主要包含：物象、爻象、卦象、景象、表象、映象、情象、意象、形象、兴象、镜象……等关联范畴；从狭义的文学理论批评话语分析，主要包含物象、语象、意象、意境四个层面。蒋寅教授对这几个范畴的解释是："语象是诗歌文本中提示和唤起具体心理表象的文字符号，是构成文本的基本素材。物象是语象的一种，特指由具体名物构成的语象。意象是经作者情感和意识加工的由一个或多个语象组成、具有某种意义自足性的语象结构，是构成诗歌文本的组成部分。意境是一个完整自足的呼唤性的文本。"① 当然，"兴象"也属于意象话语系统的一个重要范畴，只是这种范畴在唐代使用频率很高，在当代中国文论话语体系中使用并不多。

具体而言，物象属于客观形象的符号化图示层面，最初源于《周易》"观物取象"，从发生学的角度上讲，物象近似于人类文明发展初期的模仿，象与像在这个阶段是相通的，类似于"picture"（图像、物象）。清代章学诚把象分为两种，一种是"天地自然之象，"一种是"心灵营构之象"，前者就是物象，或自然之象，后者是心象，或主观之象。无论是象形文字中的符号图像还是《周易》中的卦象，都是对事物的直观模仿演绎，对客观存在物的主观显现，虽不是绝对客观之物，但是其象的意义却直接指向存在之物的对称性，从这个意义上讲，物象作为文学理论批评范畴的使用意义价值已经不大。语象这个范畴在古代文论话语中是没有的，是当代中国文论话语译介、吸收西方新批评话语生发出来的。赵毅衡教授在《新批评》中说："因此，我们可以大致确定'语象'这译法与新批评派所谈的 icon 或 image 的意义比较能相应。"② 同时，他又在此书附录中指出："'语象'是 verbal icon 的译语。"③ 他对语象这个术语有一个基本的描述和大致的勾勒，但是并没有做出精确的定义，也还有学者认为："我们发现：image，verbal icon 和 icon 都不是'语中之

---

① 蒋寅：《语象·物象·意象·意境》，《文学评论》2002年第3期。
② 赵毅衡：《新批评——一种独特的形式主义文论》，中国社会科学出版社1986年版，第136页。
③ 同上书，第229页。

象'。因此，赵毅衡的'语象'概念有其名、无其实，也就是说'语象'这个能指的所指并不存在。这是一种有名无实的'悬置学术概念'。"① 由此我们可以基本认为，语象不是中国文论话语中的原生话语，是新批评话语在中国引进中发生的变异。

在当今中国文论话语体系中，沿用最多的还是意象和意境，也是庞德意象派借鉴最多的话语形态。意象由王充率先提出，他指出："天子射熊，诸侯射麋，卿大夫射虎豹，士射鹿豕，名布为侯，礼贵意象，示义取名也。"（《论衡》第16卷《乱龙篇》），王充所言意象，主要是指古代箭靶上所画的动物图案。后来王弼对意象理论进行了文艺思想层面的深化拓展，当然将意象用于文学批评的还是刘勰的《文心雕龙》，他说道："独照之匠，窥意象而运斤。"② 在唐代，意象又演变为兴象的批评范畴，例如殷璠在《河岳英灵集》中评价陶翰诗"既多兴象，复备风骨"，胡应麟《诗薮》卷十云："盛唐绝句，兴象玲珑，句意深婉，无工可见，无迹可寻"，王昌龄《诗格》中提出的"诗有三境"之说："一曰物境。二曰情境。三曰意境。"当然，王国维的意境理论是中国古代意象理论的集大成，他在《人间词话》中提出了的有我之境、无我之境，融汇了中西方关于意象理论的精神要素，以中化西，成为中国文学理论批评的一个重要范畴。当代学者蒋寅教授对意象的定义是："意象是经过作者情感和意识加工的由一个或多个语象组成、具有某种意义自足性的语象结构，是构成诗歌本文的组成部分。"③ 这个论题引发学界的讨论和回应，韩经太和陶文鹏将蒋寅的定义补充修正为："意象是由作者依循主、客观感动的原理和个性化的原则艺术加工出来的相对独立的语象结构，它可以由一个或多个语象构成，它具有鲜明的整体形象性和意义自足性。"④

以上就是中国文论话语中意象理论产生发展的简要历程，从另一个方面来说，儒家、道家和佛教对意象的问题阐释各有不同，在此以儒家思想中的

---

① 黎志敏：《语象概念的"引进"与"变异"》，《广州大学学报》2008年第10期。
② （南朝·梁）刘勰：《文心雕龙·神思》（下），范文澜注，人民文学出版社1958年版，第493页。
③ 蒋寅：《语象·物象·意象·意境》，《文学评论》2002年第3期。
④ 韩经太、陶文鹏：《也论中国诗学的"意象"与"意境"说》，《文学评论》2003年第2期。

意象论来进行简要说明。作为"群经之首"的《周易》率先对这个问题进行了阐释:"子曰:'书不尽言,言不尽意,然则圣人之意,其不可见乎?'子曰:'圣人立象以尽意,设卦以尽情伪,系辞焉以尽其言。'"① 这个论述意味深长,沿此探寻,某些潜在话语得以显示。其首先表明"书不尽言,言不尽意",这很好理解,毕竟书、言、意本是异质化主体,任何跨界性融贯通达都缺乏逻辑推进根据。但圣人示意又是必要的举措,所以采取立象尽意的策略。那么问题又来了:为什么是圣人而非一般人?为什么是立象而不是直接示意或立别的什么物?对象的择定并非随心所欲,话语缝隙之中必有其所意指的潜在思想存在。圣人在中国古代文论话语中主要有两个指向:一是指品德至上、智慧至高之人;二是专指孔子、孟子(亚圣)。为什么圣人具有超越常人的话语优先权?这种意识形态的集体约定显然存在普适性的思想根基和充足理由。且看《论语》的解答:"子曰:'予欲无言。'子贡曰:'子如不言,则小子何述焉?'子曰:'天何言哉?四时行焉,百物生焉,天何言哉?'"② 孔子看来,他之所以述而不作,乃是源于天地不言,以人道应天道,则圣人之道与天地之道化合无垠。刘勰说:"故知道沿圣以垂文,圣因文而明道。"③ 这个"道—圣—文"的示意结构,关键在于圣人。正因为圣人与天道内在共鸣、外在同行,故具有作文明道之话语优先性和超越性,这种超越性得以调和道与文、言与意的对峙性矛盾,才能化解常人难以处置的"意翻空而易奇,言征实而难巧"的普适性悖论。另一方面,那为何立象以尽意呢?圣人与象有何关联呢?"是故夫象,圣人有以见天下之赜,而拟诸其形容,象其物宜,是故谓之象。"④ 象是圣人对天地自然的虚拟化形容,观物取象,以象尽物。钱锺书对此阐释道:"理赜义玄,说理陈义者取譬于近,假象于实,以为研几探微之津逮。释氏所谓权宜方便也。"⑤ 假象于实,方可以虚为实,以近就远,

---

① (唐)孔颖达:《十三经注疏》(上册),上海古籍出版社1997年版,第82页。
② (宋)朱熹:《四书章句集注》,中华书局2012年版,第181页。
③ (南朝·梁)刘勰:《文心雕龙·神思》(上),范文澜注,人民文学出版社1958年版,第3页。
④ (唐)孔颖达:《十三经注疏》(上册),上海古籍出版社1997年版,第83页。
⑤ 钱锺书:《管锥编》(一),生活·读书·新知三联书店2007年版,第20页。

化繁于简,此谓权宜。章学诚进一步道其根由:"故道不可见,人求道而恍若有见者,皆其象也。"① 他认为可见之物非本物,皆为其象,因此圣人不得不观物而取象,取象而示意,示意而明吉凶。《周易》中阴爻阳爻间的乘承比应关系,均是通过卦象示意,象是对世界的符号化演绎和抽象性隐喻。但值得注意的是,立象是为尽意,而非拘泥于象,它并非一个必要性环节,而是一个过渡性迂回环节。所以后来在玄学论那里,得意就可忘象,如王弼说:"故立象以尽意,而象可忘也。"(《周易略例·明象》) 如果说言和意是河的两岸,那么象则是渡船,既然已过河,船则可忘之。由此构成"言—象—意"的意义生成结构,一层一层承接、超越、忘却,迂回进入,循环往复。如果将这两个层面进行整合解读,那么儒家意义论的潜在话语逐渐清晰,即:"道—圣—文—意—象—言"六个环节。每一个环节既是局限域又是开放域,彼此渗透交汇、澄明圆融。其内在逻辑关联可如此辨析:儒家之道乃天道,天地不言,故圣人无意。无意意味着并不去澄清某种观念,反之:"圣人的话会自行溶解,你用不着去分析他们。"② 以上分析可见,在中国文论话语中,以"象"为轴心,衍生出诸如物象、意象、兴象、意境等文论范畴,并构成中国古代文学理论批评的重要意义阐释系统。在儒家思想的意象理论中,"道—圣—文—意—象—言"这六个要素贯穿其中。

2. 庞德意象派对意象的阐释。从以上的分析可以看出,意象的源文本并非某一个,而是一个系列,它是在中国文论发展历程中逐步生成的一个意义衍生系统。显然,庞德对中国文学的理解源于汉字的表意功能,这是从语言学层面的一种想象,他并没有将意象植入上面所分析的六个元素的文化架构之中。那么,从变异学"求异"的角度出发,"象"在庞德等西方诗人的跨文明理解、对话、操控和文学运用中,其话语原生态在新的语境下是否发生了变异?我们知道,庞德在对中国唐诗和日本和歌进行研究后,对西方象征主义诗歌理论进行批判和超越,提出了意象派诗歌,1913年意象派诗人弗林

---

① (清)章学诚:《文史通义》,上海古籍出版社2008年版,第7页。
② [法]弗朗索瓦·于连:《圣人无意》,闫素伟译,商务印书馆2006年版,第37页。

特在《诗歌》杂志上提出其理论主张的三个方面：一是直接描写主观或客观事物；二是不用与表述无直接关系的任何词；三是根据词语本身的韵律来创作，不要用人为的韵律。概而言之，就是尽量减少无关的华丽辞藻，尽量避免抽象表述和无病呻吟，要建立简洁、形象、具体的诗歌风格。

那么，庞德所谓的意象与中国文论话语中的意象是不是一回事呢？显然不是，庞德理解到了意象对于西方文明话语体系的启示性作用，但是他所理解的意象并不是原生态的意象，意象在跨文明交流传播中，产生了意义变异，这种变异能够丰富我们对意象的认识，继而重构意象的话语内涵。中国诗歌中的意象的生成，是由于"言不尽意"，正因为言不能尽意，所以才有象，象的产生是为了意，而意的本体在于道，道不可道，而只能存在于不可说、不可言之中，因此"境生象外"就成了一个必然的策略。中国诗歌对意象的运用，在于这些意象的非逻辑化陈列、指涉及其所构成的意义想象空间，例如："雨中黄叶树，灯下白头人"，在雨、树、灯、人这些意象之外，一种悲伤与凄凉的韵味油然而生，这十个字没有一个诉说愁、怨，但是我们都能感受之，庞德对中国古典诗歌推崇备至，他发现中国诗人从不直接谈出他的看法，而是通过意象表现一切，他的《地铁车站》：

  In a Station of the Metro
  The apparition of these faces in the crowd;
  Petals on a wet, black bough.
  地铁车站
  人群中这些面孔幽灵般显现；
  湿漉漉的黑枝条上朵朵花瓣。（杜运燮译）

这首诗减少了很多无关的修饰表达，借助花瓣、枝条这样一些意象来示意。庞德1915年出版《汉诗译卷》（Cathay），主要收录15首李白和王维的诗歌，被誉为对英语诗歌"最持久的贡献"和"英语诗歌经典作品"，引起英语世界翻译、学习中国诗歌的狂潮。事实上，庞德并没有系统学习过汉语，他是通过费诺罗萨遗留下来的关于中国诗歌的笔记来进行翻译的,"费诺洛萨论文最大的重要性在于,在庞德将该文予以编辑和出版后,它对西方诗学的重发现起到了重要作用。发现汉字的势能对庞德来说确实是一个新发现,因为它'似乎肯定并证实了他的诗歌意象论'。在这一发现之前,庞德一直想方设法给西方象形诗(由长短不一的诗行形成诗中所描写物体之形状的诗篇)传统注入活力,希望由此复兴西方诗学。"[①] 费诺罗萨认为汉字就是意象体,是组合的图画,如"春"就是太阳在树木之下,那么中国诗歌无处不是意象,他认为这些汉字都具有很强的象征意义。当然,此意象非彼意象,那么,差异在哪里?

3. **跨文明传播中的变异**。首先,从意象的源文本以及庞德的新文本之间,我们可以发现意义变异的现象,这个变异主要发生在媒介传播环节。也就是说,它不属于译介变异,因为庞德不懂中文,其目的也不在于译介行为本身,其次,它不属于接受变异,因为它并不是对源文本的直接接受,而是通过译本而产生对源文本的想象,它所发生的变异主要集中在传播交流环节,因为:"在文学传播和交流的过程中,除了可以确定的实证性影响的因素之外,在文化过滤、译介、接受等作用下,还有许多美学因素、心理学因素和文化因素起着重要的作用,在这些难以确定的因素的作用下,被传播和接受的文学在一定程度上发生了变异。"[②] 这些变异环节具体如下。

(1) **气势变异为形式**。中国诗歌,尤其是唐朝诗歌,讲求"气势","气"是内在的精神气象和文化风度,"势"是诗歌所表现出来的无形力量之美、飞动之美。无论是李白诗歌的汪洋恣肆,还是杜甫诗歌的沉郁顿挫,或者王维诗歌的无尽禅意,都包含着盛唐国家盛世之下知识分子带有话语灵动性和生命力的人性美,这都是对齐梁诗风辞藻堆砌、无病呻吟的反对。但是,这种与国家、社会、人生融会贯通的精神气势,却被庞德作为一种形式在借用,他说"close to the thing"。例如柳宗元的《江雪》"孤舟蓑笠翁,独钓寒

---

① [美] 蔡宗齐:《比较诗学结构》,刘青海译,北京大学出版社2012年版,第186页。
② 曹顺庆《比较文学教程》,高等教育出版社2006年版,第97页。

江雪",他认为应当翻译为:"孤独的船。竹笠。一个老人,钓着鱼,冰冻的河。雪。"他认为这就是意象群,这是他所推崇的直观感受,没有修饰,也没有叙事,完全靠意象的断裂式拼贴来构成诗歌。然而,用中国话语来分析,似乎显得不伦不类,它没有了中国古典诗歌的格律美,在意象方面,柳宗元所描述的并不是实景,这是一种难以说透的空灵之气,中国诗歌意象的连贯性、气势性荡然无存。庞德并不是没有意识到这一点,他恰恰认为西方的象形诗(figure-poem)在"势"的方面缺乏:"这些西方象形诗无一例外,都暴露出缺乏势能的根本缺陷。正是由于认识到了这种缺陷,庞德放弃了早期意象派理论的三大原则,而参照涡纹主义(Vorticism)美学,发展出他的'动势形象论':'形象不是一种观念。它是一个向外辐射的结节或集束,它就是我可以并不得不称其为"涡纹"的东西。诗的意义不断地从它涌出,穿过它,又再被卷入其中。'"[①] 庞德在"势"的问题上对前期意象派理论进行了创新和完善,按照蔡宗齐教授的说法,这是一种涡纹主义美学,"中国诗歌'生机勃勃'的意象传统,或说动势意象,在庞德从旧意象主义向新的涡纹主义意象理论的转化中起到了重要作用"[②]。但是从根本上说,庞德还是无法表达这种内在的精神气势,它在对中文古典诗歌的语词解读中,更多的是对这种示意形式的借鉴。

(2)自得变异为获得。在中国文论话语体系中,意象并非局限于某个单独的词语,不是"在之中",而是"在之外",是一个开放的空间和未完成的结构。意象不在于提供什么,它通过"象外之象""言外之意"而实现"自得"或者"懂",用海德格尔的表达即是"领会"。而意象派那里,诗意要在意象中质感化、直观化,要由具体的事物构成审美形象,继而实现对意义的"获得"。例如,刘勰说"窥意象而运斤",众所周知,斤就是斧头,"运斤"出自《庄子·徐无鬼》"匠石运斤成风",也就是把一个人鼻子上沾的白土削去而不碰伤鼻子,除此之外,还有庖丁解牛以神遇而不以目视,吕梁大夫蹈

[①] [美]蔡宗齐:《比较诗学结构》,刘青海译,北京大学出版社2012年版,第186页。
[②] 同上书,第189页。

水的自在自如，这些都是"自得"，是不能通过某种语言、规则、尺度、方法的精确描述而"获得"的。要实现从获得向自得的超越，庄子的策略则是得意忘言："筌者所以在鱼，得鱼而忘筌。蹄者所以在兔，得兔而忘蹄。言者所以在意，得意而忘言。"① 儒家是得意而忘象，但是庄子省略了象的结构性功能，直接忘"言"，否定更为彻底。敏泽先生认为："'言'的目的在'得意'，前者是工具，后者是目的，不能拘泥和执着于工具的'言'，而忘却了'得意'的目的。"② 庞德《诗章》（Cantos）第四十九章有几行诗："雨，荒江，旅人。冻云，闪电；豪雨，暮天。小舟中孤灯。芦苇沉重，低垂。竹林萧萧，似在诉泣。"这是模仿中国诗歌，这首诗歌有着明确的展示意图，要传达某种意义，也希望接受者"获得"某种意义，而中国诗歌是在"忘"中而"自得"。

（3）超越变异为聚焦。在中国文论话语系统中，意象本身是一个超越的过程，司空图在《二十四诗品》第一品"雄浑"中就说："超以象外，得其环中。"意象本身是只可意会不可言传的一个开放系统，而在意象派的话语中，意象是一个可以让意义聚焦在视觉形式的符号："显然他对中国文字的认识使他能集中于意象之理论与实际，而有新发现。中国文字不仅能将其意义强烈地集中在一些由语言而引起的心象上，而且其象形文字之特征也对写诗颇有影响——促成了庞德对表意文字之运用。他曾说'一个意象是一刹那间之理智上及情感上的情意结'。汉字是一种可以将意象用表意的方法呈现出来的文字，所以可以同时具有视觉的意象及理智的意象。"③ 正如前文所分析，"道—圣—文—意—象—言"这六个要素之间是一个不断否定、不断超越的过程，互为彼此、互为因果、互为前提，这是一个逻辑因缘结构，但是在意象派理论中，这不是一个超越结构，而是在聚焦，聚焦于这个符号本身所展现的意义，例如"学而时习之"翻译为"学习，而时间白色的翅膀飞走了"，

---

① （清）郭庆藩：《庄子集释》（下），中华书局2012年版，第936页。
② 敏泽：《中国文学理论批评史》（上），人民文学出版社1981年版，第59页。
③ Jeanne Knoerle：《庞德与中国文学》，蔡源煌译，[美]约翰 J. 迪尼、刘介民：《现代中西比较文学研究》（二），四川人民出版社1988年版，第674—675页。

这就是视域上对文字符号意象结构的形式聚焦。

综上可见，中国文论话语中的"意象"，从外部来看，处于物象、语象、兴象、意象、意境的话语生态系统之中，从内部来看，处于"道—圣—文—意—象—言"的示意链条之中，这样两个层面相整合，构成了意象的话语异质性特征，庞德对中国文学的意象的解读，本不是冲着"翻译"而去的，也不是冲着"接受"而去的，他在日译本、法译本这些中间体以及对中国文学的文本分析中，发挥了创造性想象，在这些想象过程中，他根据自身的文化需要进行"灵机一动"的误读，正如乐黛云教授所说："这里所讲的文化误读既包含读者对不同文化的深入探究，也不排斥因异域陌生观念而触发的'灵机一动'，关键全在解读者的独创性发现。"① 这是在传播过程中发生的意义变异，但是如今我们并不会仅仅从翻译学的角度去研究他的诗歌理论，反而我们会聚焦于这些"奇谈怪论"中发生的意义变异。庞德对中国意象理论所作的有趣的创新，正是变异学所关注的重点，正是这些文化误读和文化过滤所产生的变异，带来了传播中的他国化互补效应。

三　接受变异研究

（一）接受变异研究的基本内涵

接受变异是指在对他国文学文论的源文本进行解读接受过程中，根据接受者的理解视域和文化成见，对源文本进行创造性解读、阐释、批评，继而使得源文本在新的接受语境下发生意义变异的过程。可以说，译介变异、传播变异、接受变异构成了流传变异的三种主要范式。译介变异侧重源文本到中间体环节的变异，传播变异侧重中间体环节的变异，而接受变异侧重中间体到新文本之间的变异。对接受方来说，可以是一个人，也可以是一个群体、一个族群、一个国家等等，对媒介来说，也可能是通过译本、电影、电视等

---

① 乐黛云：《文化差异与文化误读》，乐黛云、[法] 勒·比雄：《独角兽与龙》，北京大学出版社1995年版，第111—112页。

等，也可能是某个精通多个语言的作家直接对源文本进行接受，无论哪种情况，接受变异的理论据点是接受方，也就是注重研究接受方对文本的接受变异问题。捷克学者高利克称这种接受中的变异为"创造性对抗"，以郭沫若的《女神》为例，他说："郭沫若的这第一本白话诗歌和诗剧集具有很高的艺术和社会价值。这是一位受读者欢迎的杰出艺术家的作品，它是来自文学、艺术、哲学、政治乃至科学领域的各种成分的创造性组合，它是来自《圣经》《奥义书》和儒家经典的哲学与神话观念的色彩绚烂的镶拼，是一幅多色的文学意象的画卷。但这幅画卷如果没有屈原的影响，没有中国古代诗人和世界伟大作家的影响——尤其是19世纪作家的影响——是很难形成的。"① 这就是一种复合式接受变异，在他看来，郭沫若的《女神》之所以能够大受欢迎，是接受了中国与西方、古代与当今各种文学要素的影响，融汇创新而形成的。日尔蒙斯基认为："任何影响或借用必然伴随着被借用模式的创造性改变，以适应所借用文学的传统，适应它的民族的和社会历史的特点，也同样要适应借鉴者个人的创作特点。"② 他提到的"创造性改变"，其实就是接受中的变异，在这方面的案例很多，例如鲁迅《狂人日记》对果戈里同名小说《狂人日记》的接受变异，另外，巴金也有类似的情况："托尔斯泰的《复活》与巴金的《家》，在人物形象的塑造上，确实存在着十分密切的师承关系。然而，师承并不是模仿与抄袭，这只是在学习的基础上的再创造。"③ 鲁迅、郭沫若、巴金等人对外国文学的再创造，以及施蛰存、穆时英等新感觉派小说家对日本新感觉派小说的再创造，其实都反映了接受中的变异问题。有过滤才有认同，有认同才有利用，有利用才有发展，这是比较文学的一个基本规律。如王宁教授所言："任何一种社会文化思潮渗入到另一个国家或地区，并为彼时彼地的读者—作家接受，都必须首先受到那个国家或地区的固有文化

---

① ［捷克］高利克：《中西文学关系的里程碑》，伍晓明等译，北京大学出版社1990年版，第91—92页。
② ［苏联］日尔蒙斯基：《文学流派是国际性现象》，干永昌：《比较文学研究译文集》，上海译文出版社1985年版，第314页。
③ 范伯群、朱栋霖：《1898—1949中外文学比较史》下卷，江苏教育出版社1993年版，第679页。

传统和文学观念的'过滤',在经过这种'文化过滤'及'文化利用'后,才逐渐达到'文化认同'的阶段。"① 当然,除了空间上的移位所导致的变异,时间上的差距也会导致同一个文本的接受变异,韦斯坦因就说:"从世界文学的有利角度看,一部作品被许多代人阅读,就意味着每一个时代都会有人从新的角度来阅读它。这种永久的创造性叛逆是由历史造成,它似乎摧毁了学者们要求在语文上做到精确(历史主义)的呼吁。"② 因此,对一个文本而言,无论是空间上的变化还是时间上的变化,都会导致文本接受上的创新与发展。

(二)接受变异研究的主要特征

一般而言,"文学的接受分两类:接受者所处的文化框架内的同源接受与框架外的异源接受"③。我们这里所说的接受,主要指跨文化、跨文明的异源接受。首先需要澄清的是,接受变异研究同法国学派的接受研究不同。按照梵·第根在《比较文学论》中所刻画的"经过路线",接受学就是研究接收方是如何受到他国文学的影响而发生变化的,他的侧重点在于源文本对新文本的影响关系,侧重研究源文本与新文本之间的相同或相似之处。然而,比较文学变异学视域下的接受变异研究,受到了接受美学的方法论影响,从研究思路上调整了方向:

> 经过接受美学之方法论洗礼的比较文学"接受学",的确具有不同的性质和特点:它以民族作家为主体的读者对异国文学的接受和反应为研究对象,借助文化背景、文学原理与批评、原作与译本的比较、发行调查、一般舆论反响等多重视角,来探讨接受过程中对于异国文学和文化的过滤、误解、变异乃至扭曲等各种现象的深层原因和变异机制,同时

---

① 王宁:《比较文学:理论思考与文学阐释》,复旦大学出版社2011年版,第232页。
② [美]韦斯坦因:《比较文学与文学理论》,刘象愚译,辽宁人民出版社1987年版,第57页。
③ 金丝燕:《文学接受与文化过滤》,中国人民大学出版社1994年版,第338页。

也可更加清楚地反观与认知本民族文学与文化的特点和规律。①

简言之，影响研究模式下的接受研究主要侧重源文本如何改变和生成了新文本，而变异研究模式下的接受变异主要研究新文本是如何改变了源文本的发生过程，参照视野不同，研究结论也不同。在高教版2015年《比较文学概论》中，第三节"变异学"的第五部分是"跨文化变异研究"，其中重点讲到文化过滤与文学误读问题，事实上，这就是接受变异研究的内容。而在同一章的第二节"接受学"中，却花了很多笔墨讲述接受美学理论，对接受变异问题阐释不是太多。所以，在对这个问题的阐释上，应当从变异学的视域换一个角度进行梳理，其着力点在于：接受美学对比较文学变异学产生了怎样的影响，比较文学变异学中的接受变异研究对影响研究中的接受学又做出了什么改变。接受变异最大的特征就在于：影响研究模式下的接受研究，我们可以通过某个清晰的"经过路线"来发现新文本是如何受到源文本的影响，而变异学视野下的接受研究，我们却看不到这个清晰的"经过路线"，它像盐融入了水一样，浓得化不开，范伯群、朱栋霖教授以巴金为例作了生动的阐述："'激流三部曲'的创作中除了托尔斯泰、屠格涅夫的影响外，还可以找到契诃夫、罗曼·罗兰、易卜生甚至是曹雪芹、吴敬梓等人的声音，但他们都互相渗透，完全成了巴金自己的东西。它就象一部宏伟动听的交响乐，人们从中根本听不出任何一个刺耳的音调，找不出任何一个不协调的旋律。"②在巴金的新文本中，我们看得到源文本模糊的影子，但是这些影子仅仅是影子，没有所谓的制约性作用，这些不同的影子构成多声部复调叙述模式，看不到主音调、主旋律以及话语核心，建构出一种话语杂糅的创新形态。因此，接受变异主要特征具体体现在以下几个方面。

1. 接受美学颠覆了影响研究的基本模式。姚斯认为："接受美学的视点，在被动接受与积极理解、标准经验的形成和新的生产之间进行调节，如果文

---

① 曹顺庆：《比较文学概论》，高等教育出版社2015年版，第150页。
② 范伯群、朱栋霖：《1898—1949中外文学比较史》下卷，江苏教育出版社1993年版，第683页。

学史按此方法从形成一种连续性的作品与读者间对话的视野去观察,那么,文学史研究的美学方面与历史方面的对立便可不断地得以调节。"[1] 从这段描述中可以看出,传统的影响研究偏重"被动接受",而接受美学偏重"积极理解"。而且,前者始终持有一个"标准经验"和"中心源点",而后者是在推进和发展"新的生产"。从被动到主动、从标准到待定、从稳固到调节,这些构成了接受变异的理论发生机制。由此他认为:"文学史的更新要求建立一种接受和影响美学,摈弃历史客观主义的偏见和传统的生产美学与再现美学的基础。文学的历史性并不在于一种事后建立的'文学事实'的编组,而在于读者对文学作品的先在经验。"[2] 可见,读者对文学的"先在经验"已经取代了作品"先在意义",读者成为中心,而不是作者或作品:"接受理论确实与旧的阐释概念一刀两断,而置读者于阐释设计的中心,可能导致文学史的演变范型以及相互作用的阅读理论。"[3] 这种相互作用的阅读理论就意味着影响已经不再是单一的话语支配,而是一种多元化的动态生成,孟昭毅教授认为:"以往影响研究只注意域外作家、作品是如何影响了接受者,而现在的接受研究则从接受者的角度逆向思考,探索接受者是如何接受域外作家、作品影响的。它将一个单向的研究过程变为双向的研究过程,改变了以往影响研究中那种一维的线性的思维模式,形成二维平面的开放性的思维方法。"[4] 可见,接受美学让影响研究从单一线性思维转向了多元开放思维。

2. 接受美学直接影响了比较文学变异学理论。李艳博士和曹顺庆教授分析道:"接受美学打破了以作者和文本为中心的传统研究范式,把研究的维度指向了读者,着力考察读者的价值取向、审美意识、文化背景、知识结构等对文本的认知、接受甚至重构,从而彻底改变了人们以往对文本进行纯客观

---

[1] [联邦德国]姚斯:《文学史作为向文学理论的挑战》,[联邦德国]H.R.姚斯、[美]R.C.霍拉勃:《接受美学与接受理论》,周宁、金元浦译,辽宁人民出版社1987年版,第24页。
[2] 同上书,第26页。
[3] 同上书,第446页。
[4] 孟昭毅:《比较文学通论》,南开大学出版社2003年版,第345页。

主义研究的认知体系。"① 在接受美学的影响下，比较文学变异学研究扭转了法国学派这种纯客观主义研究范式，注重构建平等对话与双向建构："在文学交流中变异性的事实普遍存在的情形下，变异学需要在考察文本输入国对源文本进行过滤和转变的实际过程中，一方面深刻体认源文本所蕴含的文化特质，另一方面积极探究转化后的文本背后所潜藏的文化动因、历史语境、意识形态背景等，这样一来，在文本研究的过程中就构筑起互动对话的平台，使得文本交流双方都能平等参与到文本的建构中。"② 可见，接受变异不同于传统的文本接受研究，它不是被动认同，而是主动改造、积极创新、适应变异，其关键在于一种话语调节。接受变异的主要方式有不正确理解、有意识文学误读以及文化过滤等形式。孟华教授认为接受就可以理解为过滤，他指出："对异民族文化的接受，实际上就是进行一种文化过滤：以误读的形式滤掉本民族不理解、不需要的东西，吸收其中有用又能与本民族传统结合的部分。"③ 季羡林先生更加形象地阐述："在任何作品里，他都不是无所抉择地把旧有的故事全盘抄袭过来，而是创造性地发展了它，让它为自己的目的服务。这也可以说是旧瓶装新酒吧。"④ 举例来说，孟昭毅教授分析了伏尔泰《中国孤儿》对《赵氏孤儿》的接受变异：

> 伏尔泰在《中》剧中，将原剧中的具有类型化倾向的形象屠岸贾，再造成一个能够改变历史进程的重要历史人物成吉思汗，表现出超凡的审美力度。他遵循古典主义的美学原则，将这个悲剧英雄置于情感和理性的矛盾中进行考验，最后让他的理性战胜感情。于是乎，成吉思汗这个历史英雄由一个杀伐千里的魔王变成一个贤明、理智的圣王。他表达出许多启蒙主义思想，成了伏尔泰的代言人。而《赵》剧中的屠岸贾始终凭感情用事，为满足私欲而迫害无辜，是个丧失理性的反面人物。伏

---

① 李艳、曹顺庆：《从变异学的角度重新审视比较文学的影响研究》，《中国比较文学》2006年第4期。
② 同上。
③ 孟华：《伏尔泰与孔子》，中国书籍出版社2015年版，第122页。
④ 季羡林：《中印文化关系史论文集》，生活·读书·新知三联书店1982年版，第385页。

尔泰将悲剧主人公按照古典主义美学的标准进行塑造,无疑更适宜于当时具有古典主义审美经验和审美情趣的法国观众。①

在孟昭毅教授看来,伏尔泰对《中国孤儿》的接受,基本的接受视域是西方古典主义美学原则,按照这个原则,伏尔泰将屠岸贾变为伟大的历史人物成吉思汗,将之塑造成一个道德理性的化身,继而阐述其启蒙主义思想。所以,《中国孤儿》有意识对《赵氏孤儿》进行了接受、变异和转化,这不是"影响",而是"利用",不是"传承",而是"发展",我们可以从以下对比来感受这种文学接受中的变异形态:

> 中国读者读元曲《赵氏孤儿》,普遍发现的是忠奸之间的矛盾斗争和善恶有报的因果报应的思想。但是,法国著名启蒙主义思想家伏尔泰在阅读了《中国通志》上马若瑟的译文之后,不仅拍案惊奇,认为是"杰作",而且根据自己的接受理解,把它改写成《中国孤儿》。一反原作忠奸斗争的主题、暴力复仇的结局和搜孤救孤的矛盾,用来表现了自己的审美价值取向,即文明对野蛮的胜利、张扬道德与理性,以突出18世纪欧洲需要理性的时代精神。伏尔泰这种完全不同的反应,源于异域读者心中不同接受屏幕的接受。②

接受中的变异研究,其重点在于变异的转化机制,也就是季羡林先生说的旧瓶装新酒,换汤不换药,用接受者的接受屏幕去阐释异质文学与文论,不要盲目按照源文本的意义生搬硬套,该转化就要转化,需要主动变异就主动变异,只要有利于本国文学与文论的发展,就可以创新思维、广开言路、博采众长、万取一收,在接受中形成属于自己的新东西。

(三)接受变异研究的案例解读

在阐述接受变异的相关理论特征之后,接下来用高行健的戏剧理论为例

---

① 孟昭毅:《比较文学通论》,南开大学出版社2003年版,第352页。
② 同上书,第337页。

来阐述接受变异问题。西方戏剧理论在中国传播和接受过程中，面对中国戏剧理论的历史形态和新时期的转型诉求，经历了杂糅、变异和创新三种形态。这三种形态构建了西方戏剧理论中国化进程的三个基本阶段。高行健在戏剧理论转型和实践探索中，既对传统中国戏剧话语异质性进行本体化传承，又对新的时代空间、审美空间和精神空间进行批判性否定和超越性融合；既对西方现代戏剧理论进行深度译介，又在译介中实现创造性叛逆和创新性转化，从而在摄取整合中西戏剧话语资源中构建了新型的话语质态，有力促进了西方戏剧理论中国化与中国新时期戏剧的当代转型。

纵观20世纪中国戏剧史，不难发现，新时期中国戏剧在继承传统表现形式基础上，明显吸收了西方现代派戏剧的诸种艺术元素，从而在戏剧理念上进行深度交汇和碰撞，内发地潮动着新的审美诉求。于是相当一部分戏剧家创作出一种新型的话语体系和艺术质态，打破既有的创作和剧场思路，用标新立异的戏剧理念和艺术技巧，表现出对西方戏剧理论中国化形态的主体性构造，以及对传统戏剧观的超越、探索和整合。在西方戏剧理论中国化形态变异进程中，高行健的《绝对信号》《车站》《野人》等剧目，以高强度的文化反思以及叛逆的先锋姿态，成为新时期中国戏剧话语转型的经典范本，并得到西方戏剧理论界的普遍认同。那么，高行健戏剧是如何化合中西方戏剧理论资源和表现形态的？其先锋实验性为新时期带来怎样的话语转型？

1. 杂糅形态：跨文明比较中的异质性。新时期中国戏剧探索的内在语境是新的社会发展形态与意识形态转变，这种转变的主要特征在于文艺界的文艺性回归及本体论重构，邓小平同志指出："文艺这种复杂的精神劳动，非常需要文艺家发挥个人的创造精神。写什么和怎么写，只能由文艺家在艺术实践中去探索和逐步求得解决。在这方面，不要横加干涉。"[①] 而外在语境，则是西方戏剧理论逐渐译介到中国后与中国戏剧理论形成的杂糅态势。与戏剧理论一并译介来的，当然还有诸如表现主义、结构主义、精神分析、新批评、

[①] 《邓小平论文艺》，人民文学出版社1997年版，第10页。

解构主义等文艺批评模式。杂糅理论是赛义德、斯皮瓦克、巴巴等后殖民主义理论家提出的批评话语,主要指西方文论与他国文论对话中的文化身份认同与文明异质性碰撞。中国戏剧内在的美学诉求与西方戏剧外在的译介传播,形成了新时期戏剧发展的双重语境。

基于双重语境下戏剧发展思想的悖谬与整合,中西戏剧理论话语在新时期的杂糅形态体现为两个方面:一是古今戏剧理论的传承与创新;二是中西戏剧理论的认同与拒斥。长期以来,中国戏剧写实化的模式一定程度限制了戏剧家的思维,因此,当西方戏剧尤其是现代派戏剧理念译介到中国之后,建立在舞台假定性基础上的多声部复调叙述与开放性表现形态,为戏剧话语转型拓展了新的艺术空间。这个艺术空间在话语杂糅形态的符号化呈现中,围绕戏剧的本质特征、审美规律、表现形式以及社会功能等等,表现为各种理念之间的交织与论争。例如对于戏剧文学的"情"与"律"、"表现"论与"再现"论、"写实写意混合论"等的理论争执,这些观念之间并非水火不容,整体上存在着在文明异质性基础上构建的"模子",正如黄佐临指出:"二千五百年曾经出现无数的戏剧手段,但概括地看,可以说共有两种戏剧观:造成生活幻觉的戏剧观和破除生活幻觉的戏剧观;或者说,写实的戏剧观和写意的戏剧观;还有就是,写实写意混合的戏剧观。"[1] 但从根本上讲,中国戏剧理论认为戏剧作为一种叙事艺术,首先应该像"诗言志"一样表达某种理念意志,戏剧艺术的思想性特征应当优先于形式论特征,李渔说:"古人作文一篇,定有一篇之主脑。主脑非他,即作者立言之本意也。传奇亦然。一本戏中,有无数人名,究竟俱属陪宾,原其初心,止为一人而设。即此一人之身,自始至终,离合悲欢,中具无限情由,无穷关目,究竟俱属衍文,原其初心,又止为一事而设。此一人一事,即作传奇之主脑也。"[2] 这个主脑,李渔看来,原其初心,即一人一事。这种戏剧理念一直是中国戏剧的核心思想。同样,经典的斯坦尼斯拉夫斯基体系也对思想性给予了足够的重视:"除

---

[1] 黄佐临:《我与写意戏剧观》,中国戏剧出版社1990年版,第280页。
[2] (清)李渔:《闲情偶寄》,崇文书局2015年版,第18页。

非先找到那个在剧本中占支配地位的思想,否则就没有任何一个导演者能上演那出戏。现时在我们的剧院中,甚至在莫斯科艺术剧院中,一出戏的导演者毫不在乎这种占支配地位的思想,而是将演出完全建立在各种巧妙的导演手法上,这是完全违背舞台艺术的。"① 他认为先有戏剧思想,再有戏剧形式。同样,梅耶荷德也说:"我常告诉你们,上演一出戏有两件事必不可少的。首先,我们必须找到剧作者的思想;其次我们必须用一种戏剧性的形式来揭示那个思想。"② 他们所追求的戏剧艺术思想性,与李渔对主脑的强调,有异曲同工之妙。

在新时期西方戏剧理论在中国的戏剧理论界接受传播过程中,这种思想表现型的艺术质态逐渐受到多元化的冲击,中国戏剧艺术的异质性话语在多元戏剧理论的对话中,逐步向形式论转向,对表现形态更加强化,杂糅性更加明显,例如戏剧理论的极简主义认为"演员的个人表演技术是戏剧艺术的核心"③。甚至有人认为"直觉戏剧"是戏剧的最高理想④。他们认为戏剧的现场表演性和对话性艺术应该创新发展。这种思想对中国新时期戏剧产生了重要影响,例如郭启宏在研究传神史剧时指出:"内容上熔铸剧作家的现代意识和主体意识,形式上则寻求'剧'的彻底解放。"⑤ 他所谓剧的彻底解放,意味着戏剧不仅要表现思想性真实,还要表现艺术性真实,充分让剧场性体验呈现出开放的、魅力型的艺术样式,要区别于一般文学作品的表现样式。高行健也认为:"把歌舞、音乐、哑剧、面具、木偶、魔术、也包括武打和杂耍,都请回剧场里来,重新恢复和强调戏剧的这种剧场性。"⑥ 高行健所探索的,是将中国戏剧的异质性元素进行传承整合,同时又批判创新,把西方现代性戏剧艺术充分融入进来。

事实上,从文化资源上讲,西方现代派戏剧的大量引进为这场探索行为

---

① 参见杜定宇《西方名导演论导演与表演》,中国戏剧出版社1992年版,第502页。
② 同上书,第520页。
③ [波兰] 格洛托夫斯基:《迈向质朴戏剧》,中国戏剧出版社1984年版,第5页。
④ [英] 布鲁克:《空的空间》,中国戏剧出版社2006年版,第107页。
⑤ 郭启宏:《传神史剧论》,《剧本》1988年第1期。
⑥ 高行健:《关于演出〈野人〉的建议与说明》,《十月》1985年第5期。

提供了具有启示性视域的参照性文本。荒诞派戏剧、象征主义戏剧、表现主义戏剧等等。然而，中西戏剧理论的对话并非显得如此简易，在这次文化的大规模引进与吸收的过程中，的确存在对于现象表面的单维效仿，这种效仿潜意识忽视了中西文化与文论的异质性元素。毕竟中西方文化语境的异质性注定了艺术文本的不同属性，而一旦忽视或否定这种异质性，那么跨文明对话中，思想界就会"全盘西化"，也正因为如此，有学者指出，20世纪80年代中国作家的背后大多都站着一个西方的文学大师，中国文学成为西方现代文学的衍生物或变种。完全进行拼贴与跟风的思想状态导致中国文化与文学出现严重的"失语症"。所以，话语转型不是盲目跟风，西方的戏剧理论语境与中国大相径庭。例如奥尼尔《人猿》批判的是西方后工业文明所引起的人性的机械化发展危机；《等待戈多》高度展示了现代西方人的生命荒原和精神困境，其叙述语境与中国社会形态和意识形态是迥然相异的。所以这个维度上是不能进行简单的效仿和移植的。因此，高行健认为，这段时期的中国戏剧具有浓重的西方化倾向。一定程度脱离了民族文化基因，很难重构新的话语范式。因此高行健作品的取材几乎都是中国传统文化的范畴，但其表现手法上大胆地吸取了西方现代派戏剧的艺术因素，同时，这种吸取并不是全盘西化，而是在试图走中西戏剧理念整合和开创的新路子，在其创作的一系列戏剧作品中，充分尊重跨文明异质性戏剧理念的主体性立场，在话语杂糅形态中确立创新的基本立足点，将"西方化"的戏剧创新思路转变为"化西方"的本体超越意识，不能让中国戏剧理念成为西方的亚文本、亚理论，而是创造出新时期戏剧理论的中国话语、中国模式。

2. 变异形态：双重否定中的本体超越。高行健在创作初期，大量翻译了西方现代戏剧（如《秃头歌女》），对西方的剧学理念的洞穿和领会使他意识到，新时期中国戏剧面临两方面的困境：一是如何摆脱长期以来在政治意识形态下出现的观念老化、手法陈旧、模式化、单一化的局面；二是因为戏剧并不是"传声筒"式地表述某种观念，"文以载道""诗言志"从某种程度上削弱了戏剧艺术本身具有的魅力，并且，随着现代传媒技术的高度发展，电影电视在中国迅速普及,其优越的视听功能和传播效应逐渐在中国文化领域掀起一场新的思想革命,传统戏剧所拥有的,正如西方马克思主义学者本雅明指出的"光晕"(aura),正在被消解,受众可以通过多样化的视听手段享受同样的艺术快感,而戏剧本身是一种剧场化的体验艺术,它受到时间、空间、传播手段以及消费市场的重重制约,其接触率和影响力就受到极大挑战。再者,改革开放以来的中国社会发生了天翻地覆的变化,从主流意识形态到边缘民间文化,从宏观调控政策到个体消费观念,迫切需要一种新的艺术样式来代言新的现实状况和内心世界。

　　高行健所思考的是,如何让西方戏剧理论中国化,变异成为中国戏剧话语转型的积极元素。在引进西方戏剧时他指出:贝克特、尤利斯库、奥尼尔等人的戏剧中一个最显著的特征在于,他们并不以精英知识分子的姿态介入主流文化形态,或以易卜生那种问题剧的形式去彰显戏剧艺术的存在价值,他们认为这种共时态的对应方式并不是艺术的真正价值。所以,他们自己的作品都或多或少从心理上与现实生活有一定距离,他们打破常规的思维方式和戏剧模式,用反常的思想内容和艺术手法创造出一个高强度的否定性世界,并用这种否定和超越的艺术方式抵达真正的艺术。正如卡勒在《论解构》中指出:"立足呈现构筑起来的理论,无论把意义看作在说话当刻呈现于意识的一种指意意向也好,抑或专注存在于一切外观之后的某一理想范式也好,都在消解自身,就像所谓的基础或者根据,证明不过是一个差异系统的产物,或者毋宁说,是差异、散播、延宕的产物。"① 而这些反叛性的颠覆性的意识也直逼人性的本质和当下的生存质态,以最本质的真实获得最广泛的心理认同。这一类戏剧尽管在西方蔚为大观,但是,对于中国的戏剧探索来说,并不能进行简单的移植和拼贴,必须进行否定性的批判和借鉴策略。因为西方现代戏剧的荒诞性体验在中国引起的轰动效应,很大程度是源于长期以来的艺术情感压抑导致的思想突围和释放,真正的中国戏剧模式必须要在根本的文化基因上继承而不是颠覆这些戏剧精髓。因此他用"化西方"取代了"西

---

① [美]乔纳森·卡勒:《论解构》,陆扬译,中国社会科学出版社1998年版,第94页。

方化",而且要创作出"另一种戏剧",另一种融会了多种文化风格和艺术手法的新的戏剧样式。

基于这样的理论思路,高行健创作出了《野人》《车站》《绝对信号》以及一批现代折子戏,如《躲雨》《喀巴拉山口》《模仿者》《行路难》等等。在这些戏剧实验中,高行健强调:"戏剧是一种综合的表演艺术,歌、舞、哑剧、武术、面具、魔术、木偶、杂技都可以熔于一炉,而不只是单纯的说话的艺术。"① 高行健在这里提供的"另一种戏剧"实际上具有非常丰富的戏剧元素,例如他把电影中广泛采用的蒙太奇手法,荒诞派戏剧的剧场体系进行横向比较和纵向观照,认为新时期中国戏剧的最大难度在于如何将传统的封闭的剧场体系引向开放性的体验。事实上,西方戏剧从最初的"幕表制"到"三一律"再到20世纪经典的"斯坦尼体系""布莱希特体系""梅兰芳体系",这些戏剧体系有其自身特定的时代背景和文化背景,而中国的现实语境下很难进行简单而卓有成效的模仿。而这当中最关键的是如何借助西方戏剧的表演体系来面对戏剧在电影和电视挑战下岌岌可危的市场地位。相对而言,他更倾向于布莱希特和荒诞派戏剧的艺术手段,他始终想打破"斯坦尼体系"的"第四堵墙",打破封闭的时空关系,以最真实的状态表现一种新的戏剧空间,他对布莱希特叙事体系中采用的"间离化"效果,以及荒诞派新颖奇特的意义言说形式表示出极大的兴趣,他十分追求观众参与,总是充分调动观众的再创造能力,把戏剧的接收效应和受众的理性相结合,并且,他有意识地强化戏剧的哲理内涵,以及剧场空间的后现代特质。

在《绝对信号》中,高行健的艺术创新体现在将传统的戏剧模式改变为主观化的时空结构方式。不是用"现在进行式"的客观时序情节来展开戏剧情节。它既展示了正在这个车厢里发生的系列事件,同时又通过人物的回忆呈现出过去的种种事件,通过运用超现实的光影和音响,把人物的想象和内心深处的体验外化出来,使可能发生但实际上没有发生的事件也

---

① 高行健:《对一种现代戏剧的追求》,中国戏剧出版社1988年版,第84页。

在舞台上得到充分展现。例如黑子回忆与蜜蜂恋爱时打出的蓝绿色光和优美抒情的音乐,小概回忆向蜜蜂求爱时,在表现形式上的红光与热情的号声等等,都刻画出了人物的内心感受,从整体上为剧情展开和人物塑造铺垫出非常强烈的主观效果。他在《野人》这一剧目中,让"男女演员们"以第三人称来讲故事,这种全知全能的叙述方式脱离了传统戏剧的自我抒情和自我表现模式,让每一个角色具有自身的艺术话语生产和自觉能力。从而避免了空洞的情绪化宣泄,回到原生态的故事场景。同样,在《野人》中,他用边缘化的非主流意识形态话语来体现"本质真实",如原汁原味的"上梁号子",充满浓重神秘气息的"傩舞",以及奇特变幻的音乐形式,完全呈示出全新的感知理念,这与传统的再现式表现型戏剧相比,更强化现场的生命真实体验。除此之外,在舞台的语汇上,出现了意识流、间离化、转台、歌曲、舞蹈、陈述等表现形式的综合应用,如《车站》中"沉默人"的音乐,以及《野人》中衬托故事情节的音乐背景,恐怖而极具感观冲击力。从某种意义上讲,传统戏剧文学文本往往设计在剧场上以第一人称进行叙述,而高行健戏剧却通过多人称共述和转述,以及另类的实验型音乐进行突破和超越。"两千多年前汉代的百戏就这样把这众多的表演的技艺都汇入一起,尔后才有了这门综合艺术,称之为戏剧",而现代戏剧要"捡回了这些失去了的手段"。[①] 总而言之,戏剧不再是仅仅表现或再现,它本身就已经具有了丰富的艺术审美内蕴。

3. 创新形态:话语转型中的理论新质。在戏剧结构上,高行健戏剧中出现了复调式和多声部,现实时空与心理时空的交织,场次的变幻莫测,空间的反复更替,电影化散文化等等结构形式。这些使他的戏剧表现形式从单一走向多维,从封闭走向开放,从模式化走向艺术化。

在他的戏剧中,两个非常重要的概念就是"对话性"和"复调性",这是他先锋实验性中一个参照维度,这来自巴赫金诗学理论:"在主人公周围创造一种极其复杂,极其微妙的社会气氛,以便逼得主人公在同他人意识紧张

[①] 高行健:《对一种现代戏剧的追求》,中国戏剧出版社1988年版,第44—46页。

的相互作用过程中用对话方式袒露心迹，展示自己，在别人意识中捕捉涉及自己的地方，给自己预留后路，欲说又止地表示自己最后的见解。"① 高行健戏剧中的人物角色并不是一个简单的叙述个体，他和他的外界关系以及自我身份，自我与本我，外在话语与内在话语相互吸涉，构成共时性的话语链条和历时性的身份观照，从而达到类似巴赫金提出的"狂欢化"效应："狂欢化提供可能性，使人们可以建立一种大型对话的开放结构，使人们能把人与人在社会上的相互作用转移到精神和理智的高级领域中去。"② 高行健戏剧就是在始终追求这种大型的对话和开放型结构。同样，同时代的其他剧作家中也体现出同样的艺术倾向，如《屋外又热流》《血，总是热的》《路》《WM（我们）》《挂在墙上的老 B》等等。他们一方面继承了 20 世纪三四十年代曹禺、田汉等现实主义剧作家的传统，深入反映社会现实状态，塑造丰满生动、极富表现力的艺术形象。同时，又吸收了 20 世纪布莱希特、梅耶荷德、迪伦马特、奥尼尔、梅特林克等剧作家全新的戏剧表现模式。这些作家表达了这一代人对传统戏剧艺术的审美立场和艺术批判。

对高行健而言，其戏剧中充分赋予人物角色以整体性自觉。这些人物在剧场中不是单纯的发言，不是保持一种单向的直线型思维模式，而是要让整个剧场显示出全方位的多层面的话语交流，各自以其独特的形式组合成复调话语体系。他因此反对易卜生的"全或无"的艺术模式，因为这位北欧戏剧之神，毫不犹豫地在他后期创作中排除独白和旁白。还有诗体，他开创的现实主义戏剧范式，因为隔着"第四堵墙"，要给剧场中的"千头怪物"（观众）以真实的幻觉。高行健在他作品中强调开放型的对话模式，尤其是人物自身的多声部对话，使得戏剧内蕴厚重化艺术化。正如黑格尔所说，戏剧唯一的存在形式就是对话。在中国古代戏剧中，从元杂剧到明传奇再到清末地方剧种，对话因素逐渐增多，但仍摆脱不了歌舞讲故事的讲唱文学基础。事实上，在高行健剧目中的"多声部"对话结构，两种或多种视域内的价值取

---

① ［俄］巴赫金：《陀思陀耶夫斯基诗学问题》，生活·读书·新知三联书店 1992 年版，第 91 页。
② 同上书，第 247 页。

向互相重叠或碰撞,其中内在意志的冲突是促使对话形成的基本原因。在戏剧对话中,体现着价值和意志的吸涉,换言之,在对话中,或者一方战胜一方,或者相互妥协趋同,或相持不下彻底分裂,这三种情况都会造成对话的终结,因为它已完成了一个逻辑进程。例如《雷雨》中的周朴园、繁漪、周萍等等,每个人都负载了相当沉重的矛盾性因素,并且人物系列构成了一个价值链,其中每个抵抗性因素的拆解和拼贴都潜在地推动戏剧情节的自然滑动,对话性始终充溢着整部剧。

从话语角度看,多种态度,多种声音,多种言谈方式相互碰撞,相互作用,这才是戏剧对话的辩证法。高行健认为:"交响乐之所以富有戏剧性,正在于不同声部的对位。现代戏剧一旦借用了音乐中的对位的手段,就给自己的表现能力又打开了一个新的天地。"[1] 高行健的《绝对信号》《车站》都是以强烈的对话性推动受众对戏剧的新思考。这种对话性,让戏剧审美从认识判断走向了审美判断,审美判断不同于认识判断在于:"它不涉及对象性状的、以及对象通过这个那个原因的内在或外在可能性的任何概念,而只涉及表象力相互之间在它们被一个表象规定时的关系。"[2] 另外,其中视觉关系和时空的跳跃感十分突出。例如《绝对信号》中展示一群青年现实的"车匪"和知青岁月的往事,历史与现实,穿越时空隔膜而同时出现在观众面前,传统的戏剧总是"三一律"影响下遵循时间、空间和事件的相对同一性,以保证高度的凝聚力、充分的表现力和故事的完整性,而高行健打破了这种叙事模式,模仿电影蒙太奇手法,把不同时间、不同空间的事件元素巧妙地进行重组,从而开创了中国戏剧崭新的局面,所以被普遍认为是和曹禺比肩的20世纪的戏剧大师。

以上案例分析可见,西方现代戏剧理论从外部刺激了中国新时期戏剧理论的转型,高行健在接受西方现代戏剧理论的过程中,立足于中国戏剧的传统话语模式,用中国戏剧话语改造和转化西方现代戏剧理论,因此,新时期

---

[1] 高行健:《对一种现代戏剧的追求》,中国戏剧出版社1988年版,第24页。
[2] [德] 康德:《判断力批判》,人民出版社2002年版,第56页。

的中国戏剧既不同于西方现代戏剧，又不同于中国传统戏剧，而是在杂糅和变异中创新出一种新的话语范式，这就是接受变异的发生规律。

第三节　类同性：阐释变异学

上一节的流传变异学是对影响研究的包容式创新与发展，其可比性主要建立在实证性与同源性基础上，这一节主要研究没有实证性影响的文学文本在相互阐释中发生的变异。乐黛云教授认为："阐释差异是普遍存在的现象，它既给阐释活动带来许多不确定的因素，又为阐释活动提供了广阔的空间。因为人文研究的目的不是寻找文本与意义之间的一一对应关系，而是力图从文本中解读出尽可能多的意义。"[①] 阐释变异与流传变异的不同之处在于：流传变异往往有影响交流关系，阐释变异往往没有实证性影响关系，是根据话语想象、虚拟或者主观的阐释视域趋同而形成的可比性关联域。流传变异强调文本性，因为实证必须要有媒介，可以追溯、考证，就算没有固定的文学文本，接受者往往根据传闻、电影电视等各种不确定因素，进行主体化的想象、综合和阐释。那么阐释变异的对象是什么？可比性是什么？如何展开相互阐释？如何体现阐释中的变异？

阐释变异的可比性就是基于美国学派平行研究中的"类同性"，正如康拉德所说："必须充分估计在不同历史时期里文学存在的形式本身的差异事实。"[②] 但是这并不是完全与美国学派的可比性描述相同，它与平行研究的相通处在于都要有一个类同性框架，但是在这个框架基础上，主要是寻找差异的"求异"过程。仿佛在构建一个太极图，外围的整个圆圈是某一个类同的架构，而黑白、阴阳、乾坤等等，构成了一个互补的差异化整体及"和而不

[①] 乐黛云等著：《比较文学原理新编》，北京大学出版社1998年版，第233页。
[②] ［苏联］康拉德：《现代比较文艺学问题》，于永昌：《比较文学研究译文集》，上海译文出版社1985年版，第282页。

同"的格局。

从整体上说，阐释变异是比较文学变异学的一种研究类型，它是对平行研究的包容性传承与发展，其创新在于：将平行研究的类同比较转向阐释比较，又将阐释比较的聚合模式转向变异模式，通过学理层面的双重分离与双重整合，继而形成阐释变异的方法论体系。从实践路径来看，它分为错位、对位与移位三种形态，其中移位阐释变异又包含现象变异与他国化结构变异两种情形，前者是局部话语变异，后者是通过本国文化过滤与文学误读等适应性改造，滋生出理论新质，这些新质转化为本国文学知识体系的有机组成部分，并整体推进话语规则层面的他国化结构变异（他国化结构变异将在本章第三节专题论述）。

我们知道，比较文学变异学是对影响研究和平行研究的包容式创新与发展，这种包容性体现在："在有同源性和类同性的文学现象的基础之上，找出异质性和变异性。"[①] 因此，变异研究可以分为两大基本范式，即：影响交流中的流传变异与平行研究中的阐释变异。流传变异是指："在文学交流中变异性的事实普遍存在的情形下，变异学需要在考察文本输入国对源文本进行过滤和转变的实际过程中，一方面深刻体认源文本所蕴含的文化特质，另一方面积极探究转化后的文本背后所潜藏的文化动因、历史语境、意识形态背景等。"[②] 如此看来，影响交流中的流传变异具有比较可靠的史料证据支撑，相比而言："平行研究的变异问题往往容易被学者所质疑甚至忽略，因为类同关系的变异远不及建立在同源性基础上的影响研究其变异那般明显且好理解。"[③] 或者说，平行研究之可比性主要基于"文学性"而不是"实证性"，所以它的变异主要发生在文本"阐释"环节而不是影响"实证"环节。那么，为什么阐释会发生变异？平行研究中的阐释变异有什么规律？它又如何作为一种方法论运用于实践创新？

[①] 曹顺庆：《比较文学概论》，高等教育出版社 2015 年版，第 168 页。
[②] 李艳、曹顺庆：《从变异学的角度重新审视比较文学的影响研究》，《中国比较文学》2006 年第 4 期。
[③] 曹顺庆、曾诣：《平行研究与阐释变异》，《中国比较文学》2018 年第 1 期。

阐释变异是近年来比较文学变异学研究的一个前沿课题，它主要分析如何从学科理论发展的共时性维度体现变异研究的批判式创新。对此，关于变异学的两篇综述都有所提及。曹顺庆、庄佩娜2015年在一篇综述中提出："影响研究、平行研究与变异研究的融合何可不为？"① 2018年时光博士在另一篇综述中指出："在历时性的语境中把握变异学的理论价值无可厚非，然而，在共时性空间与语境中关注比较文学学科理论的'生长'状态亦不可或缺。"② 从共时层面分析：如果说流传变异是对影响研究的包容性发展，那么阐释变异则是对平行研究的传承与创新。那么，什么是阐释变异呢？它与平行研究有何关系呢？

平行研究包含类同研究与阐释研究两种向度。平行研究虽然提倡跨学科、跨文化比较，但在拓展跨越性边界的同时，也坚守着基本的可比性边界，这个边界分为内外两个特征："类同比较是平行研究的显性特征，而阐释研究则是平行研究的隐性内涵。"③ 关于显性特征，雷马克认为："比较文学的研究不必每一页、甚至不必每一章都包含比较，但总的目的、重点和方法上必须是比较性的。"④ 艾田伯也指出："如果说我能够引用公元前和公元后十二个世纪的中国诗歌来解释十八世纪的前浪漫主义的所有题材的话，显而易见，这是因为那些形式存在着，类型存在着，不变因素存在着，一句话，有人存在，文学也就存在。"⑤ 他们强调的就是不同国家、民族文学中"不变"的形式因素，诸如厄尔·迈纳在《比较诗学》中所列举的戏剧、抒情诗、叙事文学等。从另一方面来看："平行研究的确是建立在类同可比性之上的一种比较文学研究类型，但是这种类同比较本身则是一种人为选择的阐释活动。简言之，平行研究从本质上讲应该是一种阐释研究。"⑥ 这就是说，如何展开比较，

---

① 曹顺庆、庄佩娜：《国内比较文学变异学研究综述：现状与未来》，《中南民族大学学报》2015年第1期。
② 时光：《比较文学变异学十年（2005—2015）：回顾与反思》，《燕山大学学报》2018年第1期。
③ 曹顺庆、曾诣：《平行研究与阐释变异》，《中国比较文学》2018年第1期。
④ [美]雷马克：《比较文学的定义和功能》，干永昌：《比较文学研究译文集》，第219页。
⑤ 同上书，第99页。
⑥ 曹顺庆、曾诣：《平行研究与阐释变异》，《中国比较文学》2018年第1期。

不仅取决于文学文本客观存在的类同性，同样也取决于比较者自身的主观阐释视域趋同性，所以客观形式类同与主观阐释趋同，构成了平行研究的一体两面。

阐释研究包含聚合阐释与变异阐释两个向度。阐释学（Hermeneutics）的最初形态是解经学（Exegesis），即对《圣经》元典文献及其语境进行解读的方法策略，后经施奈尔马赫、狄尔泰等逐渐拓展为一般阐释学。伽达默尔指出："研讨对文本的理解技术的古典学科就是诠释学。"① 换言之，传统阐释学主要目的是最大限度避免解释者曲解源文本意义，如格朗丹分析："对于传统的解释学来讲，解释（interpretatio）作为达到理解（intelligere）目标的手段自明地起作用。"② 复旦大学朱立元教授也认为施奈尔马赫："其阐释学在意义理论上无疑属于作者中心论。"③ 然而，海德格尔以来的现代阐释学革新了这种意义聚合式解读，他们否定作者中心、否定话语权威，并肯定"不正确理解"的创新价值。例如：一位日本人问海德格尔如何"更希腊地思希腊思想"，他回应："更原始地追踪希腊思想，在其本质渊源中洞察希腊思想。这种洞察就其方式而言是希腊的，但就其洞察到的东西而言就不再是希腊的了，决不是希腊的了。"④ 为什么海德格尔会如此论断呢？张隆溪对其意指作出分析："我们理解任何东西，都不是用空白的头脑去被动地接受，而是用活动的意识去积极参预。"⑤ 这意味着，现代阐释学从思想认识论转向了存在本体论，一旦海德格尔所强调的"先行具有、先行视见及先行掌握"⑥，或伽达默尔说的"前见"在阐释活动中发生切换，那么意义聚合则变为意义离散与异延，继而在历史与当下的双向建构与阐释变异中抵达"视域融合"。张隆溪

---

① ［德］伽达默尔：《真理与方法》第一卷，洪汉鼎译，商务印书馆2016年版，第241页。
② ［加］让·格朗丹：《哲学解释学导论》，何卫平译，商务印书馆2009年版，第156页。
③ 朱立元：《伽达默尔与贝蒂：两种现代阐释学理论之历史比较》，《当代文坛》2018年第3期。
④ ［德］海德格尔：《从一次关于语言的对话而来》，孙周兴：《海德格尔选集》下册，上海三联书店1996年版，第1043页。
⑤ 张隆溪：《二十世纪西方文论述评》，生活·读书·新知三联书店1986年版，第193页。
⑥ ［德］海德格尔：《存在与时间》，陈嘉映、王庆杰译，生活·读书·新知三联书店2006年版，第177页。

先生认为:"伽达默尔所强调的先结构,具体说来就是思想文化的传统,因为我们生活在一定的传统中,我们的思想和预见都不可避免受思想文化传统和生活环境的影响及限定。"① 这种哲学阐释学思想在比较文学领域主要体现在翻译研究中,翻译不是客观的跨语际切换,而是主观的意义阐释,所以曹顺庆教授认为:"译介学研究的正是变异学的基础性内容。"② 如此看来,从平行研究中分离出阐释研究,从阐释研究中分离出变异研究,整合两者的学理元素,就构成阐释变异研究的理论内涵:"平行研究中的变异研究,是指对不同国家、不同文明的文学在相互阐发中出现的变异状态的研究。"③ 那么,阐释变异的基本特征是什么呢?佛克马教授的理解是:"法国学派的研究是实证主义的,是想通过具体的事实来认识事物。而曹顺庆教授是想研究一些并不能用具体事实来证明的,甚至于是不明晰的,产生于想象和直觉的文学现象。"④ 这正是阐释变异最大的特征所在。

一 错位阐释变异

(一) 错位阐释变异的基本内涵

错位阐释变异是用某国文论话语阐释另一国文学文本,在理论话语与文学文本之间进行错位阐释的一种比较研究方法。对某一国文学文本,可以有多种解读模式,既可以从本国文化语境中进行解读,又可以援用异质文化话语的方法论进行解读,从而实现文本意义的多元化生成。例如,我们用精神分析学说来解读《哈姆雷特》,那么就可能不会觉得奇怪,甚至我们可以认为俄狄浦斯情结可以成为哈姆雷特延宕的一种理由,但是如果将这些理论泛化使用,则可能产生一些不同的学术反响。王国维曾用西方悲剧理论阐发《红

---

① 张隆溪:《阐释学与跨文化研究》,生活·读书·新知三联书店2014年版,第29页。
② 曹顺庆:《比较文学学》,四川大学出版社2005年版,第184页。
③ 曹顺庆:《比较文学平行研究中的变异问题》,《中山大学学报》2014年第3期。
④ 王蕾:《比较文学、中国学派和文学变异学——佛克马教授访谈录》,《世界文学评论》2008年第1期。

楼梦》，认为："《红楼梦》者，可谓悲剧中之悲剧也。"① 用此类异质理论体系与文学文本的跨文明错位阐释，往往遮蔽异质文明不可通约的结构性差异，继而导致不同程度的文学误读和阐释变异。但是，并不是说所有的错位阐释都是逆向的结论，刘耘华的《诠释学与先秦儒家之意义生成》就以西方诠释学为理论支撑，以《论语》《孟子》《荀子》为文本个案，对先秦儒家的意义生成问题做出深入而独到的剖析，得出一些比较有说服力的结论。需要注意的是，错位阐释变异这种研究方式不是为了证明一种方法的无限有效性和普遍适用性，张隆溪指出："从阐释学的角度看来，差异的普遍存在使理解和阐释成为必要，但理解并不是差异的消除，不是把理解者自己主观的先入之见投射到被理解的客体上，也不是而且不可能是完全排除理解者自身的主观性，把自己变成另一个文化的'他者'。在对话中达到相互理解，正如伽达默尔所说，是'视域的融合'。"② 这就说明，错位阐释变异的关键是认同差异，我们可以援用异质文论方法来阐释本土文本，也就是旧瓶装新酒。但是我们不能认为某一种话语是放之四海而皆准的，将这些话语运用到异质文明与文论过程中，有可能会有异曲同工之妙，但也可能会有强词夺理之谬，错位并不意味着这种交叉阐释不可能发生，比较文学本身就是跨国家、跨学科、跨文化的学科，相反，错位还可能导致惊喜，正如伽达默尔所说，我们能实现视域的融合。错位阐释一定要承认阐释中所发生的变异，并分析这种变异为什么会发生，正向变异和逆向变异都是基本的事实形态，我们可以多做事实判断，少做价值判断。

(二) 错位阐释变异的主要特征

1. 比较对象的不对称性。错位阐释的比较对象往往不具有类同性特征，它主要体现为一种比较文学的方法论运作，错位阐释的基本比较动机是：西

---

① 王国维：《红楼梦评论》，姚淦铭、王燕编《王国维文集》第一卷，中国文史出版社1997年版，第12页。
② 张隆溪：《阐释学与跨文化研究》，生活·读书·新知三联书店2014年版，第164—165页。

方以理论思辨见长,而中国以诗文评点为主。因此双方不能在文学理论上进行对位,只能用西方文论阐释中国文学文本,或用中国文学文本论证西方文学理由,例如"阐发研究"就是这种情况,他们认为中西方文学从知识质态上无法实现对等性比较,因此我们的中西比较文学研究,只能是一种错位式阐发,这种阐发的基本意图是互为补充、优势利用,将西方丰富的理论样态和中国文学的宝藏进行错位对视、交叉融合,会得出一些奇妙的结论;

2. 虚拟的普适性。错位阐释一般认为某种理论是普遍有效的,因此可以进行跨文明推广,从而遮蔽文明异质性,例如刘若愚用艾布拉姆斯文学四要素理论来阐释中国文学与文论,就是试图证明西方文论的普遍有效性,曹顺庆教授认为:"如果忽略东方文化或中国话语的独特性,只一味地向西方文论话语靠拢,就不可避免地带来了中国话语的'异质性失落',甚至得出一些有悖常识的结论。"[①] 在张隆溪教授看来,阐释的归宿不是寻求一种创新的结论,而在于寻求视域之融合,他指出:"如果与异己而陌生的东西相遇可以被视为阐释学的起点,那么,经验和知识在自我与他者的关联中得以充实(即伽达默尔所谓的'视域融合')则是阐释学引领我们走向的最后归宿。"[②]

(三)错位阐释变异的案例解读

错位阐释是平行研究阐释变异研究形态之一,错位的双方一般没有实证性的影响交流关系,我们可以用以下案例来进行说明。

1. 周英雄的错位阐释。周英雄认为每一种文学理论都有其可取之处,也许它不能完全阐发出中国文学的精神实质,但是其基本方法、基本理念,仍然有可能被我们运用于文学阐释之中,以结构主义为例,他说道:"结构主义与中国文学本质,乍看起来不配称,但结构主义手中也握着几张王牌,不能轻易弃之不顾。一来人的思想都有结构的概念……再说每一个时代都有权利诠释前人的作品与看法,二十世纪的结构主义,从整体、从底层的观点来看

[①] 曹顺庆、沈燕燕:《打开东西方文化对话之门》,《东疆学刊》2013年第3期。
[②] 张隆溪:《道与逻各斯·序言》,江苏教育出版社2006年版,第7页。

文学，自有其立足之根据，也不必因它无法鞭辟入里地勾出中国文学精髓，而因此扬弃不用，因为没有任何一种批评能自称完美无瑕。"① 根据这种研究路径，周英雄用结构主义研究了一首中国古典文学作品《箜篌引·公无渡河》，首先看这首诗的背景介绍：

> 公无渡河又作《箜篌引》，《相和歌辞》之一。据崔豹《古今注》记载，一天早晨，汉朝乐浪郡朝鲜县津卒霍里子高去撑船摆渡，望见一个披散白发的疯颠人提着葫芦奔走。眼看那人要冲进急流之中了，他的妻子追在后面呼喊着不让他渡河，却已赶不及，疯癫人终究被河水淹死了。那位女子拨弹箜篌，唱《公无渡河》歌曰："公无渡河，公竟渡河！堕河而死，其奈公何！"其声凄怆，曲终亦投河而死。子高回到家，把那歌声向妻子丽玉作了描绘，丽玉也甚为悲伤，于是弹拨箜篌把歌声写了下来，听到的人莫不吞声落泪。丽玉又把这个曲子传给邻居女儿丽容，其名即《箜篌引》。

这就是诗歌的大致创作背景，此歌四句正文为："公无渡河，公竟渡河！堕河而死，将奈公何！"短短16字，却意味深长。据说闻一多先生回忆，梁启超当年在清华是这样讲这首歌的："公无渡河——好！公竟渡河——好！堕河而死——好！其奈公何——好！真好！实在是好！"这就结束了，最后几句是："思成，抹黑板，快抹黑板！"按照中国古典诗歌的分析方法，这四句话缺乏意象和意境，更多的是在叙事，其审美想象空间并没有其他经典唐诗那么宽宏，但周英雄却用结构主义解读出另一种风味：

> 这首歌可以分划为两组对立，就实际行动而言，第三行是第二行的直接后果（公渡河因此堕河而死）；就感情反应而言，第二行是由第一行所引起的（狂夫之妻劝她丈夫不要渡河，因此他偏要渡河），同样第四行也可以说应第三行而生（狂夫之死引发了她的喟叹，叹遇人不淑，也叹

---

① 周英雄：《比较文学与小说诠释》，北京大学出版社1990年版，第37页。

命之难测)。而这两组对立却又是平行的,第一行之于第二行正如第三行之于第四行。物理学家所谓作用与反作用,应用到这首歌诗上也无不可。动作有正反之分,情感也可分正反。①

他在书中用各种结构图示来展现这首诗歌的结构关系,我们知道,结构主义的方法就是二元对立的关系论立场和整体性世界观。索绪尔用下棋为例形象阐释了结构主义的基本思想:"假如在下棋的时候,这个棋子弄坏了或者丢失了,我们可不可以用另外一个等价的来代替它呢?当然可以。不但可以换上另外一枚卒子,甚至可以换上一个外形上完全不同的棋子。只要我们授以相同的价值,照样可以宣布它是同一个东西。由此可见,在像语言这样的符号系统中,各个要素是按照一定规则互相保持平衡的,同一性的概念常与价值的概念融合在一起,反过来也是一样。"② 在索绪尔看来,每一枚棋子都仅仅是一个符号,它的意义不在于这个棋子本身,而在于下棋的规则体系之中,卒的行进方式和马、炮、象都不一样,在这个差异化的体系中,意义得以显现。但是,这些要素都在保持着动态平衡,这个平衡体系就是结构主义的研究内容。周英雄根据结构主义的基本思想,将四句诗歌分解成两组平行的对应关系,彼此是作用与反作用的制约结构。从这个结构我们可以看出:"公无渡河"是劝诫,这是狂夫之妻对整个事态的正向论断;"公竟渡河"是质疑,这是狂夫对这个正向论断的逆向回应,两者构成否定关系;"堕河而死"是结局,这一句是对上一组否定关系的直接回应;最后一句"其奈公何"是追思,这是对第三句的正向回应,悲剧发生了,无力遮挽,无法改变。结果又回到原来困惑上:为什么狂夫要渡河?究竟是什么驱使一个人奔赴死亡?周英雄在这里用结构主义的关系论思想来错位阐释中国古典诗歌,他从比较文学的角度分析这种方法的可行性:"就比较文学而言,早期比较文学法国派以'影响研究'(influence study)为首务,显然与结构主义的基本宗旨相违

---

① 周英雄:《结构主义与中国文学》,台北东大图书公司1983年版,第115页。
② [瑞士]索绪尔:《普通语言学教程》,高明凯译,商务印书馆1999年版,第155—156页。

悖，因影响的研究属于实证的工作，并未兼顾文学的内在关联。继起的美国派比较文学，基本精神较接近结构主义；结构主义的大前提是一种整体性的世界观，外界现象只要细心精研，都可发现其关联性。"① 从文本来看，如果狂夫按照自己的理智判断这种行为的危险性，悲剧不会发生，如果狂夫自身不能理智判断，但是可以接纳别人的建议，悲剧也不会发生。狂夫的疯狂举动与自身的理性判断形成一组对立关系，而狂夫的固执己见与妻子的好言相劝又形成一组对立关系，这样，这两组对立关系相整合，形成人与自然的对立关系，悲剧由此而发生。郑树森认为周英雄这种阐释方法具有合理性，他指出："在分析'公无渡河'一文的第二节，周英雄援引二元对立关系论，将这首小诗分为人/自然、生命/死亡、文化/自然、艺术/自然等对立面。由于这首诗的古旧和边疆性质，再加上是相对于文人作品的口头创作，这种二分并不勉强，且很适合分析对象本身的特质。"② 如果按照中国传统的文本解读方式，这首诗歌不像唐诗那般富有意象、意境以及气象，是一首叙事诗，所以梁启超反复用"好""真好"来评论，他是"懂"这首诗的，他的这种"只可意会不可言传"的评论形式是一种典型的中国话语，周英雄用错位阐释的形式来进行创新阐发，用结构主义的二元对立与关系整合来分析这首诗歌文本，其批评方法和结论别有一番趣味，这就是错位阐释导致意义变异的一种策略。

  2. 关于"悲剧"的错位阐释。我们知道，悲剧是产生于西方文明语境的一种文学形态，亚里士多德《诗学》主要就是论述悲剧和史诗，王国维认为悲剧并不是西方之专属，他用西方的悲剧理论思想来错位阐释中国文学文本，得出的结论是："《红楼梦》一书与一切喜剧相反，彻头彻尾之悲剧也。"③ 与此相反，钱锺书却指出："悲剧自然是最高形式的戏剧艺术，但恰恰在这方

---

① 周英雄：《结构主义与中国文学》，台北东大图书公司1983年版，第51页。
② 郑树森：《结构主义与中国文学研究》，周英雄：《结构主义与中国文学》，台北东大图书公司1983年版，第5页。
③ 王国维：《红楼梦评论》，姚淦铭、王燕编《王国维文集》第一卷，中国文史出版社1997年版，第10页。

面，我国古代剧作家却无一成功。"① 这是两种截然不同的悲剧观，王国维认为中国有真正的悲剧钱锺书认为中国在悲剧创作方面无一成功。而且，钱锺书进一步对王国维的悲剧理论提出质疑：

> 我这里斗胆——当然肯定怀着怯惧——向王国维这样一位古代中国戏曲研究权威提出异议。在《宋元戏曲史》中，王国维说："明以后，传奇无非喜剧，而元则有悲剧在其中。就其存者言之：如《汉宫秋》《梧桐雨》等，初无所谓先离后合，始困终亨之事也。其最有悲剧之性质者，则如关汉卿之《窦娥冤》、纪君祥之《赵氏孤儿》。剧中虽有恶人交构其间，而其赴汤蹈火者，仍出于其主人翁之意志。即列于世界大悲剧中，亦无愧色也。"……三、它们是大悲剧，可以说是建立在这个基础之上，即认定《俄狄浦斯》《奥赛罗》以及《贝蕾尼斯》都是大悲剧。这一点，恕我们不敢苟同。的确，王国维这种萌发于主人翁意志的整个悲剧观似乎是高乃依式的。但王氏所构想的悲剧冲突并不像高乃依所构想的那样倾向于人物内在的冲突。②

钱锺书全面分析了王国维关于悲剧的三个主要观点，并对第三个观点进行了反驳，他认为王国维的悲剧观与高乃依的悲剧观在根本上不同，这种不同主要体现在人物内心的冲突方面。古希腊三大悲剧《被缚的普罗米修斯》《俄狄浦斯王》《美狄亚》，这些悲剧的共同之处在于：人物在不可抗拒的命运面前的挣扎、恐惧和反抗，这是一种不可调和的矛盾，是知其不可为而为之的绝然对立，亚里士多德认为，正是在这样一种体验中，人的感情得到净化，所以，西方的悲剧侧重表现庄重、严肃和震撼，而中国戏剧显然很难给受众这样的审美体验，所以从这个角度分析，姚一苇认为："原始的人类为关心植物之生长，关心他们赖以生存之收获物，于是发展成一定的祭式，悲剧

---

① 钱锺书：《中国古典戏曲中的悲剧》，李达三、罗钢：《中外比较文学的里程碑》，人民文学出版社1997年版，第359页。
② 同上书，第362—363页。

实起源于此一祭式。但是此一理论无法用来解释中国戏剧,我们自留存下来的戏剧中亦无法找到此种说法的任何痕迹。实际上中国不曾产生过自此一基础上生长出来的悲剧。"① 陆润棠也提出同样的观点:"王国维把元剧《窦娥冤》和《赵氏孤儿》当作中国的伟大悲剧,人物和意志表现足以媲美西方伟大悲剧。此说一出,学者和戏剧批评家纷纷效尤,套用悲剧一词,诠释中国戏曲。有部分人认为中国戏曲有悲剧存在,另外一些人则持相反意见,并为中国戏曲无西方之悲剧而惋惜。双方均各主其说,忽略了该词之外来性和固有之西方参考构架,而只求一时诠释上之方便。"② 无论是认为中国有悲剧,还是没有悲剧,这都是错位阐释中发生的变异。王国维用西方悲剧理论来分析中国的戏剧文本,认为我们也有可以列入世界悲剧之林的伟大作品,而钱锺书以及后面的几位学者,显然不同意这种观点,他们认为我们不能用西方的悲剧理论套用中国戏剧,西方悲剧理论产生于祭祀仪式,中国没有这样的生成土壤,这种错位阐释产生了意义变异。

综上所述,周英雄的研究案例表明:结构主义是原汁原味的西方诗学理论,而《公无渡河》是原汁原味的中国文学文本,中国文学与文论思想之核心是天人合一、含蓄蕴藉,这首诗本身是叙事风格,用结构主义的二元对立整体关系论思想来解读,就可以得出关于文学与人生之间的诸多命题,且不论结论对错,单就事实而言,是文本与理论错位阐释带来的结论变异。同样,关于悲剧的案例也是如此,很多学者都意识到中西方悲剧比较的重要性,但是也都认为这是两种完全不同的语境中产生的文学形式,不能仅仅只从术语层面分析。用西方的悲剧理论来阐释中国的文学文本,会产生变异,王国维认为《窦娥冤》和《赵氏孤儿》就是世界大悲剧,但是这个结论并没有受到大多数人认可,其原因还是在于理论与文本的错位阐释,阐释形式的不同导致意义变异形式的不同,这就仿佛是用一个放大镜或显微镜去查看事物一样,

---

① 姚一苇:《元杂剧中悲剧观初探》,李达三、罗钢:《中外比较文学的里程碑》,人民文学出版社1997年版,第369页。
② 陆润棠:《悲剧文类分法与中国古典戏剧》,李达三、罗钢:《中外比较文学的里程碑》,人民文学出版社1997年版,第402页。

对象本身或大或小、或多或少会发生变异,这种错位阐释中的变异,能够让我们从多元化视角认识文学文本。

二 对位阐释变异

(一) 对位阐释变异的基本内涵

对位阐释变异是指预设一种文学研究论域、类型、母题或范式,然后将不同文明文学的表现形式进行观照和研读中发生的意义变异。与错位阐释不同的是,对位阐释往往是对称性比较,母题对母题、类型对类型,既研究两者之间的常量,又要分析它们的变量。佛克马先生说:"比较文学,亦即从国际视角出发所从事的文学研究,不可避免地要导向对不同文化传统中的文学概念以及它们异同之处的理论探讨。艾田伯提出研究文学常量,或者西方和东方传统中文学和诗歌的共同点,实际上就是一个基本的理论问题。"[①] 佛克马所提出的文学常量,其实就是各国文学之间的规律性和通约性,例如,中西方在某个意象上并没有事实联系,对某个共同的意象主题,却因为文化的差异具有了不同的意义,于是这种共形变异的诗学形态同样就有可比性,而且具有文学的审美性。所以,艾田伯认为比较文学不能总是沿着渊源与流传的思路去实证性推进,而是要拓展研究视野,从比较诗学的宏大与深层领域去研究一些文学"常量":"比较学者干嘛老是被动呢?说到那些对布莱希特和'间离化'推崇之至的人们,他们为什么就不能证明'间离化'这个东西很早就存在了,只不过那位伟大人物推广了它的名称?"[②] 这个思路,把放送者的话语权威和绝对价值消解了,用怀疑论和解构主义思维来重新阐释比较文学,他的这种思路,就是一种对位阐释比较路径,只是说,他对常量强调较多,对变量阐述不够,比较文学变异学中的阐释变异,就是要在某个常量的话语平台上进行对话,但是着力点又在于对话中的差异性及变异性。

[①] [荷] 佛克马:《关于比较文学研究的九个命题和三条建议》,《深圳大学学报》2005 年第 4 期。
[②] [法] 艾田伯:《比较文学的目的,方法,规划》,干永昌:《比较文学研究译文集》,第 117 页。

具体来说，对位阐释有两种类型：一是缺类对位阐释；另一种是分类对位阐释。缺类对位主要是针对某一类文学现象、题材、主题或范型，某一个国家有，但是另一个国家没有，并研究有（或者没有）这种题材或类型的主要原因是什么。这一类的阐释变异并不是阐释本身发生了变异，而是在阐释过程中，将不同的文学文本进行比对观照，继而让同中之异进行自然呈现。这不是发明差异的过程，而是一个发现差异的过程，即思考为什么"你有，我没有"。另一方面，分类对位阐释是在同一种文学现象、题材、主题或范型的可比性框架下，双方都有此类论域，在具体形态上"你有，我有不同的"，对这种差异性的研究，就是分类对位阐释。例如，乐黛云教授研究过中西方诗学关于"镜子"的隐喻，她认为："中国诗学通常不是用镜子来比喻作品，而是比喻作者的心。如果说西方诗学的镜子隐喻强调的是逼真、完全、灵动，中国诗学的镜子隐喻是强调空幻、平正、虚静。"[①] 也就是说，在镜子这样一个论域之中，中西方的隐喻分类是不同的，我们进行对位阐释，就能发现其中所存在的异质性要素，从这个意义上讲，我们可以将之理解为"异曲同工"。因此，在没有事实联系的情况下，根据文学性这个可比性因素，来进行分类化的阐释，能够促进对异质文明基础上的文学形态的他者化认识，从他者、异域的眼光重新审视在本国文学中的表现形态，能起到非常好的互释互补效果，例如钱锺书的《管锥编》、曹顺庆的《中西比较诗学》、黄药眠和童庆炳的《中西比较诗学体系》等。但值得注意的是，分类阐释变异侧重异质互补而不是文化求同。所谓文化求同，就是他国有某一种表述范畴，那么我们可以找到某种类似的范畴，继而展开比较，这是美国学派求"类同性"的基本立场，这样的比较，最终走向了文化研究的大熔炉。而且，求"类同性"的动机下，传统的平行研究就会出现很多 X+Y 式的比附研究，而比较文学变异学视域下的分类对位阐释变异，主要是研究类同性框架下的异质性、变异性，研究在同一个问题论域上，为什么他国是这种表述，而我们是那样的表述？为什么会导致这样的差异？潜在的深层话语结构是什么？当然，这又要

[①] 乐黛云：《比较文学与比较文化十讲》，复旦大学出版社 2004 年版，第 94 页。

回避另一个极端,就是文化相对主义,用不可通约的结构性差异来将文明文化进行"绝对他者化",就像张隆溪批评弗朗索瓦·于连一样,预设某种差异化的立场,从而将两者对立化,这也不是变异学的学术立场。

(二) 对位阐释变异的主要特征

对位阐释变异不同于传统的平行研究,其主要特征体现在以下几个方面。

1. 预设一个基本的可比性论域。对位阐释需要一个明确的方向,只有方向趋同,才可能形式对位。但是,对位阐释极有可能形成"拉郎配"的局面,我们对某个论域的预设,并不是对可比性对象的纯主观圈定,这里所圈定的是对话平台而不是对话性质,重点在于构建两个基点,经由这两个基点形成一个椭圆形的辐射场域,两者之间有通约性的话语平台,但并非借助这个平台研究他们的相似性,尽管对比较文学而言,这种相似性一直是可比性的基础:"在各国文学之间,在中外文学之间,无论是诗歌、小说、戏剧还是文艺批评,无论是古代文学还是近代文学,也无论是文艺思潮、文学流派还是文艺理论,都存在着大量相似的现象。这众多的相似有不少确实是有'事实关系'、'因果'关系的,但也有许多却是没有直接影响的'平行性类似'。"[1] 日尔蒙斯基也指出:"依靠'比较文学研究',它既估计到文学发展的平行现象和由它引起的文学之间类型的相似,也考虑到存在着受这种平行现象制约并与它紧密相联的国际间文学相互作用,'影响'和'借用'。"[2] 比较文学变异学中的对位阐释不同于上述这两种情况,因为它只对论域进行事实认定,而不对参与者进行价值判断。例如中国的"道"与"逻各斯"的对位,就是中西文学理论关于意义生成方式的论说场域;李伟昉《英国哥特小说与中国六朝志怪小说比较研究》,就是比较中西小说题材关于"怪"的言说论域,李伟昉认为:"满足人类在现实困境中难以如愿的情感和欲望,满足人类与生俱

---

[1] 卢康华、孙景尧:《比较文学导论》,黑龙江人民出版社1984年版,第11页。
[2] [苏联] 日尔蒙斯基:《文学流派是国际性现象》,干永昌:《比较文学研究译文集》,上海译文出版社1985年版,第321页。

来的渴望探究未知领域的强烈好奇心的需要,正是英国哥特小说与六朝志怪小说的创作通则,也是其作为小说艺术殊途同归的真谛。因此,它们都获得了经久不衰的艺术魅力和意味深长的审美价值。"[①] 汪洪章教授将刘勰的"奇"与什克洛夫斯基的"陌生化"进行对位阐释,其比较的论域在于:"什氏所谓'陌生化'背后所隐含的一系列诗学主张,与刘勰的'奇',就其针对文学形式、技巧、手法的自身演化而构成文学史的主要内容来说,无疑是相通而无碍的。"[②] 他认为刘勰的"奇"与什克洛夫斯基的"陌生化"在文学形式和手法这个论域上,是可以进行对话的。以上表明,对位阐释变异首先就要确立"位",或者说要确立比较论域是什么。

2. 在对位中"寻异"。按照影响研究的思维,通俗地说,是"我有,你可以有或应该有",这是一种潜在的求同思维下的"对比法"。不可否认,没有绝对纯粹的封闭式理解,任何文本必须置身于一个知识传统。但是在比较文学之中,这种先行掌握往往不是为了认同他者,而是为了确认自身,因此在比较之前,往往有一个立场,这个立场诸如西方有浪漫主义,那么中国有没有浪漫主义?屈原、李白比较像,能否比较一下?西方有逻各斯,中国有没有?西方哲学有知识体系,中国有没有?如果有,就可以类比,如果没有,要么不比,要么就用我有的去解释你没有的。例如赛义德《东方学》中所论述的东方形象,就是用西方观念"君临"东方所阐释出来的话语形态。

因此,对位阐释变异的总体特征就是找寻"同中之异",用差异来寻求对话。全球化时代的中国话语,是继续作为沉默的"他者""异域"被西方话语集体想象还是应当走出文化诗学的封闭圈,让异质文论话语以意义自由联合体形式展开跨文明对话?这是比较文学界面临的历史焦虑。日尔蒙斯基认为:"把大大小小的文学事例,从历史的联系和作家的世界观及风格的体系中孤立出来,进行纯粹经验主义的对比,这种对比,建立在这些现象之间的纯

[①] 李伟昉:《英国哥特小说与中国六朝志怪小说比较研究》,中国社会科学出版社2004年版,第116—117页。
[②] 汪洪章:《西方文论与比较诗学研究文集》,复旦大学出版社2012年版,第139页。

外表的、有时是偶然的、有时甚至完全是臆造的类似基础之上，而且以机械地理解的影响，来自外部的'推动力'来说明这种类似，这就构成对整个所谓'对比法'抱怀疑态度的原因。"① 这种对比来自一种主观的推动力，将两个范畴从两个体系中孤立出来，臆造某些相似性。分类对位阐释是两国文学在某一个论域上"你有，我也有"，只是所具有的符号特征不相同而已，分类阐释中的变异研究，正如刚才提到的李伟昉教授的研究，他不仅提到了两者的通约之处，更重要的是分析异质文化语境下的差异性表述："在对人物的心理描写上，六朝志怪小说与英国哥特小说又迥然相异。其最大区别就是，前者心理描写十分简洁，且常常在行动和对话中表现人物心理，而后者则常常在静态中不厌其详地细腻展示人物的心理路程。"② 首先是肯定文明异质性，但这个肯定不是主观地臆想，不是为了证明差异性而去刻意找寻某种差异性，这种带有强烈主观建构的立场，容易将原生态的话语体系进行异质化描述；另一个方面，缺类阐释也是在"求异"，这个求不是无中生有、刻意追求，而是基于同类的前提下，思考为什么有以及为什么没有。

分类对位与缺类对位的共同特征，都是在寻找"异"。当然，这里的类，不仅仅指文学体裁，也可能是某种风格或范畴。即预先设定某种主题、母题、题材、类型或范畴，将不同文明语境中的不同表象形态进行对比互释所产生的意义变异。只有通过这种分类阐释中的变异，我们才可能避免异质文论话语替换中的失落，避免西方对东方的殖民，正如张隆溪所说："比较文学真要越过欧洲和西方的界限，就必须对不同地区的文化和文学传统、历史和社会政治状况，都有高度的敏感和深切的了解，这才是能够准确理解、成功比较的前提。我们最要避免的就是把西方理论简单套用到非西方文学的材料上去，比较的工作必须由下而上地建立起来，从任何文化和文学里都存在的基本材料、基本问题和人的基本经验开始，例如语言、表述、意义、理解和解释等

---

① [苏联] 日尔蒙斯基：《文学流派是国际性现象》，干永昌：《比较文学研究译文集》，上海译文出版社 1985 年版，第 301 页。

② 李伟昉：《英国哥特小说与中国六朝志怪小说比较研究》，中国社会科学出版社 2004 年版，第 274 页。

等问题。只有用平等的眼光,看理论问题如何从这些基本材料、问题和经验中产生,又如何在不同文化和文学中得到不同的表述,我们才有希望避免把西方理论简单套用于非西方,从而避免在理论的层次上,重复西方对东方的殖民。"[1] 张隆溪先生所强调的"不同表述",就是对位中的阐释变异问题,只有认同差异,才能避免话语殖民。

3. 在对位中互补。我们寻找出阐释中的变异,还不是最终目的,变异学的根本意图还是要互补,那么怎么理解互补?"所谓的'互补',应当是你没有的我有,我没有的你有,才可能真正构成'互补',而异质性,正是中西文论'互识、互补、互证'的最重要最关键的问题,可惜的是,学界却恰恰忽略了它。"[2] 与错位阐释不同的是,对位阐释侧重探寻叶维廉所说的文学模子或美学据点,要么理论对理论,要么文本对文本,或范畴对范畴,是一种二元对立互补的阐释模式,尤其是缺类对位阐释,并不是通过研究你有、我有、大家有,然后构筑一个大同诗学,变异学要思考差异是什么,为什么会有差异,这些差异如何互补。例如,黑格尔认为中国文论没有思辨精神,而钱锺书就在《管锥编》开篇就用"易之三名"来论证中国思辨精神,当然,李清良教授也有专著《中国文论思辨思维》,我们不用从一个价值判断的路径来分析这种对峙性的阐发是否合理,从比较文学学科理论上看,这还是可以归为平行研究模式,那么怎样才是对位阐释变异呢?那就是在对位中实现真正的差异互补,例如叶维廉说:"中国的诗话和评点传统与西方的分类体系建构传统无疑形成了尖锐的对峙。而今,西方重理性分析的体系建构传统在经历其极盛时期,并对人类做出重大贡献之后,正在分崩离析;中国重个人经验的诗话评点传统肯定会成为强有力的'他者',有助于西方文学思想的重建。"[3] 这就是变异学的对位阐释思路,我们知道,汤因比、亨廷顿、福山等西方思想家对文明的缘起、发展、兴盛、衰亡做出创新阐释,这给他们指明了没有

---

[1] 张隆溪:《从外部来思考》,苏源熙:《全球化时代的比较文学》,北京大学出版社2015年版,第290—291页。
[2] 曹顺庆:《跨越异质文化》,山东友谊出版社2007年版,第56页。
[3] 参见乐黛云《比较文学与比较文化十讲》,复旦大学出版社2004年版,第204页。

任何一种文明会永远像太阳一样照耀人类，它也有一个新陈代谢的发展历程，而且文明不是一元论，而是多元论。叶维廉敏锐地意识到这一点，而且他也同样意识到中西文论在思辨思维上的根本差异，但是他并不是想缝合这种异质性，而是要消解西方权威，用中国之"他者"来助推西方文学思想重建（于连也是这种路径），同样，也要利用西方思辨精神和理性分析传统来重构中国文论话语，这就是对位阐释变异。再如中西方的言意观，就是一个很重要的论域，曹顺庆教授认为："中西不同的言意观是重大的理论问题，把它们的差异性比较出来是最有意义的。"① 研究这些差异有什么意义呢？曹顺庆教授指出："传统比较文学的可比性基础是'求同'，而'跨文明'研究所关注的是不同文明之间文学的交流和对话，交流和对话的前提是差异。'跨文明'研究的意义就在于它突出了比较文学中的'对话性'。"② 西方逻各斯中心主义思想下的言意观，强调语言在意义中的核心作用，而中国儒家、道家和佛家，却都纷纷否定语言的直接示意作用。张隆溪先生指出："'道'与逻各斯这种明显的相似，显然激励着人们的进一步探索。中国和西方都同样存在的这种在极大程度上的同一种类的形上等级制，以及这种同样担心内在现实会丧失在外在表达中的关注，为我们提供了比较研究的丰饶土壤。"③ 张隆溪将"道"阐释为与逻各斯对位并举的形而上本体，但是笔者认为他虽然强调了对话性，但是对变异性还是没有给予更充分的关注，我们不能将中国的"道"也阐释为具有"形上等级制"的话语形态，"道"恰恰是否定形而上思维的本体论存在形式④。因此，我们要辨识中国文论话语意义生成方式的异质性，继而与西方示意方式进行对话互补，这就是一种对位阐释变异路径，在平等对话中实现异质互补。我们可以李清照与狄金森关于寂寞的文本表述进行分析。

李清照《声声慢》：

---

① 曹顺庆、罗良功：《比较文学变异学研究》，《世界文学评论》2006 年第 1 期。
② 曹顺庆、王蕾：《比较文学中国学派三十年》，《外国文学研究》2009 年第 1 期。
③ 张隆溪：《道与逻各斯》，江苏教育出版社 2006 年版，第 45 页。
④ 参见王超《道之文：中国文学本体论及文论话语规则》，《东方丛刊》2009 年第 3 期。

> 寻寻觅觅，冷冷清清，凄凄惨惨戚戚。乍暖还寒时候，最难将息。三杯两盏淡酒，怎敌他、晚来风急？雁过也，正伤心，却是旧时相识。
>
> 满地黄花堆积。憔悴损，如今有谁堪摘？守着窗儿，独自怎生得黑？梧桐更兼细雨，到黄昏、点点滴滴。这次第，怎一个愁字了得！

狄金森《我曾惧怕那第一只知更鸟》：

> 我受不了那归来觅春的小蜜蜂，
> 愿他们避开我的视线，
> 在那暗香浮动的簇簇花团里，
> 它们怎会带给我什么信息？

她们所要表述的是同一种孤独和痛苦，但是从所展现的对象来看，李清照用秋天来映衬，而狄金森用春天来对比，这是迥异的艺术表现手法，正如有学者指出："同是描写内心深沉的痛苦，同是借助自然景色来抒发情感，李清照和狄金森的表现手法大相径庭。一位是悲秋，一位是惧春。"[①]可是，这种比较方式，不是将看上去相似的两个诗歌文本作品进行孤立地对比，也并不是我们一贯反对的 X＋Y 式比较，因为它没有从一个话语系统中抽离出两个横切面来比较，而是首先预设"孤独"这个母题、类型或范畴，然后在这个论域之下，来分析中西方文学意象表现形式上的差异性，通过深入把握不同文明文学的异质性话语结构，继而实现文学之间的互释互补。

（三）对位阐释变异的案例解读

对位阐释变异的学案非常多，在此，笔者用中国《礼记·乐记》与贺拉斯《诗艺》来说明这个问题。尽管中国汉代的《礼记·乐记》与西方古罗马时期贺拉斯的《诗艺》从空间维度上没有事实性的因缘联络，但是，从世界

[①] 谭大立：《一样痛苦　两种风格——李清照词与狄金森诗的不同表现手法》，钱林森：《中外文学因缘》，南京大学出版社1989年版，第20页。

文论发展的时间维度方面来看，两者都是帝国政权及其文化经典形成时期的意识形态在文艺上的特殊投射模式。两者对本民族的诗学传统进行了空前的创新、整合和重构。从这种诗学理论的整体观照之中，不仅可以摸索到其异质性与可比性的根源，也可以从这个特殊论域中抽丝剥茧，跨越中西异质文明，把握经典时期中西诗学的三重分类对位阐释变异形态。

1. "礼"与"理"的分类对位阐释。先秦时期的中国文论处于萌芽阶段，体现在它是对于总体文化语境下的艺术样态的普适性陈述。但这也为整个中国文化塑造了一个轴心时代后"延伸性"的基本的话语类型和文化范式。如《乐记》中的"物感说"："凡音之起，由人心生也。人心之动，物使之然也。感于物而动，故形于声。声相应故生变，变成方谓之音，比音而乐之，及干戚羽旄。谓之乐。"① 它陈述了音乐之本源，并且推导出一种特殊的逻辑关联模式："物—心—声—音—乐"。在此模式之中，乐的终极根源在于"物"，确切地说，是"物"与"心"之间的相互感应和共鸣。其实，两者本是两个异质元素，而感应就意味着两者之间呈现出一种直觉的、非逻辑性的、非理性化的经验判断。"心"与"物"抽离本身的言说领域而达到一个融会贯通的意义场，超越对立层面，从而建构起一个普适性的关系网络。这种寻求天、地、人"三才"之间的共鸣对应关系的思想主要来源于《周易》。《周易》本质上就是在建立一个外在自然与人类内心世界的关联体系。在每一卦中，都先揭示卦象所表示的自然之道，然后推衍辐射到人类行为，打通诸元素之间的对立感和陌生性，回归原初存在。不难看出，这是从自然之"象"继而引发了人类之"行"。《乐记》中把这种"感应说"进一步发展为："人生而静，天之性也。感于物而动，性之欲也。"② 就是把天性与人性相勾连，并且把人性与诗性相勾连，塑造了中国文论中"物感"说的基本雏形。

在强调"感物"的同时，《乐记》还进一步把《礼记》中"礼"在音乐艺术上加以贯彻、说明和体现，呈示出中国文论初期的"礼乐合一"的思想。

---

① 《礼记·乐记》，孔颖达：《十三经注疏》（下），上海古籍出版社1997年版，第1527页。
② 同上书，第1529页。

例如,《礼记·曲礼上》中道:"夫礼者,所以定亲疏,决嫌疑,别同异,明是非也。"① 因此,"道德仁义,非礼不成,教训正俗,非礼不备,分争辩讼,非礼不决,君臣上下,父子兄弟,非礼不定"。② 显然,礼不是简单的礼仪、礼貌或某种外在的习俗规范,从本质上说,它是一种儒家清理出的内在精神秩序,它对外在的言行举止起到的是超越法律的自省作用、监督作用和忏悔作用,是自律性与他律性的结合:"是故审声以知音,审音以知乐,审乐以知政,而治道备矣,是故不知声者,不可与言音,不知音者,不可与言乐,知乐则几于礼矣。"③

与《乐记》中"物感说"与"礼乐合一说"相对应的是贺拉斯在《诗艺》中倡导的"理性主义"原则。刘小枫认为:"理性与宗教始终是西方精神发展所依赖的两个转轮。"④ 从西方文论史的纵向维度来看,赫拉克里特所谓的"逻各斯"其实已经具有了理性主义的萌芽,到了亚里士多德才真正将之理论化,而在贺拉斯这里,"理性"已然成为一种明确的理论原则和思维方式。如果说,《乐记》中强调天人之间的和谐共振、合二为一的自然存在状态,那么,理性主义则是更多地主张主体性精神的张扬和自我意识的显现。贺拉斯认为:"要写作成功,判断力是开端和源泉"⑤。这里的判断力并非简单的是非认知能力,但也没有上升到康德所指的审美契机。他更强调艺术家的思辨能力,也就是一个艺术家应该知道使用什么样的素材,去表达特定目的、观点的能力。他说:"如果一个人懂得他对于他的国家和朋友的责任是什么,懂得怎样去爱父兄、爱宾客,懂得元老和法官的职务是什么,派往战场的将领的作用是什么,那么他一定也懂得怎样把这些人物写得合情合理。"⑥ 而在柏拉图看来:"若是没有这种诗神的迷狂,无论谁去敲诗歌的门,他和他

---

① 《礼记·曲礼上》,孔颖达:《十三经注疏》(上),上海古籍出版社1997年版,第1231页。
② 同上。
③ 《礼记·乐记》,孔颖达:《十三经注疏》(下),上海古籍出版社1997年版,第1528页。
④ 刘小枫:《拯救与逍遥》,上海三联书店2001年版,第2页。
⑤ [古罗马]贺拉斯:《诗艺》,《诗学·诗艺》,杨周翰译,人民文学出版社1962年版,第154页。
⑥ 同上。

的作品都永远站在诗歌的门外，尽管他自己妄想单凭诗的艺术就可以成为一个诗人，他的神智清醒的诗遇到迷狂的诗就黯然无光了。"① 其实他反对的"神智清醒"就是贺拉斯倡导的"理性"的代名词，柏拉图用"灵魂回忆"说来取得对真善美之"理式"的回忆和再现，但贺拉斯却认为这是一种理性化的思维活动而不是简单的神灵附体，他受到一个作家自身的思想深度、道德倾向、知识经验的影响。从这一点来看，他明显是受到了亚氏的影响，亚氏提出"四因"说，其中的"形式因"就包括"动力因"（或"创造因"），这也就指出了主体性和动态性两大特征。在他看来："艺术就是创造能力的一种状况。"② 换言之，文艺创作就是主体根据自己的主观意志而赋予客体以艺术形式的过程，它包含着主体的自我价值判断能力，贺拉斯直接继承和发展了他的这种观点。

从上述两者的对位阐释来看，事实上，《乐记》中"礼乐合一"的思想是很明显的，而且礼作为一种文化制度潜在地操控着中国文化内在的精神秩序："乐著大始，而礼居成物，著不息者天也。著不动者地也。一动一静者，天地之间也。古圣人曰礼乐云。"③ 孔子也说"非礼勿视，非礼勿听"，礼作为一种行为规范，同时也是一种道德伦理约束，这种约束不是通过法律奖惩制度来实现的，而是化归于天地万物的自然法则："天高地下，万物散殊，而礼制行矣。"④ 换言之，礼的终极根源在于天人合一的自然法则，而贺拉斯所说的理，在西方文化语境中，是通过社会契约来实现的，卢梭《社会契约论》就是讲述如何在人际平等的基础上达成共识。从另一方面来说，礼与理之间又都是中西方文化诗学中类似的一种言说方式，礼要求不乱，就是要把握一个度，一个秩序，理则要求在主体的理智或理性基础上，能够清晰地把握事物或事实的本真样态，运用合理的表现形式来进行展示，两者都反对自由随意的存在方式，主张规范、规则、约束、秩序，不同的是，礼更注重伦理学、

---

① ［古希腊］柏拉图：《柏拉图文艺对话录》，朱光潜译，人民文学出版社1959年版，第111页。
② 转引自朱光潜《西方美学史》（上卷），人民文学出版社1963年版，第54页。
③ 《礼记·乐记》，孔颖达：《十三经注疏》（下），上海古籍出版社1997年版，第1532页。
④ 同上书，第1531页。

社会学方面的人际约束,而理则看重个体精神的主观判断力。

　　进一步说,这两种话语规则在中西文论中起着承上启下的过渡性作用。《诗学》是《诗艺》中理性主义的思想渊源。而《乐记》则是对《周易》以来的"天人感应"说在音乐、艺术领域的进一步延伸和拓展。并且,这两种倾向对中西方诗学传统影响深远。文艺复兴时期的卡斯特尔维屈罗的"三一律"思想源于此,并且贺拉斯的"要写作成功,判断力是开端和源泉",又直接成为17世纪法国新古典主义的理论教条。布瓦洛说:"首先须爱理性:愿你的文章,永远只凭着理性获得价值和光芒"[1],蒲柏《论批评》中也提出了"巧智"等等。这一传统到了19世纪叔本华及尼采等人手中才逐步受到颠覆性的挑战。

　　《乐记》中有"凡音者,生人心者也。情动于中,故形于声。声成文,谓之音",它直接启发了《毛诗大序》:"诗者,志之所之也。在心为志,发言为诗。情动于中而形于言。"[2]后来陆机在《文赋》中道:"伫中区以玄览,颐情志于典坟,遵四时以叹逝,瞻万物而思纷,悲落叶于劲秋,喜柔条于芳春。"[3]它脱胎于物感说又有所发展。《乐记》中强调物之感人的一面,对人之于物的内在主体的反作用涉及较少,而陆机却用"叹""悲""喜"等文字区分了对不同的"物"所产生的不同心理效应,这与西方当代格式塔心理学家阿恩海姆在《艺术与视知觉》中提出的"异质同构"论相似,感叹悲喜的情绪变化与客观景物的变化形式形成对应关系。钟嵘《诗品》中也有:"气之动物,物之感人,故摇荡性情,形诸舞咏。"[4]刘勰在《文心雕龙·物色》中说:"是以诗人感物,联类不穷;流连万象之际,沉吟视听之区,写气图貌,既随物以婉转;属采附声,亦与心而徘徊。"[5]这些论述与《乐记》物感诗学

---

[1] [法]布瓦洛:《诗的艺术》,任典译,人民文学出版社1959年版,第37—38页。
[2] 《毛诗大序》,郭绍虞:《中国历代文论选》(第一册),上海古籍出版社2001年版,第63页。
[3] (晋)陆机:《文赋》,郭绍虞:《中国历代文论选》(第一册),上海古籍出版社2001年版,第170页。
[4] (南朝·梁)钟嵘:《诗品》,郭绍虞:《中国历代文论选》(第一册),上海古籍出版社2001年版,第308页。
[5] (南朝·梁)刘勰:《文心雕龙·物色》下,范文澜注,人民文学出版社1958年版,第693页。

是一脉相承的。以上可见，中国之礼乐与西方在理性，在历史发展阶段上形成共时态呼应，并且两者都强调思想规则对文艺文化的制约作用，这是一种对位形态，但是其变异体现在，中国之礼乐将这种规则之源归于自然之物，在物与人之间，形成物感诗学的理论样态，而西方之理性将规则之源归于主体之人，强调主体的判断力和理解力，并形成理性主义的诗学形态，这就是对位阐释中所呈现的差异性因素。

2."乐与政通"与"寓教于乐"的分类对位阐释。《乐记》与《诗艺》在文艺的发生论问题上分道扬镳，但是，对于文艺的社会功用，却有着异曲同工的表述倾向。那么，为什么中西方在这一时期都把文艺的社会教化功能提到了前所未有的高度，它的学理背景和文化背景是什么？

汉代推崇董仲舒"罢黜百家，独尊儒术"的文化政策，其潜在的知识背景乃是在于：儒学的经世致用精神和现实伦理学元素应和了空前庞大的帝国政权对于意识形态标准化体系化的外在诉求。同样，贺拉斯作为一个御用文人，他自身独特的身份决定了文艺必然要与政治有着某种关联，换言之，政治上的同一化表象必然要包含着思想意识上的规范化和体系化。同一性或体系化必然就要牺牲个体性来寻求表面的同一性幻象，因为："体系的产生就是源于意识形态的话语霸权。"[1] 任何一个政权除了军队、监狱等强制性镇压性的国家机器之外，还必然要有一种意识形态的国家机器及表象体系。正是在这样的政治哲学的现实基础上，贺拉斯提出了"寓教于乐"的文艺功用说。

"在文学史中，没有完全中性'事实'的材料。"[2] 即纯粹客观的事实材料只是乌托邦。《乐记》对不同"乐"所承担的社会意义功能做出的区分也不是随意任性的，它背后有一个价值判断体系。这与当时的政治思想一脉相连："是故治世之音安以乐，其政和；乱世之音怨以怒，其政乖；亡国之音哀以思，其民困。声音之道与政通矣。"[3] 不难看出，音乐的功能在于"治心"，

---

[1] 王超：《符号表象体系与理性深度秩序》，《内蒙古社会科学》2006年第3期。
[2] ［美］韦勒克、沃伦：《文学理论》，刘象愚等译，生活·读书·新知三联书店1984年版，第32页。
[3] 《礼记·乐记》，孔颖达：《十三经注疏》（下），上海古籍出版社1997年版，第1527页。

不同的"音"可以对不同的心理情绪进行有效的干预、疏导或制约。《乐记》认为，音乐是一个有层次、有分工、有等级的有机整体："宫为君。商为臣，角为民，徵为事。羽为物。五者不乱，则无怗滞之音矣。……凡音者，生于人心者也。乐者，通伦理者也。是故知声而不知音者，禽兽是也。知音而不知乐者，众庶是也。"① 可见，声、音对社会分工的一种对应解释，也是对人品的一种判断标准。因为音乐的本源在于物对人心的感和心对物的应，那么逆其道而行之，则转化为"音乐—人心—治道"的理论模式，即"乐与政通"。用这种与"人心"密切相关的载体来传达某种特殊的政治观念。正如李泽厚在谈到儒家思想时所指出的那样："不是去建立某种外在的玄想思想体系，而是去建立这样一种现实的伦理—心理模式，正是仁学思想和儒学文化的关键所在。"②

音乐在这里便不再是一种自由的抒情达意的自在方式，它从自由化走向了体系化，从边缘走向了中心，从独白走向了对话。后来，嵇康在《声无哀乐论》中明确反对这种传教式的艺术模式，认为这是对音乐（文艺）的一种摧残。但不可否认的是，在中国的文论传统中，这种"音乐—治道"模式直接推进了"文以载道""文以明道""道沿圣以垂文，圣因文而明道"等论点的形成。《乐记》中反复倡导音乐功用说，其积极因素就是把文艺与政治教化相联系，把文艺的现实有用性拓展到了极致。

同样，贺拉斯在《诗艺》中提出了"寓教于乐"，他首先从历史学意义上肯定了诗歌对于古希腊文明所产生的意义："举世闻名的荷马和堤尔泰俄斯的诗歌激发了人们的雄心奔赴战场。神的旨意是通过诗歌传达的，诗歌也指示了生活的道路；（诗人也通过）诗歌求得帝王的恩宠；最后，在整天的劳动结束后，诗歌给人们带来欢乐。"③ 很显然，在贺拉斯看来，诗歌的作用不仅仅是一堆文字拼砌成的自我陶醉的方式，它同时也具有很多的现实作用。例

---

① 《礼记·乐记》，孔颖达：《十三经注疏》（下），上海古籍出版社1997年版，第1528页。
② 李泽厚：《中国思想史论》，安徽文艺出版社1999年版，第26页。
③ [古罗马] 贺拉斯：《诗艺》，《诗学·诗艺》，杨周翰译，人民文学出版社1962年版，第158页。

如它可以激励人们满怀热情地奔赴战场，或在日常生活中增添无数的乐趣；或者陶冶人们的情操，或者使人们知道某些知识观念等等。但必须意识到，贺拉斯的创新之处还在于：他所谓的"寓教于乐"不是简单的"陶冶"或"净化"，他在西方文论史上第一次明确地注意到了受众的心理反应。"寓教于乐"不是一种彻底专制的、霸权的传播方式。因为贺拉斯意识到文艺本身作为一种传播媒介应该具有的接受反映美感。在传达知识观念的同时，也应该考虑到受众对传播方式的心理体验。"教"是目的，"乐"是形式，"教"的终极目的是与"乐"在其中的表现形式完美结合。这是非常重要的教育心理学观点。毕竟，潜移默化的思想渗透比强制性的意识形态灌输更具有人性化特征，也能达到更好的效果。正是在这样的思想倾向的影响下，古罗马当时出现了奥维德的《变形记》，维吉尔的著名史诗《埃涅阿斯纪》以及贺拉斯的《罗马颂歌》等文学作品。这类作品贯穿着"寓教于乐"的文化政策，对上歌功颂德，极尽溢美之词，而对下又进行启发和熏染，培养人们的爱国主义精神和社会正义感。因而也形成了古罗马文学的黄金时期。

3. "和"与"合式"的分类对位阐释。在《乐记》中可以发现，音乐乃至整个文艺，都是对于主体内在意绪的外化表达。关键就在于，它所表现的对象具有双重含义。它的最高境界或终极旨归乃是在于"道"，或天道，或人道，即天地万物及人心和谐不二的这样一种哲学观念。事实上，《乐记》作为儒家经典，它所谓的"道"具体指涉范围往往在儒家的伦理道德和礼制约束范围之内，道家的"道"推崇的则是"自然"之和，如老子"万物负阴而抱阳，冲气以为和"，儒家讲求的是社会秩序的"和"，孔子说："礼之用，和为贵""君子和而不同"，《中庸》说："喜怒哀乐之未发，谓之中，发而皆中节，谓之和。"①《乐记》也发扬了这个观点："大乐与天地同和，大礼与天地同节。和故万物不失，节故祀天祭地。"② "天高地下，万物散殊，而礼制行

---

① 《中庸》，朱熹：《四书章句集注》，中华书局2012年版，第18页。
② 《礼记·乐记》，孔颖达：《十三经注疏》（下），上海古籍出版社1997年版，第1530页。

矣。流而不息。合而同化。而乐行焉。"① 另一方面，这种最高的艺术境界是玄妙的，虚空的，必须要以某种具体的事实样态呈现出来才可以被感知，这就是个体主观意识中的喜怒哀乐。这样一来，音乐与文艺，就不是对某种外在理念的直接反映，而是对人心之道的外在表现，当然，它的最终表现对象，则是心之外（也包含心）的伦理观念或人性本质中的"和"。《乐记》中所谓的"天乐同和"说，其实在《尚书·尧典》中就提到了："诗言志，歌永言，声依永，律和声，八音克谐，无相夺伦，神人以和。"② 当然，这里的"志"与《乐记》中所要表现的"志"内涵是不相同的。但不可否认的是，他们都把文艺、音乐看成对内在情志的外在表现形式。可见，《乐记》延续和发展了表现说这一传统，并且，对后来的文艺本质论有深刻影响。

虽然，毕达哥拉斯也讲"数的和谐"，但西方的"和"更多地讲的是科学或艺术审美上的"合式"，它直接体现为文艺上的"摹仿说"，即有一个客观的可操作性的规范。如贺拉斯在《诗艺》的一开头就说道："如果画家作了这样一幅画像：上面是个美女的头，长在马颈上，四肢是由各种动物的肢体拼凑起来的，四肢上又覆盖着各色羽毛，下面长着一条又黑又丑的鱼尾巴，朋友们，如果你们有缘看见这幅画，能不捧腹大笑么？"③ 很显然，贺拉斯受到亚氏"摹仿说"的影响。亚氏在《诗学》第 7 章中说："悲剧是对于一个完整而具有一定长度的行动的摹仿。"④ 他从理性主义的角度认为文艺应当写得合情合理，基于现实可能，但是又超越现实。这一点对贺拉斯有直接的启发。他所要求的"合式"，就是要在艺术上做到恰到好处，让人能够产生"再现"式的心理感应。不要根据自己的主观想象去天马行空地自由发挥，因为那是一种不顾别人审美感受的武断的个体话语。必须主观合目的性和客观合规律性，才能够创作出"合式"的作品来。在这一点上，《乐记》与《诗艺》

---

① 《礼记·乐记》，孔颖达：《十三经注疏》（下），上海古籍出版社 1997 年版，第 1531 页。
② 《尚书·尧典》，郭绍虞：《中国历代文论选》（第一册），上海古籍出版社 2001 年版，第 1 页。
③ [古罗马] 贺拉斯：《诗艺》，《诗学·诗艺》，杨周翰译，人民文学出版社 1962 年版，第 137 页。
④ [古希腊] 亚里士多德：《诗学》，《诗学·诗艺》，罗念生译，人民文学出版社 1962 年版，第 25 页。

中体现的观点出现了明显的分野。《乐记》认为音乐是对人心的一种外化形式，主要目的是表现内在的难以捉摸的抽象客体。而《诗艺》却延续了亚里士多德的"摹仿说"观点，认为文艺中虽然有主观的成分，但是其最终目的是要再现一种事实或可能出现的事实，越逼真越好，越荒诞越差。因此"表现说"所倡导的"内在真实"与"合式说"倡导的"外在真实"之间既有相通融的地方，又存在相悖离的地方，两者呈现出极大的艺术张力。贺拉斯强调了某一类人的"共性"而对个性涉及不多。毕竟在一个高度集权化的时代，共性中所体现着的体系化、标准化、原则性都意味着意识形态方面的政治性干预因素。对个性的描述是塑造一个丰满的艺术形象的必要元素。这一点正如英国小说家福斯特在《小说面面观》中所区分的"圆形人物"和"扁形人物"一样。另外，他还认为人物的语言要符合他的身份，不同的性格特征、不同的场合、不同的语境所说的话都不相同："忧愁的面容要用悲哀的词句配合，盛怒要配威吓的词句，戏谑配嬉笑，庄重的词句配严肃的表情。"① 除此之外，他还要求必须要有合理的结构，能够整体上恰如其分地反映情节的艺术特征。要有合乎伦理道德的思想内容和适当的表现形式。总而言之，贺拉斯以一个宫廷文人的身份为古罗马帝国草创了一个艺术"范式"，继而要求文艺应当按照这个范式去再现某一个场景，把这个再现的过程写得合情合理、中规中矩。《乐记》则是主张通过音乐或其他文艺形式表现某种内在理念与外在形式的和谐。因此"和"与"合式"构成了中西方各自的诗学传统，对后来文论奠定了理论基础和诗学话语品格。

三 移位阐释变异

（一）移位阐释变异的理论内涵

移位阐释变异与错位、对位阐释不同，它是将某个原生性文本质态剥离

---

① ［古罗马］贺拉斯：《诗艺》，《诗学·诗艺》，杨周翰译，人民文学出版社1962年版，第145页。

其本身语境，置放于跨文明"新情境"中被阐释时所发生的意义变异。它与错位、对位阐释变异的区别在于：错位、对位是二元"并置"中的比较，而移位是一元"轮转"中的比较。移位意味着文本阐释的"先结构"或"前理解"（Pre-understanding）发生挪移，源文本进入"理论旅行"（Traveling Theory）之中，用赛义德的话说："移植，即该理论在新的文化语境下，遭遇不同程度的抵制、误读与接受，并因此发生复杂变形，或干脆被人挪作它用。"① 当然，它也不同于平行研究中的比较阐释，平行阐释是一种聚合阐释，它将两者不断靠拢、趋同，而移位阐释是一种变异阐释，它将其源文本意义离散、异延、分裂。因此，根据移位阐释引起的不同效果，它又可以分为两种情形。

1. 移位阐释引起的现象变异。如弗朗索瓦·于连从跨文明视域研究中国的"中庸""平淡""迂回"等知识领域，得出一些与西方文明迥然相异的阐释结论；Stephen Owen（宇文所安）在 *Readings in Chinese Literary Thought* 中对中国文论话语的阐释，都属移位阐释变异。这当中一般包含两种研究类型。一是海外汉学研究。如果是海外学者译介中国文学与文论作品而产生的变异，就属于译介变异研究，前面已经分析了这个类型，如果是海外学者研究解读中国文学与文论作品而产生的变异，就是移位阐释变异，它是将中国文学文本置放在异质性语境中观照、解读，同样，他国文学在中国的解读阐释是一个道理。乐黛云、周发祥、严绍璗、孟华等著名学者都提到比较文学与海外汉学的关系问题②。以往我们只知道海外汉学属于比较文学的研究范式，究竟是哪一种范式呢？通过以上阐述可见，从比较文学变异学的立场来看，它属于移位阐释变异研究。二是比较文学形象学中的变异，前文已述，变异学实际上是因为译介学、形象学的学科归属问题而发生的，形象学中"形象"和译介学中的"创造性叛逆"都无法实证，因此不能归属于实证影响研究，根

---

① Said Edward. *The World, the Text, and the Critic*. Cambridge: Havard University Press, 1983, p. 227.
② 参见张西平《比较文学视野下的海外汉学研究》，《中国比较文学》2011 年第 1 期。

据曹顺庆教授的意图，它们都是变异研究的具体形式，但是2015年高教版《比较文学概论》第四章列为"形象学、接受学和变异学"，如果按照这个逻辑，形象学依然与变异学平行设置，它们之间的关系依然含混不清，但是在教材的具体陈述中，又表述道："本章前面所论述的形象学、接受学理论，大多是跨国文学的变异研究。"① 可以看出在章节设计和具体表述上呈现的矛盾性，实际上化解这个矛盾的方法就是：首先我们能够确定形象学不是可以展开实证的变异，它是对某国或某个族群形象的跨文明阐释变异，因为"开明君主""老毛子""洋鬼子"这些形象学中的套话，都是基于某些基本事实的主体想象或集体想象，它无法进行科学实证。在阐释变异领域，它又属于移位阐释变异，因为它不像错位阐释和对位阐释那样具有两个以上对等性的文本对象，它是一国形象或一种范畴在另一种语境中被改造和生成的意义变异体。导致变异的根本原因是"移位"，因为日本人肯定不会认为自己是"日本鬼子"，这是基于他者视域的文化变异和形象建构。那么，为什么接受学不能像形象学一样归于移位阐释变异呢？那是因为：无论是形象学还是海外汉学，它们产生的变异往往并没有一个固定的源文本，或者说是一种复合式源文本，它是基于跨文明想象基础上的文化阐释和文学理解，而接受学是指对某个或某系列具体文本接受中发生的变异，所以接受变异归于实证性流传变异中的一类进行论述。综上可见，以上所说的移位阐释变异有一个共同点：那就是它们产生的变异是局部变异，没有推动整体知识结构变异，它局限于某一个作家、某一个时代、某一个文本、某一种语境下所产生的局部变异体，这是一种很常见的阐释变异，例如"老毛子"，那是清朝后期中国百姓对于俄国侵略者的一种蔑称，这是他国形象在中国的移位阐释变异，但是这个变异的影响主要在特定的历史时期，随着时代的改变，这种套话的使用频率减少，其影响力也逐渐减弱。当然还有"倭寇"，这主要是指14—16世纪侵扰劫掠中国沿海的日本海盗，这也是一定历史时期产生的套语，是他国形象在中国的变异现象。

---

① 曹顺庆：《比较文学概论》，高等教育出版社2015年版，第170页。

2. 移位阐释引起的结构变异。结构变异是与现象变异相对应的一种研究类型，它主要是指一国文学与文论移植到他国文化语境中，不仅仅产生理论新质，这些新质还与本国文学与文论的话语体系有机融合，形成一个结构性整体，并对本国文学文论的发展产生持续和长远影响的变异类型，也是比较文学变异学最重要的一种研究类型，这种类型的主要特征即"文学文论的他国化"，曹顺庆教授认为："文学的他国化是指一国文学在传播到他国后，经过文化过滤、译介、接受之后发生的一种更为深层次的变异，这种变异主要体现在传播国本身的文化规则和文学话语已经在根本上被他国——接受国同化，从而成为他国文学和文化的一部分。"[1] 他国化结构变异的根本特征在于：现象变异往往是零散的、局部的、时效性的变异，而结构变异往往是聚焦的、整体的、绵延性的变异，它不仅在移位阐释过程中产生理论新质，而且这些新质融入并改变了本国文学文化的知识谱系和思想结构。例如佛教中国化生成的禅宗，马克思主义文论中国化生成的中国特色社会主义文论，德国古典美学中国化生成的意境等等，从理论现象拓展到话语深层的结构变异，整体改变了本国文学文论的根本质态和话语规则。他国化问题将在下一部分进行详细阐述。

（二）移位阐释变异的主要特征

移位阐释变异是比较文学研究的一种特殊类型，与其他几种变异研究类型的区别主要在以下几个方面。

1. 相对聚焦的文本对象。错位阐释和对位阐释，一般情况下都具有两个或多个的比较对象，而移位阐释往往是指某一个文本对象移植在异质文明语境中进行阐释而发生的意义变异。一般来说，比较文学从空间位移上可以分为两种：一种是不同物理空间的比较；一种是不同语境空间的比较。前者就是阐释者将具有某种可比性的两个以上的对象进行并置比对，寻找通约性与不可通约性，这是最常见的比较形式。后者不是对象并置，而是语境置换，

---

[1] 曹顺庆：《比较文学教程》，高等教育出版社 2006 年版，第 147 页。

将某一个异质文本从跨文明的角度来进行阐释，以达到不同的阐释结论。移位具有跨文化跨文明的特征，通常情况下，移位跨度越大、知识边界无关性越大，那么变异的程度越大。文学文本正是在跨界"旅行"之中，遭遇不同的处境，继而产生意义变异。需要再次强调的是，这不是接受中的变异，因为这种变异往往是在阐释中发生的，这种阐释是跨文明视域下的超文本解读，文本在旅行过程中，可能并没有出现接受、认同与转化的过程，有可能是抵制、丑化、抗拒或不正确理解，而且其目的并不是像接受变异一样，要和源文本产生某种程度呼应和意义建构，移位阐释变异的目的是寻找差异的过程，通俗地说，类似测试某一种物体，在不同温度、不同光照、不同湿度条件下的物理反应或化学反应，不同的是，这里主要强调的某一个文本在多元文化语境中呈现出的"万花筒"式的文化镜像，正如苏轼《题西林壁》："横看成岭侧成峰，远近高低各不同。不识庐山真面目，只缘身在此山中。"

2. 跨文明"间距观照"与"理论旅行"。那么，为什么同一个文本在移植过程中进行跨文化阐释会发生变异呢？有学者认为："跨文化阐释的命题本身就带有显见的虚枉性，不得不借助形而上学，才能完成一定程度且没有实证验证的跨文化对话。阐释学不适合跨文化领域，跨文化领域容许理解而拒绝阐释。"[①] 这种说法有一定道理，但是阐释是不可避免的，为了克服这种所谓的"虚枉性"，赛义德在《理论旅行》中研究了理论在跨文明传播中的变异条件及其具体形态，弗朗索瓦·于连（又译朱利安）2012年12月16—17日在北京师范大学文学院召开的"思想与方法：全球化时代中西对话的可能"国际高端对话暨学术论坛会议上，提出"间距"论。他在《间距与之间：如何在当代全球化之下思考中欧之间的文化他者性》一文中，认为间距与差异的表述不同，有异必有同，只有首先肯定类同性才可能研究差异性，他认为"间距"正是否定这种认同的前提，迂回到无关性中进行对视，这正是移位阐释变异的基本方式。高建平教授认为："朱利安给了我们两个概念，对我们思考文化间的问题有很好的启发：第一是'间距'。'间距'不是'差异'。我

---

① 刘圣鹏：《跨文明差异性观念与比较文学变异学建构》，《吉首大学学报》2009年第2期。

们借助'间距'而思考,而'差异'是思考的结果。第二是'之间',我们从与'他'、'她'、'它'之间,转向与'你'之间,实现'面对面'。这不仅是为了对'你'的思考,而更重要的是为了对'我'的理解。"① 其实于连所提出的"间距"与"之间",说到底就是在移位中进行阐释、思考的过程,这种思考既是对对象的思考,也是在理解自身。曹顺庆教授认为:"朱利安教授之所以提出以'间距'代替有同一化导向的'差异'概念,正是基于这样对追求同一性反思的背景,这是很有见地的创新性的提法。"② 他提出的"间距"论不认同差异比较,因为"间距观认为不存在一个既定的普遍认同,因此,它竭力否定差异概念,它所诉求的既非同一性也非差异性,它基本不做比较,而是通过一个独立的外在他者反思自身。这也是间距与变异学的分野之处"。③ 我认为曹顺庆教授和沈燕燕博士的这个论断有待于进一步商榷,于连通过迂回到外在他者,构建一个阐释间距,然后反思自身,这看似不是比较,实际上是一种另类比较,这不仅不是它与变异学的分野,反而是与变异学"所见略同",这其实和赛义德的"理论旅行"一样,间距与旅行,都不是比较,而是一种移位中的阐释,正是在空间与时间上的移植、腾挪,一种比较的视域在不断切换、滋生,于此视域之下,源文本的意义也在不断充实和重构。概言之,差异即对话,异质性在移位中实现契合圆融。于连所谓的迂回、进入、间距、之间,都是在强调文化空间的移位问题,这种移位不仅仅是点与点的移位,而是一种网状结构中的游弋,它打破了你与我、黑与白的二元对立项,正如高建平教授所说:"'间距'恰好能纠正这种错误。东与西,与正与反,白与黑一样,暗示差异,而'间距'有助于说明一种我愿描绘成网状的世界文化的格局。世界是一张文化大网,相互之间以多通道相互连结,文化是网上的结。这个隐喻可以克服西方与非西方,现代与传统,文明与野蛮的二元格局。"④

---

① 高建平:《从"他"到"你":他者性的消解》,《学术月刊》2014 年第 1 期。
② 曹顺庆、沈燕燕:《打开东西方文化对话之门》,《东疆学刊》2013 年第 3 期。
③ 同上。
④ 高建平:《从"他"到"你":他者性的消解》,《学术月刊》2014 年第 1 期。

3. 理解与不正确理解中的变异。一个文本在跨文明移位阐释中，可能面对的是理解，也可能是误解，滕守尧教授通过海德格尔的文化比较，指出了理解与误解的区别：

> 海德格尔的文化比较所导致的是一种"理解"而不是"误解"。"理解"和"误解"的真正区别在于："误解"是真正不了解，"理解"则是在充分了解和融会贯通异文化之后的一种"新生"；"误解"是带着"唯我独尊"的偏见迈入异文化领域后对异文化的一种扭曲的了解——由于总是为了与之较量，为了改造它、征服它和战胜它，所以最后总是事与愿违，要么是远离了它，要么是误解了它，但不管怎样，都是在两种文化之间筑起了一道墙。"理解"则是带着一种平等的交流意识进入异文化领域的，在进入这个领域之前，就已经认识到自己的文化圈子之外有一个新的天地，迫切地想目睹它、了解它和借鉴它。①

理解不同于误解，理解是明知有差异，仍然要了解和借鉴，误解是真正的不了解，或者是为了彰显自己的理解而扭曲对象。那么误解是不是误读呢？那什么是误读呢？"在异文化之间导致'误读'的主要原因有两个：一是由于民族中心主义的文化观的影响，而对异文化产生有意或无意的偏见，它以贬低异文化为基本特点；二是将异文化想象的十分美好，予以理想化的'误读'，它以幻想式的抬高异文化为基本特点。"② 那么，进一步追问，误解或误读是不是不正确理解呢？严绍璗教授分析："我认为，人类连续不断的对'文化'进行的'阐释'，则是使'文化'具有延续性的根本。'文化的阐释'为什么可能具有这样的效应呢？最根本的就在于一切文化阐释都是建立在'不正确理解的基础上的'。在比较文学的研究中，有一个'误读'的概念，

---

① 滕守尧：《对话与比较文化》，乐黛云、[法] 勒·比雄：《独角兽与龙》，北京大学出版社 1995 年版，第 97—98 页。
② 周星：《异文化间浪漫的"误读"》，乐黛云、[法] 勒·比雄：《独角兽与龙》，北京大学出版社 1995 年版，第 113 页。

但我以为,对文化的'不正确理解'与所谓的'误读'是两个不尽相同的概念。"①根据严绍璗教授的表述来看,一切跨文化阐释都是不正确理解,正如一切跨语际切换都是创造性叛逆一样。但是无论是理解还是不正确理解,无论误解还是误读,从比较文学变异学的角度分析,都是移位阐释中发生的变异现象。

4. 移位阐释中的形象虚拟变异。形象变异是移位阐释变异的一种类型,主要研究一国文学形象、国家形象等在异域文化语境中发生的变异,这是没有实证性影响交流基础上的想象性解读。形象阐释变异并不是从影响的角度进行分析,而是从想象性变异的角度去展开,也正是这个原因,推进了比较文学变异学的研究。在形象阐释过程中,它不可证明,但是形象学又不能证伪,所以,在亦虚亦实之间,亦真亦假之间,形象始终处于飘忽不定的变异状态。形象阐释变异就要捕捉这些变异状态的具体形态及其背后的文化生成机制。在这个问题上,基亚在《比较文学》中就已经对形象学进行了展望:

> 如果每一个人,甚至每一个群体或国家都用简单化的形象来想象别的民族,把这个民族有时是主要的特征看成为偶然的特点,那就另做别论了。在这种情况下,德国就不复存在了,只有卡什莱的德国、哲学家们的德国和法国人的德国了。这个群体越大,想给这个群体确定形象的人就越要冒抽象化的风险,事实上,这个形象将会越显得是漫画式的、图解式的和使人惊奇的。②

根据基亚的描述,按照影响研究的模式来展开形象分析,结果是令人失望的,因为这种形象化、抽象化的把握,偏离了常识,让人觉得异常惊奇。所以他提出一种新观点:"不再追求抽象的总括性影响,而设法深入了解一些伟大民族传说是如何在个人或群体的意识中形成和存在下去的,这就是近五十年来法国的一种远景变化,它使比较文学产生了真正的更新,给它打开了

---

① 严绍璗:《比较文学与文化"变异体"研究》,复旦大学出版社 2011 年版,第 64 页。
② [法]基亚:《比较文学》,颜保译,北京大学出版社 1983 年版,第 106 页。

一个新的研究方向。"① 在形象学问题上，基亚认为从实证性角度无法顺利推进，所以从非实证性角度对其发展潜力作了论断。德国比较文学家狄泽林克也对这个问题作了阐述②。在国内，孟华教授的《比较文学形象学》是相对权威的理论文本③。一般而言，形象主要是指文学作品中体现出的国家形象或族群形象。布吕奈尔认为："形象是加入了文化的和情感的、客观的和主观的因素的个人的或集体的表现。任何一个外国人对一个国家永远也看不到象当地人希望他看到的那样。这就是说情感因素胜过客观因素。"④ 从他的表述可以看出，正是因为形象的主观因素超过客观因素，所以它必然是一种变异现象，我们不能认为这种现象是毫无价值的，相反，正是因为它的这种特征，反而激发了一种强烈的诱惑力："形象是神话和海市蜃楼——后一个词充分表达着不可抗拒的诱惑力，它唤醒和激起我们不受冷静的理性控制的好感，因为这种诱惑力只不过是我们自己的梦幻和欲望的喷射。"⑤ 周宁教授的《天朝遥远》，就全面而翔实地分析了中国在西方人心中的形象，并阐述了有关成因。从变异学的视域分析，形象阐释变异研究大致包含两个层面。一是社会集体想象物："'社会集体想象物'是一个民族全社会对另一个民族的所有诠释之总和，它通过自身蕴含的两极及其相互关系来向社会发挥影响。"⑥ 那么它自身蕴含哪两极呢？根据利科的理解，就是"意识形态"功能和"乌托邦"功能。二是套话。"'套话'是指一个文化中被反复使用、具有相对固定内涵的词汇或判断，如'法国人喝葡萄酒''德国人思维严谨'等"⑦。在这方面，日本人在中国的形象变异是非常有趣的，张哲俊教授就举例道："奇形怪状的日本人成为中国文人描绘的对象，文人们没有将奇形怪状的日本人塑造成神仙形象，而是塑造成了兽类形象。江淹的《遂古篇》如此描绘日本：

---

① ［法］基亚：《比较文学》，颜保译，北京大学出版社1983年版，第106—107页。
② 参见［德］狄泽林克《比较文学形象学》，方维规译，《中国比较文学》2007年第3期。
③ 参见孟华《比较文学形象学》，北京大学出版社2001年版。
④ ［法］布吕奈尔：《什么是比较文学》，葛雷、张连奎译，北京大学出版社1989年版，第89页。
⑤ 同上书，第90页。
⑥ 曹顺庆：《比较文学概论》，高等教育出版社2015年版，第145页。
⑦ 同上书，第149页。

'东南倭国,皆文身兮;其外黑齿,次裸民兮;侏儒三尺,并为邻兮。'①

(三) 移位阐释变异的案例解读

以上对移位阐释变异问题进行了理论阐释,下面就以弗朗索瓦·于连的裸体论为例,来详细说明这种变异类型。于连对裸体的阐释并非一开始就从中西哲学的比较视域展开,而是源于对某些现象的"细查"和"追问"。20世纪80年代初,于连在北京发现:"在机场餐厅的一面墙上,画有着裸体。那是真的裸体吗?至少,我记得那是高更风格、裸露半身的女人。当然,那些是南方的女人,'西双版纳'的女人:显得异国风味的裸体;而且那些在中国橱窗里的裸体,原则上,除了来往的外国人之外,并不容易被看见,而这更加重了它的边缘性。"② 这段表述旨在指出:为什么即使在改革开放之后,裸体仍然在中国被边缘化?即使裸体在机场呈现,也要渗透着"异域风味"?相反,当伊夫·季约(Yves Guillot)到巴黎国际哲学院请于连为吉伯森(Ralph Gibson)的裸体摄影集 *Courant Continu* 作序时,却体察到一种别样的思想震颤:"散布于集子中的裸体摄影很难整合为一个全体。我在其中又看到了一个对我而言是属于裸体的本质性元素——它具有一种打破闭锁的力量。"③ 也就是说,裸体在中国讳莫如深,而在西方却呈现为一种本质性力量。这样比对,裸体就自然成为一个有趣的论题:作为文艺美学形态的裸体符号,为什么在西方文明的阐释系统中能够得到有效审视?一旦移植在中华文明的阐释系统中就被"边缘化"?是什么规则制约着这种迥异的审美体验?

欲论移位,先谈归位。于连将裸体归位于古希腊的思想传统,其共鸣性文本体现在三个层面。1. 生活化的裸体形态。丹纳如此描述希腊人对完美肉体的集体疯狂:"他们全民性的盛大的庆祝,如奥林匹克运动会,毕提运动

---

① 张哲俊:《东亚比较文学导论》,北京大学出版社2004年版,第463页。
② [法]弗朗索瓦·于连:《本质或裸体》,林志明、张婉真译,百花文艺出版社2007年版,第55页。
③ 同上书,第9页。

会，奈美运动会，都是展览与炫耀裸体的场合。"① 在日常生活中，他们"全部衣著只有一双凉鞋，一件单袖短褂，一件像牧羊人穿的宽大长袍"。② 温克尔曼也指出："在斯巴达，年轻的姑娘也脱掉衣服甚至几乎裸体参加斗技训练。"③ 可见，希腊人对裸体自然美的崇尚远远超过对形式美的修饰。2. 艺术化的裸体形态。主要体现在古希腊艺术形式尤其是雕塑形式之中："三四百年之间，雕塑家们就是这样的修正，改善，发展肉体美的观念。所以他们终于发现人体的理想模型是不足为奇的。"④ 这从古希腊最经典的雕塑——"拉奥孔"可见一斑，拉奥孔及其儿子们赤身裸体被大蛇缠绕，极度恐怖与痛苦。温克尔曼说："拉奥孔雕像上的肌肉运动已达到极限，它们像一块块的小山丘相互紧密毗连，表达出在痛苦和反抗状态下的力量与极度紧张。"⑤ 在古希腊艺术家看来，只有这种肌肉实体，才能展现内在精神的悲剧效应，所以莱辛在《拉奥孔》中指出："美的人物产生美的雕像，而美的雕像也可以反转过来影响美的人物。"⑥ 3. 文本化的裸体形态。这主要体现在古希腊神话的人物描述之中："佛罗伦萨美第奇别墅的维纳斯如在日出时由于美丽的朝霞而开放的玫瑰花，这玫瑰花是在枯老、苍劲的藤上开放的，颇象没有完全成熟的果实，她的乳房比芳龄少女的乳房要发达。"⑦ 从这些文学文本与非文学文本的描述来看，古希腊神话中的众神似乎与古希腊人自身的赤裸形象并无差异。

既然裸体在西方文明中源远流长、绵延不绝，那么，在中华文化诗学传统中有没有裸体形态呢？当然有。从各种考古史料的分析看来，主要有以下几种形态。1. 先秦的裸体形态。在陕西省扶风案板的仰韶文化遗址和辽宁红

---

① ［法］丹纳：《艺术哲学》，傅雷译，安徽文艺出版社1991年版，第81页。
② 同上书，第79页。
③ ［德］温克尔曼：《论希腊人的艺术》，马奇：《西方美学史资料选编（上卷）》，上海人民出版社1987年版，第704页。
④ ［法］丹纳：《艺术哲学》，傅雷译，安徽文艺出版社1991年版，第84页。
⑤ ［德］温克尔曼：《论希腊人的艺术》，马奇：《西方美学史资料选编（上卷）》，上海人民出版社1987年版，第713—714页。
⑥ ［德］莱辛：《拉奥孔》，朱光潜译，人民文学出版社1984年版，第13页。
⑦ ［德］温克尔曼：《论希腊人的艺术》，马奇：《西方美学史资料选编（上卷）》，上海人民出版社1987年版，第714页。

山文化遗址,都曾出土少量女性裸体陶俑,在河北滦平县,还出土有新石器时代的6具女性裸体石雕。除了母系文化性崇拜的因素外:"这些裸体女像,从另一个更为直接的角度,袒露出创造者既热爱生活,又热爱自身,自我展示中不无炫耀意味的情趣。"① 2. 宗教化的裸体形态。汉代以后,佛教开启中国化进程,在新疆克孜尔石窟的壁画上就有古代龟兹国时期的裸体形象,其中还包含性爱图以及观看少女裸体跳舞的场景,当然这些裸体形象大多与佛教有关,正如霍旭初指出:"克孜尔壁画女性裸体形象,如前所述,大多出现在特定的题材里。……'因缘故事'中的裸体,主要是描绘受佛度化的放荡、骄慢的女性。"② 3. 葬品化的裸体形态。据不完全统计,中国考古人员从20世纪50年代开始,陆续发现自汉代以来的3000多件女性裸体陶俑。这些裸体陶俑大多是作为王侯将相的陪葬品,这也能说明封建礼教下女性的社会地位。4. 春宫图的裸体形态。众所周知的春宫图盛行于明代,高罗佩《秘戏图考》及《中国古代房内考》都有详细记载。在越南海域打捞出来的明清时期的瓷器,上面也有很多春宫图及裸体女性形象。近代以来,在中西文化的交流碰撞中,裸体逐渐成为一种艺术形式。1912年刘海粟在上海开设裸体模特写生课,1913年李叔同在浙江第一师范学校开设人体写生课,裸体艺术逐渐进入中国文化视野,可以说:"从上个世纪初至今,风风雨雨一百年过去,裸体艺术在中国走过了一段不寻常的路程,也留下了一段供后人解读的历史。"③

这样双向归位与罗列,目的并非找出中西方裸体形态的相似性,于连一贯反对这种"近似法"比较模式,从他对钱锺书的批评可见一斑:"钱钟书教授是一个有广泛文化修养的人,他的方法是某种寻同的比较主义(Comparatisme de La Ressemblance)。"④ 如果不寻同、不归类、不分化,何以比较?在

---

① 霍然:《先秦陶塑的美学意蕴》,《宁夏社会科学》2007年第1期。
② 霍旭初:《克孜尔石窟壁画裸体形象问题研究》,《西域研究》2007年第3期。
③ 陈醉:《中国裸体艺术发展历程》,《文艺研究》2006年第1期。
④ [法]弗朗索瓦·于连:《答张隆溪》,张隆溪:《中西文化研究十论》,复旦大学出版社2005年版,第135页。

他看来:"我通过中国,并不是要取中国和西方的'差异',而是要追寻二者彼此的'无关'(indifférence)。"① 换言之,他是"希望通过换一个地域所带来的错位感,通过把这个问题移到别的理论构架之中,通过理论之间相互冲突所产生的动力,能够为这个问题提供发展的可能性,让它重新动起来"。② 显然,这就是移位阐释变异的研究角度。就裸体这个具体问题而言,首先是用"移位"取代"比较"。在钱锺书看来,非实证性平行研究的可比性在于:"盖人共此心,心均此理,用心之处万殊,而用心之途则一。"③ 但是在这个过程中,存在先认同标准后找寻差异的逻辑陷阱,于连认为:"如果没有一个哲学的、思辨的框架来支持比较,比较就会成为一种个人的直觉和随想,成为一种近似,或者一种难以掩盖的经验主义。我认为这样的比较不大有效。"④ 正是基于以上观点,他近年来提出"间距"比较,那么他所谓"间距"比较的基本策略是什么呢?他说道:"我不以比较开始,但以比较结束。我认为我探讨的问题是一些普遍性的问题,但这些问题的根基是特殊的。所以我不是泛泛地谈中国,而是谈某个概念,某个具体的文本,某种特殊的传统。"⑤ 在他看来,间距就是从某一点拉开距离指向另一点,在两点之间构建一个椭圆形场域,于此场域展开对视与反思。因此,他认为要阐释西方司空见惯的裸体,需要从一个与西方无关的诗学传统入手,这就是阐释的移位。其次,移位至何处?从法国到德国,甚至移至印度,他都不满意,因为没有彻底割裂文化渊源的移位,其阐释结论大同小异,他最终选择另一个轴心——中华文明:裸体为什么在中华文化的诗学传统中不可能作为审美形态出场?这种思想结构的抵制与拒绝何以发生?中西方在身体符号的示意形态上为什么会有这种不可通约的结构性差异?这些问题需要解释,但是如果将话语解释系统置放在各自的文明体系之内,显然解释不通,因为:"在中国的传统中,我们

---

① 杜小真:《远去与归来——关于法国哲学家于连的研究》,中国人民大学出版社2004年版,第36页。
② François Jullien. *Dialogue sur la morale*. Grasset et Fasquelle, 1995, p. 8.
③ 钱锺书:《谈艺录》,生活·读书·新知三联书店2007年版,第699页。
④ 秦海鹰:《关于中西诗学的对话——弗朗索瓦·于连访谈录》,《中国比较文学》1996年第2期。
⑤ 同上。

不只看不到裸体,更激进的是,这个传统到处都诉说着裸体的不可能存在。相对地,我们'西方人'到博物馆参观时,面对裸体作品时,却带着一种已经司空见惯的麻木目光。"① 于连所指的这个具有话语支配性作用的"传统",即美国人类学家 Robert Redfield 提出的"the great tradition"(大传统)。

可见,韦斯坦因对东西方跨文明比较的"迟疑不决"源于对差异的拒斥,而赛义德"理论旅行"、于连"间距"、莫莱蒂(Franco Moretti)"远程阅读"(Distant Reading)等等恰恰有效利用了这种差异性,并用实践证明跨文明移位比较的合法性及有效性。就裸体这种知识范式而言,于连并未采纳西方解释系统,也不是从西方话语立场出发,去寻找中国类似的裸体形态,而是退而思考在中国话语解释系统中裸体发生的不可能性,将这种身体观层面的异质性、无关性作为可比性来展开跨文明移位阐释,其结论并非纠结于中国是否有西方意义上的裸体形态及其异同之处,而是落脚于:为什么中国是这样的身体观?这种异质性身体观如何从外部促进对西方身体观的再反思、再审视?于是,经由"异质性还原—跨文明对视—差异性互补"三个环节,裸体符号在跨文明语境中迂回阐释、游弋旅行,其意义域也在不断地增补、拓展和变异。概言之,不以比较开始,却以比较结束。

于此个案,我们能够把握阐释变异尤其是移位阐释变异的理论特征,那么,阐释变异如何作为比较文学变异学的一般方法论?我们可以将裸体这个有趣的问题进一步拓展。

第一,移位与阐释视域的变异。阐释变异的研究起点是悬置先行视见,然后迂回到异度空间。需要警惕的是:迂回到异度空间并非概念的非法移植:"于连对概念的直接跨国移植现象的批判可谓不遗余力。"② 概念非法移植与张江教授提出的"强制阐释"异曲同工,其核心症结都在于"阐释视域的同化",因此,从比较文学方法论意义建构上讲,阐释变异首先要解决的问题就

---

① [法]弗朗索瓦·于连:《本质或裸体》,林志明、张婉真译,百花文艺出版社 2007 年版,第 47 页。
② 段周薇:《"第三元"与"乌托邦":弗朗索瓦·于连关于中西文化比较的方法论建构》,《中国比较文学》2018 年第 1 期。

是将阐释视域由"同化"转为"变异"。以裸体为例,于连认为:"在构成西方文化的诸种现象中,'裸体'是一种范式。而且,'裸体'实际显示出我们西方文化中奠定哲学的种种'定见':西方人往往会对这个现象提出'如何'的问题,而很少问'为什么'。"① 于连延承了福柯的思想体系,质疑与反叛西方文明的"成规"或"惯习",先将之加上括号进行悬置,然后跳跃到某个话语异度空间进行对视与观照,继而对司空见惯的此在本体进行比较视域下的重构诠释,这看似并不是比较,这种比较理念将裸体与西方文化的内在黏合性进行拆解剥离,从东方文明的异度空间之中进行阐释。韦斯坦因认为没有文明的通约性就没有文学可比性,而于连则认为正因有文明的异质性才有比较的有效性。因为任何同质化比较都是一种经验性近似比对,只有在异质文明体系之中研究"不可能性中的可能性"及"思想的未被思想之物",才能从根本上阐明多元互补的比较价值,这也是阐释变异的基本立场。

第二,移位与阐释路径的变异。异质性如何成为可比性呢?也即是说,当我们跳出某种文明体系框架以"不比较"开始之后,又怎样进入比较的路径?阐释路径的变异体现在何处呢?1."以退为进"的他者建构。为什么于连要批驳钱锺书和刘若愚"出发点错了"?那是因为钱锺书《管锥编》旨在构建中西对话的通约性平台,而刘若愚《中国文学理论》是想证明艾布拉姆斯"四要素"理论的普适性,他说:"我写这本书有三个目的。第一个也是终极的目的在于通过描述各式各样从源远流长、而基本上是独自发展的中国传统的文学思想中派生出的文学理论,并进一步使它们与源于其他传统的理论的比较成为可能,从而对一个最后可能的普遍的世界性的文学理论的形成有所贡献。"② 我认为,如果按照刘若愚的思路,是很难在比较对话中实现"普遍的世界性的文学理论"这一理论构想,因为这是一种乌托邦式的文化想象,文化的多元化导致根本不可能出现一种普适性的文学理论,文学理论始终处于动态发展之中。换言之,刘若愚的潜在思维是:"我有,你可以有",而于

---

① 杜小真:《远去与归来》,中国人民大学出版社2004年版,第56—57页。
② 刘若愚:《中国的文学理论》,田守真、饶曙光译,四川人民出版社1987年版,第3页。

连对裸体的比较研究不是从类同性寻视开始,而是从"我有,你为什么没有?"开始。前面所列举的中华文明史出现的裸体陶俑、春宫图,并不是作为审美艺术形态呈现,然而我们又必须尊重裸体在中华文化中的历史功能、社会功能、宗教功能,并退一步思考裸体形态"无有之有"的哲学土壤。正如谢和耐对中国人讨厌裸体的原因分析:"再没有比羞耻心和礼仪规则变化无常了。这是社会和时代的事。目光犀利的观察家李明神父曾指出,如果说中国人非常关心在公共场合的仪表,但在私下却毫不拘束。他们'与朋友交谈时,几乎是赤裸全身,酷似我们,仅穿白色塔夫塔绸或透明丝的短裤'。相反,他们厌恶西方的裸体画。在男女授受有别和应保持距离的问题上,中国与欧洲也不尽相同。中国的风俗习惯在这方面要求男女严格有别。"①;2."不比之比"的异质性对视。吴兴明教授认为:"于连的'建构对比'的策略算不算也是'比较'呢?显然,'对比'/'对视'决不仅仅是用中国的材料,而是用'中国自己的逻辑'与欧洲思想的逻辑相碰撞,只有这样,'震惊'和'突破'才能真正地产生。"② 按照于连的解释,"不以比较开始"即对某种概念范畴的符号表象及诗学传统进行逻辑归位,然后将这种异质性、无关性的话语系统进行对视、碰撞,形成"以比较结束"的差异"不适感"。可见,阐释变异与影响研究的不同在于它不是寻找某种文学关系(如模仿、假借)或"贸易往来",而是寻找"没有关系"的关系;它与平行研究的不同又在于,它不是比较某种文学类型、母题的类同性,而是阐释文学文本在跨文明移位中的意义变异及其差异化思想逻辑。

第三,移位与阐释结论的变异。在阐释视域和阐释路径变异的思路下,具体发生了什么变异呢?仍然以裸体为例。1. 概念范畴的质地变异。从显性结论来看,于连区分出裸体与赤裸的内涵差异。广义地说,不穿衣服都可以理解为裸体,但是于连从阐释变异的哲学立场分析:"赤裸引入'同情'。但是在裸体'艺术'中,赤裸被忘却,其情感'由贫乏'反转为盈满,裸体使

---

① [法]谢和耐:《中国和基督教》,耿昇译,上海古籍出版社1991年版,第277页。
② 吴兴明:《"迂回"与"对视"》,《西南民族大学学报》2007年第7期。

临在达其顶峰，供人静观。"① 在他看来，裸体和赤裸不是一回事。在中国文化诗学中，赤裸占据大多数，它往往和羞辱感相关联，而在西方，裸体是对身体的层层剥离与逼近，在对峙、紧张与碰撞的过程中，不断注入审美情感，使赤裸由贫乏转为盈满。相反，在中国的身体观中，并不热衷于这种紧张对峙："中国美学所不断强调的，不论是诗或是画——这两者来自同样的原则——便是不让经验分裂于内、外、情、景的两极——视觉经验和内在体验，所有的真实形象活动都生自于两者的遇合和互动。它因此和裸体所依靠的极私密之客观化十分遥远，而且裸体正是把这种力量推到顶峰。"② 西方是二元紧张对峙，中国是内外合生互动，这正是裸体在跨文明阐释中所呈现的意义变异，只有在这种对视比较中，异质性才得以显现：裸体在中国的不可能，正是因为从知识逻辑上看，其设计初衷并不是冲裸体艺术而去的，而是用"抑身扬心"的文化策略调和了"赤裸"的道德违和感。2. 思想逻辑的表述变异。在裸体的可能性与不可能性之中，潜在怎样的制约性话语规则？比较需要从概念范畴层面转向学术规则层面。于连认为："裸体的可能性首先和我们对'形式'的概念有关……形式确立了裸体的地位。"③ 值得注意的是，西方语境中的"形式"与我们所说的"内容与形式"之形式截然不同。虽然《周易》也有"形而上者谓之道，形而下者谓之器"之说，但从根本上讲我们是道器不分、物我合一的。而从亚里士多德以来的"形式"却是一种本体，它显现为逻各斯、理式等等，按这个逻辑推断，我们只有"形"而没有"式"，这正是阐释结论层面的变异。关于这个问题，前文已经提到，钱锺书、张隆溪从平行研究的角度认为我们也有"本体"，张隆溪在《道与逻各斯》中认为这个本体就是"道"，他们认为道与逻各斯两者是殊途同归、异曲同工，而于连、曹顺庆却认为两者是分道扬镳、貌合神离。双方论辩的根本原因在于：钱锺书、张隆溪是从平行研究的聚合阐释立场出发，而于连、曹顺

---

① [法] 弗朗索瓦·于连：《本质或裸体》，林志明、张婉真译，百花文艺出版社 2007 年版，第 7 页。

② 同上书，第 47 页。

③ 同上书，第 38—40 页。

庆是从平行研究的变异阐释立场出发，正因立场不同，所以结论相异。于连从移位阐释变异的角度，对东西方文明异质性及其不同的审美文化形态进行迂回观照和间距化思考，通过对它们"之间"的话语形态进行阐释变异、哲学运作，促进双方理解与话语重构。正如曹顺庆教授所指出："我认为，于连所牵涉出的问题，不仅仅是汉学的问题，更是中国的比较文学乃至世界比较文学发展的一个关键性和前沿性的问题，那就是东西方不同文明比较文学的可比性和合法性问题。只有在这个重要的比较文学学科理论问题上做出了推进，全世界比较文学才能摆脱'危机论'和'死亡论'，才能真正获得'新生'。"①

第四节　他国化：结构变异学

第二节流传变异学主要研究实证性影响研究中的变异现象，第三节阐释变异学主要研究非实证性平行研究中的变异现象，这一节主要研究一种更深层次的变异形态——结构变异。结构变异是在流传变异和阐释变异基础上的进一步深化、创新、融合，主要指某一国文学或文论在跨文明交流与对话中，一定程度变异为他国知识体系的有机组成部分，并从整体结构上改变了接受国的文学文论根本质态，同时融入接受国文学史的发展历程。换言之，流传变异和阐释变异，都是某一个具体现象或某一个领域的单层变异或局部变异，而结构变异学是话语体系的整体结构变异，这是比较文学研究的终极诗学形态。结构变异的表现形态是文学、文论或文化的他国化，他国化结构变异的显著标志体现为三个是否：一是是否产生了理论"新质"；二是是否与本土知识结构有机融合成完整的话语体系；三是是否对文学、文论、文化发展起到十分重要的积极推动作用。从这三个方面的理论特征来看，他国化结构变异可以简单地概括为"不忘本来""吸收外来""面向未来"，它是比较文学变

---

① 曹顺庆：《东西方不同文明文学比较的合法性与比较文学变异学研究》，《外国文学研究》2013年第5期。

异学甚至可以说是比较文学研究的深层指向。

他国化是近年来比较文学与文艺学研究领域的重要问题，曹顺庆教授指出："西方文论中国化，中国文艺理论的西方化，这两个相反方向交汇在一起，就构成了我们当代文艺理论研究的核心问题。"① 尤其是围绕他国化问题展开的西方文论中国化问题，王一川、朱立元、董学文等著名学者对此高度关注。曹顺庆教授认为："变异学的最核心的东西还是他国化。今后要继续深入研究的还是在他国化理论。"② 从这里我们可以看出他国化在变异学理论中的重要地位，但是什么是他国化？怎样才算他国化？如何他国化？他国化与变异学其他研究领域存在怎样的逻辑关联？这些问题，仍然需要进一步研究梳理。

总体上说，我认为，他国化所产生的变异不是"现象"变异，而是"结构"变异，因此本书提出"他国化结构变异"的创新命题，这个命题明确了两者之间的内在逻辑关系：流传变异和阐释变异是现象变异，是某一个或某一系列具体的文学文本在跨文明流传或阐释中发生的变异现象，而他国化是在流传或阐释变异之后发生的结构变异，这是第一种区别；另一种区别是：如果说，流传变异是对影响研究的包容式创新，阐释变异是对平行研究的包容式创新，那么，结构变异则是在这两种变异形态上做出的复合式包容创新，是一种涟漪式的推进发展模式，这种模式主要针对如何让文学、文论与文化在异质文明对话交流中"面向未来"的发展问题，这也是本书的根本落脚点。

他国化结构变异主要包含三种形态：文学他国化、文论他国化、文化他国化。第一，什么是文学他国化结构变异？这是文学层面的结构变异，例如日本的俳句，就是日本文学对中国文学的创造性转化，把中国文学的话语形态转化为日本文学形态，促进了日本本土文学的转型发展，并形成了日本文学的结构变异。中国唐代的变文，是佛教文学与中国文学结合的产物，它的生成促使中国讲唱文学的体裁结构发生了变化，这些都是文学结构变异，概

---

① 曹顺庆、罗良功：《比较文学变异学研究》，《世界文学评论》2006年第1期。
② 曹顺庆、付飞亮：《变异学与他国化》，《甘肃社会科学》2012年第4期。

言之，它并非一个文学变异现象，出现之后就相对固定在某一个历史时段，相反，在它产生之后的文学家根据这些类型范式不断创作生成新的文学作品，因此它是可以不断通过这个结构进行复制、再生产、再创造的有机结构系统。第二，什么是文论他国化结构变异？这是理论层面的结构变异，例如日本遍照金刚写的《文镜秘府论》，就是中国文论在日本的他国化结构变异："日本诗话虽然是中国诗话的衍生之物，在诞生和发展的过程中均受到了中国的影响，但由于日本的文化环境和汉诗的发展状况，日本诗话并没有局限于对中国诗话的模仿，是在学习的过程中对中国诗话进行了变异，从而推动了日本文论的健康发展。"[①] 第三，什么是文化他国化结构变异？这是文化层面的结构变异，佛教思想与中国儒道思想相整合形成的禅宗，推进了中国文化的结构变异，和禅宗一起引进来的还有净土宗，虽然净土宗也纳入了中国宗教的静态结构，但它只是"在中国"，而没有像禅宗一样中国化，没有融进本土知识结构，没有形成一种新的动态结构力量，没有对中国文化产生重要的影响力和发展推动力，概言之，没有形成一种文化有机动态结构。下面分三个部分举例阐述。

一 文学结构变异

（一）文学结构变异的基本定义

一国文学在他国进行译介、传播、接受和转化过程中，与接受国文学相互融合，并互相吸涉有利元素，尤其是接受国根据本国文学发展的实际需要，对他国文学进行适应性改造，继而形成新的文学变异形态，这种形态后来被不断地实践运用，最后整体改变接受国文学的知识谱系结构，推动接受国文学的转型发展，这就是文学层面的他国化结构变异。与流传变异和阐释变异不同的是，文学结构变异主要是文化规则和文学话语层面的他国化变异，它的发生难度更大，曹顺庆教授认为："在文学的传播与影响中，怎样才是他国

---

① 曹顺庆、芦思宏：《变异学与东西方诗话的比较研究》，《安徽师范大学学报》2016年第1期。

化,尚需进一步的研究,因为并非所有影响都会形成他国化。"① 的确如此,在流传变异、阐释变异过程中,都有可能产生理论新质,但是这些理论新质不一定就是他国化,例如,形象阐释变异中的套语,如"洋鬼子""老毛子""开明君主"等等,这些是在一定历史阶段、一定文化条件下产生的变异现象,但是它们没有从根本上与中国文学结构体系相融合,并整合推进本土知识体系和话语结构的新发展,因此不是他国化变异。他国化结构变异发生的条件比流传变异和阐释变异更加苛刻,它需要双方在规则上作出调整,源文本既要具备适应性特征,本国文学知识形态又要具备含纳性结构,两者对话、融合和双向改造、深度融合,才可能发生。因此在当前形势下,他国化结构变异对中国文学发展具有重要意义,如范伯群、朱栋霖教授所说:"如何有鉴别地有机地承受、吸纳外来文化、文学的影响;如何合理地继承中华民族的本土文化、文学传统;如何在主体文化格局中实现自身文化、文学机制的'创造性转化'。这就构成了中国文学现代化、民族化的三层内涵。"②

(二) 文学结构变异的主要特征

从理论上分析,文学结构变异的主要特征有以下几个方面。1. 认同"原生异质"。一国文学与另一国文学的对话,首先是对接受国原生态话语异质性的认同与尊重,在基本立场上要拒绝源文本对接受国文学原初知识形态的同化,而采取接受国文学对他国源文本进行主动改造异化的策略。要实现这种策略,就必须坚守自身的话语异质性,也就是"不忘本来",这是比较文学变异学的基本原则,所以,在对他者话语进行本土化改造之前,首先就要弄清楚自身的知识结构是什么,我们拿什么来融合、对话,我们的历史形态是什么、当前形态是什么、不足之处是什么,只有对原生异质性有这样清醒的认识,才可能博采众收、各取所需,否则就是跟在别人屁股后面跑。2. 产生

---

① 曹顺庆、徐欢:《变异学:世界比较文学学科理论研究的突破》,《当代外语研究》2010年第7期。
② 范伯群、朱栋霖:《1898—1949中外文学比较史》上卷,江苏教育出版社1993年版,第97页。

"文学新质"。这些新质指的是新的文学体裁、形式、思潮等等,我们不能为比较而比较,要在比较中发现新材料,创新性质态。例如,李金发等人创新发展的中国现代象征主义诗歌,就是对西方象征主义诗歌的中国化变异,为什么说它是文学结构变异呢?因为它生成了属于中国文学自身的象征主义诗歌理论,并推进了中国现代文学实践,融入了中国现代文学的整体发展结构。同样,施蛰存、穆时英、刘呐鸥等人的中国新感觉派小说,也是对日本新感觉派小说的变异发展,罗钢教授以穆木天为例说明了中国象征主义的变异问题:"穆木天从波德莱尔那里汲取来这种带有神秘主义气息的观点,并不是如波德莱尔等人那样是为了加固唯美主义。相反,他是企图在象征主义内部找到一种理论,能够把国民文学的提倡,换言之,对文学的社会职责的承担与对文学的社会要求的满足,与象征主义的形式主义的纯诗理想统一起来。为此目的,他不惜曲解了波德莱尔的对应观念……然而却是一种有意识的曲解。"[①] 正是因为这种有意识的曲解,才产生了中国象征主义诗歌所独有的理论特征。3. 推进"结构变异"。无论是象征主义还是新感觉派,都不是中国文学结构中的原生形态,是在外来文学的刺激下产生的,这些元素有机融合在本国文学的话语结构之中,它们构成中国现代文学话语结构的变异,并使得这种变异具有持续的延展性和扩展性,推进了中国文学的现代化进程,从这个角度上讲:"文学的他国化是变异学的重点观点。它是由不同的语言,不同的文明,不同的文化个案与接受造成的变异,这种变异会最后走向别的国家的文学,我们称之为他国化。"[②]

(三) 文学变异研究的案例解读

我们可以从两个向度来进行举例解读,一是异域文学形态中国化发生的文学变异,二是中国文学他国化发生的文学变异,下面主要以唐代的变文为例说明异域文学中国化结构变异问题。

---

① 罗钢:《历史汇流中的抉择》,中国社会科学出版社1993年版,第128—129页。
② 曹顺庆、付飞亮:《变异学与他国化》,《甘肃社会科学》2012年第4期。

佛教中国化是一个很典型的文学与文化"他国化"现象:"从'中国佛教化'与'佛教中国化'的历程中,我们得到的启示是,文论与文化在一定条件下是可以'转换'的,这种转换就是'他国化'。"① 我们在这里主要从文学结构的他国化这个角度来分析这个问题。在佛教传入之前,中国并没有"变文"这种文学形式,变文是佛教文学中国化形成的一种文学结构变异。季羡林先生说:"唐代文学产生了两种崭新的东西:一是传奇,二是变文。而这两种东西都是与印度影响分不开的。"② 具体来说,1899 年在敦煌石窟出土了一批唐五代时期的俗文学写卷,其中涉及一些敦煌图画,学界称为"变相",还有一些说唱故事的底本,称为"变文"。"变"也就是改编、改写的意思,从名字上我们就可以发现,这是一种变异的文体。不仅仅是中国比较文学学者发现了"变文"这种特殊的文学变异现象,国外学者也在关注这个问题,俄苏学派历史研究代表人物康拉德就指出:"'变文'的发现使我们能够提出更宽阔的问题:关于在世界的两端——西欧和中国——产生类型学上相近的、即使不是完全同类的现象:即西方文学中称之为'传说'、'传记'的文学体裁。……但是发现'变文'对本题说来主要是能说明中印两国伟大民族有文学联系的事实。"③ 康拉德虽然从比较文学角度发现了变文,但是他主要是从"类同性"角度来进行分析的,俄苏历史学派主要阐明东方文学之间以及东西方文学之间的通约性,所以他们强调这种相似性的历史事实及相互影响的文学关联。季羡林先生的角度不同,他从异质性角度来分析这个问题,他说:"变文的结构多半是韵文和散文间错成文。有的地方叙事用散文,说话用韵文;有的地方悲叹用韵文;有的地方描写用韵文;有的地方韵文复述散文的内容。总而言之,就是韵文和散文互相间错。这种体裁也不是中国固有的,而是来自印度。"④ 季羡林先生提到的散韵交错,其实就是中国文学受到印度

---

① 曹顺庆:《中西比较诗学史》,巴蜀书社 2008 年版,第 554 页。
② 季羡林:《中印文化关系史论文集》,生活·读书·新知三联书店 1982 年版,第 125 页。
③ [苏联] 康拉德:《现代比较文艺学问题》,干永昌:《比较文学研究译文集》,上海译文出版社 1985 年版,第 278 页。
④ 季羡林:《中印文化关系史论文集》,生活·读书·新知三联书店 1982 年版,第 126 页。

佛教文学影响后产生的一种新的文学形态,他进一步指出:"谈到变文,印度影响就表现得更明显。里面当然也有不少的是讲中国的故事,譬如《伍子胥变文》《孟姜女变文》《捉季布变文》《李陵变文》《王昭君变文》《董永变文》等等都是。但是更多的却是讲的是印度佛教故事,譬如《太子成道经》《太子成道变文》《八相变文》《破魔变文》《降魔变文》等等都是。此外还有很多讲经文,例如《金刚般若波罗蜜经讲经文》《妙法莲华经讲经文》等等,也属于这一类。"① 从先生的论述来看,变文从内容上讲,既有印度佛教故事,又有中国文学故事;既有民间故事,又有佛教经文,是佛教文学与中国文学的杂糅整合。值得注意的是,变文的出现并非是一个现象,它不仅是作为一种特殊历史时期的文学新质,而且对唐以后的通俗文学具有很重要的影响,也就是说,它不是某一个时代的文学局部现象变异,而是改变了中国文学的整体发展结构,融入了异域文学的新鲜质素,并改变了中国文学发展走向,这是文学结构变异的重要表征。

在敦煌变文发现以后,学界就开始从学术上对这个结构变异形态进行系统研究。对敦煌变文的研究,始于20世纪20年代,王国维《敦煌发现唐朝之通俗诗及通俗小说》一文中用"通俗小说"来指称这种文学样式。1924年,罗振玉编《敦煌零拾》统称为"佛曲"。首次将之称为"变文"的学者是郑振铎,他在《敦煌的俗文学》中提出这个名称,并逐渐得到学界公认。他后来在《中国俗文学史》中对"变文"的韵式、篇章结构及分类进行了更细入的研究②。关于变文的分类,郑振铎也作了简要归纳:一种是关于佛经故事的变文,又分为严格说经的和离开经文而自由叙述的两类;另一种是关于非经文故事的变文。20世纪50年代以后,相继出现了两部敦煌变文的汇集本,即周绍良的《敦煌变文汇录》和向达、王重民等人合编的《敦煌变文集》。另外,项楚先生《敦煌变文选注》《敦煌变文字义析疑》也对变文进行了系统研究。

---

① 季羡林:《中印文化关系史论文集》,生活·读书·新知三联书店1982年版,第127页。
② 参见郑振铎《中国俗文学史》,上海古籍出版社2013年版。

从敦煌变文的发现及其研究历程来看，它在以下几个方面体现了文学结构变异的基本特征。首先，变文既非中国传统文学形态，也非异域文学形态，而是在佛教中国化过程中，佛教文学与中国本土文学交融杂糅所形成的文学形态，在当时它是一种新型文学的变异体或文学新质。其次，变文是在中国文学话语原生异质性基础上形成的。佛教文学并没有从根本上置换中国文学形态，往前追溯，变文生成于文学汇流之中，但依然传承着中国文学的学术脉络，它主要继承的是汉魏六朝时期的乐府诗、志怪小说、杂赋等文学传统，从内容上延续了俗文学的基本特征。再次，它受到佛教文学影响并改造和化用了佛教文学资源。它是在佛教僧侣所谓"唱导"的影响下形成的，从内容上吸收了佛经中的一些故事，又兼容当时的民间文学故事和历史传说，从形式上采取散韵结合的方式，在形式上多元化，而且除了变文之外，还有变相（一些形象生动的图画）、变曲（配合讲唱的音乐）[1]等等。可见，变文是讲唱文学的底本，变曲构成讲唱之音乐，变相是便于百姓理解文本和音乐的图画，因此虽然它源于乐府诗等中国文学形式，但是在内容、形式上借鉴了佛教文学资源，并作了改造和创新，成为一种综合性的且为群众喜闻乐见的文学表现形式。最后，它不仅传承了之前的文学形态，融入了当时的文学结构，并对后世文学产生重要影响，也就是说，变文有效生成了中国文学发展的动态体系，推进了中国文学发展的结构变异。例如，从叙事文学发展的历程上看，变文吸收了之前辞赋文学的敷陈铺叙艺术手法以及志怪小说的书写内容，同时，又为唐传奇及明清通俗小说提供了文学资源，李朝威《柳毅传》、元稹《莺莺传》、陈鸿《长恨歌传》等作品都受到变文的影响。从戏曲文学发展的历程上看，变文传承了乐府诗的韵律特征，对后来的文学形式诸宫调、杂剧、南戏、鼓词、弹词等讲唱文学以及戏曲文学产生直接影响，它的影响没有局限在某一个阶段某一个领域，而是向传统延续、向当下融汇、向后世衍伸，在中国文学尤其是讲唱、戏曲文学形式的发展中承担着重要的过渡衔接作用，它涌入并推动了中国文学的结构变异。

---

[1] 参见富世平《变文与变曲的关系考论》，《文学遗产》2004年第2期。

当然，除了异域文学中国化结构变异，还有中国文学他国化结构变异，日本文学发展就受到中国文学的重要影响，日本的和歌、物语、俳句等文学形态都是中国文学日本化形成的具体表象，例如日本俳句，就是中国古代文学中的绝句在日本的变异体。北京大学严绍璗教授还考察了中国神话对日本神话体系的影响以及日本记纪神话的变异体生成，什么是记纪神话呢？他认为："'记纪神话'谱系中的诸神，原来是生活在宇宙空间的三个层次之中——天神生活于天上界，天神与国神混合生活于地上界，凶神生活于地下界。这便是日本'记纪神话'形态的基本模式。"[①] 记纪神话关于天、地、人三维结构的体系模式受到中国神话的影响，严绍璗教授进一步分析道："'记纪神话'关于天地起源的解说，与其说表现了日本原始神话的观念，不如说是基于中国古典哲学的理论；这种影响甚至在对天神的称谓上也留下了多少可以辨认的痕迹。"[②] 另外，在创世方面，伏羲与女娲二神合生对日本神话体系也有重要影响："在伊邪那岐命与伊邪那美命二神创世神话中广泛地融入了中国古文化的诸因子，从而使日本原始神话发展为一种新神话——这便是日本民族文学在其本身发展的历史中跨出的第一步，也是中日两国文化交涉的起始。"[③] 概言之，严绍璗教授认为记纪神话是中国神话在日本的一种变异体，它所借鉴的不是表象层面的术语、范畴，而是神话体系的深层结构和思想表述，它和后来的俳句、和歌等形式一样，都是日本文学对中国文学的创造性叛逆和适应性改造。另外，文学层面的他国化结构变异在中国现代文学中有很多案例，因为现代文学三十年就是他国文学在中国译介、接受和变异的三十年，可以说："'五四'新文学先驱们的口号是：'拿来主义'。因为他们从历史和现实的教训中懂得了一个真理：外来影响将成为促进文学发展的强大动力。"[④]

---

① 严绍璗：《比较文学与文化"变异体"研究》，复旦大学出版社 2011 年版，第 156 页。
② 同上书，第 161 页。
③ 同上书，第 169 页。
④ 王锦厚：《五四新文学与外国文学》，四川大学出版社 1989 年版，第 3 页。

二　文论结构变异

（一）文论结构变异的基本定义

某一国文学理论在他国进行译介、传播、接受和转化过程中，与接受国文学理论相互融合，并互相吸涉有利元素，尤其是接受国根据本国文学理论发展的实际需要，对他国文学理论进行适应性改造，继而形成新的文学理论变异形态，这种形态后来被不断地实践运用，最后整体改变接受国文学理论的知识谱系结构，推动接受国文学理论的转型发展，这就是文学理论层面的他国化结构变异。文论结构变异比文学结构变异的程度更深，在文论他国化结构变异过程中，文论思想由起点经媒介到终点的传播，一般会出现缺失、掉落或变形的现象，一方面由于异质文明的语言构成结构不同，造成了译介障碍；另一方面，由于文化背景和知识谱系的差异，造成了阐释障碍。对文学理论的接受比文学形态的接受更难，那是因为这是一种话语规则层面的交融，厄尔·迈纳在《比较诗学》中就表达了这种观点。从研究向度上看，这个命题可以展开为两个方面：他国文论中国化结构变异和中国文论他国化结构变异。20世纪90年代以来，在重建中国文论话语的学术历程中，西方文论中国化成为一个热点问题，这个问题的核心思想就是如何从文论话语层面"吸收外来"，建设我们自己的文论话语体系，如曹顺庆《重建中国文论的又一有效途径：西方文论的中国化》《文学理论的"他国化"与西方文论的中国化》，王一川《西方文论中国化与中国文论建设》，朱立元《马克思主义文艺理论中国化研究》，董学文《中国化：泥泞的坦途》等。当然，并不是所有异域文论都能实现"中国化"，也可能是"在中国"，这方面也有相关著述，例如代迅《西方文论在中国的命运》，丁国旗《马克思主义文艺理论在中国》等。那么什么是西方文论中国化呢？"理解'西方文论中国化'，首先必须正视：当一种理论在不同的文化背景中被跨语际译介和传播后必然被不同程度的'他国化'。也就是说，西方文学理论在中国的传播因为受翻译和中国文化现实的影响，已经不可避免地具有某些中国自己的特点，这是'中国化'的初涉阶段。'中国化'的根本阶段需要让外来理论与本土文化传统相结合，与本土学术规则、话语方式相结合，具有本土特色和创造力，这样才是有意义的'中国化'。"[1] 从这段表述可以看出，文论中国化的主要特征是学术规则、话语方式的深度融合，比如说，温儒敏教授认为"1942年发表的《在延安文艺座谈会上的讲话》，就是马克思主义批评'中国化'的突出成就"[2]。

(二) 文论结构变异的主要特征

1. 认同"原生异质"。这一方面和文学结构变异的特征基本相同，只是说，这里强调的是文论话语的原生异质，例如中国文论话语中的"道""立象尽意""味外之旨"等等，这些就是原生态的话语异质性，要实现本土文论对他国文论的改造并实现结构化变异，就必须坚持这种原生异质特征，从话语建设的立场上讲："我们既需要中国古代文论的现代转化，我们也需要西方文论的中国化。我们想要重建的中国文论话语是：以中国学术规则为主体、融汇西方等国文论精华而产生的活生生的当代中国文论话语。"[3] 可见，以谁为主是这个问题的关键，因为："要实现'中国化'，首要的不是处处紧追西方，而应处处以我为主，以中国文化为主，来'化西方'，而不是处处让西方'化中国'。"[4] 因此，中国文艺理论发展必须坚守中国文论话语异质性立场，从中国文艺创作实践出发，合理吸收外来文化与文论，从而构建我们的文艺理论。有的学者试图用西方诗学来套中国文论，例如，刘若愚认为艾布拉姆斯"作家、作品、宇宙、读者"四要素对于中国文论研究同样适用，所以在其《中国的文学理论》中认为："我自己的研究表明，有些中国文学理论与西方

---

[1] 曹顺庆、谭佳：《重建中国文论的又一有效途径：西方文论的中国化》，《外国文学研究》2004年第5期。
[2] 温儒敏：《中国现代文学批评史》，北京大学出版社1993年版，第164页。
[3] 曹顺庆、谭佳：《重建中国文论的又一有效途径：西方文论的中国化》，《外国文学研究》2004年第5期。
[4] 曹顺庆：《文学理论的"他国化"与西方文论的中国化》，《湘潭大学学报》2005年第5期。

理论极其相似,同样可依这一方法分类。"① 也有用西方诗学套中国文学,比如早期台湾学派阐发研究。这两种形态,都脱离了中国文学实践和理论实践,都是西方文论对中国话语的"强制阐释",事实证明,他们都没有真正意义上构建文学理论的中国话语、中国方案。那么,如何从原生异质性角度构建中国文论呢?中国社会科学院张江教授如此说:"以诗学理论为例。要想准确把握中国当代诗歌的意象设置特征、诗性营构技巧、语言运用规律。基本路径是,将大量当代诗歌汇集在一起,选取一定数量有代表性的诗作,逐一进行文本细读。一行一行地品读,一个意象一个意象地分析,一个字一个字地推敲,千百首诗歌完成后,中国当代诗歌的基本特征就自然呈现。"② 这种观点就是强制阐释走向了本体阐释,在文本之中找寻话语异质性,抛弃先入为主的非法认知逻辑。

2. 激发"话语新质"。上文所提到的文学结构变异产生的是新的文学题材、形式等等,而文论结构变异与文学结构变异不同,它产生的是理论话语层面的新质,侧重文学理论层面的他国化过程,具体来说:"'新质的产生'是为了文论思想能够更好地为我所用,在中西文论思想的交流中重点表现为'西方文论的中国化'。"③ 那么如何产生新质?如何实现"化"呢?要产生文论新质,显然不能通过话语移植,那样只能导致水土不服、消化不良,而应当通过话语规则层面的嫁接,让老树发新芽、旧瓶装新酒,这样来产生新质,正如曹顺庆教授所说:"对西方文论的学习和借鉴,不应是直接将其话语'移植'到中国来'切换'中国的文论话语,而应是将其话语中适合中国的'枝芽''嫁接'到中国传统文论话语这棵大树上,使它们结合在一起,成为一棵更富生机、更茂盛的大树。"④ 需要注意的是,异域文论中国化不仅需要中国文论的主观改造和转化,而且要求被改造的他国文论还需要具有被转化的文

---

① 刘若愚:《中国的文学理论》,赵帆声译,中州古籍出版社1986年版,第12页。
② 张江:《当代西方文论若干问题辨识》,《中国社会科学》2014年第5期。
③ 曹顺庆:《异质性与变异性》,《东方丛刊》2009年第3期。
④ 曹顺庆、童真:《西方文论话语的"中国化":"移植"切换还是"嫁接"改良?》,《河北学刊》2004年第5期。

论话语适应性:"异域文论的'中国化'必须有文化的适应性,适应是转换的基础,没有文化、文学、文论以及需要的适应性,就不会有转换的条件和可能,也不可能实现文学理论的'中国化'。"① 例如中国诗话在韩国的接受传播过程中,就发生了文论话语的结构变异,因为:"中国诗话在传播的过程中,受到了韩国诗人的改造与创新,从而发生了本土化的变异现象,这种变异现象在韩国诗话中主要体现在主体意识、概念变异、技巧的重新阐发等方面。"②

3. 推进"结构变异"。主要强调它们交融之后产生的文论新质融入本体诗学理论体系,成为本土文论的一个有机组成部分,例如王国维的意境论,这是中西化合产生的文论话语新质,更重要的是,意境不仅仅是一种话语的新生,而且推进了中国文论话语的重生:"王国维意境论的要旨,就是着眼于用主观客观两分而又再行结合的方法解决艺术创造的基本问题。这就是王国维对我国诗学的'贡献',无论在何种意义上评价这种贡献,这都是全新的东西,是近代西学思维影响的结果。"③ 意境在深层结构上改变了中国文论话语的言说方式,并推进了中国文论话语的结构变异。另一方面,日本文论受中国影响也发生了结构变异,例如《文镜秘府论》的作者是日本僧人空海(遍照金刚),他于唐贞元二十年(804)至元和元年(806)在中国留学,他认真研究了崔融《唐朝新定诗格》、王昌龄《诗格》、元兢《诗髓脑》、皎然《诗议》等重要的中国诗学文献,全书以天、地、东、南、西、北分卷,6卷中大部分篇幅是讲述诗歌的声律、辞藻、典故、对偶等形式技巧问题,在日本文论发展过程中发挥了重要作用。那么《文镜秘府论》究竟与中国文论话语存在怎样的关联呢?卢盛江教授认为:"没有根据说空海入唐已有编撰《文镜秘府论》的明确意向,但说空海入唐也注意到学习中国文学,包括诗文论,客观上为《文镜秘府论》的编撰作了一定的资料准备,他做的一些事后来和

---

① 靳义增:《从变异学视角看文学理论"中国化"的基本路径》,《文艺理论研究》2006年第5期。
② 曹顺庆、芦思宏:《变异学与东西方诗话的比较研究》,《安徽师范大学学报》2016年第1期。
③ 饶芃子:《中西比较文艺学》,中国社会科学出版社1999年版,第76页。

《文镜秘府论》的编撰直接联系着，应当是可以的。"① 从比较文学变异学的角度考虑，可以确定这是一个中国文论日本化结构变异的命题，卢盛江教授也指出这种研究取向的可能性："传本研究、原典考证之外，《文镜秘府论》的编撰思想，《文镜秘府论》所及的文学思想本身，《文镜秘府论》诗学怎样被日本化，都是值得研究的问题。"② 之所以能实现结构变异，那是因为他对异质文论话语的"入"与"出"，所谓"入"，即研究中国文论时的中国意识："空海是日本人，但在《文镜秘府论》中，人们却很难感觉到他的这重身份。他自己没有明确表明，从他的论述中也很难看出这一点。他完全象是一个中国学人，在那里编撰着中国的诗文论著作，地道地分析阐释中国的文化。展示着他深厚的汉文学修养，似乎把自己融入到汉文化之中。可以把这称作是中国意识。"③ 另一方面，所谓"出"，也就是他从中国文论话语中抽身出来，进入日本的本土话语身份，从日本立场来对中国文论话语进行本土化改造、转化和变异，所以："从《文镜秘府论》本身的编撰和《文笔眼心抄》的编撰，以及《文镜秘府论》卷次的安排，都能明显地感受到空海的日本意识。"④ 正是这一入一出，没有陷入表层的学习、模仿、比较和借鉴之中，而是深入到话语规则层面的整合与融汇，并使中国文论话语顺利融入了日本文论的发展结构之中，推进其结构变异。

（三）文论结构变异研究的案例解读

前文提到的《文镜秘府论》，就是中国文论话语日本化结构变异的一个案例，限于篇幅没有深入阐述。而严羽的《沧浪诗话》中提出的"以禅喻诗"，同样可以视为佛教中国化结构变异，准确地说，是佛教中国化产生的禅宗思想，直接渗透到中国文论的深层结构之中，推进了中国文论的结构变异。对中国文论的话语结构产生影响之前，它首先影响了中国的文学形态。以王维

---

① 卢盛江：《空海入唐与〈文镜秘府论〉的编撰》，《江西师范大学学报》2004年第3期。
② 卢盛江：《关于〈文镜秘府论〉的研究》，《山西大学学报》2007年第1期。
③ 卢盛江：《空海的思想意识与〈文镜秘府论〉》，《文学评论》2009年第1期。
④ 同上。

为例，中唐诗人杨巨源在《赠从弟茂卿》中说："扣寂由来在渊思，搜奇本自通禅智。王维证时符水月，杜甫狂处遗天地。"可以明显看出唐人已经意识到王维诗歌中的禅宗思想。例如其诗作《鸟鸣涧》："人闲桂花落，夜静春山空。月出惊山鸟，时鸣春涧中。"《鹿柴》："空山不见人，但闻人语响。返景入深林，复照青苔上。"《山居秋暝》："空山新雨后，天气晚来秋。明月松间照，清泉石上流。竹喧归浣女，莲动下渔舟。随意春芳歇，王孙自可留。"《山中》："荆溪白石出，天寒红叶稀。山路元无雨，空翠湿人衣。"等等。以上列举的这些诗歌有一个共同特征，即每一首都有"空"字，显示出王维诗歌中包含着禅宗空、无的思想。

到了宋代，禅宗不仅仅影响了文学结构，而且影响了文论结构，最典型的就是严羽"以禅喻诗"。他指出："盛唐诸人惟在兴趣，羚羊挂角，无迹可求。故其妙处，透彻玲珑，不可凑泊，如空中之音，相中之色，水中之月，镜中之像，言有尽而意无穷。"[①] 陈跃红教授从比较诗学的角度分析道："众所周知，《沧浪诗话》在论述方式和话语运用上的一大特点便是所谓'以禅喻诗'。严羽使用了相当多的禅宗术语来讨论和比喻诗歌的境界及诗之参悟功夫。这种做法曾经招致了一些人的反对，但不可否认的是，他所使用过的一些禅宗术语，譬如'妙悟'、'熟参'的概念，'羚羊挂角'之喻，'镜中之花'之喻等等，后来都被人们理解并被吸收到了中国诗学的话语体系当中，几乎是'无迹可求'地成为了中国诗学话语术语概念的组成部分。"[②] 的确，他用"妙悟"等很多禅宗术语来描述中国诗歌的"言外之意"，提出"悟诗如悟禅""不涉理路""不落言筌""本色当行"等批评策略。之所以说他推进了结构变异，是因为：往前说，在《周易》中就有"言不尽意"与"立象尽意"之说，儒家和道家思想都认为语言不能完整表达意义，因此要通过"立象""卮言""反言"等种种策略来示意，到了唐代司空图那里，更是发展到"不著一字，尽得风流"的更高境界。往后说，严羽之后出现"格调"

---

① （宋）严羽：《沧浪诗话》，中华书局2014年版，第23页。
② 陈跃红：《比较诗学导论》，北京大学出版社2005年版，第228页。

说、"性灵"说、"神韵"说等等文论观点，都从《沧浪诗话》中获取了话语资源，还有王夫之、叶燮、王国维等明清思想家，他们在严羽的诗学话语中继往开来、推陈出新。因此，严羽"以禅喻诗"的话语体系，不是某一个时代阶段的现象变异，它已经融入了中国诗学的整体结构之中，传承过往、开启将来、承前启后、妙合无垠，推动了中国文论话语的结构变异和动态转型。

进一步说，为什么禅宗思想能与中国文论思想相融合，形成新的话语结构呢？陈跃红教授指出："诸如《沧浪诗话》这样诸多所谓以禅喻诗的诗学著作，影响之所以巨大，其思想之所以流被后世，至今不衰，原因也许就在于，作者既找准了禅思与中国传统思维的某些契合点，同时也找准了诗和禅在思维上相通的关节点。它们之间的内在关联，或许就是所谓'妙悟'之'悟'。"[①] 在中国文论思想中，道家认为道是不可言说的，儒家也有"言不尽意"论，因此，在这个问题上，意义只可意会不可言传。而禅宗中的"悟"恰好也是在否定语言的直接示意功能，这两者在"悟"的层面形成了契合。叶维廉也说："中国传统的批评是属于'点、悟'式的批评，以不破坏诗的'机心'为理想，在结构上，用'言简而意繁'及'点到为止'去激起读者意识中诗的活动，使诗的意境重现，是一种近乎诗的结构。"[②] 严羽"以禅喻诗"，说明了中国文论话语与禅宗思想在言意观上的契合与转化，两者进一步深化了言不尽意观，因为无论是儒家之立象尽意，还是道家之正言若反，潜在话语仍然是有言、有意。只是道家更甚一步，其意是未分化、不可言之意，无须经过象，直接得意忘言。而佛家比儒、道更加彻底，道家虽说大美无言，但老庄认为可从逆相、反相、本相等多元化差异性阐释得其意，佛家不立文字、以心传心、机锋棒喝，对语言文字的否定直逼绝境。任继愈指出："无论事物有哪些客观性质，或有哪些实在的存在形式，他们都要在认识上一一加以否定，最后连这种'否定'的思想也加以否定。"[③] 无往、无得、无相、无

[①] 陈跃红：《比较诗学导论》，北京大学出版社 2005 年版，第 229 页。
[②] 叶维廉：《中国诗学》，生活·读书·新知三联书店 1992 年版，第 9 页。
[③] 任继愈：《中国佛教史》（第一卷），中国社会科学出版社 1985 年版，第 350 页。

生，一切否定归于自我否定。

可见，严羽"以禅喻诗"，之所以能够融入中国文论话语结构，就是因为他和儒道思想在言意观上一脉相承，都认同言不尽意论，同时他又吸收了禅宗思想对语言文字的否定，提出"妙悟"论，继而让中国文论话语在言意观上更具有与西方逻各斯中心主义所不同的异质性特征。下面具体阐述禅宗思想如何推进中国文论话语的结构变异。

《维摩诘经》曰："于是文殊师利问维摩诘：'我等各自说已，仁者当说何等是菩萨入不二法门？'时维摩诘默然无言，文殊师利叹曰：'善哉！善哉！乃至无有文字语言，是真入不二法门。'"① 对如何入不二法门，他人均各抒己见，但维摩诘未作任何答语，默然无言，僧肇对此解释道："肇曰：默领者，文殊其人也。为彼持言，所以称善也。"② 故文殊师利叹为观止之缘由，即不立语言文字，方可入不二法门。任继愈先生分析："在这里，'默然无言'成了无是非观者的最后退路，而在认识论上，则涉及到佛教对语言概念的一贯看法问题。"③ 这个一贯看法，即对语言文字的彻底否定。再如《楞严经》道："世间无知，惑为因缘及自然性，皆是识心分别计度，但有言说，都无实义。"④ 为什么言说均无实义呢？那是源于四大皆空，化归于无，若执迷不悟，则不得其终。《金刚经》也有："凡所有相皆是虚妄，若见诸相非相，即见如来。"⑤ 其他经文中关于不立语言文字的论述还有很多，姑且用印顺法师一言以蔽之："古圣先贤传来的经文，佛说'依义不依语'。语言与文字，是表义的工具，而实义却不在语文中。"⑥ 鸠摩罗什对佛经的"格义"，显然是对此最好的阐释。既然诸相非相，那语言文字有何用？换言之，所见之物皆非此物之本相，那一切皆为虚妄，于此虚妄，无论正言反言、重言卮言，再精妙的语言文字都不得要领、打胡乱说。

---

① 《注维摩诘所说经》，僧肇等注，上海古籍出版社2011年版，第155页。
② 同上。
③ 任继愈：《中国佛教史》（第一卷），中国社会科学出版社1985年版，第419页。
④ 《楞严经》，刘鹿鸣译注，中华书局2012年版，第149页。
⑤ 《金刚经》，陈秋平译注，中华书局2010年版，第19页。
⑥ 释印顺：《中国禅宗史》，中华书局2010年版，第87页。

倘若真正不立文字的后果是什么？索绪尔认为："假如一个人从思想上去掉了文字，他丧失了这种可以感知的形象，将会面临一堆没有形状的东西而不知所措，好象初学游泳的人被拿走了他的救生带一样。"① 一切肯定都是否定，一切否定都是肯定。佛家否定语言文字，则必有其示意之他项选择。此谓何物呢？那就是归于一个意义本体——"心"。值得注意的是，这并非孟子"不忍之心"（《孟子·公孙丑上》），也非老子说的："圣人无心，以百姓心为心"（《老子·第四十九章》），更非庄子"心斋"之心，这些心的意义范畴都是指向人心。按冯友兰的说法，佛家之心并非人心，而是宇宙心："在佛教传入中国以前，中国哲学只讲'人心'，却没有'宇宙心'。道家所讲的'道'，按老子给它的解释，说它'玄而又玄'，它还不成为宇宙之心。"② 六祖《坛经》道："善知识，（既）悟即佛是众生，一念悟时，众生是佛。故知万法尽在自心。"③ 佛家看来，一切尽在自心，心外无物，不假外求。那么，虽说万法尽在自心，那诸多佛经又是作何之用呢？儒、释、道共通之处都是口口声声宣称言不尽意，实际上最终都在阐明言如何尽意。无论儒家得意忘象，还是道家得意忘言，忘的对象不同，但忘的自在超越性路径实则相通。在这一点上，佛家显然更为彻底，将意义本体归于"心"，它延展为另一套独特性的话语言说方式和意义生成规则，即"说者无意—以心传心—听者有心"。围绕以心传心这个中轴枢纽，说者无意与听者有心形成非对称性错置示意方式，在非对称性结构中，要实现两者的意义通达，则需要靠"悟"，所以严羽认为："大抵禅道惟在妙悟，诗道亦在妙悟。"④ 那么妙悟如何构成中国文论话语的示意方式呢？

第一，关于说者无意的生成缘起。既然佛家不立语言文字，那么是谁在言说？说何物？若万物自在于心，那心不可见，则意义亦不可见，那何必要说？海德格尔认为，倘若按流行的思维，将人视为说者，那么言说从未将我

---

① ［瑞士］索绪尔：《普通语言学教程》，高明凯译，商务印书馆1999年版，第59页。
② 冯友兰：《中国哲学简史》，生活·读书·新知三联书店2009年版，第280页。
③ 《坛经》，钟明译注，山西古籍出版社1999年版，第90页。
④ （宋）严羽：《沧浪诗话》，中华书局2014年版，第12页。

们带入语言的途中。抵达存在本质的言说非说者之说，乃语言之说："语言说。语言之说的情形如何？我们在何处找到这种说？当然，最可能是在所说中。因为在所说中，说已经达乎完成了。在所说中，说并没有终止。在所说中，说总是蔽而不显。在所说中，说聚集着它的持存方式和由之而持存的东西，即它的持存，它的本质。"① 人之说，即说者有意，显现为一种意义直陈式传达结构，而语言之说，说者无意，乃是生存论环节的召唤结构，将意义召唤于最切近的在场者领域中。说者无意有两种形态。第一种是不问不答或有问无答的静默。如前面所说文殊师利问维摩诘何以入不二法门，维摩诘默然无言的回应。《五灯会元》中还载有禅师们"手掩口""瞬目扬眉""擎拳举指"等各种状态。第二种是答非所问或说者无意的非说，说了等于没说。禅宗很多公案，都是答非所问，不知所云，事实上，很多问题本身就没有期望什么答案。例如清凉文益禅师的一则公案："问如何是第一义？师曰：我向你道是第二义。"（《五灯会元卷十·法眼·清凉文益禅师》）问的是第一义，回答却是第二义，意义的生成方式并未沿着普通的思维逻辑展开，而是让意义呈虚线飘散状或瞬间折断。既无儒家之"象"，又无道家之"卮言"，如张孝祥所写："悠然心会，妙处难与君说。"② 既然难以言说，那这一句词又说出何意呢？即说者无意，但是意义却瞬间释放。关键就在于，佛家这种意义生成方式，从文本层面来看，它并非说者之源文本，而是无所表象无所意指的前文本，按照伽达默尔的辨析："凡不能在其意指的意义转达中得到理解，而是以假象的方式出现的交往表述我都称之为前文本。"③ 前文本与反文本、伪文本、源文本不同，其符号关联域均为假象。然而假中却有真，无意之中仍有意，此意为未分化、未占有、未实存、为执着之意。或者更形象地说见山是山是"实有"，见山不是山是"实无"，见山又是山是"无有之有、无之无化"。"无之无化"就是严羽所反复强调的透彻，他既说"透彻玲珑"，又

---

① [德]海德格尔：《语言》，孙周兴：《海德格尔选集》（下），上海三联书店1996年版，第986页。
② 朱东润：《中国历代文学作品选》（中编第二册），上海古籍出版社1980年版，第67页。
③ [德]伽达默尔：《真理与方法》（第二卷），洪汉鼎译，商务印书馆2016年版，第438页。

强调："意贵透彻，不可隔靴搔痒；语贵洒脱，不可拖泥带水。"① 透彻原指佛学修行彻底圆满的体验或状态，扫除一切妄相，这种透彻洒脱的宗教体验，被严羽用在诗学批评之中，来描述语言的空灵、飘逸、洒脱和澄澈。

　　第二，关于听者有心的转识成智。既然说者无意，那么是不是意味着听者亦无意呢？若真如此，那言说岂不是对牛弹琴？非也。禅宗公案中那么多"拳打脚踢"，在于不断揭示、提醒意义的生成不在语言文字，叶维廉说："'杀'、'断'这类字眼常见于禅宗的公案，多是用以道断言语的绳索。没有一个答案是对的，因为都是假象；但每一个都是对的，反正这只是一种设施。"② 无所谓对错，对意义的领会在于化归于心灵层面的自得、自懂、自悟。在杀与断之间，用差异化阐释否定了知识体系的逻辑构成，对意义的理解靠心不靠文，听者有心即不能执着于物，不从正面去把握去操持："《般若》扫相，谓相不可得。《般若》绝言，谓言不可执。"③ 为什么相不可得？根据汤用彤的解释："物无彼此，'无定相'。执著言象所得之定相，则必至就言象所得执有实物，于实在以外别立实体。大乘佛法之所以谈空者，端在于明'物无定相，则其性虚'也（《维摩注》一）。"④ 既然物无定相，则只可靠明心见性，见性成佛。按照这个逻辑，一切理解都是误解，因此只能如海德格尔反复强调的"倾听"，以听代说，以听入心，让物之本相"现量"。什么是"现量"？任继愈指出："佛教还承认一种不通过语言概念而凭借感觉器官直接经验的认识，大体上相当于我们现在所说的感性认识，他们称之为'现见'，它的因明形式叫做'现量'。"⑤ 以心传心的载体，不是语言文字，而是物之本体现量。就是不要以文释文、以言释言、以意释意。在李泽厚看来："禅宗的这一套比玄学中的'言不尽意''得意忘言'又大大推进了一步。它不只是'忘言'或'言不尽意'，而是干脆指出那个本体常常只有通过与语言、思辨

---

① （宋）严羽：《沧浪诗话》，中华书局2014年版，第88页。
② 叶维廉：《中国诗学》，生活·读书·新知三联书店1992年版，第63页。
③ 汤用彤：《汉魏两晋南北朝佛教史》（下册），中华书局2016年版，第453—454页。
④ 汤用彤：《汉魏两晋南北朝佛教史》（上册），中华书局2016年版，第227页。
⑤ 任继愈：《中国佛教史》（第二卷），中国社会科学出版社1985年版，第375页。

的冲突或隔绝才能领会或把握。"① 正如王国维在《人间词话》的解读:"'池塘生春草'、'空梁落燕泥'等二句,妙处唯在不隔。"② 无我与不隔,都是去除"我"作为此在的意义介入或偏见,让意义原生态呈现。因此既要说者无意,又要听者有心,如此这般,以心传心将示意方式展现为一种"无言的领悟":"之所以能够去除偏见,是因为人们可以以'无言的领悟'为基础来摆脱语言的束缚,克服语言的局限,与作者以心会心。"③ 这种妙不可言的说与无言的领悟形成视域上的圆融。圆即周遍,融乃汇通,用伽达默尔的经典论断来描述较为合适:"当解释者克服了一件文本中的疏异性并由此帮助读者理解了文本,那他本身的隐退并不意味着消极意义上的消失,而是进入到交往之中,从而使文本的视域和读者的视域之间的对峙得到解决——这就是我所称为的'视域融合'。"④

综上所述,从严羽"以禅喻诗"的诗学话语体系,传承或契合了儒家、道家言不尽意的学术规则,将禅宗思想中的"心""性""悟""空"等范畴融入文论批评实践,提出"妙悟"的话语范式,这个范式既迎合了"言不尽意""立象尽意""得意忘言""不落言筌""不著一字,尽得风流"等传统话语形态,又往后开启了"性灵"说、"神韵"说、"童心"说、"境界"说等范式,形成一个连贯的符号示意系统和完整的诗学结构体系。因此,我们可以说,佛教思想中国化形成禅宗,并进一步中国化形成"以禅喻诗"的话语体系,就是异域文论思想的中国化结构变异。

从这个案例我们也可以知道文学理论的他国化变异研究与影响研究、平行研究等其他研究方式的区别所在,佛学禅宗思想与中国文论话语本身就是异质形态,变异研究并不是研究佛学思想如何影响了中国文论话语,也不是寻找两者的类同性,因为"化用他国文化与文论的一个重要动因是互补

---

① 李泽厚:《中国古代思想史论》,安徽文艺出版社1994年版,第201—202页。
② 《王国维文集》第一卷,中国文史出版社1997年版,第150页。
③ 曹顺庆:《中国古代文论话语》,巴蜀书社2001年版,第140页。
④ [德]伽达默尔:《真理与方法》第二卷,洪汉鼎译,商务印书馆2016年版,第375页。

性"①,所以"妙悟"说从异质话语之中彼此双向穿越,穿透到彼此的理论话语内核之中,然后寻找文学模子和契合点,实现他国化转移、重构、互补与再生。可见,只有在比较中相互贯通、相互参照、相互吸收、相互促进,才可能实现文学理论的转型发展,正如陈跃红教授指出:"在当下,通过跨文化诗学对话去追求传统诗学的现代转化和建设未来新的诗学话语体系的时候,如何利用新的资源,并且寻找它们之间文化根基上的契合之处,也将成为比较诗学研究的重要使命。而《沧浪诗话》的流传和影响,正好为怎样寻找各种资源间的契合点提供了一个很好的范例。"②

三 文化结构变异

(一) 文化结构变异的基本定义

某一国文学或文论思想在他国进行译介、传播、接受和转化过程中,与接受国文学或文论思想相互融合,并互相吸涉有利元素,尤其是接受国根据本国文学或文论发展的实际需要,对他国文学或文论进行适应性改造,继而形成新的文学或文论变异形态,这种形态后来被不断地实践运用,以至于整体改变接受国文学或文论的知识谱系结构,并且,随着历史的不断演进,这种文学或文论结构变异逐渐走向深入,最后形成一种文化力量,推动接受国文学、文论以及文化的转型发展,从根本质地上改变了接受国文化思维方式和文化结构体系,这就是文化结构层面的他国化变异。文化结构变异是在文学结构变异和文论结构变异基础上的一种更深层的结构变异形态,它不仅仅是对文学和文论知识体系结构发生了影响,还对本国的文化结构、文化品格、文化质地产生了重大深远的影响。

从中国立场出发,文化结构变异主要包含两个向度:一是他国文化的中国化;二是中国文化的他国化。文化结构变异一般要建立在深入的文化交流

---

① 曹顺庆:《从"失语症"到西方文论的中国化》,《三峡大学学报》2005年第5期。
② 陈跃红:《比较诗学导论》,北京大学出版社2005年版,第229页。

基础上，纵观中西文化交流史，我们可以作如下分析。第一，就他国文化的中国化向度来看，中国文化发展历程中，有几个很重大的文化结构变异形态。一是佛教文化中国化。佛教思想融入中国传统的儒、道文化思想之中，形成儒、释、道三教合流的文化思想变异形态。二是近现代西方文化思想的中国化。1840 年鸦片战争以后，中国逐渐掀起学习西方思想的文化思潮和文化运动，通过器物、制度和文化三个阶段的渐进演变，不断引进西方文化思想、理念和方法，推进了中国文化的现代转型。三是马克思主义中国化。1938 年，毛泽东同志在党的六届六中全会上作的题为《论新阶段》的政治报告中最先提出了"马克思主义中国化"这个命题。1941 年，毛泽东同志在中共中央政治局扩大会议上又提出"中国实际马克思主义化"的思想，他认为："我们反对主观主义，是为着提高理论，不是降低马克思主义。我们要使中国革命丰富的实际马克思主义化。"① 在这之后，马克思主义中国化进程逐步深入，并生成中国特色社会主义文化体系。第二，就中国文化的他国化而言，也有几个重大的文化结构变异形态。一是儒家思想的欧洲化。主要是 16 世纪以后，以利玛窦为代表的西方传教士，将中国思想带回欧洲，尤其是伏尔泰、孟德斯鸠、卢梭等启蒙主义思想家，批判性吸收借鉴中国儒家文化，变异整合为西方启蒙主义思想，推进了西方文化结构变异，并形成一个特殊的历史时期，如史景迁所说："关于中国的知识在十六世纪末的西方已开始成为一种重要的力量，中国的历史学家称这段时期为晚明，即万历后期。"② 二是中国思想的东方化。除了"向西走"还有"向东走"，尤其在中国封建社会鼎盛时期的唐朝，日本派留学生来中国学习，前面所提到的空海，就是学习中国文论思想后编撰出《文镜秘府论》，其他东亚国家如韩国、朝鲜等，也受到中国文化的影响而创新自己的文化。三是近现代中国文化思想的西方化。如笛卡尔、莱布尼茨、黑格尔、叔本华、海德格尔、庞德、福柯、德里达、于连等等，

---

① 《毛泽东文集》第 2 卷，人民出版社 1993 年版，第 374 页。
② ［美］史景迁：《文化类同与文化利用》，廖世奇、彭小樵译，北京大学出版社 1990 年版，第 12 页。

数不胜数,他们在著述中或多或少参照了中国思想,尤其是海德格尔,从中国文化思想中吸取了积极元素,并展开创造性转化,继而开拓出诗化哲学思想。可见,在中国文化思想走出去过程中,不仅仅是影响他国文化,还同样被他国文化所改造、变异,产生"文化新质",成为他国文化结构的组成部分,并推进了他国文化的结构变异。

(二) 文化结构变异研究的主要特征

1. 认同"原生异质"。这是他国化结构变异的基本观点,文化结构变异并不是被他国文化改得面目全非,也不是变异为他国文化的一种注脚或一种附属文化,它必须坚守文化的主体性、异质性立场,即"不忘本来"。在过去一百多年的历史进程中,中国出现了两次否定中国文化原生异质性的倾向。一是20世纪初期的"全盘西化",一棒子打死封建文化思想,试图用西方思想完全取代和替换中国文化思想,其根源动因在于:"辛亥革命的失败证明了国民缺乏文化深层次素质的提高,中国要最终战胜封建主义思想,推翻封建制度,长久地奠定资本主义的民主共和之基,需要一场启蒙运动。先进的中国人基于这种认识,掀起了'五四'新文化运动。在这个运动中,他们对旧的文化传统展开了激烈批判,高呼出了'打倒孔家店'的口号,对中国传统文化深层结构的猛烈冲击和大量西方学术思想的引进,使得这一运动一度出现了走向'全盘西化'的极端。"[①] 二是20世纪后期的"以西释中"。20世纪西方文学理论风起云涌,此起彼伏,而"五四"之后并没有建立起一套有效的话语系统,因此20世纪后期尤其是80年代,套用西方话语的倾向比较明显,这种"强制阐释"模式继而导致文化"失语症"的发生。这两种倾向的根本问题都是对中国原生话语异质性的否定和拒斥,因此,要克服这种倾向,对文学研究者而言,就是通过"中国文论的中国化"来实现"中国文化的中国化"。关于这个问题,笔者和曹顺庆教授发表了两篇论文,提出了三条原

---

① 于语和、庚良辰:《近代中西文化交流史》,山西教育出版社1997年版,第183—184页。

则：全盘中化原则、古今相通原则、中西融会原则。① 可见，认同原生异质性是一项基础性工作，但这并不等同于否定他者文化。相反，认同原生异质性正是为了有效吸收外来文化。曹顺庆教授说："可以说，文化也好，文论也好，在一定的历史文化条件下，都是可以'转换'的，这种'转换'，就是'他国化'。"② 以中国文化为主化西方，就是认同原生异质的主要体现，这也是他国文化中国化的基本属性。

2. 激发"文化新质"。文化他国化结构变异的重要标志是：接受国在坚守自身文化的原生异质性基础上，对他国文化进行创造性叛逆和适应性改造，产生文化变异体或文化新质，这些文化新质不再附属于文化放送国，同时它也改变了本国文化的原生质地，通过双向对话、双向融合和双向变异，继而生成新的思想理念，这些思想理念推进了接受国文化的传承创新和结构变异。一种文化新质的产生比文学或文论新质的产生要艰难得多，它需要更广泛、更深层、更持久的传播和变异。恩伯在《文化的变异》中认为："所谓传播，即是由于两种文化接触之后，一种文化把属于另一文化的某些特质借取过来的过程。"③ 但是借取只是一个初始阶段，传播不一定发生结构变异，而结构变异往往依赖于深度传播。从比较文学变异学的角度来看，比较不是目的，而是为了发展，有创新才有发展，有文化新质才有文化变异，这是一种向前看的文化思维方式。斯宾格勒指出："我在本书中会提出一个新的体系，它堪称历史领域的哥白尼发现。这种观念认为，古典文化或西方文化不具有比印度文化、巴比伦文化、中国文化、埃及文化、阿拉伯文化、墨西哥文化等更优越的地位，作为文化，它们都是动态存在的独立世界，而且它们在历史中的地位并不比古典文化差。它们的伟大精神和上升力量较之于古典文化，有过之而无不及。"④ 这个重要观点的价值在于：他提出文化没有优劣之分，它

---

① 参见曹顺庆、王超《论中国古代文论的中国化道路》，《中州学刊》2008年第2期；《再论中国古代文论的中国化道路》，《中外文化与文论》第19辑。
② 曹顺庆：《文学理论的"他国化"与西方文论的中国化》，《湘潭大学学报》2005年第5期。
③ [美] C. 恩伯、M. 恩伯：《文化的变异》，杜杉杉译，辽宁人民出版社1988年版，第54页。
④ [德] 斯宾格勒：《西方的没落》，韩炯编译，北京出版社2008年版，第7页。

是一个生长过程，应当走出文化诗学的封闭圈，利用他国文化资源，在比较中相互"启发""照明""检视""互补""重建"，产生属于我们自身的文化新质，发展我们自身的文化体系。如代迅教授所说："在跨文化实践中，西方文化在中国从来没有逃过'中国化'的命运，而是在中国语境中被进行了'中国版'的大幅度改写，经过中国人的选择、挪移、变形和重组，它直接被整合进了中国自身的知识体系与现实需要之中，成为中国文化自身的一个组成部分，也成为中国本土权力运作的一种形式，中国的西方文化和西方的西方文化是两个完全不同的东西，这种同源而异质的现象还值得我们深入地去思索。"[①] 他所说的"中国的西方文化"，其实就是文化变异产生的文化新质，这种情况同赛义德在《东方学》中描述的"西方的东方文化"是一回事，两者都是文化形象建构中的文化变异。例如佛教中国化产生的禅宗思想，近代西方文化中国化产生的中国现代文化思想，以及马克思主义中国化产生的中国特色社会主义思想，等等，都是中国文化吸收外来文化产生的文化新质。乐黛云教授分析："纯而又纯的本土文化其实并不存在。中国文化早就吸取了佛教文化、西域文明以及周边各民族文化的多种因素，构成了今天的中国文化。"[②] 当然，一般情况下，文化结构变异包含文学和文论结构变异，反过来，文化结构变异也能够助推文学与文论结构变异："马列文论能够'中国化'的原因很多，但重要的一点是与马克思主义这种先进文化的传播密切相关，没有十月革命给我们送来了马列主义这种先进的思想和文化，就不可能有马列文论的'中国化'。"[③]

3. 推进"结构变异"。通过"不忘本来""吸收外来"产生的文化新质，并不是一种暂时性的、现象性的存在，它融入本国文化结构，并改变本国文化的整体形态，继而产生一种新的结构性力量，推动文化的发展，也就是还得"面向未来"，季羡林先生认为：

[①] 代迅：《西方文论在中国的命运》，中华书局2008年版，第218页。
[②] 乐黛云：《跨文化之桥》，北京大学出版社2002年版，第50页。
[③] 靳义增：《从变异学视角看文学理论"中国化"的基本路径》，《文艺理论研究》2006年第5期。

我觉得，一个民族的文化发展约略可以分为三个步骤：第一，以本民族的共同的心理素质为基础，根据逐渐形成的文化特点，独立发展。第二，接受外来的影响，在一个大的文化体系内进行文化交流；大的文化体系以外的影响有时也会渗入。第三，形成一个以本民族的文化为基础、外来文化为补充的文化混合体或者汇合体。这三个步骤知识大体上如此，也决不是毕其功于一役。这种发展是错综复杂的、犬牙交错的，而且发展也决不会永远停止在某一个阶段，而是继续向前进行的，永远如此。①

季羡林先生所描述的这三点，正是文化结构变异的三个主要特征，其中第三个特征，其意图在于形成一个新的文化结构，这个结构并不是静态的，而是一个动态的文化结构变异体，因为从发展的眼光来看："文化一般具有适应性，而且大多数情况下是整合的，这两点都意味着文化是不断变迁的。文化适应是文化对环境变化作出反应的一种文化变迁。"② 文化层的他国化结构变异，应当是动态的涡纹式发展模式，从文化核心力这个基点，不断产生新的文化发展动力。季羡林先生不仅分析了文化变异发展的三个阶段，而且他受到汤因比《历史研究》的影响，季羡林认为文明不是一个固定的形态，而是一个开放的、发展的变异、生成体系，先生如此分析：

他就主张这样，他就主张世界的文化，他不叫文化，他叫文明，civilization，不是culture，这两个字的差别先不讲，又有相同之处，又有不同之处。文化跟文明，Toynbee用的是civilization。他把人类的文明，过去的，所有的，五千年以内的，分为23个或26个，他认为任何文明都不能千秋万岁，它有成长过程。有人讲，他是进化论的看法，你不管它是什么论，反正这是历史事实证明了的，一种文化，不能永远万世长存，任何文化，它总是要变的。我们讲辩证法，辩证法的核心，就是一切都

---

① 季羡林：《比较文学与民间文学》，北京大学出版社1991年版，第296—297页。
② ［美］C. 恩伯 M. 恩伯：《文化的变异》，杜杉杉译，辽宁人民出版社1988年版，第48页。

要变,这谁也否定不了的。文化、文明也是这样的。①

因此,比较文学变异学,从变异类型来分析,有现象变异和结构变异两类;从变异层次来分析,有文学变异、文论变异和文化变异三类。两者相结合的最深处,就是文化结构变异,其主要特征是稳定性、持久性、变异性和延展性,它能将产生的文化新质融入本土文化的差序结构之中,并不断向前发展。

(三) 文化结构变异的案例解读

西方学界有一种较为普遍的观点,那就是中华文明主要受到西方的影响,而较少甚至不可能影响西方。以文学思想为例,美国哈佛大学教授Stephen Owen(宇文所安)就认为中国文论不可能从根本上影响西方文论:"中国文学思想无法影响西方文学理论,除了当下某些追求时髦的思想者,才会严肃地对待叶燮、《文心雕龙》。"② 也就是说,我们的伟大文论著作《文心雕龙》,在西方文论视野之中,并不能从根本上形成"应和"。史景迁说过:"当我们发现一种体系完全不融于自己的体系时,我们就不得不抛弃它、否定它。西方正是面临着这样一种紧张局面。"③ 这种态度是可以理解的,实际上,前文已经提到了,西方启蒙主义的一个重要话语资源,就是中国的儒家思想。这并不是说,启蒙主义思想家引用了中国文学与文化典籍中的作品,我们就能大言不惭地夸大中国文化对欧洲文化的重要影响。学术研究必须实事求是,在这里说的文化结构变异,并非是指某一个时期的作家作品涉及他国文化资源,或者简单说是西方文化中的中国元素或中国文化中的他国元素。结构变异不是一个或一组元素的变异,而是一个知识系统或思维系统的变异,它是一种整体模式的破裂与重组,我们以18世纪法国启蒙运动为

---

① 季羡林:《西方不亮,东方亮》,《中国文化研究》冬之卷(总第10期)。
② 宇文所安、程相占:《中国文论的传统性与现代性》,《江苏大学学报》2010年第2期。
③ [美] 史景迁:《文化类同与文化利用》,廖世奇、彭小樵译,北京大学出版社1990年版,第26页。

例来说明这个问题。

18世纪，法国涌现出孟德斯鸠、狄德罗、卢梭、伏尔泰等启蒙主义思想家，学界一般认为："启蒙主义者认为，必须抛弃千百年来神学观念的束缚，用属于自己的思考来决定自己的行动。由此，他们以这种自然或理性的法则去衡量和批评一切现存事物，以证明以往的社会形态、国家形式和传统观念，都应被当作不合理的东西扔到垃圾堆里去。"① 在中世纪，西方社会的主要思想还是基督教神学，在这种思想的控制下，自然科学和人文科学都得不到积极发展，意识形态长期处于蒙昧状态，尤其是在查理曼大帝死亡以后，基督教更是如日中天，因此学界也称为"黑暗的中世纪"。启蒙运动正是在这样的文化背景下产生的，启蒙运动（The Enlightenment）这个词本身就有"照亮"的意思，他们推崇理性，试图通过理性来解放思想、点亮智慧，用人的理性之光驱散中世纪神学统治下的黑暗。因此他们提出"天赋人权"，宣扬自由、平等和民主，这在法国的《人权宣言》和美国的《独立宣言》中，都体现得非常明显。那么，在这次西方文化的重大转向中，中国文化是否有所参与？是如何参与的呢？

钱林森教授认为："中国激发了启蒙作家新的想象力，开阔了他们的新视野，拓宽了他们的描写领域，而成了他们创作上的一个精神源泉。"② 孟德斯鸠、伏尔泰、卢梭都与中国有着深厚的思想交往，在这里以伏尔泰为例来阐述这个问题。从某种意义上说："18世纪的欧洲是伏尔泰的欧洲，也是'中国之欧洲'。"③ 具体地说，伏尔泰在建构启蒙主义之理性话语过程中，有效化用了中国儒家思想，宋柏年教授指出："伏尔泰对于孔学的毫无保留的推崇并不是盲目的。他曾细心研究了儒家的经典著作《四书》《五经》以及《孔子传》，把儒家思想在自己的哲学、历史乃至文学创作中广泛加以汲取、消融和宣扬，成为18世纪受儒家思想影响最深的启蒙思想家、作家。"④ 启蒙主义

---

① 聂珍钊：《外国文学史》（上），高等教育出版社2015年版，第220页。
② 钱林森：《法国作家与中国》，福建教育出版社1995年版，第61页。
③ 同上书，第75页。
④ 宋柏年：《中国古典文学在国外》，北京语言学院出版社1994年版，第46页。

之前，欧洲文化一直占据着西方文化的中心地位。17世纪末西方传教士相继将他们对中国文化的见闻及文献史料带回西方，例如1662年达科斯塔翻译的《大学》出版，1687年比利时教士柏应理在巴黎出版《中国哲学家孔子》等等，这些儒家经典逐渐被欧洲学者所接触、了解，并促使他们对《圣经》等基督教神学思想产生质疑，他们认真阅读中国文化典籍，"尤其是伏尔泰从始至终都是中国文明的崇拜者，中国文化的'最积极的颂扬者和公开的拥护者'"①。伏尔泰甚至认为："东方民族全不需要我们，而我们则需要他们。"②他对当时的执政者是相当不满的，那么他认为当时的法国需要从东方民族汲取什么呢？那就是儒家思想中的道德："我曾经认真读过孔子的书，并作了摘要；我发现书中所说的是纯粹的道德。……孔子只诉之于道德，不宣扬神怪。"③

伏尔泰潜在的思维是：为什么基督教文化会在欧洲占据绝对权威地位？为什么我们不能摆脱基督之神？为什么不能发挥人的理性作用？所以，当他看到孔子"子不语：怪、力、乱、神"的时候，思想得到极大的共鸣，甚至在室内，悬挂孔子的画像，并题做一首诗："殊方有哲士，发言明且清，斯文赖不表，理性得其贞。"④18世纪的启蒙主义思想家，试图彻底走出"黑暗的中世纪"，寻求人性的光明，但是摆脱基督教文化之后，实际上欧洲文化还不得不面对这样一些问题，那就是：靠什么来取代基督教文化？靠什么来支撑欧洲文化和思想信仰呢？如果这个问题不能解决，那么就只能陷入虚无主义的被抛性深渊之中。显然，伏尔泰等启蒙主义思想家并不仅仅是为了解构，他们更重要的是要建构一种新的文化，那又如何建构呢？他们在中国思想中寻求到了西方文化变异的有效性元素，那就是：儒家思想中的道德理性法则。

儒家文化并没有基督教和上帝，这是与欧洲文化无关的一种思想文化体系，但是儒家文化的社会治理同样具有自己的话语运作模式，具体来说，就

---

① 宋柏年：《中国古典文学在国外》，北京语言学院出版社1994年版，第45页。
② 《伏尔泰全集》，转引自钱林森《法国作家与中国》，福建教育出版社1995年版，第76页。
③ 转引自宋柏年《中国古典文学在国外》，北京语言学院出版社1994年版，第45页。
④ 同上。

是由"仁""义""礼""智""信"等构成的道德理性法则。伏尔泰的思路是：如果能用儒家思想的这些法则来解构基督教文化，那么则可以实现欧洲文化的"光明未来"。据孟华教授统计，伏尔泰一生近80部作品、200多封信件中都提到过中国，从根本上说，这是一种文化诉求，钱林森教授分析道："伏尔泰如此热情、全面地颂扬中国，是因为他从中国文化模式中，发现了启蒙思想家所需要的思想资源和精神力量。一个迥异于西方文明的中国模式，对启蒙思想家来说，无疑是新的思想武器和批判武器。"① 伏尔泰采取的具体思路是：首先是深入研读儒家文化经典，其次根据法国文化建构的需要，对这些元素进行引用、评论和阐释，更重要的是，将这些元素进行思想文化层面的整合、变异和再创造，最后，从整体文化结构上改变18世纪的欧洲。值得注意的是，伏尔泰对中国文化的推崇，并不是因为他对中国文化的了解有多么深入，他的目的也不是为了向西方译介中国文化文本，伏尔泰没有到过中国，但是他对当时很多有关中国的书籍都有所涉猎，这些书籍主要是一些传教士的著作和书信，这些资料本身就不太可靠，而伏尔泰在运用这些材料时，难免产生不少"不正确理解"，一方面这是历史原因所造成的，另一方面，伏尔泰的主要目的还是在化用中国儒家思想来批评中世纪神学思想，建构启蒙主义理性思想。

那么，这种思想体现在哪些方面呢？我们以他对《赵氏孤儿》的改编来说明这个问题。纪君祥创作的元代杂剧《赵氏孤儿》主要根据《史记·赵世家》进行改编，背景是春秋时期，晋国贵族赵氏家族在当时位高权重，很有声望，而国王晋灵公对之既羡慕又担忧。屠岸贾是晋国一个心高气傲的将军，但是却一直遭赵氏的挤兑，心中对赵氏怀有不满。后来，他在晋灵公的默许下，残忍将赵氏家族三百人全部诛杀。赵氏孤儿的母亲是晋灵公的女儿，为了保护赵氏孤儿，很多壮士在斗争中牺牲。赵氏孤儿的母亲将孩子交给民间医生程婴然后自缢身死。程婴想了一个办法，把赵氏孤儿藏在药箱里，准备带出宫外，但是被守门将军韩厥搜出，没料到韩厥也深明大义，为赵氏留下

---

① 钱林森：《法国作家与中国》，福建教育出版社1995年版，第81页。

唯一的血脉放走了程婴和赵氏孤儿，自己拔剑自刎；屠岸贾得知赵氏孤儿逃出，决心要斩草除根，竟然下令杀光全国一个月以上半岁以下的婴儿，违抗者杀全家诛九族；程婴为了拯救赵氏孤儿，决定献出独子，以代替赵氏孤儿，并承担"窝藏"的罪名，一起赴死；原晋国大夫公孙杵臼硬要以年迈之躯代替程婴承担隐藏赵氏孤儿的罪名，然后自杀而死……20年后，程婴告诉了赵氏孤儿这一切，赵氏孤儿欲复仇屠岸贾。纪君祥从《左传》《国语》《史记》等史籍取材，并据历代流传的程婴保护赵孤的故事，进行加工创造，写成了这部壮烈的悲剧。作者肯定为正义而自我牺牲和向邪恶势力复仇的精神，与元亡宋后实行民族歧视政策因而引起的复宋情绪有关，这是《赵氏孤儿》的基本故事情节。

1731年，法国传教士马若瑟神父将之翻译成本国文字，1735年全文发表在杜哈德主编的《中国通志》第2卷上，产生重大反响："《赵氏孤儿》的首次引进，在18世纪的法国和欧洲产生了很大的反响，伏尔泰据此写成轰动巴黎剧场的《中国孤儿》，英国、意大利及欧洲其他一些国家也先后出现类似的改写本。"[①] 钱林森教授也指出："伏尔泰据此创作《中国孤儿》，于1755年在巴黎首次公演，盛况空前，一下轰动了法国和欧洲。此后，伏尔泰的《中国孤儿》频频上演于法兰西剧院。"[②] 伏尔泰的改编使得当时观看这部剧的人争先恐后，每日很早就订票。除了法文之外，还被翻译成英文广泛传播。那么，为什么伏尔泰改编后的《中国孤儿》能在当时的法国备受欢迎呢？显然，这并不是儒家思想对欧洲思想的影响、侵入、说教，而是在文化的碰撞之中，产生了令人惊讶的火花。

我们看伏尔泰《中国孤儿》的主要内容。故事发生背景在南宋末年，地点在北京，成吉思汗攻陷北京城，宋朝的皇帝在临死之前，把孤儿托付给大臣张惕（法文Zamti）。成吉思汗为了斩草除根，不惜一切代价到处抓捕遗孤。为了保护大宋遗孤，张惕决定将他的儿子作为替身交给成吉思汗，把真正的

---

① 王宁、钱林森、马树德：《中国文化对欧洲的影响》，河北人民出版社1999年版，第43页。
② 钱林森：《法国作家与中国》，福建教育出版社1995年版，第85页。

遗孤请人带到高丽去，妻子伊达美（法文 Idame）虽然理解他的用意，但作为母亲坚决不同意牺牲儿子，于是为了保住儿子，她向成吉思汗说出了真情，大宋遗孤没有顺利出逃。恰好早年成吉思汗未成大业时，认识伊达美，深深爱上了她，但是伊达美拒绝了成吉思汗的求婚。如今，当成吉思汗知情后，对她的爱慕之心仍未消失，就以其儿子、丈夫和遗孤作为条件进行要挟，希望答应他的求婚。而后，张惕被捕入狱，成吉思汗命令对其严刑拷打，逼其就范，张惕也劝说伊达美为了保护大宋遗孤而牺牲她个人的节操。但是，伊达美再次拒绝了成吉思汗，并和丈夫一起参与救助大宋遗孤。在这样的情况下，她救孤失败，但仍然没有屈服，也一同被捕入狱，选择和丈夫、儿子一起赴死，捍卫宋朝的荣耀，并要求丈夫先将她杀死，然后自杀。成吉思汗暗中听到了他们的对话，感受到他们夫妻大义凛然、不屈不挠的民族气节，感受到汉族文化的民族精神、道德信仰的伟大，不禁悄然动容、深受启发。于是，下令赦免了他们夫妻，并封张惕为官，用汉民族的道德文明教化蒙古民族的黎民百姓、文武百官，并用汉族法律取代蒙古法律，将大宋遗孤和张惕夫妇的儿子收为义子。

从这样一个文本对比中可以看出，伏尔泰《中国孤儿》和纪君祥的《赵氏孤儿》相比已经发生了很大变化。[①] 伏尔泰对这部中国剧作的改编绝非一时冲动，而是源于文化层面的通约契合以及创造性转化。从一个剧本的改编到一个划时代的文化结构转型，这个过程大致经历了文本变异、思想变异到文化变异三个阶段。

1. 文本改编层面的"他国化变异"

伏尔泰创作《中国孤儿》并不是出于译介动机，他看到的马若瑟的法文译本，其实已经是一个"变异体"。从时间上看，纪剧背景是春秋时期，而伏剧是宋末元初，前者是汉民族内部的斗争，而后者是蒙汉不同民族的斗争；从情节上看，纪剧重在通过残忍的杀害、复仇来展示民族气节，而伏剧通过爱情的感化来展示道德力量；纪剧的主人公是屠岸贾，他在主导着搜孤杀孤

[①] 参见范希衡《〈赵氏孤儿〉与〈国孤儿〉》，上海古籍出版社 2010 年版。

行动，而伏剧的主人公换成了成吉思汗，大宋王朝代表在当时处于繁荣而成熟的汉文化，而成吉思汗的元朝代表的则是落后的野蛮文化。在源文本中，纪君祥插入了很多角色的讲唱部分，马若瑟显然认为欧洲接受者并不在意这种抒情式的意义表达方式，因此这些带有抒情意味的讲唱内容都被删去了。西方戏剧从亚里士多德《诗学》以来，经历卡斯特尔维屈罗、布瓦洛等，一直延续着"摹仿"的戏剧传统，这种传统在布瓦洛《诗的艺术》中达到顶峰，即形成"三一律"的经典戏剧模式，例如莫里哀的《伪君子》就是一个范本。伏尔泰受到古典主义戏剧理论的影响，严格遵守着"三一律"的创作。他没有按照元杂剧的戏剧模式来对西方戏剧进行"中国化"变异，而是用西方诗学"三一律"理论来进行"化中国"变异。

具体而言，在伏尔泰看来："中国戏剧诗的成就只有希腊可相比拟，至于罗马人简直是毫无成就。他所认为的代表作，就是《赵氏孤儿》。但此剧原本过于复杂，缺乏恋爱的要素，且与三一律不合；因之主张改作，把剧中角色也全部改换，以元朝为背景，来描写鞑靼人和中国人的风俗习惯，共成五幕。而最重要的，即在此剧里面表示一种中国之道德的人生观。"[1] 在伏剧中，他要维持"三一律"的创作标准，符合"时间在一昼夜、地点一致、行动一致"的基本要求。纪君祥源文本从赵氏孤儿出生到复仇，大概20年的时间，地点也是不断变化，情节更是如此，主要围绕杀孤、搜孤、救孤和复仇等情节展开。伏尔泰按照"三一律"的要求，所有事件都浓缩为一天的时间，地点也是保持一致。在情节方面，纪剧中的孤儿有一个成长的过程，而伏剧中的大宋孤儿始终保持着孤儿状态，故事围绕搜孤、救孤，反映成吉思汗从一个侵略者变为一个开明君主的情节过程。

在伏剧的改编中，时间、地点、情节相对统一，便于阐述戏剧理念和表达戏剧冲突。更为重要的是，他在文本改编中将纪剧的仇杀氛围加入了浪漫的感情氛围和家庭氛围，伏尔泰的意见是：蒙古人、满洲人虽似征服了中国，而最后还是给被征服者的智慧征服了，他深信理性的力量、智慧的力量、道

---

[1] 朱谦之：《中国哲学对欧洲的影响》，河北人民出版社1999年版，第303—304页。

德的力量。范存忠先生认为:"在这样的思想情况下,伏尔泰着手改编马若瑟译的《赵氏孤儿》。他把这故事从公元前五世纪的春秋时期往后移了一千七八百年。他又把一个诸侯国家内部的'文武不和'的故事改为两个民族之间的文野之争。在技术方面,他遵照新古典主义的戏剧规律,把《赵氏孤儿》的动作时间从二十多年(据伏尔泰说是二十五年)缩短到一个昼夜。情节也简化了。原剧包括弄权、作难、搜孤、救孤、除奸、报仇等段落,伏尔泰只采取了搜孤救孤。同时,依照当时'英雄剧'的作法,加入了一个恋爱的故事。"① 具体来说,这个感情氛围体现在四种爱:张惕对宋朝之忠以及他对遗孤之爱;成吉思汗对伊达美的喜慕之爱;伊达美对儿子之爱;张惕和伊达美对宋朝之爱。同时,这四种爱又交织成四组矛盾冲突:一是张惕一家对大宋遗孤救与不救的矛盾;二是伊达美对成吉思汗从与不从的矛盾;三是张惕对伊达美劝与不劝的矛盾;四是成吉思汗对张惕一家及大宋遗孤杀还是不杀的矛盾。这四种矛盾,在纪君祥的剧本中很少体现,但是伏尔泰却对此大写特写,尤其是在最后,将这些矛盾集中化解,古典主义戏剧的价值判断和价值观念在剧作中得以呈现,这样,"三一律"的形式体裁就很好地为伏尔泰试图表达的内容服务。

《赵氏孤儿》的影响还不仅仅是在法国,在英国及其他欧洲国家都产生了重要影响,那么他们又是按照什么原则来进行改编的呢?英国谋飞(Murphy)和伏尔泰一样,也进行了自己的改编。如果说伏尔泰的改编是通过塑造成吉思汗这个形象来体现孔子道德、理性的力量,那么谋飞的改编则是通过塑造铁木真来体现忠义、自由、爱国。谋飞1759年改编了《中国孤儿》,他的主要依据是马若瑟的《赵氏孤儿》文本和伏尔泰的《中国孤儿》,根据范存忠先生的分析:"谋飞认为伏尔泰的《中国孤儿》里没有多少'有趣的东西',而其所以缺乏'有趣的东西'是因为这位法兰西作家把戏剧动作提得太早了。在伏尔泰的戏里,真孤儿也好,假孤儿也好,都是摇篮里的人物,始终没有

---

① 范存忠:《〈赵氏孤儿〉杂剧在启蒙时期的英国》,张隆溪、温儒敏:《比较文学论文集》,北京大学出版社1984年版,第105页。

长大成人，因此不能对剧情有多大贡献。到了剧本煞尾，被征服者还是被征服者，因此救孤一事已失了其重要意义。谁还对孤儿发生兴趣呢？谋飞说，若把戏剧动作移后二十年，那末情况就不同了。那时，孤儿已成年，可以亲自出来报仇——这样一来，不但增加了不少'有趣的东西'，而且'救孤'也有了意义。"①

实际上，伏尔泰的重心显然不在孤儿这个角色，大宋遗孤在伏剧中不过是一个静态的符号，或者说是一个线索，就像是冒险、夺宝类电影中的宝藏一样，受众并不关心这是些什么宝藏，金币、银币、文物等等，都无所谓，只要有价值就行。孤儿也是一样，他的年龄、性别都无所谓，只要是很重要的大宋遗孤就行。伏尔泰和纪君祥，都是借救孤这个情节来展现其他人物的品质，例如纪剧中程婴，伏剧中的成吉思汗以及张惕一家。但是谋飞却认为这样设计会冲淡主题，没有体现孤儿本身的能动作用，更为重要的是，谋飞和伏尔泰一样，在改编过程中都潜伏着浓重的政治倾向，都是要呼唤时代的"开明君主"。

18世纪50年代，英法两国交战，战争初期，由于英国统治阶级内部内讧，英国在地中海和北美战场败北，到1758年才有所好转，而1760年登基的英王乔治三世是个孤儿，刚刚成年，被寄予厚望，谋飞的这部剧具有明显的政治倾向，他希望他改编的《中国孤儿》能够激励英王勇敢地抗击外民族的侵略，正如范存忠先生所说："谋飞的《中国孤儿》里演的是中国抵抗鞑靼侵略的故事，也就是一个民族抵抗另一个民族的侵略的故事。这里，一方面是残暴的侵略者，另一方面是向侵略者作殊死斗争的人物：英勇的孤儿以及扶持王室、不惜生命来争取自由的忠臣、义士、爱国者。因此，在七年战争的紧张的年代，这戏曾被认为宣扬爱自由、爱祖国的作品，而作者谋飞曾被认为爱国主义者的导师。谋飞自己似乎也曾以此自负。"② 伏尔泰和谋飞，都

---

① 范存忠：《〈赵氏孤儿〉杂剧在启蒙时期的英国》，张隆溪、温儒敏：《比较文学论文集》，北京大学出版社1984年版，第108—109页。
② 同上书，第116页。

试图通过对剧作的改编,来唤醒和启示各自的民族和君主,像中国的这些"开明君主"一样,能够励精图治,也试图用中国文化中的道德理性,来重构中世纪阴霾下的欧洲文化。

事实上,尽管他们的改编漏洞百出,但确实发生了移花接木的作用,如果我们从创造性叛逆的角度来分析,就不能否认这种"他国化变异"的特殊价值,如范存忠先生所说:"翻译也好,介绍也好,批评也好,改编也好,搬上舞台也好,不但都有缺陷,而且有很多、很大缺陷。翻译不完整;介绍不全面;批评不深入;改编本跟原剧差别很大,仅仅保存了一些轮廓;至于舞台表演,从中国人的眼光来看,在许多地方好象是一个讽刺。这些是很明显的,我们也提供了一些材料。可是,从历史主义的眼光来看,从比较文学的观点来谈,这许多工作——翻译、介绍、批评、改编、上演——都有其意义,因此也都有一定价值。"① 这就是他国化结构"变异"的价值。

2. 思想对话层面的"他国化变异"

在中国文学史家看来:"这部剧作确实歌颂了中国的传统道德,但应该注意到,它真正吸引人的地方,是剧中人物在道德完成中所表现的人格力量。"② 这不仅仅是反映忠奸斗争或家族斗争,它重在体现人格意义上的悲壮与崇高,或者说:"他们或杀身成仁、或忍辱负重以实现其自觉承担的使命的行为,便有了人格完成的意义和崇高的悲剧美感。"③ 伏尔泰在改编这部剧作时,加了一个副标题——"孔子的五幕伦理",很明显看得出伏尔泰对孔子的崇拜:"在道德学说方面,伏尔泰俨然以欧洲的孔子自居,他几乎可说是一个道地的欧化了的孔子。他那些颂扬孔子的话,与其说是颂扬一个东方的古代哲人,还不如说是颂扬他自己!"④ 通过这个剧,他实际上是在展示一种道德意图,伏尔泰选择创作《中国孤儿》,用钱林森教授的话说:"这与其说是一种艺术

---

① 范存忠:《〈赵氏孤儿〉杂剧在启蒙时期的英国》,张隆溪、温儒敏:《比较文学论文集》,北京大学出版社1984年版,第117—118页。
② 章培恒、骆玉明:《中国文学史》(下),复旦大学出版社1996年版,第52页。
③ 同上书,第53页。
④ 许苏民:《比较文化研究史》,云南人民出版社1992年版,第131页。

的选择,不如说是一种文化选择,即儒家理性文化、道德文化的选择。"① 那么他如何将这个文本的艺术功能转化为一种思想文化功能呢?最核心的地方,就是他将中国的道德与西方的理性进行了通约性对话和创造性转化,将中国的道德精神融入西方的理性思想建构之中。

  首先,对张惕而言,作为大宋之丞相,贯穿其所有行为的核心话语是"忠",为了这个"忠",他宁可牺牲自己的生命、妻子的贞洁以及爱子的生命,可以说是放弃一切来保护大宋遗孤,以此来体现一个忠臣对国家和民族的精神信仰;其次,对伊达美而言,作为中国封建社会的一名女子,她既是一个慈母,坚决不愿意牺牲儿子,她又是一个贞女,没有屈服于成吉思汗的求爱与淫威,她还是一个贤妻,愿意同儿子、丈夫一起赴死,同样,她还是大宋王朝的一个臣民,愿意和丈夫一起救孤,这四种身份交织在一起,唯一的选择就是死亡,以死效忠,而且最好的选择是三人一起死亡。既然大宋遗孤不能保,那么也就是辜负了宋王的信任。此时的伊达美和丈夫张惕,没有其他选择,唯一的选择就是自我选择,为了保证自己的贞洁与对大宋王朝的忠诚,她对丈夫说:"我们要学习那些自由人的榜样。要死要活都得自己作主张。"这是一句铮铮铁骨的自由宣言,在基督教神学中,死生都是掌握在上帝手中,而这一句话,人的生死一切是掌握在人自己手中,"人从于天"变成"人定胜天",人可以通过自由选择来实现自己的意志,这是启蒙主义思想家"天赋人权"的生动诠释。

  如果张惕的"忠"体现的是一种刚,那么,伊达美的"贞"则体现的是"柔",刚柔并济,以柔克刚,用儒家文化的道德软实力征服成吉思汗的蒙古硬霸权。当然,这一切主要体现在成吉思汗,作为一个君王,他具有一个王者的霸气,在战争中所向披靡、大功告成;对于大宋遗孤,他深谋远虑、赶尽杀绝、不留后患;作为一个男人,他对伊达美又情有独钟,早年迷恋,功成名就以后仍然用情专一、不改初心,尽管遭到伊达美的多次拒绝,但还是想尽一切办法来博取芳心;作为一个道德的化身者,他受到张惕及伊达美行

---

① 钱林森:《法国作家与中国》,福建教育出版社 1995 年版,第 86 页。

为的感悟，为了整个国家民族的利益，他毅然弃了个人对伊达美的恋情，赦免众生，并顺水推舟，请之用儒家文化来教化蒙古人。

　　整个剧作最关键之处在于最后成吉思汗对这些"敌人"态度的陡转，按照故事发展的正常思路，应当是张惕一家三口及遗孤的死亡，因搜孤而起，因救孤而生，因失败而死，这是一个完整的故事，或者如纪剧那样，救孤成功，并多年以后顺利复仇，总之，这种敌我双方生死不共戴天的矛盾必须通过生或者死来化解。而伏剧并没有这样设计，英国学者赫德逊认为："18世纪流行的性格是民事的、世界主义的、没有爱国心的和和平的。人们不再认真看待以少量职业军队去进行的王朝间的战争，'全民皆兵'和伟大的爱国仇恨的时代尚未到来。在西班牙王位继承战争期间，时髦的洋娃娃通行无阻地从巴黎输出到维也纳。在这样的时代里，中国人缺少勇武精神似乎无可指摘；相反地它却解释为优越文化的一个标志，而且还强调了这一事实，即中国人曾吸收了所有曾征服过他们的好战的野蛮人。这是伏尔泰反对卢梭所持的观点。"① 在卢梭看来，一个人的最高美德就是为国捐躯，提倡爱国的尚武精神，而不是所谓的道德精神，因此卢梭攻击"中国热"现象，两人由此分道扬镳，而"伏尔泰极力反驳这些攻击，他声称，文明必然最终获胜，以它的道德优越性压倒野蛮的军国主义"②。

　　正是基于伏尔泰这样的内在动机，关键时刻成吉思汗才有"良知发现"，导致出现反戏剧性的转变：张惕从死刑犯变成为人师表者，伊达美保住了贞洁也保全了性命，大宋遗孤和张惕的儿子受到恩宠，四个人从地狱走向天堂，当然成吉思汗也通过道德法则的警醒而从一个暴君转变为仁者。本来剧情应当是强弱分明、善恶一方的，到最后恶的一方都归向了善。更为重要的是，成吉思汗从这样一个事件当中，发现了汉族文化的精神力量，并且虚怀若谷，试图用这种道德法则来取代蒙古的法律，更体现出一种"开明君主"的形象特征。这种艺术理想归于现实，伏尔泰则通过对成吉思汗这个形象的塑造，

---

①　[英]赫德逊：《欧洲与中国》，李申等译，中华书局2004年版，第271页。
②　同上。

着力呼唤法国塑造新的"开明君主",伏尔泰将文本上的理想转化为文化上的交融,钱林森教授感叹:"儒家文化正由此而与启蒙思想相交融,伏尔泰正由此而通向对中国精神的追求。《中国孤儿》与《赵氏孤儿》同奏的正是由儒家文化而陶铸而升华的中国文化精魂的凯歌!"① 这种交融体现在:成吉思汗、张惕、伊达美这三个主要人物形象,既是中国的,又是法国的;既不是中国的,又不是法国的,就像我们所知道的禅宗一样,既是印度的,又是中国的;既不是印度的,又不是中国的,类似这种交叉重叠的变异形象,就是文化层面的"他国化变异",是比较文学变异学的最深层次的"比较",它表面上并不比较,但是在不比之比中完成了结构性对话。

3. 文化结构层面的"他国化变异"

英国学者赫德逊指出:"在18世纪,法国兴起了两个完全不同的思想流派,它们都提出了社会改革。它们可以区分为自由主义者和新君主主义者。前者包括所有相信人民主权和议会制度的人,不管他们赞成英国式的君主立宪制还是共和制,新君主主义者包括那些希望扫除贵族及教士的特权,却不相信议会制和民主的人们,他们是'开明专制主义'的鼓吹者。"② 伏尔泰就是典型的新君主主义骑手,他需要为自己的思想寻找证据,最后:"新君主主义者则在中国找到了他们的范例和依据。他们崇拜中国的理由实际上非常简单。他们所以引征亚洲,是因为欧洲的过去没有任何东西可以作为他们的依据。欧洲的全部过去和现在都受到他们所不喜欢的政治倾向的影响。"③

正是因为西方没有这样的传统,所以才从中国寻找话语资源,这就是一种"寻异"的比较路径,他先是迂回到异质文明的无关性思想中,然后与欧洲思想传统进行对视,最后启示和重构欧洲文化思想。伏尔泰的"寻异"过程中,传教士们提供了绝好的机会:"来华传教士们的作品,借助于当时流行的'中国热',在欧洲得以广泛传播,而这种对中国全面深入的介绍,也把

---

① 钱林森:《法国作家与中国》,福建教育出版社1995年版,第94页。
② [英]赫德逊:《欧洲与中国》,李申等译,中华书局2004年版,第267页。
③ 同上书,第267—268页。

'中国热'推向了一个新的阶段：思想影响的阶段。"[1] 伏尔泰在这部剧中，将两种思想进行融合，继而推进启蒙主义的文化建构，通过三个主要人物尤其是成吉思汗这个人物形象的塑造，着力发掘了道德精神对社会秩序的重要作用。这种道德精神，正与启蒙主义思想家所追求的"理性"不谋而合，这是中西文化的一个交叉性"模子"。

正当很多法国学者将中国文化作为一个可以任意揉捏的文化符号来进行主观化想象的时候，伏尔泰却看到了中国文化的异质性要素，我们在本书第四章已经分析了，比较文学变异学的核心理论思想就是将异质性、变异性作为可比性。也就是说，当时法国其他很多学者肆意想象中国形象，例如勒纳尔（Regnard）写的《中国人》，就是对儒家的文人学士进行嘲讽、丑化。当代西方学者赛义德《东方学》中描述的东方形象，也是如此。他们的立场都是欧洲中心主义，都是一种"寻同"的比较思路，对于与欧洲文化同源或类同的文化体系，则可以展开文化征用，对中国文化这种异质性文化，要么搁置不比，要么主观丑化，没有将异质性作为可比性。

之所以将伏尔泰作为一个学案来进行论证，一方面如赫德逊所说，伏尔泰没有在西方文化传统找到启蒙主义思想的鲜活例证；另一方面，他接触到中国文化的译本后，不是像卢梭一样批驳，而是虚心从这种异质思想体系中寻找对西方有利的元素，尽管他的目的并不是译介传播中国文化，甚至在这个过程中充斥着各种文化误读，但我们不能从文学文本的角度来进行是非判断，应当从文化互补与文化利用的发展眼光来看问题，因为伏尔泰不是在将中西文化进行比较，他不仅是认同，而且是"应和"，他对中国文化不止于心理膜拜，还从西方文化的角度对中国儒家文化进行创造性转化和创新性发展，从中国文化中寻找与西方文化在"模子"层面的通约性。事实证明，他的这条路径是有效的，在今天看来，我们认为这就是比较文学变异学的一个成功案例，因为他认同了中国文化的异质性，并从法国文化立场出发，进行迂回与对视，继而重构欧洲思想。

---

[1] 孟华：《伏尔泰与孔子》，中国书籍出版社2015年版，第48—49页。

无独有偶，两百多年以后，弗朗索瓦·于连，也在践行这种比较文学变异学的研究路径，他认为比较不是比较，而是一种"说服"和"操纵"①，是意义的穿梭，或者说是在者与他者之间的迂回与进入。他不是将比较放在影响、平行或单向阐释的角度去展开，而是在迂回中超越，去看到未看到的东西，思考未被思考过的东西，从而在叛逆中再生。于连说过要思考那些"思想的未被思想之物"②，法文即"l'impensée de la pensée"，在汉语中，可以理解为思想的那些所没有被思想过的东西或不可思因素，对于"impensée"，于连说："也可以说是'文化潜意识'，我的目的就是思考西方文化中那些从未受到质疑的东西。我把研究中国作为启发这种思考的途径。"③ 于连还有另外一个陈述："我尝试一种迂回，沿这个方向走一小段路；然后，当这一小段路有可能引向一种泥潭或可能失去突破或开放的效益，我就从另一端重新起步。一点一点地，一段一段地前进。这就是我前面所称的'网眼'。一个网眼一个网眼地，我在织一张网，把它伸向中国和欧洲，以捕捉它们的不可思因素。"④迂回到思想的侧面来进入思想本身，正如迂回到中国来进入欧洲，迂回到欧洲来进入中国一样，或如老子所说："将欲歙之，必固张之；将欲弱之，必固强之；将欲废之，必固兴之；将欲取之，必固与之。"（《道德经》第36章）换言之，就是从对立面和那些隐藏在现象背后的深层结构出发，来思考中西思想的异质性问题。于连和伏尔泰这种思路，尽管面临很多质疑，但是他们都在主动脱离欧洲思想的温床，在异质性文化中迂回，并寻找一种思想"不适感"，以促使西方文化在结构上进行重建。于连在与秦海鹰的一次交谈中说："我本来不是汉学家，是搞希腊哲学的，我在研究希腊哲学的过程中开始关注中国思想。因为我想找一个能与希腊哲学拉开距离的观察点，这个点就是中国。中国处在印欧文化框架之外，同时又与希腊思想一样古老。对我来

---

① François Jullien. *Traité de L'efficacité*, Paris: Grasset, 1996, p. 181.
② 王超：《思想的未被思想之物》，《海南大学学报》2008年第4期。
③ 秦海鹰：《关于中西诗学的对话——于连访谈录》，《中国比较文学》1996年第2期。
④ [法] 弗朗索瓦·于连、狄艾里·马尔塞斯：《(经由中国) 从外部反思欧洲》，张放译，大象出版社2006年版，第256页。

说，这种选择是方法的选择。这是一种迂回的方法，它能激发更新的思考。"①

那么，进一步细问，这个学案是如何从一个剧本的改编实现文化结构的转变呢？这种文化结构的变异发生在什么环节？这是最关键的问题。从根本意义上说，伏尔泰并不真正了解儒家文化，既不懂中文，又没有到过中国，只是通过法译本了解到儒家思想，但是他通过自己的文化过滤和文学误读，创作出适应当时法国及欧洲文化思想的文本形态，中国没有西方的基督教文化，但是却用道德良知和美德精神构建了一个秩序化的伦理世界，中国文学文本具有"兴观群怨"的社会政治功用，正是这种道德力量和人格精神，感化了作为暴君的成吉思汗，伏尔泰的根本目的，正是试图在当时的西方构建这样一种文明形态。因此，要厘清其文化结构变异，就必须要将伏尔泰的思想纳入西方整个思想构架之中来进行分析比对，以辨析其延展性和变异性。

在启蒙主义思想之前，是封建专制与黑暗的中世纪，基督教神学思想占据统治地位，这种思想的主要特征是"蒙昧主义""禁欲主义"，神权大于人权，在但丁的《神曲》中，无论道德修养多么高尚，只要没有受洗，死后都会进入地狱。在启蒙主义思想之后，是西方的资产阶级革命，主要特征是"天赋人权"。无论是《人权宣言》还是《独立宣言》，都从神权转向了人权。在这两种文化结构之间，促使这种文化结构进行历史转变的，正是启蒙思想家的"道德理性"法则。那么，伏尔泰从中国文化精神中汲取的这条法则如何整合融贯到西方的文化结构中去呢？那就是伏尔泰从中国儒家思想中所化用的"道德"。

具体来说，伏尔泰的《中国孤儿》产生的不仅仅是一种流传中的文本变异和阐释变异，而是在此基础上更深层次的文化结构变异，他所提出道德理性的文化体系，在欧洲文化思想中呈现"神权—道德—人权"的延展结构，我们可以通俗地理解，基督教神权是先验的、唯一的、绝对的权力体系，而人权，也并不是绝对的自由，"天赋人权"意味着在人权之前，还

---

① 秦海鹰：《关于中西诗学的对话——于连访谈录》，《中国比较文学》1996年第2期。

存在一个先验性的公道关系，类似于中国文化中"天道""仁道""礼"。在宗教法则和人为法则之间，启蒙主义插入了道德法则，这个法则承上启下、前后勾连，道德法则并不是基督教文化的指令，也不是主体不得已而为之，而是一种油然而生的良知领悟，正如伏尔泰《中国孤儿》中成吉思汗，他最后的一系列反常举动，是受到道德感化的力量，正如孟子所说的"恻隐之心"。这种力量有力解构了封建蒙昧主义的文化体系，结束了中世纪大约一千年的神学思想统治，并参与建构了"天赋人权"的新的文化体系以及西方关于自由、平等、博爱的精神建构，对西方后来的文化思想产生至关重要的影响。

概言之，伏尔泰从西方文化的基本立场出发，通过对中国儒家文化的文化误读和创新阐释，寻找到西方启蒙主义强调的"理性"与中国儒家文化强调的"道德"在文化模子这个深层结构上的通约性，并通过《中国孤儿》及一系列著述，阐述道德精神对主体精神和文化思想的重要作用，继而推进了西方资产阶级革命以及自由、平等、博爱的新文化体系，他不仅仅是对中国文化元素的译介，而是一种深层话语体系的有效征用，从比较文学变异学的角度分析，他之所以能够从文本改编到实现文化的他国化结构变异，主要体现在以下几个方面。

第一，立足文化原质性。伏尔泰是基于西方文化立场来阐释中国儒家文化，是化中国而不是中国化，是利用他者话语资源而不是被吸附到他者话语场域之中，这就不可能"失语"。但是他又没有刻意丑化中国文化，我们在赛义德的《东方学》中，可以看到福楼拜以及其他作家对东方形象的描述。同样，在当时的法国，中国文化传播过去之后，有的作家仍然像伏尔泰一样基于西方文化立场，但是他们并没有尊重中国文化的异质性，而是在凸显异域情调，例如勒纳尔（Regnard）写的《中国人》："此剧于1692年首演，由法国皇室的意大利戏剧团演出。仆人扮演中国文士时，极尽取乐之能事。这个假象的中国人在舞台上时而以哲学家出现，时而以伦理家出现，时而又以理发匠、工匠、乐剧作家出现，闹尽了笑话。当时法国和欧洲的剧场充斥着这类融合了欧洲戏剧传统的古怪的中国戏,它们的共通点是假借一个所谓的中国角色或题材,来满足观众的东方好尚和异国情调。"①

但是,伏尔泰没有像他那样在西方文化中沾沾自喜,恶意丑化中国文化,他认真研读中国文化的各种著述材料,在研读中展开思想的比较对视,正如约斯特所说:"如果回顾伏尔泰所有的小说、剧本、论文、杂文、历史著作和辞典,我们几乎到处都能看到异国情调的存在,并且我们几乎到处都会发现异国情调是与讽刺联系在一起的。异国情调的作用并非是要暗示或创造或再创造一个世界,而是要强调对比,要把两种生活方式、两种态度、两种宗教、两种学说放在一起相互对照。"② 伏尔泰在这样的对照中,发现了中国文化具有的且欧洲文化所缺乏的东西,例如他在《风俗论》中说:"似乎所有民族都迷信,只有中国的文人学士例外。"③ 那中华民族依靠什么来实现精神信仰的终极指向呢?朱谦之教授分析了其中的原因:

> 他为什么这样赞美中国文化呢?因为中国文化是《圣经》以前的文化,且为《圣经》以外的文化。在他研究中国文化的内容时,竟发现了和欧洲不同的一种新文化。这种新文化与基督教绝然不同,它不说灵魂不灭,不说来世生活。孔子自己也不以神或预言者自命,他不讲神秘,只谈道德,一言以蔽之,即不将真理与迷信混同。所以把他和基督教对比,则基督教全然为虚伪的、迷信的,结构只给人类以重大的不幸。因此伏尔泰主张应该根本废弃宗教,为人类的幸福与和平再现的原故,儒教可算最好最合人类理性的哲学了。④

在这种比较中,他发现了中世纪基督教文化的缺陷,并试图用中国文化去参照互补,说到底这就是一种互补思维,在比较中寻找差异,寻找为我所用的元素,而这也是比较文学变异学的目的。

---

① 钱林森:《法国作家与中国》,福建教育出版社1995年版,第95页。
② [瑞士]约斯特:《比较文学导论》,廖鸿钧等译,湖南文艺出版社1988年版,第156页。
③ [法]伏尔泰:《风俗论》上册,梁守锵译,商务印书馆1995年版,第28页。
④ 朱谦之:《中国哲学对欧洲的影响》,河北人民出版社1999年版,第289页。

第二，产生了文化新质。他在成吉思汗以及张惕等人身上，分别赋予崭新的形象特征以及思想特征，他们不再聚焦源文本中复仇主题，而是聚焦于道德感化和良知觉悟，"为了宣扬中国道德，他以元曲《赵氏孤儿》为蓝本，改编和创作了《中国孤儿——五幕孔子的伦理》的剧本，认为这是一本可从中领会中国人的道德生活远胜于诵读耶稣会士的著作。剧本以元朝为背景，频频通过剧中人物之口来宣扬中国道德同化外来征服者的力量。"[1] 通过这些人物的良知觉悟，产生了区别与当时西方宗教法则的道德法则，这个道德法则就是文化新质，道德法则是源于东方的异质性文化质态，他融入当时的欧洲文化思想体系之中。

第三，推进了文化结构变异。前面已经分析，伏尔泰及其他启蒙主义思想家所倡导的道德理性法则，并不是一种静态的文化新质，而是具有话语生产力的动态涡纹结构，他源源不断产生思想力量，消解中世纪的蒙昧主义，又促进资产阶级文化的新生与建构，使其融入了这一场思想文化的变革之中，也成为西方文化思想的有机组成部分，"如果说其他的自由思想家们由于儒学的实用价值而在一时、一事上需要借助于孔子的力量，那么伏尔泰则达到了一种更高的境界：对'仁'的认同使他真心实意奉孔子为师。他把握了儒学的本质，几乎在一切重大问题上，他都能将先师的学说融会贯通于自己的启蒙宣传中，从而使经他诠释过的儒学成为了启蒙思想的一个有机组成部分"[2]。综上所述，伏尔泰笔下的中国儒家文化并不是基于中国文化语境中的中国文化，但正是因为他的不正确理解，中国儒家文化像盐溶进水一样，润物细无声地悄然融贯到当时的西方思想文化之中，这就是一种文化结构他国化变异。

本书的论述到此进入尾声，综上所述，笔者认为，比较文学变异学提出至今，在国内外比较文学界已经引起较大关注，但是对其基本内涵、主要创新及实践路径等方面的问题，还缺乏较为深入、细致和科学的阐释。本书就是针对这些问题做了一些浅薄的思考，算是对恩师曹顺庆教授学术理论的一

---

[1] 许苏民：《比较文化研究史》，云南人民出版社1992年版，第132页。
[2] 孟华：《伏尔泰与孔子》，中国书籍出版社2015年版，第192页。

种个体化解读。总体来说，比较文学变异学，作为一种比较文学研究的方法论创新，传承了影响研究和平行研究的基本理论脉络，梳理总结了中国比较文学发展中的各种话语形态，同时又与当今比较文学学术前沿合拍。本书在多元话语资源中展开纵向梳理与横向辨析，继而阐述了比较文学变异学的基本理论特征及其实践策略。其核心思想就是：全球化多元化时代的比较文学，应当更加尊重异质文明文学的结构性差异，尊重文学交流中的变异事实，不要用一种普适性的理论来强制阐释他者之存在样态，也不要遮蔽文学交流中的异质性与变异性，而是采纳《周易》中差异互补的中国文化思维方式，将异质性、变异性作为可比性，展开异质话语的互释互证，从"求同存异"转向"借异识同"，在根本出发点上调整思路。或者更具体地说，就是不忘本来（坚守本土话语）、吸收外来（转化外来话语）、面向未来（形成创新话语）。因此，所谓比较文学变异学，实质上就是研究如何在不改变话语原生异质性的基础上，如何转化利用他者话语资源，从而不断发展和建构我们自身的话语体系和学术规则的学科理论。在具体方法路径上，本书将变异学分为流传变异学、阐释变异学和结构变异学三大研究体系，其主要特征分别是实证性、类同性及他国化。流传变异学又包含译介变异、传播变异和接受变异三大研究分支；阐释变异学包含错位阐释、对位阐释和移位阐释三大研究分支；结构变异学包含文学结构变异、文论结构变异和文化结构变异三大研究分支。这九个分支，构成了变异学的基本结构体系，每一研究分支的论述都分为基本定义、理论特征和案例解读三个方面，尤其是案例解读，用具体的学术案例来阐明变异学的理论观点，理论与实际相结合。以上这些都是笔者在总结学界前辈和同人的研究基础上提出的一些观点，当然有欠妥的地方，但是通过这些研究，旨在把变异学理论推进得深一点、更深一点。

参考文献

一　中文著作

［美］艾布拉姆斯:《镜与灯》，郦稚牛等译，北京大学出版社2015年版。

［爱尔兰］波斯奈特:《比较文学》，姚建彬译，中国社会科学出版社2015年版。

［美］伯恩海默:《多元文化时代的比较文学》，王伯华、查明建等译，北京大学出版社2015年版。

［法］布吕奈尔:《什么是比较文学》，葛雷、张连奎译，北京大学出版社1989年版。

［英］巴斯奈特:《比较文学批评导论》，查明建译，北京大学出版社2015年版。

曹顺庆:《中西比较诗学》，北京出版社1988年版。

曹顺庆:《比较文学史》，四川人民出版社1991年版。

曹顺庆:《东方文论选》，四川人民出版社1996年版。

曹顺庆:《中外比较文论史》，山东教育出版社1998年版。

曹顺庆:《迈向比较文学新阶段》，四川人民出版社2000年版。

曹顺庆:《中国文化与中国文论》，内蒙古教育出版社2000年版。

曹顺庆:《世界文学发展比较史》，北京师范大学出版社2001年版。

曹顺庆:《中国古代文论话语》，巴蜀书社2001年版。

曹顺庆：《比较文学学科理论研究》，巴蜀书社 2001 年版。

曹顺庆：《比较文学论》，四川教育出版社 2002 年版。

曹顺庆：《跨文明比较文学研究》，巴蜀书社 2005 年版。

曹顺庆：《比较文学学》，四川大学出版社 2005 年版。

曹顺庆：《比较文学教程》，高等教育出版社 2006 年版。

曹顺庆：《南橘北枳》，中央编译出版社 2014 年版。

曹顺庆：《比较文学概论》，高等教育出版社 2015 年版。

陈惇、刘象愚：《比较文学概论》，北京师范大学出版社 1988 年版。

陈跃红：《比较诗学导论》，北京大学出版社 2005 年版。

陈玉刚：《中国翻译文学史稿》，中国对外翻译出版公司 1989 年版。

［美］丹穆若什：《什么是世界文学?》，查明建等译，北京大学出版社 2014 年版。

［法］弗朗索瓦·于连：《圣人无意》，闫素伟译，商务印书馆 2004 年版。

［法］弗朗索瓦·于连：《迂回与进入》，杜小真译，生活·读书·新知三联书店 2003 年版。

［法］弗朗索瓦·于连：《本质或裸体》，林志明、张婉真译，百花文艺出版社 2007 年版。

［法］梵·第根：《比较文学论》，戴望舒译，商务印书馆 1937 年版。

［法］福柯：《知识考古学》，谢强、马月译，生活·读书·新知三联书店 2004 年版。

冯友兰：《中国哲学史》，华东师范大学出版社 2000 年版。

干永昌：《比较文学研究译文集》，上海译文出版社 1985 年版。

郭绍虞：《中国历代文论选》（四卷本），上海古籍出版社 2001 年版。

［德］顾彬：《关于"异"的研究》，曹卫东译，北京大学出版社 1997 年版。

［德］海德格尔：《存在与时间》，陈嘉映、王庆节译，生活·读书·新知三联书店 2006 年版。

［德］哈贝马斯：《公共领域的结构转型》，曹卫东译，学林出版社 1999 年版。

［德］黑格尔：《美学》，朱光潜译，商务印书馆 1984 年版。

［德］胡塞尔：《纯粹现象学通论》，李幼蒸译，商务印书馆 1996 年版。

［德］胡塞尔：《逻辑研究》，倪梁康译，商务印书馆 2015 年版。

［英］赫德逊：《欧洲与中国》，李申等译，中华书局 2004 年版。

［美］亨廷顿：《文明的冲突与世界秩序的重建》，周琪等译，新华出版社 2002 年版。

黄药眠、童庆炳：《中西比较诗学体系》，人民文学出版社 1991 年版。

［法］基亚：《比较文学》，颜保译，北京大学出版社 1983 年版。

［德］伽达默尔：《真理与方法》第一卷，洪汉鼎译，商务印书馆 2016 年版。

季羡林：《比较文学与民间文学》，北京大学出版社 1991 年版。

金丝燕：《文学接受与文化过滤》，中国人民大学出版社 1994 年版。

［德］康德：《判断力批判》，宗白华译，商务印书馆 1964 年版。

孔颖达：《十三经注疏》，上海古籍出版社 1997 年版。

［法］洛里哀：《比较文学史》，傅东华译，上海书店 1989 年版。

李达三、罗钢：《中外比较文学的里程碑》，人民文学出版社 1997 年版。

梁漱溟：《东西文化及其哲学》，上海世纪出版集团 2006 年版。

刘勰：《文心雕龙注》，范文澜注，人民文学出版社 1958 年版。

刘若愚：《中国的文学理论》，田守真译，四川人民出版社 1987 年版。

罗钢：《历史汇流中的抉择》，中国社会科学出版社 1993 年版。

刘耘华：《诠释学与先秦儒家之意义生成》，上海译文出版社 2002 年版。

李思屈：《中国诗学话语》，四川人民出版社 1999 年版。

罗根泽：《中国文学批评史》，上海古籍出版社 1984 年版。

刘介民：《中国比较诗学》，广东高等教育出版社 2004 年版。

马新国：《西方文论史》，高等教育出版社 2002 年版。

孟华：《比较文学形象学》，北京大学出版社2001年版。

孟华：《伏尔泰与孔子》，中国书籍出版社2015年版。

孟昭毅：《比较文学通论》，南开大学出版社2003年版。

［美］迈纳：《比较诗学》，王宇根、宋伟杰等译，中央编译出版社2004年版。

钱林森：《法国作家与中国》，福建教育出版社1995年版。

钱锺书：《管锥编》，中华书局1979年版。

钱锺书：《七缀集》，生活·读书·新知三联书店2002年版。

任继愈：《中国佛教史》（第二卷），中国社会科学出版社1985年版。

［美］斯皮瓦克：《一门学科之死》，张旭译，北京大学出版社2014年版。

［美］苏源熙：《全球化时代的比较文学》，北京大学出版社2015年版。

孙周兴：《海德格尔选集》，上海三联书店1996年版。

［瑞士］索绪尔：《普通语言学教程》，高名凯译，商务印书馆1980年版。

宋柏年：《中国古典文学在国外》，北京语言学院出版社1994年版。

汤用彤：《汉魏两晋南北朝佛教史》，中华书局2016年版。

王国维：《王国维文集》，中国文史出版社1997年版。

王向远：《比较文学学科新论》，江西教育出版社2002年版。

王宁：《比较文学：理论思考与文学阐释》，复旦大学出版社2011年版。

［美］韦勒克、沃伦：《文学理论》，刘象愚译，生活·读书·新知三联书店1984年版。

温儒敏：《寻求跨中西文化的共同文学规律》，北京大学出版社1987年版。

温儒敏：《中西比较文学论集》，北京大学出版社1988年版。

谢天振：《译介学》，上海外语教育出版社1999年版。

谢天振：《比较文学与翻译研究》，复旦大学出版社2011年版。

夏瑞春：《德国思想家论中国》，江苏人民出版社1989年版。

严绍璗：《比较文学与文化"变异体"研究》，复旦大学出版社2011年版。

杨乃乔：《比较文学概论》，北京大学出版社 2002 年版。

叶维廉：《比较诗学》，台湾东大图书公司 1983 年版。

叶维廉：《中国诗学》，生活·读书·新知三联书店 1992 年版。

余虹：《中国文论与西方诗学》，生活·读书·新知三联书店 1999 年版。

乐黛云：《文化传递与文学形象》，北京大学出版社 1999 年版。

乐黛云、［法］勒·比雄：《独角兽与龙》，北京大学出版社 1995 年版。

乐黛云：《中西比较文学教程》，高等教育出版社 1988 年版。

乐黛云：《跨文化之桥》，北京大学出版社 2002 年版。

乐黛云、王宁：《超学科比较文学研究》，中国社会科学出版社 1989 年版。

赵毅衡：《新批评文集》，中国社会科学出版社 1988 年版。

章培恒、骆玉明：《中国文学史》，复旦大学出版社 1996 年版。

朱东润：《中国历代文学作品选》，上海古籍出版社 1980 年版。

朱光潜：《西方美学史》，人民文学出版社 1979 年版。

朱熹：《四书章句集注》，中华书局 1983 年版。

宗白华：《美学散步》，上海人民出版社 1981 年版。

周启超：《跨文化的文学理论研究》，百花文艺出版社 2006 年版。

张隆溪、温儒敏：《比较文学论文集》，北京大学出版社 1984 年版。

张隆溪：《比较文学译文集》，北京大学出版社 1982 年版。

张隆溪：《走出文化的封闭圈》，生活·读书·新知三联书店 2004 年版。

张隆溪：《道与逻各斯》，江苏教育出版社 2006 年版。

张隆溪：《阐释学与跨文化比较》，生活·读书·新知三联书店 2014 年版。

二　论文文献

曹顺庆：《比较文学中国学派基本理论特征及其方法论体系初探》，《中国比较文学》1995 年第 1 期。

曹顺庆：《文论失语症与文化病态》，《文艺争鸣》1996 年第 2 期。

曹顺庆：《道与逻各斯：中西文化与文论分道扬镳的起点》，《文艺研究》

1997年第6期。

曹顺庆：《为什么要研究中国文论的异质性》，《文学评论》2000年第6期。

曹顺庆：《比较文学学科理论发展的三个阶段》，《中国比较文学》2001年第3期。

曹顺庆：《跨文明比较文学研究》，《中国比较文学》2003年第1期。

曹顺庆、周春：《"误读"与文论的"他国化"》，《中国比较文学》2004年第4期。

曹顺庆、谭佳：《重建中国文论的又一有效途径：西方文论的中国化》，《外国文学研究》2004年第5期。

曹顺庆、童真：《西方文论话语的"中国化"："移植"切换还是"嫁接"改良？》，《河北学刊》2004年第5期。

曹顺庆：《文学理论的"他国化"与西方文论的中国化》，《湘潭大学学报》2005年第5期。

曹顺庆：《跨文明研究：把握住世界学术基本动向和学术前沿》，《思想战线》2005年第4期。

曹顺庆、李卫涛：《比较文学学科中的文学变异学研究》，《复旦学报》2006年第1期。

曹顺庆、罗良功：《比较文学变异学研究》，《世界文学评论》2006年第1期。

曹顺庆：《比较文学学科理论的"跨越性"特征与"变异学"的提出》，《中外文化与文论》2006年第13辑。

曹顺庆：《中国学派：比较文学第三阶段学科理论的建构》，《外国文学研究》2007年第3期。

曹顺庆：《变异学：比较文学学科理论的重大突破》，《中山大学学报》2008年第4期。

曹顺庆：《中国文论话语及中西文论对话》，《浙江大学学报》2008年第 1 期。

曹顺庆、王超：《中国比较诗学三十年》，《文艺研究》2008 年第 9 期。

曹顺庆、王超：《论中国古代文论的中国化道路》，《中州学刊》2008 年第 2 期。

曹顺庆、王超：《再论中国古代文论的中国化道路》，《中外文化与文论》第 19 辑。

曹顺庆、张雨：《比较文学变异学的学术背景与理论构想》，《外国文学研究》2008 年第 3 期。

曹顺庆、王蕾：《比较文学中国学派三十年》，《外国文学研究》2009 年第 1 期。

曹顺庆：《异质性与变异性》，《东方丛刊》2009 年第 3 期。

曹顺庆、徐欢：《变异学：世界比较文学学科理论研究的突破》，《当代外语研究》2010 年第 7 期。

曹顺庆、付飞亮：《变异学与他国化》，《甘肃社会科学》2012 年第 4 期。

曹顺庆、沈燕燕：《打开东西方文化对话之门》，《东疆学刊》2013 年第 3 期。

曹顺庆：《东西方不同文明文学比较的合法性与比较文学变异学研究》，《外国文学研究》2013 年第 5 期。

曹顺庆、庄佩娜：《国内比较文学变异学研究综述：现状与未来》，《中南民族大学学报》2015 年第 1 期。

曹顺庆、芦思宏：《变异学与东西方诗话的比较研究》，《安徽师范大学学报》2016 年第 1 期。

曹顺庆、李斌：《中西诗学对话》，《武汉大学学报》2017 年第 6 期。

曹顺庆、曾诣：《平行研究与阐释变异》，《中国比较文学》2018 年第 1 期。

程培英：《比较文学若干理论问题的思考》，复旦大学 2013 年博士论文。

［德］狄泽林克：《比较文学形象学》，方维规译，《中国比较文学》2007

年第 3 期。

［荷］佛克马：《关于比较文学研究的九个命题和三条建议》，《深圳大学学报》2005 年第 4 期。

高建平：《从"他"到"你"：他者性的消解》，《学术月刊》2014 年第 1 期。

靳义增：《从变异学视角看文学理论"中国化"的基本路径》，《文艺理论研究》2006 年第 5 期。

李艳、曹顺庆：《从变异学的角度重新审视比较文学的影响研究》，《中国比较文学》2006 年第 4 期。

卢婕：《从"易一名而含三义"看比较文学中国学派三十年发展》，《深圳大学学报》2016 年第 3 期。

刘圣鹏：《跨文明差异性观念与比较文学变异学建构》，《吉首大学学报》2009 年第 2 期。

秦海鹰：《关于中西诗学的对话》，《中国比较文学》1996 年第 2 期。

时光：《比较文学变异学十年（2005—2015）：回顾与反思》，《燕山大学学报》2018 年第 1 期。

吴兴明：《"理论旅行"与"变异学"》，《中外文化与文论》第 13 辑。

王宁：《论国际比较文学研究新格局的形成》，《北京大学学报》1993 年第 5 期。

王向远：《"译文学"的概念与体系》，《北京师范大学学报》2015 年第 6 期。

王向远：《"译文学"之于比较文学的作用与功能》，《广东社会科学》2016 年第 4 期。

徐新建：《文学研究的跨文明比较》，《中国比较文学》2016 年第 1 期。

乐黛云、蔡熙：《"和而不同"与文化自觉：面向 21 世纪的比较文学》，《中国文学研究》2013 年第 2 期。

乐黛云：《比较文学发展的第三阶段》，《社会科学》2005 年第 9 期。

叶舒宪：《从比较文学到比较文化》，《东方丛刊》1995 年第 3 期。

周宪：《文学理论的创新问题》，《中国社会科学》2015 年第 4 期。

张江：《强制阐释论》，《文学评论》2014 年第 6 期。

张江：《当代西方文论若干问题辨识》，《中国社会科学》2014 年第 5 期。

三　外文文献

E. D. Hirsch, *Validity in Interpretation*, Yale University Press, 1976.

Edward W Said, *The World, The Text, and the Critic*, Cambridge：Harvard university press, 1983.

François Jullien, *Du mal/Du négatif*, Paris：éditions du Seuil, 2004.

François Jullien, *Eloge de la fadeur*, Philippe picquier. 1991.

François Jullien, *Le détour et l' accès*, Grasset , 1995.

François Jullien, *Le nu ou l' essence de la vérité*, Seuil. 2001.

François Jullien, *Dialogue sur la morale*. Grasset et Fasquelle, 1995.

Herbert Marcuse, *One Dimensional Men*. London：Sphere Press, 1968.

Jacques Derrida, *Le Probléme de Genèse Dans le Philosophie de Hessel*, Paris：Presses Universitaire de France, 1990.

Léon Vandermeersch, *Autour de la pensée chinoise*, Universalia, 1999.

Marcel Granet, *La Pensée Chinoise*, Paris：Albin Michel, 1980.

Morris Weitz,, *Theories of Concepts*, London：Routledge, 1988.

Mortimer J Adler, *Ten Philosophical Mistakes*, New York：Macmillan Publishing Company, 1985.

P. Bourdieu. *In Other Words*, Stanford：Stanford University Press, 1990.

Swami B. S. Tridandi, *Seeking the Essence—An Investigation into the Search for the Absolute*, New Delhi：Associated publishing company, 1990.

Terry Eagleton, *Literary Theory – An Introduction*（Second Edition）, Oxford：Blackwell Publishers, 1996.

Wang Xiaolu, *Concepts, Strategies and the Ethnic Theory of Literature*, Comparative Literature: East and West. Spring 2004, Volume 6.

Gayatri C Spivak. *Death of a Discipline*, New York: Columbia University Press, 2003.

Cao Shunqing, *the Variation Theory of Comparative Literature*, New York: Springer – Verlag Berlin and Heidelberg GmbH & Co. k, 2014.

Owen Aldridge, *Comparative Literature: Matter and Method*, Illinois University press, 1969.

后　　记

　　本书是在恩师曹顺庆教授指导下完成的，是对恩师的一个阶段性学术交代。

　　比较文学变异学是曹顺庆教授于 2005 年正式提出的学科理论话语创新。我 2004 年在四川大学跟随先生学习，见证了变异学的产生、发展以及深化的整个过程。在 2008 年博士毕业时就想专门研究这个问题，但那时只有 27 岁，不想一辈子都在象牙塔中度过，所以年轻气盛地走上行政的道路，这一干就将近 10 年。后来无意间听曹老师感慨，变异学从提出至今十多年，表面上热闹非凡，但是理论研究还不够深入，愿意在这个领域坐冷板凳的人不多。除了他主编的一本英文著作和一本论文集《南橘北枳》外，其他大多数是一些运用变异学方法的学术论文。但是变异学的理论特征究竟是什么？创新点在哪里？还存在什么问题？未来态势如何？对这样一些问题，学术界缺乏有效的思考、回应、探索和创新。基于这样的研究现状和十多年对这个问题的浓厚兴趣，我放弃领导岗位，转投到变异学的研究之中，尽管很多人觉得不值得，但是我觉得人一辈子一定要任性那么几次，做点自己想做的事情，才不至于后悔。所以写这本书的主要动机，不是为职称、学位或项目，只是想把变异学这个问题搞清楚。

　　实际上，在变异学提出的这十多年时间里，变异学研究最重要的事件是 2014 年出版的那本英文著作，引起了国际比较文学界的热烈关注，鉴于此，曹顺庆教授在任职中国比较文学学会会长之后，又荣膺"欧洲科学与艺术院院士"的称号，当然，我更愿意相信这是国际学界对中国比较文学群体研究工作的进一步肯定。但是作为一个从事比较文学教学研究的普通工作者，我在讲授比较文学变异学时，仍然面临一些比较纠结的问题。在这本书中，我对变异学的学术背景、话语资源、路径启示、理论特征、规则限度以及实践路径等方面进行了全面系统的阐述，前三个部分主要是系统梳理，后三个部分是核心内容：理论特征分析其话语内涵；规则限度分析其边界外延；实践路径分析其具体的研究方法和操作运思模式。主要创新在于：曹老师根据跨越对象的不同，将变异学分为四个领域：语言层面变异学、民族国家形象变异学、文学文本变异学研究、文化变异学研究。我认为这种划分容易出现混淆，例如斯奈德翻译的寒山诗，其中既有译介变异，又有文本接受变异，还有形象变异、文化变异。所以，这一"跨"实际上跨越了很多对象。无论是跨国、跨语际、跨文化还是文学的他国化，大多都是相互包容、难分难解的，因为语言、文本、文化本身就是一个相互依存的整体。所以，我根据是否有实证性交流关系这个标准，划分为三个方面。1. 实证性：流传变异学。主要研究有实证性文学影响关系的变异状态。2. 类同性：阐释变异学，主要研究没有实证性影响关系的不同文明文学在跨文明阐释中发生的变异状态。3. 他国化：结构变异学。结构变异学是本书的主要创新，这是在流传变异和阐释变异基础上发生的一种深层结构变异。以上观点在目录、内容和结语中都有详细阐述。这本书是曹老师指导完成的，当然，我的这些观点一定程度对曹老师的观点进行了创新，这种创新不一定正确，但是曹老师却一直包容我的"胆大妄为"。

曹顺庆教授在我的人生中占据着重要的位置。2004 年入曹门，当时的刘文勇教授是我的硕士导师，但同年就一直跟曹老师学习博士课程，2006 年曹老师推荐我直接攻读博士学位，2008 年曹老师推荐和美国哈佛大学宇文所安教授作学术交流，2009 年推荐去川音工作，2013 年推荐参加全省、全国百篇优秀博士论文评选，2017 年推荐到海南工作，等等，带我参与《比较文学变异学》（中文和英文版）以及《中西诗学对话》等专著的撰写工作……在这15年的时间里，我和曹门诸多弟子一样，在曹老师数不清的关心中寻找自己的人生方向。

写这本书的过程中，曹顺庆教授面授了四次：第一次是2017年8月在曹老师位于川大花苑的家中，先生就研究选题和方法路径给予仔细指导；第二次是2017年8月在河南开封召开的中国比较文学学会年会暨国际学术研讨会期间，先生对我的初步提纲提出修改意见；第三次是2018年10月在海南讲学期间，先生对我写出的本书初稿进行了认真修改；第四次是2019年7月28日－8月2日在澳门举行的第二十二届国际比较文学大会期间，先生亲自为本书作序，并为我制定下一步研究计划。另外，先生的朋友、法国索邦大学比较文学系主任弗朗科教授（Bernard Franco）听完我关于变异学的会议发言，当面提出许多宝贵意见。与会的美国芝加哥大学教授苏源熙（Haun Saussy）、欧洲科学院院士、比利时鲁汶大学教授德汉（Theo D'haen），也从世界文学的视野为变异学研究提出了极有价值的方法论路径。这两年的时间内，除了面授，当然其他无数次电话、邮件、短信指导。尤其是第三次相聚，2018年金秋十月，海口南渡江边的"香世界"庄园，先生面江静坐，凉凉的海风吹来，脚下是滔滔的江水，身边簇拥无数娇艳的鲜花，听着淡雅的音乐，默然看那夕阳的余晖柔和地洒在先生可敬而儒雅的面容上，几杯小酒，几盘江鲜海鲜，曹老师侃侃而谈，余音绕梁。

一本学术专著的出版，除了导师的指导，还离不开单位的支持、朋友的鼓励和家人的奉献。感谢海南师范大学党委李红梅书记、林强校长的关心，感谢人事处、科研处、教务处等部门的大力支持，感谢文学院邓志斌、王学振、黄思贤、史振卿、韩捷进、邵宁宁、罗璠、陈义华、李占鹏、周泉根、杨清之、邓新跃、段曹林、冯青、谢海林、冯法强、王志强、吴辰、闫娜、张杰以及其他各位老师，感谢"曹门"弟子赵渭绒、庄佩娜、申燕、杜萍、毛明、邹涛、李安斌、王蕾、张帅东、杜红艳、陈思宇、高小珺、范利伟、冯欣、时光……的各种帮助。

本书的出版还要衷心感谢中国社会科学出版社文学艺术与新闻传播出版中心主任郭晓鸿博士，从内容审查到文字校对，从版式设计到正式出版，每个环节都认真负责、一丝不苟，其工作态度令人钦佩。感谢比较文学专业的研究生雷浩泽、刘忠喜、陈平、赵祺平、杨岚。感谢家属王一迪、女儿王末初、儿子王未萌，她们的笑声让岁月变得如此静好。由于才疏学浅，本书难免很多不足之处，请学界同仁批评指正。

王　超

2019年1月6日于海南